KB260234

大望
대망 27 료마 3
시바 료타로/박재희 옮김

# 대망 27 료마 3
## 차례

# 사쓰마와 조슈

료마는 아지 강에서 배를 세내어 명령했다.

"도사보리의 사쓰마 저택으로 가 주게."

오사카에서는 이 배가 중요한 교통수단이다.

"나리, 급행으로 갈깝쇼?"

급행은 뱃삯이 비싸다. 료마는 주머니 속이 두둑하지 않았으나 그렇게 하라고 했다. 이미 수면이 어두워지기 시작했기 때문이었다.

구조(九條)를 지날 때엔 이미 밤이 되어 기슭에 있는 배의 검문소에는 높다랗게 등불이 매달려 있었다.

이 검문소에 이름을 신고하고 가야 하는 것이다. 이전에는 이런 일이 없었는데, 금문 소동이 있은 뒤부터 오사카에 들어오는 자들을 막부에서 엄중히 감시하고 있는 것이었다.

이 선박 검문소에는 막부의 명에 의해 히도쓰야나기 번(一柳藩)의 번병이 파견되어 있었다.

료마는 무사히 통과했으나 시세의 긴박감을 절실히 느꼈다.

이미 막부의 조슈 정벌의 총독인 도쿠가와 요시가쓰가 먼저 교토에서 체포한 조슈인 포로 7명의 목을 잘라 출진의 혈제(血祭)를 장식했으며, 조슈 정벌군의 본영인 오사카 성으로 입성하고 있었다.

'막부는 이 기회에 조슈 번을 섬멸시키고 말 작정인가 보다.'

선박 검문소에서 얼마 떨어지지 않은 곳에 강을 향해 조슈 번의 상역청 (商易廳)이 있었으나 그것도 막부에 몰수되어 문이 닫혀 있다.

배는 아지 강의 다리 밑을 빠져 나갔다. 한참 내려가면 또 검문소가 있다. 여기서도 료마는 장부에 번명과 성명, 그리고 오사카로 온 목적 등을 기입해 야 했다. 료마는 "사쓰마의 무사이고 이사부로(西鄕伊三郞)"라고 썼다. 전 에 사이고로부터

"막부의 관리들이 무례한 짓을 하게 될지도 모르니 그때는 사양 말고 사쓰 마의 번명과 내 이름을 사용하시오."

라는 말을 들었기 때문이었다.

'사쓰마 번'이라는 이름은 확실히 막부 관리들에게 효력이 있었다. 막부는 이 거대한 번의 동향을 두려운 눈으로 지켜보고 있었는데, 이외에도 이 사쓰 마 번은 지난번 조슈인들의 교토 난입 당시 아이즈 번과 함께 조슈인들을 가 차 없이 격파해 주었던 것이다.

막부는 사쓰마를 은근히 두려워하면서도 의지하였으므로, 그들의 비위를 건드리지 않으려고 했다. 교토의 신센조 같은 데서는 '사쓰마인에게만은 손 을 대지 마라' 하고 대원 일동에게 하명이 내려져 있을 정도였다.

"아, 사쓰마 번사이시군요?"

검문소 관리는 손바닥을 뒤집듯이 갑자기 친절해졌다. 료마는 태연히 끄 덕이고 나서 뱃사공에게 턱짓을 했다.

'참 묘하게 돌아가는군.'

료마는 우스운 생각이 들었다.

'사쓰마는 조슈와 같이 양대 근왕 번으로 알려져 있다. 그런데도 한쪽은 막부에 가담하고 한쪽은 막부로부터 정벌을 당하려는 판이다. 이번의 조 슈 정벌에도 사쓰마는 막부와 손을 잡고 앞장서서 조슈를 칠 것인가?'

그 사이고가 지금 오사카의 사쓰마 번저에 와 있는 것이다. 그를 만나거든 무슨 생각으로 있는가, 한번 알아보려고 했다.

사쓰마 번저에 들어서니, 료마의 동지들은 널찍한 거처를 배당받고 식사 도 꽤 좋은 대우를 받고 있었다.

“허, 여기가 당분간 내 보금자린가.”

료마는 천정이며 장지문 등을 물끄러미 바라보았다.

무쓰 요노스케가 료마의 옆에서 콧구멍 털을 뽑아서는 하나하나 종이에 세우고 있다.

“어때요?”

즐거운 듯 그것을 료마에게 보였다. 건방지게도 느껴지나 아직은 나이가 어리므로 천진한 데가 있다.

“흠, 야산(野山) 같은데.”

료마는 대꾸를 해 주었다.

“사카모토님은 고향을 떠나 몇 년이나 되셨나요?”

“글쎄, 내가 탈번한 게 분큐 2년 꽃필 무렵이었으니까 그럭저럭 2년 반쯤 되겠군. 그러고 보니 여기저기 퍽 많이 돌아다녔는데.”

료마는 얼굴을 들어 천정을 쳐다보며 말했다.

“결국 오사카의 사쓰마 빈저를 근거시로 할 줄은 누가 꿈엔들 알았겠나, 안 그래?”

“저도 많이 돌아다녔지요.”

“아아, 자네는 15살 때부터 아닌가?”

료마는 웃기 시작했다.

어쨌든 무쓰 요노스케는 료마의 패거리 중에서 가장 좋은 가문에서 태어난 사람이다.

기슈 도쿠가와 가문의 신하로서 다테(伊達) 집안이라면 다른 번에도 알려진 명문이다. 아버지가 번내의 정쟁(政爭)에 말려들어 칩거(蟄居)의 명을 받은 사정이 있긴 했지만, 그런 명문 태생이 기슈를 탈번한 것은 15살 때 일이었다.

그는 에도로 뛰쳐나와 한의사나 한학자 밑에서 학복(學僕)이 되어 근근이 살아 왔다.

“기슈를 탈번할 때 누가 전송해 주던가?”

료마가 묻자 요노스케는 분연한 표정으로 말했다.

“탈번을 하는데 누가 전송을 합니까?”

‘그것도 참 그렇군. 그러나 어린애의 탈번이라는 건 들은 적이 없는걸.’

료마는 싱글벙글 웃고 있다.

그 당시 우시마로(牛麿)라는 아명으로 불렸던 이 젊은이는 남몰래 여장을 꾸려 고향을 뛰쳐나올 때 스스로의 행위를 독려하기 위해 이런 시를 지었다.

> 아침에 외고 저녁에 읊기 십오 년
> 이제 유랑하게 되었으니 난파선과 같구나
> 그 언젠가 이 몸에 대붕(大鵬)의 날개 달고
> 단숨에 구름헤쳐 구천(九天)을 날아봤으면

'기묘한 사내이다.'

료마는 요노스케를 그렇게 보고 있다. 고치 성아래거리의 열등생이었던 료마에겐 이게 15살 난 소년의 시라고는 믿어지지 않았다.

"그런데 사카모토님, 그 뭡니까, 이상하게도 굶으라는 법은 없더군요. 쌀밥과 해님은 항상 따라다닌다더니 방랑을 해보니까 정말 그 속담이 그럴듯하게 느껴지더군요."

무쓰와 둘이서 한가하게 이런 이야기를 주고받고 있으려니까 나카시마 사쿠타로, 이케 구라타 두 사람이 들어왔다.

"여보게, 료마!"

구라타는 앉자마자 료마를 부르더니 무언가 말하기 거북한 듯 우물쭈물 망설이고 있다.

"왜 그래?"

"조슈로 돌아가고 싶다."

"구라타, 또 병이 도졌구나."

료마는 웃었다.

이 이케 구라타라는 자는 고치 성의 고다카 사카에 주택을 하사 받고 있던 보졸 사이에몬이라는 사람의 아들이었다. 나이는 25살.

시커먼 얼굴에 눈만 번들번들했기 때문에 검둥이 구라타라고 불리고 있었다.

그는 일찍부터 에도에 나가 유학하고 있었으나 혈기가 왕성하여 한가하게 학문을 닦고 있을 사내가 못되었다. 다시 고향으로 돌아와 다케치 한페이타의 근왕 동맹에 참가도 하고 교토로 나와 여러 번의 지사들과 교분을 맺기도 했다.

그러다가 "도사 번은 진취성이 없다"고 탈번을 하여, 수많은 도사 낭사들이 그러했듯이 조슈 번저에 투신하였다.

그 뒤 구라타는 조슈의 유격대 참모가 되어 바칸 해협에서 프랑스 함대를 포격했는가 하면, 어느 새 덴추조(天誅組)에 가입하여 양총 대장(洋銃隊長)이 되어 야마토(大和)에서 군사를 일으켜 야마토 민정청(民政廳)을 습격하기도 했다. 그때 민정관 스스키 겐나이(鈴木源內)를 죽이고, 일이 실패로 돌아가자 교묘히 막부 포리들의 눈을 피해 바닷길을 통해 조슈로 가 버렸다.

조슈군이 교토에 쳐들어왔던 금문의 난 때, 에도 야마사키로부터 사카이 거리 궁문으로 침입했던 부대에 소속하여 궁문에서 최후의 돌격을 시도했다. 그는 "봐라, 돌격이란 이렇게 하는 것이다" 하고 큰 칼을 머리 위로 휘두르며 빗발치듯 쏟아지는 총탄 속을 뚫고 세 번이나 돌격을 하면서도 찰과상 하나 입지 않았다.

그는 징말 억선의 근왕파 지사라고 해도 과언이 아니다. 분큐 3년에서 겐지에 걸쳐 일어났던 모든 소란에 이 사내는 가담하고 있는 것이다.

금문의 난에서 패퇴한 뒤 마키 이하 17명의 낭사들이 덴노 산에서 자결했을 때에도 "조슈는 궤멸했다. 그러나 이 세상에 내가 남아 있는 한 존왕양이는 멸망하지 않는다!"고 하며 할복하지 않고, 그길로 곧장 고베 마을까지 와서 "료마! 부탁한다!"고 하면서 뛰어든 사내였다.

료마는 구라타를 숨겨 주고 해군의 훈련을 시켰다.

그러한 그가 또다시 좀이 쑤셔서 '조슈로 가고 싶다'고 하는 것이다. 료마가 웃었던 것은 잠시도 차분히 엉덩이를 붙이지 못하는 구라타의 성품이 우스웠던 것이다.

"조슈는 그만둬라. 지금 속론당이 번주를 끼고 막부에 머리를 숙이고 있으므로 번내에서는 지금 근왕당 정벌로 발칵 뒤집혔단 말야. 가쓰라 고고로도 번외로 망명하고 있다. 다카스기 신사쿠도 종적을 감추었다더군. 그런 곳에 덴추조이며 금문의 난에서 살아남은 네가 어슬렁거리고 나타났다가는 오히려 귀찮게들 여길 거다."

"그래도 나는 가고 싶어……"

이케 구라타는 한번 마음먹으면 시비를 가리지 않는 성격이다. 조슈 번의 내분 속에 뛰어들어 한바탕 횡포를 부리고 싶다는 것이다.

"생각해 보자!"

료마는 대답하고 그날은 그대로 잤다.


그 다음날 밤늦게 사치가 찾아오자 료마도 놀랐다.

"잘 왔다."

고베에서 90리 길이다. 주인인 이쿠지마가 사람을 하나 딸려 주고 가마 삯도 주었으므로, 니시노미야로부터 50리 길을 쭉 가마를 타고 왔다는 것이다.

"어쨌든 무척 고생했겠구나."

료마는 동지들 중에서 가장 나이 어린 나카지마 사쿠타로를 불러 숙소를 마련하도록 분부했다. 나카지마가 사쓰마 번측에 교섭하자 이 번저에서는 료마에게 이상할 만큼 호의적이었다.

"여자분이군요. 그렇다면 별채에 작은 방이 있습니다. 곧 그곳에 준비를 하겠습니다."

번저에서는 친절하게 말했다. 별채는 고향에서 번주 집안이나 중신들이 왔을 때 숙박하는 곳으로 그 작은 방은 따라온 사람이 묵는 방이었다.

"흐음, 별채에 말입니까?"

나카지마 사쿠타로는 놀라는 동시에 사쓰마 번이 자기들에게 걸고 있는 기대가 얼마나 큰 것인가를 새삼스럽게 깨달았다.

"별채래요, 별채!"

나카지마가 한달음에 달려와서 보고하자, 료마는 놀라는 기색도 없이

"사치, 잘 곳은 별채란다. 지금 곧 이 나카지마 사쿠타로가 안내할 거야."

"네."

사치는 무언가 망설이는 눈치이다.

"왜 그래?"

"저어, 무슨 일로 왔느냐고 왜 물어 보지 않으시지요?"

"아니, 그럼 볼일이 있어 왔단 말인가? 흐음, 하기야 아무 일도 없이 고베에서 가마까지 타고 왔을 리가 없지."

"중대한 일입니다."

"무슨 일인데?"

"천하 국가의 용건이지요. 사카모토님에게 조슈로 내려가시라는 말을 하

러 왔습니다.”

“무슨 소리야, 요 조그만 처녀가.”

료마는 웃음을 터뜨리며 사치의 둥그스름한 이마를 손가락으로 콕 찔렀다.

사치는 톡 쏘아붙였다.

“정말이에요!”

“설마 이쿠지마 시로다유가 그랬을 리는 없고 누가 그런 말을 했지?”

“다즈 아가씨.”

사치는 이렇게 말하고 그 반응을 살피듯 흘끔 료마의 안색을 훔쳐보았다. 료마도 가슴속의 동요를 감추기 위해 재채기를 한 번 크게 했다. 그리고 나서 말했다.

“다즈 아가씨가 조슈 야마구치에 망명중인 산조공을 찾아 조슈로 내려가는 도중 고베 마을에 들렀던 거로군?”

“어머나, 어쩌면 그렇게도 잘 아시지요?”

“그만한 추측은 할 수 있지. 그리고 옷차림은 남장을 했었지?”

“어머나, 언제 보셨나요?”

“그것도 추측이다.”

료마에게는 천성적으로 그런 육감이 있었다.

“그리고 또 한 분 아시는 분이 오셨었지요.”

“누군데?”

“데라다야의 오료님.”

“거짓말 마라!”

료마는 큰소리로 호통을 치며 열없는 것을 얼버무렸다. 이 조그만 처녀가 자기를 놀리고 있다는 듯 체면을 꾸미려는 것이었다.

“아니, 정말이에요. 하긴 오료님은 천하 국가를 위한 일로 온 것은 아니었지만요.”


“알았어!”

료마는 쓴쓰레하게 웃으며 손을 저어 사치의 말을 중단시켰다. 더 이상 듣고 있다가는 사치가 무슨 말을 할지 알 수가 없다.

“사쿠타로!”

젊은 심취자(心醉者)를 불렀다. 예, 하고 사쿠타로가 고개를 들었다.

"잠깐, 조슈까지 갔다 와. 이케 구라타와 함께 말이다. 그런데 참, 여비가 없지?"

료마는 무쓰 요노스케를 불러 이 사내에게 맡겨 둔 돈을 전부 털게 했다.

"용건은 조슈의 내정을 탐지하는 것. 다카스기 신사쿠나 기병대의 간부와 충분한 연락을 취해 의견을 교환할 것."

"부탁이 있습니다. 지금 조슈는 번내가 양당으로 갈라져 싸우고 있습니다. 혹시 근왕파가 속론당을 정벌하겠다고 나선다면 함께 야마구치 번을 공격해도 무방합니까?"

"아니, 사태는 그렇게 단순하지 않을 것이다. 그리고 또……"

"뭡니까?"

"너 그 분을 알고 있나?"

"그 분이라니요?"

"중신 후쿠오카님의 누이동생으로서, 나중에 번명에 따라 산조 가문에 파견되었던 다즈 아가씨 말이다."

"이름만은 듣고 있습니다."

"그럼 됐다. 그 다즈 아가씨가 단신 조슈로 내려간 것 같은데, 목적은 여자이면서도 산조공을 수호해 드리려는 데 있는 모양이야."

"용감하시군요."

"세상이 어지러우니까 여자 지사까지 나오는구나."

"예, 그래서?"

"다즈 아가씨도 그렇지만 산조공을 위시하여 조슈의 보호를 받고 계신 공경은 이렇게 되면 보호해 드릴 사람도 없게 된다. 조슈가 그분들을 저버리게 되면 우리들 도사의 유지들이 보호해 드리지 않으면 안 될 것이다."

"예, 목숨을 걸고 보호하겠습니다."

"그 목숨은 다음날 버리는 게 좋을걸. 다즈 아가씨와 다섯 공경 정도를 보호하는 데 나카지마 사쿠타로쯤 되는 전도유망한 자가 목숨을 없앨 필요까지는 없겠지. 재치로서 보호하는 거야."

"저에게는 재치 같은 것이 없습니다."

사쿠타로는 료마의 말하는 투가 비위에 맞지 않았다.

그는 도사 다카오카 군의 쓰까지 마을(塚地村)의 향사였다.

고향을 탈번할 때 같은 고향인 나카지마 요이치로, 호소키 가쿠타로(細木核太郎)와 함께 했다. 세 사람이 야음을 틈타 마을을 벗어나 이틀간이나 쉬지 않고 산길을 달려서 가까스로 경계선인 나노가와 고개(葉之川峙) 마루턱까지 당도했을 때, 등 뒤에서 번의 경리(警吏)들이 1백 명쯤 되는 촌민을 동원해서 쫓아왔다.

경리가 총에 석회를 재어 눈을 못 뜨게끔 쏘아대는 바람에 그 연기가 시야를 가려 길을 잃을 정도였다.

요이치로는 심한 각기병에 걸려 있었으므로 "사쿠타로, 나는 이제 못가겠다!" 이 말을 하고 고갯길에 털썩 주저앉아 배를 가르고 말았다.

이런 일이 있었기 때문에 탈번을 하고도 그에게는 항상 나카지마 요이치로의 비통한 최후가 눈앞에 어른거렸다. 그래서 언동의 어디엔가에 목숨을 가볍게 보는 경향이 있다.

그러나 이 젊은이는 유신 뒤에도 살았다. 원로원 의관(元老院議官), 자유당 부총재, 남작 나카지마 노부유키(中島信行)가 바로 사쿠타로였다.

천하의 이목이 모조리 조슈 문제에 집중되어 있는 시절이다.

다음날 아침 료마는 훌쩍 거리에 나왔다.

현재 정국의 중심은 조슈 정벌군의 대본영인 오사카에 있다고 해도 과언이 아니다. 각 번의 수완 있는 외교가들도 모두 교토에서 오사카로 와 있는 것이다.

'사이고도 와 있을 텐데, 도사보리의 번저에는 묵고 있지 않은 모양이다.'

아무튼 사쓰마 번은 거대했다. 도사의 오사카 번저는 두 군데밖에 없었으나, 사쓰마 번은 지금 료마 등이 유숙하고 있는 도사보리 이 가의 번저 외에도 오사카 안의 여러 군데에 있었다. 사이고는 그 어느 곳엔가 묵고 있을 것이다.

'꽤 장사에 열심이구나.'

사이고가 아니다.

사쓰마 번을 말하는 것이다. 그 번저의 수효가 많은 것을 생각하자 문득 사쓰마 번이라는 거대한 덩어리를 료마는 상기했던 것이다.

각 번의 에도 번저는 소위 완전히 소비적 설비였으나 오사카의 상역청은 장사를 위한 것이었다.

번에서는 이 오사카로 자기들의 특산품을 가져다가 천하에 널리 파는 것이었는데 그러기 위한 기능을 다하고 있는 것이 상역청이었다.

각 번의 상역청은 대개 하나 있을 정도였다. 1백만 석의 가가 번(加賀藩) 조차도 상역청이 하나밖에 없었다. 그것을 사쓰마 번에서는 세 개나 갖고 있었다. 모든 일에 있어 행동력이 넘치는 이 번은 장사에 있어서도 조슈 번과 쌍벽을 이루고 가장 열심이었다.

'그런 번이 천하를 잡을 것이다.'

료마는 그렇게 보고 있다. 돈이 있고 또한 경제를 알고 있다. 그 점에 있어서는 첫째가 사쓰마 번이고 둘째가 조슈 번, 셋째가 도사 번이다. 그러나 도사 번은 도저히 사쓰마 번을 따를 수가 없다.

'조슈가 지금 비록 참담한 꼴을 당하고 있다 해도 장차 새로운 국가를 이룩하는 원동력은 역시 사쓰마와 조슈일 것이다. 도사는 어림도 없다.'

지금 큰대감인 요도공만 해도 그렇다. 일급에 속하는 시인의 소질을 갖고 있고, 무인으로서도 용기가 있으며 정치가로서도 탁월한 수완을 지닌 요도도 경제에만은 캄캄했다.

요도에게는 유명한 '오사카 소각론(燒却論)'이라는 기발한 안이 있다. 아직 이 집정관이 건재했을 때였다. 청국과 마찬가지로 일본에도 외국군이 침입할 것이라는 예상 아래, 막부에서는 오사카의 경비를 도사 번, 오카야마 번(岡山藩) 돗토리 번(鳥取藩)에 명했다. 일찍이 도요토미 가문의 몰락 이래로 오사카에는 경비력이 없다. 이 도시는 막부령으로서 영주를 두지 않았기 때문이었다.

요도는 즉시 자기의 안을 막부에 제출했다.

"나는 오사카에 한두 번 들른 일이 있어 이 거리를 대강은 알고 있다. 오사카는 부유한 땅이며 그 주민은 이익에만 눈을 밝히는 상인들뿐이다. 이들 상인은 길에서 무사만 만나도 겁을 먹고 벌벌 떠는 겁쟁이들이다. 그러니 혹시 외국군이 오사카에 침입한다면 그들 상인은 싸우기는커녕 도망하기가 바쁠 것이다. 오히려 방위에 방해가 되니 차라리 오사카를 불태워 버려 요새로 하는 게 좋을 것으로 생각된다."

요도는 시인이기는 했으나 경제 감각은 도무지 없는 영주였던 것이다.


료마는 오사카 성에 가까운 무사들의 주택가로 접어들어 예의 그 오쿠보 이치오의 집으로 찾아갔다.

오쿠보는 마침 집에 있었다.

"사카모토군, 에도로 간 가쓰님 소식 들었나?"

막부에서 으뜸가는 이 수재는 여전히 단정한 표정으로 말했다.

"아니오, 듣지 못했습니다."

"정식으로 파면되어 평의회의 회원으로 임명된 다음 폐문 칩거하고 있다네. 취조는 새해에 있을 예정인데 막부의 각료들 간에는 이번에야말로 가쓰를 타도한다고 하는 모양이니 아마 꽤 어려울 거야."

이 가쓰의 사건에 대해서 오쿠보는 일부러 가쓰에게 편지를 띄워

막부 각료들의 의향을 살펴보니 암만해도 엄중한 취조가 있을 모양이다. 그러니 관료들 앞에서 과히 여러 말 하지 않는 것이 좋을 듯하다.

라고 주의를 주고 있다.

'그러나 가쓰의 사건은 막부가 조슈 정벌에 분망하여 미처 그의 취조에까지는 손이 돌아가지 않았다.

1년 이상이 경과하여 천하의 정세가 급변한 게이오(慶應) 2년 5월이 되자, 막부의 집정관이 갑자기 가쓰를 호출하였다. 집정관은 그를 불러내어 취조는커녕 급히 오사카로 내려가라, 막부의 특사로서 조슈로 가라, 고 명령을 내렸다. 가쓰의 재차 활약은 이때부터 시작된다.'

료마는 가쓰 같은 인물을 이해해 주지 못할 뿐 아니라 사람을 헌신짝처럼 버리는 막부를 싫어했다.

"오쿠보님, 참새라고 쌀만 먹는 게 아닙니다. 벌레도 먹지요. 이 세상에 무익한 것은 없다는 말이 있지만 그 예외가 바로 막부입니다. 이것만은 일본에 무익할 뿐 아니라 해를 끼치는 것입니다."

"사카모토군!"

오쿠보는 어이가 없었다.

"나도 막부의 관리야. 이 화제는 지장이 있으니까 그만두자구."

"아닙니다. 할 말은 해야지요. 막부는 참새보다도 못합니다."

"됐어, 됐어. 그만둬."

오쿠보는 당황하여 화제를 조슈 정벌 문제로 돌렸다.

료마도 옳다 됐다 하고 이야기를 했다. 자기가 조슈인이라면 그렇게 첩사

리 굴복하지는 않는다는 것이다.

"허어, 그럼 어떻게 하지?"

"어떻게고 뭐고 없어요. 조슈가 초토화되어도 좋다는 각오로써 번주와 다섯 공경을 받들고 끝까지 싸워 보는 거지요. 또는 천하에 유세가(遊說家)를 파견하여 제후들을 설득시켜 막부를 타도할 기운(氣運)을 조성하여 마침내는 형세를 역전시켜 막부를 쓰러뜨리고 맙니다."

"흐음!"

무시무시한 말을 하는 녀석이로구나, 하는 듯한 표정으로 오쿠보는 료마를 바라보았다. 그러나 료마는 싱긋 웃으며 말했다.

"나라면 이런 상태에까지 끌고 오지는 않았을 겁니다. 이렇게 되기 전에 이미 병제(兵制)를 서양식으로 바꾸고 무기를 정비하여 군함을 사들였다가 여차할 때 일어서지요. 조슈인은 이론가들이 많고 실천가가 드뭅니다. 그러니까 이 지경이 되어도 기껏 보유하고 있는 것이란 화승총(火繩銃)과 구식 대포뿐이 아닙니까? 그러기 때문에 지금처럼 전 번이 위축되어 막부에 머리를 숙여야 되는 거지요."

"곤란한 의논인데."

오쿠보는 료마의 말에 쩔쩔 매고 있다.

——필자는 잠시 조슈 문제에 대해 언급하기로 하겠다. 조슈군이 교토에서 참패한 것은 겐지 원년 7월이다. 이름하여 금문의 변, 또는 하마구리 궁문의 변이라고 한다.

조슈 번은 몹시 분주했다. 그런 일이 있은 직후 바로 8월 초순에는 4개국(영·불·미·란)의 군함 16척, 수송선 2척이 조슈 번의 연안 포대를 분쇄하기 위해 바칸 해협에 나타났으므로 조슈 번은 전시 태세로 들어갔다.

뒷날 육군 창설자의 한 사람이 된 야마가타 아리토모(山縣有朋)는 그 당시 잡병 출신의 야마가타 교스케(山縣狂介)라고 불리는 젊은 무사였다. 그는 단노우라(壇浦) 포대(砲臺)의 대장이 되어 눈앞에 즐비한 서양 함대를 바라보며 술통 열 개의 마개를 펑펑 뽑으면서 큰소리로 외쳤다.

"자아! 아무것도 없지만 저기, 눈 아래 펼쳐있는 양놈의 배 열여덟 척을 안주삼아 실컷 퍼 마셔라!"

그들의 사기를 돋운 것도 바로 그때였다.

사내라면 사내라면
무사의 하인 되어 창을 메고서
따라가고 싶구나 바칸까지

이 노래가 유행한 것도 이 무렵일 것이다.
이보다 조금 앞서 포대를 구축하기 위해 상가나 농가의 부녀자들까지 동원되어 공사를 거들었는데 그들 부녀자들 사이에도 노래가 유행했다.

머지않아 바칸(시모노세키)이 에도가 된다.

그 역시 그런 기분이었을지도 모른다. 이때 번의 주도권을 쥐고 있던 조슈 번의 근왕파는 이미 양이를 겸해 막부 타도의 기분을 조성하고 있었다. 그 기분이 서민들 사이에까지 전파되어서 이런 식으로 인상을 받은 모양이었다.

영주(領主)께서 천하를 호령하신다.

원래 조슈 계열의 지사는 기이한 행동과 과격한 언행을 즐겼으므로 남의 눈에 비쳤을 때는
"그들은 근왕 양이의 순교도 같이 말하지만 실제로는 천자님을 누르고 막부와 교대하여 천하에 호령하려는 것이 아닌가"라고 볼 수밖에 없는 데가 있었다. 조슈를 싫어하는 측의 눈으로 볼 때는 더욱 그렇게 보였다. 막부 사람들이 조슈인을 병적으로 미워하고 또한 사쓰마인이 지나치게 경계를 한 것도 그것에 기이한 것이다.
여하간 조슈 전성시대에는 풍문이 떠돌 정도였다.
"조슈, 모리 가문에서는 3백 년 동안 막부 타도의 기회를 기다리고 있었다."
세키가하라의 패전으로 모리 가문은 주고쿠 10개국의 태수에서 스오, 나가토 두 나라의 태수로 떨어졌다. 그로부터 매년 정월 초하루면 첫 새벽에 성 안 회의실에 번주가 나타났는데, 그러면 중신 우두머리가 나가 은밀히 이렇게 말했다.

"이미 도쿠가와 정벌의 준비는 됐습니다만 어떻게 할까요?"

그러면 번주는 "아직 시기가 빠르다"고 대답하는 것이 형식화된 비밀 의식이었다고 하며, 또한 조슈 번의 번사들은 3백 년을 두고 도쿠가와를 저주했으며 항상 에도 쪽으로 발을 뻗고 잤다고 한다. 어찌 되었든 그 조슈도 4개국 함대의 포격으로 연안 포대는 전멸되었으며, 이번에는 또 금문의 변을 문책 받아 막부로부터 토벌될 운명에 있는 것이다.

여담을 조금 더 계속하겠다.

조슈는 조적(朝敵)이 되었다. '조적 모리를 친다'는 명목으로, 장군 이에모치(家茂)가 에도 성에다 제후들과 막신들을 모아 놓고 "내가 직접 군사를 이끌고 가겠다"고 선언한 것은 겐지 원년 8월 초이튿날이었다. 그러나 이것은 어디까지나 표면상의 선언에 지나지 않았으며, 장군 스스로가 예전의 이에야스처럼 직접 선두에 서기에는 너무나 체질이 허약했고, 무엇보다 막부에는 그럴 만한 자금이 없었다.

그러므로 정벌 총독으로서 기슈 판관(紀州判官)이 임명되었으나 그 임명에 따른 제반 행정이 믿을 수 없을 만큼 느렸다. 장본인 기슈 판관마저도 이런 말을 할 만큼 모든 일이 엉망이었다.

——아니 내가 총독이라고? 몰랐는걸.

막부의 관료 조직과 행정 능력은 이 정도까지 해이해질 대로 해이해져 있었던 것이다.

기슈 판관이 임명된 것은 초이틀이었으며, 그 며칠 뒤인 7일에는 막부의 관리가 오와리 태정 차관(尾張太政次官)의 에도 저택으로 달려가 부탁했다.

——총독은 꼭 태정차관님께서

이 말에 오와리 태정차관 도쿠가와 요시가쓰도 그만 화를 냈다.

"도대체 기슈가 거절했단 말인가, 아니면 임명의 착오로 그런 건가. 똑바로 말해 봐라."

그렇게 다그쳐 물었다. 결국 집정관들이 의견 통일이 없이 제각기 명령을 한다는 것이었다.

오와리 태정차관은 어처구니가 없어서 이런 뜻으로 거절하고 말았다.

"기슈가 퇴짜를 놓은 역할을 내가 할 수야 없잖은가."

그러나 결국 강요당하여 그로부터 일주일 뒤에 그럭저럭 부서가 결정되었다.

총독은 오와리 태정차관.

장군은 출진할 의사가 전혀 없었으면서도 친정(親征)을 선포해 버렸다.

그 때문에,

"장군이 에도 성을 출발하신 뒤의 수비관은 미도 판관을 명한다."

이렇게 수비관까지 임명하고, 더구나 묘한 것은 출정도 하지 않는 장군에게 그의 본진에 종군하는 사람으로 기슈 판관과 신슈 마쓰모토의 마쓰다이라 단고노가미(松平丹後守), 그리고 휴가 노베오카(日向延岡)의 나이토 비젠노가미(內藤備前守) 등이 임명되었다. 마치 연극 같은 인사 행정이었다. 인사 행정만으로 전쟁을 하고 있는 듯한 느낌을 주었다.

더구나 그동안 오와리는 집요하게 총독 사퇴운동을 전개하였으며 마침내는 병을 빙자하여 그럴 듯한 사퇴원을 제출했다.

"금번의 대명(臺命)은 무문(武門)의 다시없는 명예이오나 병이 중하여 부득이 총독직을 사퇴코저 하는 바임."

그러나 결국은 막부의 관리들이 열심히 설득하여 마지못해 승낙했다. 이러한 막부 수뇌들의 동태를 각 번에서는 민감하게 눈치 채고

'진심으로 상대해서는 손해를 보게 된다'는 기분이 충만했다.

동원령(動員令)을 받은 번은 30여 번이었다. 봉건 체제 아래서 전비(戰費)는 각 번 자비로 부담하는 제도였으므로, 어느 번에서나 궁핍에 허덕이고 있었던 만큼 될 수 있다면 전쟁을 피하고 싶었던 것이다.

도사 번은 입지적 관계도 있어 동원령을 받지 않았으나, 사쓰마 번은 받고 있었다.

사이고가 그의 생애에서 가장 눈부신 활약을 한 것은 바로 이 정세 아래에서였다.


여담을 조금 더 계속하기로 한다.

메이지 초년에 도쿄 니치니치 신문(東京日日新聞)의 주필이 된 후쿠치 겐이치로(福地源一郎)라는 사람이 있다. 그는 메이지 39년에 병으로 죽을 때까지 신문인으로서 활약했다.

이 사람은 구막신(舊幕臣)으로서 일찍부터 네덜란드 어학을 배워 안세이 5년 이래 외국 담당 행정관 밑에서 외국인을 맡아 교섭했고, 도바, 후시미의

싸움에서는 15대 장군 도쿠가와 요시노부와 함께 오사카 성에 있었으며, 뒤에 장군이 에도로 도주한 다음 성을 빠져나와 에도로 돌아가 막부가 망하는 자초지종을 자세히 지켜본 인물이다.

그는 메이지 25년에 《막부쇠망론(幕府衰亡論)》이라는 책을 썼다.

후쿠치 겐이치로는 말했다.

"어째서 막부는 재빨리 조슈를 처분하지 않았던가? 이것이 바로 쇠망한 원인의 하나이다."

후쿠치의 말에 의하면 막부는 그 전해 분큐 3년까지는 조슈에게 쩔쩔 매었으며 몹시 두려워했다. 조슈의 실력도 대단했으나 조슈가 교토 조정의 흑막이 되어, 일일이 조정의 뜻이라는 딱지를 붙여 막부를 몰아붙였으며 그들의 일거일동을 반대했다. 막부 관료들은 이러한 조슈의 수작을 미워하며 원수처럼 생각하고 큰 해물(害物)처럼 여겨 "조슈를 제압하지 않으면 막부는 멸망한다"고까지 말하는 자가 많았다.

그러나 분큐 3년 8월, 정변이 일어나자 조슈 세력이 조정에서 일소되었으며, 기묘하게도 양이파였던 천황마저 지금까지 조슈가 흑막이 되어 난발했던 시절의 칙어는 "모두 나의 진의에서 나온 것이 아니다"라고 선언했던 것이다.

그리고 또한 그 다음해인 겐지 원년 여름의 금문의 변에서 조슈는 '조정의 적'이 되었다. 막부가 이때 때를 놓치지 않고 조슈를 처벌하여 그 영토를 몰수하든가 아니면 봉토를 바꾸었더라면 일은 무사했을 것이라고 후쿠치 겐이치로는 말하는 것이다. 막부는 이 절호의 기회를 놓치고 말았다. 왜 놓쳤을까?

강력한 재상이 없었기 때문이었다. 후쿠치의 말을 빌리면, 기회를 잡고 용감하게 단행하는 독재정치가가 없었기 때문이라고 한다.

그의 말이 옳을 것이다.

이미 막부와 그 체제는 썩어 빠져 낡을 대로 낡아 있다. 그렇게 쓰러져가는 집이나 다름없는 정부에 무능한 고급 관리들이 들끓고 있어, 조슈 정벌 한 가지를 실현시키는 데도 믿어지지 않을 만큼 소홀하고 태만했으며, 체면 유지에만 급급하는 조치로서 그럭저럭 지내고 있었던 것이다.

한편 조슈 정벌군의 총독인 오와리 태정차관은 임명된 지 두 달이 지난 10월에야 겨우 대본영인 오사카 성으로 들어가, 그달 18일과 22일 오사카 성에서 각 번의 중역을 소집하여 군사회의를 열었다.

이야기는 잠시 사이고에게로 옮겨진다.

료마가 오사카의 사쓰마 번저로 들어갔을 때 그곳에 사이고는 있지 않았다.

"사카모토님이 오면 잘 대접하도록."

그는 도사보리 번저의 사람들에게 분부를 해놓고 자기는 고라이 다리(高麗橋)의 번저를 숙소로 정했다. 오사카 성에 정벌군 총독이 있었으므로 사쓰마 번을 대표하여 자주 만나러 가야 하기 때문에 교통의 편의를 생각해서 그랬을 것이다.

사이고가 조슈인을 "교활하여 무슨 짓을 저지를지 모르는 패거리"라 보는 점은 막부의 관리들과 다를 바가 없다.

이 점은 조슈인이 사쓰마인을 '사쓰마 적(賊)'이라 부르고, 바칸 해협을 경비하는 조슈 번사들은

"사쓰마의 배, 지나갈 테면 지나가 봐라! 바칸 해협을 지옥의 삼도내(三途川)로 알고 지나가라!" 하고 큰소리쳤으니 말하자면 피장파장인 것이다.

오와리 태정차관은 오사카 성에 입성하여 정벌군의 총독으로서 임무를 맡았으나, 동원령을 받은 30여 번의 중역들이 한결같이 무능했으며 쓸 만한 인물이 없었기 때문에 자연 사쓰마 번을 의지하게 되었다. 사쓰마 번의 대표는 사이고와 중신 고마쓰 다데와키이다.

요시가쓰 총독은 모든 일에 사이고를 불러 의논했으며, 기치노스케, 기치노스케, 하며 그를 곁에 두고 무조건 신임했다. 그는 몹시 사이고를 총애하여 "무슨 일에나 나를 잘 보필해 주기 바란다" 고 말하고 가문(家紋)이 새겨진 단도를 주기도 했다.

사이고의 기본적인 의견은 이런 것이었다.

"이 기회에 조슈를 재기할 수 없을 정도로 두들겨 둘 필요가 있다."

고향의 동지로서 시마쓰 히사미쓰의 비서관 비슷한 일을 맡고 있는 오쿠보 도시미치(大久保利通)에게도 이런 말을 써 보내고 있다.

"그렇지 않으면 우리 번에서도 재해를 입게 된다."

사이고는 조슈 정벌의 방법을 어떻게 하면 좋을까, 주야로 생각했다. 이제 그는 일개 사쓰마 번사가 아닌 조슈 정벌군 총독의 지혜 주머니이며, 총독은

그의 말이라면 무엇이든지 받아들이는 상황이었다. 더구나 막부는 조슈를 처분할 방책을 총독에게 일임하고 있었으므로, 말하자면 이 한낱 사쓰마 번사 한 사람의 생각에 따라 막부가 움직인다고 하는 기묘한 상태에 놓여 있었던 것이다.

사이고가 이처럼 이상한 직능을 갖게 된 것은 전무후무한 일이었다.

역사에도 없을 것이다. 그때의 정부라는 전동기(電動機)가 전혀 부외(部外)의, 그것도 이름 없는 사쓰마 번사의 손에 스위치가 쥐어져 있어 사이고가 그것을 누르기에 따라 막부라는 전동기가 가동하는 것이다.

사이고의 안은 이런 것이었다.

"우선 대군을 이끌고 조슈의 국경을 친다. 그러면 조슈는 놀라 자빠져 통곡을 하며 화평을 청할 것이다. 그때에 가서 조슈를 아주 멸망까지 시키진 않더라도 어디엔가 5, 6만 석의 조그만 땅의 영주로 만들어 버린다."

이 기본 방침은 총독도 승낙했다.


사이고는 총독에게 이렇게 설명했다.

"처치하는 방법은 교묘히 하지 않으면 안 됩니다."

우선 대군을 풀어 조슈를 포위하게끔 배치하고, 대포를 조슈 쪽으로 향하게 하여 명령일하에 조슈로 쳐들어가게 만들어 놓습니다.

"그 상태에서 조슈와 항복 교섭을 하는 것입니다."

말하자면 위력 외교라고 해도 좋다.

사이고라는 사람은 무력이야말로 외교를 호전시키는 무언의 힘이라는 사상의 신봉자였으며 이 사상은 평생 변하지 않았다.

그는 만년에 이렇게 말하고 있다.

"세간에서는 나를 싸움 좋아하는 인간이라고들 말하고 있는데, 누가 싸움을 좋아하겠는가? 싸움은 사람을 죽이고 돈을 낭비하는 짓이므로 부득이한 경우가 아니라면 싸움을 해서는 안 되는 것이다. 그러나 기회가 오면 싸움도 필요한 것이다. 구미 각국의 문명도 싸움 끝에 이루어진 것이 아닌가?"

이야기는 약간 비약하나, 에도를 공격할 때 사촌인 오야마 이와오(大山嚴)가 사쓰마 병사를 이끌고 출진하며 다음과 같은 말을 써 보냈다.

"싸우지 않고 적의 불의를 응징하는 것이 최상의 전법이다. 어떻게 하면 싸우지 않고 승리를 거두는가? 계책이나 술법으로써 되는 일이 아니다. 성의로써 밀고 나가는 수밖에 없는 것이다."

메이지 초년, 대외 교섭이 복잡하여 신정부가 자칫하면 외국의 억지를 받아들일 수밖에 없게 됐을 때, 사이고는 정부에 의견서를 내놓았다.

"외국과 교제하려면 독립 체제를 확립하고, 외국과의 약속은 일일이 이행하고, 사소한 일이라 할지라도 신의를 저버리거나 예절을 잃어서는 안 된다. 만일 외국측에서 조약 외의 일로 억지를 부린다면 조리를 잘 타일러 주며 추호도 동요하거나 위축되어서는 안 된다. 이때 만일 싸움을 두려워한 나머지 주관을 버리고 그들의 말에 굴복한다면 끝내는 나라가 망한다. 그러므로 외국과 교섭할 때는 도리에 어긋나지 않도록 하고 주관대로 밀고 나가다가 싸움에 지는 한이 있더라도 후회를 하지 않는다는 각오로써 임해야 한다."

무력에 대해 사이고는 이런 정치사상을 지니고 있었다.

이것이 그의 조슈 정벌 문제에 있어 그 활약상에 여실히 나나나고 있다.

"조슈를 쳐라! 그러나 칼을 휘두르지 말고 무릎을 꿇게 만들라. 그리고 통곡하게 만들라. 그러고 나서 항복 조건을 정하라."

이때 사이고의 언론이나 활약이 조슈인들의 증오를 사게 되어, 유신 정부가 탄생한 뒤에도 조슈인들은 사이고를 대할 때 마음속 깊이 새겨진 증오를 잊지 않았다.

어쨌든 사이고라는 사람은 유신 뒤에는 정치가로서의 능력을 잃고 거대한 철인(哲人)이라는 존재가 되었으나, 이 조슈 정벌 당시에는 그 정세 분석에 관해서 예민한 저널리스트의 재간을 발휘하여 정치가로서의 그가 손을 쓴 것은 모조리 굉장한 성과를 거두었던 것이다.

사이고가 조슈의 처분 방법에 대해 눈독을 들인 것은 기쓰가와(吉川)라는 가문이었다.

조슈는 큰 번이었다. 번 속에 몇 개의 지번(支藩)을 거느리고 있다. 기쓰가와 가문은 그중의 하나로 이와쿠니(岩國)의 번주였다.

호주는 기쓰가와 겐모쓰(吉川監物)라고 했으며 물론 모리 가문의 일족이라 지금 근신을 하고 있는 중이다.

사이고의 구체적인 처리 방침은 조슈가 항복하여 마지막 처분을 실시하게 된다면 다음과 같이 하려는 것이었다.

"조슈인으로써 조슈인을 처분토록 해야 한다."

금문 사변의 주모자를 번내에서 자가숙청시키고 또한 봉토를 바꾸는 일도 그 처리 사무를 번내에서 행하게끔 한다. 그런데 그 실시자를 누구로 정하느냐, 하는 점에서 사이고는 이와쿠니의 번주 기쓰가와 겐모쓰를 점찍었던 것이다.

"묘안이군!"

총독 도쿠가와 요시카쓰도 손뼉을 치며 감탄했다.

기쓰가와 가문은 이상한 가문이었다. 이야기는 세키가하라로 거슬러 올라간다. 당시의 모리 가문은 도쿠가와 가문과 나란히 최대의 영주로서 이시다 미쓰나리의 강요로 군의 우두머리로 출진했으며, 본가인 데루모토(輝元)는 오사카 성에 있었다.

분가한 기쓰가와 히로이에, 그가 기쓰가와 가문의 시조(始祖)였는데 그가 모리 가문의 병사를 이끌고 세키가하라에 포진하였다.

이때 그는 본가에는 의논도 않고 단독으로 이에야스와 은밀히 내통하여 난구 산(南宮山) 꼭대기에 올라가 움직이지 않았으므로 서군 패퇴의 한 가지 원인을 만들었다.

이에야스는 서군에 가담했던 각 번의 영주들을 처벌할 때, 물론 모리 가문도 없애 버릴 작정이었다.

그러나 가계인 기쓰가와 히로이에가 애원하며 간곡히 부탁하였다.

"저는 봉토도 필요 없습니다. 그러니 그것은 모리 본가에 주시도록 선처해 주십시오."

이에야스는 부득이 기쓰가와 히로이에에게 주려던 스오, 나가토 두 고을을 모리 가문에 주었다.

기쓰가와는 녹이 없어졌다. 2대째인 히로마사(廣正)가 모리의 녹에서 이와쿠니 6만 석을 갈라 기쓰가와 가문에 주었다. 막부는 대대로 이 기쓰가와 가문을 우대하고, 제후(諸侯)는 아니었으나 그에 비등하는 대우를 하여 왔던 것이다.

말하자면 세키가하라 패전으로 인한 모리 가문의 멸망을 구해 준 집안인 것이다.

그 가계가 바로 막부말의 이와쿠니 성주 기쓰가와 겐모쓰였다.

도쿠가와 요시카쓰가 손뼉을 치며 묘안이라고 한 것은 그 인연의 오묘함에 감탄한 것이다.

"기쓰가와 가문은 두 번 본가(本家)를 구하게 되는구나."

호주인 기쓰가와 겐모쓰는 온화한 인물로서 사려도 깊었으므로 이러한 일에는 매우 적격자였다.

"그러나 과연 겐모쓰가 그것을 승낙할까가 문제로군."

총독 요시카쓰가 말하자 사이고는 가볍게 말했다.

"제가 가서 설득해 보겠습니다."

사이고가 곧 고라이 다리에 있는 번저로 돌아가 준비를 하고, 요시이 고스케와 사이쇼 조조를 데리고 출발한 것은 료마가 오사카에 온 사흘 후의 일이었다.

사이고는 이와쿠니에 도착하자 곧 기쓰가와 겐모쓰를 만나서

"조슈가 항복하면 조정과 막부는 온정으로써 대하겠다"고 말하자 겐모쓰는 곧 양해했다. 이렇게 하여 사이고의 책략은 모조리 맞아 들어갔다.


결국 조슈 번은 '순종'하기로 했다. 이미 번정은 속론당으로 넘어가 있었으며 막부에 대해 전과는 달리 오로지 머리를 숙이는 태도로 일변하여, 이것이 바로 몇 달 전까지 천하의 급진적 세론을 선도해 온 조슈 번인가 의심할 정도로 온순해졌다.

근왕파는 모조리 번정에서 밀려나, 다카스기 신사쿠는 번외로 도망하고 스후 마사노스케(周布政之助)는 자택에서 할복했다. 그리고 가쓰라 고고로는 금문 사변 후 종적을 알 수 없었으며 나머지 패거리들도 속수무책이었다.

번주 모리 요시치카는 기동도 불편할 만큼 비만한 몸을 지니고 있었다. 그는 어제까지 근왕파에 떠받들려 막부에 대항하다가 오늘엔 또 속론파에 업혀 총독의 군문에 머리를 조아리게 되었다.

"모든 면에서 마스다 우에몬노스케, 구니시 시나노, 후쿠하라 에치고의 세 중신이 나쁘다"는 것을 내세우고 용서를 빌었다.

막부는 (사이고의 안에 의한 것이었으나) 다음과 같이 요구했다.

"그렇다면 순종의 증거로 그 세 중신의 목을 내놓고 금문 사변의 참모들을 사형시켜라!"

조슈 번에서는 순순히 받아들였다. 사이고도 모리 일문의 기쓰가와 겐모쓰를 통해 이렇게 말하고 있다.

“명한 대로 순종한다는 실증만 제시하면 나중의 처분 문제에 대해서는 되도록 관대하게 해결되도록 노력하겠습니다.”

겐지 원년 11월 11일, 모리 번주는 우선 마스다와 구니시에게 할복을 명했다.

그날 밤 10시, 마스다 우에몬노스케는 영내 도쿠야마(德山)의 소지 사(總持寺)에 마련된 할복 장소로 갔다. 이 조슈 번의 수석 중신은 이제 나이 32살의 젊은이였다.

다다미가 두 장 깔려 있었으며 그 위에 사방 넉자의 흰 비단 방석을 깔고 우에몬노스케는 조용히 앉았다. 곧 그의 ‘죄상서(罪狀書)’라는 것이 낭독되었다.

그것을 듣자 우에몬노스케는 몹시 놀랐다.

‘그는 재직 중 간신들과 작당을 하고’라고 되어 있다. 간신들이란 기지마 마다베 등 근왕파의 인물을 가리키는 것이다.

“제멋대로 국가의 체면을 손상시켰을 뿐만 아니라 천조(天朝)와 막부를 무시하고.”

마지막에 가서는 다음과 같이 계속된다.

“불충불의를 저지르게 되었으니 도저히 용서할 수 없으므로 할복을 명함.”

한편 구니시 시나노의 할복 장소는 도쿠야마의 조센 사(澄泉寺)였으며, 후쿠하라 에치고만은 가와니시의 류우고 사(龍護寺)에서 다음날 할복했다. 죄상은 거의가 같은 내용이다.

“번주 대신 죽어다오.”

기쓰가와 겐모쓰의 간곡한 부탁으로 혼연히 죽음의 자리에 나섰던 것이었으나, 그 죄상서에 간인 불충(奸人不忠)이라고 지목된 그들의 심정은 오죽했겠는가?

후쿠하라 에치고 같은 사람은 “다시 한번 그 죄상서를 보여 주게” 하고 직접 손에 들고 읽어 내려가다가 안색이 변했으나 묵묵히 그것을 돌려주고는 창백한 얼굴로 배를 갈랐다.

세 중신의 머리는 총독 앞에 보내졌다.

료마는 그런 자초지종을 오사카의 사쓰마 번저로 들어온 정보에 의해 알 수 있었다.

# 겐지의 세모

촉촉이 내리는
가야노(萱野)의 가을비는
소리 없이 찾아와서
옷을 적시네


료마는 이날 아침 콧노래를 부르며 칼을 꺼내 놓고 그 시퍼런 칼날에 숫돌 가루를 문지르고 있었다.

창 밖에는 비가 내리고 있다. 사쓰마 번저에 몸을 위탁한 채 그럭저럭 이 해도 저물어 갈 것 같았다.

"아니, 오늘같이 비 오는 날 무슨 칼손질을 하십니까?"

무쓰 요노스케가 약삭빠른 얼굴로 들어왔다.

"사이고군이."

무쓰는 앉아서 말을 이었다.

"지금 상태로선 연내에 돌아오지 않을 것입니다."

사이고는 정벌군 총독 도쿠가와 요시카쓰의 요청으로 조슈를 무혈 항복시

키기 위해 이와쿠니로 가 있었다. 조슈와의 교섭이 복잡하여 아마 일은 연내
에 끝나지 않을 것이다.

"그가 오사카로 돌아올 때까지 이렇게 이 집에서 하릴없이 기다리는 겁니
까?"

"할 수 없지."

료마는 정성들여 숫돌가루를 문지르고 있다. 그의 그 정성스런 손짓이 무
쓰에게는 왠지 우습게 느껴졌다. 대체로 물건에 너무나 집착이 없는 사내라
칼 같은 것에는 도무지 아무런 애정도 취미도 없는 것이다. 다만 이 요시유
키(吉行)만은 단 한 자루의 칼이었으므로 할 수 없이 소중히 하고 있는 모
양 같았다.

"사이고군이 돌아오지 않으면 이쪽의 계획을 움직일 수 없다는 것인가
요?"

"말하자면 그렇지."

"그만큼 그 사이고라는 인물은 사쓰마 번을 한 손에 쥐고 있다, 이 말씀입
니까?"

"사쓰마 번만이 아니다. 그 사람은 조슈 문제라는 막부의 약점을 누르고,
아마 막부를 쥐고 흔들 작정인 모양이다."

"여하간에"

무쓰는 두 무릎을 안았다.

"우리들은 해군 회사의 계획도 진행시키지 못하고 사이고 한 사람만 바라
고 앉아 있어야 되는군요."

"그렇지, 콧노래라도 부르며 말이다."

"아니!"

무쓰는 놀라며 말한다.

"그럼 지금 그 노래는 사카모토님의 목소리였나요? 야아, 놀랐는데!"

"놀랄 건 없다. 비파가(琵琶歌)도 샤미센에 맞춰 부를 줄 아니까."

료마는 숫돌가루를 바르며 뜻밖에 좋은 목청으로 노래를 부르기 시작했
다.

　사랑하는 내 님은
　우라도(浦戶) 앞바다서

함빡 비에 젖어
고기를 잡네

"고기를 잡네, 고기를 잡네, 하는 거지."
"묘한 노래군요."
무쓰는 웃음을 터뜨렸다. 그러나 어쩐지 지금의 상태를 노래로 읊은 듯한 느낌도 들었다. 우라도 앞바다에서 고기를 잡고 있는 님이란 사이고일 것이다. 하기야 그 거구(巨軀)의 사내가 처량하게 비를 맞고 있는지 어떤진 모르지만.

무쓰가 방을 나간 다음 료마는 벌렁 드러누워 멍하니 빗소리에 귀를 기울이고 있었다.
곤란한 일이 생겼던 것이다.
어젯밤, 고향에 있는 오토메 누님으로부터 긴 편지가 왔었다. 읽어 보니
"집을 나가 중이 되어 산에도 가고 전국을 돌고 싶다"는 사연이 적혀 있었다. 그 누님의 성품으론 능히 해내고도 남을 것이다.
'매형과 사이가 좋지 않은 모양이로군.'
료마는 생각하였다. 지난 분큐 3년 봄에 료마가 탈번의 결의를 굳히고 집을 찾아가서 오토메 누님에게 슬며시 하직 인사를 했을 때, 그녀는 말했다.
"어디에 있건 편지를 꼭 보내라. 편지의 주소는 이 야마기타 마을의 매형 집으로 하지 마라. 혼초 거리의 친정으로 해 줘. 왜냐고? 앞일은 모르지만 나는 이 집을 나갈 각오로 있으니까 말야."
료마는 그때 자기가 탈번하면 시댁에 누를 입힐까 해서 시댁을 나가려는 것인가, 생각했다. 놀라며 만류했었으나 아마 사정은 거기에 있었던 게 아닌 모양이었다.
신스케 매형의 품행이 나빠 오토메 누님의 속을 어지간히 썩이는 모양이었고, 더구나 오시모(霜)라는 시어머니가 그 고장에서 유명하게 까다로운 사람으로 그녀가 오토메를 몹시 미워하고 있다는 것을 료마는 듣고 있다. 이것이 오토메가 시집을 나오고 싶어 하는 가장 큰 이유였을 것이다.
'세상에는 귀찮은 일도 많군. 오토메 누님 같은 사람도 그런 일로 고생을 하나?'

그는 무책임하게 이상한 나라라도 들여다보듯이 생각했다.

얼마 뒤 오토메에게서 샤타로(赦太郞)라는 아들이 태어났으나, 그래도 사태는 별로 원만하게 돌아가지 않았던 모양이다.

생각 외로 뿌리가 깊었다.

고치 성아래거리 사카모토라 하면 거리 으뜸가는 유복한 향사로, 가족들은 농담만 하고 지내는 그지없이 명랑한 가정이었다.

오토메는 여자이면서도 검술과 마술을 좋아했고 특히 기다유(義太夫) 노래는 전문가를 뺨치게 잘하여, 다섯 자 여덟 치의 커다란 몸에 예복을 걸치고 한바탕 목청을 뽑은 일도 있었다. 오토메는 이러한 처녀 시절을 보내며 부엌일과 바느질은 거들떠보기도 싫어했다.

그런 오토메가 가풍이 엄격하고 검약(儉約)을 신조로 삼고 있는 오카노우에 가문으로 시집을 간 것이니 기질이 맞을 리가 없다.

며느리로서의 괴로움과 고생이 많은 모양 같았다.

료마는 몇 가지 이야기를 들은 적이 있다.

시어머니인 오시모는 쌀뜨물을 버릴 때라도 쌀알 세 톨을 흘리지 않았던 사람이다. 여자란 그렇게 해야만 하는 줄 아는 사람이었다.

"오토메, 세 톨까지는 용서한다. 그러나 너같이 흘렸다가는 지옥에 가겠다"고 말했다. 오토메는 그런 어리석은 일로 사람을 평가하는 시어머니를 속으로 경멸하고 있었다.

손자인 샤타로의 양육법도 달랐다. 생선을 먹일 때에도 시어머니는 뼈까지 깨끗이 빨아먹지 않으면 용서하지 않았으나, 오토메는 그것만은 양보하지 않았다.

"샤타로, 무사는 정신의 고매함을 유지해야 한다. 생선의 뼈까지 빨아 먹는다는 것은 음식에 탐을 낸다는 것이다."

그러면서 그녀는 뼈에 붙은 속살에는 절대로 젓가락을 대지 못하게 했다.

이것은 료마도 어릴 때부터 오토메의 잔소리로 귀가 아플 만큼 들었던 일이라, 그 이야기를 들었을 때 고소를 금치 못했던 것이다.

'샤타로도 그 때문에 기합을 받고 있구나.'

하고 고소를 금치 못했던 것이다. 하기야 이것이 사카모토 가문의 법식이라 해도 오카노우에 가문에서 볼 때는 웃을 일이 아닐 것이다. 생선 먹는 법 하나를 가지고도 오토메와 시어머니 사이에는 심각한 대립이 있었다.

오토메는 손님에게 반드시 다과를 내놓았다. 그녀는 샤타로의 친구들에 대해서도 마찬가지였다.

"어린애들에게까지 일일이 다과를 내놓을 필요는 없다."

시어머니는 잔소리를 했으나 오토메는 끄떡도 하지 않고 말했다.

"샤타로는 무사 가문의 종손입니다. 그의 친구라면 아무리 서너 살밖에 안 되는 아이들이라도 한 사람 몫의 손님으로 대우를 해 줘야 하는 것입니다."

그 과자는 반드시 홍백(紅白)의 과자였으며 내놓는 수도 홍백 두 개씩 네 개를 내놓았다.

샤타로의 친구가 아무렇게나 집어 먹으려고 하면 오토메는 그를 제지하고 말했다.

"먼저 흰 과자를 먹어요. 그리고 다음에 붉은 것을 드는 거예요. 그리고 그 이상 먹어서는 안 돼요."

아이가 그렇게 따르면 나머지 홍백 두 개의 과자는 그 아이가 돌아갈 때 싸서 돌려보낸다.

오토메는 이런 것으로 아이에게 질서의 훈련을 시킬 생각인 모양이었다.

"헤픈 며느리로다."

시어머니는 불평을 했다. 시어머니는 며느리에 대한 불평을 일일이 아들에게 하소연했다.

신스케는 원래 이 오시모가 자기의 친어머니가 아니었으며, 야마기타 마을의 후지다(藤田) 가문에서 양자로 들어온 사람이었다. 양어머니인 만큼 조심과 눈치가 보여 그럴 때마다 신스케는 오토메를 방으로 불러 들여 신경질을 냈으며 때로는 오토메의 머리채를 휘어잡고 사정없이 때렸다.

신스케는 겨우 다섯 자가 될까 말까 하는 작은 사내였다. 오토메는 다섯 자 여덟 치의 큰 여자이며 더구나 쌀가마 두 개쯤은 거뜬히 들 만한 장사여서, 이런 광경은 우습다기보다 차라리 비참했다. 오토메는 언제나 저항하지 않고 맞아 주었다.

그러나 마침내 더 이상 참을 수가 없게 되었다.

친정인 사카모토 댁에는 올케가 세상을 떠나 곤페이가 아직 홀아비로 그냥 지내고 있었다. 오토메는 신스케에게 몇 차례나 졸라 댔다.

"친정에 주부가 없어 살림이 말이 아닙니다. 그러니 저를 돌려보내 주세요."

오토메는 답답한 나머지, 이 세상에서 자기를 가장 이해해 주는 료마에게 편지를 썼다.

볼일이 있어 친정에 들렀던 김에 료마가 쓰고 있던 2층 서쪽 방에 들어가 앉아 보았다. 그녀가 문득 료마에게 편지를 쓰고 싶은 생각이 들었던 것은 료마의 책상 위에 그가 어릴 때부터 사용하던 벼루집이 있었기 때문이었을 것이다.

무의식중에 하소연이 앞섰다.

그 편지가 지금 사쓰마 번저에 있는 료마의 책상에 올려져 있다.

'오토메 누님도 큰일이구나.'

료마는 일어나서 그 편지를 다시 한번 읽어 보았다. 전에 료마는 오토메 누님에게 보내는 편지에 이런 말을 쓴 적이 있다.

"오토메 누님의 명성은 가는 곳마다 자자하여 료마보다 강하다는 평판이 더군요."

그 강한 오토메가 역시 여자였기 때문에 시집을 가서 여자다운 고생을 하고, 이처럼 서글픈 하소연을 남동생에게 하게 된 것을 생각하니 말할 수 없이 가엾은 생각이 들었다.

료마는 벼루를 꺼내 답장을 쓰기 위해 먹을 갈기 시작했다.

'그런데, 뭐라고 쓸까?'

암만해도 편지를 쓰는 것은 질색이었다. 자기의 최초의 스승이었던 누님의 신상 상담에 응해야 하기 때문이었다.

료마는 종이를 펴놓고 붓을 놀리기 시작했다.

지난번에 주신 편지 속에 여승이 되어 산중에 들어가고 싶다는 구절이 있는데, 이것은 정말 재미있는 착상(着想)을 하셨다고 생각합니다.

료마는 여기서 잠시 붓을 멈추었다. 그는 일종의 명문가였다. 오토메의 착잡한 심중을 참작하여 다시 경쾌하고 익살맞게 써내려갔다.

현재 사방의 정국은 어지러워 세상이 소란하지만, 낡은 가사(袈裟)를 어깨에 걸치고 길을 떠나면, 서쪽으로는 나가사키로부터 동쪽은 마쓰마에

(松前)를 거쳐 홋카이도(北海道)까지 동전 한 푼 여비가 필요 없습니다.

요컨대 료마는 누님에게 "그것은 참 묘안이다. 낡아 빠진 가사만 걸치고 가면 전국을 노자 없이 거저 돌아다닐 수 있다"고 칭찬하는 것이다. "그러나 그러기 위해서는 그만한 각오가 필요하다"고 료마는 다시 써내려 갔다.

그처럼 비용 없이 전국을 누비려면 우선 신곤 종(眞言宗)의 관음경과 잇코 종(一向宗)의 아미타경을 외야 합니다. 이것은 좀 어렵겠지만 어디를 가나 그들의 문도들이 퍼져 있으므로 반드시 외지 않으면 안 됩니다. 누님이 그렇게 할 것을 생각하니, 저는 재미있어 저절로 웃음이 터져 나오는군요.

여기까지 쓰고 료마는 정말로 우스워서 낄낄거렸다.
그때 무쓰 요노스케가 들어왔다.
그 소년은 항상 기척도 없이 들어와서는 료마 곁에 앉는 것이었다.
"편지를 쓰고 있으니 저리 가라."
료마는 얼굴도 들지 않고 말했다.

료마는 잠시 생각을 가다듬더니 다시 붓을 놀리기 시작했다. 그는 여자 순례자로서 무전여행을 할 수 있는 방법을 하나하나 설명해 내려갔다.

그리고 또한 여승들이 항상 외는 경도 일부 준비하여 신곤 종에 갔을 때는 신곤 종의 것을, 잇코 종에 갔을 때는 잇코 종의 것을 외야 합니다. 다만 이것은 숙소를 얻기 위한 것이므로, 법문(法文)이나 신란상인(親鸞上人)의 좋은 이야기 같은 것도 들려주어야 합니다.

료마는 여기서 더욱 자세히 설명해 나가고 있다.

이제까지 말씀드린 것은 무전 숙박법이며, 한편 밝은 낮에는 또 낮대로 재미있는 돈벌이가 있습니다. 번화한 거리를 경을 외며 왕래하면 돈은 저절로 호주머니에 굴러 들어오는 것입니다. 이렇게 꼭 해 보십시오. 정말 재미있을 것으로 생각됩니다. 그까짓 뜬세상 그럭저럭 살아가며 뿡! 방귀가 나올 만큼 해 보십시오. 죽으면 백골은 들판의 흰 돌로 변하고 맙니다. 어서어서 늦기 전에 시작해 보십시오.

료마는 이렇게 누이를 놀려 주다가 문득 '어쩌면 오토메 누님은 진짜로 경을 배우기 시작할지도 모른다.' 이런 생각이 들어 이번에는 위협적인 말을 쓰기 시작했다.

그러나 한 가지 명심할 것은 이 일은 절대로 혼자서 실행하면 안 됩니다. 만일 혼자서 길을 떠난다면 굉장히 무시무시한 꼴을 당하게 되는 것입니다. 꼭 여승이 되어 전국을 순례하고 싶으면 누님도 아직 젊으니까 단단히 조심해야 합니다.
그리고 또한 절대로 얼굴이 반반한 사람과 동행해서는 안 됩니다. 같이 떠나야 할 동행은 무쪽같이 생긴 고집쟁이 할멈이 아니면 안 됩니다. 짤막한 몸뚱이를 망태기 속에 넣고, 두셋이서 함께 행동할 것이며, 만약 유사시에는 꽝! 한대 후려치고 그놈의 불알까지 모조리 잡아 빼 버리십시오.

"아니 그게 무슨 편집니까?"
무쓰가 읽어 보고 싶은 듯한 얼굴을 하고 물었다. 료마는 무쓰를 흘끔 보며 말했다.
"무전여행 하는 법을 전해 주고 있다."
"아하아, 사카모토님의 장기(長技)로군요. 그 비법을 어느 분에게 전수하시는 겁니까?"
"시끄럽다."
료마는 다시 편지 끝에다가 덧붙였다.

곰보 아씨에게도 안부 전하십시오.

료마가 늘 곰보니 복어새끼니 하고 놀려 주던 형 곤페이의 외동딸 하루이를 말하는 것이다.
명랑한 처녀였던 하루이도 얼마 전에 데릴사위 남편을 맞아 벌써 딸을 낳았으며, 이름을 쓰루이(鶴井)라 짓고 훌륭한 어머니가 되어 있었다.

겐지 원년의 설달도 막바지에 접어들었을 때, 조슈로 잠입했던 나카지마 사쿠타로가 돌아왔다.

그는 포목 행상인으로 변장하고 있었다.

"어떻던가, 조슈는?"

료마가 다급하게 물었다.

"재 먼지가 난무하고 있더군요."

불과 19살밖에 안 되는 어린 지사는 대답했다.

조슈 탐색이라고 하는, 난생 처음의 중책을 수행했기 때문에 보고하는 말 씨가 몹시 열을 띠고 있었다.

'이건 안 되겠군. 목욕이라도 시키고 밥을 먹인 뒤에 마음을 안정시켜서 말을 시켜야겠다.'

료마가 그렇게 생각한 것은, 나이어린 사람의 흥분한 보고를 듣게 되면 아무래도 냉정한 객관적 판단을 하기 어렵다고 느꼈기 때문이었다.

"사쿠타로, 우리 함께 목욕탕에 들어갈까?"

"어이구, 사카모토님이 남과 함께 목욕탕에 들어가신다는 것은 정말 희한한 일이군요."

사쿠타로는 료마의 등에 돌돌 말린 시꺼먼 털이 나 있는 것을 알고 있다. 그것을 남에게 보이는 게 싫어서 료마는 한여름에도 남들 앞에서는 웃통을 벗지 않았으며 누구와 함께 목욕도 하지 않는다는 것도 알고 있었던 것이다.

"글쎄, 목숨을 내걸고 탐색을 수행한 너를 위로하는 뜻에서 잔등의 털을 특별히 보여 주겠다."

"시시한 위로군요."

사쓰마 번저에는 서쪽에 있는 행랑방 옆에 비교적 커다란 목욕탕이 있다. 창 너머로 바라보니 다행히 굴뚝에서 연기가 나고 있었으므로 두 사람은 마당으로 내려와 차가운 바람 속을 달려서 목욕탕으로 뛰어 들었다.

사쓰마 번저의 사람들은 아무도 들어가 있지 않았다.

"이건 우리 도사 사람이 독점한 거나 다름없군."

사쿠타로는 탕 속으로 풍덩 뛰어 들어갔다.

"사카모토님, 이번에 도중에서 시를 지었지요."

“그래?”
“읊어 볼까요?”
사쿠타로는 무럭무럭 오르는 김 속에서 나지막하게 읊기 시작했다.


　　이제 장사, 칼을 의지하여 일어섰도다
　　짚신으로 밟고 지나는 천리 길에
　　북풍은 서리를 몰아오고 차가운 달은 외롭구나
　　만산에 눈이 쌓이고 초목은 시들어 앙상한데
　　혼자 나라 위에 통분하니 마음은 절로 호탕해지는구나
　　……
　　……


“사쿠타로, 됐다 그만해라.”
료마는 탕 속에서 얼굴을 씻으며 말했다. 사쿠타로의 너무나도 열성적인 혈기에 압도되는 것만 같았다.
“도사내기들이 너무나 죽음을 서두른다고 세간에서는 말들을 하고 있지. 과연 그러고 보니 덴추조(天誅組)나 이케다야, 하마구리 궁문 등에서 죽은 녀석은 거의가 도사놈들이거든.”
“……”
“그 시는 좋지 않다.”
“어째서요?”
“죽음을 찬미하고 있다. 앞으로의 세상은 이미 결사적인 만용만으로는 따라갈 수 없다. 혼자서 천하를 움직이게 할 수 있는 기개와 지혜가 필요하다. 도사내기들의 광적으로 날뛰는 것과 경박한 언동은 이제 그만 버려야 된다.”


나카지마 사쿠타로가 료마에게 보고한 조슈의 사정은 대충 상상하고 있던 대로였다.
금문 사변의 정치범으로서 세 중신을 할복시켰을 뿐 아니라, 막부의 비위를 맞추기 위해 마에다 마고에몬 등 일곱 근왕파를 체포하여 노야마(野山) 감옥에 처넣고 그 다음날 무 자르듯 뎅강뎅강 목을 쳤다고 한다. 어제까지 세도가 당당했던 조슈 근왕파의 거물급들이 하루아침에 역적의 누명을 쓰고 형장의 이슬로 사라져 버린 것이다.

"무참한 일이로군."

료마는 왼손을 품속에 넣고 오른손으로 열심히 얼굴을 문질렀다. 그렇게라도 하지 않고는 치밀어 오르는 의분을 가눌 길이 없었기 때문이다.

"조슈의 상급 무사들은 모조리 막부파가 되어, 그들은 하기(萩) 성아래거리를 창검을 번쩍이며 활보하고 있다더군요."

"가쓰라는 어떻게 됐지?"

"고고로님 말입니까? 그 분은 금문 사변 직후 불타오르는 교토를 뒤로 종적을 감춘 채 여지껏 동지들조차도 행방을 모르고 있답니다."

"과연 검객이로군."

료마는 웃었다.

"도망갈 줄 알거든."

료마는 금문 사변 직후에 가쓰라가 안마사, 서시, 사바꾼 등으로 변장하고 교토를 탈출할 기회를 엿보고 있었다는 소문을 들어 알고 있었다.

어느 날 가쓰라는 애인인 산본기의 기생 이쿠마쓰를 은밀히 만나 보려고 안마사처럼 꾸미고 거리에 나섰던 일이 있다.

이때 그것을 아이즈 번의 순찰대가 수상히 여겨, 동행할 것을 요구했다.

가쓰라가 아랫배를 누르며 지금 설사병에 걸려 있다고 호소하자 아이즈 번사들은 하는 수 없어 근처의 민가에서 변소를 빌려 주고 변소의 문 앞을 엄중히 경계했다. 가쓰라는 인사를 하고 변소에 들어갔는데 들어가자마자 거름 퍼내는 구멍으로 달아나 버렸던 것이다. 귀신처럼 기민한 동작이었다.

그 소문을 들었을 때 료마는

'에도 시대에 그 사내의 죽도(竹刀) 솜씨는 너무나 기민하여 아무도 따르지 못한다고 했었지.'

가지바시 번저에서 가쓰라와 시합했을 때의 일을 그리워했다.

"다카스기 신사쿠는 건재합니다. 그 사내는 영내를 귀신같이 출몰하며, 낭사들의 유격대와 씨름꾼으로 조직된 역사대(力士隊) 본부로 가서, 속론당 정부를 쓰러뜨릴 테니 힘을 빌려달라고 그들을 설득하고, 자기는 어디서 가져온 것인지 갑옷을 착용하고 투구를 끈으로 목에 걸고 있더군요."

"재미있는 놈이야."

료마는 약간 기분이 밝아졌다.

"저는 그를 만났어요. 조후(長府)의 고산 사(功山寺)에 계신 산조공과 다즈 아가씨를 찾아갔을 때, 마침 그런 모습으로 나타난 것이 바로 다카스기 신사쿠였습니다."

"흠!"

"산조 공께서 놀라시니까 다카스기는 지금은 비록 속론당에게 정권을 뺏기고 말았으나 이제 곧 전복시키고 말겠습니다, 조슈 남아의 기백을 보여드리고 말겠어요, 하고 사라졌는데, 그 후 시모노세키를 습격하여 속론당의 관리를 쫓아내고 그곳을 본부로 삼은 다음, 다시 미다지리 항(三田尻港)에 나타나서 번의 군함도 탈취했다는 소문이 있었습니다."

"허어!"

료마는 그림 이야기의 그림이라도 보는 것같은 흥분을 느끼고 탁 무릎을 치며 조슈는 정말 재미있다고 중얼거렸다.


"재미있는걸."

료마는 또 한번 고개를 끄덕였다. 이처럼 재미있는 번이 또 어디에 있겠는가?

다행히 번주는 우매했다. 그것을 기회로 하여 하급 번사들이 번주에게 과격한 근왕 사상을 고무시켜 조슈 번을 마음대로 뒤흔들어 막부 체제하의 콧대 센 고집쟁이가 되었다.

그러던 것이 갑자기 막부에 호되게 얻어맞고 '천황'에게까지 미움을 받으며 역적이라는 오명까지 입고 말았다.

그러자 이제까지 조용했던 막부파가 갑자기 떼를 지어 들고 일어나 번주를 업고 근왕파의 탄압에 착수했다.

번주는 갑자기 막부파로 변했다.

근왕파는 살해되거나 혹은 도망쳤다. 본래 그들은 수효가 적었으며 일단 권력의 자리에서 떨어지자 아무 힘도 없었다.

조슈 번의 상급 무사 계급 출신의 근소한 근왕파였던 다카스기 신사쿠는 막부파의 눈을 피해 영내를 전전하며 말했다.

"어디까지나 막부와 싸우겠다. 여차하면 번주 부자를 모시고 바다 건너 조선으로 도망가서 망명 정권을 세우겠다. 그리고 보슈 조슈 두 고을이 초토가 된다 해도 머지않아 천하 형세를 일변시키는 기초가 된다면 역시 좋은 일이 아니겠는가?"

"재미있는 사내로군."

료마가 사쿠타로에게 말했다.

"천재입니다. 기책 종횡(奇策縱橫), 신출귀몰, 기상천외라는 점에서 사카모토님을 닮았군요."

"닮긴 어디가 닮았단 말야?"

료마는 다카스기 신사쿠와 비교되어 몹시 한심스럽다는 얼굴을 했다. 다소 자존심이 상했던 모양이다.

"나 같으면 조슈 번이라는 작은 천지를 버리고 천하나 지구의 중핵(中核)을 찌른다."

"그건 너무합니다. 다카스기 신사쿠는 사카모토 료마와는 달리 훌륭한 가문에 태어났고 번주 부자에게도 몹시 총애를 받고 있습니다. 그러니까 번을 헌신찍 버리듯 버릴 수가 없을뿐더리 자연 활동은 빈을 중심으로 할 수밖에 도리가 없지 않습니까?"

여하튼 사쿠타로의 보고에 의하면 다카스기 한 사람이 혹성(惑星)처럼 활약하고 있으며, 군대를 이용해서 정변을 일으키려는 모양이었다. 그러나 다카스기의 생각대로 속론당 정권이 쉽사리 쓰러질 것인가는 의문이었다.

"그렇지만 어려울 것입니다. 기병대마저도 다카스기 신사쿠의 움직임에는 방관하는 태도를 취하고 있을 정도니까요."

"그렇던가? 참, 조슈에는 그런 부대가 있었지."

기병대로 대표되는 조슈의 여러 부대는 고유의 번 제도에 생긴 혹 같은 존재로, 엄밀하게 말한다면 번사들이 아니다. 그들의 출신은 상인, 농민, 승려, 신관(神官), 역사(力士) 등으로서 외국군을 치기 위해 창설된 임시 군대인 것이다.

따라서 번정(藩政)의 움직임에는 일종의 독립된입장을 취하고 있어 해안 지방의 도시들에 본부를 설치하고 지키고 있는 것이다.

"나 같으면 그 부대들을 이용하지."

료마가 말했다.

"그 부대들을 움직여 조슈 번을 점령하고 만다. 그 수반(首班)에는 번주를 앉히지 않고 다섯 공경을 앉히도록 한다."

"이미 그런 움직임이 싹트고 있습니다. 더구나 그것을 도사 패거리들이 하고 있습니다. 예를 들면 나카오카 신타로 같은 사람이지요."

뜻밖의 이름을 사쿠타로는 꺼냈다.


이와는 별도로 조슈에는 '오경(五卿)'이라는 독특한 정치 세력이 존재하고 있다. 망명의 공경단(公卿團)이다.

예의 그 분큐 3년 8월의 정변으로 교토를 나온 산조경 이하 7명의 과격파 공경들로서, 그들 중 사와 노부요시(澤宣嘉)는 다지마 이쿠노(但馬生野)의 난(亂)에 참가하느라고 탈락되고, 니시키고조지 요리노리(錦小路賴德)는 지병인 결핵 때문에 망명중 세상을 떠났다.

그러므로 자연 다섯 공경이 된다. 산조 사네토미를 대표로 하여 시조 다카우다, 산조 니시스에도모, 히가시구제 미치토미, 미부 모도나가 등 다섯 공경이다.

조슈 번은 그들을 우대하여 처음에는 미다지리에 있는 쇼켄 각(招賢閣)을 숙사로 제공하였고 곧 이어서 야마구치 교외에 전각을 세워 그곳으로 영접했다. 질이 좋은 온천이 나오는 고장이었다.

이들 오경(五卿)에게는 호위 병사가 있었다.

그들은 거의 다 도사인으로, 교토로부터 그들을 호위하며 조슈까지 따라온 히지가다 구스사에몬(土方楠左衞門)을 위시하여 고향을 도망쳐 나와 그들의 호위에 참가한 자들도 많았다.

일본에는 예부터 혈통 숭배의 풍습이 강하다. 일본인의 가계(家系)의 집약적 중심은 황실이고 그 다음의 신성 혈족은 공경으로 인식되어 왔다. 천황을 옹호하고 깃발을 올리며, 그것이 불가능할 경우에는 공경을 업고 나와 그것을 천황의 대리로 세워 거병(擧兵)하는 것이 예부터 내려오는 풍습인 것이다.

특히 남북조시대에 이것이 유행하였으며 막부 말기에 와서도 역시 변함이 없었다. 오히려 시대적 유행으로서 지사들 사이에 구스노키 마사지게와 남조(南朝)의 행적을 모방하려는 의식이 강렬했기 때문에 어느 시대보다도 그 경향이 두드러졌다.

조슈 번과 도사 낭사를 중심으로 하는 낭사단이 이 오경을 소중히 여겼던 것은 당연한 일이었다.

그런데 조슈 번은 막부에 굴복했다.

막부는 조슈 번에서 무척 아끼는 오경을 뺏으려고, 항복의 표시로서 "오경은 조정의 죄인이다. 그들은 이미 관위와 공경으로서의 예우(禮遇)도 박탈되었으니 그 다섯 죄인을 인계하라"고 요구했다. 막부로서는 오경을 에도로 호송하여 처형함으로써, 만천하에 자기들의 위력과 권세를 과시하려고 했던 것이다.

그 막부의 명령은 총독 도쿠가와 요시카쓰의 손에 들어와 있었다. 그러나 사이고가 총독을 설득하여 그것을 묵살시키고, 새로이 "오경을 지쿠젠 구로다 번 등 규슈 오 번에 인도하라"는 요구로 바꾸어 그것을 조슈 번과 교섭하고 있었다. 물론 속론당 정권은 이 귀찮은 오경을 번 외로 쫓는 것에 찬성이었다.

"나카오카님이 말입니다."

사쿠타로가 말한 것은 이런 정정(政情)을 배경으로 하고 있다.

"오경을 수호하는 군사를 새로 조직하여 남국대(南國隊)라고 명칭을 붙여 히지가다님 등과 함께 속론당 정권의 요구를 물리쳤습니다. 이것을 좋아한 것은 조슈인 야마가타 교스케를 대장으로 하는 기병대로, 기병대에서는 오경을 옹호하여 번의 정부와 싸우려는 결의를 굳히고 있습니다."


"그것은 그렇다고 치고."

료마는 생각난 듯이 말했다.

"다즈 아가씨는 어떻게 지내시던가?"

"이거 참"

사쿠타로는 머리를 긁적거렸다.

"진짜 중요한 것을 잊어버렸군요. 잘 지내고 계십니다."

"조후(長府)에 있던가?"

료마는 물었다. 지금 오경은 바칸에서 시오 리쯤 떨어진 조후라는 곳에 있다.

"예, 조후의 고산 사라는 절이 오경의 숙진(宿陣)으로 되어 있으므로 다즈 아가씨도 그곳에 계십니다. 사카모토님에게 안부 전해 달라고 하시더군요."

"그 말뿐이던가?"

이렇게 말한 것은 사랑의 전갈이라도 바라고 그런 것이 아니라 혹시 그녀가 료마에게 무슨 부탁을 하지 않던가, 하고 묻는 뜻이다.

"말씀은 하셨지만, 아마 무리겠지, 료마님이 이 뒤에는 오지 못할 거야. 와 주기만 한다면 크게 도움이 될 텐데……하며 더 이상 다른 말은 없었습니다."

"무슨 뜻일까?"

"아마 거병(擧兵)이겠지요."

사쿠타로는 말했다.

오경을 옹호하고 일어나 조슈의 속론당 정부를 쓰러뜨리고 조슈 번을 당초의 근왕 번으로 다시 체재를 바꾸어 막부에 끝까지 항전하겠다는 것이다. 오경 밑에 있는 주요한 도사인들은 나카오카 신타로를 위시하여 각 번의 낭사들을 합해 30여 명쯤 된다고 한다.

다즈의 의견으로는 그들의 통솔자로서 료마를 앉히면 번 외의 낭사들도 구름처럼 모여들어 이것을 다카스기 신사쿠의 쿠데타 부대와 합세시키면 큰 세력이 될 것이라는 것이었다.

"그런 곳에는 안 간다!"

료마는 딱 잘라 말했다.

"대장격으로 나카오카가 있지 않나?"

"나카오카님은 과연 대장이지만 그는 웅변 외교의 명인이므로 오경과 조슈 번의 입장을 구하기 위해 이와쿠니나 지쿠젠 등을 전전하여, 사쓰마인 사이고나 지쿠젠의 쓰키가다 센조(月形洗藏) 등과도 회담하여 한 군데 오래 있을 수가 없는 것입니다. 지금 나카오카님은 패잔한 조슈 근왕당의 대변자이며 구호신처럼 되어 있었습니다."

"이케 구라타는 어떻게 됐나? 그는 수령(首領)의 재능이 있다. 이케를 너와 함께 조슈로 내려 보낸 것은 한편으로는 그런 기대가 있었기 때문이다."

"이케님은 오경보다도 다카스기님의 활동이 더 재미있을 것 같다고 하며 다즈 아가씨와 작별하고 다카스기님의 참모격으로 일하고 있습니다. 그처럼 혈기가 왕성한 사람은 처음 보았습니다. 말릴 수가 없더군요."

"사쿠타로."

"예."

"즉시 조슈로 돌아가라. 나에게는 조슈의 일보다 더 중요한 일이 있다. 내
가 계획하는 그 중대사가 궤도에 오르면 너를 다시 부를 테니 그때까지 다
즈 아가씨 옆에서 힘이 되어 드려라."

다음날 아침, 사쿠타로는 또다시 행상인으로 변장하고 오사카 사쓰마 번
저를 빠져나가 조슈로 향했다.

# 전운

야마구치 현에 에도(繪堂)라고 하는 조그마한 마을이 있다.

인근에 종유동(鐘乳洞)으로 유명한 아키요시다이(秋吉臺)가 있으며 그 아키요시다이 쪽으로 난 길을 따라 에도로 들어가게 된다. 주위는 언덕으로 둘러싸여 가을이 되면 단풍으로 경치가 아름답다.

필자는 지난 가을 그 근처를 찾아갔다.

"에도로 갑시다."

야마구치 시에서 탄 자동차 운전사에게 부탁했더니 그는 흥미를 나타내지 않고 그곳보다도 아키요시다이로 가시는 게 어떻습니까? 슈호도(秋芳洞)라고 하는 일본 제일의 종유동이 있는데 요즘 많이들 구경하고 있지요, 국철(國鐵)이나 현청에서도 힘을 기울이고 있습니다, 토산물은 주로 대리석 꽃병이지요, 하고 열심히 권유하는 것이었다.

나는 에도에 볼일이 있다고 거절했으나 이 친절한 운전사는 단념할 수가 없는지 아키요시다이 밑을 지나갈 때도 물었다.

"어떠십니까."

차를 서서히 몰았다. 괜찮습니다, 거절하고 애원하다시피 하여 에도로 가 달라고 했다. 그러나 야마구치 시의 운전사는 그 조그만 마을 이름을 알지 못해 물었다.

"에도가 어딥니까? 그런 곳엔 아무것도 볼게 없습니다."

에도는 현내에서도 그 정도로밖에 취급받지 못하고 있다.

오사카의 사쓰마 번저에서 해를 넘기고 게이오 원년 정월을 맞이한 료마도, 물론 조슈의 에도라는 이 한촌의 이름을 몰랐고, 그곳에서 무슨 일이 벌어지고 있는지도 몰랐다. 물론 막부에서도 몰랐다. 막부가 알았다면 크게 놀랐겠지만 조슈 번내의 일이었으니 알 리가 없었다.

에도에서는 정초부터 전쟁이 벌어졌다. 1천명과 2백여 명의 조그만 전쟁으로 일종의 내란이다. 전쟁으로서의 규모로 볼 때는 하찮은 사건이지만 그 결과가 막부 말엽의 일본사(日本史)를 크게 회전시킨 계기가 되었다는 것을 생각하면 에도 전쟁의 의의는 크다.

전쟁이 일어난 시기는 히로시마에 주둔하고 있던 막부의 정벌군 총독이 조슈 번의 항복을 보고 각 번에 군대 철수 명령을 내린 다음이다.

겐지 원년 12월 27일, 조슈의 변경(藩境)을 포위하고 있던 각 번은 철수를 시작했다.

사건은 그 직후에 일어났기 때문에 외부에는 전혀 알려지지 않았다.

일의 발단은 하기(萩)를 수도로 하는 조슈 번의 속론당 정부가 기병대(奇兵隊) 등 여러 부대에 해산을 명한 것에서부터 일어났다.

"명령에 복종하지 않으면 토벌한다."

이렇게 선언하고 중신 아와야 다데와키(栗屋帶刀)가 1천 명의 군사를 이끌고, 시모노세키를 점령중인 다카스기 신사쿠를 토벌하기 위해 하기를 출발하여 에도에 포진했다.

기병대의 군감(軍監) 야마가타 교스케는 에도에서 60리 떨어진 가와라(河原)라는 역참(驛站)에 진을 쳤다. 응징대(膺懲隊), 남국대(南國隊) 등 여러 부대의 사람들을 긁어모아 가까스로 총병력 2백 명을 만들었다.

"앉아서 무장 해제를 당하기보다는 차라리 에도에 숙영하고 있는 속론당의 군사를 야습하여 되든 안 되든 승부를 가리자!"

이렇게 하여 정월 초닷새날 밤에 산골 오솔길을, 횃불 하나를 밝히고 전군이 침묵 속에 행군하였다. 도중에 마주친 마을의 남녀들은 비밀을 유지하기 위해 모두 붙잡아서 길가에 선 나무에 결박해 놓고 도둑처럼 발소리를 죽이고 전진했다.

　은밀한 야간 행군은 성공했다.
　에도 마을의 불빛이 보이는 언덕까지 진출한 것은 새벽 2시경이었다. 기병대 군감 교스케는 간부 장교를 손짓으로 불렀다.
　"저것이 에도다."
　그리고 손을 들어 가리키며 말했다. 에도에는 중신 아와야 다데와키가 1천 명의 군사를 거느리고 숙영하고 있다. 야마가타는 서민군(庶民軍) 기병대의 군감이긴 했으나 번에서의 신분은 잡병이다. 세월이 이렇지만 않았다면 아와야 다데와키 같은 번의 중신은 똑바로 쳐다보지 못하는 신분이었다. 그러한 그를 치게 되었으니 야마가타는 틀림없이 속으로 떨렸을 것이다.
　더구나 아와야 다데와키가 인솔하는 속론당의 군사들은 거의 다 상급 무사들의 자제였다. 신분의 차별은 도사 번만큼 심하지는 않았으나 그래도 보통이 아니었다.
　교스케는 다쓰노스케(辰之助)라고 불리던 열네댓 살 때, 번의 서당인 메이린 관(明倫舘)의 급사로서 입주했다. 잡병의 자식은 이 번교(藩校)에 들어갈 수 없었으며 교수들의 잔심부름이나 할 수 있었다.
　비 오는 어느 날, 심부름을 나가려고 메이린 관을 나섰을 때 맞은편에서 검도 도구를 어깨에 메고 오는 젊은 무사가 눈에 띄었다. 복장으로 보아 분명히 봉록이 높은 상급 무사의 아들이었다.
　잡병의 자식들은 땅에 꿇어앉아야 한다. 뛰어가던 교스케는 급히 짚신을 벗고 진창 속에 꿇어앉았다. 그러나 그 순간 너무 급히 꿇어앉는 바람에 그만 흙탕이 그 젊은 무사의 하카마에 튀었다.
　그 뒤는 보나마나 뻔한 소동이 일어났다. 젊은 무사는 앗! 하고 몸을 피하며 소리쳤다.
　"무례한 놈! 그 자리에서 꼼짝 마라!"
　그러고는 칼자루에 손을 댔다. 교스케는 기겁을 하고 구구하게 변명을 늘어놓았으나 들어 주지 않았다. 마침내 길 가운데로 끌려나와 흙탕 속에 꿇어앉은 채 이마에 진창이 묻도록 조아려야만 했다.
　본래 교스케는 방자하고 교만하여 좀처럼 남을 용서하지 않는 기질의 사내이다. 그러니 만큼 그날의 굴욕은 참을 수가 없었을 것이다. 젊은 무사가

사라진 뒤 교스케는 흙투성이가 된 얼굴에 눈물을 뚝뚝 흘리며 “두고 봐라!” 하고 몇 번이나 중얼거리면서 처마 밑을 누비며 뛰어갔다.

바로 그 상급 무사의 무리들이 저 아래 에도 마을에 잠들고 있는 것이다. 교스케는 병사들을 각기 부대에 배치하고 명령을 내렸다.

“봉화를 올릴 때까지 발포하지 마라. 봉화의 신호가 올라가면 즉각 총을 쏘며 돌격해라!”

간부들도 긴장 때문에 떠는 자가 많았다. 기병대의 용감함은 번내에서 으뜸이라는 평판이 있었으나, 그들은 농군, 상인, 직공들의 자제로서 그들의 대장 또한 잡병의 천한 신분이다. 상대는 대장이 중신이고 그 부하는 상급 무사이다. 대원들은 이제 곧 시작될 싸움에 대한 공포 외에 그러한 계급 차에서 오는 두려움 때문에 떨었던 것이다.

“상대를 밭에 있는 무라고 생각해라!”

교스케는 말했다.

“이번 이 싸움에 지는 날에는 조슈 번의 근왕당은 궤멸한다. 그렇게 되면 천하의 근왕 활동은 끝장을 보게 되는 거다. 그러므로 근왕당의 사활은 우리들 2백 명의 어깨에 걸려 있는 것이다.”


에도 싸움은 어린애들 장난처럼 시작되었다.

“같은 번의 사람끼리니, 예의를 다해서 개전장(開戰狀)을 보내자.”

교스케는 글씨깨나 쓰는 자에게 그것을 쓰게 하여 대원 중의 나카무라 요시노스케(中村芳之助), 다나카 게이스케(田中敬助) 두 사람에게 들려 보냈다.

나카무라와 다나카는 어둠 속을 더듬어 언덕을 내려가서 개천을 끼고 마을로 들어갔다. 그리고 본진으로 짐작되는 곳까지 겨우 접근했다.

문에는 높다랗게 초롱이 매달려 있었으나 문지기는 없었다. 두 사람은 두려움에 가슴이 떨렸으나 용기를 내어 서쪽 문을 살며시 밀고 안으로 들어갔다.

“모두 자고 있는 모양이구나.”

나카무라가 안심을 하고 다나카에게 속삭였을 때였다.

“누구냐!”

하는 소리가 나더니, 마당에 경비하는 자인 듯 저벅저벅 발소리가 다가왔

다. 두 사람은 기겁을 하고 놀라며 개전장을 정신없이 현관에 내던지고는 뒤
도 돌아보지 않고 문밖으로 뛰쳐나왔다. 허둥지둥 아무 길로나 달리자 뒤에
서 여럿이 쫓아오며 "어——이" 하면서 소리쳤다. 그 소리를 들은 척도 않
고 산속으로 뛰어들고 나서야 비로소 한숨을 돌렸다.

다데와키의 본진은 모두 잠이 깼다. 아와야 다데와키도 뛰어 일어나 개전
장을 보자 크게 신음했다.

"이것은 보통 일이 아니다. 적이다! 모두 싸울 준비를 해라!"

벌떡 일어섰으나, 다데와키 자신도 잠옷 바람에 몸에 무기라고는 아무것
도 차고 있지 않았다. 칼, 내 칼 어디 갔나, 하고 소리쳤으나 장사(將士)들
자신도 자기들의 총이나 창을 찾기에 바빠서 다데와키의 칼까지 염려할 여
유가 없었다.

"할 수 없다! 불을 켜라, 불을!"

고함을 질러 겨우 집안의 여기저기에 불이 켜졌다.

그 불빛을 보자 산 위의 야마가타 교스케는 선뜻 일어서며 봉화를 올리라
고 명했다.

쾅, 하는 소리와 함께 봉화가 하늘로 치솟아 올랐다.

그와 동시에 에도 마을을 포위한 요소요소에서 일제히 총성이 울려 그 불
빛을 향해 정확하게 총알이 날아갔다.

한편 이쪽 본진에서는 다데와키가 겨우 정신을 가다듬어 무장을 갖추고
마당으로 달려 나와 말 위에 올라탔다. 그러나 속론당의 패거리들은 집안을
이리저리 피해 다니고 있다.

"전군 아카무라(赤村)까지 후퇴!" 어쩔 수 없어 최초로 발한 호령은 이것
이었다. 명령이 떨어지기가 무섭게 잡병들은 우르르 달아나기 시작했다. 다
데와키도 달아났다.

그러나 반대로 기병대를 향해 반격하는 자도 있었다. 다데와키의 부장(副
將)으로 속론당의 투장(鬪將)이었던 자이마 신사부로(財滿新三郎)였다. 개
놈들! 상놈들! 하고 외치며 말을 몰아 기병대의 진지로 달려들어 고래고래
소리쳤다.

"주군에게 대항하나, 이놈들, 주군에게 항거하나? 손을 멈춰라! 총을 버
　려라!"

그러나 이미 그런 위압과 협박 따위는 효력이 없었다. 자이마는 몸에 10

여 발의 총알을 맞고 그 자리에서 즉사했다. 이 싸움에서 이긴 기병대는 싸움과 그 사회적 위치의 두 가지 점에서 자신을 얻었다. 서민이 무장하고 군대에 편입된 것은 기병대가 최초였으며 그것이 무사단을 압도한 것도 이 에도의 전투가 처음이었다.

그 뒤 정월 10일, 속론당 정부는 군비를 재정비하고 남하하여 다시 에도 부근에서 기병대와 격돌했다.

정부군은 1천 명, 기병대는 2백 명이다. 그 중에도 가와카미(川上) 방면이 주력으로서, 기병대 1백 명에 산포(山砲)가 1문 있었다. 포대장은 미우라 고로(三浦梧樓)였다.

기병대는 수가 적었으므로 되도록 험준한 산마루를 의지하여 방어전에 전념했으나 마침내 정부군에 밀려 패주하기 시작했다. 야마가타 교스케는 조금 떨어진 덴진(天神) 언덕에서 이것을 보자 깜짝 놀랐다. 곧 부하 1개 소대를 이끌고 달려가 그들을 길가 대밭에 숨겨 두고 명령했다.

"이제 곧 적이 온다. 한발도 물러서지 마라!"

그는 또 다른 1개 소대를 데리고 산을 타고 달려, 남하해 오는 정부군의 측면으로 나가 산등성이를 뛰어내리며 돌격했다.

이 교묘한 포위 전법으로 정부군은 흩어지기 시작했으며 지리멸렬되어 도망쳤다.

하기의 번 정부에서는 두 차례에 걸친 패전에 놀랐다. 게다가 다카스기 신사쿠가 포획(捕獲)한 군함 기가이마루(癸亥丸)에 탑승하여 해상을 통해 하기로 공격해 온다는 소문이 돌자 더욱 놀랐다.

료마도 나중에 알았지만 세도 내해 해안인 미다지리 항을 습격하여 이 기가이마루를 탈취한 것은 이케 구라다 등 5명의 도사인이었다.

이들 중 이케만이 고베 해군학교에 있었던 덕분으로 다소나마 배를 움직일 수 있었다. 다카스기가 몹시 기뻐하며 칭찬을 했다.

"이케군은 돌격만 잘하는 줄 알았더니 서양 범선도 움직일 줄 아는군그래."

그때 이케는 잠시 동안이었지만 사카모토 료마에게 배웠다고 말했다.

"또 사카모토야?"

다카스기는 웃었다. 도사인들은 툭하면 사카모토 료마의 이름을 내놓는다. 그것이 우스웠던 것이다.

"한번 그 사카모토라는 분을 만나보고 싶군 그래."

다카스기는 말했다.

그 기가이마루를 이케의 운전으로 일본 서해안에까지 보내 하기의 앞바다를 빙빙 돌게 하였다. 이것이 정부를 공포 속에 몰아넣는 원인이 되었다.

하기의 정부군은 마침내 군세를 총동원하여, 정월 14일 최후의 결전을 시도하고자 남하하여 에도 부근의 오타(太田)에서 기병대와 마주쳤다.

전투는 아침 10시부터 폭풍우 속에서 전개되어 오후 2시에 정부군의 궤멸로 끝장이 났다.

그런 다음 번사단 중에서 중립파의 번사가 단결하여 조정(調停)에 나섰는데, 여러 가지로 복잡한 경위를 거친 뒤 번주가 다시 근왕파의 편을 들게 되었다. 번주는 속론당의 군대를 전부 해산시켰고, 번 정부는 또다시 예전대로 근왕파의 인물들로 조직되어 정변(政變)은 완전히 성공했다.

그 뒤 무쿠나시 도타(椋梨藤太) 등 속론당의 거물급들에 대한 참수(斬首), 할복 등의 형이 번주의 명령으로 집행되었다.

불과 2달 전에 이 형장에서 근왕파의 마에다 마고에몬이 역시 번주의 명령으로 목이 달아났던 것을 생각하면, 명령자로서 모리공만큼 다사다난한 운명을 가진 군주도 드물 것이다.

여하튼 조슈 번은 원래의 근왕번으로 돌아왔다.

료마는 이런 소문을 때때로 오사카의 사쓰마 번저에서 들어서 알고 있다. 그는 속으로 생각했다.

'재미있는 세상이 되어 가는군.'


게이오 원년도 정월이 지났으나 료마가 학수고대하고 있는 사이고는 아직 규슈 방면에서 돌아오지 않았다.

2월로 접어들었다. 그달 12월, 료마가 유숙하는 오사카의 사쓰마 번저로 뜻밖의 진객이 찾아 왔다.

나카오카 신타로

히지가다 구스자에몬

그 당시 이미 이 두 사람의 도사 낭사는 사쓰마와 조슈 사이에 이름이 알려져 있었다. 나가오카는 조슈에서 분주히 돌아다녔으며 히지가다는 오경

(五卿)의 비서관으로서 활약하고 있었다. 말하자면 지금의 조슈 정세의 중요한 핵심을 이들 두 사람이 파악하고 있다고 해도 과언이 아니다.

그들은 바로 며칠 전까지 조슈에 있었다. 그러나 조슈는 천하의 죄인이 되어 있기 때문에 중앙 정세를 알 수 없었다.

특히 교토의 궁정(宮廷) 내막을 알 수 없었다. 그러므로 오경의 필두인 산조 사네토미경은 나가오카와 히지가다에게 부탁했다.

"교토로 잠입하여 조정과 공경들의 의견을 알아보고 와 주기 바란다."

두 사람이 그 밀명을 받고 여장을 꾸려 시모노세키까지 왔을 때 안성맞춤으로 사쓰마 번의 증기선이 입항했다.

"저 사쓰마 배로 가자."

이렇게 생각하고 나카오카가 그 배에 교섭을 하자 사교성이 많은 사쓰마인들은 기꺼이 승낙했을 뿐 아니라 이런 말까지 해 주었다.

"교토에 가십니까? 우리도 교토로 가는 중입니다. 그곳은 신센조 등 막부의 관리늘이 날뛰고 있어 요즘은 더욱 세상이 시끄러우니 꼭 사쓰마 번저에 유숙하도록 하십시오."

그뿐 아니라 때마침 승선하고 있던 사이고의 비서관 요시이 고스케가 두 사람의 여행 동안 줄곧 떨어지지 않고 동행해 주기로 했던 것이다. 이 한 가지 일만 보아도 사쓰마 번이 이들 두 도사인을 얼마나 우대하였는지 가히 짐작이 갈 것이다.

배 안에는 요시이 고스케 외에 오쿠보 도시미치와 사이쇼 조조 등 사이고의 맹우(盟友)들이 타고 있었다. 그들은 한결같이 이들 고명한 도사인을 정중하게 대했다.

두 사람은 오사카의 덴포 산 앞바다에서 배를 내리고 도사보리의 사쓰마 번저에서 하루를 묵었다.

"자네가 여기 있다는 것은 알고 있었네."

나카오카는 료마에게 말했다.

히지가다는 생김새부터 농군 같았으며 나이 많은 영감처럼 꾸밈이 없었으나, 나카오카는 머리도 동작도 명민하기 짝이 없는 사내로서 그의 말도 칼날처럼 날카롭다.

"사카모토군! 천하가 지금 위급을 알리고 있다. 그런데 자네 같은 사람이 왜 이런 때에 빈둥빈둥 할일 없이 날을 보내고 있나?"

"배가 없네!"
"자네는 바본가?"
나카오카는 말했다.
"조슈가 참패하고 천하의 근왕 양이가 멸망하려는 이때에 배라니, 무슨 뚱
딴지같은 소린가?"
"배가 없단 말이야."
료마는 싱글싱글 웃었다. 조슈 문제로 흥분하고 있는 나카오카는 연신 그
문제를 들고 나와 토론했으나 료마는 웃고 있을 뿐이었다.


"사카모토군, 자네에게 묻겠네."
나카오카는 눈살을 찌푸리며 말했다.
"막부를 어떻게 생각하나?"
"유해무익한 존재라고 본다. 정부로서의 대외적인 실력을 잃고 또한 그런
성의도 없고 기능도 없다. 이미 오늘날에 와서는 막부의 수명이 하루 더
연장되면 그만큼 손해만 커질 뿐이야. 이대로 간다면 마침내 일본은 멸망
하는 길밖에 없을걸."
"옳은 생각이다."
나카오카는 눈을 빛냈다.
"그렇다면 자네는 어째서 이렇게 앉아서 한가롭게 콧구멍 털이나 뽑고 있
는가? 지금 천하를 두루 살펴보아도 막부를 쓰러뜨릴 만한 기개를 지니고
있는 번은 조슈 번뿐이다. 그 조슈 번이 이번 일로 왕년의 힘을 잃었다.
우리 도사인들은."
나카오카는 조슈 방면에서 활약하고 있는 한 고향의 동지 몇 사람의 이름
을 대면서 말했다.
"그 조슈의 기개가 회복되도록 필사적으로 활약하고 있다. 조슈를 재기시
키는 것이다. 그들을 재기시킬 수 있는 가장 좋은 방법은 교토의 공경들을
설득시켜 그들에게 조슈를 동정토록 하고 천자님을 움직여 다시 근왕의
선봉이라는 기표(旗標)를 조슈에 내리시도록 한다. 그렇게 되면 막부나
각 번에서도 조슈를 만만찮게 여겨 눈치를 보게 될 것이니 자연의 추세로
조슈 번의 정기(正氣)도 되살아나 마침내는 천하가 조슈를 떠받들게 된
다. 나는 그 운동을 하기 위해 교토로 간다."

"좋은 생각이다."

료마는 매우 진지한 표정으로 고개를 끄덕이었다. 나카오카는 다시 말을 이었다.

"찬성하는 건가? 그렇다면 자네는 어쩌서 여기 앉아 우리의 고심을 한가히 바라보고만 있나? 왜 짚신을 신고 여장을 갖추어 우리와 함께 활약하려고 하지 않는가?"

"아니, 나에겐 다른 생각이 있다."

료마는 미안한 듯이 말했다.

"배 말인가?"

"그렇지. 배 세 척이 필요해."

"어리석은 소리를……"

나카오카의 목소리는 떨렸다.

"사카모토 료마는 세상에 거인이라고 이름이 났는데 그것은 도무지 잘못된 소문이있군! 국사의 위난을 아랑곳 하시 않고 배에만 미져 있+면."

"그렇게 윽박지르지 말게나. 인간이란 어떠한 경우에도 자기가 좋아하는 길, 잘 아는 길을 버려서는 안 되는 법이야."

료마는 나카오카가 막부를 타도하는 활동의 일선에 서서 분투하고 있는 것은 그 나름대로 좋은 일이라고 생각하고 있다. 그러나 막부는 쓰러지지 않는다.

'아직은 쓰러지지 않는다.'

료마는 보고 있었다. 교토의 공경들을 설득한다고 나카오카가 분발하고 있지만 헛수고일 것이다. 공경 같은 사람들은 어느 때나 강한 쪽에 붙는다.

'실력을 길러야 한다. 그러고 나서야 막부를 치겠다고 발언을 하든지 할 수 있는 것이다. 그러자면 시간이 걸리고 번거롭지만 함대를 만드는 수밖에 달리 방법이 없다.'

이튿날 아침 나카오카와 히지가다는 요시이 고스케 등 사쓰마인들의 호위를 받으며 교토를 향해 오사카를 떠났다.

이윽고 4월이 되었다.


조개잡이 배가 쉴 사이 없이 도사보리 강을 오르내리고 있는 오후, 사이고가 새까맣게 탄 얼굴을 하고 돌아왔다. 곧바로 료마의 방을 찾아왔다.

"오래간만입니다. 할 말이 태산 같은데 저녁때 술이나 나누며 이야기합시다."

이윽고 저녁상을 받았을 때 사이고는 말하기 시작했다.

"사카모토님, 당신이 오사카에서 기다리고 있는 동안에 시국은 일변하고 말았소."

그리고 이어서 조슈 처분 문제, 오경의 이전 문제 등 자기가 직접 목격하고 온 것을 사이고는 자세하게 설명했다. 이미 조슈는 사태가 진정되고 오경은 진수부(鎭守府)로 옮겨갔다는 것이다.

"그래서 막부가 몹시 기뻐하더군요."

사이고는 반어적(反語的)으로 말했다. 그것도 그럴 것이, 막부로서는 눈 위의 혹이었던 조슈가 굴복한 것이다. 역시 장군의 위력은 대단하다는 것이 입증된 것이다.

——막부 다시금 위세를 떨친다!

에도의 막부 관료들의 의기는 충천했으며, 그 기세를 타고 막부와 영주들의 관계를 원상태로 복귀시킬 움직임이 에도에 있다.

참근 교체(參勤交替 : 영주가 막부에 근무하는 일)의 부활이다.

이 제도는 이에야스 이래로 도쿠가와 가문에서 영주들을 통솔하던 결정적인 수단이었던 것이다. 즉 전국 영주들의 처자를 인질로 삼아 에도에 거주하게 하고, 그 영주는 1년을 단위로 에도와 자기 영지를 오가며 살게 했다.

이 때문에 막대한 비용이 들어 영주들의 재정은 궁핍해졌다.

이것이 3년 전인 분큐 2년에 거의 전폐에 가까운 형태가 되었다. 막부는 각 번의 영주들이 여기에 썼던 비용을 국방비용으로 돌리게 하려는 생각으로, 에도에 거주하는 영주들의 처자를 모조리 고향으로 돌려보냈다. 말하자면 인질을 놓아 주었다고 할 수 있는 것이다.

조슈 번의 막부에 대한 반항 행위도 영주의 정실과 아들 등이 에도를 떠나고 나서부터 노골적으로 표면화되었다. 만일 조슈의 영주가 에도에 처자를 거주시킨 채로 왔다면 그처럼 노골적인 반항 행위는 취하지 않았을 것이라는 게 막부 관료들의 견해였다.

"역시 이에야스님 이래의 법규를 폐지한 것이 잘못이었다. 참근 교체 제도의 폐지는 막부의 위력을 땅에 떨어지게 했으며 여러 영주들을 교만하게 하여 막부를 경시하게 만들었다."

그래서 조슈를 굴복시킨 여세를 몰아 이해 정월 14일, 원래대로 이 제도를 부활시킨다고 선포했다.

"사쓰마 번에서는 반대하고 있지요. 이제 와서 새삼스럽게 이에야스공의 옛 풍습을 따라 영주들에게 막대한 비용을 쓰게 하여 그들의 실력을 상실케 하다니 언어도단입니다. 막부의 시책은 항상 도쿠가와 가문의 존속만을 생각하고 국방의 쇠퇴는 고려하지 않고 있습니다. 사카모토님, 이것을 어떻게 생각하십니까?"

료마는 묵묵히 사이고의 말을 들었다. 일이 재미있게 되었다고 생각했다. 아마도 사쓰마 번의 창끝은 조슈보다도 막부로 돌려지기 시작한 모양이다. 사이고는 다시 말을 이었다.

"더구나 막부는 조슈를 또다시 정벌한다고 합니다."


막부가 재차 조슈 정벌의 계획을 짜고 있다는 소문은 료마도 들어서 알고 있다.

"그때 사쓰마 번에서는 어떻게 하시겠습니까?"

료마가 물었다.

사이고는 대답하지 않는다. 료마는 침묵하고 있는 사이고의 얼굴을 물끄러미 바라보았다.

생각하면 사쓰마는 조슈를 원수같이 알고 오늘날까지 지내왔다. 분큐 3년의 금문 사변, 겐지 원년의 하마구리 궁문의 변, 그리고 지난번의 조슈 정벌 등 잇달아 일어난 대사건의 가해자 역은 항상 사쓰마였고, 피해자 역은 언제나 조슈였다. 조슈는 완벽할 만큼 참패를 당했다.

"어떻게 하시겠소?"

료마는 정치가의 눈이 되어 있었다. 이 순간부터 료마의 가슴속에 그 어떤 색채를 띤 정열의 불꽃이 타올랐다. 그 정열은 배 미치광이 소리를 들어온 이제까지의 정열과는 전혀 다른 장소에서 것 같았다.

"조슈는"

사이고는 대답을 회피했다.

"외면은 항복한 것 같지만 내면적으로는 꽤 대담하게 싸움 준비를 하고 있는 모양이더군요."

"아마 질 것입니다."

료마는 말했다. 아무리 조슈가 비밀히 싸움 준비를 갖추고 있어도 막부의 공격을 재차 당하면 진다는 뜻이다.

"그렇지만 필부라도 그 뜻을 뺏지 못한다는 말이 있습니다. 몇 번을 얻어 맞아도 조슈인은 또다시 재기합니다. 모리 가문이 멸망한다 해도 한 사람의 조슈인이 살아 있는 한 그들은 몽둥이라도 들고 일어날 겁니다. 만일 전국시대인 옛날이었다면"

료마는 말했다.

"조슈인은 깨끗이 항복했을 겁니다. 영주의 가문만 무사하다면, 하고 그들은 곧 창을 거두었을 겁니다. 그러나 조슈인은, 아니, 비단 조슈뿐만 아니라 우리 지사들도 옛날 전국시대의 무사는 아니오. 전국 시대의 무사에게는 일본의 장래를 생각한다는 마음이 없었던 거요. 그러나 지금의 우리들에게는 있소. 조슈인에게는 특히 농후하게 있습니다."

료마가 말하는 마음이란 사상이라든가 주의라는 뜻이다.

"전국시대의 무사에게는"

료마는 말했다.

"무사로서의 체면을 세우는 것과 스스로의 공명심밖에는 없었소. 그리고 쭈욱 내려와 도쿠가와 전성시대의 무사들은 주군과 번에 대한 충의뿐이었소."

"흐음……"

사이고는 눈을 크게 떴다. 이 료마라는 사내가 이토록 열변을 토할 줄은 몰랐던 것이다.

"그러나 지금은 다릅니다. 지사들은 그 신념에 목숨을 바칠 시대가 된 것입니다. 우리들 도사인을 보십시오. 일찍이 자기 번을 단념하고 자기들의 신념에 살기 위해 천하로 뛰쳐나왔소. 조슈인들도 마찬가지요. 그들의 머릿속에 모리 가문이란 없을 것입니다. 일본이라는 국가와 천황뿐일 것입니다. 지금 막부에서 그들을 다시 정벌한다고 칩시다. 과연, 모리 가문은 궤멸될지 모르지만 다수의 조슈인들은 사방으로 흩어져 끝까지 활약할 것입니다. 사쓰마는 그들마저 치겠다는 겁니까? 일본은 혼란의 도가니로 변하고 또 피와 흙탕의 국토가 될 것입니다."

사이고는 몹시 호의적인 눈빛으로 미소를 띠고 료마를 바라보며 생각했다.

'이 사내가 열변을 토하다니, 희한한 일이군.'

료마는 좀처럼 이렇게 공론을 하지 않는 성품이었으나 일단 말문이 열리면 참지 못하는 기질인 듯, 침을 튀기면서 지껄여 대며 정신없이 하오리의 끈을 풀기 시작했다.

버릇인 것이다. 그 끈에 달린 술을 질겅질겅 씹다가 흥분되자 그것을 빙빙 돌려 댔다.

그 바람에 술을 흠뻑 적시고 있는 침방울이 사이고의 얼굴에 튕겼다. 그러나 사이고는 그것을 닦지도 않고 흠흠 하며 듣고 있다.

"지금 천하는"

료마는 말했다.

"막부와 사쓰마와 조슈에 의해 셋으로 갈라져 있소. 다른 번들은 소리를 죽이고 구경하고 있을 뿐, 존재하지 않는 거나 매한가지요."

료마는 칼로 베듯 하는 분석법으로 잘라 말했다. 사이고는 놀랐다. 과연 말을 듣고 보니 그럴 듯하다고 생각했다. 예를 들어 가가 번은 1백만 석이라 해도 그 사상과 행동이 번정의 범위를 벗어나지 못했으며, 자기 번의 문제를 방치하고 일본의 문제에 참가하려고 하지 않는다. 이 역사의 긴장기에 무의미한 존재라고 료마는 말한다.

"그 셋 중에서 조슈만이 엎친데 덮친다는 격으로 형편없이 비참한 꼴을 당하고 있소. 금방 숨이 넘어갈 듯 길바닥에 피를 흘리며 쓰러져 있는 검객과 다를 바 없소. 그런데 그것을"

료마는 침 묻은 하오리 끈을 휙 돌리며 말했다.

"사쓰마는 막부와 짜고 몽둥이로 마구 두들겨 왔소."

"아니오."

"알고 있습니다. 말하자면 그렇다는 비유지요. 길바닥에 스러진 조슈인도 마냥 맞고만 있지는 않습니다. 빙 둘러싸고 보고 있는 일본인들 중에서 의분을 느끼고 뛰쳐나오는 각 번 낭사들의 도움을 빌려 죽을힘을 다하여 다시 일어나 칼을 휘두르게 될 것입니다. 그들이 달려들고 사쓰마도 무사의 고집으로 같이 싸우게 될 텐데, 그것을 냉정한 눈으로 지켜보는 자가 있습니다."

"외국을 말하는 것이군요."

사이고는 진지하게 고개를 끄덕였다. 백 번 천 번 알고도 남는 공론이지만, 이 도사인의 입을 통해 사정을 들으니 이상하게도 문제가 열을 띠어 오는 것 같았다.

"삼자가 맞붙어 약화되기를 기다렸다가 외국인들은 일본을 송두리째 집어삼키려는 것입니다. 그렇게 되면 장군도 사쓰마도 조슈도 잡탕이 되어 외국인의 뱃속으로 들어갑니다. 그리고 결국 후세에 사쓰마와 조슈는 나라를 그르친 역적으로 취급받게 될 것입니다."

"그럼, 막부는?"

"막부는 도저히 어쩔 수가 없습니다. 소문에는 막부의 어느 고관이 프랑스로부터 막대한 돈과 총기를 빌려 그것으로 조슈를 칠 생각을 하고 있는 모양입니다. 도쿠가와라는 한낱 장군의 가문을 존속시키기 위해 일본을 프랑스에 팔아넘기려 하고 있는 것이오. 이래도 사쓰마는 막부와 손을 잡을 생각입니까?"

사이고는 침묵했다. 료마가 뜻밖에 정보를 잘 알고 있다는 점에 놀라고 있다.


료마의 특기라고 할 수 있다.

이 젊은이는 겁 없이 남의 집 객실에 들어가는 명인이다. 상대방 역시 이 젊은이에게 끌렸다. 끌려서 어떻게든지 이 젊은이를 키워 보고 싶은 생각으로, 알고 있는 한의 모든 것을 알려 주고 싶은 충동에 사로잡혔다.

막부 신하인 가쓰 가이슈도 그랬었고, 오쿠보 이치오도 그랬었다. 구마모토(態本)에 사는 유별난 합리주의자이며 정치 사상가인 요코이 쇼난도 그랬고, 에치젠 후쿠이 번의 큰대감 마쓰다이라 요시나가도 그랬다. 그들은 한결같이 "촉망되는 료마!"라고 하며 여러 가지 일을 가르쳤다. 료마에게는 그렇게 만드는 독특한 애교가 있었다. 아무리 과묵한 사내라도 사카모토 료마라는 방문객 앞에서는 정열적인 웅변가로 변한다는 말이 있다.

바꾸어 말하자면 료마는 비상한 취재 능력을 지니고 있었다고 할 수 있다. 그것이 특기였다. 자연히 그는 소위 지사들 중에서는 뛰어난 국제 외교통이었다.

작년말부터 금년 봄에 걸쳐 줄곧 오사카의 사쓰마 번저에 늘어붙어 있었다. 그동안 그는 탈번 낭인의 신분임에도 불구하고 막부의 오사카 성주대리의 저택에 유유히 출입하며 매일처럼 오쿠보 이치오와 만나고 있었다.

오쿠보는 가쓰 가이슈, 오구리 다다마사(小栗忠順), 구리모도 조운(栗本 鋤雲) 등과 함께 막부의 신하들 중에서는 유능한 외국통이었다.

료마는 그곳에서 일본에 있어서의 외국 공사들의 동향과 의견, 속셈, 책모(策謀) 등을 충분히 알아냈던 것이다. 료마가 오사카에 머문 그 몇 달은 막부를 둘러싼 외국 정세의 취재가 목적이었다고 해도 과언이 아니다.

"프랑스와 막부가 야합(野合)하고 있다는 말은 사실입니까?"

사이고는 조심스럽게 료마를 보았다. 료마는 고개를 가로저으며 대답했다.

"아니, 잘 모르겠습니다."

그저 귓결에 들었을 뿐이라고 료마는 말하면서, 그러나 제1차 조슈 정벌 때는 막부의 금고에 군비가 없어 명령을 내리고도 그처럼 꾸물거리고 출진을 못했었다. 그런데 료마는 말한다.

"이번에 별안간, 그것도 대단한 기세로 재차 정벌을 외치기 시작했소. 이것은 어니에 돈줄을 잡은 증거이겠지요."

"흠!"

사이고는 안색이 변했다. 무리도 아니다. 막부의 권력이 쇠퇴한 유일한 이유는 돈이 없어 극단적인 궁핍 상태에 빠졌기 때문이었다. 만약 그런 막부에 돈줄이 생기기만 한다면 양식 육군과 해군을 정비하고 다시 각 번에 군림할 수가 있다. 사쓰마나 조슈 따위는 호랑이 앞의 토끼처럼 단번에 뭉개져 버릴 것은 분명한 사실이었다.

"프랑스에는 뜰롱이라는 군항이 있습니다. 그곳에는 제철소가 하나, 도크가 2개, 조선소가 3개나 있습니다. 막부는 프랑스 공사의 권유를 받아들여 그와 똑같은 규모의 군항을 요코스카에 만들기로 결정했는데 그 비용이 자그마치 2백 40만 달러랍니다. 그런 막대한 돈이 막부에 있을 리 없습니다. 프랑스에서 입체할 것이 틀림없습니다."

사이고는 넋을 잃고 듣고 있다.


여담이지만 료마의 말대로 그 무렵에도 막부는 대부분의 일본인이 알지 못하는 사이 갑자기 강대해지고 있었다.

가쓰 가이슈가 고베에서 부랑 낭인들을 양성하고 있다는 이유로 그의 정적에 의해 실각했으나, 그 실각과 동시에 그의 정적이 막부의 실권을 쥐게 되었다.

가쓰는 외국 소식에 통하고 있느니만큼, 유럽 열강들이 맹렬한 식민지 획득 정책을 펴고 있다는 것을 속속들이 알고 있다. 인도나 중국 국민이 외국 자본 때문에 거의 생피를 빨리고 있다시피 한 참상에 놓여 있다는 것도 알고 있으므로 막부 각료에 대해서도 이렇게 역설하고 있었다.

"특정한 외국과의 특정 관계를 맺지 말아라. 처음엔 좋은 조건을 제시하지만 머지않아 골속까지 파먹을 그들이다. 인도와 같은 꼴이 되고 만다."

그런데 이런 가쓰가 실각하고 그의 정적인 오가사와라 나가미치(小笠原長行), 오구리 다다마사, 구리모도 조운 등이 실권을 쥐었다.

그들은 열광적이라고 할 만큼 막부 권리의 회복론자이며, 설사 특정의 외국과 밀약을 맺어서라도 막부의 경제력과 군사력을 강화시키고, 교토의 조정을 이에야스 시대의 위치로 떨어뜨리며 조슈와 사쓰마, 가능하면 에치젠과 도사번까지 무력 토벌을 해 보려는 생각들이었다.

구리모도 조운은 막부가 배출한 최대의 영재(英才)였다. 막부 의관(醫官)의 아들로 태어나 하코다테(箱館)로 이주한 그는 어느 프랑스인에게 일본 말을 가르쳐 준 연분으로 친불파가 되었다. 뒤에 에도로 돌아와 군함 감독관과 외국 담당관으로서 활약했다.

그는 조슈 정벌의 전후부터 프랑스 공사 롯쉬와 몹시 친해져서, 당시 나폴레옹 3세의 프랑스 정부가 막부에 주는 특별 원조에 대한 예비 상담은 일체 그가 맡아서 했다.

그는 롯쉬에게 이런 말을 한 일이 있었다.

"조슈의 시모노세키를 4개국 함대가 포격해 준 것은 막부에 큰 도움이 되었다. 그것으로써 일본인은 외국이 무섭다는 것을 깊이 깨달았을 것이다. 뒷날 장군의 권위가 회복될 때까지 외국 육해군이 계속 주둔해 주기를 바란다."

막부의 입장에서는 열사(烈士)라 해도 좋다. 그리고 그보다 더한 열사가 그의 상사이자 동지이기도 한 오구리 다다마사였다.

오구리 가문은 미카와 이래의 장군 직속 무사였으며, 그의 조상인 마다이치 다다마사(又一忠政)라는 사람은 소년 시절부터 이에야스를 따라 싸움 때마다 첫 번째 돌격에 나서서 공을 세운 호걸이었다.

그의 12대 손자인 오구리가 정적인 가쓰의 실각과 동시에 군함 감독관에 발탁되었다. 가쓰는 유신 후 오구리를 이렇게 평했다.

"도쿠가와씨만을 외곬으로 떠받들고, 대국(大局)을 보는 안목은 없군. 그
는 국가 본위의 인물이 아님."

오구리는 오구리대로 가쓰를 막부에 유해한 인간이라 하여 그를 암살하려
는 직속 무사 하나를 은근히 선동하고 있었다.

가쓰와 오구리는 요컨대 세계관과 국가관의 차이로 원수 같은 사이가 되
었으나, 어쨌든 오구리가 막부 말엽에 있어서 막부측의 최대의 걸물이었음
은 부인할 수 없다.

료마는 가쓰나 그의 맹우 오쿠보 이치오를 통해, 아직 한 번도 본 일이 없
는 오구리라는 괴걸(怪傑)을 알고 있었으며, 그 오구리가 정권의 중추적 인
물로 앉게 되었을 때 자기들의 근왕 운동이 어떻게 되느냐는 것도 소름끼치
는 생각으로 상상할 수가 있었다.


오구리의 이야기를 좀더 계속하기로 한다. 왜냐하면 료마와 강력한 연결
이 있다. 료마가 오구리 다다마사라는, 막부 신하치고는 분에 넘치는 걸물이
막부의 실력자가 되었다는 말을 오쿠보로부터 들었을 때, 료마와 막부 말기
의 역사가 미묘하게 움직이기 시작하기 때문이다.

소년 시대의 오구리에게는 일화가 많다.

그 일례를 들면, 14살 때 그는 외가인 반슈(潘州) 하야시다(林田) 1만 석
의 영주인 다데베 다쿠미노가미(建部內匠頭)의 에도 저택에 아버지를 대신
하여 간 일이 있었다. 그때 그는 영주나 중신을 상대로 겁을 먹기는커녕 몹
시 거만한 얼굴로 응답을 하였고, 더구나 담배까지 피우며 재떨이를 탁탁 치
는 그 태도가 매우 의젓했다. 주위에 있던 사람들은 이 소년이 장래에 얼마
만큼 큰 인물이 될 것인가, 하고 모두 혀를 내둘렀다고 한다.

장성하여 승마, 검술이 뛰어났고, 막부 관리로 발탁되고부터는 상급 무사
들의 무지나 나약함이 눈에 거슬려 자주 충돌을 한 점은 가쓰와 비슷하다.

오구리는 만엔(萬延) 원년 가쓰가 함장이었던 간린마루(咸臨丸)에 탑승하
여 사절단의 일원으로 미국을 방문한 일이 있었다.

그때의 집정관 이이 나오스케가 오구리의 비범한 담력과 재치를 인정하여
특히 발탁했다는 평판이었다.

오구리라는 사내에게는 일종의 비장한 무엇이 있었다. 관리가 되고 나서

부터는 거의 사생활을 내던지다시피 하며, 막부의 권한을 회복시키기 위한 지사라고 해도 과언이 아닐 만큼 힘을 기울였다. 그는 영주 제도 폐지마저도 생각하고 있었다.

일종의 혁명가이다. 그가 구상하는 혁명은 끝까지 교토 정권(천황)을 부정하고 장군 가문의 세습에 의한 에도 정권의 영속에 있었다. 다만 그것을 완전한 중앙 정권으로 만들기 위해 삼백 제후(三百諸侯)들이 할거하는 봉건 제도를 폐지하고 군현제(郡縣制)로 바꿀 정견(政見)을 갖고 있었으며, 그 새로운 제도에 반대할 사쓰마, 조슈, 도사를 위시하여 웅번(雄藩)들을 무력으로 토벌하고, 말하자면 장군 중심의 혁명을 일으키려 하고 있었다.

그러기 위해서는 돈이 필요했다. 무기도 필요했다. 병기 공장도, 제철소도 필요했으며 그 위에 강력한 정부군이 필요했다.

오구리가 가쓰의 실각 후 군함 감독관이 됨과 동시에 가쓰가 싫어했던 특정 외국(프랑스)과 손을 잡고, 프랑스 공사 롯쉬와 정식으로 요코스카 군항 건설과 기타의 결정을 한 것은 겐지 원년 11월이었다.

료마는 그 사실을 금년 2월, 오사카 성주대리의 저택에서 오쿠보 이치오에게 들었던 것이다.

"오구리는 하고 말 것일세."

가쓰파라고도 할 수 있는 오쿠보가 말했다.

"그러나 너무 하거든. 외국에서 돈과 무기를 빌려다가 조슈를 친다면, 역대의 집정관들이 고생한 보람이 없지 않은가? 오구리는 어쩌면 홋카이도를 담보로 내놓을지도 모르지. 그것으로 자꾸 무기를 사들이고 영주들을 토벌하여 막부를 강대하게 만들 걸세. 그러나 강대해졌을 때는 이미 일본은 외국인에게 반은 먹혀서 중국이나 인도의 전철을 밟게 될 테지."

료마는 자기의 생애에서 이처럼 놀라 본 일이 없었다.


료마는 지난 2월, 오쿠보와 만나기 전까지만 해도 오구리라는 막부 관리의 이름을 알지 못했다.

료마는 즉시 오쿠보의 방에 있는 무감(武監)을 뒤져보고 그가 2천5백 석의 녹을 받고 있다는 것을 알았다.

"그토록 대단한 인물입니까?"

오쿠보에게 묻자, 글쎄 에누리 없이 준걸(俊傑)이라 할 수 있지, 라고 했다.

“인망은 그다지 없으나 담력과 지략을 겸비한 점으로 보아 3백 년래의 인물이라고 할 수 있네. 전국시대에 태어났었다면 일국 일성(一國一城)으로는 부족할 정도지”라고, 이 온화한 반오구리파 관리는 말했다. 아마, 하고 오쿠보는 말했다.

“사쓰마, 조슈, 도사에 영웅호걸이 많이 있지만, 담력과 인망은 별도로 하고 오구리의 지략을 따를 자는 없을 걸세.”

더구나 명문 출신이다. 앞으로 그 방자하고 거만한 성격이 화를 가져오지 않는 한 더욱더 출세하여 막부를 짊어질 사람이 될 것이다, 라고 오쿠보는 말했다.

“그러나 오구리가 막부를 짊어지게 되면 일본은 망한다”라고도 했다. 료마는 어떤 영상을 머릿속에 그렸다.

일본 열도에 일본인들의 군상(群像)이 있다. 모조리 쇠사슬에 묶이어 외국인들에게 채찍을 맞고 있었다. 그러나 오직 한 사람, 장군만이 금실로 수놓은 비단옷을 입고 있었고 그의 옆에 대신(大臣)인 오구리가 쭈그리고 앉아 복잡한 표정으로 국민들을 바라보고 있다.

‘곤란한 녀석이 출현했군.’

료마는, 그 사내가 용렬하다면 또 몰라도 그게 아닌 3백 년 이래의 영걸이라는 점에 그만 오싹 소름이 끼쳤다. 그 정도의 인물이라면 끝까지 소신을 관철시킬 것이다.

“오구리는 외국식의 재정 관리에도 능하다네. 거기다 미카와 무사(三河武士) 특유의 완고함도 지니고 있지. 직속 무사 8만 기 중에서 아직도 충의 일변도의 고풍적인 마음을 가진 자는 아마 오구리밖에 없을 걸세.”

오쿠보가 말했다.

여담이지만, 뒷날 오구리는 도바 후시미에서 패하여 에도로 도망해 온 장군 요시노부의 옷자락을 잡고 끈질기게 항전을 강요했다.

“무기도 충분하고 병사도 충분합니다. 무엇 때문에 사쓰마 조슈 도사와 결전을 않으십니까?”

요시노부는 이미 항복한 뒤였기 때문에 마침내 오구리의 손을 뿌리치고 도망치듯 안으로 들어가 버렸다.

그때의 오구리의 작전 계획은 끝내 채택되지 않았으나, 만약 막부에서 본격적으로 그의 계획대로 밀고 나갔더라면 아마 관군은 풍비박산으로 분쇄되었을지도 모른다.

그 작전은 관군을 약 3만 명 가량으로 추산하고, 도카이도로 진군해 오면 하코네(箱根)의 관문을 열어 우선 에도로 유인해 놓는다. 관군이 모두 에도로 진입했을 때 즉시 하코네의 관문을 굳게 봉쇄하고 관군을 독안에 든 쥐로 만들어 포위 공격한다. 한편에서는 압도적으로 우세한 막부 해군을 유효하게 사용하여 함대를 두 대로 나누어 한쪽은 스루가 만(駿河灣)으로 진입하여 도카이도를 차단하고, 나머지 함대는 에도 만(江戶灣)에 들어와 함포사격을 퍼붓는다는 것이었다.

관군의 참모장격인 조슈인 오무라 마스지로(大村益次郎)는 뒷날 그 말을 듣자 "오구리의 안이 채택되었더라면 지금쯤 내 목은 없을 것이다" 하고 몸을 떨었다는 이야기가 남아 있다.


말을 마치자 료마는 침묵했다.

목이 타는지 술병을 들고 자작으로 두 잔, 석 잔, 연거푸 들이키더니 열 잔쯤 들고 나서 사이고에게 잔을 내밀었다.

"아! 잊고 있었군. 어떻습니까, 한잔."

"아닙니다."

사이고는 손을 저으며 말했다.

"술을 못합니다."

사쓰마인으로서는 보기 드물게 술을 마실 줄 몰랐던 것이다. 그보다도, 하고 사이고는 말했다.

"좀더 프랑스에 대한 이야기를 듣고 싶군요."

"그래요?"

료마는 불그레하게 볼을 물들였다. 술기가 오르는 모양이다.

"사이고님, 나폴레옹을 좋아하시지요?"

"예, 그 사람을 존경합니다."

"그러니까, 현 프랑스 황제 나폴레옹 3세도 나폴레옹의 조카가 됩니다."

"아하, 조카님이 되시는군요."

사이고는 경어를 썼다.

료마는 내심 우스웠으나 사이고라는 인물의 매력은 그 독실함에 있다고도 생각했다.

"그 나폴레옹 3세 또한 말할 수 없는 수단꾼으로서"

료마는 눈으로 보고 오기라도 한 듯이 말했다.

"영웅이라기보다 사업가라고 하는 게 좋을 것입니다. 어쨌든 프랑스 정계의 혼란을 틈타서 교묘한 수완으로 슬쩍 정권을 잡고 대통령이 되더니 다시금 황제의 자리에 올랐습니다. 인물은 조그맣고 보잘 것 없으나 능숙하게 일을 계획하고 처리하는 모사꾼으로서 항상 가만히 있지 못하는 성미 같습니다. 타인의 싸움에까지 파고 들어가서 해결시키는 묘한 사내지요."

"그렇습니까?"

"그는 남의 나라 내란에도 기회를 틈타서 군대를 내보냅니다. 여하튼 프랑스의 육군은 영국과 더불어 유럽에 있어서의 겐페이(源平)지요. 강합니다. 그 강한 군대를 밀고나가 남의 싸움에 비집고 들어갑니다. 이탈리아의 독립 운동 때도 대군을 이끌고 직접 출전하여 오스트리아군을 격파하였으며, 그 외에 폴란드나 루마니아, 그리고 멀리는 멕시코의 내란까지 참견하고 출병을 하고 있습니다. 지금 유럽의 정세는 이 사내 한 사람에게 우롱당하고 있는 형편입니다."

"그렇군요."

사이고는 순순히 고개를 끄덕이고 있으나 료마가 말하려 하고 있는 바를 알고 있다. 그 나폴레옹 3세가 멀리 극동의 일본에까지 참견을 해 왔다. 그러니 장차 크게 우려될 사태가 온다는 말일 것이다.

"지난해(겐지 원년) 3월, 일본에 부임한 프랑스 공사 롯쉬라는 자는 나폴레옹 3세의 총신이란 말입니다. 그런데 이자가 또한 바지런하게 움직이는 모사꾼으로서, 북아프리카의 식민지 정복 때에 굉장한 수완을 발휘한 무서운 사내지요. 이자가 막부와 결탄을 했으니 어찌 되겠소? 막부에 계속 돈과 무기를 원조하여 나중에는 일본을 마음대로 요리해 보겠다는 속셈이 뻔합니다. 조슈를 프랑스제 무기로 쓰러뜨리라고 부추기고 있습니다."

"그래서"

료마는 이야기를 계속했다.

"조슈 문제에 대해 사쓰마 번에도 생각이 있고 체면과 입장도 여러 가지로 얽혀 있겠지만, 모든 것을 참고 넘겨야 할 때가 왔다고 봅니다. 하기야…

…”

“하기야?”

사이고는 반문했다. 료마는 천연덕스럽게 말했다.

“하기야 사쓰마 번의 체면 같은 것은 찌부러져도 좋소! 체면은커녕 사쓰
마 번 그 자체가 찌부러져도 상관없지.”

“그래서야 곤란하지요.”

사이고는 어이가 없었다. 사이고는 어디까지나 사쓰마주의였다. 사쓰마
번의 실력으로써 제후들을 교토로 모이게 하여 큰 번들의 합의에 의한 임시
정부를 만든다는 것이 사이고의 이상이었다. 그 이상에 방해가 되니까 조슈
를 치는 것이다.

료마는 사이고의 이상을 잘 알고 있다.

“내 생각은 그렇지 않습니다.”

료마는 말했다.

“그럼 어떤 포부를?”

사이고는 료마의 이상을 듣고 싶었다. 그러나 료마는 말하지 않았다. 만일
그것을 말한다면 지금 이런 시대의 이런 단계에서는 사이고조차도 료마를
위험한 사상가라고 간주할 것이 뻔했기 때문이다.

료마의 이상(理想)은 막부를 타도한다는 점에서는 사이고와 일치한다. 다
음의 정체(正體)는 천황을 중심으로 한다는 점에서도 일치하고 있다.

그러나 사이고의 혁명상(革命像)은 천황을 중심으로 한 각 번의 영주들의
합의제(合議制)였다. 물론 그 제도 아래 사농공상(士農工商)의 계급이 있는
것이다.

료마는 다르다. 천황 아래 모든 계급을 없애 버리는 것이었다. 영주도 공
경도 무사도 없애고 모든 일본인을 평등하게 한다는 것이었다. 이러한 사상
은 가장 열렬한 근왕 지사들 사이에서도 십중팔구는 용납되지 않을 것이다.
왜냐하면 사이고는 유신 이후에도 무사의 폐지를 반대하는 사쓰마 사족단
(士族團)에게 업히어 마침내 메이지 10년, 세이난 전쟁(西南戰爭)을 일으켜
불행한 죽음을 당하게까지 되었던 것이다.

료마는 싱글벙글 웃으며 대답을 하지 않았다. 말을 했다가는 사이고에게
위험시당할 것을 알고 있기 때문이다.

“사쓰마고 조슈고 가릴 것 없다는 것은, 지금의 일본은 구구하게 번의 입

장 같은 것을 생각하고 있을 한가한 때가 아니라는 뜻입니다."

료마는 원만하게 말했다.

"결국은 양이(洋夷)에게 먹히고 맙니다. 지금 눈앞에 닥친 프랑스의 문제가 좋은 예가 아닙니까?"

"그렇군요, 잘 알겠습니다."

사이고는 고개를 끄덕였다. 고개를 끄덕이면서 그는 지금 교토에 와 있는 같은 동료이자 둘도 없는 동지인 오쿠보 도시미치하고도 조슈 문제에 관한 외교 방침을 재검토하려고 생각하였다.

료마는 기민한 사내이다.

이 이상, 이 문제를 다루지 말고 사이고의 생각에 맡기기로 했다.

"이야기가 바뀝니다만 사쓰마 번은 나를 위해 배를 사지 않을 것인지요?"

지난번의 그 문제를 꺼냈다.


며칠 뒤 료마가 있는 사쓰마 번저에 얼굴이 썩 잘 생긴 젊은 무사가 찾아왔다.

검은 비단 하오리를 입은 훤칠한 키의 젊은이가 상체를 꼿꼿이 세우고 천천히 문을 들어섰다.

몇 명의 같은 번 사람들을 거느리고 있었다. 모두 여장(旅裝) 차림이다.

젊은이는 문을 들어서자 곧장 모래 마당을 지나 전각이라 불리는 정자풍 건물 쪽으로 가는 것 같았다.

'아니 저 사람은……?'

료마는 생각했다. 료마는 이 젊은이와 엇갈리듯이 하여 모래 마당을 가로질러 가고 있었다.

'저 사람은 사쓰마 번에서 유명한 오쿠보 도시미치가 아닐까?'

그렇게 얼핏 생각했다.

콧날이 우뚝 서고 입매가 단정하여 표정이 어딘지 차갑다.

하급 무사 출신인데도 용모의 우아함은 영주의 도련님이라 해도 좋을 정도였다. 뿐만 아니라 두뇌의 날카로움이 얼굴에 드러나 있었다.

그 젊은이도 료마를 보자 '이 사람은 도사의 사카모토 료마가 아닐까?' 하고 생각했으나 오쿠보는 천성적으로 위엄이 갖추어진 사내이라, 모르는 상대에게 경솔하게 목례를 하거나 하는 사람이 아니다.

료마 역시 무뚝뚝하기로 이름난 사내라 턱을 쳐들고 지나갔다.

잠시 뒤 오쿠보는 '전각'의 한 방에서 사이고와 마주 앉았다.

"조금 아까 마당에서 너절한 도라지 문복을 입은 낭인을 봤는데 그게 혹시 도사의 사카모토 료마가 아닌가?"

"이거 참 재밌는데."

사이고는 웃었다. 방금 료마도 그 비슷한 말을 했었던 것이다.

"영웅은 영웅을 안다고 했는데 료마도, 도시미치도, 어쩌면 영웅인지 모르겠는걸."

"쓸 만한 사내인가?"

"굵은 소나무인가 하면 가느다란 버들가지 같기도 하지. 담대 심소(膽大心小), 옛날 영웅의 모습을 보는 것 같은데, 그만한 사내가 사쓰마 번에 있었으면 얼마나 좋을까 생각해. 그러나……"

사이고는 말을 잇는다.

"그 친구는 새로운 번을 하나 만들 작정이라고 하더군."

"새로운 번을 만든다고?"

오쿠보는 놀랐다. 마치 전국시대의 야무사(野武士) 같은 야망이 아닌가?

"바다의 번을 말일세. 우리 사쓰마 번더러 군함을 사서 그것을 빌려 달라는군. 임대료는 물겠다나."

"흠."

오쿠보는 반응을 나타내지 않았다. 사이고는 료마를 위해 번의 실력자인 오쿠보를 움직여야 되겠다는 생각으로 물었다.

"자네, 생각 있나?"

"료마의 배 말인가?"

"음."

"좋겠지. 자네가 료마를 신임하고 그 의견을 좋다고 생각한다면 나는 자네 생각을 따르겠네. 다만 돈이 문제지. 고향의 중신이나 재정 담당들이 뭐라고 할지 의문일세. 그들에겐 료마를 직접 가고시마로 초대해서 설득시키도록 하지."

"그거 참 좋은 생각이군."

# 사쓰마 행

료마는 수첩을 가지고 있다.

조그맣게 가로 묶은 책자인데 거기엔 난잡한 글씨가 빽빽이 적혀 있어 알아보기가 어렵다.

내용은 일기처럼 쓴 것도 있고 이따금 감상문도 있는 잡다한 것이다. 그리고 수첩의 앞뒤를 알 수가 없다. 즉, 어제는 앞에서부터 썼는가 하면 오늘은 뒤쪽에다 쓰고 있다. 이 젊은이의 성격이 나타나 있어 재미있다.

료마는 가고시마로 가기 위해 오사카 덴포 산 앞바다에서 사쓰마 번의 기선 고초마루(胡蝶丸)에 올랐다.

수첩에 의하면

4월 25일, 오사카 출발

5월 초하루, 가고시마 도착

이라고 기록되어 있다.

이 배에는 사쓰마 번의 중신 고마쓰 다데와키와 사이고가 동승해 있었다. 물론 무쓰 요노스케 등 료마의 동지들도 전원 그 배에 타고 있었다. 아니, 타고 있는 것이 아니라 배를 운전하고 있었다.

──사쓰마인들에게 너희들의 기술을 과시해라!

료마는 승선하자마자 일동을 갑판부, 조선부(操船部), 기관부의 세 부서로 나누고 그 자신은 지휘자로서 이따금 함교(艦橋)에 나와 지휘를 했다.

"이거, 참 고맙소. 좋은 공부가 되겠소이다."

아직 배에 숙달되지 않은 사쓰마 번의 사관들은 몹시 기뻐했다. 아무튼 료마 등의 기술은 일본 제일의 해군통인 가쓰 가이슈로부터 배운 솜씨인 것이다.

"사카모토님은 훌륭한 분이다. 검술은 에도의 지바 도장에서 닦았고, 배는 가쓰 선생에게 직접 배웠으니 어느 것이나 일본 제일이지."

사쓰마인들은 말했다. 실제는 대단한 항해 기술도 아니었으나 가쓰 가이슈라는 이름으로 료마는 덕을 보고 있다.

마스트에는 동그라미 속에 열십자를 그린 선기(船旗)가 펄럭이고 있었다.

어느 날 그것을 쳐다보며 료마는 말했다.

"사이고님."

사쓰마 번도 많이 변했군요, 우리 타향인들을 번내에 들여 놓다니, 하고 약간 비꼬는 투로 말했다.

예부터 사쓰마 번은 일종의 비밀 국가여서 타고장 사람은 일체 발을 들여 놓게 하지 않았다. 에도 초기, 막부의 세력이 왕성했을 때에도 막부의 첩자들 중 사쓰마 번에 잠입할 수 있었던 자는 하나도 없었다.

쫓겨나든가, 아니면 관문에서 붙잡혀 은밀히 살해당하든가 했다. 그러므로 에도에서는 한번 가서 돌아오지 않는 것을 사쓰마 차사(薩摩差使)라고 말했을 정도였다.

그랬던 사쓰마 번이 료마를 향해 문을 열려는 것이다. 료마는 한편 이상한 생각이 들었으며, 또 한편으로는 이 번이 얼마나 자기의 계획에 매력을 느끼고 있는가를 알 수 있었다.


게이오(慶應) 원년 5월 초하루, 료마가 탄 사쓰마 번선 고초마루는 가고시마 만으로 들어가 그 깊숙이 있는 긴코 만(錦江灣)으로 미끄러지듯 들어갔다.

"어디다 닻을 내릴까요?"

함교에 선 료마는 사쓰마 번사에게 물었다.

"저쪽에."

사쓰마인은 육지를 가리켰다. 그가 가리키는 곳에 시가지가 있고 약간 높은 곳에 성산(城山)이 보였다.

"저기 성산이 보이지요? 그 성산을 보면서 똑바로 동쪽으로 접근하면 수심이 열 두 길쯤 됩니다. 그곳이 좋겠지요."

료마는 돛을 내리게 하여 기관 운전으로 바꾸고 속도를 늦추어 긴코 만으로 깊숙이 들어갔다.

우현(右舷) 쪽에 사쿠라지마(櫻島)가 우뚝 솟아, 활짝 개인 5월 하늘에 아름다운 붉은 연기를 뿜어 올리고 있었다.

'드디어 왔구나.'

료마는 감동을 누를 수가 없었다. 전국시대 이래로 엄중한 비밀 국가의 울타리를 지켜 오고 있던 이 사쓰마 번에 과연 타향인이 몇이나 발을 들여놓을 수 있었을까.

'리이신요(賴山陽)는 시인으로시 초청받았던 일이 있나. 나가야마 히코구로는 끝내 들어가지 못했으며, 히라노 구니오미는 수도자로 변장하여 가까스로 들어갔다. 이렇게 당당하게 온 것은 내가 처음이 아닌가.'

그렇게 생각하는 것이다.

'이것은 오토메 누님에게 편지로 당장 알려야겠는걸.'

고츠키 강(甲突川) 어구에 포대(砲臺)가 보인다.

그리고 벤텐스(辨天洲)에도 포대가 보이는데 푸른 포신을 바다로 삐죽이 내밀고 있었다. 재작년 7월, 영국 함대 7척과 포전을 겪은 포대들이다. 료마는 고베에 있을 때 이 해륙전을 연구하여 일종의 권위자가 되어 있었다. 그러니만큼 함교에서 보이는 그 포대의 하나하나가 오랜만에 만나는 친구를 대하듯 친밀한 느낌이 들었다.

영국 함대의 기함(旗艦) 유리어스 호는 벤텐 포대의 나리다 히코주로(成田彦十郞)가 발사한 29파운드짜리 포탄을 맞고 포문을 파괴당했다. 그때 파괴된 포 속에서 포탄이 떼굴떼굴 굴러나와 갑판 위에서 폭발하는 바람에 함장 조스린 대령과 부장 월모트 소령이 전사하고, 포원 20여 명이 사상했다. 그리고 또다시 날아온 포탄이 이 기함의 뱃전을 관통하는 바람에 크게 구멍이 뚫려 완전히 전투 불능이 되었다.

기온스(祇園洲) 포대와 싸우고 있던 레이즈 포이즈 호는 풍랑에 밀려 얕은 여울로 올라오는 바람에 좌초하여 요함(僚艦) 두 척에 끌려갔으며, 포탄 세 발을 맞은 요함 가이가스 호는 겨우 자력으로 운항할 수 있었으나 전투에 참가할 수는 없게 되었다. 이 전투에서 영국측은 합계 63명의 사상자를 내는 인명 피해를 입었으나, 사쓰마측은 전사 1명, 부상 7명이었고 다만 함포 사격으로 인해 시가지 5백 호가 불탔다.

료마는 가쓰 가이슈에게서 들은 적이 있다.

"영국의 동양함대가 일본의 한 후국(侯國)과 싸워서 패했다는 보도가 런던 타임즈에 실렸는데, 이것이 영국 정부에 굉장한 충격을 준 모양이야."

영국 의회에서는 책임자인 쿠퍼 제독을 비난하는 의원도 있었으며, 이 전투를 계기로 해서 영국 외교의 방침은 "차라리 사쓰마와 손을 잡으라"는 방향으로 바뀌었다.


료마가 가고시마 항으로 입항할 때까지 사쓰마에 관한 여담을 하겠다.

전국시대 많은 외국 선교사가 일본에 와서 가지각색의 일본관(日本觀)을 그 소속 교회와 고국에 전했다. 그런 서한을 근거로 해서 《일본 서교사(日本西教史)》라는 책이 파리에서 간행되었다. 저자는 장 클라세라는 신부로 간행 연도는 1715년, 즉 도쿠가와 중엽이었다.

이 '일본 서교사'가 막부 말기에 이르기까지 유럽에서 참고로 한 일본 지식의 원천이었다.

그 책 속의 내용 중 일부이다.

"일본인의 장기는 무술이다. 남자가 12살이 되면 칼을 차는데, 잠자리에 들기 전에는 허리에서 풀지 않는다. 무기는 검, 단검, 소총, 활이다. 검은 지극히 잘 벼리어져 있어 그 예리함은 유럽의 검을 두 동강 낸다 해도 칼날에 이가 빠지지 않을 정도이다. 그들의 기질은 명예를 존중하며 남에게 멸시받는 것을 가장 싫어한다. 대부분의 일본인은 자유분방하며 전투에 인내력이 강하다. 그들의 얼굴은 올리브빛인데 중국인들은 일본인을 백인이라고 부른다. 정신이 활발하고 민첩하며 근면하고 더구나 모든 고난을 능히 견뎌 내는 기질이 있다."

그 위에 지식욕이 왕성하며 이해력이 풍부하다는 등 칭찬을 했다.

그들의 일본관은 그들의 견문 범위로 봐서 규슈, 특히 사쓰마인을 내용으로 하고 있다.

‘일본 서교사’가 어느 정도 유럽에서 읽혔는지는 별도로 하더라도 막부 말기에 있어 유럽의 열강국들이 일본과 접촉했을 때 다소의 예비지식이 됐음을 짐작할 수 있다.

또한 이런 이야기도 있다. 장군 요시무네의 시대에 통신사로서 일본에 왔던 조선의 사절 신 유한(申維翰)이 쓰시마 번(對馬藩)의 통역 아메노모리 도고로(雨森東五郎)에게 물었다.

“일본의 풍습은 예부터 생명을 가볍게 알고, 노하면 반드시 자기 손으로 목을 찌르고 배를 가르므로 형법이 필요 없다고 하는데 사실이오?”

신 유한이 질문한 내용은 조선뿐 아니라 아마 중국에서도 일반적으로 그렇게 인식되었던 것이리라.

이 질문에 대해 아메노모리는 이렇게 대답했다.

“아니오. 생명을 아끼고 죽음을 싫어하는 것은 인지상정인데 일본인이라고 예외일 수는 없소. 다만 사쓰마만은 좀 다르오. 일을 당하면 즉각 죽음으로 해결하고 있소. 내죄를 범한 사에게는 위에서 난 한마니, 너는 죽을 죄를 지었다, 집에 돌아가서 죽어라! 하는 것으로 일은 끝나는 것이오. 그자는 집에 돌아가서 자살하고 마니까요. 절대로 행방을 감추거나 도망하지 않을뿐더러 관에서도 이것을 믿어 의심치 않소. 일본인이 생명을 가볍게 여긴다는 말은 아마 사쓰마의 풍속을 근거로 해서 나온 말일 것이오.”

사쓰마인은 그런 의미에서 개국 이전의 일본인의 원형이 되었고, 개국 후에도 영국과의 싸움에서 그 평판을 입증하고 있는 것이다.

일본인들 사이에서도 라이산요의 노래에 있는 “옷자락은 정강이에 이르고 소매는 팔꿈치에 이른다. 허리에 찬 예리한 칼은 쇠붙이도 자른다. 사람이 닿으면 사람을 베고, 말이 닿으면 말을 벤다. 열여덟에 맹세를 맺는 건아(健兒)의 고장”이라는 시구처럼 이 지방의 기풍은 일종의 두려움으로 알려져 있다.


——아니, 전원 입국은 곤란합니다.

하고 사쓰마의 관리로부터 거절당했기 때문에 료마는 하는 수 없이 동지 일동을 고초마루의 선실에 머물도록 하고 자기만 사이고 등 사쓰마인의 안내를 받아 상륙했다.

료마는 가고시마의 성아래거리를 걸어갔다.

눈에 띄는 것마다 모두 진기했다.

'마치 외국에 온 것 같군.'

그런 생각이 들었다. 집들의 모양도 어딘가 다르다. 길을 가는 무사들의 풍속도 달라 앞머리를 넓게 깎고 상투는 작았으며, 하카마는 짧고 대소도는 거의 허리선과 직각으로 꽂혀 있다.

'무사들이 굉장히 뻐기고 있군.'

이런 느낌이 들었다. 사이고 등의 일행이 길을 걷자 반대쪽에서 오던 상인, 농군 등이 황급히 추녀 밑으로 길을 비키고 허리를 굽히며 그들이 지나가기를 기다리는 것이었다. 도사에서는 무사들 간의 차별, 말하자면 상급 무사와 향사의 차별은 엄격하지만 향사와 서민들 간에는 이렇게 큰 거리감이 없이 지냈으며, 도사에서는 상인들에게서 이런 대우를 받은 일이 없었다.

'이런 곳에 상인이나 농군으로 태어났다간 큰 고통이겠군!'

도중, 사이고는 료마를 선반(旋盤) 공장과 유리 공장에 안내해 주었다. 선반 기계는 료마도 나가사키에서 본 일이 있었으나 사쓰마에서 그것을 보게 될 줄은 생각지 못했던 만큼 무척 경탄했다.

"선군(나리아키라)의 유업이십니다."

사이고가 설명했다. 나리아키라는 이 선반으로 소총이나 대포를 만들려고 했었으나 뜻밖에 일찍 별세했기 때문에 지금은 먼지를 뒤집어쓰고 있다. 사이고의 설명으로는 지금의 번주 시마쓰 히사미쓰는 보수적이라 나리아키라 공의 선진 정신은 빛을 잃었다고 한다.

그러나 료마는 그렇게 생각하지 않았다. 사이고는 히사미쓰를 싫어하기 때문에 그렇게 말하지만 히사미쓰에게는 히사미쓰대로의 장점이 있다.

예를 들어 영국과의 싸움 직후 곧 영국 대리공사 존 닐과 손을 잡고, 사신으로 하여금 다음과 같이 말하게 했다.

──당신들 영국인은 이제 사쓰마 사람들의 강함을 알겠지만 우리들 역시 영국 문명의 무서움을 알았소. 그래서 우리 사쓰마 번을 영국만큼 발전시키기 위해 유학생을 보내고 싶은데 받아 주겠소?

영국측은 쾌히 승낙하였고, 사쓰마 번에서는 15명의 수재를 선발하여 막부 모르게 지난 정월 열 하룻날 은밀히 가고시마에서 떠나보냈던 것이다. 이것을 귀가 빠른 료마는 이미 상세히 알고 있는 것이다.

뿐만 아니라 사쓰마 번에서는 막부의 법을 어기고 몰래 영국에 방적 공장 시설 일절을 주문하고 있는 것도 료마는 알고 있었다. 영국은 바야흐로 일본 정부의 눈을 속이고 일본 안의 반독립국(半獨立國)인 사쓰마 후국(薩摩侯國)과 손을 잡으려 하고 있다. 적어도 료마의 눈에는 그렇게 보였다.

'사쓰마는 놀라운 기세로 성장하고 있다. 앞으로 2, 3년만 있으면 막부와 대립할 수 있는 강대국이 될 것이다.'

료마는 이렇게 내다보고 있다. 도사나 조슈는 몇 년 뒤에는 사쓰마 번의 발밑에도 따라붙지 못할 것이다.

'이 사쓰마와 조슈를 손잡게 한다면……'

이런 생각이 료마의 가슴에 환히 떠오른 것은 바로 이때였다.


첫날은 사이고의 집에서 유숙했다. 그의 집은 고츠키 강 북쪽에 자리잡은 가지야 거리(加治屋町) 모퉁이에 있었다.

"잠시 거리를 구경하고 오겠소."

료마는 사이고의 집에 들어가자 저녁 준비가 될 때까지 밖으로 나왔다. 료마는 처음 가는 곳에서는 반드시 거리를 돌아다니지 않고는 배기지 못하는 버릇이 있었다. 료마는 사이고 집의 늙은 하인에게 안내를 받았다.

가지야 거리는 가고시마 성아래거리에 있는 무사 주택가로서 호수는 75집이었다. 그중에 '게다젠(下駄善)'이라는 상가가 하나 끼어 있는 것을 알았다. 상가는 그 집뿐이고 나머지 74집은 모두 무사의 주택인데, 녹봉은 얼마 안 되는 모양이었다.

그 거리에 고양이똥이라는 이름의 골목이 있다. 그 골목을 지나 고츠키 강 쪽으로 걸어가자 둑 옆에 그 오쿠보 도시미치의 집이 있었다.

"아아, 오쿠보의 집이 여기로군."

늙은 하인은 고개를 끄덕이며, 사이고 나리와는 죽마고우로서 형제 이상으로 친한 사이십니다, 라고 말했다.

늙은 하인의 말에 의하면 오쿠보는 17, 8세 때 집안이 가난하여 끼니를 굶는 날도 있었는데, 그런 날은 말없이 사이고의 집에 찾아와서 묵묵히 상머리에 앉았다고 한다. 사이고의 집도 형제가 많아 풍족하지 못했으므로 그런 때는 모두 밥을 조금씩 덜어 오쿠보의 몫을 만들어 주었다고 한다.

'그런 사이였구나.'

이것은 사이고와 오쿠보를 상대할 때의 좋은 참고가 되었다. 사이고와 오쿠보는 동지 이상의 사이로, 호흡만으로도 서로의 기분을 알 수 있을 정도였다.

고양이똥 골목의 북쪽 모퉁이 집까지 오자 늙은 하인이 말했다.

"이 댁도 사이고님 댁과 친척이십니다."

오야마 히코하치(大山彥八)라고 하며, 그 아들인 야스케(彌助)는 지금 교토 번저에 근무하고 있는 중이라고 한다. 이 야스케가 뒷날 원수(元帥) 오야마 이와오(大山巖)가 될 줄은 료마 역시 꿈에도 알지 못했다.

거기서부터 대여섯 집 가면 도고 기치에몬(東鄕吉右衞門)의 집이 있다. 료마가 지나가려는데 마침 감색 바탕에 흰 무늬의 윗도리에 두꺼운 무명 하카마를 입은, 18, 9세쯤 된 자그마한 젊은이가 문을 열고 나와 료마에게 가볍게 절을 하고 지나갔다. 무사 주택 거리다운 미풍으로서 남의 집에 온 손님에게도 공손히 허리를 굽힌다.

뒷날 노일전쟁(露日戰爭) 때 연합함대의 사령장관이 된 이 헤이하치로(平八郎)라는 젊은이는 "예전에 집 근처에서 사카모토 료마 같은 사람과 만난 적이 있다"고 사람들에게 말하고, 일본 해군의 대선배였던 료마와 한마디라도 이야기를 해 보았더라면, 하고 몹시 아쉬워했다.

료마의 가고시마 체재 목적은 사쓰마 번에 해군열을 불어넣으려는 것으로, 그 때문에 번의 요로가 움직이게 되어 양식 육군보다 양식 해군으로써 입번(入藩)의 기초를 삼으려는 기운이 태동하기 시작했다. 번에서는 겐지 원년에 이미 발족한 번의 서양 기술학교를 료마가 온 다음해에 해군국으로 바꾸어 포술(砲術), 조함(操艦), 천문(天文), 지리, 수학, 물리, 분석, 기계, 조선 등을 가르쳤다.

이 해군국에 헤이하치로도 입학했던 것으로 보아 료마하고 전혀 인연이 없었던 것은 아닌 것 같다.

얼마 뒤 료마는 사이고의 집으로 돌아왔다.


사이고의 집은 료마가 속으로 놀랄 만큼 형편없이 누추했다.

'이것이 세상에서 유명한 사이고의 집이란 말인가?'

더구나 형제들이 많았으며 도대체 자기를 어디다 재우려는 것인지 걱정이 될 정도로 집이 협소했다.

그런데 날이 저물자 사이고 집안의 사람들은 료마에게 방을 내 주기 위해 어디론가 모두 없어져 버렸다.

"모두 어디로 가셨습니까?"

의아한 얼굴로 료마가 묻자, 사이고는 시치미를 떼며 부인에게 물었다.

"어디로들 갔지?"

부인은 재치 있는 농담을 할줄 모르는 사람인 듯

"제각기 이웃집에 자러 갔어요."

웃지도 않고 대답했다.

"아아."

료마도 반가운 표정을 지었다. 솔직히 말해준 것이 감사한 것이 아니라 집이 갑자기 넓어진 것이 반가웠던 것이다.

저녁 식사 때 술을 조금 마셨으나 사이고가 밥만 먹고 있기 때문에 한 홉쯤 마시고 잔을 엎었다.

"솜더 드시지요" 하고 사이고 부인은 권하지도 않았다. 이 무뚝뚝한 도사의 손님을 과히 환영하지 않았는지도 모른다.

"자아, 오늘은 오랜만에 육지에서 자는 잠이니 일찍 잡시다."

사이고는 먼 뱃길에 지쳤는지 저녁상을 물리자 벌써 잠이 오는 모양이었다. 그보다도 가정에 있는 사이고는 마치 자기 있을 자리가 없거나 한 사람같아 '이 사람이 조슈 정벌의 총독 참모로서 천하를 뒤흔들었던 인물인가?' 의심스러울 정도로 활기가 없었다.

료마의 이부자리는 옆방에 마련되어 있었다.

"그럼"

료마는 일어나다가 갑자기 생각난 듯이 말했다.

"귀번과 조슈가 연합하면 천하를 움직일 수 있다는 건, 더 이상 말하지 않겠소. 물론 생각하고 계시겠지요."

"그런데 조슈 쪽은 어떨까요?"

사이고는 료마에게 베개를 건네주며 물었다.

"이쪽에서 좋다고 해도 조슈 쪽에서 승낙하지 않겠지요. 아무튼 우리를 사쓰마 적(賊)이라고 욕하는 자들이니까."

"그렇지요."

료마는 베개를 받으며 말했다.

"조슈인은 다루기 힘듭니다. 그러나 마침 내 동향인 중에 나카오카 신타로라는 자가 있는데 지금 조슈에서 그곳 유지들의 신망이 두텁습니다. 내가 사쓰마를 대리하고 신타로가 조슈를 대리하여 서로 손을 잡고 일을 추진시킨다면 안 될 것도 없다고 봅니다."

료마는 이렇게 말하고 침실로 들어가 옷을 훌렁훌렁 벗어 던지고 이불 속으로 들어갔다.

옆방에서 사이고 부부의 이야기 소리가 들려 왔다. 부인이 자꾸만 넋두리를 하는 모양이었다.

"집이 헐어서 비가 새니 어떻게 해요."

사이고는 언제까지나 침묵하고 있다.

료마는 어쩐지 웃음이 나와서 이불 속에서 혼자 웃었다.


비가 샌다는 이야기는 '난슈 백화(南洲百話)'라는 사이고의 일화를 수록한 책에도 나와 있다.

그 문장을 그대로 옮겨 보면 이러하다.

"도사의 사카모토 료마가 가고시마에 와서 옹(翁)을 방문하여 하룻밤 묵을 때 밤중에 옹은 부인과 잠자리에서 이야기를 나누었다. 아무 생각 없이 듣고 있노라니 부인이 '우리 집은 지붕이 썩어 비가 새니 곤란합니다. 손님이 계실 때 비라도 새면 면목이 없으니 빨리 좀 고쳐 주세요' 하자, 옹은 '지금은 일본 전체에 비가 새고 있소. 우리 집 수리 따위를 하고 있을 겨를이 없소' 하고 대답했다."

료마는 그러한 사이고에게 몹시 감탄했다, 는 뜻이 덧붙여져 있다.

사이고는 자기 전에 료마로부터 들은 "사쓰마와 조슈의 일을 고려해 보라"는 말이 머리에 가득 차 있는데, 모처럼 오랜만에 돌아온 남편에게 부인이 집안의 구질구질한 사정 이야기를 하는 바람에 화가 나 짜증을 부릴 수도 없고 해서 이치에도 맞지 않는 말로써 부인의 입을 막았던 것이리라.

"돈이 어디 있소?"

"일본 전체에 비가 새고 있는데 우리 집뿐인가."

료마가 과연 사이고가 그렇게 답변하는 것을 들었는지 어떤지 그것은 모른다.

여하튼 사이고가 못마땅한 듯 침묵하고 있는 것이 료마에게는 우스웠던 것이다.

이튿날 아침, 사이고는 성에 들어가야 하므로 일찍 일어났다. 밖을 보니 아직 해도 돋지 않았다.

"손님은 푹 주무시게 깨우지 마시오."

사이고가 부인에게 말하려는데 뒷마당에서 두레박 소리가 들려 왔다. 사이고가 놀라서 마루로 나가 보니 료마가 우물가에서 한참 몸을 씻고 있는 중이었다.

'괴상한 사람이군. 어젯밤 목욕탕에 들어가라니까 싫다고 하더니.'

사이고는 생각했다. 하긴 료마가 싫다하는 것은 머리 빗는 것과 목욕하는 것이었으리라. 그래도 이틀에 한 번은 우물가에서 물을 뒤집어쓰는 버릇이 있었으므로 아주 불결하다고는 할 수 없다.

잠시 뒤 료마는 훈도시 바람의 벌거숭이 모습으로 몸을 닦으며 오다가 마루에 서 있는 사이고를 보자 마치 짖어 대듯이 말했다.

"사쓰마 조슈 연합에 대해 생각해 보셨소?"

이 말에는 사이고도 질리고 말았다.

"쭉 생각해 보았지요. 그러나 오늘 성에 들어가서는 아무에게도 의논하지 않겠소."

이런 복잡한 문제를 섣불리 어리석은 자들에게 의논했다가는 오히려 일이 복잡하게 뒤틀릴 가능성이 있다는 것이다. 사이고가 말하는 어리석은 자란 이 경우 시마쓰 히사미쓰도 포함되어 있는 것 같았다.

"오쿠보가 돌아오는 대로 곧 진행시키겠소."

사이고는 덧붙여 말했다. 오쿠보는 히사미쓰에게 신임을 받고 있으니까 그를 통해서 히사미쓰를 설득시킬 작정이었다.

"그렇다면 내가"

료마는 성급하게 말했다.

"일을 진행시켜도 좋다, 이 말씀입니까?"

"예."

사이고는 고개를 끄덕이며 인사를 했다.

얼마 뒤 사이고는 등성하기 위해 집을 나섰고, 료마도 사이고의 늙은 하인을 따라 집을 나섰다. 오늘부터 숙소가 바뀌는 것이다.

그날부터 료마는 중신 고마쓰 다데와키의 저택에서 숙식하게 되었다.

여기서 그는 쉴 새 없이 찾아드는 번의 요로에 있는 사람과 유지들을 만나 그가 사쓰마에 들어온 최대 목적인 해군 회사 설립에 대한 것을 설득했다.

"평상시에는 장사를 하는 겁니다."

이 말은 원래 무역에 열심인 사쓰마 번의 관리에게 몹시 매력적이었다.

"나가사키에 근거지를 두고 내국(內國) 무역에서는 나가사키와 오사카를 왕래하는 것이며, 밀무역에 있어서는 나가사키와 상해를 왕복합니다. 왕복하는 것만으로도 막대한 이익이 되는 것입니다."

"만일 막부에 들킨다면?"

사쓰마 관리는 참고삼아 물었다.

그 당시의 무역이라는 것은 변칙적인 것으로서, 막부는 구미 열강들과 통상 조약을 맺고 요코하마(橫濱) 등 일부의 개항지에서 무역을 시작하고 있었다. 그러나 그것은 어디까지나 막부의 무역이었을 뿐 각 번에는 일절 무역을 금지하고 있었다. 즉 무역의 단 맛을 각 영주에게는 나누어 주지 않았다.

그 때문에 속수무책인 각 번에서는 몹시 분개하여 '살찌는 것은 막부뿐이 아닌가?' 하고 막부의 개항 정책을 비난하였다.

——그래서 우리는 양이(攘夷)다!

그리고 이렇게 불만을 토로하고 있는 것이 양이 문제의 한 내정(內情)이기도 했다. 양이라는 것은 이제 초기의 단순한 외국인 혐오로부터 차츰 복잡해져, 그러한 막부의 무역 독점 태도에 대한 반감, 막부를 쓰러뜨리려는 구실로서의 양이로 발전하였으며 소위 경제적, 정치적 의미까지 띠게 되었다.

예를 들면 현재 분쟁중인 효고(兵庫) 개항 문제만 해도 그렇다. 여러 외국에서는 효고의 개항을 막부에 강요하고 있었으며 막부도 그들의 청을 받아들이려 하고 있으나, 교토 조정에서 완강히 반대하고 있기 때문에 막부는 중간에 끼어 차일피일 연기하고 있다.

교토 조정의 반대 이유는 이렇다.

"효고는 요코하마와 달리 교토와 가깝다. 이처럼 가까운 항구에 외국의 야만인들을 들여놓게 되면 조정의 신성함이 더럽혀질 뿐 아니라 야만인들이 나쁜 마음을 먹게 될 경우 교토는 간단히 함락되고 만다."

그래서 공경들은 진정으로 이것을 주장하고 맹렬히 반대하고 나섰다.

그 공경들의 배후에 사쓰마 번이 있다. 즉 사쓰마 번이 무지한 공경들을 설득하여 반대하게 만들고 있는 것이다. 사이고는 교토나 오사카에 있을 때 조슈 문제를 처리하는 한편 이 개항반대에 특별 조치를 강구하였으며, 지금 오쿠보가 교토에 체류하고 있는 목적의 하나도 교토 조정을 더욱 부추겨서 반대 방향으로 결속시키기 위해서였다.

만일 효고가 개항되는 날에는 막부는 더욱 더 무역으로 재정이 살찌게 되고 그 정권이 강화되어, 마침내는 타도하기 어렵게 되리란 것이 사쓰마 번의 저의(底意)이다.

이것은 사쓰마 번뿐만 아니다. 막부지지 번에서까지 막부의 효고 개항에는 냉담했다.

과장해서 말하자면 천하의 사농공상이 모조리 반대하고 있었다. 개항으로 인해 물가가 몹시 뛰어올라 서민의 생활이 개항 전과는 비교도 안 될 만큼 어려워져 있다. 이익은 막부만 보는 셈이므로 천하의 인심은 자연 반막적(反幕的)이 되었다.

"아니, 막부에게 들킨다 하더라도 귀번에 폐는 끼치지 않습니다. 왜냐하면 낭인 회사니까 말입니다."

료마는 설득했다.

앞길의 정조가 좋다는 것은 바로 이것을 두고 하는 말일 것이다. 마침 사쓰마 번의 해운국이 나가사키에서 기선을 한 척 사들이게 되어 있었는데, 이미 '가이몬마루(海門丸)'라는 배 이름까지 붙어 있었다.

"그것을 제게 주시지 않으시렵니까?"

료마는 고마쓰 저택으로 자기를 찾아온 번의 고관에게 말했다.

"아니, 그것은 연습선으로 예정하고 있으므로 그렇게 할 수는 없습니다. 그러나 지금 프러시아의 조루타라는 상인으로부터도 우리 번에 선박을 팔겠다는 교섭이 와 있습니다."

"허어, 그게 기선입니까?"

"아니죠, 유감스럽게도 범선입니다."

"범선이라도 좋소이다."

료마는 익살맞게 사쓰마 사투리로 말했다.

"욕심은 부릴 수 없습니다. 우선 범선으로 벌어서 증기선을 사도록 하지요."

"와일 웨프 호라고 하는 중고선입니다."

“중고선이라도 상관없습니다.”

배값은 7천8백 냥으로, 지금 나카사키 항내에 들어와 있다는 것이다. 료마는 아이처럼 손뼉을 치며 좋아했다.

“이제야 이야기가 결정됐군!”

중신 고마쓰 다데와키도 기뻐하며, 그 다음날 번의 재무 담당자들을 설득하여 료마와 그 고베 학교의 동지 전원의 경비는 사쓰마 번의 경비로써 충당하게 되었다.

고마쓰는 성에서 물러나와 말했다.

“사카모토님, 여러분의 수당에 관해서인데”

“예.”

“한 사람당 한 달에 두 냥 두 푼(二兩二分)으로 결정했습니다.”

“허어, 석 냥 두 푼(三兩二分)이라고요? 이거 참 고마운 일인데요.”

또다시 천진스럽게 손뼉을 치는 바람에 고마쓰 다데와키도 차마 아닙니다, 두 냥 두 푼입니다, 라고 고쳐 말할 수가 없어, 그렇습니다, 석 냥 두 푼입니다, 하고 고개를 끄덕이고는

‘그 정도는 어떻게 되겠지.’

혼자 체념했다.

“그런데 사카모토님, 나는 가이몬마루를 매입하는 일 때문에 며칠 내로 나가사키로 갑니다. 그때 함께 가서서 필요한 가옥 구입 같은 것을 결정합시다.”

“좋습니다.”

료마는 그길로 바닷가로 나가 작은 배를 타고, 계류 중인 고초마루를 찾아가 동지들에게 교섭의 결과를 알렸다.

“한 달에 석 냥 두 푼이라니 너무 적습니다.”

최연소자인 무쓰 요노스케가 불평을 했다.

“기슈 번에서 에도나 나가사키로 번 유학생을 보낼 때 얼말 주는지 아십니까? 여덟 냥이란 말입니다.”

“부족한 것은 벌면 돼.”

료마는 무서운 표정으로 말했다.

“하녀의 봉급은 1년에 석 냥이야. 그래도 죽지 않아.”

“하녀와 비교할 건 없잖습니까.”

무쓰가 귀여운 얼굴로 뾰루퉁하자, 옆에서 듣고 있던 스가노 가쿠베에(管野覺兵衛)가 불쑥 말했다.

"나가사키에서 유명한 마루야마(丸山)의 유곽에서는 두 푼(二分)만 내면 안주 세 가지에 술은 마음대로 마실 수 있고 유녀(遊女)들이 버선과 훈도시까지 빨아 준다더라. 우리들에게 석 냥 두 푼의 용돈은 과분할 정도다."

료마는 곧 배에서 내려 고마쓰 저택으로 돌아갔다.

그는 갑자기 바빠졌다.


고마쓰 저택에 있을 무렵, 재미있는 이야기가 있다.

'낭인 구경'이라는 것이 사쓰마 번의 젊은 무사들 사이에 유행했다.

낭인이란 료마를 가리키는 것이다.

사쓰마 영내에는 물론 낭인이라는 무사가 없다. 에도나 오사카 같은 큰 도시에서는 낭인이 살 수 있고 또 발을 붙일 수도 있어 신기한 존재도 아니었다.

그러나 본래 어느 번이든, 원칙적으로 영내에 낭인이라는 존재는 없다. 더구나 사쓰마 번의 경우는 타국인 입국 금제(禁制)의 번이라 낭인의 모습이란 찾아볼 수조차 없었던 것이다.

그런데 최근에 와서 사쿠라다 문(櫻田門) 밖의 난(亂)에서 있었던 미도 낭사(水戶浪士)라든가, 교토나 셋쓰에서 빈번히 발생하는 피비린내 나는 사건에서 자주 낭인, 낭사라는 말이 쓰인다.

멀리 떨어져 있는 사쓰마의 젊은 무사들은 그것에 괴상한 호기심을 가지고 있었다.

'낭인이란 어떻게 생긴 사람들일까?'

어쩌면 낭인을 인간이 아닌 다른 생물로 공상하고 있었는지도 모른다.

그만큼 사쓰마는 폐쇄적(閉鎖的)이고 중앙에서 멀리 떨어져 있다. 오락도 별로 없을 것이다.

"고마쓰님 댁에 낭인이 와 있대."

이런 소문이 쫙 퍼졌다.

젊은 무사들이 서로 권해가며 "보러 가자" 하고 매일같이 몰려든다.

그들은 고마쓰 저택의 하인에게 묻는다.

"낭인은 있나?"

“있소!”

고마쓰 댁의 하인은 마치 흥행장의 문지기나 되는 것처럼 대답하고 자랑스럽게 모두를 마당으로 들여놓는다.

그 사람들이 마당으로 들어와서 서로 밀치고 웅성대며 료마를 멀리서 둘러싸고 구경하는 것이다.

이러는 데는 료마도 딱 질색이었다.

‘촌놈들 같으니라고.’

자기 꼴은 생각지도 않고 화가 났다.

‘도사도 도깨비 나라라 불릴 만큼 시골이지만, 그래도 여기보다는 훨씬 낫다. 이처럼 사람이 사람 구경하러 오는 일은 없으니까.’

사쓰마를 좋아하는 료마도 이 점만은 질색이었다. 사쓰마란, 믿어지지 않을 정도의 미개성(未開性)과 깜짝 놀랄 정도의 근대성(近代性)을 함께 지닌 번이라고 생각했다.

어느 날 료마가 바둑을 두고 있었다.

“낭인이 바둑을 둔다.”

마침 료마를 보러 왔던 젊은 무사들은 이것을 보자 손뼉을 치며 좋아했다. 문 밖으로 동료를 부르러 나가는 녀석들까지 있다.

료마는 그들의 등쌀에 더 이상 배겨 날 수가 없어 버럭 소리를 질렀다.

“여보게들! 조용히들 못할까! 낭인도 바둑을 둔다, 그것이 어쨌단 말인가?”

“아! 낭인이 성났다.”

그것이 또 재미있는 듯 어깨를 서로 밀치며 도사 사투리까지 흉내 내며 좋아들 했다.

료마도 이것만은 어떻게 할 수가 없었다.

# 희망

배가 나가사키 항내로 들어갔을 때 료마는 뛰는 가슴을 억제하지 못할 정도로 들떴다.

"나가사키는 나의 희망이다."

무쓰에게 말했다.

"머지않아 나가사키는 일본 회천(回天)의 발판이 된다."

료마의 회사는 이미 사쓰마 번을 대주주로 만드는 데 성공했다. 이제 앞으로 조슈 번을 끌어들이고 싶다.

"개와 원숭이 사인데요?"

무쓰는 놀랐다.

"큰 돈을 벌 수 있다면 사쓰마도 조슈도 손을 잡겠지."

료마는 정치 문제가 어려우면 우선 경제로 그 이득을 설득할 생각이었다. 요컨대 정치적으로는 사쓰마와 조슈를 동맹시켜서 막부 타도로 시세를 전환시킴과 동시에, '토막회사(討幕會社)'로서 나가사키에서 사쓰마와 조슈 양번의 합자회사를 만들어 크게 군자금을 벌어들이는 한편, 외국제의 총포를 양번에 보유하게 하여 막부를 쓰러뜨리고 만다. 새 정부가 수립되면 이것을 국책회사(國策會社)로 만들어 세계 무역을 시작한다.

"큰 보자기군요(허풍이 세다는 뜻)."

무쓰는 웃었다.

"보자기는 클수록 편리하지."

"하지만 지금은 돌멩이 하나 쌀 게 없지 않습니까?"

"옳은 말이야."

료마는 웃었으나 머지않아 나가사키 땅에 내려서면 집이 손에 들어오고 곧이어 배를 입수할 수 있게 될 것이다. 료마의 공상의 큰 보자기에 우선 물건이 두 가지 들어오는 셈이다.

상륙하자, 사쓰마 번사가 료마 일행을 위해 여관을 준비해 놓고 있었다.

여기에 대해서는 사쓰마 으뜸가는 사무가인 중신 고마쓰 다데와키가 있으니만큼, 그는 이미 파발을 보내 나가사키 주재의 번사에게 연락하여 일체의 준비를 시켜 놓았다. 그러므로 일은 신속하게 진행된다.

"그런데, 여러분의 임시 숙소에 대해서입니다만……"

여관에 들어가자 나가사키의 사쓰마 번사가 료마에게 말했다.

"나가사키는 토지가 좁아 적당한 집을 좀체 구할 수 없습니다. 그래서 저기 저 언덕에"

장지문을 열고 항구의 남쪽에 펑퍼짐하게 펼쳐 있는 거북이 등 같은 언덕을 가리키며 말했다.

"하나 봐 놓기는 했습니다만."

"허, 저 고장 이름을 뭐라고 합니까?"

"가메야마(龜山)라고 합니다."

해가 지기까지는 아직 시간이 있을 것 같아 료마는 곧 확인하러 갔다.

여담이지만, 필자도 몇 해 전 봄에 그곳에 가보았다. 데라 거리(寺町)의 뒤쪽은 가메야마의 경사지로 온통 묘지뿐이다.

산포오 사(三寶寺) 언덕이라는, 성묘를 위한 긴 돌층계가 있고, 약 2백 계단쯤 올라간 곳에 료마 등이 숙영하던 건평 2, 30평 가량의 가옥이 있었다. 사적(史蹟)으로 지정되어 있지 않았기 때문에, 마침 필자가 찾아갔을 때는 목수가 거의 허물다시피 하고 있었다.

료마는 이 집이 마음에 들어 자기들의 단체명을 우선 '가메야마 동문(龜山同門)'이라고 이름 지었다.

이 언덕에서 나가사키 항이 한눈에 내려다보였다.

이튿날, 료마는 그 산포오 사 언덕을 데라 거리 쪽으로 내려오면서, 뒤따라오는 무쓰에게 말을 하다 말고 입을 다물었다.

"나가사키는……"

이나사 산(稻佐山)으로 해가 넘어가기 시작하여 항내에 정박 중인 서양 배와 재래 선박의 그림자가 짙어졌다.

"아름다운 항구군요."

무쓰는 한숨을 쉬듯 말했다. 료마가 "나가사키는" 하고 말한 것이 그 의미일 것이라고 생각한 것이다.

료마는 팔짱을 끼고 돌층계를 한 계단씩 내려간다.

"나가사키는 당분간 자네들에게 맡기겠다. 부탁한다."

"허어."

등 뒤에서 듣고 있던 스가노 가쿠베에는 기가 찼다. 곤도 조지로(近藤長次郎), 시라미네 슌메(白峰駿馬), 그리고 도베 등이 료마의 곁으로 다가왔다.

"당신은 어떻게 하시겠소?"

스가노가 물었다.

"달리 생각이 있다."

"그렇게 되면 곤란한데."

"곤란할 건 없다. 가메야마 동문의 일은 당분간, 세키(關)군!"

료마는 지난날 자기와 함께 산을 넘어 도사를 탈번했던 동지 사와무라 소노조(澤村惣之丞), 지금은 탈번의 신분을 숨기기 위해 가명 세키 유노스케(關雄之助)로 행세하고 있는 자의 이름을 불렀다.

"자네가 대행해 주게. 그리고 회계도 부탁한다. 해무(海務)는 스가노 가쿠베에, 서기는 무쓰 요노스케가 맡아서 해 주기 바란다."

눈 아래 산포오 사의 큰 지붕이 보인다. 그 너머로 영국 배가 지금 출항하려 하고 있었다.

"사쓰마 번 고마쓰 다데와키님과 교섭, 와일 웨프 호의 구입, 숙소의 정비 등 여러 가지로 할 일이 많을 것이다. 그 일을 여러분에게 부탁한다."

그들은 료마의 속셈을 알 수가 없었다.

"그리고 또 한 가지 일이 있다. 나가사키의 오우라 해안(大浦海岸)."

료마는 발아래 펼쳐져 있는 항구의 한쪽을 손으로 가리켰다. 그곳에는 이층 삼층의 양관이 즐비하게 늘어서 있다. 막부와의 통상 조약 체결 이래 상해나 홍콩 등지에서 진출해 온 구미 각국의 상관(商館)이다.

"저들과 접근해서 친분을 맺어놓기 바란다."

"말이 통해야지요."

"손짓으로 하면 돼."

료마는 말했다.

"상대는 돈을 벌러 온 사람들이다. 돈벌이에 관한 것이니까 저쪽에서도 알아들으려고 노력할 거다. 말은 일체 도사 말로 하면 된다. 시라미네는 에치젠 말씨, 무쓰는 기슈 말씨를 써라."

"그런데, 당신은 뭘 하려고 그러시오?"

"막부를 타도하고 오겠다."

료마는 간단히 물건이라도 사러 가는 듯한 말투로 대꾸했다.

"그 준비를 하러 가는 거야. 이대로 가다가는 일본은 망하고 만다. 나라가 망하면 모처럼 세계 무역을 하려는 가메야마 동문의 운영이 잘 될 것 같은가?"

"그건 그렇지만……"

"내일 떠난다. 도베, 알았지?"

료마는 뒤돌아보았다. 너는 따라와, 하는 뜻이다.


──조슈로 가자.

료마는 결심하고 밤을 낮삼아 걸었다. 날을 거듭할수록 료마의 발걸음은 더욱더 빨라졌다.

'말 같구나.'

도베는 속으로 놀랐다. 날이 저문 다음에도 걷다가 밤이 깊어서야 여인숙을 찾아들면 첫새벽에 벌써 길을 떠나는 것이다. 마치 파발꾼 같은 여행이다.

"나리, 대관절 어찌된 일입니까?"

"이상한가?"

료마 역시 자기 자신이 생각해도 우스운지 킥킥 웃었다.

"말하면 도베는 웃겠지."

"웃지 않습니다."

"사실은 말이다. 내 걸음이 반나절 빠르면 그만큼 일본을 속히 구할 수 있다는 생각이 드는구나. 이 넓은 일본 천지에 나만이 이 소란을 진압시킬 수 있다는 생각이 든단 말야."

"그렇구말굽쇼."

료마에 심취되어 있는 도베는 진지하게 고개를 끄떡이며 말했다.

"그렇지 않다면야 제가 도둑질을 그만두고 나리의 꽁무니에 따라붙을 리가 있겠습니까?"

"도베."

료마는 구루메(久留米)의 거리를 지날 무렵에 말했다.

"이건 마치 신들린 사람 같구나."

천하를 나 혼자서 구한다는, 마치 신들린 사람 같은 기백이 없다면 사쓰마와 소슈는 연합할 수 없다는 뜻이다. 똑같은 말을 해도 상대를 감동시키는 박력이 다른 것이다.

"이런 일은 자주 있어서는 곤란하지만 이따금은 필요하다."

구루메에서 60리 남짓한 지쿠젠 후츠카이치(二日市)라는 온천장에 다다른 것은 밤이었다.

거기서 조금 더 가면 진수부(鎭守府)가 있다.

갑자기 조슈로 가는 것보다 진수부에 들러서 공작을 하려는 것이 료마의 복안이었다.

진수부에는 오경(五卿)이 있다.

산조 사네토미, 산조니시 스에토모, 히가시구제 미치도미, 미부 모토나가, 시조 다카우타 등 조슈계의 공경들은 시세의 격류에 밀려 전전하다가 마침내 지금은 진수부에서 시대의 변천을 바라보고 있는 것이다.

유랑의 공경들이라고는 하나, 천하의 양이 지사들의 은밀한 동경을 받고 있으며, 특히 조슈계 지사에 대한 오경의 발언은 때로 번주 이상이라고 할 수 있다.

'우선 오경을 설득하여, 오경도 그렇게 말하고 있다는 것으로 조슈인들을 설득한다.'

이것이 료마의 계책이었다.

그날 밤 료마는 후츠카이치 온천 여관에서 하룻밤 묵고, 근처 진수부에 거주하는 오경의 동정을 살폈다.

"공경님이면서도 매일 승마와 격검도 하신다는 말이 있습니다."

여관 주인이 알려 주었다.

이튿날 아침 료마는 후츠카이치의 온천장에서 동북쪽으로 진수부 가도를 걸어갔다. 연도는 이미 완연히 여름 경치로 바뀌었으며 삿갓 끈이 축축히 땀에 젖을 정도로 더웠다.

"진수부는 옛날엔 매우 번창했었지."

도베에게 가르쳐 주었다. 옛날엔 해외 교섭의 근거지로서 이곳에 도성을 쌓고, 중앙에서 도독(都督)이 와서 주재하였으며, 거리에는 중국식으로 본을 따서 단청으로 채색된 도부루(都府樓)가 우뚝 솟아 있었다.

그러나 지금은 초석만 남고 모두 허물어져, 넓은 전원과 언덕의 풍경이 한눈 아래 펼쳐져 있다. 다만 진수부 덴마 궁(天滿宮)이라는 것이 전국의 천신 신앙(天神信仰)의 중심으로서 번영하고 있다.

신사였으나 실은 절이었다. 불교식으로는 안라쿠 사(安樂寺)라고 한다. 뒷날 신불 분리(神佛分離) 정책으로 신사가 되었으나, 료마가 갔을 무렵에는 다카쓰지 신겐(高辻信嚴)이라는 승려가 수많은 승려들을 거느리고 봉사하고 있었다.

그 덴마 궁의 부강(富强)은 서부 지방에서 으뜸이라고 할 수 있었다. 막부로부터 신령(神領) 1천 석을 기부받았고, 지쿠젠 구로다 가문에서 2천 석, 지쿠고 구루메의 아리마(有馬) 가문으로부터 250석, 같은 지쿠고의 야나가와(柳川)에 있는 다치바나(立花) 가문에선 50석을 기부받았다.

"과연, 이 정도면 굉장한데요."

도베가 감탄한 것은 그 덴마 궁 문전 거리의 번화함을 보고 그랬던 것이다.

"너무 두리번거리지 마라."

료마는 경내로 들어갔다.

산조 사네토미가 엔주오 원(延壽王院)이라는 별채의 절간에 살고 있다는 것을 료마는 알고 있었다.

그리로 돌아갔다. 흰 담벽을 두르고 사각문(四脚門)이 있는 당당한 저택이다.

문 앞에 붉은 칼집의 대도 소도를 찬 호위 무사가 있다.

"여, 나다!"

료마는 문 앞에 다가서며 삿갓을 쳐들었다.

"앗, 사카모토님."

호위 무사는 놀랐다. 도사 탈번인으로 야마모토 가네마(山本兼馬)라는 사람이다.

오경들에 대해서는, 이른바 칠경 망명(七卿亡命) 이후 도사 낭사들이 자신의 보물처럼 호위하고 신변을 돌봐 주고 있다.

이 야마모토 가네마.

나이는 24살. 얼굴이 검푸르다. 도사 군 히샤쿠다 마을(杓田村)의 향사로서 분큐 2년에 탈번하고 교토로 올라왔다. 그 무렵부터 몸이 쇠약해져서 기침이 고질병이 되었다. 여담이지만, 료마와 이 문 앞에서 재회한 다음해, 의사에게 결국 불치의 병이라는 선고를 듣고 동지 일동과 작별의 술잔을 나눈 뒤 배를 갈라 죽었다.

——뜻을 품고 탈번까지 했는데 편안히 방안에서 죽다니 안될 말이다. 그는 이 말을 하고 죽은 것이다.

이밖에 시마무라 사덴지(島村左傳次)와 난부 미카오(南部甕男), 기요오카 한시로(淸岡半四郎) 등이 있었다.

도사 군 진센지 마을(秦泉寺村)의 향사 히지가다 구스자에몬이 두령급이 되어 이들을 거느리고 있었으나 지금은 교토로 잠행중이라 그곳에 없었다.

"산조경을 뵈러 왔다."

료마는 말했다.

료마는 곧 객실에 안내되었다. 차를 날라 온 사람은 은근히 료마가 기대했던 대로 다즈 아가씨였다.

"기어코 오셨군요."

다즈는 찻잔을 료마의 무릎 앞에 조용히 놓으며 말했다.

"고베에선."

료마는 머리를 숙였다. 다즈 아가씨가 모처럼 찾아와 주셨는데 만나 뵈옵지 못해 실례가 많았다는 뜻이다.

"그때 데라다야의 오료님도 우연히 찾아와 있더군요."

다즈는 비꼬듯 미소 지으며 료마를 힐끔 쳐다보았다.

"그랬다더군요. 이쿠지마네의 하녀에게서 들었습니다."
"참 아름다운 분이더군요."
"그렇습니다."
료마는 진지하게 고개를 끄덕였다. 다즈는 그것이 비위에 거슬렸던 모양
인지 조그맣게 쏘아붙였다.
"나쁜 사람."
료마는 놀랐다.
"나쁜 사람이라고요?"
"남의 집 처녀를 그처럼 미치게 만들어 놓고 장본인은 태연히 쓰쿠시(筑
紫) 길을 거닐고 있으니 말입니다."
"그러고 보니 과연 나쁜 사람이군요."
료마는 그 말이 몹시 마음에 들었는지 킬킬 웃었다.
"만일 착한 사람이라면 지금쯤 교토에서 오료와 조그만 셋집이라도 얻어
서"
"얻어서?"
"허리의 칼을 버리고"
"어머나."
"포목 장사라도 시작했을 겁니다."
"그렇군요."
나쁜 사람이라도 할 수 없다고 다즈는 생각했다.
잠시 뒤 기요오카 한시로, 야마모토 가네마, 시마무라 사덴지, 난부 미카
오 등이 들어와서 좌담에 끼었다.
고향을 떠나 천하로 뿔뿔이 흩어진 도사 낭사는 대부분 풍운 속에서 죽어
갔으나, 그 생존자는 지금 집단으로 나뉘어 있다.
하나는 료마의 가메야마 동문, 하나는 나카오카 신타로를 우두머리로 하
는 조슈 충용대(忠勇隊).
하나는 히지가다 구스사에몬을 두령으로 하는 이 산조 사네토미 호위대.
지방은 나가사키, 조슈, 지쿠젠의 진수부로 갈라져 있었고, 기능은 해군과
육군, 그리고 망명중인 공경들을 옹호하는 정치 결사 등 각기 특색이 있었
다. 이들이 한 가지 목적을 위해 기능적으로 움직인다면 막부 타도 활동은
안성맞춤이라 할 수 있었다.

"내가 진수부로 온 용건은 실은 이렇다."

료마가 사쓰마 조슈 연합의 비밀을 털어 놓자 모두 무릎을 치며 기뻐했다.

"중개 역할 할 사람은 우리 도사인밖에 없다고 나도 생각하는데, 누가 적격일지, 이것도 역시 사람 나름인데."

기요오카가 말했다.

"사카모토가 좋다. 역시 자네라면 사쓰마나 조슈의 고집쟁이들을 달래는 데 적격이고 경우에 따라서는 호통을 치는 데도 아주 적격이네."


여담이지만, 이 게이오 원년은 도쿠가와 막부를 시작한 이에야스의 250회 제삿날에 해당하여, 닛코의 묘소(廟所)며, 우에노의 강에이 사(寬永寺), 시바(芝)의 소조 사(增上寺) 등에서, 지난봄에 각기 50년마다 갖는 추모 법회가 있었다.

자연 막부 각료들 사이에 "막부의 위세를 부흥할 때"라는 분발의 기운이 조성된 것은 낭년한 일이었을 것이다.

우선 그 무위(武威)를 과시할 만한 상대는 요 몇 년 동안 막부에 대해 반항을 일삼아 온 조슈라고 할 수 있다. 조슈는 한번 항복하여 제1회 정벌군 총독인 도쿠가와 요시가쓰의 주선으로 매우 관대한 처분을 받았다.

이에 대해 에도의 막부 관료들 중의 강경파들은 불만을 품고, 끝까지 조슈번을 쳐부수어 영토를 몰수하고 목줄을 끊는 것으로 막부의 위세를 과시하라고 주장했다.

이 강경론에는 막부측의 요인들 속에서도 반대자가 많았고, 각 번에서도 냉담한 태도로 나왔다. 더구나 제1회 정벌 때 그토록 열의를 보였던 사쓰마번이 "제2차 정벌을 한다면 그것은 막부의 사투(私鬪)에 지나지 않는다" 하고 적극적으로 반대했다.

사쓰마를 위시하여 각번의 반대론의 근거는 극히 경제적인 것이었다. 모든 일에 물자가 필요한 이때, 단지 막부의 위세를 과시하기 위해 전쟁을 일으켜 군비를 부담하게 된다는 것은 당치도 않다는 것이었다.

드문 예외는 히고 구마모토에 있는 호소카와 번 정도로서, 무슨 까닭인지 "그때는 꼭 선봉을 맡고 싶습니다" 하고 막부에 신청했다. 이러한 요청에 각로(閣老)들마저 놀랐으나 이것은 호소카와 번의 극단적인 막부파 사람들이 영주의 이름을 팔고 멋대로 한 짓이었다.

막부는 어디까지나 강경했다.

그 강경한 배경에는 프랑스 공사 롯쉬가 있다.

"꼭 이긴다. 군비도 병기도 군제 개혁(軍制改革)도 프랑스에 맡겨 주시도록" 하는 롯쉬의 말이 막부 관료들의 자신(自信)의 기초가 되어 있었으며 "될 수만 있다면 조슈뿐 아니라, 일을 벌인 김에 사쓰마, 도사, 오와리, 에치젠, 이나바(因幡) 등의 큰 번들을 퇴치하고, 나아가서는 군현 제도(郡縣制度)로 바꾸어 강력한 중앙 집권 체제를 이룩한다"는 구상을 숨기고 있었다.

조슈 정벌은 그 시작인 것이다.

그러다면 이것은 전쟁이 아니고 막부로서는 막부 중심의 국가 개조의 시작이라 할 수 있는 것이다.

막부가 조슈 재정벌의 의향을 중외(中外)에 선언한 것은 지난 3월 말이었으며, 다시 이번에는 장군의 친정(親征)이라는 것으로 결정했다.

한편 조슈에는 이미 다카스기 신사쿠의 혁명 정부가 확립되어 있어, 양의인 무라다 조로쿠(오무라 마스지로)를 발탁하여 군사의 양식화를 서두르고 있다.

료마가 사쓰마 조슈의 연합을 구상하고 진수부로 찾아간 것은 마침 그러한 시기였다.

산조 사네토미는 료마를 인견하여 그 비책을 듣자 춤이라도 출 듯이 기뻐했다.

"그것이 성공만 한다면——"

사네토미는 검은 비단의 문복(紋服)을 입고 있어, 이미 공경의 차림새를 버리고 무사의 모습을 하고 있었다.


료마와 산조 사네토미의 대면은 하카다(博多)의 니와카(仁輪加) 희극처럼 진풍경이었던 것 같다.

"우선 지구가 어떻게 돌아가고 있는가 하면."

료마가 이렇게 세계정세부터 말을 시작하여 마치 유럽의 정세를 직접 보고 온 듯이 설명했다.

그리고 구미 열강에 침략당하고 있는 청국의 참상을 말하였다.

"일본도 이쯤에서 크게 바뀌지 않으면 청국과 똑같은 비운에 빠지게 될 것입니다.”

료마가 이야기를 이어가는 사이 우스운 이야기로 예를 드는 바람에, 산조 사네토미경은 배를 움켜쥐고 웃다가 나중에는 그만 다다미 위를 뒹굴 정도의 소란을 피웠다. 배석하고 있던 야마모토 가네마 등 도사 낭사들도 그 광경이 너무 우스워 얼굴을 붉히고 웃음을 참느라고 필사적이었다.

“이런 때에 사쓰마와 조슈는 서로 사사로운 원한으로 불구대천의 원수니 어쩌니 하며 기회만 있으면 싸우려 하고 있습니다. 우리 일본인으로서 이 이상 괴로울 데가 없습니다.”

‘일본인?’

산조경은 웃으면서도 머릿속 한쪽 구석으로 이 생소한 말에 아련한 신선함을 느꼈다. 료마는 이야기 중에 이따금씩 일본인이라는 말을 썼다. 당시의 무사들은 일본 열도에 거주하는 자기 민족을 가리키는 말로서 흔히 ‘천하의 중생’이라든가 ‘위는 당상에서 아래는 백성에 이르기까지’, 또는 ‘천하의 사, 농, 공, 상’이라든가 ‘세상의 사민(士民)’, 그리고 근왕의 지사들은 ‘황국의 백성’이라는 말을 썼으나 쉽사리 ‘일본인’이라는 단어를 쓰는 자는 없었다.

‘과연 편리한 말이다.’

산조경은 생각했을 것이다. 료마의 평등사상의 근거가 이 용어 속에 담겨 있는 것이나 산조는 거기까지 눈치채지는 못했다.

어쨌든 그 용어에 신선한 어감을 느꼈다.

“사카모토, 다른 공경들에게 소개시켜 주겠다.”

급히 사환을 보내어 다른 네 공경들을 불러 들였다.

오경이 한 자리에 모였다.

“사카모토, 한 번 더 얘기해 보아라.”

산조가 말하므로 료마는 하는 수 없이 침투성이가 된 입술을 문지르고 다시 되풀이했다.

이번에는 한층 더 재미있었다. 모두들 큰 소리로 웃었다.

이 자리에 있는 어느 공경이나 배석한 무사도 이처럼 유쾌한 천하 국가론을 들어본 적이 없다.

“어쨌든 사카모토, 사쓰마와 조슈는 연합해야 한다, 이 말이겠지?”

산조의 반문에 료마는 얼떨결에 응, 하고 고개를 끄덕이며 말했다.

“조슈인들은 모리 공의 말씀보다 공경님들의 말씀을 더 중하게 여깁니다.

이에 찬성해 주신다면 저는 곧 조슈로 가서 그들을 설득할 작정입니다."

"물론 찬성이다."

고개를 끄덕이는 산조의 얼굴에 아직 웃음이 남아 있다.

그날 밤 산조는 일기에다가 이렇게 썼다.

――사카모토 료마 오다. 매우 기설가(奇說家)이고 위인임.

운이 좋았다. 료마가 오경(五卿)과 회담한 저녁나절 조슈 번에서 두 번사가 진수부로 찾아왔다.


료마에게는 행운이었다 해도 과언이 아니다.

진수부에 온 두 조슈 번사는 번명에 의한 공무를 띠고 왔다.

'오경 문안'이라는 것이 목적인데 물론 막부의 눈을 피해 번명도 허위로 대고 이름도 가명을 썼다.

한 사람은 오다무라 모도타로(小田村素太郎)라고 하며, 그는 요시다 쇼인의 친구로서 번 외에까지도 이름이 알려져 있었다. 쇼인의 누이동생을 아내로 맞이하였으며 일찍부터 근왕 운동에 참가하여, 유신 후에는 가도리 모도히코(揖取素彦)라고 개명하고 원로원 의관, 궁중 고문관 등을 역임한 뒤, 남작으로서 다이쇼(大正) 원년에 세상을 떠났다.

또 한 사람은 도키다 쇼스케(時田少輔)라고 한다.

'관혼상제(冠婚喪祭)에 잘 어울릴 사람들이로군.'

료마가 이렇게 생각할 만큼 두 사람이 다 특별한 재기는 없고, 다만 지나칠 정도로 중후하고 예의발랐으며 행동거지가 점잖았다. 그야말로 오경의 문안에는 안성맞춤의 사신들이었다.

료마가 그들 두 사람에게 사쓰마 조슈의 연합건을 상의하자 한결같이 놀라며 이렇게 말했다.

"그런 말을 고향의 동지들이 듣는다면 격노하여 걷잡을 수 없이 날뛸 것이오."

"그렇겠지요."

료마는 상대가 상대니만큼 반박하지 않고 말했다.

"다만 두 분께서는 사전에 귀띔해 주는 사자가 되어 주면 됩니다. 도사의 사카모토 료마가 이러이러한 용건으로 간다는 것만 요로의 분들에게 전해 주면 됩니다."

"하지만 말만 들어도 다카스기 같은 사람은 노할 것입니다."

"그렇소. 그러니 다카스기 같은 사람의 귀에는 들어가지 않게 하는 것이 좋을 겁니다. 가쓰라 고고로는 요즘 망명에서 돌아와 있다는 소문이 있는데 사실입니까?"

"가쓰라군은 막부의 죄인이라 번 외 사람에겐 숨기고 있습니다. 그러나 다름 아닌 사카모토님이라 말하겠소만 그 소문은 사실이오."

"잘 알았습니다. 그럼 그 가쓰라군의 귀에만 전달해 주십시오. 가쓰라군 외의 사람에겐 말씀 않도록 합시다."

"어디까지나 전달만 하겠습니다."

오다무라나 도키다가 이렇게 못을 박은 것은 이런 운동에 잘못 말려들게 되면 '두 사람은 사쓰마의 앞잡이가 됐는가?' 하고 동지들의 칼날에 목이 달아날 우려가 있기 때문이다. 조슈 번은 다카스기에 의한 새 정권이 막 수립된 직후라 이색분자의 숙청에 살기를 띠고 있다.

"그렇소. 전언 외에는 부탁하지 않겠소. 내가 조슈로 들어가기 이전에 가쓰라군이 나의 용건을 알고 거기에 대해 생각해 주는 것이 바람직한 일이기 때문이오."

"알겠소."

"참고로 말씀드리는데 이것은 어디까지나 조슈 번을 위한 것이오. 막부의 제2차 조슈 토벌이 전격적으로 감행되는 날이면 조슈 번은 풍비박산이 될 것이오. 그러니 오다무라님이나 도키다님은 귀번의 구세주가 되는 것이오."

며칠 뒤 료마는 진수부를 떠났다.

수행원은 도베, 그리고 오경이 이 안(案)에 찬성했다는 산 증인으로서 오경의 시종 무사인 아키 모리에(安藝守衛)를 데리고 갔다.

목적지는 바칸(시모노세키)이었다.


뱃길로 조슈령 시모노세키 항에 도착하자 부두에 시모노세키 회의소의 관리가 기다리고 있다가 다가왔다.

"사이다니님이신가요?"

사이다니 우메타로는 료마의 가명이다.

"그렇소."

“언제 도착하실지 몰라서 어제부터 배가 도착할 때마다 이렇게 기다리고 있었습니다.”

“이거 참 수고가 많으시오.”

료마는 점잖게 고개를 끄덕였으나 조슈 번에서 얼마나 자기에게 기대를 걸고 있는가를 알 수 있어 자신을 얻었다.

‘이번 일은 성공하겠는데’

곧 거리로 들어가 번청이 마련해 준 와다야 야헤에(線屋彌兵衛)의 여인숙에 짐을 풀고 아침밥을 먹었다.

식사가 끝났을 때 진수부에서 만났던 도키다 쇼스케가 찾아왔다.

“가쓰라 고고로님에게 그 말씀을 전했더니 즉시 만나 뵙고 싶다면서 내일 야마구치 번청에서 오기로 했습니다.”

도키다가 돌아간 뒤 료마의 몸에 이변(異變)이 생겼다. 갑자기 얼굴에서 핏기가 가시고 5월인데도 한겨울처럼 추위를 느꼈다.

술잔을 들고서 와들와들 떨고 있다.

“나리, 왜 그러십니까?”

도베가 당황하여 곧 하녀를 불러 이부자리를 펴게 하고 억지로 료마를 눕혔다.

“학질이다. 걱정할 것 없어.”

료마는 그날의 일기에 ‘지병(持病)을 앓음’이라고 간단히 기입했으나, 얼굴이 불같이 달아오르고 이불을 덮고 누워 있어도 어금니가 딱딱 맞부딪치게 떨렸다.

도베가 급히 회의소 관리에게 알리자 그곳에서도 놀라 학질 전문 의사 다하라(多原)를 부르러 보내고, 조용한 별채가 있는 하마무라야 기요조(濱村屋淸藏)의 여관으로 료마를 옮겼다.

도베는 밤을 새워 간호를 했다.

“나리에게 학질의 지병이 있는 줄은 몰랐군요.”

“도사에는 학질이 흔하다.”

말라리아를 말한다. 도사는 따뜻한 남국이라 이 병을 매개시키는 모기가 많은 모양이었다. 료마는 어릴 때 걸리고 나서부터 쭉 이 병 때문에 고생해 왔다.

“그런데 이제까지 조금도 몰랐는데요?”

“이제까지 가끔 이런 증세가 있었지. 자랑거리가 못되니까 혼자서 떨었지.”

이튿날 아침에는 거짓말같이 나았다.

밥을 평소처럼 먹고 2층 난간에 기대서서 멍하니 한길을 내려다보고 있노라니 서쪽 길모퉁이를 돌아 말을 탄 무사가 왔다.

니라야마 삿갓을 쓰고 등솔이 밑에서 갈라진 하오리에 승마 하카마, 납빛 칼집의 대도 소도를 찼는데 온몸에는 뽀얗게 흙먼지를 뒤집어쓰고 있다.

가쓰라 고고로였다.

야마구치에서 2백 리 길을 료마를 만나기 위해 말을 달려 찾아온 모양이다.

‘밤새 달려왔구나.’

이렇게 느끼자 료마는 이것만 보아도 조슈 새 정권의 수반격인 가쓰라가, 료마의 사쓰마 조슈 연합안에 얼마나 큰 기대를 갖고 있는지를 알 수 있었다.

가쓰라와 작별한 지 벌써 몇 년이 되었을까?

분큐 3년 8월 조슈 번의 세력이 몰락한 이후 가쓰라 고고로라는 사내는 모험에 가득 찬 나날을 보내고 있었다.

특히 겐지 원년 여름의 하마구리 궁문 사건 이래로 이 사내는 살아 있는 것 자체가 모험이었다.

“가쓰라 고고로를 찾아라.”

그 사변 직후 막부는 아이즈 번, 신센조, 그리고 순찰대에 명하여 물샐 틈 없는 경비망을 펼치고 샅샅이 가쓰라의 행방을 수색했다. 전사했다는 말도 있었다. 싸움터의 불탄 자리에서 나온 투구에 먹으로 가쓰라 고고로라고 기명된 것이 있었기 때문이다. 아마 번저에 있던 가쓰라의 투구를 누군가 쓰고 싸움터에 나갔다가 전사했던 것이리라.

가쓰라는 가마꾼, 거지, 안마사 등으로 변장하여 산조 큰다리 밑에서 자기도 하고, 오쓰까지 흘러갔다가 다시 교토로 돌아오기도 하면서 막부 계엄령 하의 교토를 어떻게든지 탈출하려고 노력했다.

과거에 조슈 번의 우번(友藩)이었던 쓰시마 번의 저택에 출입하던 행상인으로 진스케(甚助)라는 다지마 이즈시(但馬出石)의 사람이 있다. 가쓰라가 마지막 도피처로서 쓰시마 번저에 뛰어들었을 때, 마침 와 있던 진스케가 사정 이야기를 듣자 쾌히 맡고 나섰다.

"좋습니다. 이 진스케에게 목숨을 맡겨 주십시오."

가쓰라는 이미 아무 데도 의탁할 곳이 없었으므로 이 젊은이에게 몸을 의지했다. 진스케는 일종의 기묘한 사람이었다. 발각되면 자기의 목도 날아갈 판에 가쓰라와는 안면도 없으면서 그 위험한 일을 맡고 나섰던 것이다.

학문이나 주의(主義)가 있는 것도 아니다. 그는 오히려 난봉꾼이라 도박을 좋아했으므로 고향의 부친에게서 의절당하다시피 한 사내였다.

진스케는 가쓰라를 상인으로 변장시켜 무사히 각 번의 경계망을 돌파하고 고향인 이즈시로 데리고 갔다. 그리고 동생인 나오조(直藏)에게도 부탁하여 어미 고양이가 새끼들을 숨기듯이 이리저리 가쓰라를 숨겨 주었다.

다지마 지방으로 간 가쓰라는 쇼텐 사(昌念寺)의 머슴도 되어보고, 이즈시 성아래거리의 어물 도매집에서 장부도 정리하고 있었다. 그러다가 마침내 진스케의 아버지 기시치(喜七)의 요청으로 그의 딸 스미라는 처녀를 아내로 맞이하여 시치미를 떼고 잡화상을 차렸다. 물론 가쓰라가 어떤 인물이라는 것은 스미도 기시치도 알지 못했다.

그런데 차츰 이즈시 번의 눈이 가쓰라를 주목하기 시작했으므로 진스케는 또다시 가쓰라를 데리고 탈출하여, 그 당시 유지마(湯島)라고 불렸던 지금의 기노사키(城崎) 온천에 있는 온천여관 마쓰모도야(松本屋)에 부탁하여 휴양하러 온 손님으로 둔갑을 시켰다.

마쓰모도야의 현재 이름은 '쓰다야'라고 한다. 당시는 초가지붕의 농가처럼 지은 집으로서 밭농사도 지어가며 여인숙을 경영했다. 마쓰라는 과부가 주인인데 다키라는 외딸이 있었다.

다키가 가쓰라의 시중을 들다가 자연 가까워져서 그녀는 가쓰라의 아기를 임신했으나 곧 유산했다.

그러다가 가쓰라는 진스케를 조슈로 보내 동지인 다카스기 신사쿠 등에게 자기의 소재를 알렸다.

조슈 번에서는 그간 바칸 전투에서 패배를 하고 막부의 정벌로 상처 투성이었다. 게다가 번을 이끌고 나갈 지도적 인재가 없어 고민하던 차에 가쓰라의 건재를 알게 된 다카스기 등은 매우 반가워하여 그를 곧 불러 들였다.

가쓰라는 이러한 경위를 겪고 있다.

료마가 가쓰라 고고로와 만난 것은 게이오 원년 윤5월 초하루였다.

가쓰라는 붉은 끈이 달린 패도(佩刀)를 오른손에 들고 미간에 음산한 정기(精氣)를 깃들이고 료마가 묵고 있는 별채의 장지문을 열었다.

"병을 앓았다고?"

가쓰라는 앉았다.

"학질을 앓았지."

료마는 말하고 가쓰라를 지그시 바라보고 있다. 성급하게 용건을 말하지 않는 조심성은 가쓰라의 습성이었다.

"사가미(相模) 산중에서 처음 만났던 게 그게 안세이 몇 년이더라?"

가쓰라는 이 기연의 도사인과 만나게 되어 과연 반가운 모양이었다.

"그 뒤로 검술은 계속하고 있는가?"

"하고 있지 않아."

료마는 말했다. 과거에 가쓰라는 사이토 야구로(齋藤彌九郎) 도장의 사범이었고 료마는 오케 거리 지바 도장의 사범이었다. 세상이 태평했다면 두 사람이 모두 한낱 검술사로서 평생을 마쳤을지도 모른다.

"사카모토군, 자네에겐 안세이 4년 에도의 가지야 다리 도사 저택에서 있었던 대시합에서 졌었지. 줄곧 그것이 빚이 되어 있네."

"잘도 기억하고 있군."

료마는 놀랐다. 기억력이 좋다기보다 다소 앙심을 품기 쉬운 성품인 모양이다.

"죽도(竹刀)를 버리고 나서 서로 위험한 칼날 속을 헤치고 살아왔으나 나는 그래도 좀 낫다. 가쓰라군, 자네는 정말 목숨이 붙어 있다는 게 기적이네."

"검술을 수업한 덕택일 거야."

가쓰라가 말한 것은 검의 공격성을 말한 것이 아니고, 검술을 수업한 덕으로 도망치는 시기와 기민성을 터득했다는 뜻이다.

"사람을 벤 일이 있나?"

료마가 물었다.

"베지 않았어, 한 사람도."

가쓰라가 대답했다. 이들 두 사람은 사람과 말을 능히 벨 수 있는 기량을 지니고 있으면서도 살인을 하지 않았다는 점에서 일치하고 있다. 두 사람은 모두 사람을 죽일 수 없는 성격의 소유자였던 모양이다.

“참 훌륭한 일입니다.”

옆에 있던 도키다가 말했다. 그는 학식이 있었다.

“옛날에 도요토미 히데요시는 사람을 함부로 죽이지 않는 사람이라 해서 노부나가공의 유신들이 그를 받들어 천하를 장악하게 했다고 합니다. 사카모토, 가쓰라 두 분이야말로 백성을 대신하여 천하의 대사를 결단 지을 분들입니다.”

“그런데”

가쓰라가 표정을 굳혔다.

“자네가 말하는 사쓰마 조슈 연합 말인데, 나는 사쓰마가 믿어지지 않는다. 특히 사이고라는 사람을 믿을 수 없다. 그보다도 분명히 말해서 그 사람은 싫다.”

무리도 아니다. 여지껏 사쓰마 번의 방침은 현실에 따라 변했으며 그 때문에 어제까지의 우번을 버리고 적으로 돌았다. 조슈 번이 그 최대의 피해자였으며 가쓰라 개인으로서도 교토, 다지마에서의 필사적인 도피 잠복도 모두 사쓰마 번과 그 대표자인 사이고의 배신에서 기인된 것이다.

“원한은 원한이고 현실은 현실이다.”

료마가 말했다.


“다카스기의 의향은 염려없나?”

“다카스기는 괜찮아.”

가쓰라가 어떻게라도 해석되는 애매한 대답을 한 데는 다소 사정이 있었다. 사실은 지금 다카스기 신사쿠는 번내에 없다.

도망치고 없었다.

다카스기는 묘한 사내이다. 혁명 정권이 새로 수립되었을 때, 원칙적으로 말하자면 그 주모자로서 번의 중책을 맡아야 할 사람이었다.

그러나 이 사내는 동지를 붙잡고 말했다.

“이제 내가 할 일은 끝났다. 사람이라는 것은 모두 곤란할 때는 일치단결하여 함께 노력 할 수 있으나 부귀영화는 함께 나눌 수가 없다. 반드시 의가 상하고 서로 반목하게 된다. 그런 자리에 있고 싶지 않으므로 나는 외국 구경이나 가보았으면 한다.”

밀항하겠다는 것이다. 다카스기의 견해는 더욱 참신한 것이었다. 그는 이미 양이주의를 버리고 개국주의자가 되어 있었다. 그의 구상은 "막부에 맞서 시모노세키를 무역항으로 만들어 번의 재정을 풍부히 하는 한편 무기를 계속 사들여서 대막부 전쟁을 유리하게 전개한다"는 것으로 그 비책은 소수의 동지들에게만 밝히고 다른 동지들에게는 누설하지 말라고 당부했다. 그러나 그가 나가사키와 고향 사이를 배회하고 있는 동안에 다른 동지들이 그 비책(秘策)을 눈치채고 말았다.

다른 동지들은 모두 극단적인 양이론자들이다. 하기야 그들이 양이주의였기 때문에 하마구리 궁문에서 싸웠고 바깐 해협에서 4개국 함대와 싸웠으며, 나아가서는 개국주의인 막부하고 싸워온 것이 아니었던가? 그리고 그 선두에는 언제나 다카스기가 있었다.

그 다카스기가, 4개국 함대 대표자와의 강화 담판 이래 "외국과 전쟁을 하는 것은 어리석기 짝이 없는 것이다"라고 깨닫자 곧 180도의 사상 전환을 하고 말았다.

——다카스기가 변절했다. 그는 양이(洋夷)와 교제를 한다고 한다. 그렇다면 번의 속론당과 마찬가지가 아닌가?

"그렇지 않다."

다카스기가 설혹 변명한다 해도 단순 양이주의(單純攘夷主義)라는 것은 일종의 사상적 광인이라 알아들을 리가 없다. 그러므로 다카스기는 그들과는 일체 토론을 하지 않았다.

"다카스기를 죽이자."

그리고 얼마 뒤에 자신이 쫓기고 있다는 사실을 알고 이에는 다카스기도 어처구니가 없었다.

——그 따위 녀석들에게 죽다니.

하고 번 외로 도망쳐 버린 것이다.

여담이지만 다카스기의 암살을 계획하고 있던 자는 유신 후 오무라 마스지로를 교토에서 죽인 조슈인 가미시로 나오토(神代直人)였다.

'이 오무라 암살은 조슈인 세 사람과 도사인 다섯 사람으로, 소위 존왕 양이 지사 중의 생존자들이었다. 그들은 오무라가 양식 군제를 채택한 것이 비위에 거슬렸던 것이다.'

그러므로 다카스기는 번내에 없다.

료마로서는 다카스기가 어찌 됐든 그것은 어디까지나 조슈 번내의 문제이므로 상관이 없다.

가쓰라에게 사쓰마 조슈 연합 문제를 역설했다. 가쓰라는 지나치게 신중한 성격이었으므로 쉽사리 응하지 않았으나 마침내 료마의 열변에 넘어가서 말했다.

"사쓰마만 좋다면 조슈는 상관없다."

그리고 덧붙였다.

"다만 우리 조슈 번의 사람들은 사쓰마 번을 몹시 미워하고 있으니까 이 일은 비밀리에 진행시켜 주기 바란다."

가쓰라가 돌아간 뒤 뜻밖의 인물이 찾아왔다.


정말 뜻밖이라 할 수밖에 없다.

'세상에는 신이라는 것이 있는 것일까?'

신앙이 없는 료마도 문득 이렇게 생각할 만큼 놀라운 운명이 료마를 찾았다.

사실 료마는, '사쓰마 조슈 연합'이라는 천하의 대음모에 힘쓰고 있는 자는 아무리 천하가 넓다 해도 자기 혼자뿐이라 생각하고 있었다.

그런데 또 한 그룹이 있었다.

그것이 뜻밖에도 동향인 나카오카 신타로와 히지가다 구스자에몬 두 사람이었다.

'나카오카의 힘을 빌리자.'

원래 료마는 가고시마로 출발할 때 이렇게 생각했었다. 나카오카는 탈번한 뒤 조슈에 몸을 의탁하여 조슈인들과 고생을 함께 했고, 지금은 젊지만 빈사(賓師)의 대우를 받고 있다. 그 나카오카를 움직이면 조슈를 설득하기는 쉬울 것이라고 생각했었다.

그런데 나카오카는 히지가다와 함께 교토의 정세를 정찰하기 위해 상경하고 없었다.

'나카오카와는 만나지 못하겠구나.'

료마는 실망하고 하는 수 없이 단신 조슈로 들어가 가쓰라를 설득시킨 것이다.

그런데 기묘한 일이 일어났다.

나카오카는 나카오카대로 교토에 잠복중 "어떻게 해서든지 사쓰마 조슈를 연합시켜야 한다”고 료마와 같은 계획을 구상하고, 교토 잠복 중에는 마침 니시키고지의 사쓰마 번저에 유숙했으므로 동번의 요시이 고스케 등에게 상의했다.

요시이에게만 상의한 게 아니었다. 나카오카는 이와쿠라 도모미(岩倉具視)라는, 그 당시 매우 괴물(怪物)로 지목되었던 공경에게도 손을 뻗쳤다.

그는 교토 북쪽 이와쿠라 마을(岩倉村)에 있는 그의 칩거소(蟄居所)로 찾아가 협조해 주기를 간곡히 청하여 그의 쾌락을 받았다. 그는 여러 가지로 사전 공작을 한 끝에

“요는 조슈의 가쓰라와 사쓰마의 사이고를 설득하면 된다. 그 두 사람이 손을 잡게만 된다면 뒷일은 어떻게든지 해결된다”고 내다보고 동행한 히지가다에게 말했다.

“나는 지금부터 팔방으로 뛰겠다. 그런데 몸이 하나라 안 되겠으니 손을 나누자. 자네는 조슈로 가서 가쓰라에게 우리 뜻을 전해 주게. 나는 사쓰마로 뛰어가 사이고를 설복시켜 그를 조슈까지 데리고 가서 손을 잡게 하겠네.”

나카오카의 활약은 이때부터 시작되었다. 그가 교토를 출발한 것은 5월 24일이었다. 그날은 우연히도 멀리 규슈의 진수부에서 료마가 산조경에게 나카오카와 같은 비책을 말했던 바로 그날이었다.

나카오카와 히지가다는 뱃길로 서쪽으로 나가 부젠(豊前)의 다노우라 항에서 헤어졌다.

나카오카는 그대로 그 배에 탄 채 가고시마로 떠났으며, 히지가다는 딴 배로 갈아타고 조슈로 향했다.

히지가다가 조슈의 후쿠라 항(福浦港)에 당도한 것은 료마가 조슈에 온 지 이틀 뒤였다. 그러나 그것을 알 리가 없는 히지가다는 조슈 번의 요인 보국대(要人報國隊)의 부관 후쿠하라 가즈마사(福原和勝) 등의 영접을 받고 조후(長府)로 가서 본진에 유숙했다. 그는 그곳에서 많은 조슈인들과 만나 사쓰마와 화해할 뜻은 없는지 슬쩍 속을 떠보았다.

료마가 가쓰라와 만난 이튿날 그 사실을 비로소 알게 된 히지가다는 말을 달려 시모노세키로 료마를 찾아왔다.

웬만한 일에는 끄떡도 하지 않는 료마도 이 이상한 일치에는 놀라움을 금치 못하고 장탄식을 했다고 뒷날 백작 히지가다는 회고하고 있다.

"하늘의 뜻이로구나."

료마의 숙소에 히지가다가 옮겨 오면서부터 국면이 갑자기 활발해졌다.

"히지가다형, 애썼네."

료마는 두 살 위인 동향의 동지를 칭찬해 주었다. 후일 히지가다 백작은 다이쇼 6년 85세 때, 이런 강연을 한 일이 있다.

"메이지 유신의 호걸들 중에서 사카모토 료마, 사이고 다카모리, 다카스기 신사쿠를 영기(英氣) 발랄한 세 호걸로 삼고 싶다. 이들 세 사람이 한 일은 실로 하늘이 시킨 일로 쉽사리 다른 사람이 꾀할 바가 못 된다. 나카오카 신타로군 역시 지성 강직한 장부로서 그 역시 동지들 중에서 매우 뛰어나게 두각을 나타낸 사람이었다. 그 당시의 사카모토군은 31세, 나카오카군은 28세였다. 지금 돌이켜 생각해 보아도 어떻게 그런 대사업을 이룩했는지 참 장한 일이라고 생각하는 바이다."

"그런데 료마."

히지가다는 말했다.

"이번 일의 성패는 사이고가 조슈에 오느냐 안 오느냐에 달려 있다. 나카오카가 과연 그를 끌고 오는 데 성공할까가 문제다."

"걱정할 필요 없어."

료마는 말했다. 나카오카 신타로는 사람을 즐겁게 해 주는 풍부한 인망은 없었으나 대인 교섭에 일종의 특기가 있다. 눈을 똑바로 뜨고 열심히 접근해 오는 이상한 기백과, 상대방을 찌르는 듯한 표현력, 그리고 치밀하기 그지없는 계획성이 있었으므로 이것이 모두 합쳐져서 상대를 논리적으로 설득시키는 데는 그 말고 다른 적격자는 없다고 료마는 생각하고 있었다.

더구나 그 설득당하는 쪽의 사이고는 이미 료마에 의해 납득을 한 뒤였으며 지금쯤 번론(藩論)을 조성하고 있을 참이었다.

"번론이 잘 조정(調整)될까?"

"글쎄 걱정 말게. 이미 내가 가고시마에 있을 때 사이고는 이번 일에 쾌히 승낙했어. 그는 안 되는 일에 고개를 끄덕일 사내가 아니야."

그날 조슈 번으로부터 도키다 쇼스케가 찾아왔다.

"이런 여관에서는 비밀이 새어나갈 우려가 있습니다. 그러므로 두 분께서는 잘 아시는 시라이시 마사이치로(白石正一郎) 집에서 유숙해 주시기 바랍니다."

이래서 그들은 숙소를 옮겼다. 시모노세키의 시라이시 마사이치로는 선박 운송업자이다. 그는 조슈에서 으뜸가는 부호로서 협상(俠商)으로 유명했으며, 조슈 번에 막대한 존왕 자금을 제공하고 있을 뿐 아니라 안세이 이래로 지사들의 뒤치다꺼리를 해 주고 있었다. 그들을 위해 숙소를 마련해 주고 여행 도중 궁핍해 있는 자에게는 여비마저 대주는 것이었다. 료마도 탈번 당시 교토에 올라오기 전에 여기서 하루 묵은 일이 있다.

다음 날 가쓰라 고고로가 찾아왔다. 그는 방에 들어서자마자 몹시 초조한 표정으로 다짐을 했다.

"사카모토군, 염려 없겠지?"

가쓰라는 이미 이 비밀 모의를 번주 부자에게 말했다. 그리고 또한 조슈 재정(再征)을 위해 장군이 에도를 출발하여 슨푸(시즈오카)까지 와 있는 오늘날, 조슈 번으로서 번을 구하는 유일한 길은 료마가 제안하는 사쓰마 조슈 연합 이외엔 없었다.

료마가 히지가다의 대우가 더욱더 융숭해지는 것은 아마 소슈 존망의 열쇠가 이들 도사인 손에 쥐어져 있기 때문이리라.

료마에게서 지금 나카오카가 사이고를 데리러 가 있다는 말을 들은 가쓰라는 희색을 띠었으나 곧 어두운 표정으로 걱정했다.

"성공할까?"


료마는 시모노세키의 시라이시 저택에서 체류하며 나카오카를 기다렸다. 나카오카를 기다렸다기보다는 그가 데리고 올 사이고를 기다렸다.

"이제는 기다릴 수밖에 없다."

료마는 매일같이 히지가다의 넓적한 얼굴만 보며 소일하고 있다.

시모노세키에는 화제가 많았다.

서일본에서 으뜸가는 항구이기 때문에 천하의 정세를 알기에는 이곳보다 편리한 곳은 없다. 조슈 번사들이 시대감각에 민감한 이유의 하나는 해상 교통의 요충(要衝) 지대인 시모노세키를 영내에 갖고 있기 때문이리라.

"혹시 들으셨는지요?"

어느 날 조슈 번사가 찾아와 어깨를 부르르 떨며 말했다. 미도의 다타다 고운사이(武田耕雲齋)의 존왕 양이당이 처참한 형을 당했다는 소식이었다.

료마도 이것을 진수부에 있을 때 잠깐 들은 일이 있으나 자세한 것은 몰랐다.

다케다 고운사이는 초기 존왕 양이의 대본산(大本山)이라고도 할 수 있는 미도 번의 중신이다.

미도 번은 차츰 막부파가 실권을 잡기 시작하여 번내는 두 파로 갈라져서 피비린내 나는 투쟁을 계속하고 있었으나, 급진파인 고운사이는 그 투쟁에서 패하자 마침내 동지를 규합하여 대거 교토로 와서 조정과 히도쓰바시 요시노부에게 호소하려고 했다.

뜻밖에 낭인을 포함한 8백 명이 넘는 사람들이 모여들었고, 이내 그들을 진압하려는 막부군과 각 번의 군사들에게 대항해 가며 전진했다. 그들은 도중 에치젠에서 눈(雪)과 허기에 지쳐 마침내는 참담한 꼴이 되어 전군 가가 번(加賀藩)에 의지하여 투항했다. 인원수는 776명이었다. 막부는 그들의 신병(身柄)을 인수하여 무기를 압수하고 쓰루가(敦賀)에 감금했다.

쓰루가에는 그만한 인원을 대량으로 수용할 감옥의 시설이 없다. 그러나 바닷가에 즐비하게 늘어선 청어 저장 창고가 있었으므로 그곳에 전원을 집어넣었다.

가가 번에서 그들을 맡고 있었을 때는 야코(赤穗) 낭사들의 전례를 따라 무사도로써 대우했었으나, 쓰루가로 옮겨 막부 손에 넘어갔을 때부터는 마치 돼지 같은 취급을 했다.

창고의 들창을 모조리 봉쇄한 다음 좁은 창고에 50명씩이나 몰아넣고, 식사는 하루에 주먹밥 2개밖에 먹이지 않았다.

뿐만 아니라 의복은 물론 앞도 가리지 못하게 하고 집어 처넣었다니 그 참상은 짐작할 만하다. 그러다가 판결이 내려 쓰루가의 변두리에 있는 라이게이 사(來迎寺)의 들판에 세 칸 사방의 큰 구덩이를 다섯 개나 파놓고, 다케다 고운사이 이하 간부급 24명의 목을 쳐서 시체를 그 속에 던져 넣었다. 그리고 134명, 이어서 102명, 76명, 16명 등 총계 352명의 동지들을 모조리 목을 베어 그 구덩이에 처넣었다. 역사상 드문 대학살이라 해도 과언이 아니다.

"그랬었구나."

료마는 그 말을 듣고 난 뒤 하루 종일 식사를 끊고 말도 하지 않았다. 이 잔학하기 짝이 없는 도쿠가와 막부를 그대로 방치해 두어도 된단 말인가?

료마는 여전히 시모노세키의 시라이시 저택에서 나카오카 신타로를 기다
리고 있다.

'사쓰마 조슈가 연합하면 천하의 일은 성사된다.'

이러한 기대가 크면 클수록 료마는 이상하게도 초조감을 느꼈다. 더구나
막부군은 지금 보무당당하게 장군을 모시고 날로 서쪽으로 진격해 오고 있
다.

히지가다는 진수부에 급한 볼일이 있어 그곳으로 떠나고 지금은 없다.

료마는 혼자 시라이시 저택의 별채에 있다.

'에라, 차라리 오토메 누님에게 편지나 쓰자.'

어느 날 기분을 돌리기 위해 종이와 필묵을 빌려다가 생각나는 대로 근황
을 적었다.

"지금 시모노세키에서 무료한 나날을 보내고 있습니다. 내가 고향에 있을
때 농군들이 기도사(祈禱師)를 청해 다가 기우제(祈雨祭)를 지내는 것을
보았는데, 내가 지금 시모노세키에 서서 그 기도 같은 일을 하고 있습니
다. 과연 이 유사 이래의 큰 가뭄에 비구름이 몰려와서 굵다란 빗방울이
쏟아질지 의문입니다."

그는 붓을 멈추고 잠깐 생각하다가 다시 써내려 갔다.

"서투른 기도사는 덮어놓고 빕니다. 그러나 능숙한 기도사는 우선 비가 올
지 안 올지 그것부터 자세히 조사해 본 다음, 비가 내릴 만한 때를 골라서
향불을 피우고 기우제를 올립니다. 그러면 틀림없이 비가 오게 되지요. 천
하의 일도 이 기우제와 같은 것이라 시운(時運)이라는 것이 있으므로 그
시운을 잘 택해야 합니다. 나는 시운을 잘 맞추었다고 생각하고 시모노세
키에 나왔으나, 서남쪽 하늘에서 몰려 올 비구름이 아직도 나타나지 않고
있습니다."

그리고 하루이와 겐 할아범, 오야베에게도 편지를 써서, 마침 시라이시의
주선으로 도사행 배에 부탁해 보내기로 했다.

가쓰라도 어지간히 초조한지 2, 3일에 한 번씩은 찾아와서 물었다.

"아직 사이고군은 안 왔나?"

어느 날은 참다못해 말했다.

"사카모토군, 나는 지금 곤경에 처해 있네. 내 입장을 좀 들어보게. 사이
고군과 만나 연합에 관해 회담한다는 것은 번주 부자님께도 이미 말씀드

렸고, 번의 일부 사람들에게도 극비로 알려 주었지. 그러나 비밀은 누설되기 쉽단 말이야."

"그래서, 누설됐단 말인가?"

"꽤 알려져 있어. 그 때문에 번청에서는 공공연히 나를 비난하는 자도 있고, 그중에는 나를 암살하려는 자도 있어."

"큰일이군!"

그러나 료마는 그런 일에는 동정하지 않는다.

"가쓰라군, 자네는 시치미를 떼고 있으면 돼. 자네가 자주 야마구치로부터 시모노세키를 왕래하기 때문에 의심을 받고 있는 모양인데, 시모노세키에 좋아하는 기생이 있다고 하면 되네. 나한테 오지 말고 청루에서 지내는 게 어떨까?"

"그런 겐로쿠(元祿) 시대의 오이시 구라노스케(大石內藏助) 같은 흉내는 막부군과 개전을 앞둔 조슈 번에서는 통하지 않아. 오히려 착실치 못하다는 이유로 흥분한 놈들에게 칼침이나 맞게 되지."

첫째 이유는, 교토의 산본기(三本木)에 있던 기녀 이쿠마쓰가 낙적(落籍)되어 오마쓰(愛妻)라는 본명으로 지금 야마구치에 있다. 그 애처(愛妻)의 잔소리가 귀찮은 것이리라.

윤5월 21일, 맑음

료마가 그날 저녁 저녁상을 받고 밥을 먹고 있는데 장지문이 드르륵 열렸다.

부지중 료마는 젓가락을 떨어뜨렸다. 나카오카 신타로가 서 있는 것이다.

"기다리고 있었다."

료마가 말하자 나카오카는 칼을 내던지고는

"실패했어."

고꾸라지듯 털썩 앉았다. 문복(紋服)이 바닷바람과 물보라에 바래어 형편없이 남루해져 있었다.

"나카오카, 용기를 내라. 인간 세상에 실패란 없는 법이야."

료마는 그를 격려하며 일의 자초지종을 자세히 말하게 했다.

나카오카가 배로 가고시마에 도착한 것은 윤5월 초엿새이다. 즉시 사이고의 집을 방문하여 사쓰마 조슈 연합에 관해 이야기를 꺼냈다.

"아, 좋고말고요."

사이고는 술상을 차려 내어 환대했다.

"그것에 대해서는 이미 사카모토님에게 말씀 들었습니다. 언제까지나 사사로운 원한을 품고 있으면 안 된다고 책망도 들었지요."

그러나——하고 사이고는 말하는 것이었다.

"조슈 쪽에서는 어떻게 나올까요?"

사쓰마가 타협을 하더라도 조슈에서 응하지 않을 거라고 그는 염려하는 것이다. 사실 사쓰마인들은 조슈인의 강한 집념에는 어지간히 애를 먹고 있었다. 지금도 세도 내해를 왕래하는 사쓰마 번의 선박 한 척도 조슈의 항구에는 기항할 수가 없다. 기항하면 연안 각지에 주둔하고 있는 조슈 번의 여러 부대가 공격해 올 우려가 있는 것이다.

또한 조슈 번에서는 공문서에까지도 사쓰마 번이라는 말을 쓸 경우, 때때로 '사쓰마 적(賊)'이라고 쓴다.

"그러나 이제 걱정하실 필요는 없습니다. 가쓰라군이 귀하와 만나서 기탄 없이 회담하고 싶다면서 야마구치 정청(政廳)에서 시모노세키로 나와 지금 대기하고 있습니다."

"허어, 가쓰라군이 무사히 고향에 돌아가 있습니까? 그거 참 다행입니다."

"그건 그렇고, 저쪽에선 가쓰라군이 그 정도로 성의를 베풀고 있으니까, 물론 이쪽에서도 만나 주시겠지요?"

나카오카의 쾌변은 유명했다. 쓸데없는 말은 하지 않았고 착착 이야기를 진행시키는 것이 나카오카의 쾌변이다.

"만나고말고요."

사이고는 머리를 끄덕이고 곧 번의 기선을 준비시켰다.

16일에 출발했다.

17일은 휴우가 우사기노우라(兎之浦)에서 바람을 피하고, 18일은 분고(豊後) 사가노세키(佐賀關)에 기항했다. 시모노세키는 바로 코앞에 있었다.

그런데 여기까지 와서 사이고가 갑자기 꾸물대기 시작한 것이다.

"나카오카님, 이거 참 미안한 일이 생겨 야단났습니다. 지금 곧 교토로 오라는 편지가 왔으니, 시모노세키엔 못 가겠는데요."

사이고의 표정에는 석연치 않은 점이 있었다. 나카오카가 보아도 거짓말을 하고 있다는 것을 알 수 있었다.

"나카오카, 침착하게 말해."
"침착하다."
나카오카는 창백한 얼굴로 말했다.
"그래서?"
"흠, 배 위에서 나도 맹렬히 사이고에게 대들었다. 시모노세키에 들르지 못할 만큼 화급한 일이란 무어냐고, 그 거한에겐 좀 미안했지만 따지고 들었지."
나카오카의 말에 의하면 사이고는 이렇게 대답했다고 한다.
"조슈 재정(再征)에 관한 일입니다."
사이고는 다시 말했다.
"장군이 교토를 향해 진격하고 있는데 물론 상대는 조슈이므로 이 무모한 출병을 중지시켜야 합니다."
나카오카는 기가 차서 따지고 들었다.
"그러기 때문에 하는 사쓰마 조슈 연합이 아니오?"
사이고는 다시 말했다.
"옳습니다. 그러나 지금 시모노세키에 가서 가쓰라군과 만나는 일보다도 급한 일이 교토에 있습니다."
어찌됐든 장군의 무모한 출병을 중지시킬 세력은 조정밖에 없다. 그러나 공경들은 약골이라 막부의 말에 거역하지 못할 것이다. 그러므로 급히 교토로 올라가 니조 간파쿠(二條關白) 이하의 유력한 공경들을 역방(歷訪)하여
"이번의 조슈 재정벌은 대의명분이 서지 않는 출병이라, 사쓰마 번에서는 가담하지 않을 뿐만 아니라 극력 반대한다"라는 취지를 단단히 말해 놓겠다고 사이고는 말하는 것이었다.
"그러나 그 일에 관해서는 오쿠보군이 교토에서 맹렬히 활약하고 있지 않소?"
나카오카가 더욱 공격하였다.
"바로 그 오쿠보에게서 거들어 달라고 소식이 온 것이오."
사이고는 핑계를 댔다.
"그럼 단 한 시간이라도 좋으니 시모노세키에 잠깐 들러서 가쓰라를 만나 주지 않겠소?"

“글쎄, 만나고 싶은 마음은 태산 같으나, 언제고 또 만날 기회가 있겠지요.”

사이고는 끝까지 버티었으므로 어지간한 나카오카도 단념하고 말았다.

나카오카는 포기하고 사쓰마 선에서 내려, 어선을 세내어 해협을 건너 시모노세키로 왔다는 것이다.

‘사이고가 변심했구나!’

료마는 순간적으로 느꼈으나 곧 생각을 돌렸다.

‘이쪽에 무리가 있었다.’

나카오카가 그 칼날 같은 언변으로 몰아세웠으니 사이고도 일어나지 않을 수 없었을 것이다. 말하자면 어거지에 못 이겨 배에 올랐을 것이 틀림없다. 그런데 배 안에서 가만히 생각하는 동안 열이 식어 번의 체면을 존중하게 되었을 것이다.

‘뭐, 구태여 우리 사쓰마 번 쪽에서 조슈로 찾아갈 필요는 없다. 찾아가면 이쪽의 약점을 드러내는 격이 된다.’

그리고 도사의 낭사 나카오카 신타로의 말재주에 넘어가서 시모노세키 같은 먼 곳까지 어정거리고 갔다고 하면, 사쓰마를 증오하는 조슈인들이 잔뜩 모여들어 난데없는 창피를 줄지도 모른다.

‘틀림없이 그렇게 생각했을 것이다. 그 사내는 아직도 사쓰마밖에 모르는 외고집장이니까.’

료마는 이렇게 생각하며 우선 나카오카를 달래려고 했으나, 나카오카는 뿌리치듯 말했다.

“안돼, 가쓰라가 화를 낼 걸세.”

가쓰라가 화를 낸다면 영원히 사쓰마 조슈 연합은 이루어지지 않을 것이며 일본은 암흑의 심연 속에 빠지게 될 것이라고 나카오카는 말했다.

이때 가쓰라 고고로가 들어왔다.


여담이지만, 도사인은 산악형(山岳型)과 해양형(海洋型)으로 나누어져 있다고 한다.

보통 산악형의 대표적 인물을 나카오카라고 하고 해양형의 대표를 료마로 치고 있다.

착실하고 꼼꼼하며 계획성이 뛰어나지만, 윤곽이 지나치게 뚜렷하고 폭이 좁은 데다 융통성이 없는 게 산악형이다.

나카오카의 태도가 바로 그것이었다.

"가쓰라군, 면목이 없네."

정색을 하며 당장이라도 배를 가를 것 같은 표정이었다.

"사이고군은 오지 않았네."

"뭐라고?"

가쓰라는 엉거주춤 일어섰다. 양손이 노여움으로 부들부들 떨리고 있었다.

나카오카는 자세히 설명했다. 그러나 가쓰라에게 그것이 들릴 리가 없었다.

"이제 와서 그까짓 설명 따위 필요 없어!"

가쓰라는 성난 소리로 쏘아붙였다.

"사이고가 왔나 안 왔나, 그것으로 족해. 그따위 경위 같은 건 듣고 싶지 않아. 나카오카군, 그러기 때문에 처음 자네들의 제안을 들었을 때부터 일의 성공을 의심했던 것이다. 그런데 자네들이 하도 여러 말을 하기 때문에 그만 넘어가 버렸지. 조슈는 굴욕을 당했다."

당한 것은 수치뿐이라고 가쓰라는 노발대발했다.

미인이 있다. 중매쟁이인 료마와 나카오카가, 부탁도 하지 않았는데 조슈라는 신랑감에게 혼담을 꺼내는 바람에 신랑감은 반신반의하면서도 맞선보는 자리에서 기다리고 있었으나 상대방 미인은 끝내 나타나지 않았다.

사내로서의 면목이 이 이상 손상될 수는 없을 것이다.

애당초 아름다운 색시 쪽은 신랑 쪽을 대수롭지 않게 생각하고 있었던 것이다.

"면목 없네."

나카오카는 비참한 중매쟁이가 되었다. 그 꼴은 오히려 우스꽝스러웠다.

"면목 없다는 말로 끝날 수 있는 건가?"

가쓰라는 화가 나 싸움 투로 나왔다.

"조슈 번은 나 때문에 공연한 수치를 당한 꼴이 됐다. 뭐라고 형언할 수 없는 이 심정을, 타번 사람인 자네는 모를 걸세."

"알고 있네."

나카오카가 얼굴을 붉혔으나 가쓰라의 노기는 좀처럼 가라앉을 것 같지 않았다.

"나카오카군, 잘 들어 두게. 조슈에서는 처음부터 한 사람도 그 따위 사쓰마의 돼지들과 손을 잡으려는 사람은 없었네. 기병대의 대장들은 사쓰마와 손을 잡을 바에는 양이들의 구두를 머리에 쓰고 다니는 게 낫다고 했을 정도야. 번주님 부자분도 거의 같은 생각을 갖고 계셨지. 그런 것을 내가 필사적으로 설득하여 시모노세키에서 사이고와 만난다는 단계에까지 이끌어 올렸던 거야. 그런데 나는 돌아가서 뭐라고 변명해야 옳단 말인가? 원칙적으로 말한다면 이건 할복감이다."

"내가 할복해도 좋다."

나카오카가 말했다. 그러나 가쓰라가 말했다.

"자네는 도사인이 아닌가? 타번 사람이 배를 갈라 봤자 아무 소용이 없네."

"그 말 잘했어."

료마는 껄껄 웃어젖혔다.

"그만큼 화가 나서 소릴 질렀으면 이제 분통도 좀 가라앉았겠지."

"사카모토군!"

"알았네, 알았어. 내게 묘안이 있네. 조슈 흥망에 관한 거야."


"들어 보겠나?"

료마가 가쓰라에게 말했다.

가쓰라는 고쳐 앉았다. 하고 싶은 말을 다 한 끝이라 이상하게 얼굴이 하얗다.

"듣지."

"분은 가라앉았나?"

"아직 멀었네."

가쓰라는 기운 없는 목소리로 말했다. 그러나 해삼처럼 신축성 있고 종잡을 데가 없는 료마에게는 화풀이를 할 수가 없다.

"그럼, 화가 가라앉거든 말하기로 하지."

료마는 얼굴을 쓰윽 문질렀다. 가쓰라는 애가 탔다. '조슈 흥망에 관한 묘안'이라는 표제까지 붙여 놓고 말하지 않는다는 것은 "비겁하다"고 대들었다.

“화난 사람에게 말해 봤자 소용이 없지 않나.”

“아니, 이제 화는 안 내겠네. 기분도 진정되었어.”

“조슈 번은 막부와 싸운다. 십중팔구는 조슈가 지네. 그러나 이길 수 있는 방법은 있어. 그것은 군함과 서양식 총포를 사들이는 일이야.”

“알고 있어. 하지만 살 수가 없으니 어쩌겠나.”

당연한 말이었다. 일본의 공인 정부는 막부이며 잠재 정권은 교토 조정이다. 이 두 곳으로부터 적대시당하고 있는 조슈 번에 외국 상사가 무기를 팔다가는 일본에서 장사를 해먹지 못하게 된다.

“사쓰마 번의 이름으로 사면 돼.”

료마는 몹시 비약적인 말을 했다.

“어리석은 소리! 그 사쓰마가 방금 말한 것 같은 태도가 아닌가.”

“내가 가쓰라군에게 우리 가메야마 동문의 이야기를 안했던가? 나는 사쓰마로부터 장사를 위임받고 있다네.”

“들었어.”

“그렇다면 확실한 게 아닌가? 우리 가메야마 동문에서 군함을 사들인다면 결과적으로는 사쓰마 번에서 산거나 마찬가지지. 그걸 그대로 조슈로 돌린다.”

“……”

“아메리카 합중국에서는 남북전쟁이 끝났다. 지금 그들은 전쟁 중에 대량으로 생산했던 총포의 처치에 골머리를 앓고, 무기 상인이 상해로 싣고 와서 그걸 계속 항구의 창고에다 쌓아올리고 있는 중이다. 그걸 몰래 조슈가 사들여 막부에 대항한다면 화승포밖에 없는 막부군 따위는 대번에 날려버릴 수 있다.”

“흐음!”

가쓰라는 무릎을 앞으로 내밀었다.

“정말 그렇게 할 수 있는가?”

“할 수 있지. 내가 도사의 무리를 중심으로 가메야마 동문을 만든 것도 그 때문이다. 나의 동문을 중심으로 사쓰마와 조슈가 손을 잡는다. 말하자면 우선 장사 길에서 손을 잡는 거지. 그러다가 서로 마음을 알게 되면 동맹을 맺게 되는 거야.”

“흐음!”

가쓰라는 눈을 빛냈다.

료마는 말을 이었다.

"곰곰이 생각해 보면, 이 시모노세키에서 사이고와 자네가 순조롭게 악수하고 대뜸 사쓰마 조슈 연합을 이룩한다는 것은 처음부터 무리였어. 하기야 그 무리를 알면서도 주사위를 던져 보았던 것이지만 역시 뜻했던 것처럼 좋은 수는 나오지 않았다. 세상일에 우연을 기대하면 안 되네. 가쓰라 군, 자네도 그렇게 덮어 놓고 화를 내지 않는 게 좋을 걸세."

"부탁하네."

가쓰라는 료마의 손을 잡았다.

# 삼도왕래

　이럴 경우 삼도(三都)라고 하면 교토, 시모노세키, 나카오카를 가리킨다.
　료마는 시모노세키에서 가쓰라와 약속한 다음부터 마치 부지런한 행상인처럼 활동하기 시작했다.
　우선 시모노세키에서 가쓰라와 헤어진 그는 조슈 번의 파발마를 보내 나카오카의 가메야마 동문의 동지에게 급보를 보냈다.
　"군함을 한 척 사들여라"는 것이었다. 사정도 자세히 썼다. 그리고 나카오카의 사쓰마 번저에 아직 있을 중신 고마쓰 다데와키에게도 편지를 써서 사정을 자세히 설명한 다음 "제반사를 잘 부탁하오"라고 써 보냈다.
　돌아오는 편에, 보냈던 상대로부터 모두 "맡겠다, 노력하겠다"는 다행스런 회신이 왔다.
　'됐다!'
　료마는 손뼉을 치며, 곧 체류하고 있던 시라이시 댁에서 말을 얻어 가쓰라가 있는 야마구치를 향해 쏜살같이 달렸다.
　나카오카도 말을 채찍질해 료마와 나란히 달렸으나 료마만큼 익숙하지 못했다.

‘괴상한 사나이야.’

달리면서 나카오카는 생각했다.

유신 회천(維新回天)의 사업이란, 하고——나카오카는 생각했다. 동지와 토론을 하거나, 교토에서 막부파에게 칼을 휘두르거나, 공경을 움직이고, 신센조와 싸우고, 덴추조(天誅組)의 의거에 가담하고, 하마구리 궁문에서 막부군과 충돌하는 등, 그런 것만인 줄로 알고 있었다. 실제로 나카오카나 도사의 낭사들은 그러한 피비린내 나는 수라장을 겪어 왔으며 지금도 그 의식 속에 있는 것이다.

‘그런데 이 료마의 방법은 틀리는군.’

사쓰마 조슈 연합 하나만 하더라도 주의(主義)로써 손을 잡게 하는 것이 아니라, 실리(實利)를 들어 악수시키려는 것이었다.

이쿠노(生野) 의거나 덴추조 의거와는 전혀 다른 회천(回天)의 방법이었다. 그것은 몹시 현실적이었다.

“옳지! 료마, 알았다.”

말머리를 나란히 하며 말했다.

“뭘 말인가?”

“자네의 방법 말이야. 나는 사쓰마 조슈 연합을 구상했을 때, 똑같은 근왕주의의 두 번이 으르렁거리는 것은 이해할 수가 없다, 생각이 같다면 합쳐야 하지 않는가, 생각하고, 그 방향에서 손을 잡게 하려고 했네.”

관념과 사상으로 파고들었다는 뜻이다.

그러나 료마는 이해 문제로 파고든다. 사쓰마와 조슈의 실정을 잘 파악하여, 견원지간(犬猿之間)이라 해도 어딘가에 이해가 일치하는 곳은 없는 가를 살폈던 것이다. 그것이 병기 구입의 문제이다. 조슈도 좋아하고 사쓰마도 통양(痛癢)을 느끼지 않는다. 그 점에서 우선 선을 닿게 한 것은 나카오카 등이 거쳐 온 지사적 논리로서는 도저히 상상조차 할 수 없는 착상이었다.

“지조만 높다면 장사꾼의 흉내를 내도 상관없다. 오히려 지구를 움직이고 있는 것은 사상이 아니고 경제다.”

그런 의미의 말을 료마는 도사 사투리로 역설했다.

얼마 후 야마구치의 번청에 당도하여 가쓰라를 불렀다.

“누구건 안목 있는 사람을 뽑아서 곧 나카오카로 보내 주게.”

료마가 말했다.

나카오카에서 군함을 산다고 해도 어떤 군함을 얼마나 주고 사야 하는지 조슈에 있는 료마에게는 짐작도 가지 않았다.

모든 것은 가메야마 동문의 동지들과 사쓰마 번의 중신 고마쓰 다데와키가 적절히 처리해 주리라.

그러나 실제로 사는 것은 조슈 번이다. 당연한 일이지만 조슈 번의 사람이 출장 가지 않으면 안 된다.

"그 인선(人選)인데……."

료마는 야마구치 교외의 유다 온천숙(湯田溫泉宿)에서 가쓰라에게 말했다.

"이론만 내세우는 수재는 곤란한데."

료마는 말했다. 관념주의자가 아닌 사람을 원했다. 근왕 양이만 부르짖는 고지식한 자나, 사쓰마 혐오증으로 머리에 피가 곤두서는 사나이들은 군함이라는 커다란 물건은 살 수 없으며, 또한 그런 사람들이 나카오카로 가 봤자 사쓰마인들과 싸움만 할 뿐이다.

'사물을 볼 줄 아는 사나이'를 원한 것은 바로 그런 이유에서였다.

"마침, 적격자가 있네."

다음날 아침, 가쓰라가 데리고 온 것은 두 젊은이였다.

'조선인이 아닌가?'

료마가 의심했을 정도로 두 사람이 모두 광대뼈가 솟고 눈꼬리가 치켜 올라간 사나이들이었다.

"이쪽이 이노우에 몬타(井上聞多)고, 저 사람이 이토 슌스케(伊藤俊輔)라고 하네."

가쓰라는 그들을 소개했다. 그리고 료마를 가리키며 소개했다.

"이분이 도사의 사카모토 선생이네."

료마는 겸연쩍어했다.

이노우에는 료마와 동갑이다. 유신 후, 이노우에 가오루(井上馨)라고 개명하여 재정통으로 유명했다(다이쇼 4년에 죽음, 후작).

이노우에는 상급 무사 계급의 출신이었으나 이토 슌스케는 하급 무사 계급도 못 된다. 농군 출신으로서 어릴 때 무사 집의 잔심부름을 하고 있다가, 마침 옆집 아들인 요시다 도시마로(吉田稔麿)가 그를 사랑하여 요시다 쇼인에게 데리고 갔다.

"슌스케는 주선(周旋)의 재간이 있다."

죽은 쇼인은 그 점을 칭찬했다. 그가 말하는 주선이란 정치적 절충을 말하는 것이었다.

슌스케가 신분이 낮은 것을 스승인 쇼인은 애석하게 여기고 무사인 구루하라 료조(來原良藏)의 부하로 만들고, 그 구루하라가 죽은 뒤는 가쓰라가 맡아서 명목상의 가신으로 삼았다.

물론 번에서의 발언권을 얻게 하기 위한 것일 뿐 사실상의 가신은 아니다.

갓 지사가 됐을 때만 하더라도 남의 뒤에 붙어 다니며 암살이나 외국 상관(商館)의 방화를 거들거나 하며 멋모르고 날뛰었으나, 얼마 후 번의 비밀 유학생으로서 중국 노동자로 변장하여 영국으로 건너갔다. 동행은 이노우에 몬타였다.

그들은 얼마 후에 바칸(馬關) 해전 때문에 귀국하여 조슈 번의 귀중한 해외통(海外通)이 되었다.

"그럼, 두 분에게 부탁할까?"

료마는 가메야마 동문의 동지 일동에게 쓴 소개장과, 나카오카에 체류 중인 사쓰마 번의 중신 고마쓰 다데와키에게 보내는 소개장을 한 통씩 써서 주며 말했다.

"조슈인이라는 것이 발각되면 생명이 위험하네. 나카오카에서는 사쓰마 번저에 잠복하여 사쓰마인으로서 행동하게."

"예."

이토 슌스케는 씩씩하게 대답했다. 이제 갓 25살이다. 이 사나이는 후에 이토 히로부미(伊藤博文)라고 개명했고 메이지(明治) 42년에 죽었다. 공작.


나날이 여름철로 다가서고 있다. 조슈 야마구치에서 가쓰라 등과 이야기를 나눈 열흘 후, 료마는 햇볕이 따갑게 내리쬐는 후시미 가도를 따라 교토로 걸음을 재촉하고 있었다.

도베가 짤막한 다리를 종종거리면서 따라온다. 그 뒤에는 나카오카 신타로.

"나리, 교토는 낭인들의 지옥이라고 하더군요."

"그렇다더군."

도중, 여러 개의 관문을 지났다. 아이즈 번, 구와나(桑名) 번, 오가키(大

垣) 번, 신센조, 순찰대 등이 막부의 명을 받고 조슈인이나 조슈계 낭사들의 잠입을 경계하고 있었다.

그때마다 료마와 나카오카는 '사쓰마 번저'라고 사칭해 왔다.

어느 관문에서나 두 사람은 안색조차 변하지 않고 말했다.

저쪽에서 뭐라고 물어 와도 거세게 고개를 저으며 빠른 사쓰마 말로 떼를 써서 통과했다.

"몰라! 무슨 말인지 몰라. 고향을 처음 떠나와서 말을 알아들을 수 없소."

사실 번 밖으로 처음 나온 사쓰마 번사 중에는 일반 언어가 통하지 않는 자가 많았다.

"뭐야, 촌놈들이군!"

서로 수군대며 통과시켜 주었다. 그리고 지금 사쓰마는 표면상 막부와 손을 잡으면서 교토 정계를 마음대로 지배하고 있으니만큼, 좀 수상하다는 생각이 들어도 말썽이 날까 두려워 통과시켜 주는 것이었다.

두 사람은 무사히 니시키고지의 사쓰마 번저로 들어갔다. 사이고는 부재중이었다. 아이즈 번과의 회합으로 산본기에 가서 저녁때나 돌아온다는 것이었다.

두 사람은 매우 환대를 받았다. 마치 귀인이라도 맞이하는 듯한 접대였으며, 차시중을 드는 사람이 하나 붙고 목욕탕의 준비, 술안주의 마련 등 정중을 다하였다.

교토에서 접대를 맡고 있는 다카사키 사타로(高崎佐太郎)라는 젊은이가 최근의 막부 정세를 알려 주었다.

"두 선생님께서는 듣고 계시리라 생각합니다만 막부는 이런 생각으로 있는 모양입니다."

그의 말에 의하면 막부는 이번에 조슈 재정벌을 함에 있어 조슈를 완전히 멸망시킬 생각이라고 한다.

"멸망시킨 후에는?"

"막부령(領)으로 삼아 그것으로써 해군 비용에 충당하겠다고 합니다. 요즘 막부의 실권을 장악하고 있는 오구리의 안이라고 하더군요."

막부는 이번 조슈 정벌에 흥패를 걸고 있는 모양이었다. 조슈를 멸망시킨 다음에는, 조슈의 근왕당을 위시하여 나카오카 등 조슈로 망명 가 있는 낭사들을 모조리 처형하고, 진수부에 있는 산조 사네토미경 이하 다섯 명의 망명 공경은 하치조 섬(八丈島)으로 귀양 보내기로 되어 있었다.

"사쓰마 번의 방침은 이미 결정되어 있습니다. 들으셨으리라고 생각합니다만 막부의 조슈 재정벌은 어디까지나 사사로운 싸움이라 보고, 단호히 출병에 응하지 않는다는 태도로 있습니다."

"하찮은 것을 여쭙니다만……."

료마가 입을 열었다.

"사쓰마는 올해 쌀농사가 흉작인 모양이지요?"

"예?"


그의 말대로 사쓰마는 과연 금년에 쌀농사가 흉작이었다. 원래 사쓰마 번은 쌀농사가 잘 되지 않아 감자나 고구마, 피, 좁쌀 등이 주식으로 되어 있다. 상당한 무사 집안에서도 감자나 고구마를 제외하고는 식생활을 할 수 없었다.

그러나 곤란한 일이 있었다. 이 사쓰마 번은 내년으로는 시내의 급변에 대비하고, 표면적으로는 교토를 수호하기 위해 지금 고향에서 상당수의 번병을 교토로 보내 놓고 있다.

'그들은 교토에서도 감자를 먹을까?'

료마는 그것을 생각한 것이다.

'설마 그럴라구?'

이렇게 추측했다. 그러잖아도 여러 번의 무사들로부터 고구마 무사니 하는 비웃음을 사고 있는 그들이었다.

화려한 왕도(王都)에서 고구마를 먹다가는 사쓰마 번의 인기에 지장이 있고, 의젓한 얼굴로 교토 정계의 한 파의 우두머리라고 으스댈 수 없을 것이다.

'쌀밥을 먹을 것이다.'

그 쌀이 없다. 하기야 비싼 돈만 낸다면야 오사카나 오쓰의 미곡상에서 얼마든지 사들일 수 있다.

그러나 재정 관념이 지나치게 발달되어 있다고 해도 좋을 사쓰마 번이, 번연히 손해일 줄 알면서 그런 비싼 쌀을 번병들에게 먹이는 것은 괴로울 것이다.

"실은 값싼 쌀이 있소."

료마가 말했다. 이럴 때는 그가 근왕의 지사인지 중개인(仲介人)인지 분간을 할 수 없다.

"허어, 솔깃한 말이군요."

다카사키 사타로는 반색을 했다. 그는 사쓰마 번에서 으뜸가는 시인(詩人)으로 후에 궁중장악원(掌樂院)의 직원이 되어 메이지 천황의 와카(和歌) 상담역을 맡았다. 그러나 그가 젊었을 때에는 경제에도 다소 흥미가 있었던 모양이었다.

"어느 곳의 쌀입니까?"

"아니, 그것은 아직 모릅니다."

료마는 말을 흐렸다. 자기의 마음속에 있는 것은 조슈의 쌀이었다. 조슈는 쌀의 명산지라, 공식적으로는 36만 9천 석이라고 되어 있지만, 2백 년에 걸친 개간과 간척 사업의 덕분으로 실제 수확고는 1백만 석을 넘을 거라는 중론이었다. 그 쌀을 얼마쯤 사쓰마 번의 교토 주둔군의 군량으로 돌리라고, 료마는 설득할 작정이었다.

——만일 그것이 실현된다면.

료마는 혼자 생각을 해 보았다. 그 쌀은 중대한 의미를 띠게 될 것이다. 아무튼 사쓰마가 대군을 교토에 주둔시키고 있는 최대의 의미는 막부를 견제하고 조슈 재정벌을 중지시키는 데 있다.

조슈에게 이것보다 고마운 일은 없다. 그 사례로 값싼 쌀을 군량으로서 교토로 보내는 것이다.

'쌀을 통해서 조슈인들의 사쓰마에 대한 증오의 감정도 완화되리라.'

이것이 료마의 착상이었다. 이 사나이는 근왕 논의를 하는 것보다 이런 일로써 사쓰마 조슈 연합과 막부 타도의 큰 구상을 착착 진행시키려고 하는 것이었다.

저녁 나절 사이고가 돌아왔다.

"야아, 사카모토님이 오셨군요! 어이구, 나카오카님도……."

사이고는 얼굴의 땀도 씻지 않고 급히 들어와서 말했다.

"시모노세키에 못 가서 죄송합니다. 이렇게 머리 숙여 빕니다. 그래서 중매인이신 두 분이 저희들의 죄를 따지시려고 뒤쫓아 오셨소?"

"그 중매 문제……."

료마는 말했다.

"당분간 쉬기로 했소."

"쉰다구요? 이 사이고를 상대하는 중매 역할은 이제 손떼시겠다는 말씀인
가요?"

사이고는 말하면서, 순간 그의 눈이 어린애같이 수줍음을 띠고 두 볼에 빨
갛게 핏기가 올랐다.

사이고란 묘한 사나이였다. 분명히 사이고는 시모노세키에서 가쓰라와 만
나겠다고 나카오카와 약속을 했으나, 사가노세키(佐賀關)까지 와서 다른 말
을 했다. 그 식언을 료마가 분개해 하고 있다고 생각했다.

'이 사람을 노하게 했다. 틀림없이 내가 나빴다.'

선뜻 그렇게 생각한 모양이었다. 그렇게 생각하자 소년처럼 얼굴을 붉히
며 어쩔 줄을 모르고 당황함을 보였다.

'이상한 사나이군.'

료마는 관찰했다.

재미있는 것은 바로 그 사이고가 한쪽에서는 안색 하나 바꾸지 않고 권모
술수의 큰 연극을 해치운다는 점이었다. 극단적으로 어른다운 면과 아이처
럼 천진한 면이 하나의 인격 속에 함께 들어앉아 있다.

사이고의 매력은, 그 상반되는 것들이 그 사나이의 인격 속에 자연스럽게
동거하면서 간단없이 그 두 개의 얼굴이 들락날락하고, 다시 그것이 번쩍번
쩍 선회하는 듯한 광채를 발하는 데 있는 모양이다.

그렇기 때문에, 사쓰마 남부의 건아들이 주군을 위해서라기 보다는, 오히
려 사이고를 위해 목숨을 바치고자 하는 기현상이 나타난 모양이다.

"천만에요!"

료마까지도 이 사이고의 지나치게 천진한 태도에 당황했다.

"그런 뜻이 아닙니다. 다만 시기가 너무 빨랐다는 것을 알게 되었습니다.
내가 쉬겠다는 것은, 혼담을 잠시 중단하고 그보다도 쌍방이 무슨 일이 있
어도 해로하겠다는 마음이 생기도록 연구를 하겠다는 의미입니다."

"아아, 살았다!"

사이고는 웃으며 옆에 있는 요시이 고스케와 나카오카 한지로를 향해 말
했다.

"무언가 술안주는 좀 없는가?"

그들이 번저의 주방 담당자에게 물으니 마른안주라면 있다고 했다. 그것이 부엌에서 날라져 왔다.

"어째서 사가까지 와서 마음이 변했었소?"

료마가 묻자, 사이고는 빙긋이 웃으며 그 대답은 않고 다른 말을 했다.

"어느 번에나 보수적이고 완고한 막부파라는 것이 있습니다."

요컨대 사이고는 시마쓰 히사미쓰까지도 포함하여 번의 문벌가들의 양해를 얻지 못했던 모양이다.

막부의 적인 조슈와 손을 잡는다는 것은 상식으로는 상상할 수 없는 일이다. 그런 것을 사이고가 멋대로 혼자서 손을 잡는다면 독주(獨走)가 되고 만다.

"이건 딴 이야기오만"

료마는, 조슈 번이 나카오카에서 사들이는 군함과 총포는 사쓰마 번의 명의로 해 주기를 바란다. 그 일은 나카오카에 출장중인 귀번의 중신 고마쓰 다데와키님에게 부탁해 놓았으며, 이미 조슈에서는 이노우에 몬타와 이토 슌스케라는 자가 구매관으로 출장 나가 있을 것이라고 하여 사후 승낙을 요청했다.

"좋고말고요. 이미 사카모토님의 가메야마 동문에 사쓰마의 명의를 빌려 드리고 있고, 그 이름을 어떤 목적에 쓰시든 사쓰마 번에서는 누구 하나 군소리할 사람이 없습니다."

한편——

조슈 번의 밀사 이노우에 몬타와 이토 슌스케가 조슈의 시모노세키를 출발한 것은 7월 16일이었다.

일본 배를 타고 규슈로 건너갔다. 두 사람은 동지들 사이에서 쌍둥이라는 말을 들을 정도로 어디를 가나 둘이 함께 했으며, 여색을 몹시 좋아한다는 점에서도 의기가 상통했다.

적절히 재치 있는 말을 즐겼으며 적당한 배짱도 있었다. 야지로베에(彌次郎兵衞)와 기다하치(喜多八) 같은 사이인 것이다.

선상에서 이토가 이노우에의 얼굴을 보며 말했다.

"여보게, 몬타!"

"아무리 더워도 삿갓은 벗지 말게나."

“알고 있네.”

이노우에 몬타는 대답했다. 그의 얼굴에는 오른쪽 뺨에서 입술에 걸쳐 깊은 상처가 있었다.

그런 얼굴을 드러내고 여행을 하다가는 여인숙 같은 곳에서 의심을 받을 것이다.

‘어떤 놈인가?’

아니, 상처는 얼굴뿐 아니다. 윗도리를 벗어 상반신을 드러내면 온몸에 칼자국투성이였다.

상처의 내력은——

지난해 9월 25일 밤 8시가 넘어 번청에서 나와 야마구치 교외에 있는 자택으로 돌아가려고 소데도키 다리(袖解橋) 앞에 다다랐을 때, 어둠 속에서 수명의 무사가 우르르 나타나 물었다.

——몬타님이시지요?

그렇소, 라고 대답하자 하나가 등 뒤로 달려들어 끌어안고, 다른 몇 명이 칼을 휘둘러 이노우에의 몸을 닥치는 대로 난도질했다.

첫 번 칼은 등 뒤에 맞았으나 다행히도 그의 칼이 등 뒤로 돌아가 있었기 때문에 칼날이 그것에 맞아, 피는 흘러나왔으나 상처는 등뼈에서 불과 일 센티쯤 되는 곳에서 멈춰 섰다.

다시 일어나는데 탁! 뒤통수에 한칼을 맞고 또 얼굴을 맞은 다음, 잇달아 다리를 후려치고 허리도 베어졌으나, 이것도 다행히 품안에 구리로 만든 회중 거울을 넣고 있었으므로 그것에 칼날이 맞아 치명상을 입지는 않았다.

그 거울은 교토의 마쓰기(松儀)라는 장신구 집에서 제조한 것으로, 두꺼운 고블랑직(織)의 화려한 주머니 속에 들어 있는 것이었다.

거울은 이노우에 몬타의 단골 기생이었던 교토 기온(祇園)의 기미오(君尾)라는 기생에게서 정표로 받았던 것으로서, 기적이라고 할 수 있었다.

그 뒤 부근의 농부가 집안으로 업고 들어가 의사를 둘 불러왔으나 손을 댈 도리가 없었다. 그때 마침 찾아온 것이 미노(美濃) 출신의 낭사 도코로 이쿠타로(所郁太郎)로, 그는 그 참상을 보자 자진해서 나서며 말했다.

“잘 될지는 모르지만 내가 꿰매 주지.”

네 시간이나 걸려 오십 바늘쯤 꿰매고 며칠 동안 간호했다. 도코로 이쿠타로는 다음해 게이오 원년 3월, 조슈에서 활약 중 이질에 걸려 죽었는데, 원래 의사 출신의 근왕 지사였다.

하수인들은 번 안의 론당의 패거리들이었으나 끝내 이름은 알 수 없었다.

그 후 이번에는 과격 양이파들에게 위협을 받아, 인부로 가장하여 벳푸(別府)로 도망간 다음 그 지방의 나다가메(灘龜)라는 건달 두목에게 몸을 의탁했는데, 그 상처 덕분으로 꽤 인정을 받았다.

"남의 마누라와 밀통을 했기 때문에 이렇게 상처를 입었습니다."

이노우에 자신은 노름꾼이나 건달들에게 이렇게 말했다. 어쨌든 운수 좋은 사나이였던 것이다.

이토와 이노우에는 도중 진수부에서 걸음을 멈추었다.


이들, 말하자면 낙천적인 두 조슈인이 지쿠젠 진수부에 들른 것은 그곳에 도사 낭사들이 있기 때문이었다.

두 사람이 산조 사네토미경을 배알하고 나카오카행의 비밀을 털어놓자 산조경도 시종 무사들도 이미 상세히 알고 있었다.

"기다리고 있었다."

"사쓰마의 명의로 조슈 번이 군함과 총포를 사는 일은 사카모토 료마에게서 상세히 들었다."

그들은 이렇게 말하며, 나카오카의 가메야마 동문까지의 안내를 도사인 구스모도 분키치(楠本文吉)가 맡도록 했다.

"조슈인으로 행세했다가는 도중이 위험하다. 사쓰마 번사로 가장해서 가는 편이 좋다."

히지가다가 주선을 해 주어, 진수부에 와 있는 사쓰마 번의 시노사키 히코주로(篠崎彦十郎)와 시부야 히코스케(澁谷彦助)의 양해를 얻어 주었다. 그들은 모두 매우 친절히 두 사람을 격려해 주었다.

19일, 진수부 출발.

21일, 나카오카 잠입.

이것이 유신 전에 있어서 이노우에 가오루와 이토 히로부미의 가장 큰 임무였다.

나카오카에 도착하자마자 즉시 료마의 당(黨)인 가메야다 동문이 본거지를 두고 있는 가메야마로 올라갔다.

돌층계를 오르며 이노우에가 나지막하게 말했다.

"슌스케! 나카오카는 기생들이 예쁘고 싸다더구나. 이거 참 기대가 큰
걸."

"자네 상처에 해롭네."

"무슨 소릴. 하고 싶은 일이라면 상처에도 오히려 약이 될 걸세."

"몬타, 작작 좀 해라."

이토가 말했다.

"이번에는 기생과 놀려고 온 게 아냐. 군함을 사러 왔어."

"누가 아니래."

두 사람은 가메야마 동문에 당도했다.

추녀가 기울어진 조그만 셋집이었다.

'이게 도대체……'

두 사람은 빈약한 집을 보고 놀랐다.

'사카모토 료마가 하도 가메야마 동문을 자랑하기에 얼마나 으리으리한 저
택인가 했더니 고작 이거였나?'

두 사람은 안으로 들어갔다. 다다미 여섯 장쯤 되는 방에 안내되자 료마의
부하들이 차례차례로 들어와서 인사를 했다. 그 중에 한 사람이 말했다. 보
기만 해도 대뜸 눈에 정기가 넘쳐흐르는 수재형이었다.

"저는 도사인 곤도 조지로(近藤長次郎)올시다."

료마도 평소 '만두집'이라고 부르고 있었다. 만두집은 상당한 난학통(蘭學
通)이었다. 영어도 다소 할 줄 알았다. 그것을 료마는 높이 사서 시모노세키
에서 보낸 편지에 명령하고 있었다.

"조슈의 군함 매입은 만두집이 맡도록."

"나카오카 체류 중에는 제가 두 분을 안내하게 되었습니다."

만두집은 말했다.

"우선 오늘 저녁부터 유숙하실 곳으로 안내하겠습니다."

"여관은 어디에 있습니까?"

몬타와 슌스케가 물었다.

"사쓰마 번저입니다."

만두집은 엄숙하게 대답했다.

여기서 잠깐 만두집에 관해 이야기하겠다.

고치 성 아래 거리의 료마가 태어난 생가의 뒷길에는 수로가 흐르고 있었

다. 그래서 그 일대를 스이도 거리(水道町)라고 불렀다.

그 스이도 거리에 다이코쿠야(大黑屋)라고 하는 만두집이 있다. 곤도 조지로는 바로 그 집의 아들이었다.

그가 소년 시절부터 "만두집 조지로"라고 불리었던 것은, 그 자신이 상자에 만두를 넣어 팔고 다녔기 때문이었다.

오토메 누님은 만두를 몹시 좋아했으므로 그가 외치고 지나갈 때면 부산을 떨며 료마의 유모인 오야베를 내보내는 것이었다.

——아, 조지로가 지나간다!

그 조지로는 만두 장사를 그만두고, 공부를 하기도 하고 그림도 배우기 시작했다.

그림은 가와다 쇼류(河田小龍)에게 배웠으며 한편으로 그에게서 외국 사정도 전수받고, 그 가와다 하숙에서 검술 수업을 마치고 에도에서 돌아온 료마와 사귀기도 했다.

그뒤 상급 무사 유히 이나이(由比猪內)의 부하가 되어 에도로 나와, 한학을 아사카 곤사이(安積艮齋)에게 배우고, 양학은 데즈카 겐카이(手塚玄海), 그리고 포술(砲術)은 다카시마 슈한(高島秋帆)에게 각각 배웠다.

번에서는 그의 재능에 경탄하여 상인의 신분임에도 불구하고 성(姓)을 쓰는 것과 칼 차는 것을 허락, 한평생 두 사람분의 녹봉과 연금 열 냥씩을 주어 공부를 계속시켰다.

도사 번처럼 계급에 시끄러운 번에서 한낱 서생에게, 그의 재능 때문에 무사 대우를 해 주었다는 것은 참으로 드문 일이었다.

료마의 고베 학교 시절, 그는 번에서 나와 료마를 의지하고 왔으므로 그를 가쓰의 학생으로 만들어 항해술을 배우게 했다. 그리고 료마와 함께 나카오카로.

이것이 그의 주된 경력이었다. 나카오카에서는 우에스기 소지로(上杉宗次郞)라는 가명을 쓰고 있었기 때문에, 이토 히로부미와 이노우에 가오루 등의 서간집(書簡集)에 나오는 '도사인 우에스기 소지로'는 바로 이 만두집을 가리키는 것이다.

좀처럼 웃지 않는 사나이로서 항상 엄숙한 표정으로 길을 걷는다. 지나칠만큼 향학열이 높았기 때문에 다소 이기적이어서, 동지들과의 사이는 그다지 원만하지 않았다.

다카스기 신사쿠는 후에 그와 대면했을 때 "첫눈에 몹시 재사같이 보였음"이라고 기록하고 있다.

료마는 료마대로 후에 그의 수첩에 "권모술수가 지나쳐 지성(至誠)이 부족함"이라고 써 놓았다. 그러나 료마는 그에게 악의를 갖고 있지는 않았다. 고향의 오토메 누님에게 나카오카의 가메야마 동문의 일을 보고한 편지에도 조지로에 대하여 매우 만족한 듯이 써 보내고 있다.


우리와 함께 활약하고 있는 동지들 중에서 특별히 열심인 사람은 이가(二街)에 살던 우마노스케(馬之助)와 스이도 거리의 조지로, 그리고 다카마쓰다로 등이 있습니다. 그런데 모치즈키 가메야타(望月龜彌太)는 이케다야에서 전사했습니다.


바로 그 만두집이 이노우에, 이토 두 사람을 나카오카의 사쓰마 번저로 데리고 가 그곳에 잠복시키고, 때마침 번선 가이몬마루(海門丸)로 귀번하려던 중신 고마쓰 다데와키에게도 소개를 시켰다.

사쓰마측은 환대했다.

그 자리에서 만두집은 재사다운 제안을 했다.

"두 분께서 이렇게 하시면 어떨까요?"


"뭐 말씀입니까?"

이노우에 몬타가 물었다.

"군함과 총포의 매입 정도라면 나 혼자만으로도 염려 없습니다. 그러니 두 분 중의 한 분은 나카오카에 남으시고, 한 분은 고마쓰 다데와키님과 함께 사쓰마로 가 보시면 어떨까요?"

"예? 사쓰마로?"

조슈인이 원수처럼 알고 있는 사쓰마에 번의 허락도 없이 간다는 것은 어떨까.

"그렇게 하십시오. 사쓰마를 직접 보고 사쓰마인을 많이 겪어 보게 되면 자연히 감정도 풀릴 것입니다. 그러기 위해서 사쓰마로 한번 가 보십시오."

만두집은 딱딱한 무사들의 말씨를 좋아했다. 물고 늘어지듯 설득했다.

고마쓰 다데와키도 권했다.

"참 좋은 생각이오. 이번 기회에 꼭 우리 사쓰마를 보아 주십시오."

몬타와 슌스케는 서로 얼굴을 마주 보았다. 슌스케는 재빨리 소리쳤다.

"나는 나카오카에 남겠네. 자네는 사쓰마로 가게."

'아차!'

몬타는 슌스케에게 눈을 흘겼다. 나카오카에는 청루가 있으나 사쓰마에는 그런 것이 없다. 슌스케 혼자서 재미를 볼 작정이리라.

다음날, 그들은 군함을 구입하러 나갔다.

"어디서 사는 것입니까?"

슌스케가 만두집에게 물었다.

"오우라(大浦) 해안입니다."

오우라 해안에는 구미 각국의 무역 상인들의 상관(商館)들이 즐비하게 들어서 있다.

"영국인으로서 글래버라는 자입니다. 오우라 해안에서 제일 큰 상관으로 이미 이야기는 건네 놓았습니다. 오늘 아침에도 동문에서 다카마쓰 다로 등이 나가 있어 우리가 가는 것을 상관에서 기다리고 있습니다."

"이거 참, 매사에 수고를……."

해안에 가 보니 과연 그 한 귀퉁이만은 서양에 온 것 같았다. 즐비하게 이층 삼층의 목조 양관이 늘어서 있고 북쪽은 바로 부두였다.

"이 집은……."

만두집은 지나가는 길에 있는 양관 한 채를 가리켰다.

"할트만 상관이라고 하는데 우리는 이집과도 단골입니다."

이윽고 영국인 토마스 블레이크 글래버의 상관 앞까지 다다르자 동문의 다카마쓰 다로가 나와 서 있다가 그들을 안으로 안내했다.

료마의 큰누이 지즈(千鶴)의 아들이다.

글래버는 그들을 기다리고 있었다. 일동을 안에 있는 거실로 데리고 들어가서 깍듯이 접대했다.

회화는 그다지 불편을 느끼지 않았다. 몬타와 슌스케는 짧은 기간이었으나 런던에 가 있었고, 만두집도 서투른 영어나마 지껄일 수 있었으며 글래버 자신도 약간은 일본 무사들의 말을 이해할 수 있었다.

"내가 맡겠습니다."

글래버는 고개를 끄덕이며 말했다.

"물건을 파는 것은 저의 일이니까요."


상담은 순조롭게 진행되었다.

몬타와 슌스케는 만두집의 능숙한 조언의 도움을 얻어 가며 글래버와의 흥정에서 우선 소총 이야기부터 하기 시작했다.

"한 자루에 다섯 냥입니다."

글래버가 말하자, 만두집은 대뜸 소리치며 말했다.

"노오, 노오!"

"그 따위 싸구려는 못써요! 그것은 게벨 총 아니오?"

게벨 총은 발화 장치가 부싯돌처럼 되어 있다. 방아쇠를 당기면 오늘날의 라이터같이 찰칵 하고 불이 붙으며, 그 작동으로 총미(銃尾)의 화약이 폭발하여 총알이 튀어나가는 것이었다.

게벨 총은 그냥 총구에 총일을 골러 넣는 식으로서, 장탄에 시간이 걸리너 더구나 명중률이 몹시 낮다. 이 게벨 총이 유럽 육군의 제식총(制式銃)이었다.

일본 막부의 양식 장비군도 주로 이 게벨 총을 사용하고 있었다.

"게벨 총이 한 자루에 다섯 냥이면 싸군요?"

몬타가 만두집에게 속삭이자 그는 손을 저으며 말했다.

"그것은 지금 세계적으로 헐값이 돼 있습니다. 게다가 그따위 게벨 총으로는 조슈가 막부군을 이길 수 없습니다."

만두집은 이미 구미 각국에는 새로 미니에 총이라는 것이 나와 있는 걸 알고 있었다.

이것은 종래의 소총사(小銃史)를 혁명시킨 것으로서 후장총(後裝銃)이었다. 이 미니에 총은 총탄에 직접 화약통이 붙어 있어, 방아쇠만 당기면 격침(擊針)이 진동하여 뇌관(雷管)을 쳐서 그 폭발에 의해 총알이 나간다.

그 명중률도 대단히 높으며 더구나 조작이 간단해서 게벨 총을 한 발 쏠 시간이면 미니에 총은 열 발을 쏠 수 있는 것이다.

즉, 이것을 장비하게만 된다면 조슈병 한 사람이 막부병 열 명과 맞먹게 된다는 것이다.

"미니에 총은 있소?"

만두집이 글래버에게 물었다.
"있지요. 상해(上海)에서 가져오죠."
"얼마요?"
"열여덟 냥."
글래버는 대답했다. 신식이라 그런지 게벨 총보다 지독하게 비싸다. 그러나 그 값만큼의 쓸모는 있을 것이다.
만두집은 흥정을 하기 시작했으나 몬타와 슌스케는 그를 제지하고 말했다.
"열여덟 냥은 비싸군. 좀 깎읍시다."
"무사가 물건을 사는 데 깎는다는 것은 점잖지 못합니다. 그것이 정당한 가격이라면 그것으로 합시다."
수효는 4천3백 정으로 결정됐다. 7만 7천4백 냥이다.
만두집은 몬타와 슌스케에게 권했다.
"아무튼 값이 싸군요. 게벨 총도 3천 정쯤 사 두시지요."
"게벨 총은 쓸모가 없다고 지금 말씀하시지 않았습니까?"
"아니, 쓰기 나름이지요. 부대가 진격할 때, 선두 부대에 들려서 탕탕 일제 사격을 시키면서 적을 위압해 놓고, 중앙의 미니에 부대가 약진하면서 저격하는 거지요. 요컨대 사용법에 달렸습니다."
만두집은 다카시마 슈한에게 양식 포술을 배웠기 때문에 그런 것에도 조예가 깊었다.
그래서 마침내 게벨 총도 3천 정 사기로 결정하고 상담은 군함으로 옮겨졌다.


"조슈님을 위해 좋은 군함이 있습니다. 보여 드리지요."
글래버는 자리에서 일어나 금고를 열었다.
"그 군함은……."
이토가 서투른 영어로 말했다.
"이 나카오카 항에 있는 게 아니오?"
"상해에 있습니다."
글래버는 일본 말로 대답했다. 이 영국인은 과거에 나카오카 청루 아와지야(淡路屋)의 전속 기녀였던 오쓰루(鶴)를 아내로 삼고 있는 탓인지 발음이 비교적 부드러웠다.

"그렇군요."

이토가 그럴 듯하게 짧은 영어로 응수하며 끄덕였다. 옆에서 이노우에 몬타가 서툰 영어는 쓰지 말라며 소매를 잡아당겼다.

"이겁니다."

글래버는 군함의 사진이 있는 견본책을 책상위에 펼쳤다.

"우에스기님"

이노우에가 만두집 곤도 조지로를 돌아다보며 눈짓을 했다.

'우리는 군함을 도무지 모르니 감정해 보십시오.'

하는 눈짓이었다.

목조 증기선으로 배의 길이가 사십오 미터 정도 되는 과히 크지 않은 군함이었다. 선적(船籍)은 영국이었으며 선명은 유니온 호라고 한다.

'구식이군.'

만두집은 생각했다. 지난 1, 2년 동안에 구미 열강의 군함은 서의 나 철선으로 바뀌고 목조선은 구식화됐다. 그래서 화포(火砲)를 떼어 내고 팔려고 내놓은 것이리라.

여담이지만, 막부 해군의 군함도 모두 목조선이었다. 철제 군함은 뒤에 막부가 미국에서 사들였으나, 그것을 요코하마로 회항시켰을 때는 이미 막부는 붕괴되어 우에노(上野)의 쇼오기대(彰義隊) 전쟁이 시작되려는 무렵이었다.

그러므로 이 철갑함(鐵甲艦)은 허공에 뜨게 되어 얼마 후 신정부의 소유가 되었다. 그 뒤 아즈마 함이라고 명명되어, 도오후쿠 평정전(東北平定戰)을 수행하는 데 있어 주력함이 되었다. 아즈마 함은 청일전쟁(淸日戰爭) 때까지 일본 해군의 주력함으로 활약했다.

'막부와 싸우려면 이 정도로 충분하다.'

만두집은 생각했다. 어쨌든 막부군은 이미 오사카까지 와 있다. 조슈에게는 무엇보다도 군함다운 군함이 시급히 필요한 것이다.

"진수(進水)해서 몇 년이나 된 군함이오?"

"7년."

글래버가 대답했다. 선령 7년이라면 그 시대의 증기선으로서는 노후했다고 볼 수 있다. 보일러가 고장나기 쉬운 것이다.

"앞으로 2,3 년은 쓸 수 있을 것입니다."

글래버는 정직하게 대답했다. 이노우에와 이토 두 사람이 물었다.

"그것 말고는 적당한 군함이 없소?"

"본국에라면 있습니다."

글래버는 대답했다. 그렇다면 영국에서 이곳까지 회항하는 데 시간이 너무 걸린다. 조슈 번으로서는 오늘 내일로라도 필요한 것이다.

"결정했소!"

그 뒤 가격을 절충하여, 결국 화포를 설치하고 3만 9천 냥 정도로 낙착됐다.

싸다.

이것으로 막부를 이길 수만 있다면 이처럼 싼 물건은 없는 셈이 될 것이다.


대충 상담이 이루어졌다.

다만 현물은 나카오카에는 없다.

소총도 군함도 상해에 있다. 그것을 글래버가 끌고 와서 나카오카에서 무사히 현품을 넘겨줄 때까지 이토만은 이곳에서 기다리기로 했다.

이노우에는 사쓰마 번의 기선으로 사쓰마 견학을 하기로 되어 있다.

그날 밤 이노우에와 이토 그리고 만두집 세 사람은 언덕 위에 있는 글래버의 신축 저택에서 묵게 되었다. 그 신축 저택은 오늘날까지 글래버 저택으로서 나카오카 시청에서 보존하고 있는 양관이다.

어둠이 깔린 후, 세 사람은 글래버의 안내로 오우라 해안의 상관을 소리 없이 나왔다. 도중에서 막부의 관리들에게 의심을 받았을 때를 위하여, 만두집은 사쓰마 번의 초롱을 세 개 준비하여 두 조슈인에게 들고 가게 했다.

세 사람의 장사(壯士), 한 사람의 영국인이 좁고 구불구불한 언덕을 조용히 올라가고 있었다.

'천하가 아무리 넓다 해도 우리 네 사람의 밀계(密計)는 아무도 모르고 있다.'

만두집은 피가 들끓는 듯한 감동에 사로잡혔다. 역사가 자기들 네 사람 손으로 바뀌어지는 것이다.

막부군이 조슈 국경으로 공격해 오면 지금 막 사들인 4천3백 정의 신식총과 3천 정의 게벨 총이 불을 뿜어 그들을 섬멸시키고 말 것이다.

'군사면(軍事面)에서 지면 정부는 쓰러진다.'

료마에게 들은 적이 있었다. 만두집은 천천히 언덕을 올라갔다. 자기가 사극(史劇) 속에 있는 것 같은 생각이 들었다.

"교토에는 더한층"

이토가 조용히 입을 열었다.

"신센조나 순찰대가 발악을 하고 있는 모양이더군. 왕도(王都)도 이제는 막부 타도를 외치는 지사들의 지옥으로 변해 버렸어."

"그렇소!"

만두집이 끄덕였다.

"도사의 낭사들도 무척 많이 죽은 모양입니다. 그러나……."

흔들리는 초롱불을 바라보며 말했다.

"막부는 어리석은 놈들만 모여 있소. 교토에서 아무리 사람을 죽인다 해도 시국은 머지않아 바뀝니다. 그것도 교토에서가 아니라 바로 이곳 나카오카에서 바뀌게 됩니다."

"나카오카에서?"

"그렇소! 우리 네 사람의 손으로 방금 역사는 일변해 버렸소. 두 분도 생각해 보시오. 일본으로서 이날 밤은 영원히 잊지 못할 뜻 깊은 밤이 될 것이오."

만두집은 하늘을 쳐다보았다. 별들이 이나사 산(稻佐山) 위에서 아름답게 반짝이고 있다.

글래버 저택에 도착했다. 이 저택 앞에는 커다란 눈잣나무가 있다. 멀리 시가지에서도 바라다 보이는 한 그루의 소나무로서 시민들은 '눈잣나무의 외인 저택'이라고 부르고 있었다.

저택은 양식으로 된 단층집이었으나 지붕만은 검은 기와의 일본식이었다. 글래버 자신의 설계로 일본인 목수가 건축한 것이라고 한다.

세 사람은 응접실로 안내되었다. 다다미 여덟 장쯤 되어 보이는 넓이였으며 유리창 너머로 항구의 불빛이 보였다.

잠시 뒤 글래버 부인인 오쓰루가 손수 술과 요리를 날라왔다. 하인들을 시키지 않은 것은 은밀한 손님이었기 때문이리라.

오쓰루가 글래버를 부를 때, 나카오카 사투리로

"아부지" 하고 부르는 게 세 사람에게는 우습게 들렸다.

이 상담을 진행시키는 데 있어 만두집 곤도 조지로의 활약은 굉장했다.
이토 등도 고향의 가쓰라 앞으로 여러 번 보고서를 보내고 있었는데 그때마다 곤도의 노고를 들추었다.
"우에스기 소지로(곤도의 가명)님의 노고는 이루 말할 수 없이 큽니다."
편지마다 이렇게 써 보내는 것이었다. 교토에 있는 료마는 또 료마대로 이 상담의 진행에 관해서 가메야마 동문에서 보내오는 보고서를 통해 자세히 알고 있었다.
편지는 세도 내해를 왕래하고 있는 사쓰마 번의 기선에 부탁하는 터라 나카오카 발 교토 도착의 편지는 대략 팔 일쯤 걸려서 입수된다.
'참으로 편리한 세상이 됐구나.'
료마는 기계 문명의 고마움을 깨달았다. 편지뿐 아니라 사람의 왕래도 빠르다. 이처럼 만사의 진행도가 빨라지자,
'시국이 무르익는 것도 빠를지 모른다.'
료마는 이렇게 생각했다. 막부나 각 번의 요인들이 한가하게 도카이도를 걸어서 왕래했던 수년 전의 교통 사정 그대로라면 막부의 수명은 아직도 더 보존될 수 있을 것이다. 그러나 지금은 상황이 달라졌다.
"나는 그렇게 생각하오."
료마는 전에 사이고에게 말한 적이 있었다.
"막부의 수명은 오래 가야 앞으로 2년이오. 그러니 일사천리의 기세로 타도하지 않는다면 오히려 국정이 혼란해지고 뜻하지 않은 외환(外患)을 당하게 됩니다."
사이고는 이러한 료마의 예리한 감각을 흥미롭게 느끼며 말했다.
"당신은 여하튼 보통 사람과는 다른 지사군요."
료마는 나카오카의 만두집이 써 보낸 세 번째의 보고서를 받은 날 저녁에 교토를 떠나 후시미로 갔다.
그가 데라다야에 들어서자 오토세와 오료는 반색을 하고 맞이하며 우선 그것부터 물었다.
"언제까지 묵는 겁니까?"
"한가하게 묵고 있을 수 없어. 내일 배로 오사카로 가서 다시 조슈로 직행

해야 해.”

늦은 저녁밥을 먹고 술을 서너 잔 마시더니 곧 상을 물리며 말했다.

“졸리군, 이불을 깔아 줘.”

오료는 아래층으로 잠깐 내려가고 오토세만 남아 있었다.

“그러죠.”

오토세는 일어서다가 문득 생각난 듯 료마의 얼굴을 들여다보며 말했다.

“아 참! 오료에게 좋은 사람이 생긴 모양이에요.”

“좋은 사람이라니, 이거 말인가?”

료마는 엄지손가락을 세웠다.

“그래요. 너무 내버려 두니까 그렇게 됐지 뭐예요. 어쨌든 그 애는 너무 지나치게 예뻐서 우리 집 단골손님이나 이 거리의 남자들 사이에서는 굉장한 인기가 있어요.”

“그래서 벌레가 붙었군그래.”

료마는 빙긋 웃었다. 오토세는 맥이 풀렸다. 료마가 오료를 어느 정도 사랑하는지, 잠깐 속을 떠보았던 것이다.

“사카모토님, 도대체 오료를 어떻게 할 작정이지요?”

“그거야 형편에 달렸지.”

“형편에 달렸다니요?”

오토세는 고개를 갸웃하고 다그쳐 물었다. 물어보는 폼이 끈덕지다. 그 점은 교육열이 대단했던 오토메 누님과 비슷했다.

“즉, 형편에 따라서는 색시로 삼겠다는 건가요?”

“말하자면 그렇지.”

“원래 사카모토님은 색시를 얻지 않겠다고 했었죠. 그 결심은 어떻게 됐죠?”

“지금도 그 생각엔 변함이 없지. 아내를 데리고 전국을 뛰어다닐 수 있는가?”

“왜 못해요, 하면 되지.”

“옳지!”

료마는 밝은 표정이 되었다.

“하긴 그것도 재미있겠는걸.”

묘안이라고 생각한 것이다. 아내를 데리고 지사 활동을 하며 전국을 누빈다면 영락없이 막부의 눈을 속일 수 있을 것이다.

"진정으로 말해 보세요."

"진정이라니까. 그건 그렇고, 지금 말한 그 오료의 좋은 사람에 대해 얘기 좀 해 봐."

"역시 마음에 걸리는 모양이군요."

오토세는 웃었다.

"물론이지. 그런 말을 듣고도 아무렇지도 않은 사나이라면 좀 돈 거겠지."

"그건 거짓말이었어요."

"그랬군, 시시하게."

료마는 콧구멍에 새끼손가락을 집어넣었다. 코딱지를 파내어

"오토세, 자, 사카모토 료마의 선물이야."

오토세의 오른손을 끌어다가 얹으려고 했다.

"아이, 싫어요! 더러워!"

오토세는 손을 뿌리치려고 했으나 료마는 꽉 잡고 코딱지를 손바닥에 문지르려고 했다.

부지중에 비벼대는 형태가 됐다.

이때 장지문이 열리는 소리가 났다. 두 사람이 쳐다보니 오료가 서 있다.

"지금 뭐하시는 거죠?"

오료는 그 광경을 이상스럽게 생각한 모양으로 얼굴 표정이 싸늘했다.

오토세는 당황해서 설명을 했다.

"그랬어요?"

오료는 복도에 앉았으나 굳은 표정은 풀리지 않았다. 그렇게 되자 오토세는 본래의 성미로 화가 치솟았다.

"그래서는 안 돼!"

오료를 거꾸로 나무랐다.

"오료, 이 사카모토님의 이런 기묘한 점을 이해하지 못한다면 이처럼 이상한 사람의 아내가 될 수 없어. 이런 나이에도 이분은 아직 열 몇 살밖에 되지 않은 어린애처럼 철없이 노니까 말야."

"그렇지만……."

"너만 탓할 수도 없지. 이쪽도 오해받게끔 했으니까. 얼핏 보기에는 누가 봐도 이상하게 보였을 거야."

그렇게 말하고, 오토세는 료마 쪽을 돌아보며 말했다.

"아까 이야기 계속하기로 해요."

"무슨 얘기?"

"오료를 언제 아내로 맞이하겠느냐 하는 얘기 말이에요."


"오토세도 참 딱하군."

료마는 엎었던 술잔을 다시 집어 자작으로 술을 따랐다.

"왜요?"

"그런 것을 나 같은 사람에게 물으면 알 게 뭐야?"

"그래도 색시로 삼겠는가 못 삼겠는가 하는 것은 사카모토님이 결정할 문제 아니에요?"

"나는 믿을 수 없단 말야."

"하긴 그렇지만……."

마침내 오토세도 웃음을 터뜨렸다. 오료까지도 웃고 있다.

"참 형편없는 사람이에요. 말하는 것이 언제나 틀리니까."

"옳은 소리."

료마도 맞장구를 치며 싱긋 웃었다. 자기가 생각해도 우스웠던 모양이다.

"우선 난처한 것은 색시를 데려와도 살 집이 없단 말야."

"나카오카의 가메야만가 어디에 집을 얻었다고 하셨잖아요?"

"했지. 그러나 그것은 내 살림집이 아니고 우리 동문의 합숙소야. 단지 세 칸뿐인 좁은 집에 열 몇 명의 장정들이 우글대고 있거든."

"그건 너무하군요."

오토세는 멍청히 료마를 바라보고 있다.

"그 지경이라면 오료를 언제까지나 데리고 있어야 되잖아요. 하기야 양녀니까 평생이라도 함께 있고 싶지요. 그렇지만 처녀들에게는 나이가 있으니까."

"그렇지."

"뭐가 그렇지예요?"

오토세는 료마의 뺨이라도 꼬집어 주고 싶었다.

"나는 말야, 오토세, 지금 어마어마한 일을 하고 있어. 될지 안 될지는 몰라. 성공하면 막부가 망하고 실패하면 나라가 망해."

"조슈님과 사쓰마님을 연합시키려는 것이지요?"

"뭐라구?"

이 말에 료마는 흠칫 놀랐다. 어떻게 알고 있느냐는 듯 료마는 눈을 부릅떴다.

"나는 데라다야의 오토셉니다. 그런 것쯤 육감으로 알아채지 못하는 여잔 줄 아셨나요?"

그럴지도 모른다고 료마는 생각했다. 사쓰마 조슈 도사의 소위 근왕 지사로서 이 데라다야에 유숙하지 않았던 자는 드물 것이다.

모두들 많건 적건 오토세의 신세를 지고 있다. 아무튼 분큐 2년의 데라다야 사변 때는, 혈투가 벌어진 직후 오토세는 손에 염주(念珠)를 감은 채 묵묵히 집안의 핏자국을 말끔히 닦았다.

오토세는 그런 여자였다. 시국 변천에 매우 육감이 빠른 것도 당연한 일이었다.

"이 큰일에는 적격자가 사카모토님밖에 없습니다. 천 냥짜리 배우예요. 누가 뭐라고 해도 데라다야의 이 오토세가 보증합니다."

"그 일만 성공한다면……."

료마도 연극조로 술잔을 쭉 들이켜고, 오료를 슬쩍 바라보더니 말했다.

"데려갈 테야"

그러나 실패한다면 아내를 맞이하기는커녕 노도처럼 밀려오는, 프랑스식 장비를 갖춘 막부군의 공격 속에서 료마는 시체가 되어 버릴 것이다.


"그럼, 그 사쓰마 조슈 연합을 성공시키면"

오토세가 무릎걸음으로 다가앉자, 료마는 손으로 제지하며 눈살을 찌푸렸다.

"어이 어이, 목소리가 크다. 동네에 들리지 않는가?"

"들리긴 뭐가 들려요. 여기는 이층이고 이웃은 모두 잠들었는데!"

"추녀 밑으로 막부의 염탐꾼이 다니고 있어."

료마는 겁을 주었다. 오토세가 깜짝 놀라며 일어나더니, 창문을 사르르 열고 큰길을 쭈욱 훑어보았다. 북쪽에서 멀리 개 짖는 소리가 들려온다.

"염려 없어요."

오토세는 다시 앉으며 말했다.

“그 사쓰마 조슈 연합이 성공하면 오료를 아내로 맞이할 거죠?”

“그렇다고 해 두지. 그때는 오료 공주도 나카오카로 데리고 가서 내 협력자로 만들어야지.”

“저는 나카오카에서 월금(月琴)을 배우고 싶군요.”

오료는 갑자기 뚱딴지같은 소리를 했다. 오토세는 눈살을 찌푸렸으나, 료마 자신이 오료의 그 뚱딴지 같은 점을 좋아하고 있으니 하는 수 없다.

“그 사쓰마 조슈 연합은 언제쯤 되나요?”

오료가 물었다.

오토세는 대뜸 나직이 꾸짖으며 말했다.

“안 돼! 그런 말 입 밖에 내는 게 아니야. 혹시 누가 듣는다면 길 건너 행정의 포리들이 와서 오료의 모가지가 그날로 날아간다.”

“그까짓 행정청의 포리쯤 무섭지 않아요.”

오료는 또 엉뚱한 대답을 했다. 그러나 오료로서는 별로 틀린 대답이 아니었다. 그 말대로 오료에게는 그지없이 강한 배짱이 있었던 것이다.

“그것이 언제가 될지 모르겠군. 그러나 빨리 하지 않으면 오히려 사태는 묘하게 돼. 나에게 청운이 돌아오도록 이 근처의 신사에라도 가서 기도나 해 줘.”

“저는 신불을 싫어하는걸요.”

“아 참, 그랬지.”

료마는 그런 일에 흥미가 없다. 그녀가 꼭 빌어 주길 바라고 한 소리는 아니어서, 아무래도 상관없었다.

“나카오카에서 월금에 관해서 약간 들었지. 마루야마(丸山)의 기생인데 오모토(元)라고 하는 아이가 잘 타는 모양이야. 아주 예쁘게 생겼다더군.”

“만나 보셨나요?”

말하면서 오료는 또 눈알에 새파란 불을 켰다. 그녀는 성이 나면 묘하게 눈에 불을 켜는 버릇이 있었다.

“아직 만나 보지 않았지. 그러나 예쁘고 월금을 잘 탄다고 하니까 후시미의 오료를 닮은 것 같아서, 이번에 나카오카로 내려가면 한번 자볼 작정이야.”

“뭐라고요!”

오료도 오토세도 어이가 없었다.

"사카모토님, 그러면 못 써요!"
"월금을 듣는 게 말인가?"
"아니죠, 그 잔다는 것 말예요."
"나는 오모토를 방에 불러 누워서 듣자는 거야. 두 사람 다 어처구니없는 상상을 하는 걸 보니 좀 호색가로군."
"그야 사카모토님이 이상한 말씀을 하시니까……."
오토세는 약간 기세가 꺾였으나 다시 한 번 못을 박았다.
"어쨌든 약속은 이제 해 논 거예요. 사쓰마 조슈 연합과 오료의 일은 동시에 되는 거예요."


료마는 다음날 고베로 가서, 효고 앞바다에서 사쓰마 번의 기선 고초마루(胡蝶丸)를 타고 이틀 후 시모노세키 항에 당도했다.
상륙하자 곧 시라이시 저택으로 들어간 그는, 즉시 도베를 야마구치에 있는 가쓰라 고고로에게 심부름을 보냈다.
다음날 가쓰라는 곧 료마를 찾아왔다.
"가쓰라형, 교토에서 사이고를 만났네."
가쓰라는 그 이름을 듣자 금방 눈살을 찌푸렸다. 이 사나이의 사이고를 미워하는 감정도 어지간히 심해진 모양이었다.
그것을 보고 료마는 타이르듯 말했다.
"이젠 사쓰마에 대한 옛날 감정을 버리도록 하게. 그런 우거지상은 곤란하네. 좀더 명랑한 얼굴은 할 수 없는가?"
"이것은 내 성품이 그러니 할 수 없네. 나는 태생이, 불쾌한 감정만은 어떻게 누를 길이 없어."
가쓰라는 대답했다. 료마는 단도직입적으로 말했다.
"사이고도 조슈에 호의를 갖고 있더군. 지난번 시모노세키에 들르지 못했던 이유도 자세히 들었네. 자네는 사이고를 믿어도 좋아."
"아니 나도 대강 알게 했으니까. 자네의 나카오카 가메야마 동문과 사쓰마 번의 덕분으로 총기, 탄약, 군함을 사들일 수 있었네. 이제 조슈도 막부와 맞서서 싸울 수 있을 것이네."
"잘됐군."
료마는 끄덕이고 말했다.

“그것 역시 사쓰마 번의 상당한 호의인 것이네. 그것은 알고 있겠지?”

“알고 있네.”

가쓰라는 솔직히 끄덕였다. 료마는 가쓰라의 어깨를 두드리며 말했다.

“사쓰마 번은 형식과 물건으로 호의를 보였네. 조슈도 그에 대한 감사의 마음을 형식과 물건으로 나타내 보이게.”

“자네가 교토에서 편지를 보냈던 군량미 문제라면 이미 수배를 해 두었네.”

“허어…….”

료마는 기뻤다. 사쓰마 군사들이 교토 주둔 중에 먹을 쌀을 조슈가 공급하라고, 료마는 가쓰라에게 편지를 써 보냈던 것이다.

“고맙네. 그 조슈 쌀을 보면 사쓰마인들도 자네들의 호의를 감사히 여길 것일세. 사쓰마와 조슈의 마음이 서로 한걸음씩 다가서게 될 것일세.”

사쓰마 번이 대군을 교토에 주둔시키는 이유 중의 하나는, 그 군사력을 배경으로 막부와 조정에 조슈 재정벌을 강력히 반대하기 위해서다.

그러므로 결과적으로 자기들을 위하는 것이니 조슈에서 남아도는 쌀로 사쓰마 군사의 군량쯤 대 주는 것은 당연한 일이다.

“사카모토형, 자네는 기묘한 사나이야.”

가쓰라는 탄식하는 듯한 말투로 말했다.

“어쩐지 요술을 보는 것 같네. 쌀이니, 군함이니, 혹은 총이니 하는 요술의 소도구가 눈앞에서 왔다 갔다 하는 동안에 사쓰마를 증오하던 감정이 차츰 풀리기 시작했네.”

“그렇다면 조금만 더 나에게 요술을 하도록 내버려 두게. 성심성의껏 일대 기술(奇術)을 연출해 보이겠네.”

“부탁하네, 잘해 주게.”

“그건 그렇고, 군량은 얼마쯤 내놓을 작정인가?”

“사쓰마가 원하는 대로 내놓겠네.”

“쌀값은 얼마로 정했나?”

료마가 묻자, 가쓰라는 “진정(進呈)한다”고 잘라 말했다. 료마는 그 훌륭한 배짱에 손뼉을 치며 큰 소리고 격찬했다.

“가쓰라형, 자네는 천하를 잡을 수 있겠군.”

나카오카의 가메야마 동문도 대활약을 하고 있었다. 여담이지만, 그 당시 일본의 최대 낭인 결사(浪人結社)는 두 개가 있었다.

후에 해원대(海援隊)라고 이름을 바꾼 료마의 가메야마 동문과 교토의 신센조가 바로 그것이다.

가메야마 동문이 해상 운수, 무역, 사설 해군 건설을 목표로 막부 타도를 지향하고 있는데 비해, 교토의 신센조는 어디까지나 칼에 의한 폭력 행위를 주목적으로 하여, 기울어지기 시작한 막부의 위세를 지탱시키려 하고 있다. 기관(奇觀)이라고 해도 과언이 아니다.

가메야마 동문에서도 특히 만두집 곤도 조지로의 활약은 두드러졌다.

아니 두드러졌다기보다, 거의 독주를 하다시피 하며 다른 동지들과는 상의조차 하지 않는 형편이었다. 자연 조지로는 한패들 속에서 따돌림 받기 시작했다.

그간의 소식을 무쓰 요노스케나 다카마쓰 다로 등이 시모노세키, 오사카, 교토에 있는 료마에게 기선 편으로 일일이 보고해 왔다.

"당신이 없기 때문에 조지로가 독주를 해서 곤란합니다."

또는

"조지로는 무언지 모르지만 자기 자신의 야망을 달성하려는 눈치입니다."

그리고 혹은

"조지로는 동지들의 미움을 사고 있습니다. 그는 동지들과 함께 일을 할 수 있는 사나이가 아닙니다."

그들은 이렇게 써 보내기도 했다.

'옳은 말들이다.'

료마는 그렇게 생각했다. 조지로는 재사이긴 했으나, 조직 속에서 협동하여 일을 할 수 있는 감각이 모자라는 것 같았다.

가난한 집의 수재로서 정신없이 세상의 표면으로 뛰쳐나온 자가 갖는 비애라고 할 수 있을 것이다. 자기를 내세우기만 하고 동지들의 감정을 돌아볼 여유가 없었던 것이다.

'그러나 스이도 거리의 만두집 아들이 어느새 성장하여 사쓰마, 조슈 양번을 상대로 큰일을 감당하게 되었으니……'

그렇게 생각하자 료마는 그 만두집의 차갑고 날카로운 수재형의 얼굴이 몹시 사랑스러워 견딜 수 없는 것이었다.

"모두 협조해서 잘들 해 보게."

언제나 자리를 비워놓고 동분서주하는 사장격인 료마로서는 이렇게 밖에 타이를 말이 없었다.

"사쓰마 조슈 연합만 무사히 성취시키면 곧 달려가서 해원대 일을 보겠다. 그때까지는 사업 본위로 수완 있는 자를 도와 가며 일해 주기 바란다" 하고 편지를 썼다. 그러나 만두집은 단순히 무역 업무뿐 아니라, 지금에 와서는 욕심이 생겨 마치 료마를 조그맣게 축소한 것 같은 책사(策士)가 되어 가고 있었다.

조슈 번사 이노우에와 이토에 대하여도 오히려 그들을 이용하려고 하기 시작했다. 이노우에에게 사쓰마행을 권한 것도 바로 그것이었다.

그 자체는 "사쓰마와 조슈의 융화를 위하여"라는 대의명분이 있었고 묘안이었는데 "나도 동행하겠다" 하며 사쓰마 번의 중신 고마쓰 다에와키와 동행하여, 그 번이 새로 구입한 가이몬마루에 편승하여 이노우에와 함께 사쓰마로 건너갔던 것이다.

뒷일은 가메야마 동문의 사람들에게 맡겼다. 화려하고 이름을 날릴 일은 언제나 만두집 혼자서 독점해 버렸다. 그러니 동지들이 그를 달갑게 여길 리가 없다.

만두집은 사쓰마로 가자, 이노우에를 이리저리 끌고 다니며 동번의 요인들과 만나게 하고 얼마 후 나카오카로 돌아왔다.

그에게는 동지들에게 숨기고 있는 야망(?)이 있었다.


만두집 조지로가 사쓰마 번이 초대해 간 여행에서 나카오카로 돌아왔을 때, 문제의 영국 군함 유니온 호는 상해에서 회항하여 이미 나카오카 항에 계류 중이었다.

총기와 탄약도 도착되었다.

문제는 이 군수 물자를 막부파 여러 번의 눈이 번뜩이는 속에서 어떤 방법으로 조슈에 보내는가 하는 것이었다.

그 요술의 연출 방법을 료마는 이미 시모노세키에서 지령을 내려놓았다.

"마스트에 사쓰마 번기를 계양하라"는 것이었다. 군함의 명의는 어디까지나 사쓰마 번적(藩籍)으로 하고, 군함의 이름도 표면상으로는 사쓰마 번의 것인 듯 사쿠라지마마루(櫻島丸)로 하도록 일렀다.

특히 중요한 한 항목이 있다.

이 군함의 조종, 운영, 수리는 일체 가메야마 동문이 담당한다는 것이었다.

그 일에 관하여 이미 료마는 시모노세키에서 가쓰라 고고로, 다카스기 신사쿠와 회담하여 그들의 양해를 받았던 것이다. 요컨대 실제의 소유주는 조슈, 명의는 사쓰마, 운영은 도사이다. 한 척의 군함에 사쓰마, 조슈, 도사가 얽혀 있다.

료마의 그 지령에 따라, 나카오카에 있는 만두집은 조슈에서 파견 나온 이노우에와 이토에게 이를 설명하고 물었다.

"어떻습니까?"

두 사람 역시 이론(異論)이 있을 리 없어 웃었다.

"묘안이군요."

사쓰마 번의 명의를 빌지 않았다면 군함은 살 수 없었을 것이고, 중가에서 활약한 도사인들의 가메야마 동문이 없었다면 또한 군함을 입수하지 못했을 것이다.

"삼자 삼득(三者三得)입니다."

만두집은 득의만면하여 말했다. 가메야마 동문도 이번 일로써, 항해할 수 있는 군함을 공짜로 한 척 손에 넣은 것이 된다. 이것 역시 요술이 아니고 무엇이겠는가?

총기와 탄약을 운반할 배는 그 무렵 이미 오사카에 가 있는 료마가 사쓰마 번에 부탁하여, 동번의 고초마루와 가이몬마루 두 척을 나가사키로 회항시켜 주기로 되어 있었다. 이야기는 모든 것이 순조롭게 진행되었다.

얼마 후 고쬬오, 가이몬 두 척이 나카오카에 입항하자 글래버로부터 사들인 총기와 탄약을 적재하였다.

가메야마 동문의 사람들은 사관으로서 새로 구입한 군함에 올라타고, 사쓰마 번기를 마스트에 휘날리며 세 척의 배가 파도를 헤치고 나카오카를 출항했다. 막부측에서는 끝내 이 괴상한 세 척의 배의 속임수를 알아채지 못했다. 교토의 풍운에만 신경을 쓰고 있었기 때문이리라.

시모노세키에 도착하자 만두집과 이노우에, 이토는 배에서 내리고, 배만은 조슈 번의 군항이라고 할 미다지리로 향했다.

만두집은 시모노세키에 료마가 있기를 기대했으나 료마는 사쓰마 조슈 연합의 공작 때문에 오사카로 떠난 다음이었다. 할 수 없이 만두집은 단독으로 야마구치 번청을 찾아갔다.

번청에서는 만두집을 그야말로 칙사 모시듯이 대접했다. 그도 그럴 것이 막부와의 전쟁용 육해(陸海) 무기를 한꺼번에 매입해 준 공로자인 것이다.

"내일, 영주께서 직접 귀하에게 치하를 하시겠다고 합니다."

조슈 관리가 전했다.


료마가 오사카로부터 요도 강을 거슬러 올라가 후시미 데라다야에 들어갔을 때, 야마구치에 가 있는 만두집의 급보가 먼저 오토세에게 전달되어 있었다.

펼쳐 보니, 만두집은 모리(毛利) 영주 부자와의 알현을 허락받았으며, 고토 유조(後藤祐乘) 작품인 도검(刀劍)의 세 가지 부속 한 벌을 배수(拜受)했다고 써 있었다.

이찌 됐긴 도사에시는 심부름꾼 징도로밖에 취급받지 못했던 곤도 조지로가, 모리 영주를 배알한 것만 해도 황감한 일인데, 훌륭한 하사품과 함께 직접 감사의 말을 들었다는 것이다.

'이걸 당장 오토메 누님에게 보고를 해야겠는데.'

료마는 절로 싱글벙글 웃음이 나왔다.

뿐만 아니라 만두집의 편지에 의하면 조슈 번주는 그의 의견을 받아들여 전 번에 하명했다고 한다.

"오늘부터 시모노세키 해협을 통과하는 사쓰마선에 대해서는 그들의 요구가 있을 때 연료, 물, 식량을 즉시 공급하라"

전에는 "바칸 해협은 사쓰마 감자바위들의 삼도내(三途川)인줄 알아라" 하고 욕설을 퍼부으며, 해협을 지나는 사쓰마선에 조슈 포대가 불을 뿜었던 것을 생각해 보면 대단한 변화이다.

'드디어 시기는 무르익었다. 사쓰마 조슈 연합은 이제 꿈이 아니다. 더구나 우리는 운항할 배도 얻었다.'

료마는 더욱 유쾌해져서 그 얼굴의 웃는 품이 예사롭지가 않았다.

"정신이라도 이상해졌나요?"

오토세가 물었을 정도였다.

이때 악기를 좋아하는 오료가 기묘한 악기를 들고 들어왔다. 오료가 좋아하는 청국 악기인 월금도 아니고, 보통 것과도 달랐다.

줄이 한 가닥밖에 없는 것이었다.

실은 오료가 전날 후시미의 후나오카야(船岡屋)라는 고물상에서 발견한 것인데, 그 집 말로는 일현금(一弦琴)이라고 했다.

그때 그 고물상은

——이것은 도사에만 전해 내려오는 일현금입니다. 줄이 하나밖에 없어서 웬만한 사람은 켤 수가 없지요.

그러나 오료는 료마의 고향인 도사의 것이라는 바람에 그것을 선뜻 샀다.

"아니, 일현금 아냐?"

예상했던 대로 료마는 기뻐했다.

"켤 줄 아세요?"

"고향에선 여자들이 켜는 거야. 그러나 어렸을 때 오토메 누님에게 배워서 조금은 켤 줄 알지."

료마가 대답하자, 오토세와 오료는 꼭 한 곡 들려 달라고 했다. 그렇다면 한 곡 들려줄까, 하고 료마는 일현금을 끌어당겨 '창해(滄海)'라는 옛 곡을 노래와 함께 켜기 시작했다.


도사의 바다, 그 옛날 그리워라
쓰라유키(貫之) 어르신네 사시던 시절
붉고도 참되신 그 님의 일은
바다 밑에 돋아난 산호이런가
지금도 찬양하네, 님의 행적을
우다(宇田)의 솔밭이여 아름다워라
파도 소리 해맑은 도사의 바다


오료와 오토세는 이 도사의 토속적인 악기의 이상한 음색에 매혹되었다. 아무리 생각해 보아도 단지 한 줄밖에 없는 그 악기에서 이처럼 다양한 음색이 나오는 게 이상했다.

그리고 또 그 곡조가 재미있었다. '창해'라는 것은 어지간히 옛날 곡인 듯한데, 바다의 맑음과 파도 소리를 줄이 한 가닥뿐인 일현금이 잘도 표현하여, 눈을 감고 들으면 바닷바람의 냄새마저 풍겨오는 듯했다.

“더 들려주세요.”

오료가 졸랐다.

“또 하라고?”

료마는 무얼 할까 한동안 생각하는 듯 눈을 감고 있다가 말했다.

“그럼 이번에는 어화(漁火)라는 것을 해 보지.”

어화라는 것은 도사의 풍물을 노래한 것이 아니고, 이곳 후시미에서 바라다 보이는 우지(宇治)의 풍경을 노래로 엮은 것이다. 아니, 우지의 풍경을 엮었다기보다 불교의 사상을 표현한 것인데, 무명장야(無明長夜) 같은 미망(迷妄)의 인간 세상에는 불법(佛法)의 등불만이 의지될 뿐이라는 뜻을 곡에 담아 놓은 것이다.

“어디 해 볼까.”

료마는 왼손으로 줄을 누르고, 오른손으로 퉁기기 시작했다.

밤새 출렁이던 야소우지 강(八十氏川)물도
무사들이 쳐놓은 어살 속에 멎는구나
동녘 하늘 밝아 오는 야소우지 강변에
어화(漁火) 치켜든 배들 모일 때
뵤오도 사(平等寺) 새벽 종소리에
무명(無明)의 꿈은 깨어나리

다 켜고 나자, 오토세는 잠시 눈을 내리깐 채 잠자코 있다가 얼굴을 들고 말했다.

“참 재미있군요!”

오토세는 그 나름으로 이 가곡을 풀이했다. 무명의 꿈이란 오늘날의 시국일 것이라고 생각한 것이다. 그리고 어화를 높이 치켜들고 밝은 아침을 향해 활약하고 있는 것은 이 료마가 아닌가 생각되었던 것이다.

일현금 소리는 아래층에까지 들렸다.

그뿐 아니라, 길거리에까지 흘러나왔다. ‘데라다야의 부두’라고 통칭되는 선창의 버드나무 밑에서 한 사나이가 그것을 듣고 있었다.

‘이상한 악기 소린걸.’

이런 생각을 하며 이층 장지문에 어른거리는 사람의 그림자를 쳐다보고 있었다. 근래에 와서 데라다야가 수상하다고 점을 찍은, 막부의 독립 경찰인 순찰대는 밤낮을 가리지 않고 밀정(密偵)을 이 집 근처에 풀어 놓고 있었다. 지금 이 사나이도 그들 중의 하나였다.

‘무슨 소리일까?’

그는 궁금하던 차에, 때마침 지나가다 역시 발걸음을 멈추고 듣고 있는 장사치 같은 노인의 어깨를 툭 치며 물었다.

“저게 무슨 악기 소립니까?”

그 노인이 들고 있는 초롱에는 후나오카야(船岡屋)라는 이름이 적혀 있다. 바로 그 일현금을 오료에게 판 고물상 주인이었다.

“일현금이지요.”

노인은 말하고 고개를 갸웃했다. 그것을 그 처녀는 벌써 저렇게 능숙하게 탈 수 있게 되었단 말인가.

“저 일현금은 도사 사람밖에 탈 줄 모를 텐데요.”

“뭐, 도사인?”

밀정의 눈이 번쩍 빛났다. 그는 어느새 어둠 속으로 모습을 감추었다.


순찰대의 그 밀정은 사마귀 산시치(三七)라는 사나이였다. 산시치는 항상 후시미의 호라이 다리(寶來橋) 부근을 돌아다니며, 도착하는 배에서 수상한 낭인이 교토에 잠입하지 않는가 하고 감시하고 있었다.

산시치는 곧 후시미 행정청으로 돌아가 순찰대의 대기소로 들어서서, 목소리를 죽이며 보고했다.

“나리, 암만해도 데라다야가 수상합니다.”

대기소에는 언제나 대원이 대여섯 가량 대기하고 있다.

“산시치, 무슨 일이 있었나?”

안에서 큰 칼을 들고 급히 나타난 것은 간부격인 마키노 도조(牧野東藏)였다. 신교도류(心形刀流)의 명수로서 에도의 이바(伊庭) 도장에서는 꽤 이름이 알려진 인물이었다.

원래 순찰대라는 것이, 그 목적은 신센조와 다를 바 없었으나, 대원들은 원칙적으로 낭사가 아닌 막부 직속 무사들 중 장남이 아닌 사람들로서 충당하게 되어 있었다. 물론 지원제였으나 원하는 자가 전혀 없었으므로 실제로는 형편없는 무리들이 들어가 있었다.

“예, 도사인이 들어 있는 것 같습니다.”

산시치는 말했다.

“뭐라는 녀석이냐?”

“그것은 잘 모릅니다만, 계집들이 그를 부를 때 사카모토님, 사카모토님 하는 것 같더군요. 한번 나가 보시겠습니까?”

산시치는 별 생각 없이 물었으나 마키노의 안색이 갑자기 변했다.

“도사의 사카모토라면 사카모토 료마가 아닌가?”

천하의 호걸이라고 마키노는 듣고 있다. 더구나 호쿠신일도류(北辰一刀流)의 달인으로서, 에도 시절 그의 호쾌준민(豪快俊敏)한 검은 삼대 도장에서 으뜸이라고 했다는 평도 듣고 있었다. 만일 데라다야에 있는 그 사나이가 사카모토 료마라면 여기 있는 대6 명으로는 어림도 없다.

“산시치, 좀더 탐색해 봐라.”

마키노는 맥없이 앉으며 손에 든 칼을 놓았다.

한편 료마는 일현금에도 싫증을 느끼고 그것을 내던지며 말했다.

“자야겠어.”

이때 도베가 이층으로 올라왔다.

“나리, 이 근처를 빙빙 돌아다니고 있는 놈이 있습니다.”

“도적이냐?”

“밀정인 것 같습니다. 나리, 어떻게 하시겠습니까?”

“어떻게 하다니?”

“이집을 몰래 빠져나가는 것이 좋을 것 같군요.”

“도베, 그건 무리야.”

“무리라니요?”

“나는 오늘 밤은 졸려 못 견디겠다. 또 짚신을 신고 밤길을 걷는다는 건 질색이다.”

료마는 칼을 지팡이삼아 일어나자, 옆방으로 들어가 이불 속으로 들어가 버렸다. 어지간히 피곤했던지, 오료도 밀정도 생각하지 않고 이내 잠이 들었다.

도베는 밤새도록 아래층 봉당에 서서 추녀 밑과 길거리, 그리고 뒤꼍 등을 감시했다.

아무 일 없이 날이 밝았다.

아침이 되자, 료마는 밥도 뜨는 둥 마는 둥 데라다야를 나와 교토로 들어가 니시키고지의 사쓰마 번저에서 여장을 풀었다.

료마가 교토의 사쓰마 번저를 찾아온 것은, 사이고와 가쓰라를 각기 사쓰마와 조슈의 대표로서 비밀리에 교토에서 만나게 하기 위해서였다.
"이번에는 틀림이 없겠지요?"
료마는 사이고에게 다짐을 했다. 또 약속을 어기지 말라는 뜻이다.
사이고는 고개를 끄덕이며 약속했다.
"틀림없습니다."
그러나 료마는 역시 불안했다. 변화무쌍(變化無雙)한 사쓰마 번의 외교는 솔직히 말해서 료마조차도 신용할 수가 없었던 것이다.
"가쓰라는" 료마는 말했다.
"목숨을 걸고 옵니다. 교토나 오사카가 조슈인에게 얼마나 위험한 곳인가는 당신도 아실 겁니다. 가쓰라는 이번 상경에 결사적인 각오를 하고 있습니다. 그것도 오직 당신 한 사람을 만나기 위해서지요. 맞아들이는 당신으로서 만에 하나라도 실수는 없겠지요?"
"없습니다."
사이고는 머리를 숙였다. 료마는 그것을 보자 갑자기 얼굴이 붉어졌다.
"안심했소."
그는 눈물을 글썽이며 다시 말을 계속했다.
"만일 사쓰마 번에서 약속을 어긴다면 가쓰라는 다시 고향으로 돌아가지 못할 겁니다. 그 자리에서 자결하고 말겠지요. 그러나 나는 가쓰라만 죽게 할 수는 없소. 사쓰마 조슈 연합이 성공하지 못하면 이제 앞으로 국사에 전념할 보람도 없으니 그 자리에서 당신도 찌르고 또 가쓰라도 찌르고, 그 칼로 나도 죽겠소."
그 어투에 그만 사이고는 압도당한 모양이었다. 한동안 묵묵히 있더니 얼굴을 들며 웃었다.
"셋이서 죽는다?"
"사카모토, 가쓰라, 그리고 내가 함께 죽으면 일본은 이제 영원한 암흑 속에 빠질 것이오. 나는 당신의 손에 죽지 않게끔 힘껏 노력하여 고향 어른을 설득하도록 하지요."

고향 어른이란, 번의 실권을 쥐고 있는 영주의 아버지 시마쓰 히사미쓰를 가리키는 말이다. 히사미쓰는 기개(氣槪) 있는 인물이지만 성격이나 사상이 골수까지 보수적으로 되어 있다. 더군다나 타번을 싫어하여 무엇이든지 사쓰마 단독으로 하려는 사고방식을 갖고 있는 인물이었다.

"가쓰라의 입경(入京)은 늦어도 12월 하순이 되겠지요. 그 무렵에는 꼭 교토에 있어 주어야겠습니다."

"그렇게 하겠습니다."

사이고는 가볍게 머리를 숙였다.

그날 밤 료마는 그 번저에서 하룻밤을 묵었다. 이튿날 아침 사쓰마 기선 편으로 편지가 대량으로 도착되었다. 그 속에는 만두집이 료마에게 보낸 편지도 들어 있었다.

만두집 편지에는 유니온 호의 문제 때문에 가메야마 동문과 조슈 번의 해운국이 다투고 있다는 것이다.

'어느 번이건 관리란 똑같구나.'

료마는 지긋지긋한 생각이 들었다. 편지에 의하면 조슈 번 해운국 관리들이 "유니온 호를 사들이는 데 있어 우리는 하등의 의논도 받은 일이 없으며 뒷전에 밀려 있었다. 괘씸하다" 하며 토라졌다는 것이다. 이 군함의 매입은 료마와 가쓰라, 사이고, 고마쓰 등이 이른바 요술 비슷한 정치적 방법으로 실현했던 것이므로 해운국 관리들이 알 까닭이 없었다.

더구나 해운국 사람들은 "군함의 운행을 가메야마 동문에 일임한다는 것도 괘씸하다" 하고 격분했던 것이다.


료마는 곧 효고로 나와 오노하마(小野濱)에서 작은 배를 얻어 타고, 앞바다에 정박 중인 사쓰마 번의 기선으로 황급히 뛰어 올랐다.

"곧 닻을 올려 시모노세키로 가 주십시오."

선장에게 말했다.

선장은 소리높여 껄껄 웃어 댔다. 사쓰마 해군의 함선은 모조리 료마의 자가용으로 되어 가고 있다는 뜻이다.

하기야 료마가 사쓰마 번의 군함과 기선을 자유로이 사용할 수 있는 것은 사이고가 그런 지령을 번의 해군에 하달했기 때문이었다.

"번의 용무에 지장이 없는 한, 그를 위해 편리를 도모하라."

사쓰마 조슈 연합에 동분서주하는 료마의 행동을 보다 더 기민하게 하는 것은 사쓰마 번의 의무였다. 료마의 행동이 하루 늦어지면 역사도 하루 늦어진다는 사태에 놓여 있었던 것이다.

얼마 후, 배는 오사카 만을 나와 세도 내해를 서쪽으로 향해 미끄러지듯 달려갔다.

배의 이름은 쇼호마루(翔鳳丸)였다. 겐지 원년 사쓰마 번이 나카오카에서 사들인 영국선으로, 내차륜(內車輪)으로 움직이며 배수량(排水量)은 4백 6십 1 톤이었다.

"이 배는 얼마에 사셨지요?"

료마가 선창에서 물었다.

"아마 12만 달러라고 들었습니다."

"비싼 가격이군요."

료마는 주위를 둘러보고 말했다.

"아무래도 진동이 마음에 걸리는데 기관이 몹시 낡은 모양입니다."

일본의 번에서는 달라는 대로 깎지 않고 사므로 나카오카의 외국인들은 터무니없이 비싼 값으로 팔아먹는 것이리라.

이윽고 시모노세키에 도착했다.

시라이시 저택에 가니 만두집 곤도 조지로가 기다리고 있었다.

"어떻게 된 일인가?"

료마는 대뜸 물었다.

요컨대 문제는 유니온 호의 승무 사관이 모두 가메야마 동문의 사람이라는 것이 조슈 해운국의 불만인 것이다.

"조슈 해운국은 조리에 맞지 않는 자들이에요. 내가 나카오카에서 이노우에와 이토 두 사람과 함께 유니온 호 조약이라는 것을 체결했는데, 그들은 그 조약을 무시하려는 겁니다."

그 조약이라는 것은 이러했다.


제1조 선기(船旗)는 사쓰마 번에서 빌어 쓴다.

제2조 승무 사관은 다카마쓰 다로, 스가노 가쿠베에, 데라우치 신자에몬(寺內信左衛門), 시라미네 슌메, 마에고치 아이노스케(前河內愛之助), 특히 조슈의 사관은 두 사람까지는 타도 된다.

이런 조약이었으므로 조슈 해군으로 볼 때는 배를 송두리째 가메야마 동문에 뺏긴 것 같은 기분이 들었을 것이다. 그들은 강경하게 이 조약파기를 주장하고 있으나 만두집은 끄떡도 하지 않았다.

"정 그렇다면 다행히도 아직 배의 대금은 미불(未拂)로 되어 있으니 배를 나카오카로 돌려보내겠다."

이렇게까지 조슈측에 말했다. 그 중간에 서서 가쓰라와 다카스기는 몹시 곤란을 겪고 있었다.

료마는 칭찬을 해주며 말했다.

"조지로, 자네는 상당한 일꾼인걸."

"그러나 이제 와서 우리 도사와 조슈의 사이가 나빠져도 곤란하니 이 일은 나에게 맡겨 두게."

료마는 그 조약문을 호주머니에 넣고 야마구치로 떠났다.


료마는 야마구치의 여관에서 처음으로 조슈 번의 가장 중요시되는 인물 다카스기 신사쿠와 만났다.

기략 종횡(奇略縱橫)이라는 점에서 이 두 사람이 막부 말엽의 역사를 장식하게 되는데, 연기자로서의 역할에 다소 차이점이 있다. 다카스기는 처음부터 끝까지 번내가 무대였으나, 료마는 도사 번만이 무대가 아니었다. 그는 일찍이 번외로 나가 천하를 달리고 있었던 것이다.

쌍방의 출신과 차이가 그렇게 만들었던 것이리라. 다카스기는 번의 상급무사 출신으로서 영주 부자의 신뢰도 두터워 그 권력을 이용하여 조슈 번을 근왕 행동주의 일색으로 바꿔 놓았던 것이다.

료마는 향사의 아들이다. 도사의 번정에 참여할 수 있는 자격 같은 것은 애당초 없었다. 그러므로 자연히 그는 그곳을 뛰쳐나와 사방으로 뛰어다니지 않을 수가 없었다. 그러나 쌍방의 성격과 기략(機略)의 발상법은 어딘가 닮았다. 무엇보다도 직감력이 예민한 점에서 두 사람은 쌍둥이처럼 닮았었다.

그들의 대면은 다카스기가 가쓰라의 안내로 료마가 묵고 있는 여관으로 옴으로써 시작된다.

다카스기는 차고 있던 칼을 놓자마자 물었다.

"당신이 사카모토님이십니까?"

약간 높은 날카로운 조슈 사투리로 말하고 료마의 얼굴을 똑바로 바라보았다.

료마는 웃으며 얼굴을 문지르고 나서 도사 사투리로 말했다.

"얼굴이 검지요?"

그러고 보니 다카스기의 얼굴은 하얗다못해 창백했고 표정이 매우 침착했다. 그리고 상투가 없었다. 검은 머리를 짧게 칠부 삼부로 갈라 깨끗하게 머리 기름을 바르고 있었다. 이것은 꼭 양식을 따라가기 위해서 그런 것이 아니고, 어떤 일로 말미암아 영주에게 사과하는 뜻에서 중이 되겠다고 머리를 잘랐다. 빡빡 깎지는 않고 상투만 잘라 산발한 것이다.

"사카모토군."

다카스기는 당시 유행하던 군이라는 말로 불렀다.

"당신 이야기는 안세이 말년부터 가쓰라에게 들었고 조슈에 와 있는 도사의 지사들에게서도 많이 들었소. 그동안 한번 꼭 만나보고 싶었는데 오늘에야 이렇게 상면하게 됐군요. 과연 내가 상상했던 대로 몸집이 대단하신데요."

다카스기는 원래 말수가 적은 사나이였으며 특히 타향 사람이라든가, 처음 보는 사람에게는 매우 무뚝뚝하다는 평판이 있는 사나이였으나 웬일인지 오늘은 그렇지가 않았다.

"오토메 누님의 소문도 들었습니다. 사카모토군보다도 강하다는 평판이더군요."

"팔씨름만은 그럴 겁니다."

료마는 씁쓰레 웃었다.

그 자리에서 유니온 호에 대한 분쟁의 해결을 가쓰라, 다카스기, 료마 셋이서 강구했다. 이야기는 오 분 정도로 끝났다.

유니온 호를 조슈 해운국의 규제 밖에 두고 승무 사관은 가메야마 동문의 사람들로 충당한다는 점은 전과 같았으나 다음과 같은 조항을 삽입했다.

"대체적으로 해운국의 뜻에 따를 것"

다카스기는 이날 새로 수입한 권총을 탄환 백 개와 함께 료마에게 선사했다.

코울트식 육연발로 한가운데를 접으면 연근(蓮根) 같은 여섯 개의 구멍이 있어 거기에 탄환 여섯 발을 잴 수 있다.


료마는 가쓰라에게 말했다.

12월 하순에 교토로 올라와서 사이고와 비밀 회담을 하여 일거에 사쓰마 조슈 공수 동맹(攻守同盟)을 맺으라는 것이었다.

"내 쪽에서 가야 하는 건가?"

가쓰라는 언짢은 표정을 지었다. 가쓰라에게는 아직도 조슈 번으로서의 체면이 있으므로, 이쪽에서 어정어정 찾아가서 사쓰마 번에 동정을 바라는 것 같은 태도는 취하고 싶지 않다는 것이다.

"가쓰라군, 이게 다 일본을 위해서 하는 일이 아닌가."

료마는 언성을 높였다.

"이 사카모토 료마는 고작 3십 여만 석의 조슈 번을 구하기 위해 일하고 있는 게 아니란 말이야."

"알고 있네."

가쓰라는 씁쓰레한 표정으로 고개를 끄덕였으나 그 역시 조슈 번만을 위해서가 아니라는 말은 할 수가 없었다. 솔직히 말해서 가쓰라는 일본을 위한다는 막연한 추상 개념으로 사물을 생각할 여유가 없었다. 그와 다카스기는 바야흐로 붕괴 직전에 있는 조슈 번을 두 어깨에 짊어지고 있는 것이다. 자연적인 현상으로서 마음이 자기 번 본위로 될 수밖에 없었다.

"여하튼 교토로 가 줘야겠네."

료마는 웃었다.

"만약 약속을 어기면 나는 당신을 일본의 무용지물로 여겨 베어버리겠어. 사이고도 베고 물론 나도 죽는다. 이 말은 사이고에게도 해 뒀네."

"사이고가 당신 손에 죽어도 좋다고 말하던가?"

"했지. 그러나 죽지 않기 위해서 사쓰마 조슈 연합은 반드시 이룩하고 말겠다고 하더군."

"그래?"

가쓰라는 웃지 않았다. 씁쓰레한 표정으로, 그렇다면 교토로 올라가서 사이고와 만나겠다고 했다.

"잘 생각했네. 그래야 당신도 사나이지."

"치켜세우지 말게."

가쓰라는 비로소 쓴웃음을 지었다. 원래 가쓰라 고고로라는 인물은 까다로운 성격의 소유자라 성미가 꼼하다. 심사숙고하기를 좋아하면서 생각한 것을 흐지부지 행동으로 옮기기 않는 경우가 많았고, 세심하여 울컥 성을 내지 않는 대신 원한을 마음속 깊이 간직하는 수가 많다.

그는 우연히 이 격동하는 조슈 번에서 그를 두고 선두를 달릴 사람이 없었기 때문에 번의 운명을 짊어질 혁명 정치가가 되었지만, 평시였다면 좀더 적당한 직업이 있었을 것이다.

"언제 가겠나?"

"12월말로 해 두지."

가쓰라는 그제야 겨우 결심을 표명했다.

여담이지만, 가쓰라를 이렇게 대담하게 만든 것은 단지 료마의 힘만은 아니었다.

그때 이미 조슈 번에는 사쓰마의 밀사가 와서 야마구치에 체류하고 있었는데, 그는 구로다 료스케(黑田了介)라는 사람이었다. 사이고가 료마와 상의한 후에 파견한 밀사로서, 조슈 번 안에서도 가장 사쓰마를 미워하는 격렬한 기병대와 기타의 제대(諸隊)를 설득하고 다니며 사쓰마 번의 성의를 알려주고 있었다. 이 구로다 료스케에게 료마는 자기의 부하인 두 사람의 도사인을 딸려 보냈던 것이다. 바로 이케 구라타와 다나카 겐스케(田中顯助)였다.

그들의 설득이 성공하여, 기병대를 위시하여 여러 대의 감정이 차츰 풀리기 시작하고 있었으므로, 가쓰라도 분명히 상경하겠다는 의사를 료마에게 말할 수 있었을 것이다.


료마는 그 뒤 곧 나카오카로 날았다.

거기서 만두집의 노력으로 운영권을 획득한 유니온 호를 처음 보았다.

배는 오우라 선창에 계류되어 있었다. 배 이름은 바뀌어 있다. 조슈 번 해운국의 명명으로 잇추마루(乙丑丸)라는 새로운 이름이 붙어 있었다.

"좋은 배로군."

료마는 줄사다리를 타고 올라가, 갑판에서 기관실까지 샅샅이 돌아보고 마지막으로 조타실에서 키도 빙빙 돌려 보았다.

"여보게 만두집, 이 배는 우리 가메야마 동문의 손으로 무역면에서 크게 활약한 것이네만, 최초의 큰 사업은 무역이 아닐 것 같은걸."
"그럼 무슨 일입니까?"
"전쟁이지."
료마는 말했다.
"막부군이 머잖아 조슈로 공격해 올 걸세. 조슈를 공격하려면 동으로는 산인(山陰)과 산요(山陽) 두 가도를 통해 육지로 쳐들어올 것이고, 서쪽은 고쿠라(小倉)로부터 바다를 건너서 쳐들어오겠지. 그렇게 되면 막부해군이 활약을 하게 된다. 그때는 우리가 나가서 그 녀석들을 혼내 주는 거다."
"이 배로 말입니까?"
"아무렴, 훌륭한 대포도 싣고 있으니까 그때는 우리 한바탕 신나게 해보자구."
"나도 출전하는 겁니까?"
"암, 출전해야지."
료마는 그의 어깨를 두들겨 주었다. 만두집은 외교, 상무(常務), 학문 등은 좋아했지만 전쟁은 질색인 모양이었다.
"나는 태생이 장사꾼이라 전쟁은 과히 좋아하지 않습니다."
"어리석은 소리. 그런 말을 자꾸 하니까 아까운 재질을 지니고도 남들에게 멸시를 당한다. 사나이란 싸움을 할 때는 단호하게 싸우겠다는 용맹심이 있어야지, 아무리 명론탁설(名論卓說)만 입에 담아 봤자 남들은 소재사(小才士)로밖에 보아 주지 않아."
"하지만 싫은 것은 어떻게 합니까?"
"싫어도 해라. 곤도 조지로가 군함을 타고 한바탕 싸웠다고 하면 앞으로 자네의 명론탁설에 천 근의 무게가 붙을 거다. 입만 놀리는 재사가 아니라고 사람들은 인정할 걸세. 남들이 그렇게 인정해 주면 그만큼 사업도 하기 쉽게 된다. 뜻하지 않게 큰 사업을 할 수 있단 말이다."
"하지만 싸움에 져서 군함이 침몰되면 어떻게 되지요?"
"죽는 거지 뭐."
료마는 오히려 만두집의 얼굴을 이상스럽다는 듯 바라보며, 죽는 게 당연하잖느냐고 말했다.
"그러나 나는 아직 죽는 게 아깝습니다."

"아까울 만큼 가치가 있는 자기 자신인가, 만두집?"

"그 만두집 소리 제발 그만하십시오."

"그렇다면 조지로, 사나이란 아무리 하찮은 일에라도 죽을 수 있다는 자신이 있어야 비로소 큰일을 성취시킬 수 있는 거다."

료마는 동문의 모든 동지들에게서 미움을 받고 있는 이 재사를 어떻게든지 교육시켜 보려고 애를 썼다.

"그런데 정말로 막부 해군은 출동을 할까요?"

"하고말고, 반드시 출동한다."

이 말을 하고나서 료마는 갑자기 안색이 변했다.

'만약 그 막부 해군의 총독이 가쓰 가이슈 선생이라면 나는 어떻게 해야 옳단 말인가' 하는 생각이 들었기 때문이다.

료마의 나카오카 체류는 며칠밖에 되지 않았으나 몸이 몇 개가 있어도 모자랄 만큼 분주하게 일했다.

가메야마 동문에서는 동지 일동을 모아놓고, 이를테면 일본 최초의 주식회사 사장으로서의 사업 방침의 상의를 했다.

"조슈의 시모노세키에도 지점을 설치했으면 한다."

그는 말했다.

료마가 분주하게 돌아다니다가 안 일이지만 그것은 시모노세키를 경계로 해서 동서의 물가가 현저하게 차이가 있다는 점이다. 그러므로 시모노세키에 지점을 설치하여 조슈 번의 지원을 얻어 시모노세키를 통과하는 배의 짐을 샅샅이 조사하여 그 가격을 물어보고, 오사카와의 가격 차이를 알아본다. 그렇게 하면 지금 어떤 상품을 어떤 가격으로 팔면 되느냐는 것을 확실히 알게 된다. 말하자면 이런 식의 과학적 상황 조사를 토대로 가메야마 동문이 국내 무역을 하면 틀림없이 크게 이익을 올릴 수 있다는 것이었다.

"그렇기 때문에 시모노세키에서는 아미다지(阿彌陀寺)에 있는 이토 스케다유(伊藤助大夫)라는 번의 어용(御用) 운송업자에게 부탁하여, 그자의 저택을 우리의 지점으로 한다는 이야기가 대충 정해졌다. 물론 오사카에도 지점을 둔다. 오사카에는 사쓰마 번의 어용상인으로서 도사보리 이가에 도매상을 갖고 있는 사쓰마야의 점포 일부를 지점으로 빌릴 작정이다. 이토나 사쓰마야는 지금까지 자기네 장사꾼들조차 생각하지 못했던 일이라고 매우 탄복하며 힘껏 협력하겠다고 말하고 있다. 그러므로 이 지점들

을 운영하기 위해 누구든 동문의 사람이 시모노세키와 오사카에 상주하지
않으면 안 된다.”

동문의 사람들은 모두 그의 찬란한 구상에 넋을 잃었다. 료마는 말을 이었
다.

“여하간에 우리 가메야마 동문도 앞으로는 백만 석 정도의 번의 실력을 구
비하지 않으면 안 된다. 그런 실력을 가지고 사쓰마 조슈를 주도(主導)해
가며 막부를 타도하고 새로운 국가를 수립해야 한다.”

료마는 다시 말을 이었다.

“막부를 타도하고 새 정부가 탄생해도 너희들은 관리는 되지 마라. 한쪽에
선 해군을 일으키고 다른 한쪽에선 이 가메야마 동문을 세계 제일가는 상
사로 만들겠다는 각오로 해라. 하기야 도막(倒幕) 활동이나 도막 전쟁에
서 제군들은 많이 다치거나 죽어 갈 것이다. 중도에서 쓰러져도 상관없다.
그때에는 목표한 방향으로 머리를 돌리고 그 자세로 죽도록 해라.”

모두들 감동하여 분발했다.

그런 다음 료마는 오우라 해안으로 나가 글래버 상관 등 외국 상관을 역방
(歷訪)했다.

그리고 사쓰마 번저에도 찾아갔다. 사쓰마 번저에 가서는 이렇게 말했다.

“나는 항상 나카오카에 있을 수 없습니다. 당분간 교토, 오사카, 나카오
카, 시모노세키를 돌아다녀야 합니다. 내가 없는 동안 가메야마 동문을 잘
부탁하겠습니다.”

나카오카의 사쓰마인들도 이 료마가 사쓰마 조슈 연맹이라는 어마어마한
꿈을 안고 동분서주하고 있다는 것을 잘 알고 있다.

“알고 있습니다. 우선 동문이 가메야마에 있어서는 여러 모로 불편할 것이
므로 시중에서 마땅한 건물을 구하고 있습니다.”

그렇게 말해 주었다.

“그건 그렇고, 사카모토님은 나카오카의 마루야마(丸山)라는 유곽에서 놀
아 보신 일이 있습니까?”

사쓰마의 나카오카 수비관(守備官)이 물었다. ‘없습니다’ 하고 료마가 대
답하자 ‘그렇다면 꼭 한 번 모시겠습니다’ 하고 그날 밤 황혼이 짙어질 무렵
번저를 나섰다.

그날 밤 료마는 마루야마에서 놀았다.

마루야마는 에도의 요시와라, 교토의 시마바라(島原)와 맞먹는 일본의 삼대 유곽촌으로 손꼽히는 곳이다.

시안 다리(思案橋) 다릿목에 홍등(紅燈)이 흔들거리고, 버드나무 몇 그루가 그 홍등의 불그림자에 선명한 푸른 가지를 늘어뜨리고 있다. 그 다리를 건너면 곧 그곳이 홍등의 거리였다. 길은 나카오카식의 돌로 포장되어 있다. 료마는 그 평평한 돌길을 밟고 지나가며 두리번거렸다.

'이건 대단한데.'

추녀를 맞댄 큰 집과 높은 누각의 불빛은 대낮처럼 눈이 부시다. 청루에 따라서는 무진등(無盡燈)이라는 램프를 매단 집도 많았다. 요시와라나 시마바라와는 달리 어딘지 이국적인 분위기를 풍기고 있는 점이 역시 나카오카의 유곽다웠다.

머리 위에서 속요(俗謠)〈봄비〉가 들려온다.

음악을 좋아하는 료마는 그런 생각을 하며 팔짱을 낀 채 걸어간다.

'그것 참 희한한 속요로군.'

그가 안내된 곳은 라이산요 같은 사람도 와서 놀았다는 히키타야(引田屋)라는 청루였다. 마루야마에서 제일가는 기루(妓樓)로 현재는 가게쓰(花月)라는 이름으로 바뀌고, 사적(史蹟)으로 지정되어 료마가 술취한 김에 기둥에 낸 칼자국까지도 보존되어 있다.

방에 안내되어 곧 주연이 벌어졌다.

기생이 여럿 술자리의 시중을 들었는데 그 중의 하나가 샤미센(三味線)을 집어 들며 말했다.

"노래를 부를까요?"

둥그스름한 천진스러운 얼굴이었는데 그 눈만은 몹시 전투적으로 빛나고 있었다. 그 번쩍이는 눈이 처음부터 료마만을 응시하고 있었다.

"너는 이름이 뭐냐?"

료마가 물었다.

"오모토(元)"

이 대답에 료마는 깜짝 놀랐다. 월금을 잘 타는 오모토라는 기생이 있다고 했는데 바로 이 오모토가 아닌가? 그러나 눈앞의 오모토는 월금 대신에 샤미센을 안고 있다.

"나리의 성함은?"

"사카모토"

"이왕이면 이름도."

"료마"

"사카모토 료마님? 좋아요. 저는 나리가 좋아졌어요. 그럼 노래를 부르지요."

오모토는 음을 조절하기 시작했다. 료마는 조금 전에 길거리에서 들은 그 속요를 약간 흉내 내며 그것을 해달라고 부탁했다.

"그건 봄비라는 노래예요."

오모토는 웃었다. 〈봄비〉는 지금 나카오카에서 한창 유행하고 있는 속요로서, 히젠 고지로(小城)의 번사 시바다 하나모리(柴田花守)가 이 히키타야에서 놀다가 작사를 했으며, 곡은 어느 기녀가 붙였다고 한다.

곧 오모토가 샤미센을 타고, 다른 기녀가 노래를 부르기 시작했다.


봄비에 젖은 꾀꼬리의 깃바람이

매화 향기 뿌리니

그 꽃 속에 노닐고자, 작은 새마저

보금자리 찾지 않는 마음은 같네


료마는 점점 취하기 시작했다. 요 몇 년간의 피로가 기분 좋게 한꺼번에 쏟아져 나온 모양이었다.

방에서 취한 눈으로 바라보니 추녀 끝에 흔들리는 붉은 각등(角燈)이 몹시 요염하다.

"나카오카에 마루야마라는 곳만 없었던들 교토, 오사카 지방의 금은(金銀)은 무사히 고향으로 돌아갔을 것이다."

사이카쿠(西鶴)가 썼듯이 이곳의 풍정(風情)은 사나이들의 간장을 녹이기에 충분하다.

"잠깐 샤미센을 다오."

료마는 오모토에게서 그것을 받아들고 음도 조절하지 않고 아무렇게나 타기 시작했다.

　　나는야 꾀꼬리 그대는 매화
　　언젠가 한 몸이 될 수 있다면
　　꾀꼬리의 보금자린 매화이로세
　　두어라, 아무려면 상관이 있나

봄비의 이 절이었다. 오모토는 료마가 음곡을 잘 외는 데 놀라 물었다.
“내가 더 가르쳐 드릴께요. 어슬렁 타령이라는 것 아세요?”
“모르는데.”
료마는 잔을 쭈욱 들이켰다. 벌써 한 되는 족히 마셨을 것이다.
오모토는 어슬렁 타령의 설명을 했다. 나카오카 사람들은 원래 착하고 사교적이며 놀기를 좋아한다고 한다. 축제다 행사다 하고 사람들은 모두 거리로 쏟아져 나와서 즐거운 기분들을 서로 나누며 어슬렁거리고 쏘다닌다는 것이다.
“그래서 생긴 노래예요.”
오모토는 직접 샤미센을 타면서 나지막하고 차분한 목소리로 노래를 하기 시작했다.

　　나카오카 명물은 연 날리기라
　　그리고 다음은 우란분(盂蘭盆) 축제
　　가을엔 스와(諏訪)의 북소리 따라
　　동네 사람 하나둘 어슬렁 슬렁
　　어슬렁 어슬렁 놀러 다니네

“재미있는 노래구나.”
료마는 눈을 빛냈다. 어쩐지 성미에 맞는 모양이었다.
“좀더 계속해라”
그는 귀를 기울였다.

　　오이데 거리(大井手町)의 다리 위에서
　　아이들이 연 날리다 싸움을 하면
　　역성드는 동네가 대여섯 동네

　　이틀이고 사흘이고 어슬렁 슬렁
　　어슬렁 어슬렁 놀러 다니네


“거 좋은데.”
료마는 기뻐하며 손뼉을 치고, 더 하라고 오모토를 부추겼다.


　　올해는야 열 석 달
　　히젠님이 당번 교대하는 해
　　시로 섬(城島) 구경 온 김에
　　러시아인이 어슬렁 슬렁
　　어슬렁 어슬렁 놀러 다니네


　잠시 뒤 료마는 마당으로 나와 징검돌을 밟고 뒷간으로 갔다. 용변을 보고 나오니 그 근처에 심어져 있는 대나무 그늘에 오모토가 수건을 들고 서 있었다.
　“아니 거기 있었나?”
　료마는 오모토가 내미는 수건을 받자 대뜸 얼굴을 벅벅 문질렀다. 오모토는 까르르 웃었다. 웃음을 그치자 갑자기 심각한 표정으로 말했다.
　“다음엔 또 언제 와 주시겠어요?”
　료마는 사흘 후면 이곳을 떠나 교토로 향해야 한다.


　후두둑 빗방울이 떨어지며 곁에 있는 대나뭇잎을 때렸다.
　젖은 댓잎사귀가 마당에 선 붉은 각등에 반사되어 꿈속 같은 아름다움으로 료마의 취기를 더욱 부채질했다.
　“다음엔 언제 와 주시겠어요?”
　오모토는 대나뭇잎 그늘에서 또 한번 말하고 키 큰 료마를 쳐다보았다.
　오모토의 눈이 조그만 야수(野獸)처럼 반짝 빛났다.
　이곳 마루야마에선 남자에게 쌀쌀하기로 소문난 기녀이다.
　“모르겠어”
　료마는 말했다. 그는 교토로 가서, 목숨을 걸고 있는 사쓰마 조슈 연합의 최대 난사를 완수하지 않으면 안 된다. 필경 막부의 포리들은 료마의 교토

입경을 단단히 준비하고 기다리고 있을 것이다.

"너한테 정들었어."

료마는 이렇게 말하고 싶었으나 그럴 수도 없어, 그저 우두커니 비를 맞으며 서 있다.

"언제?"

"모르겠어, 하늘이 나를 살려 준다면 나카오카로 돌아오겠다."

"입 맞춰 주세요!"

오모토가 발돋움을 했다. 그러나 료마는 오모토가 무슨 말을 하는지 알아듣지 못했다.

"오모토, 비에 젖는다."

료마는 그녀를 밀어 내려고 했으나 오모토는 고개를 흔들며 도리질했다. 같은 일본인이면서도 도사 남자와 나카오카 여자는 마치 이국 사람들같이 말이 잘 통하지 않는다.

"전 부끄러워요."

오모토는 방긋 웃었다. 그러고는, 바보, 당신을 좋아하는데…… 했다. 료마는 영문을 몰라 그저 흠흠, 하며 고개만 끄덕였다.

"이젠 놓치지 않을래요, 당신은 이제 내 아오모치야."

'아오모치는 또 뭘까?'

료마는 어리둥절했다. 나중에 아오모치는 연인(戀人)의 뜻이란 걸 알았다. 아오모치란 나카오카 특유의 나물로 만든 떡인데 손에 끈적끈적 붙는다. 그런 점에서 연인의 뜻이 되었던 것 같다.

"교토에는 당신이 좋아하는 사람이 있겠지요?"

"암, 있고말고!"

료마는 능청스럽게 대답했다.

"미워요."

"할 수 없지. 어떻게 된 노릇인지, 나를 좋아하는 사람투성이거든."

"미워요, 미워!"

오모토는 다리에 힘을 주어 료마의 가슴팍을 세차게 밀어붙였다. 료마는 왜 이래, 왜 이래, 하면서 대밭 속으로 밀려들고 말았다. 상투며 어깨에 댓잎에 맺힌 빗방울이 후두둑 떨어졌다.

어느 틈엔가 료마는 오모토를 꼭 껴안고 있었다. 오모토는 입술을 쳐들었

다. 료마는 이 나카오카에서는 사랑하는 남녀끼리 입을 맞춘다는 말을 들어
서 알고 있었다.

"입 맞춰 주세요……."

오모토는 명령을 했다.

료마는 오모토의 입술에 자기 입술을 포개고 그 따뜻한 이슬을 힘차게 빨
아 주었다.

# 비밀동맹

막부도 어리석지는 않다.

어리석기는커녕 그 첩보 조직은 예민하기 짝이 없어 이미 료마의 입경을 탐지하고, 교토 수호직 아이즈 중장 마쓰다이라를 총사령관으로 하는 경찰 조직은 교토 고등정무청, 교토 행정청, 그리고 후시미 행정청, 신센조, 순찰대 등을 동원하여 경계망을 오사카, 효고에까지 펼치고 료마의 잠입에 대비하고 있었다.

어디서 어떻게 정보가 흘러 나갔는지는 모른다.

여하튼 막부 기관에서는 료마가 잠입하는 목적이 사쓰마 조슈 공수 동맹을 위한 것이라고 까지는 알아채지 못했으나 "도사의 사카모토 료마가 조슈인을 대동하고 입경하여 무언가 놀라운 큰일을 꾸밀 모양이다"라는 것은 탐지하고 있었다.

료마의 인상도 "눈썹이 검고 입매가 단정한 거인"이라는 식으로 표현되어 그것이 포리의 말단에게까지 철저하게 알려져 있다.

그의 행로도 막부측의 예상으로는 "기선을 좋아하는 사나이니까 바닷길을 택하여 아마 효고에 상륙할 것이다."

이렇게 추정하고 효고 경비의 오카 번(岡藩)에 엄중한 경계를 명령해 놓았었다.

그리고 또 한편으로는 다른 추측 아래, 료마가 오사카의 덴마 하치겐야(八軒屋)로부터 배를 타고 후시미로 잠입할 것으로 보고, 하치겐야에는 신센조를 파견하기로 했다.

한편 장본인인 료마는 나카오카를 출발하여 육로로 북 규슈로 와서 바다를 건너 시모노세키로 들어갔다.

그리고 미다지리로 향했다.

미다지리의 시라이시 저택에서는 다카스기, 이노우에, 이토 등이 기다리고 있었다.

여기에서 다카스기로부터 보고를 받았다.

"기도 준이치로(木戶準一郎 : 가쓰라의 가명)는 귀번의 이케 구라타군과 다나카 겐스케군, 그리고 우리 번의 시나가와 야지로(品川彌二郎) 등 몇 명을 데리고, 그저께 25일 시모노세키를 출발하어 교도로 항했습니다."

이 가쓰라 고고로를 '대사(大使)'로 하는 조슈의 비밀 사절단에는 만반의 시중을 들게 하기 위해 동문의 이케 구라타를 료마가 통행시키기로 했던 것이다.

도사인 이케 구라타는 여러 번 이 이야기 속에 등장한 인물이다. 구라타는 이번의 교토행이 자신의 극적인 지사 생활의 최후를 장식할 것이라고 예감하고, 만일의 경우 한바탕 쏴붙이고 죽을 결심으로 라이플 총 한 자루를 큼직한 보자기에 싸서 가져간 모양이었다.

"사카모토님은 어떻게 하시겠소?"

다카스기가 물었다.

"곧 출발하겠소."

료마는 대답했다. 사쓰마 번의 기선이 료마를 태워다 주기 위해 시모노세키에 와서 수일 전부터 정박 중이었다.

"사카모토님, 귀하의 호위관으로 사쓰마 번의 요청에 의하여 조후 번(長府藩 : 조슈의 지번)의 미요시 신조(三吉愼藏)라는 자를 수행하도록 했소. 그는 창(槍)의 명수지요."

"거참, 매우 마음 든든하군요."

"별말씀을. 귀하는 지바 문하에서도 쟁쟁하게 알려진 호쿠신일도류의 달인이 아니시오. 호위관의 솜씨가 떨어진다는 것은 좀 우습지만 미요시 신조는 재치 있는 사나이라 걸리적거리지는 않을 겁니다."

이렇게 다카스기는 말했으나, 역시 료마들 앞길의 위험을 걱정하는지 안색이 평소보다 더 창백해 보였다.


그런데 그날 밤 폭풍이 불어 닥쳐 시모노세키에 정박중인 사쓰마 기선은 외륜(外輪)이 상했다.

당시 기선의 큰 수리는 나카오카에서만 했었다. 나카오카에는 막부의 관영 조선소가 있어 상해로부터 가져온 선거(船渠)도 있었다. 이 선거는 그 당시 막부가 건설한 조선소의 후신인 미쓰비시 나카오카 조선소(三菱長崎造船所)에서 기계 설비도 그대로 지금까지 나카오카 시의 고스게(小菅)에 보존되어 있다.

료마는 배의 파손된 곳을 자세히 조사해 보고 나서 말했다.

"이건 아무래도 나카오카로 보내야겠는데."

이래서 그 배의 승선을 단념하지 않을 수 없었다.

이런 일로 자연히 료마의 출발이 늦어졌다. 다른 배편을 구해야 했기 때문이다.

그동안 료마는 자기의 가메야마 동문의 시모노세키 지점으로 하고 있는 아미다지의 호상(豪商) 이토 스케다유 집을 숙소로 정하고 있었다.

료마는 이 지점의 이름을 '자연당(自然堂)'이라고 지었다. 료마는 석가(釋迦)도 공자(孔子)도 존경하지 않았으나 옛 철학자 중에서 단 두 사람, 노자(老子)와 장자(莊子)를 존경하고 있었다. 무슨 일이건 자연에 맡기는 게 옳다는 노자와 장자의 사상을 본받아 자연당이라고 지었다.

체재중에 마침 조슈 번의 서도가(書道家)로서 오카 산코(岡三橋)라는 사람이 찾아왔으므로 간판에다 그 세 글자를 써 달라고 했다.

"허허어, 자연당이라……."

오카는 감탄한 듯도 하고 납득이 가지 않는 듯도 한 표정으로 몇 번이나 고개를 갸웃했다. 소위 근왕 운동에 이바지하는 지사가 노자나 장자의 허무 사상을 갖고 있다는 것이 매우 이상했던 모양이다.

집 주인인 이토 스케다유는 료마에게 몹시 심취하고 있는 사람이라, 이 해협에서 으뜸가는 해운업자이면서도 손수 차를 나르고 저녁상에 마주 앉아

술을 같이 들기도 했다.

"스케다유님, 오사카행 배를 주선해 주시오."

료마는 매일 아침 일어날 때마다 부탁을 했다.

"예, 예, 알고 있습니다."

스케다유는 사실 그 일로 골머리를 앓고 있었다. 아무 배라도 무방한 것이 아니었다. 료마를 태우려면 반드시 사쓰마 기선이어야만 한다. 사쓰마 기선만이 막부의 탐색에 대해 강력한 치외 법권을 갖고 있다.

정월이 되었다.

문앞 소나무 장식을 치울 무렵에야 겨우 번기를 휘날리며 사쓰마 번의 어용선이 시모노세키 항에 들어왔다.

이 배는 정월 초열흘날 시모노세키를 출항했다. 물론 료마와, 조슈 번의 명령을 받고 료마를 수행하는 미요시 신조도 그 배에 타고 있었다.

신조는 과연 조슈인답게 수려한 용모의 소유자였으며, 다카스기가 추천한 것처럼 첫눈에도 기민한 느낌이 드는 젊은이였다.

료마는 한배에서 이 사나이와 함께 기거하는 동안에 흠뻑 반해 버렸다.

"미요시군은 자다가 돌아눕는 데도 아주 잽싸더군."

료마는 껄껄 웃었다.

배는 한슈(播州) 앞바다에서 약간의 풍랑을 만났다.

겨울에서 초봄에 걸쳐지는 세도 내해의 바다도 잔잔하지만은 않았다.

파도를 헤치며 아카시 해협(明石海峽)을 통과하여 효고 항에 들어간 것은 게이오 2년의 정월 16일이었다.


료마가 효고에 잠입한 그 무렵, 근왕파는 가장 최악의 단계에 놓여 있었다.

장군 이에모치(家茂)는 이미 오사카 성을 대본영으로 정하고 제2차 조슈 정벌의 전비(戰備)를 갖추는 한편, 온 천하의 친(親) 조슈 분자에게 탄압을 가하는 중이었다.

각 번에서도 그러한 막부의 강경 정책에 동조하여 자기 번내의 근왕 분자들을 색출하여 가차없이 죽였다. 료마의 모번(母藩)인 도사 번뿐만 아니라 안세이 이래로 많은 근왕 지사를 배출한 구마모토 번과 후쿠오카 번도 참담한 형편에 놓여 있었다.

지쿠젠 후쿠오카 번 등은 막부의 제이차 조슈 정벌령이 내리는 것과 동시에 번내에 정변이 일어나 막부파들이 정권을 잡고 차례로 근왕 지사들을 속였다.

살육은 처음에는 평온 속에서 이루어졌다. 지쿠젠에서 유명한 지사 쓰구시 마모루(筑紫衞)는 마침내 탈번을 결심하고 야음을 타서 성 아래거리를 빠져나와 나까 강(梛珂川)의 나루터까지 왔다. 그런데 그는 다음날 대소도(大小刀)와 옷을 목에 맨 채 익사체(溺死體)로 발견되었다.

그것에 분개한 번내의 근왕파 수령 쓰기가타 센조는 정변을 일으킬 것을 결심하고 동지들의 회동(會同)을 꾀했다. 이 밀계가 뜻밖에도 번청에 알려져 동지 일동은 모조리 잡혀서 영어의 몸이 되었다.

이로 인해 할복을 명령받은 자가 가또 시쇼(加藤司書) 이하 6명.

참수형(斬首刑)은 쓰기가타 센조 이하 24명.

이 후쿠오카의 대량 사형은 사흘간에 걸쳐 행해졌으며, 52만 석의 후쿠시마 번내에는 마침내 근왕 지사들의 씨가 말라 버렸다.

시국은 암담하기 그지없었다.

마지막으로 회천의 가능성은, 앞으로 막부의 무력 제압을 받게 될 조슈 번과 중립을 지키는 사쓰마 번밖에 남지 않았는데, 그 두 번이 각기 고립하고 있어서는 아무런 희망도 가질 수 없다.

그것을 연합시키려는 료마 한 사람의 어깨에 유신 회천의 모든 가능성이 달려 있다고 해도 과언이 아니었다.

효고에 도착한 료마는 작은 진마선을 타고 일단 부두의 흙을 밟았는데 조슈의 호위관 미요시 신조는 해변의 풍경을 바라보며 말했다.

"사카모토님, 이건 불가능합니다."

송림이나 가도의 요소마다 불법 잠입자를 단속하는 검문소나 초소가 세워져 있어 상당수의 무사들이 우글거리고 있다.

"분고(豊後) 오카 번의 사람들이군요."

정문(定紋)을 보며 미요시는 말했다. 분고의 오카 번은 나카가와(中川) 집안 7만 4백 40석의 작은 번이었으며, 이 번도 분큐 3년까지는 근왕 번으로서 알려졌으나 지금은 막부 번이 되어 있다.

"배로 오사카까지 갑시다. 내가 다시 이 전마선을 타고 오사카로 가는 배가 있는가 항구 안을 뒤져 보겠습니다."

"이렇게 폭풍이 부는데."

"그거야 돈에 달렸겠지요. 사카모토님은 이 갈대밭 속에서 기다리십시오."

미요시는 다시 바다로 나갔다.

유능한 사람이다. 그는 잠시 뒤 돌아와서 있습니다, 하고 료마를 전마선에 태웠다. 미요시는 쉰 냥의 소지금을 털어서 일본에 한 척을 전세 냈다고 했다.

두 사람은 오사카로 향했다.


두 사람은 오사카의 덴포 산 항구에서 내려 작은 배로 갈아탔다. 그리고 강을 끼고 시가지로 들어갔다.

"여보시오!"

도중 아지 강의 검문소에서 검문을 당했으나 배안에 앉은 료마는 도시락을 먹으면서 대답했다.

"사쓰마 가신 사이다니 우메타로."

이렇게 유유히 가명을 댔으므로 검문소에서도 '가시오' 하고 턱짓을 했다.

"바로 무술의 기합과 같군요."

그곳을 벗어난 뒤 미요시 신조는 나지막하게 속삭였다. 무술의 기합이란 뱀이 개구리를 노리듯 일종의 동물적인 감작(感作)으로 한순간 상대는 최면 상태가 된다. 그럴 때 뱀은 덮치고 무술에서는 친다. 미요시는 그것을 말하고 있다.

그러나 료마는 별로 기합술을 쓴 것도 아니었으므로 '그런가' 하고 속으로 생각하며 계속 밥을 먹었다.

얼마 후 도사보리 강으로 접어들어 그들은 무사히 사쓰마 번저의 뒷문에서 배를 내렸다.

사쓰마 번저에서는 이미 교토의 사이고로부터 지령이 내려와 있었으므로 료마의 도착을 기다리고 있었다.

"용케 무사하셨군."

사쓰마 번의 오사카 수비관 고바 덴나이(木場傳內)가 반색을 하며 그를 맞이했다. 덴나이는 동번의 사이고나 오쿠보의 오랜 동지이며 연장자이기도 해서 그들의 존경을 받고 있었다. 유신 후에는 고바 기요후(木場淸生)라고 개명하여 오사카 부(府)의 대참사, 궁내 대록(宮內大錄) 등을 역임했다.

"장군이 오사카 성에 계십니다. 그 때문에 시중은 전에 없는 경비망이 펼쳐져 있답니다. 날이 저물고 나면 거리를 나다니는 것은 개뿐이지요. 아무튼 3만이나 되는 막부군이 주둔하고 있으며 시중은 구역을 나누어 각 번에게 경비를 분담시키고 있습니다. 수상한 자라고 느껴지면 불문곡직하고 즉시 죽여 버립니다. 그것도 한 열흘 전부터는 사카모토님 당신이 바로 탐색의 목적 인물이랍니다."

"허어, 내가 말이지요……."

료마는 쓴웃음을 지었다.

오토메 누님에게 편지를 써야겠다고 그는 생각했다. 막부에서 경찰력을 총동원하여 료마 한사람을 탐색하고 있다니 이것이 얼마만큼 출세인가 말이다.

"그러나, 막부는 나의 교토행의 목적은 모르고 있겠지요?"

"글쎄올시다. 설마 그것까지야 탐지했을려고요. 허나 조슈인으로서 아카네 부진(赤根武人)이라는 자가 오사카 잠복 중에 신센조의 손에 체포되었지요. 그 아카네라는 자가 다카스기에게 뭔가 원한을 품고 있었기 때문에 신센조의 고문에 못 이겨 번의 기밀을 누설했다는 말이 있습니다. 그러니 막부에서 전혀 모르고 있다고는 단언할 수 없습니다."

"그렇군요."

"여하튼 오늘 내일은 이 번저에서 숨어 계셔야겠습니다."

"아닙니다. 오늘 밤 외출해야 합니다."

료마의 이 말에 고바는 몹시 놀라며, 그래서는 자기소임을 다할 수 없다고 소리를 질렀다.

"도대체 어딜 가려고 그러시오. 유곽이오?"

"아니, 오사카 성입니다."

료마는 태연히 말했다. 오사카 성이라면 막부 기관의 중추(中樞)이며 막부군의 대본영인 동시에 모든 적의 소굴이 아닌가.

"무엇하러 가십니까?"

"교토와 오사카의 경계망을 살펴보기 위해서지요. 그것을 모르고는 교토 잠입은 고사하고 길도 다닐 수 없지 않습니까?"

료마는 다시 말했다.

"오사카 성주 대리(代理)를 만나러 갑니다."

오사카 성은 장군이 성주가 되어 있다. 그러므로 성주 대리라면 교토 고등정무관과 함께 막부의 지방관으로서는 최고의 직책이었다.

성주 대리는 오사카 성을 통할하는 한편, 정치적으로는 서부 제후들을 통수(統帥)하고 행정직으로는 오사카의 동서 두 곳의 행정청과 사카이 행정청의 관리자였다. 그러므로 성주 대리는 보통 오륙만 석의 영주들 중에서 선출되었으며, 그 직책을 완수한 후에는 교토 고등정무관을 거쳐 집정관으로 승격하게 되어 있었다.

현재의 오사카 성주 대리는 막부가 비상 상태에 있으니만큼 일시적인 이례(異例)로서 영주들 중에서 선출된 게 아니고 장군의 직속 무사 중에서 뽑혀 나온 사람이다. 어찌됐든 오사카 성주 대리란 근왕측에서 볼 때는 최대의 적이며 료마를 탐색하고 있는 막부 기관의 최고 책임자의 한 사람인 것만은 틀림없는 것이다.

'이 사람이 혹시 정신 이상이 된 게 아닐까?'

고바 덴나이는 그렇게 생각했다. 적의 소굴로 뛰어들어 그 괴수를 만나 "나를 붙들려는 경계망은 어떻게 되어 있습니까?" 하고 물으려는 것이다.

"오사카 성주 대리를 알고 계시오?"

"그렇습니다."

료마는 자신 있게 대답했다. 실은 스승 가쓰 가이슈의 친구인 오쿠보 이치오가 엣추노카미(越中守)라는 관명으로 지금 오사카 성주 대리이자 장군의 고문을 겸하고 있음을 료마는 잘 알고 있었던 것이다.

"사카모토님, 당신은 지나치게 대담하오."

"뭐, 보통으로 행동하고 있을 뿐입니다."

"안 됩니다. 당신은 지금 막부가 총동원하여 찾고 있는 죄인이란 말이오."

"고바님, 가마를 두 대 준비해 주십시오. 도중의 마귀들을 쫓는 부적 대신으로 시마쓰 가문의 정문(定紋)을 새긴 초롱을 빌려 주시면 더욱 좋구요."

"그것쯤이야 어렵지 않지만."

고바는 계속 만류했으나 료마는 듣지 않았다.

고바는 하는 수 없이 가마를 준비시켰다.

이미 날은 저물었다.

료마는 앞가마에 타고 조슈인 미요시를 뒷가마에 태우고 사쓰마 번저의

문을 위세 좋게 나갔다.

그것을 고바 덴나이는 전송하며, 초롱불이 가물가물 보이지 않을 때까지 문 앞에서 바라보고 서 있다가 외쳤다.

"체스또!"

사쓰마인들은 화가 났을 때나 기합을 지를 때, 혹은 분하거나 기쁠 때 이렇게 소리친다. 덴나이는 료마의 대담성에 왠지 모르게 화가 나기도 하고 훌륭하게 여겨지기도 하여 분만(憤懣)과 찬탄(讚歎)을 뒤섞어 부지중에 이렇게 외쳤던 것이리라.

료마는 거리마다 마련된 모든 검문소와 초소를 사쓰마 번의 문장이 새겨진 초롱 덕택에 무사히 통과하여 얼마후에 혼마치 다리(本町橋)를 건넜다. 이 다리를 건너면 막부군의 경계 구역이 된다.

다릿목 초소에서 검문을 당했으나 사쓰마의 사자로서 밀고나가 우치혼마치 거리(內本町)와 다로자에몬 거리(太郎左衞門町)를 지나 무에마치 거리(上町)의 언덕을 올라서니 남쪽이 성주 대리의 저택이었다. 료마는 그 문전에서 가마를 세웠다.


엣추노카미 오쿠보 이치오는 오사카 경비에 관한 행정청과 담당 각 번으로부터 올라온 보고서를 읽고 있었다.

이때 청지기가 보고했다.

"사쓰마 번의 오사카 수비관 고바 덴나이님의 동료라는 분이 찾아오셨습니다."

미닫이 밖에서 전달했으므로 이치오는 보고대장을 덮었다.

"이름은?"

"기모쓰키 우효에(肝付右兵衞)라고 합니다."

청지기가 대답했다. 이치오에게는 기억에 없는 이름이었으나 기모쓰키라는 기성(奇姓)은 사쓰마에밖에 없다. 특히 그 고장에서는 명문의 성이다. 여하튼 사쓰마의 고급 관리라면 면회를 거절할 수도 없어서 짤막하게 명했다.

"서원으로——"

이치오는 서류를 치우기 시작했다. 모든 서류가 한결같이 오사카와 효고의 경비에 관한 것으로 특히 최근에 와서는 보고의 표현이 긴박화되어 있다.

도사의 사카모토 료마가 조슈의 가쓰라 고고로를 데리고 교토에 잠입한다는 정보 아래 만전의 경비망이 펼쳐져 있었다.

두 사람의 인상서(人相書)도 배부되어 있다. 가쓰라는 '얼굴이 가무잡잡함'이라고 되어 있고 료마는 '얼굴이 검은 편'이라고 되어 있다.

'가무잡잡한 것과 검은 편이란 말하자면 어떻게 다르단 말인가?'

오쿠보는 경리(警吏)의 이상한 표현법을 속으로 우스워 했다.

오쿠보는 복도로 나왔다.

'춥다.'

오쿠보는 왼쪽 주먹을 쥐었다. 시신(侍臣)이 촉대를 들고 앞장 서 간다.

서원으로 나왔다. 시신이 미닫이를 열었을 때 오쿠보의 발은 그 자리에 못 박히고 말았다.

료마가 앉아 있었다.

'……'

오쿠보는 시신을 돌아보았다. 막부 관료 중 제일가는 수재로 알려진 그는 넓은 이마와 흰 피부를 갖고 있다. 그 피부가 무참할 만큼 땀을 내뿜었다. 이 사람이 이처럼 당황한 일은 일찍이 없었다.

"자네는 복도에 나가 있거라."

시신에게 나직이 명했다.

"부를 때까지 아무도 방에 들여보내지 말도록!"

알았습니다, 하고 시신도 주인의 이상한 기색에 놀라 이가 마주칠 만큼 떨었다. 추위와 긴장 때문일 것이다.

오쿠보는 방으로 들어서서 자리에 앉아 묵묵히 화로를 끌어당겼다.

"이러면 곤란하지 않은가?"

장군의 명신(名臣)은 이렇게는 말하지 않았다. 다만 표정에 그것이 나타나 있을 뿐이다.

그러나 장본인인 료마는 그의 그런 난처한 표정에는 전연 신경을 쓰지 않고 시종 싱글벙글 웃고 있었다.

"몹시 추워졌군요."

화로를 끌어안다시피 하며 말을 이었다.

"교토, 오사카가 좋긴 하지만 이 추위만은 질색입니다."

"추우면……."

오쿠보는 울상이 되어 말했다.

"오지 않으면 되지 않는가."

"아니지요. 볼일이 있는데 그럴 수가 있습니까?"

"사카모토군."

오쿠보의 목소리가 떨렸다.


그러나 오쿠보는 그렇게 불러만 놓고 한동안 입을 다문 채 표정을 굳혔다.

"왜 그러십니까?"

료마가 놀라서 물었다.

"아무것도 아니네."

"왜 아무 말씀도 않으십니까?"

"당연하지 않은가."

오쿠보는 못마땅한 표정을 지었다.

"자네는 막부의 죄인이란 말일세. 지금 교토나 오사카는 경비진을 총동원하여 자네가 서부에서 잠입해 오길 기다리고 있네."

"바로 그 일입니다."

료마는 탁 손뼉을 쳤다.

"그러니까 여기 오면 어디가 경비망이 허술하고 어디가 까다로운지 잘 알게 될 거라고 생각하고 왔습니다."

"무, 무슨 어리석은 소리. 나는 모든 기관을 지휘하고 오사카를 경비할 책임을 지고 있어."

"그야, 오사카 성주 대리니까요."

료마는 고개를 깊숙이 끄덕였다.

"뭘 그리 감탄하고 있나. 요컨대 나는 자네를 체포할 포리들의 총지휘관이란 말일세."

"알고 있습니다."

"그런데 왜 왔나?"

오쿠보는 초조해졌다.

"설마 오사카 성주 대리께서 손수 사카모토 료마를 체포하지야 않겠지, 하고 왔습지요."

"함께 온 사람은 누군가?"

오쿠보는 미요시를 가리켰다.

"조슈 사람입니다."

뭣이! 하는 표정을 오쿠보는 지었다. 조슈인이라는 것만으로도 조정의 적이며, 막부의 적이므로 즉각 체포해서 죽여도 되는 것이다.

"정말 자네는 곤란한 사람이군. 그런 사람을 데리고 오다니."

"친구인걸요."

료마는 천진스럽게 웃었다.

"어찌 됐든 한시바삐 오사카에서 벗어나게. 교토로 가는 모양인데 대담한 짓도 정도껏 하게나. 자네 목숨은 백 개가 있어도 모자라겠네."

"그것쯤은 각오하고 있습니다."

료마는 다시 말을 이었다.

"지금 내가 교토로 간다는 말씀을 하셨는데 잘 아시는군요."

"보고가 들어와 있네."

"교토에서 무얼 할 것 같습니까?"

"그, 그런 걸 내가 알 게 뭐야!"

오쿠보는 벌컥 화를 냈다. 누구를 놀리러 왔나, 하는 생각이 들었던 것이다.

"그런 보고는 들어오지 않았습니까?"

"들어오지 않았어."

이말에 료마는 안심했다. 바로 그것이 알고 싶었던 것이다. 사쓰마 조슈 연합의 문제가 막부에 새어 나갔다면 이미 모든 것이 끝장이 아니겠는가.

"그럼 물러가겠습니다."

"배웅해 주지."

오사카 성주 대리가 몸소 현관까지 나와서 마루를 내려서는 료마에게 나직이 속삭였다.

"덴마 하치켄야에 신센조가 출장 나가 일일이 교토로 가는 선객을 조사하고 있네. 물론 가명을 쓰겠지만 만일의 경우에는 나를 잘 안다고 하게. 단 만일의 경우 말일세"

덴마 하치켄야는 후시미로 올라가는 요도 강 배의 오사카 나루로 되어 있다.

덴마 다리(天滿橋)와 덴진 다리(天神橋) 사이의 남쪽 기슭에 있는 곳으로서, 강변에는 선숙(船宿)이 즐비하게 늘어서서 교토, 오사카를 오르내리는 선객들로 붐비고 있었다.

그곳에 교오야(京屋)라는 선숙이 있다.

교오야는 신센조의 지정 숙소로서 장군의 오사카 체류 중에는 이집에 1개 소대가 주둔하여 오르내리는 여객들을 조사하고 있었다.

대장(隊長)은 도도 헤이스케이다.

도도는 교오야의 이층 난간에 몸을 기대고 서서 아래를 오고가는 여객들을 내려다보고 있었다.

'아니 저것은?'

도도가 눈길을 모은 것은 이날 점심때쯤이다.

검은 무명의 문복(紋服)을 입은 훤칠한 무사가 교오야의 옆집인 사카이야(堺屋) 선숙에서 나왔다.

틀림없는 사카모토 료마다. 개피떡 같은 모양의 니라야마 삿갓을 쓰고 있다.

"도도님, 저자는……."

옆에 섰던 닛다(新田)라는 대원이 료마와 동행하고 있는 미요시 신조를 손으로 가리켰다.

"본 적이 있습니다. 혹시 조슈인이 아닐까요? 그리고 저 낚싯대 같은 것을 보자기에 싸들고 있는데 아무래도 단창(短槍) 같은데요."

"글쎄"

도도는 일부러 관심이 없는 듯한 대답을 했다.

"나루터에 나가 있는 패들이 조사하겠지. 그보다도 배가 고픈걸."

도도는 칼을 들고 일어서며 점심이라도 먹으러 가는 듯이 꾸미고 계단을 내려왔다.

도도 헤스케는 지바 도장 시대의 료마 후배이다. 지난날 후시미와 교토 사이의 가도에서 신센조의 대원들과 료마가 싸웠을 때, 도도는 어떻게든지 료마를 도망치게 해 주려고 노력했었다.

'어리석은 사람이야.'

계단을 내려가면서 도도는 슬그머니 화가 났다. 낮배를 타다니 대담해도 분수가 있지. 얼굴을 대낮에 들고 다니다니……

도도는 근래에 와서 사상적으로 흔들리고 있었다. 곤도, 히지가다와 함께 신센조를 결성했던 결당 이래의 고참이었으나, 이케다야의 변 이후 신센조가 양이 결사의 성격을 잃고 순전한 막부의 앞잡이로 둔갑을 한 것에 심한 불만을 느끼고 있다. 뿐만 아니라 피는 물보다 진하다고 한다. 신센조의 핵심적인 간부는 곤도 이사미, 히지가다 도시조, 오키다 소오시, 이노우에 겐사부로 등, 부슈 다마(多摩) 지방의 토착 검법인 텐넨리신류(天然理心流)의 출신이었다. 그들은 암암리에 굳은 단결을 갖고 있다. 같은 창립 이래의 동지라고는 하나 도도는 지바 도장에서 배운 호쿠신일도류였다. 어딘지 모르게 곤도 등은 자기에게 남 대하듯 한다고 도도는 생각하고 있었다.

특히 지바 도장은 전통적으로 근왕 양이의 사상이 강하여, 사쿠라타 문 밖에서 이이 나오스케를 죽인 미도와 사쓰마 낭사들의 대부분이 지바 도장의 출신이었으며, 아카바네 다리(赤羽橋)에서 죽은 기요카와 하치로(淸河八郞), 그리고 사카모토 료마 등 지바 도장은 그 방면에 많은 지사를 배출했다.

기질이 틀리다.

도도는 이미 신센조에 새로 가입해 온 지바 도장 선배인 이토 가시따로(伊東甲子太郞) 등과 함께 탈퇴 분파(脫退分派)할 것을 결의하고 있었다.


도도 헤이스케는 현관에 뛰어내리자 그길로 뒷길을 향해 빠져나갔다. 뒤는 큰 강이라, 그곳 덴마 선숙의 경우 정확히 말하면 뒤가 정면인 격이며 그곳에서 산주코쿠부네(三十石船 : 쌀 30석을 실을 수 있는 크기의 배. 주로 사람을 실어나르는 데 이용됨)가 발착하고 있었다.

'좋은 날씨로군.'

그렇게 말하는 듯이 발돋움을 하고 강 건너를 바라보는 척했다. 강 건너에 들어찬 상가의 지붕에서 아지랑이가 피어오르고 있는 좋은 날씨였다.

바로 옆이 선숙 사카이야의 나루터이다. 지금 막 낮배가 떠나려 하고 있었다. 발판이 놓이고 기슭과 배에 선객이 복작거리고 있다.

그 선객 하나하나를 도도의 부하인 신센조 대원 다섯 명이 엄중히 임검하고 있었다.

료마가 왔다.

예의 그 단창 같은 것을 짊어진 무사를 동반하고 있다.

"잠깐!"

대원들이 긴장했다.

"우리는 교토 수호직 아이즈 중장 휘하의 신센조 대원이오. 공무상 묻겠는데 소속 번과 성명을 대주시오."

"사쓰마 번."

조슈인 가쓰라 신조가 대답했다.

"이름은?"

"이분이 기모쓰키 우효에, 나는 기모쓰키 가나에(肝代鼎)."

"그 메고 있는 건 무엇이오?"

대원이 미요시가 메고 있는 것을 손으로 가리켰다.

"이것은……."

낚싯대요, 하고 미요시가 말하려는 순간 이미 발판에 올라선 료마가 돌아보며 대답했다.

"단창이오."

뜻밖에 사실대로 말하는 바람에 대원들은 술렁거렸다. 대원 중 하나가 공손하게 말했다.

"저기 저 여인숙을 임시 주둔소로 삼고 있는데 동행해 주서야겠습니다."

"그럴 필요는 없소."

미요시 신조가 대답했다. 신조는 에도에서 태어났기 때문에 에도 말을 쓴다.

"사쓰마인이라고 말했는데, 어째 사투리를 쓰지 않으시오?"

"그야 당연하지요, 이래봬도 에도에서 태어났으니까요."

"아무튼 주둔소로 갑시다."

"그것이 사쓰마 번사에게 대하는 인사요?"

미요시 신조는 시비조로 나왔다.

"아니, 사쓰마 번사 같이 보이지 않소."

그들은 료마를 가리키며 말했다.

"특히 저분은 우리가 찾고 있는 사람과 흡사하오. 아무튼 주둔소로 가서 이야기 합시다."

"그럴 필요 없어!"

료마는 주위에 있는 여객들이 깜짝 놀랄 만큼 크게 소리를 질렀다.

"수상한 점이 있으면 도사보리에 있는 번저의 수비관 고바 덴나이에게 문의하게. 그 외에는 사쓰마 번사의 신병(身柄)을 구속할 수 없네."

번의 수비관이란 오늘날의 영사직(領事職)과 맞먹는 것이다.

"그렇다면 도사보리의 고바님에게 사람을 보낼 테니 그가 돌아올 때까지 주둔소에서 기다려 주시오."

"갈 길이 바쁘오."

이러는데 도도가 왔다.

료마와 눈이 마주쳤다.


시선이 마주쳤을 때 도도는 료마의 시선을 억누르듯 하며 곧 눈길을 돌렸다. 그러나 료마는 모르는 척했다.

도도는 료마를 신문하고 있는 대원을 슬쩍 불러다가 강가를 천천히 거닐며 강을 바라보며 말했다.

"저자들은 사쓰마 번사가 틀림없다."

"그렇게 말하고들 있습니나만 아무래도 가짜인 듯합니다."

"곧 사쓰마 번에 연락하도록 하게."

"그렇게 하겠습니다."

"한데 저 두 사람은 보내 주는 게 좋겠어."

"보내 주란 말입니까?"

대원은 놀랐으나 도도는 이렇게 말했다.

"지금 정치 정세는 위험한 고비에 와 있네."

분큐 3년에는 교토에서 조슈 세력을 몰아내고 막부를 원조했던 사쓰마 번이, 최근에는 효고 개항 반대와 조슈 재정벌 반대 등을 외치며 막부에 떼를 쓰고 있다. 그러니 지금 쓸데없는 자극을 주게 되면 사쓰마는 어느 쪽에 붙을지 모른다고 도도는 말했다.

대원은 더욱 놀랐다. 도도 헤이스케라고 하면 의협적이고 씩씩한 에도 사람다운 점이 있어 싸움터에 뛰어들 경우에는 용감하고 기민하지만, 평소에 차분하게 정치 정세 따위를 논하는 그런 사람이 아니었다.

"하지만 가짜일지도 모릅니다."

"진짜라면 어떻게 하겠나. 나중에 공연히 큰 소동을 빚게 되네."

"그럼 놓아 주겠습니다. 그러나 만일을 위해 후시미까지 이러이러한 사람이 간다는 것을 알려 두겠습니다. 사카이야의 배니까 데라다야의 나루터에 댑니다."

얼마 후 배가 떠났다.

료마와 미요시 신조는 무사히 후시미를 향해 요도 강을 거슬러 올라가기 시작했다.

"용케 놓아 주었군요."

신조가 한시름 놓고 속삭였다.

"아아, 지바 도장 덕분이지."

"지바 도장 덕분이라뇨?"

"그 나루터에 있던 얼간이들의 대장을 나는 알고 있네. 도도 헤이스케라고 간다의 오다마 가이케에서 수업을 한 사람이지."

"허어, 지바 도장이라고 하면 근왕 양이의 기풍이 센 도장인데 그곳 출신 자에도 신센조에 들어가는 자가 있습니까?"

"친구를 잘못 사귀었겠지."

료마는 피식 웃었다.

"아하, 친구를 말이지요……."

"도도는 검술이 뛰어났기 때문에 에도에 있을 때 곤도 이사미의 덴넨리신류 도장에서 빈들빈들하고 있었지. 그는 타류(他流)였으나 그 도장에서 사범 대리의 일을 맡고 있었던 모양이야. 곤도는 죽도(竹刀)로 맞서면 과히 강하지 않거든. 타류 시합(他流試合)의 신청이 들어오면 지바나 사이토(齋藤) 같은 큰 도장에 대신 맞서 줄 사람을 청했던 모양이네. 사이토 도장이 있던 가쓰라 고고로나 와타나베 노보루(渡邊昇) 같은 사람들에게는 자주 청탁이 왔던 모양인데, 도도 헤이스케도 그런 일로 곤도의 도장에 드나들다가 마침내는 식객처럼 되어 버렸던 모양이네."

"사람의 운명은 알 수 없는 거군요."

"그게 아닐세. 사람의 운명은 구 할은 자신의 어리석음 탓으로 이루어지는 걸세. 여하튼 도도 헤이스케로서는 지금 와서 길을 돌릴 수는 없을 거야."

후시미 데라다야의 나루터에 당도한 것은 새벽 네 시가 조금 지나서였다.

마침 나루터에는 오사카로 내려가는 첫 배가 떠나려 하는 참이라 데라다야의 앞은 매우 혼잡했었다.

료마 등 두 사람은 강가에 내렸다. 불과 열 걸음쯤만 걸어가면 그곳이 벌써 데라다야의 현관이다.

'이상한 놈이 뒤따른다.'

료마는 등 뒤에 주의를 기울였다. 밀정인 듯한 그 사나이는 료마의 뒷모습을 지그시 바라보고 있더니 곧 휘파람을 획 불고 어둠 속으로 사라졌다.

"또 신세지러 왔어."

료마는 현관으로 들어갔다.

오토세는 계산대에 있었는데 곧 일어서서 료마들을 이층으로 안내했다.

"오료는 오늘 아침 비번이에요."

오토세가 말했다. 오토세와 오료는 하루걸러 교대로 첫새벽에 사무실로 나가 첫 배의 손님을 배웅하는 것이다.

"그럼 오료는 자고 있겠구먼."

"방금 잠이 들었어요. 그 애는 낮배가 나갈 때까지 잡니다. 그 대신 낮배 이후에는 내가 이불 속에 들어가지요."

"선숙의 여주인 노릇도 어렵겠는네."

"헌데 내일 낮배부터는 당분간 문을 닫게 되었으니 그렇게 아세요."

"그게 무슨 소리야?"

료마는 곧이들으려 하지 않았다. 새벽 까마귀가 울지 않는 날은 있어도 후시미의 선숙엔 휴일이 없다는 것이 상식으로 되어 있었던 것이다. 후시미와 오사카 사이의 공적(公的)에 가까운 교통 기관이 아닌가?

그러나 오토세는 커다란 구리 화로의 불을 헤치며 말했다.

"정말이에요."

그녀는 예정되어 있는 손님도 이웃의 미즈로쿠(水六)나 와다야(綿屋)에 부탁하여 그곳에 숙박시키겠다고 했다.

"무슨 일이 있었나?"

"글쎄요 사쓰마님의 부탁을 받아 굉장한 손님을 맡게 됐지 뭡니까?"

"그게 누군데?"

"사카모토 료마"

오토세는 이렇게 말하고 다시 료마의 얼굴을 들여다보며 말했다.

"당신이에요."

"무슨 소리야, 농담마라!"

"정말이라니까요."

오토세는 정색을 했다.

어제 사쓰마 번의 후시미 저택에서 수비관이 찾아와서 말했다는 것이다.

"사카모토씨가 며칠 안에 후시미에 오는데, 막부에서는 악착같이 붙잡을 방침인 것 같다. 후시미 번저에서 유숙시키면 되겠지만 사쓰마 영주님의 아버지 시마쓰 히사미쓰님이 타번 사람의 번저 숙박을 엄금하고 계시므로 그럴 수도 없다. 그러니 미안하지만 데라다야에서 맡아주지 않겠는가?"

본래 데라다야는 사쓰마 번의 어용숙(御用宿)으로 되어 있었으므로 이 부탁은 소위 변명인 것이다.

"그럼, 만일의 경우에 대비해서 사카모토님이 오신 그날부터 가게를 닫겠습니다."

오토세는 시원스럽게 대답했던 것이다. 료마의 유숙이 며칠간 계속될지 모르나, 그동안 손님을 받지 않는 손해도 오토세가 고스란히 감수해야 하는 것이었다. 그러나 이 여자는 조금도 그런 것엔 신경을 쓰지 않았다.


두 사람은 잠자리에 들어갈 준비를 했다.

미요시 신조는 조슈 번의 명령을 받은 호위관답게 매우 조심성이 있었다. 그는 머리맡에 큰칼과 단창을 놓고 옷을 단정히 벗어 놓은 다음 일단 이불 속에 들어가더니, 몇 번이고 검을 잡고 창을 잡는 연습을 했다.

"뭘 그렇게 하고 있나?"

료마는 웃으며 말했다.

"습격을 받았을 때의 준비지요."

"그만두게."

료마는 이불을 젖히고 그 속으로 들어갔다. 자기 방위에 급급하고 있어서야 무슨 큰일을 할 수 있는가 하는 것이 료마의 사고방식이었다.

"사카모토님, 다카스기가 선사한 서양 권총은 어떻게 하셨지요?"

"짐 속에 있겠지."

"머리맡에 놔두시는 게 좋을 겁니다."

신조는 벌떡 일어나 료마의 짐 속에서 권총을 꺼냈다. 총 손잡이에 주먹밥의 밥풀이 잔뜩 붙어 있다.

'형편없군.'

신조는 밥물을 깨끗이 떼어 내고 찰칵 총을 열어 보았다. 연뿌리 모양의 탄창에 총알이 여섯 발 들어 있다.

"여기 놔두겠습니다."

료마의 머리맡에 그것을 놓았다.

그리고 이번에는 칼을 찾았는데 검객인데도 료마는 칼마저 윗목에 세워 두고 있었다.

"큰칼도 머리맡에 놓을까요?"

"아무거나 하나면 되겠지."

료마는 졸린 듯이 대답했다. 가쓰라와 사이고의 회담이 어느 정도로 진행되고 있는가, 그걸 생각하고 있다.

"조심성이 없으시군요."

"사는 것도 죽는 것도 한 표현(表現)에 지나지 않네. 일일이 어떻게 그걸 염두에 두고 있을 수 있나. 인간이란 일을 성사시키느냐 못 시키느냐, 그것만을 생각하면 된다고 나는 생각하고 있네."

"그런 분을 호위하는 이 미요시 신조의 고충도 좀 생각해 주셨으면 좋겠군요."

"이 집에 오료라는 처녀가 있다네."

료마는 뚱딴지같은 소리를 했다.

"굉장히 미인이지!"

"미인과 권총이 무슨 관련이 있습니까?"

"없지."

자기가 생각해도 우스운지 료마는 어깨를 들먹이며 웃어 댔다.

"이 선숙은 분큐 3년, 시마쓰 히사미쓰의 상사(上使)와 싸워서 전사한 아리마 신시치(有馬新七) 등 아홉 명의 사쓰마 지사들의 혈전장이었지요?"

"사변 직후 나는 이 선숙에 왔었지. 계단 밑의 벽이며 계산대 앞, 그리고 마룻장 같은 데가 온통 피투성이였어. 그때 저 오토세가 하인들을 지휘하며 청소를 시키고 있더군."

"여걸이로군요."

"묘한 여자지. 우리를 응원해 봤자 한 푼의 이득도 없을 뿐 아니라, 자칫 잘못하면 목이 달아나는 판인데."

"이번에도 사카모토님을 숨겨 드리기 위해 당분간 가게를 닫는다면서요?"

"저런 여자도 다 있으니 일본은 머잖아 반드시 좋아질 거야."

료마는 이불을 뒤집어썼다.

신조는 불을 끄려고 등잔 앞으로 기어갔다. 이불에 스쳐 헝클어진 료마의 살쩍이 눈에 띄었다.


호위관인 미요시 신조가 잠에서 깨어났을 때는 이미 해가 높이 떠오른 뒤였다.

"사카모토님"

옆에 대고 불러보았으나 대답이 없다. 들여다보니 료마의 이불 속은 비어 있었다.

'꽤 일찍 일어나는 편이구나.'

신조는 뜻밖으로 생각되었다.

세수하러 아래층에 내려가 봉당으로 나갔다. 봉당에서 안쪽으로는 교토식의 부엌이었다. 신조는 부엌 안 우물에서 이를 닦고 얼굴을 씻었다.

"미요시군, 일어났나?"

어디 있는지 료마의 목소리가 들려왔다. 신조는 낡은 수건으로 얼굴을 닦으며 목소리가 나는 안쪽으로 걸어갔다.

안쪽 마루에는 햇살이 들고 있다.

거기서 료마는 머리를 손질하고 있었다. 머리를 빗겨 주고 있는 여자는 아름다운 아가씨이다.

'이 여자가 오료로구나.'

신조는 속으로 생각하며 그 아름다움에 놀랐다. 오료의 등 뒤에는 늙은 매화나무가 있어 두세 송이 흰 꽃이 피어 있었다.

"자네도 머리를 빗지 않겠나?"

료마가 말했다.

"이 아가씨는 서툰 이발사보다 솜씨가 좋다네."

"그래요?"

신조는 그녀의 미모에 부지중 마음이 들떠 버렸으나, 당사자인 그녀는 새침하게 손만 놀리며 신조에게 인사도 하지 않을뿐더러 빗겨 주겠다는 말도 하지 않는다. 도무지 애교라곤 없는 처녀이다.

"괜찮습니다, 나는."

신조는 불쾌한 듯이 입을 다물었다. 료마는 신조의 감정을 눈치 챘는지 소리 없이 웃었다.

"묘한 아가씨야. 개처럼 몹시 낯을 가린단 말일세. 이러고서도 어떻게 선숙의 양녀 노릇을 하는지 몰라."

오료가 료마의 머리를 확 조였다. 아야! 하고 료마는 얼굴을 찡그렸다.

"그러나 사귀어보면 과히 나쁜 여자도 아니라네. 아야! 아프다!"

료마는 짤막하게 외쳤다.

신조는 우스워서 소리내 웃었다. 새침한 여자지만 그럴 듯한 의사 표시의 방법을 알고 있는 게 재미있었다.

료마가 끝난 다음 신조가 앉았다.

오료는 신조의 상투를 풀고 빗에 물을 적서 가며 싹싹 기분 좋게 빗기기 시작했다. 료마의 말대로 과연 솜씨가 능란했다.

"이왕이면 면도도 해 주시겠습니까?"

신조가 말하자, 오료는 뜻밖에도 다소곳이 "네" 하고 상냥하게 대답했다. 사귀어 보면 좋은 처녀일지도 모른다.

"미요시군, 길거리에 수상한 놈들이 배회하고 있군. 낮에는 걸어 다닐 수 없겠는데."

"그럼 밤에 다녀야겠군요."

"당분간 이 데라다야를 근거지로 하고 낮에는 자고 밤에 나다니게 될 것 같네."

료마는 오료에게 부탁하여 교토의 사쓰마 번저로 심부름을 보냈다. 자기가 이미 후시미의 데라다야에 도착해 있다는 것을 사이고와 가쓰라에게 전하기 위해서이다.


해가 진 다음 료마는 교토로 향해 혼자 출발했다.

미요시 신조는 데라다야에서 기다리도록 했다. 모처럼 조슈의 호의에 의한 호위관이었으나, 두 사람이 함께 밤길을 급행해서는 오히려 막부의 포리들에게 의심을 사게 될 것이 뻔했기 때문이었다.

교토까지는 30리 길이었다.

료마는 왼손에 초롱을 들고 품에는 권총을 넣고 걸음을 재촉했다.

데다라야를 나섰을 때부터 끈질기게 뒤쫓아 오는 발소리를 느끼고 있다.

'밀정이구나.'

속으로 생각했다.

후시미의 거리를 벗어나자 초롱불을 불어 껐다. 일종의 시험이다. 밀정이라면 미행을 눈치 챘다고 느끼고 걸음을 멈추든가, 아니면 걸음에 변화가 있을 것이었다.

과연 발소리가 사라졌다.

'역시 밀정이었군.'

료마는 속으로 비웃었다. 그러나 한편으로는 다른 생각을 하면서 걸음을 재촉했다.

가쓰라와 사이고의 회담이 어떻게 진전됐나, 하는 것이었다. 료마들이 그 정도로 만반의 준비를 해 놓은 이상 이야기가 난관에 봉착했을 리가 없다. 그러나 자꾸만 이상한 예감이 료마를 불안 속에 몰아넣었다. 예감의 정체는 료마 자신도 무언지 모른다.

얼마 후 왼쪽 밤하늘 밑에 묘오호 사(妙法寺)의 큰 건물이 보이기 시작하더니 교토의 시가지로 접어들었다.

료마는 시조 거리로 나가서 본또 거리로 들어갔다. 그리고 기야 거리로 빠지는 골목으로 들어서서 기야 거리로 나가, 거기서 다른 골목으로 본또 거리로 되돌아와서 추녀 밑을 누비고 성큼성큼 북쪽으로 걸어갔다. 미행자들의 눈을 속이기 위해서이다.

본또 거리의 길 폭은 몸집 큰 남자가 두 팔을 활짝 벌리면 양쪽 집의 격자창(格子窓)이 손끝에 닿을 정도로 좁았다.

그 좁은 길을 기녀나 무희(舞姬)들이 부산하게 왕래하고 있었다. 등 뒤의 미행자는 그 때문에 료마를 놓치고 말았다.

료마는 산조 다리에서 가마를 잡아타고 북으로 달리게 했다.

우선 가쓰라를 만나려고 생각했다.

가쓰라는 사쓰마 번의 주선으로 고마쓰 다데와키(小松帶刀) 댁에 유숙하고 있다.

얼마 후 그 집 문전에 닿자 문을 두드렸다.

문간방 창이 열리더니 가쓰라를 호위하고 있는 사쓰마인이 얼굴을 내밀었다.

료마임을 알자 작은 문을 열었다. 료마는 그 문으로 들어서자 곧 부탁했다.

"미안하지만 길목을 한번 나가봐 주시오. 미행자가 있을지도 모르니까."

예, 하고 고개를 끄덕이자 5,6 명이 달려갔다.

성미가 급한 사쓰마인들이라, 밀정을 발견하는 날에는 그 자리에서 베어 버릴 것이다.

료마는 마당으로 면한 객실로 들어갔다. 가쓰라는 이층에서 자고 있다고 한다.

먼저 가쓰라의 수행원인 시나가와 야지로(品川彌三郎)가 내려와서 객실 문을 열었다.

어쩐지 표정이 밝지 못하다.

이어서 가쓰라가 들어왔다. 앉자마자 말했다.

"사카모토군, 나는 돌아가겠네."

조슈로──하고 덧붙였다.


료마는 가쓰라를 응시했다.

이 쾌활하기로 이름난 료마가 일찍이 보인 적이 없는 무서운 눈초리이다.

"이유를 말해 보게."

나직한 목소리로 말했다. 사정에 따라서는 가쓰라를 이 자리에서 베어 버려도 무방하다는 각오를 했다.

"말하지."

가쓰라의 우울한 눈빛은 노여움과 초조함으로 더욱 어두운 빛을 발했다. 입술이 감정을 누르느라 부르르 떨고 있다. 가쓰라는 말하겠다고 해 놓고, 감정의 정리가 되지 않았는지 쉽사리 입을 열지 않는다.

가쓰라 등 조슈 비밀 사절단 일행이 교토에 도착한 것은 정월 12일이었다. 료마가 가쓰라를 찾아온 이 밤은 정월 20일이다. 이 사이 열흘이란 시간이 있다. 그동안 가쓰라와 사이고는 무엇을 했단 말인가.

"도대체 뭘 하고 있었나?"

료마가 물었다. 가쓰라는 내뱉듯이 말했다.

"끼니마다 산해진미의 대접만 받고 있었지."

정월 10일, 가쓰라의 일행은 무사히 교토에 잠입하자 곧 쇼코쿠 사(相國寺) 문전에 있는 사쓰마 번저로 들어갔다. 이곳은 니시키고지의 번저가 협소하기 때문에 새로 마련된 집인데, 앞에는 대궐이 있고 주위에는 절과 공경 저택 등이 많아서 대낮에도 사람들의 왕래는 드물다. 밀정을 경계하기에는 안성맞춤의 장소였다.

가쓰라는 그 안채에서 사쓰마 번의 지도자 사이고와 만났다.

가쓰라의 성격은 다소 여성적이다. 그 사려 깊은 거동과 영리함에 있어서는 조슈 제일가는 인물이었으나, 다만 항상 감정이 침울한 면이 있어서 일단 원한을 맺으면 쉽게 풀지를 못했다.

입을 열자마자, 이 사나이는 첫마디에 음산한 목소리로 말했다.

"우리는 사쓰마를 원망하고 있소"

화해와 우호와 동맹을 위한 비밀 회담의 첫 마디가 증오로 시작되었다.

그리고 가쓰라는 뚱딴지같이 분큐 3년 이래의 사쓰마 조슈 항쟁사(抗爭史)를 이야기하기 시작했던 것이다.

가쓰라는 그때그때의 조슈의 입장과 진의를 설명했다.

"우리는 분큐 이래 조정에 대하여 모든 면에서 근왕의 대의(大義)를 펼치려고 했소. 그러나 그것이 오히려 오해를 사게 되어 천하를 넘보는 야심을 갖고 있다는 터무니없는 중상으로 마침내는 역적의 누명을 썼으며 지금도 또한 그 피해를 입고 있는 중이오."

우리를 그런 궁지에 몰아넣은 것은 바로 사쓰마의 책략이 아니었더냐, 하는 식으로 가쓰라는 말했다.

사이고는 시종 입을 다물고 가쓰라의 말을 듣고 있다가, 한참 후에 가쓰라의 말이 끝나자 자세를 고치고 그 자리에 두손을 짚더니 머리를 깊숙이 수그렸다.

"과연 옳은 말씀이오."

이때의 일을 가쓰라의 수행원이었던 조슈의 시나가와 야지로는 유신 후 이렇게 말하고 있다.

"가쓰라의 말과 태도는 옆에서 듣고 있던 우리 조슈인들조차도 매우 잘못된 점이 많다고 느꼈다. 사쓰마측에서 그의 말을 반박하려면 얼마든지 할 수 있었을 것이다. 그럼에도 불구하고 단 한마디, 과연 옳은 말씀이오, 하고 머리를 숙인 사이고는 실로 큰 인물임에 틀림없다."


'허어, 사이고가 머리를 숙였다고?'

료마는 내심 몹시 감복했다. 가쓰라보다 사이고는 훨씬 능숙한 외교가였던 것이다. 지금 와서 지나간 과거사를 아무리 해부하고 평론해 본들 쌍방에 이익될 것은 없다. 사이고는 그것을 알고 있었으리라.

그러므로 오로지 머리를 숙이고 "과연 옳은 말씀이오"라고만 했다.

그런데 가쓰라는 사이고에 비하면 어린애였다. 하기야 지난 수 년 동안 격동 속에서 학대를 받은 조슈인이었다. 그러므로 사쓰마에 원망의 화살을 퍼붓게 된 것도 무리는 아니다.

"사쓰마측에서는 누가 회담에 나왔던가?"

료마가 묻자 옆에서 시나가와 야지로가 손을 꼽으며 한 사람씩 사쓰마측의 이름을 댔다.

중신이 세 사람 출석했다.

고마쓰 다데와키, 시마쓰 이세(島津伊勢), 가쓰라 우에몬(桂右衛門)이다.

그리고 사이고 다카모리. 사이고의 신분은 중신 밑의 중로(中老) 격이었다. 그러나 사실상으로는 사쓰마측의 대표이다. 그밖에 오쿠보 도시미치, 이와시다 사지에몬(岩下左次右衛門), 이지치 마사하루(伊地知正治), 무라다 신파치(村田新八), 나카무라 한지로(中村半次郎), 사이고 쓰구미치(西鄕從道), 오야마 이와오, 노즈 시치자에몬 등이 있다.

조슈측은, 대표 가쓰라 고고로 외에

시나가와 야지로

미요시 군타로(三好軍太郎)

다나카 겐스케(田中顯助)

그밖에, 이미 조슈에 귀화하다시피 한 지쿠젠의 낭사 하야카와 와다루(早川渡)가 따라와 있다.

사쓰마측은 이들 조슈측의 손님들을 귀인을 대접하듯이 융숭히 대우했다.

그들은 가쓰라의 통렬한 사쓰마 비판을 듣고도 조슈가 놓여 있는 비참한 환경을 참작하여 '속이 후련해지도록 지껄이게 내버려 두자'는 생각으로 아무도 항변하지 않았다. 모두 벙글벙글 웃으며 술시중을 들 뿐이었다.

그런데 사쓰마측은 한마디도 사쓰마 조슈 연합에 관해 이야기를 꺼내지 않는 것이었다.

사이고는 "옳은 말씀이오" 하고 한마디 했을 뿐, 그 뒤는 말없이 안주만 먹고 있었다.

다나카 겐스케는 뒷날 이렇게 술회했다.

"가쓰라도 이건 이상하다고 생각했다. 만나면 허심탄회하게 사쓰마 조슈 연합을 논하게 될 줄 알았는데, 뜻밖에도 아무런 반응이 없었다. 가쓰라도 말을 꺼내려 했으나 끝내 그 핵심에는 언급하지 않고 서로 어색한 분위기 속에서 노려보듯 마주 앉았다가, 끝내 사카모토가 고심하여 알선해 준 문제에는 언급함이 없어 회담을 끝냈다."

사쓰마측은 이 회담이 끝나자, 이튿날 그들 일행을 고마쓰 저택으로 안내하여 거기서도 진수성찬을 베풀었으나 끝내 입을 열지 않았다. 조슈측도 침묵을 지킨 채였다.


"잠깐!"

료마는 분노를 누르지 못하고 가쓰라의 말허리를 꺾었다.

"사쓰마가 먼저 언급하지 않았다면 왜 조슈에서 먼저 입을 열지 않았나?"

"그럴 수야 없지."

가쓰라가 나직이 말했다. 눈에 비분(悲憤)의 빛이 있다.

"사카모토군, 두 번의 입장을 좀 생각해 보게. 우선 사쓰마를 볼 것 같으면"

가쓰라는 사쓰마의 입장을 이렇게 표현했다.

"사쓰마는 공공연히 천자를 알현하고, 공공연히 막부와 회동하고, 공공연히 제후들과 교제한다."

요컨대 사쓰마는 같은 근왕 번이면서도 그 유영(游泳)이 능란했기 때문에, 백주에 당당히 천하의 공번(公藩)으로서 천하의 정사에 참가하고 조정이나 막부에도 입장이 좋다는 뜻이다.

그러나 조슈의 입장은 어떤가.

"천하에 고립되어 있다. 역적의 오명을 쓰고 막부의 두 번에 걸친 토벌을 받아 백주에는 노상을 걸어 다닐 수 없을 뿐더러, 번의 경계에는 막부군이 육박해 오고 있다. 이런 입장에 있는 조슈측에서 동맹하자는 말을 먼저 꺼낼 수 있단 말인가? 이쪽에서 먼저 말을 꺼낸다면 이미 그것은 대등한 동맹이 아니라 스스로 거지처럼 사쓰마에게 원조를 애원하는 형국이 되고 마는 것이 아닌가."

그것을 할 수 없다고 가쓰라는 말했다.

"만약 그렇게 되면 나는 조슈 번의 대표로서 번의 동지들을 팔아 버리는 결과가 된다.”

“어, 어리석은 소리!”

료마는 무섭게 큰 소리로 말했다.

“아직도 그 번이라는 미몽 속에서 깨어나지 못했는가. 사쓰마가 어떻구, 조슈가 어쨌단 말인가. 요는 일본이 아닌가. 고고로!”

료마는 부지중에 가쓰라의 이름을 아이들 부르듯 마구 불렀다.

“우리 도사인들은 혈풍 참우(血風慘雨) ——”

여기까지 말하고 료마는 말이 막혔다. 죽어간 동지들을 생각하자 눈물이 앞을 가려 목이 메었던 것이다.

“속을 뚫고 동분서주하여 목숨을 돌아보지 않았다. 그것이 도사 번을 위해서였었나? 천만에!”

그렇지 않다는 것은 가쓰라도 알고 있다. 도사 계통의 지사들은 모번(母藩)으로부터 아무런 보호도 받지 못했을 뿐 아니라 오히려 박해를 당하여, 교토의 거리에서 죽고, 혹은 하바구리 공문, 덴노 산, 요시노 산, 노네 산 등과 고치의 형장에서 시체로 변했던 것이다. 그들이 사쓰마나 조슈처럼 자기들 번을 의식하며 행동한 것이 아님은 천하가 다 알고 있는 사실이다.

“나 역시 그렇다.”

료마는 말했다.

“사쓰마 조슈 연합에 몸을 바치고 있는 것은 그까짓 사쓰마 번이나 조슈 번을 위해서 그러는 게 아니다. 자네나 사이고는 결국 일본인이 아니고 한낱 조슈나 사쓰마 사람에 지나지 않는단 말인가?”

그 당시의 사이고와 가쓰라의 본질(本質)을 통절하게 비난한 말이라고 해도 과언이 아니다.

료마는 후일 가메야마 동문의 나카지마 사쿠타로를 보고 이렇게 말했다.

“생각해 보면 나는 내 생전에 성을 내 본 적이 없었다. 그러나 그때만은 이성을 잃을 만큼 격분했었지.”

“어쩔 셈인가?”

료마는 큰 소리로 고함을 질렀으나 가쓰라는 여전히 완고하게 얼굴을 숙인 채 나직이 말했다.

“역시 돌아가겠네. 이것이 조슈 남아의 고집일세”

가쓰라의 옆에는 하얀 사기 화로가 놓여 있다. 이미 불은 꺼지고 없다. 가쓰라는 그것도 모르고 그 화로전이 깨어져라 움켜쥐고 있었다.

"사카모토군, 자네가 제창하는 사쓰마 조슈 연합이 성공하지 못하면, 아마 조슈는 멸망할 걸세."

"……."

료마는 잠자코 있다.

"멸망해도 할 수 없지."

가쓰라는 흥분을 억누르며 나직이 외치듯이 말했다. 그리고 그는 짤막하게 말했다.

"황가(皇家)……."

황가란 좁은 뜻에서는 조정, 천황 가문이라는 뜻이다. 넓은 뜻에서는 '교토 조정을 중신으로 하는 새 통일 국가'라는 뜻으로, 그 당시 지사들은 '황국'이라는 말과 함께 곧잘 썼다. 그러므로 그냥 일본이라고 하면 막부를 대표 정부로 삼는 현상 질서의 뜻이다. 여담이지만 국가라 하면 보통 번을 가리켰다.

"황가가 어쨌단 말인가?"

료마는 조용히 반문했다.

가쓰라는 흘낏 료마를 보더니, 곧 시선을 화로 속에 떨구며 말했다.

"사쓰마는 황가 곁에서 충성을 다하고 있네. 조슈 역시 분큐 이래로 고군분투, 번의 흥망을 걸고 충성을 바쳐 왔으나, 지금은 이미 번의 명맥도 얼마 남지 않았네. 그러나 사쓰마가 살아남아 분투해 주는 이상 천하를 위해서는 실로 다행한 일이네. 우리는 그만 교섭을 중단하고, 본국으로 돌아가 막부군을 맞아 싸우겠네만, 멸망해도 후회는 없네."

가쓰라의 이 말은, 기록에 '사쓰마가 황가에 충성을 다해 준다면 조슈가 멸망한다 해도 이는 천하의 다행한 일이다'라는 명문(名文)으로 되어 있다.

가쓰라는 조슈 무사의 면목에 구애되기는 했으나, 그렇다고 해서 천하를 염두에 두지 않았던 것은 아니라고 료마도 깨달았다.

동시에 이 말 속에는 가쓰라의 비할 데 없는 자포자기가 은연중에 나타나 있다.

가쓰라라는 사람은 유신 후에 원훈(元勳)이 된 다음에도 이 끈질긴 성격은 고쳐지지 않았다.

혁명가다운 이상가(理想家)의 기질을 지니고 있었기 때문에, 유신 후에도 자기 손으로 만든 정부에 만족하지 않고 절망과 불평 불만을 지닌 채 사람들을 대했으므로 마침내는 그를 찾는 사람도 점점 적어졌다.

"정부는 어째서 조슈인을 냉대하는가?" 유신 후 어느 날, 사쓰마인 오쿠보 도시미치를 찾아가서 이렇게 항의하며, 과거에 조슈인들이 새 국가 수립을 위해 얼마나 막대한 희생을 치렀는가를 역설하였다. 그리고는 밤이 이슥한데도 집으로 돌아가지 않았으므로, 참을성이 있는 오쿠보도 마침내 가쓰라의 이 끈덕진 집념에 어처구니가 없어, 그에 대한 분노를 일기에 적은 일도 있다.

료마는 가쓰라를 면박하기는 했으나, 가쓰라가 이미 번의 멸망을 각오한 그 말에는 감동했다.

이때의 료마의 태도를 가쓰라측의 기록 문장에서 찾아보면 다음과 같다.

"료마는 째 오랫동안 무연히 앉아 있었다. 그는 가쓰라의 결의가 확고하여 쉽게 움직일 수 없음을 알고 이를 굳이 나무라지 않았다."

이 도사인은 패도(佩刀)를 집어 들고 벌떡 일어섰다.


"어디로 가는가?"

가쓰라의 목소리가 등 뒤에서 쫓아왔다.

료마는 이미 복도에 뛰쳐나가 있었다.

"뻔하지!"

내뱉듯이 쏘아붙였다. 사쓰마의 니혼마쓰(二本松) 저택으로 가는 것이었다.

현관에 나간 그는 자기가 신고 온 짚신을 거들떠보지도 않고, 마침 그 집의 나막신이 놓여 있는 것을 아무렇게나 발에 끼고 문지기에게 쪽문을 열게 하여 밖으로 달려 나갔다.

다행히 희미한 별빛 아래 길을 분간할 수가 있었다.

요란스럽게 딸깍거리는 나막신을 끌며 료마는 인적이 끊어진 밤거리를 달렸다.

길이 얼어붙어 있었다.

캄캄한 밤거리에 살을 에는 듯한 바람이 료마를 쓰러뜨리듯이 불어 닥치고 있다. 료마는 정신없이 달렸다.

안색이 변해 있다. 이 사나이가 이처럼 무시무시한 표정이 된 것은 아마 생전 처음이었을 것이다.

니혼마쓰의 길모퉁이까지 오자 공경 저택의 문 옆에 안마사가 두 사람 서 있었다.

안마사가 둘씩이나 몰려다닌다는 것은 우습다. 물론 그들은 사쓰마 번저의 야간 출입을 감시하고 있는 막부의 밀정이었다.

막부 기관인 교토 수호직과 교토 고등정무청, 그리고 신센조와 순찰대 등에서는 주야를 가리지 않고 이 근방에 밀정을 풀어 놓고 있었고, 사쓰마측에서도 거기에 대해 경계를 하고 있었다.

그 때문에 비밀 회담을 할 때는 사쓰마 비파(薩摩琵琶)의 탄주회(彈奏會)를 한다는 소문을 내고, 비밀 회담 중에는 그 비파의 탄주 소리를 이웃에 들리도록 했다.

그 공경 저택의 추녀밑에 서 있던 두 안마사들은 저쪽에서 요란스럽게 들려오는 나막신 소리에 놀라며 긴장했다.

——누군가가 온다!

어둠 속을 살펴보자 달려오는 것은 키가 큰 무사인 듯했다.

"무사다!"

그들은 더욱 긴장했다. 만약 그자가 사쓰마 번저에 들어간다면 무슨 긴급한 중대사가 일어났다고 판단해도 좋다.

그들은 달려오는 무사가 누군가 궁금했다.

"얼굴이 안 보이나?"

"고양이 눈이라도 빌지 않고야 어디 어두워서 보여야지."

그들의 앞을 휑하니 달려서 지나간 료마는 잠시 뒤 다시 요란하게 나막신을 끌고 되돌아왔다. 두 안마사는 가슴이 뜨끔했다. 눈치를 챈 모양이다.

"너희들은 밀정이냐?"

료마는 대뜸 물었다.

그들은 기겁을 하고 놀라며 황급히 대답했다.

"천만에요, 저희들은 안마사올시다."

"아무래도 좋아!"

료마는 그것에는 개의치 않고 이상한 것을 물었다.

“사쓰마 번저는 어디냐?”

근시라 밤길을 걷는 것이 부자유스러운 데다, 료마는 니혼마쓰의 사쓰마 번저에 와본 일이 없었던 것이다.

그러나 밀정이건 안마사건 간에 그런 자들에게 길을 묻다니 너무 몰상식한 행동이었다.

“바로 그 옆집이 아닌가요?”

밀정인 안마사가 대답했다.


료마는 사쓰마 번저에 뛰어들기가 무섭게 ‘사이고를 깨워 주게, 어서’ 하며 문지기의 방으로 들어갔다. 그곳에는 불이 있다. 꽁꽁 언 몸을 녹였다.

사이고는 료마가 왔다는 전달을 들었을 때, 이미 이부자리 속에 들어가 있었으나 곧 뛰어 일어나 잠옷을 벗고 의복으로 갈아입었다.

“한지로!”

수족같이 부리고 있는 니키무라 한지로를 불렀다. 그는 옆방에서 아직 자리에 들지 않고 있었다.

“료마가 왔다는군.”

“그런 모양이군요.”

“고스케, 료스케, 이치조 등 모두 깨워 주게. 모두 큰 방으로 가자.”

사이고는 복도를 나왔다.

시모노세키에 있던 료마가 후시미까지 올라와 있다는 전달은 오료를 통해 알고 있었으나, 언제 교토에 들어온건지 참으로 뜻밖이었다.

‘이렇게 밤늦게 뛰어든 것을 보니 가쓰라와도 이미 만난 모양이로군.’

용건이 대략 짐작되었다.

그는 큰 방으로 들어가 화로를 댓 개 들어 놓고 숯불을 피워 놓게 했다.

“좀더 훈훈하게 해라.”

요시이 고스케가 말했다. 그분은 추위를 몹시 타시거든, 하고 웃으며 화로를 더 가져오게 했다.

료마는 문지기 방에 있다. 거기에 나카무라 한지로가 들어와서, 어서 오십시오, 그간 수고가 많으십니다, 하고 하얀 이를 보이며 웃었다.

“사이고님이 일어나셨으니 그리로 안내하지요. 정말 오늘 밤은 춥습니다 그려” 하고 앞장을 섰다.

한지로는 오늘 밤의 료마가 아무래도 평소의 료마와는 달라 보여 마음이
놓이지 않았다.
  '무엇엔가 잔뜩 화가 난 모양이다.'
  한지로는 느꼈다.
  현관에 들어선 료마는 마루로 올라서자 자기가 앞장서서 걸어 들어갔다.
  자연 뒤따르는 형국이 된 한지로도 종종걸음을 쳤다. 두 사람은 앞을 다투
듯 요란하게 복도로 걸어 나가 큰 객실 앞에 다다랐다.
  료마가 들어섰다.
  사이고는 손을 뻗쳐 료마에게 방석을 권하며 그답지 않은 쓸데없는 질문
을 했다.
  "이 밤중에 무슨 일이시오?"
  료마는 잠자코 있다가 얼마 뒤 화로전을 움켜쥐고 시비조로 말했다.
  "자세한 말은 가쓰라군에게 들었소."
  "허어……."
  "사이고님, 이젠 좀 웬만하면 체면 같은 건 집어치우시오! 얘기는 대강
  들었소. 나는 가쓰라군의 말을 들으며 눈물이 나서 혼났소."
  료마는 "사쓰마가 뒤에 남아 황실에 충성을 다한다면 조슈는 막부의 총칼
에 멸망하는 한이 있더라도 후회는 않는다"는 가쓰라의 말을 전했다.
  "지금 가쓰라를 여관에서 기다리게 하고 왔소. 그러니 즉시 그를 이곳에
  불러들여 사쓰마 조슈 연합의 동맹을 맺으시오."
  료마는 그 말만 하고 입을 꽉 다문 채 사이고를 찌르듯이 쏘아보았다.

  그 당시 사쓰마 조슈 연합이라는 것은 료마만의 독창적 구상이 아니라 이
미 사쓰마 조슈 이외의 지사들 사이에서도 상식화되어 있었다. 사쓰마와 조
슈가 손을 잡으면 막부가 쓰러진다는 것은 누구나 생각할 수 있는 문제였다.
공경인 이와쿠라 도모미(岩倉具視)도 그렇게 생각했고, 지쿠젠 번청의 손에
참살당한 쓰키가다 센조도 같은 생각을 지니고 있었으며, 료마와 동향인 나
카오카 신타로 같은 사람은 가장 열렬히 그것을 생각하고 있었다.
  최근 나카오카 신타로가 진수부의 여관에서 고향의 동지에게 써 보낸 장
문의 논문이 있는데, 대단한 탁설(卓說)로서 평가되고 있다. 그 속에 이런
말이 있다.

"금후(今後) 천하를 일으킬 자는 반드시 사쓰마, 조슈 양 번일 것이다. 생각하건대 천하가 근일 중에 사쓰마와 조슈 양번의 명령에 따르게 될 것이 거울에 비춰 보듯 분명하다. 그러므로 훗날 국체(國體)를 세우고 외세(外勢)의 경모(輕侮)를 배척하는 것도 또한 이 양 번의 힘에 의할 것이다."

사쓰마 조슈 연합은 이미 공론(公論)이 되어 있다.

그러나 결국은 탁상론이었다. 예를 들면 가톨릭과 신교 제파(新敎諸派)가 합병하면 그리스도교의 대세력이 이루어진다느니, 미국과 소련이 악수를 하면 세계 평화는 당장에라도 이룩할 수 있다고 하는 논의와 비슷한 것이다.

료마라는 젊은이는 그 어려운 일을 최후의 단계에서 단독으로 담당했다.

이미 사쓰마와 조슈는 서로 다가서고 있다. 료마가 말하는 "오노노 고마치(小野小町)의 기우제도 노래의 영험에 의한 것이 아니다. 오늘은 틀림없이 비가 올 것이라는 예상을 하고 고마치는 기우제의 노래를 읊었던 것이다. 요컨대 가망이 있나 없나 확실한 예상을 하는 것이 긴요한 것이다"라는 이론내로 이미 양번에서 서로 다가실 가망성은 있다.

나머지는 감정의 처리뿐이다.

가쓰라의 감정은 보는 바대로 굳어져서 자리를 박차고 귀국하려고 했다. 사쓰마측 역시 번의 체면과 위엄을 생각해서 침묵을 지키고 있다. 이런 단계에서 료마는 사이고에게 외치듯이 말했다. 그날 밤의 료마의 발언은 이 한 마디밖에 없었다.

"조슈가 가엾지 않습니까?"

그 다음은 쏘는 듯한 눈초리로 사이고를 노려보며 침묵을 지켰기 때문이다.

기묘하다고밖에 할 말이 없다.

이것으로 사쓰마 조슈 연합은 성립했다.

역사는 회전하여 시국은 그날 밤을 고비로 도막(倒幕) 단계로 들어갔다. 1개 도사 낭인의 입에서 나온 이 한 마디의 오묘함을 묘사하려고, 필자는 수천 매에 달하는 원고지를 메워 온 것 같다. 일의 성패는 그것을 말하는 인간에 달렸다는 것을 이 젊은이에 의해 필자는 생각하려고 했다.

료마의 침묵은 사이고에 의해 깨졌다.

사이고는 갑자기 엄숙한 표정으로 고쳐 앉으며 말했다.

"사카모토형의 말씀이 옳소."

그리고 오쿠보 도시미치에게 눈길을 돌리며 말했다.

"사쓰마 조슈 연합에 관해서는 우리 번에서 먼저 조슈 번에 신청하세."

오쿠보는 고개를 끄덕였다.

연맹 체결의 날짜가 즉석에서 결정되었다.

내일이다.


그 이튿날.

게이오 2년 정월 21일이 사쓰마 조슈 양 번의 체맹(締盟)의 날이 되었다.

장소에 관해서는 료마가 말했다.

"조슈인들의 마음은 상처를 입고 있소. 그러므로 그들이 유숙하고 있는 곳을 회담 장소로 하여 사쓰마측이 아량을 베풀어 찾아가는 형식이 어떻겠소?"

사이고는 승낙했다.

다만 사쓰마인들이 여럿이 떼를 지어 간다면 막부의 밀정들이 수상하게 여길 우려가 있다.

그러므로 요시이 고스케가 나서며 그 준비를 서둘렀다.

"언제나 하는 수법이지만, 역시 비파 탄주회라는 명목을 붙입시다."

즉시 여러 대의 비파가 니혼마쓰의 번저로부터 고마쓰 저택으로 운반되어 갔다.

일동이 모인 것은 아침 10시 경이었다. 료마는 그 무렵 니시키고지의 사쓰마 번저에 유숙하고 있던 가메야마 동문의 이케 구라타와 데라우치 신자에몬(寺內信左衞門)을 데리고 참석했다. 데라우치란 료마가 홍당무 우마노스케(馬之助)라고 부르던 니이미야 우마노스케(新宮馬之助)를 가리킨다.

이로써 조정역(調停役)인 도사인은 세 사람.

사쓰마측은 사이고, 고마쓰, 요시 이외에 나카무라 등 경비와 연락원이 십여 명.

조슈측은 가쓰라, 시나가와, 미요시, 하야까와 등 네 사람이다.

각각 다다미 열장이 깔린 방에 좌정하고, 옆방에는 이 회합을 위장하기 위한 사쓰마 비파의 탄주자를 동원시켜 놓았다.

쌍방은 각기 인사를 나누고 회의는 시작되었으나 여전히 양측에서는 아무도 먼저 입을 열지 않았다.

실제로는 회담의 진행을 중개 역할인 료마가 해야 옳았으나, 이 사나이는 그런 면에는 서툴러서 장지문에 기댄 채 무료하게 앉아 있었다.

그러다가 조슈측의 미요시 군타로가 자기들 패의 귀에만 들어가게끔 조그만 목소리로 말했다.

'구태여 조슈가 머리를 숙여야 할 이유는 없습니다. 감자 쪽에서 먼저 항복해 오도록 합시다.'

그러나 작은 소리로 할 생각이었는데 뜻밖에도 큰 소리가 되어 모든 사람들의 귀에 다 들리고 말았다.

사쓰마인도 조슈인도 모두 놀랐다. 그 찰나 도사인측에서 료마가 폭발하듯이 웃어 대며 말했다.

"감자라니, 거참 말 잘했다."

그 바람에 긴장했던 사쓰마측까지 웃음을 자아내게 되어 좌중의 분위기가 갑자기 부드러워졌다. 사이고는 그 기회를 놓치지 않고 말했다.

"항복하라, 이 말이군요. 과연 항복했소."

이렇듯 상냥하게 받아넘겼으므로 그 자리는 더욱 화기애애하여 성미가 까다로운 가쓰라까지 어느새 웃고 있었다.

잠시 뒤 맹약에 대하여 구체적인 논의가 시작되었고, 그 체맹의 성격을 공수 동맹(攻守同盟)으로 할 것이 우선 결정되었다.


저녁 때, 비밀 동맹은 마침내 성립되었다.

그 조약은 모두 6개 항목으로 되어 있다.

내용은, 우선 막부와 조슈가 싸움을 시작했을 경우, 사쓰마는 중립을 가장하고 즉시 2천 명의 병사를 교토로 올려 보내 재경중인 기존 병력과 합세하여 강력한 군사 세력을 보유한다. 이 제1 항목이 나중에 중요한 역사를 만들어 냈다. 교토에 주둔한 사쓰마군이 막부에 군사적 위협을 주면서 마침내 교토 조정을 옹호하여 메이지 유신을 성립시켰기 때문이다.

제2 항은, 막부와의 전쟁에서 조슈군이 조금이라도 우세한 기미가 나타났을 때, 재빨리 교토의 사쓰마군은 조정을 조정자(調停者)로 하여 사태를 조슈에 유리한 강화로 이끌어 갈 것.

제3 항은, 만일 막부와의 전쟁에서 조슈측에 패색이 보였을 때의 대책이다.

일 년이나 반년으로는 결코 괴멸될 우려가 없으니 그 안에 사쓰마는 시기를 봐서 적절한 손을 쓸 일.

제4 항은, 막부와의 전쟁이 일어나지 않았을 경우, 즉 지금 오사카에 집결해 있는 막부군이 그대로 돌아갔을 경우, 사쓰마는 조정에 접근하여 조슈가 뒤집어쓰고 있는 누명을 벗기도록 노력한다.

제5 항은, 이와 같은 사쓰마 번의 움직임을 막부파의 히도쓰바시(一橋), 아이즈, 구와나 등의 각 번이 방해하고 나설 경우 단호하게 결전을 할 것.

제6 항은, 오늘부터 사쓰마와 조슈 쌍방이 마음을 합하여 조정의 권세를 회복시키는 것을 목표로 삼고 서로 힘을 다할 것.

이 마지막 조항은 공식적으로 사쓰마 조슈 양 번이 유신 혁명을 맹세한 최초의 맹약이었으므로, 도막 유신(倒幕維新)은 이로부터 출발되어 간다고 해도 과언이 아니다.

료마는 중개인으로서 시종 입회했다.

이윽고 맹약이 성립되어 회담이 끝나자 술상이 들어왔다.

사쓰마 번의 중신 고마쓰 다데와키는 자세를 바로하고 말했다.

"변변치 않습니다만 술상을 마련했습니다. 서로 흉금을 터놓고 이야기를 나누며 술을 들어 주신다면 영광이 되겠습니다."

이렇게 인사를 한 다음 료마를 향해 방바닥에 손을 짚고 머리를 숙였다.

"오늘의 이 성사(盛事)는 오로지 귀하의 수고 덕분인 줄 압니다. 깊이 감사드립니다."

동시에 가쓰라도 료마를 향해 고마쓰와 똑같은 치하를 했다.

료마는 넓적한 등을 꾸부리며 어딘가 열없어 했다.

주연이 벌어졌다.

그러자 옆방에 대기하고 있던 사쓰마 비파의 탄주자가 비파를 타기 시작했다.

사쓰마측의 제안으로 이 회맹(會盟)에 음악을 곁들였던 것이다.

탄주자는 번내에서 으뜸가는 고다마 한조(兒玉半藏)라는 소년으로서, 후에 세이난 전쟁에 참가하였으며 난텐(南天)이라는 호를 갖고 메이지 시대 사쓰마 비파의 악단(樂壇)에서는 제일인자가 되었다.

한조가 타는 곡은 '벚나무 선물'이라는 것으로 의형제의 우정을 읊은 사쓰마인들의 애창곡의 하나였다. 사쓰마 조슈 연합의 주연에는 적격이라고 생각하여 한조가 선택한 곡이리라.

　이 연회 석상에서 사쓰마 비파의 반주는 어지간히 가쓰라를 감동시킨 모양이었다.
　그는 술을 마셔가며 무릎 위에 종이를 펴 즉흥시를 지어 곧 료마의 자리로 왔다.
　"아직 다듬지는 않았으나 대강 이런 것을 만들었네" 하고 그 시를 보였다. 썩 잘된 시는 아니었으나 가쓰라의 모든 감동이 시 속에 담겨져 있는 듯했다.

　　이별이 다가오는 술자리에서
　　갑자기 네 줄 비파 소리 들었네
　　곡은 첫곡이 비상곡(悲想曲)인데
　　타는 이는 솜씨 으뜸가는 소년일레라
　　왕년을 회상하니 그 원한 뼈에 사무쳐
　　부지중 피눈물이 옷깃을 적시네
　　아는가 나의 꿈을, 요도 강의 물결아
　　반은 왕도에 있고 반은 고향에 있는 것을

　가쓰라란 묘한 사나이다.
　이처럼 감동하였으면서도 역시 사쓰마인을 전면적으로 신용할 수가 없어 그날로부터 보름 후에 료마에게 긴 편지를 보냈다.
　"또다시 사쓰마인은 우리를 속일지도 모르므로 미안하나 대형(大兄)의 보증서가 필요하오" 하고 맹약의 각항을 기록한 것을 동봉하여 보냈다. 료마는 그 맹약서의 이면에다 다음 사항을 썼다.

　표기에 기록된 6항은 고마쓰, 사이고 두 분을 비롯하여 가쓰라와 료마 등도 동석하여 담론한 것으로서 추호도 어긋남이 없으며 장래에 있어서도 결코 변함이 없음을 신명이 증명하는 바이오.
　병인(丙寅) 2월 5일 사카모토 료마

이렇게 보증서를 첨가해 보냈다.

어찌됐든 맹약이 이루어진 다음날 아침 가쓰라는 교토를 출발하여 귀향길에 올랐다. 사쓰마측도 그날 고향의 시마쓰 히사미쓰에게 보고하기 위해 오쿠보 도시미치가 교토를 떠났다.

료마만은 그날 밤 주연이 끝난 다음 즉시 후시미로 향했다.

데라다야에서 성패를 초조히 기다리고 있을 미요시 신조에게 일의 성공을 한시바삐 알려 주기 위해서였다.

료마가 후시미로 들어가 호라이 다리 부근의 데라다야로 들어선 것은 밤 12시였다.

아무리 늦어도 료마는 돌아올 것이라고 예측한 미요시 신조는 오토세와 오료와 함께 자지 않고 기다리고 있었다.

료마가 현관으로 들어서자 신조는 급히 이층에서 뛰어 내려왔다.

"미요시군, 성공이네."

료마가 말하자 신조는 계산대 앞에서 춤을 추다시피 기뻐하며 말했다.

"이제 천하의 일은 결정됐다!"

료마는 짚신을 벗고 발을 씻은 다음 마루에 올라서자, 목욕을 싫어하는 이 사나이가 웬일인지 느닷없이 물었다.

"오료 목욕물 있나?"

# 데라다야 사건

　데라다야의 안주인 오토세는 교토에서 료마의 일이 성공한 것을 기뻐하며 한밤중인데도 술상을 차려 이층으로 가져왔다.

　장소는 이층의 아늑한 별실이었다.

　미요시 신조는 료마가 목욕을 하고 올라오길 기다렸다.

　잠시 후에 올라온 료마는 술상 앞에 앉자 잔을 치켜들고

　"경사로다——" 하고 단숨에 들이켰다.

"수고 많으셨습니다."

미요시 신조는 말했다. 료마는 고개를 끄덕이고 다만 한마디 했을 뿐이었다.

"정말——"

그런데 그 뒤 미요시 신조가 심상찮은 말을 했다.

"막부의 관리들이 이 데라다야를 노리고 있는 모양입니다."

　실은 료마가 떠난 다음 후시미 행정청의 포도 군관과 순찰 대원들이 몇 번이나 임검을 왔다고 한다.

　그때마다 오토세와 오료가 신조를 이층 방 벽장에 숨기고 이불을 쌓아올

려 임검의 눈을 속였다는 것이다.

"흠, 몇 번이나 왔던가?"

료마가 묻자 오료는 손가락을 꼽아 보았다.

"세 번이었어요, 아니 네 번이었던가?"

"정말"

오토세가 옆에서 거들었다.

"이처럼 악착같이 임검을 오다니 전에는 없던 일이에요."

"눈치챘구나!"

료마는 목덜미를 북북 긁었다.

실은 장군의 보좌역인 히도쓰바시 요시노부가 오사카로부터 교토로 가려고 이날 저녁 후시미에 도착해 있었다. 그 때문에 더욱 엄중한 경계를 하고 있는지도 몰랐다.

"틀림없이 그 때문일 걸세."

료마는 간단히 그렇게 생각했다.

그것도 사실이었으나, 그뿐만은 아니었다. 후시미 행정청에는 수배중인 료마가 오늘 밤 교토 방면으로부터 내려와서 후시미의 데라다야에 들어갔다는 정보가 이미 들어와 있었다.

그 당시 후시미 행정관은 가즈사 쇼오사이(上總請西) 일만 석의 영주 하야시 히고노카미(林肥後守)였다.

그날 밤 하야시 히고노카미는 료마가 데라다야에 들어갔다는 보고를 듣자, 직접 탐색과 포살(捕殺)의 지휘를 하려고 오전 한시가 지나서 행정청을 나왔다.

인상서와 틀림이 없다는 것을 확인하자 비번 관리들을 모조리 행정청에 불러들이고 순찰대에도 연락을 했다. 포도 군관 이하 그 부하들이 백 명쯤 행정청에 집합한 것은 오전 2시경이다.

포리들에게는 몽둥이, 사다리, 쇠꼬챙이 등을 들게 하고 포교 이상은 사슬 갑옷을 입게 했다. 포도 군관 몇 사람은 투구까지 쓰고 어마어마한 채비를 했다.

그들은 초롱의 불을 끄고 남의 눈에 띄지 않게 조금씩 내보내어 데라다야를 둘러쌌다.

포위가 거의 완료된 것은 오전 3시 경이었다.

료마는 솜옷을 걸치고 여전히 미요시 신조를 상대로 술을 마시고 있었다.

도쿠가와 막부의 특색 중 하나는 첩보 감각이 예민하다는 점이었는데, 그러한 막부가 자기들의 흥망이 걸린 사쓰마 조슈 연합의 성립을 탐지할 수 없었다는 것은 어떤 착오에서 온 것일까.

그러나 전연 모르고 있었던 것은 아니다.

"도사의 사카모토 료마가 빈번하게 교토 오사카를 왕래하고 있는 것은 반드시 무언가 있다"라고 수상한 냄새만은 맡고 있었다.

그 수상한 냄새가 설마 사쓰마 조슈 연합을 주선하는 냄새였다고는 꿈에도 생각하지 못했을 것이다. 그들은 장군이나 혹은 그 후견자인 히도쓰바시 요시노부의 암살을 기도하고 있는 것은 아닐까? 하고 추측한 흔적이 있다.

왜냐하면 유사한 사건이 작년 정월 8일 오사카의 마쓰야 거리(松屋町)에서 있었기 때문이다.

도사에서 탈번한 오오리 데이키치(大利鼎吉), 하시모토 데쓰이(橋本鐵猪), 나스 모리마(那須盛馬), 다나카 겐스케 네 사람이 마쓰야 거리에 사는 동지 혼다 오쿠라(本多大內藏) 집 이층에 잠복하여 때마침 오사카 성에 체류 중인 장군 이에모치를 죽이고 성에 불을 질러 천하를 놀라게 할 계획을 짰다. 그것을 우연히 같은 동네에 검술 도장을 갖고 있는 빗쮸(備中) 사람 다니 만따로(谷萬太郎)가 탐지하였다. 그는 신센조에 가입하려던 참이었으므로 이것을 행정청에 알리고 그들과 함께 혼다 집을 습격했다.

혼다 집에는 오오리 데이키치 혼자 있었다. 그는 료마와 어릴 때부터 사귀어 온 친구였다.

습격받기 바로 전날, 묘하게도 자기의 운명을 예감했던지 "아무런 값어치 없는 몸이지만 천황을 향한 충성심만은 오늘에야 보여준다"는 마지막 노래를 남기고 있다.

오오리는 덴추조(天誅組)의 수령 나카야마 다다미쓰의 유품이라는 칼을 휘두르며 혼자서 분투하여 몇 사람을 벤 뒤, 마구 난무하는 칼 아래서 자기도 쓰러졌다.

'마쓰야 거리의 변'이라고 한다.

그런 사건의 기억이 아직도 생생했으므로 막부의 기관이 료마에 대해서

"같은 도사인이니 암살 음모가 틀림없다."

이렇게 판단한 것도 무리는 아니다.

데라다야의 포위는 지나칠 정도로 신중하게 행하여졌다.

"사카모토는 지바 도장 으뜸가는 검객이다"라고 해서 데라다야 부근의 골목은 포리로 꽉 찼다. 부근 집들의 추녀 밑, 소방용 물통 뒤에도 다섯 명씩 열 명씩 잠복하고 있었다.

정문으로 쳐들어갈 사람만도 한 30명쯤 배치되어, 그 30명이 겁에 질린 채 데라다야의 문전에 몰렸다.

문이 닫혀 있다.

단창을 쥔 포교 하나가 짐짓 목소리를 부드럽고 조심스럽게 말했다.

"잠깐 문 좀 열어 주십시오, 부탁합니다."

여기에 오토세의 수기(手記)가 있다.

"'잠깐 문 좀 열어 주십시오' 하며 문을 두드리기에 무슨 일인가 하고 안에서 하인이 문을 여니, 그 과부댁(오토세) 좀 밖으로 나와 달라고 한다. 무슨 일인가 하고 나가 보니 머리띠를 동여매고 시퍼런 창을 든 백여 명이 몰려 있어 매우 놀랐으나, '무슨 일이십니까' 하고 물어 보았더니……" 하는 정황(情況)으로 일은 시작되었다.


오토세를 심문한 포교들은 빈틈없는 복장들이다.

헐렁한 하카마는 입지 않고 속옷처럼 몸에 붙은 바지에 각반을 쳤으며, 소방용 상의 같은 겉옷에 사슬로 엮은 갑옷까지 그 밑에 껴입고 팔에는 토시, 다리에는 정강이받이까지 댄 모습들이었다.

그 포교 중 하나가 나직이 떨리는 소리로 물었다.

"그러면 묻겠는데, 지금 이층에 두 사람의 무사가 있다. 틀림없는 정보를 들었으니, 숨겨서는 안 된다. 틀림없지?"

오토세는 일순 입을 다물었다.

'어떡하지?'

재빨리 궁리했으나 주위를 살펴보니 입김으로 숨이 꽉 막히도록 빽빽한 포위 상태다.

——이제 더 숨길 것도 없다.

오토세는 그 수기에 이렇게 쓰고 있다.

담이 큰 여자다. 오히려 시원스럽게 말하는 편이 두 사람이 의심을 안 받을는지 모른다는 생각에 짐짓 의아한 표정을 짓고 말했다.

“네, 계시고말고요. 하지만 그분들은 사쓰마 번의 가신들이십니다. 수상한 분들이 아녜요.”

“오토세, 그것은 이쪽에서 조사할 일이다. 그대는 묻는 말에나 정직하게 대답하면 된다.”

“그래요?”

오토세는 불만스러운 얼굴을 했다.

참으로 두둑한 배짱이었다. 여담이지만, 이 여장부는 유신 당시 많은 근왕 지사들을 돌봐 주었다. 그래서 아직 젊었을 때의 메이지 천황이 매우 흥미를 갖고 오토세의 이와 같은 수기나 사진 등을 모으게 하고, 그 기상과 일화 등을 생존한 근왕 지사들한테서 들었다. 오토세는 죽은 뒤 그 공으로 증위(贈位)되었다.

포교들이 알고 싶은 것은 다음과 같은 것이었다.

“지금 무얼 하고 있지?”

포교 하나가 물었다. 자는가, 일어나 있는가를 물은 것이다. 자고 있다면 들이닥치기 쉽다.

“어때?”

“네, 아직 주무시지 않고 이야기를 하고 계십니다.”

오토세는 시치미를 떼고 대답했다.

그녀의 대답은 포교들에게 충격을 주었다. 자고 있으리라 생각했기 때문에 이런 습격 시간을 택했었는데 짐작이 빗나간 것이다. 그들은 오토세의 눈에도 우습게 보일 만큼 두려워하기 시작했다.

오토세의 수기를 보면 이러했다.

“그때부터 포졸들은 걱정이 앞서 이럴까 저럴까 하고 여러 가지로 무서워하는 기색이었으며, 서로 네가 가라 하는 둥 그 혼잡은 이루 형용할 수 없었으니.”

오토세의 수기는 다시 또 계속된다.

“이런 사람들이 몇 만 명 달려들어 묶으려 해도 그 두 분을 결국 감당하지는 못할 것임을 마음속으로 생각하고 그 점은 안심하고 있었다.”

마침내 그들이 쳐들어가기로 결정하자 포교 하나가 오토세의 손목을 잡고 골목으로 끌어냈다.

한편 이층에서는——

이미 옆방에 이부자리를 깐 오료가 두 사람에게 이렇게 말하고 아래층으로 내려갔다.

"이제 그만 주무세요."

그러나 료마는 화로를 껴안고 여전히 지껄이고 있었다.

료마는 이날 밤 사쓰마 조슈 연합의 큰일을 성공시킨 여세가 아직 남아 있어서 몹시 흥분하고 있었던 모양이다. 신조를 상대로 천하의 형세를 논하고, 자기의 시국관과 앞으로 할 사업의 구상 같은 것을 쉴 새 없이 이야기하며 좀처럼 자려고 하지 않았다.

'이분으로선 드문 일인걸.'

신조가 그렇게 느꼈던 것도 무리는 아니다. 거의 료마가 혼자서 지껄이다시피 하고 있는 것이다.

이윽고 시국론에도 싫증이 난 료마의 기발한 인간담(人間譚)이 시작되었다.

"손윗사람을 상대로 음담(淫談)을 해선 안 된다."

료마는 이상한 말을 했다.

원래 료마는 독특한 말재주를 지니고 있어서, 천하 국가를 논할 때에도 종종 남녀의 비속(卑俗)한 기미(幾微)를 예로 들어서 말한다. 진수부(鎭守府)에서도 그렇게 하여 산조 사네토미경을 위시하여 여러 공경들을 박장대소시켰다. 그 후에 산조경이 그 수기에서 "사카모토 료마 찾아오다. 위인(偉人)이로다"라고 평가했으니 다행이지만 항상 그런 수법이 성공하리라고는 료마 자신도 생각하고 있지 않았다.

"어째서 그렇습니까?"

신조가 묻자 료마는 대답했다.

"우쭐해서 음담패설을 늘어놓고 있노라면 반드시 그 말 중에 실수를 하게 되지. 그것을 손위 사람들은 재미있어 하면서도 속으로는 경멸하거든."

음담은 절도가 중요해, 그 절도의 감각이 있는 사나이라면 무엇을 해도 큰일을 성취할 수 있어, 내가 보건대 사이고는 달인(達人)이야, 하며 묘한 일로 사이고를 칭찬했다.

"사카모토님의 각오는 어떤 것입니까?"

신조는 그런 것도 물었다. 사생관(死生觀)에 관한 것이었다. 료마는 잠시 생각하다가 대답했다.

"그런 거 없는 것 같은데."

"생가 같은 것은 특별히 생각하고 있지도 않아. 요는 무엇을 하느냐가 중요해. 이 세상에 태어난다는 것은 일을 성취하기 위한 것이라고 나는 생각하고 있어."

"일이란 뭡니까?"

"하는 일이지 뭐. 하는 일이라고 하지만 하기야 선인들의 흉내를 내는 따위는 시시하다고 생각해. 석가나 공자는 남의 흉내가 아닌 삶을 살았더군. 그건 그것대로 훌륭한 거야."

료마는 신조가 눈을 빛내며 열심히 듣고 있었으므로 기분이 좋아져서 마구 지껄여 댔다.

그러나 곧 그러한 자신을 깨달은 듯 뒤통수를 긁적거리면서 일어나려고 했다.

"앗하하하…… 오늘 밤 나는 솜 어떻게 된 모양이군."

한편 오료는 료마와 신조의 이부자리를 보아준 다음 아래층으로 내려와 복도를 건너서 욕실로 들어갔다.

그 사이에 가게 문이 두들겨지고, 남자가 불려 나가고, 다시 오토세가 불려나갔으나 안에 있는 오료의 귀에는 들리지 않았다.

오료는 버선을 벗고 목욕물에 손을 넣어 본 다음, 허리띠를 풀고 옷을 벗기 시작했다.


오료는 알몸이 되었다.

자그마한 몸집이었으나 피부가 희고 살집이 통통해서 마치 숲 속의 민첩한 작은 짐승을 연상시키는 육체를 지니고 있었다.

여인숙이라 욕실이 보통 가정의 것보다 세 배나 넓다.

추위도 안 타는 여자다.

천천히 문을 열고 안으로 들어가서 욕탕의 뚜껑을 열었다.

확, 뜨거운 김이 솟아 흐릿한 욕실의 등불이 더욱 침침해졌다.

기묘한 것을 깨달았다.

김이 흐르고 있는 것이다.

'저런……'

오료는 스스로 자기의 부주의가 우스워졌다. 창문이 열려 있는 것이다.

창문은 뒷길로 향하고 있었다.

오료는 손을 뻗어 그것을 닫으려다가 앗! 하고 숨을 들이켰다.

뒷길에 사람들이 가득 들어 차 있고 초롱불이 움직이고 있지 않은가?

"포리(捕吏) ——" 그렇게 생각한 순간, 오료는 그대로 욕실에서 튀어나 갔다. 자기가 지금 알몸이라는 것은 생각지도 않았다.

뒷계단을 통해 정신없이 이층으로 달려 올라가 안방으로 뛰어들자 나직이, 그러나 날카롭게 외쳤다.

"사카모토님! 미요시님! 포리들이에요!"

료마는 그 말보다 오히려 오료의 나체에 놀랐다. 흥분된 탓인지 그녀의 육체는 눈부실 만큼 불그레하게 숨쉬고 있다.

"오료, 뭐 좀 입어!"

얼른 말하고는 미요시 신조를 돌아보았다.

신조는 좋아! 하는 듯이 명쾌하게 고개를 끄덕이고 단창을 끌어당겼다.

사실은 오료의 급보가 있기 직전, 료마는 이상한 기미를 느꼈던 것이다.

료마 자신이 사건 후 고향의 형 곤페이에게 써 보낸 편지의 사연을 빌면, 이미 그는 아래층의 움직임이 이상하다고 느끼고 있었던 것이다.

"그만 자려고 했을 때 이상하게도 아래층에서 사람의 발자국 소리가 살금 살금 나는 것을 알아차리자, 또다시 육척봉 소리가 떨거덕 하고 들렸습니 다."

그러므로 오료가 뛰어 올라왔을 때는 이미 아래층은 포리들로 가득 차 있었던 것이다.

물론 길목도 모두 포리들로 가득 차 있었다. 밖에 있는 포리들은 오토세의 두 팔을 잡고 꼼짝도 못하게 하고 있었다.

오료의 보고를 받은 료마는 하카마를 찾았으나 보이지 않았다.

"옆방에 있었다"고 료마는 그 수기에 써놓았다. 그래서 그것은 단념하고 여인숙의 잠옷을 입은 채 그 허리띠에 크고 작은 두 자루의 칼을 찌르고는, 권총을 품속에 쑤셔 넣고 다시 방석 위에 떡 버티고 앉았다.

이때 장지문이 조금 열리더니 얼굴이 시커먼 남자가 그리로 들여다봤다.

"누구냐?"

료마가 침착하게 말을 걸자 그 사나이는 일단 들어왔다가 료마의 무서운 표정이 두려워 그대로 나가 버렸다.

그동안 미요시 신조는 급히 의복을 차려 입었다. 료마는 방 한복판에 태연히 앉아 있다.

잠시 후 옆방에서 여러 사람의 발소리가 들렸으므로 료마는 말했다.

"오료, 그 장지문을 떼어 버려"

오료는 네, 하며 싹싹하게 대답하고 잽싸게 장지문 앞에 달려갔다.

그때까지 오료는 역시 실오라기 하나 걸치지 않은 알몸이었다. 그러나 때가 때니만큼 오료 자신도 료마도 신조도, 조금도 이상하지 않았다.

오료가 덜컥거리며 장지문을 떼어내자 옆방이 환히 바라보였다.

놀랍게도 창, 칼, 몽둥이 등을 든 무사와 포리들이 가득 들어차 있다. 열 명쯤 될까.

료마는 흘끔 그들을 쏘아본 다음, 오료를 돌아보고 말했다.

"다치면 안 되니까 아래도 내려가."

그러자, 오료는 자기만 안전한 장소로 갈 생각이 없는 듯 다급하게 대답했다.

"싫어요! 여기 있겠어요."

료마는 웃어 버렸다. 오료의 그 나체가 우스웠던 것이다.

"여하튼 그런 모습으로 어정버정하고 있으면 내가 점잖게 손님과 애기를 할 수 없잖아. 옷 있는 곳까지 어서 내려가요."

오료는 그제야 자기 모습을 깨달았다고 해도 좋다. 앗! 하고 비명을 지르더니 료마와 신조 사이를 뚫고 복도로 뛰어나가 그곳에 서 있던 포리들을 밀어젖히고 뒷계단으로 내려가 버렸다. 포리들이 오히려 놀랐을 것이다.

료마와 신조는 옆방의 떼거리들과 한동안 무언의 눈싸움을 계속했다.

이윽고 료마가 먼저 입을 열어 호통을 쳤다.

"무슨 이유로 사쓰마 번사에게 이런 무례한 짓을 하는가?"

그때 포리들 속에서 한 목소리가 되물었다.

"사쓰마 번사란 거짓이 아닌가?"

"천만에!"

료마는 천천히 말했다.

"의심이 난다면 이곳 후시미에도 사쓰마 번저가 있으니 금방 달려가서 확인해 보면 될 게 아닌가.”

“…….”

포리는 입을 다물었다. 그러나 곧 힐문했다.

“당신들은 무엇 때문에 무기를 지니고 있나?”

료마는 소리 내어 웃고는 이렇게만 말했다.

“이것은 무사의 관습——”

포리들은 입을 다물고 기묘한 행동을 개시했다. 그대로 우루루 아래층으로 내려간 것이다. 아래층에 있는 동료들을 부르러 가는 모양이다.

“이 동안에 미요시군, 집기를 한쪽으로 치우게.”

료마는 손수 화로를 구석으로 밀어붙였다. 미요시 신조도 주변의 물건들을 급히 구석으로 밀었다. 싸우는 장소를 넓히기 위해서다.

얼마 후 다시 우당탕퉁탕 30명 가량 올라오더니 옆방과 복도에 가득 들어서서 창으로 장벽을 만들었다.


포리가 소리쳤다.

“마쓰다이라 히고노카미(松平肥後守 : <sup>아이즈 번주</sup><sub>교토 수호직</sub>)님의 분부시다! 조용히 해라!” 하면서, 등불을 높이 쳐들어 료마에게 비쳤다. 료마 등은 이미 등불을 끄고 방안을 캄캄하게 해놓고 있었다.

료마는 눈이 몹시 부셔서 적의 모습을 잘 볼 수가 없었다.

“멍청이 녀석, 집어 치워. 마쓰다이라 히고노카미가 어쩌니저쩌니했는데 난 사쓰마 번사다. 히고노카미의 지시는 안 받는다. 가라!”

그동안 미요시 신조는 료마의 왼쪽 약간 앞에서 왼쪽 무릎을 세우고 앉아 단창을 중단으로 겨누고 있었다.

“미요시군, 한다.”

료마는 속삭였다. 이렇게 되면 난전으로 이끌어서 활로를 열 수밖에 없다.

난전을 조성하려면 권총을 발사하는 게 제일이라고 단정하고, 품속에서 그 은색으로 빛나는 묵직한 물체를 꺼내어 찰각 격철을 일으켰다. 료마는 이미 오른쪽 무릎을 세우고 엉거주춤 일어서 있다.

‘이것을 쏘면 잘못 맞았다간 사람이 죽겠구나.’

순간 그런 쓸데없는 생각이 들었으나 지금은 쏘지 않을 수 없었다.

정면의 등불이 성가셨다.

총구를 그 등불에 대고

꽝!

한방 쏘아붙였다. 등불을 든 사나이는 쓰러졌으나 등불 자체는 재빨리 다른 사나이가 주웠기 때문에 여전히 꺼지지 않았다.

난투가 벌어졌다.

창의 명수라는 미요시 신조의 단창 다루는 솜씨는 과연 일류라, 적을 때려 눕히고는 창으로 찌르고 또 찔러 뉜 다음 앞으로 나가서는 또 다른 적을 찔러 눕혔다.

료마는 어찌된 영문인지 칼을 뽑지 않는다.

검술에 능란한 듯한 적 하나가 허리를 낮추고 칼을 비스듬히 내리치며 달려들었을 때도 권총으로 받았다.

탁!

동시에 상대방의 두 눈에 힘껏 왼쪽 주먹을 먹였다. 으악! 하고 상대편은 나사빠졌다.

그 료마의 옆구리에 창끝이 들이닥쳤다. 그는 재빨리 한 손으로 창 자루를 꽉 잡고 번쩍 발을 들어 그 사나이의 가슴팍을 걷어찼다.

료마의 잠옷 자락이 길어 그것이 다리에 휘감겨 매우 거북하다.

료마는 무척 애를 먹은 모양으로, 후일 형에게 쓴 편지에도 "그때 생각했지만, 남자는 정강이 밑으로 길게 내려오는 옷은 입지 말아야 하겠습니다" 라고 쓰고 있다.

어쨌든 료마는 악귀처럼 설쳤으나 아무래도 적의 수가 많아 물밀 듯 공격을 해 왔으므로, 어쩔 수 없이 권총을 발사하여 적을 제압했다.

문득 왼쪽을 바라보니 미요시 신조의 옆에서 벽에 등을 기댄 채 신조를 노리고 있는 사나이가 있었다. 료마는 흠칫 놀라며 신조가 찔리기 직전 손에 든 권총의 방아쇠를 당겼다.

사나이는 가슴을 정통으로 맞고 쓰러졌다.

료마는 곤페이에게 보낸 편지에서 이렇게 말했다.

"적은 총탄을 맞은 듯 마치 잠이 들어 쓰러지는 것처럼 배를 깔고 넘어졌습니다."

이 난투의 장면은 필자의 묘사보다도, 료마가 후일 형 곤페이에게 써보낸 그 자신의 문장이 더욱 그때의 광경을 여실히 전하고 있다.

"이때도 또한 적은 계속 문이나 미닫이를 부수고 짓밟고 하며 굉장히 소란을 피웠으나 도무지 내 앞에는 접근하지 않고……."

적은 료마와 신조를 두려워하여 장지나 미닫이를 부수고 계단을 요란하게 오르내릴 뿐, 두 사람에게는 접근하지 않았다.

"겁쟁이 놈들이군!"

료마는 어둠 속에서 크게 웃었다. 이 사나이는 아직도 칼을 빼지 않고, 어느 틈엔가 다시 방석 위에 떡 버티고 앉아 있었다.

옆에 있는 미요시 신조는 한쪽 무릎을 꺾고 앉아 단창을 중단으로 겨누고 있는데 그 창끝에서는 피가 뚝뚝 떨어지고 있었다.

한편 길거리로 끌려 나간 오토세는 이 광경을 어떻게 보고 있었던가?

집안의 사정은 물론 알 수 없다. 그 수기의 글을 빌면 이러하다.

"이층이 금방 허물어지는 듯 우지끈 뚝딱 했고 또한 총소리가 요란했으며, 내가 '아이 무서워' 하면서도 밖에 서서 지켜보니, 허둥지둥 도망 나오는 자도 있었고 이층에서 떨어지는 자도 있어 그 꼴이 말이 아니었다."

정월 이십삼일 밤은 이제 두 시간쯤 있으면 완전히 밝으려 하고 있었다. 길바닥에 끌려나와 포리들에게 붙잡혀 있는 오토세는 추웠을 것이다. 그러나 이 명랑하고 배짱 좋은 여인은 무서운 생각이 들면서도 료마와 신조라면 저까짓 포리들이 몇 백 명 달려든다 해도 끄떡없을 것이라고 굳게 믿고 있었다.

한편 오료는——

그녀의 행동은 료마나 오토세는 물론이고 포리들도 모르고 있었다.

그녀는 아래층에서 옷을 주워 입고 허리를 동여매는 띠는 손에 든 채, 그대로 맨발로 뒷문으로 해서 밖으로 뛰어나왔다

나가자마자 5, 6명의 포리들을 밀어 제치고 캄캄한 밤길을 내달렸다.

후시미의 사쓰마 번저로 급보를 전하러 가는 것이다. 이 경우 오료의 이 행동이야말로 가장 적절한 조치였다.

거리는 3마장 가량 된다.

오료는 도랑에 빠지기도 하고 등롱(燈籠)에 부딪치기도 하면서 허겁지겁 마구 달려 마침내 사쓰마 번저에 당도하자 문을 난타했다.

"누구야, 이 밤중에?"

문지기가 일어나서 창문으로 내다보니 형편없는 꼬락서니를 한 여자가 혼

자 서 있다.

"문 좀 열어 주세요, 큰일 났어요!"

오료는 들창 틈에 매달려서 소리쳤다.


적의 공격에는 물결이 있다.

왈칵 밀어닥치는가 하면 두 사람에게 무참히 당하고 후퇴하여 숨을 돌리면서 이쪽의 행동을 기다린다.

적이 달려들 때마다 상대의 턱주가리가 부서질 정도로 료마는 때리고 차고 급소를 찌르고 하면서 어쩔 수 없이 절박한 때는 권총을 발사하기도 했다.

'사카모토님, 왜 칼을 뽑지 않습니까?'

옆의 미요시 신조는 몇 번이나 마음속으로 외쳤으나 끝내 입 밖에 내지는 않았다. 이 난투의 방법에도 료마는 료마 나름의 철학이 있을 것이라고 생각했기 때문이다.

적의 물결이 약간 물러갔다.

료마는 다시 방석에 주저앉아 권총을 부스럭부스럭 만지기 시작했다.

"왜 그러시죠?"

신조는 여전히 적을 주시하며 나직이 물었다.

"총알을 넣는 걸세."

료마는 품안에 왼손을 집어넣더니 돈이라도 찾는 듯이 여기저기 더듬었다.

간신히 찾았다.

료마는 권총을 찰칵 꺾고 탄창을 꺼냈다.

료마 자신의 편지에는 이렇게 표현되어 있다.

"권총에 총알을 넣으려고 이와 같은 물건을 꺼내어."

그런데 총알도 권총도 연뿌리형의 짤막한 탄창도 미끌미끌 젖어 있었다. 피였다.

료마의 왼쪽 엄지손가락이 덜렁거릴 만큼 깊이 베어져 있었다.

'아아, 아까 그거로군.'

료마는 처음으로 깨달았다. 적이 큰 칼을 쳐들고 후려쳤을 때 료마는 즉시 왼손에 쥐고 있던 권총으로 받았다. 암흑 속에서

팍!

불꽃이 튀었다. 칼을 막자마자 료마는 동시에 오른손 주먹으로 상대방 옆구리를 찌르고 번개처럼 발을 들어 적의 몸이 옆방으로 날아갈 만큼 힘껏 걷어찼다.

"멍청한 놈!"

료마는 신이 나서 소리쳤으나 그때 아마 엄지손가락이 베였던 모양이다. 총신으로 받기는 했으나 칼날이 싹둑 엄지손가락을 동강냈음이 분명하다.

'손가락에서도 이렇게 피가 많이 나오나?'

이런 생각이 들 정도로 총알을 재는 동안에도 피가 쉴 새 없이 흘러나와 권총, 총알, 부속품 등이 젖어 뜻대로 조작을 할 수 없다. 더구나 왼손 엄지손가락이 말을 듣지 않기 때문에 오른손마저 자질구레하게 놀리기가 몹시 불편하다.

마침내 료마는 꾸무럭거리다가, 손에 쥐었던 연뿌리형 탄창을 떨어뜨리고 말았다.

'이런.'

료마는 어둠 속을 엉금엉금 기면서 근처를 더듬었다.

적은 슬금슬금 접근해 온다.

"뭘 하고 계십니까?"

신조가 보다 못해 묻자, 료마는 씨익 웃으며 말했다.

"뭘 찾는 중이야"

이때의 상황을 당사자인 료마는 이렇게 쓰고 있다.

왼쪽 손가락은 베이고, 오른손도 상처가 생겨 손놀림이 자유롭지 않았다.

마침내 손에서 연뿌리형 탄창을 떨어뜨려 이리저리 찾았으나, 방석이며 화로며 막부 관리들이 던져 넣은 물건과 함께 뒤섞여 어디에 있는지 알 수가 없었다(중략).

그래서 총을 버리고 동료 미요시 신조에게 "총을 버렸다"고 하자 그는 말했다.

"그렇다면 더욱 적의 무리 속으로 쳐들어가 싸워야죠."

실제로 미요시 신조는 이때 료마의 태평스러운 모습이 두고두고 우스웠던 모양이다. 적이 시퍼런 칼들을 들이대고 덤벼드는 그 마당에 서투른 솜씨로 서양 권총의 수리를 하고 있는 것이다. 즉 료마는 탄창이니 뭐니 모두 분해하여 그 부속품을 잃어버리고는 방석을 뒤집는 등 여기저기 찾다가 도저히 못 찾게 되자 "총을 버렸다!"고 홧김에 미요시에게 말했던 것이다.

미요시 신조는 이제 마지막이라고 생각한 모양이다. 둘이서 창과 칼로 적 중에 뛰어들어 닥치는 대로 마구 베어 버리고 호국(護國)의 영령이 되자고 각오했다.

"어떠리까?"

문어체(文語體)의 말을 외치면서 료마의 의견을 물었다.

"아서 아서, 싱거워!"

료마는 권총을 내동댕이치고 일어났다.

"빠져나가자."

그는 미요시 신조의 소매를 잡아당겨 발소리를 죽이고 복도로 나갔다. 슬금슬금 물러나니 그곳은 뒷계단이었다.

다행히도 캄캄해서 적은 눈치 채지 못했다.

두 사람은 살금살금 계단을 내려가 아래층 안방으로 들어갔다.

아래층 가게에도 막부 관리들이 가득 들어차 있었으나 그들 역시 깨닫지 못했다.

두 사람은 뒷마당으로 빠져나가 통용문으로 해서 집 뒤로 나갔으나, 그곳은 혼자서 겨우 걸을 수 있는 좁은 골목이었다. 이 골목을 나가면 출입구에 포리들이 있을 것은 확실하다.

"사카모토님, 어떻게 하죠?"

"남의 집이라 안 됐지만"

료마는 데라다야와 등을 대고 있는 민가의 뒷문을 더듬으며 말했다.

"이걸 부수고 뛰어들어 이 집을 통과하여 다른 방향으로 나가는 수밖에 없어."

"그럼, 합니다!"

신조는 단창을 버리고 팔짱을 끼고 작은 몸집을 움츠리더니, 꽝! 하고 몸을 부딪쳤다. 마침 다행히도 단번에 뒷문이 안으로 넘어졌다.

두 사람은 낯선 집으로 뛰어들어 발소리도 요란하게 집안을 달리기 시작했다.

앉아서 당한 이 집이야말로 반갑잖은 일이었을 것이다.

그러나 사람들은 뒷집인 데라다야에서 나는 칼과 창 소리에 놀라 모두 벽장 속에라도 숨었는지 집안에는 인기척도 없다.

먼저 뛰어든 방은 침실이었는지 이부자리가 깔려 있었다. 료마는 신조와 함께 그 이부자리를 밟고 뛰면서 낄낄 웃으며 말했다.

"어렸을 때 이렇게 뛰놀다가 야단도 맞았지."

그들은 방을 두세 개 빠져나가 가게로 나가서 바닥으로 뛰어내렸다.

"자아, 미요시군, 이 문은 빗장이 어디지?"

어둠 속을 더듬었다.

"발길로 차 부숩시다."

미요시 신조는 몸으로 쾅쾅 부딪쳤으나 좀처럼 부서지지 않는다.

할 수 없이 발로 탁 찼더니 어디 빗장이 부서진 듯 확 열렸다.

"이집이야말로 아닌 밤중에 홍두깨군."

료마는 한길로 뛰어나갔다.

추웠으나 별이 빛나는 맑은 하늘이 좋다. 노상에는 사람의 그림자 하나 없다.

"마침 잘됐군요."

신조는 비로소 웃으면서 둘이서 거리를 정신없이 달렸다.

료마는 요즘 감기 때문에 항상 열이 있고 코가 막혀 있었다. 한참 달리니 몹시 숨이 찼다.

더구나 손가락의 피가 멎지 않는다. 피가 흘러 그런지 몸에서 순식간에 기운이 빠져 버리는 것 같다.

그들은 포리들의 눈을 속이기 위해 옆 골목으로 꺾어 고치 성 아래의 신보리(新堀) 같은 풍경의 한 모퉁이로 나갔다. 도랑이 있고 수문이 있었으며, 수문 저쪽은 재목을 쌓아 두는 곳이었다.

"저 재목더미에 가서 숨읍시다."

신조는 도랑가로 다가갔다. 수문 밑으로 빠져 나가는 수밖에 달리 방법이 없다.

"자, 가자!"

료마는 도랑가로 뛰어내려 소리가 나지 않게 물 속으로 들어갔다. 뜻밖에 물은 따뜻했다.

그 뒤는 헤엄치는 것이다.

그들은 수문 밑으로 빠져나가 저쪽편 언덕으로 헤엄쳐 가서 재목 적재창에 기어 올라갔다. 기어 올라간 료마는 갑자기 피로가 밀어닥치며 체력이 급속히 떨어짐을 느꼈다.

그렇잖아도 사쓰마 조슈 연합 공작 때문에 녹초가 된 판에 이런 난투를 겪은 것이다. 체력이 아직도 남아 있다면 오히려 이상할 정도다.

미요시 신조 역시 격투로 기진맥진해진 몸으로 이 추운 밤에 헤엄을 쳤기 때문에 아랫도리를 쓰지 못할 정도로 녹초가 되었다.

'이제 만사가 귀찮군.'

료마는 문득 그렇게 생각했으나 그래도 아직 살려는 노력을 버려서는 안 된다고 스스로를 격려했다.

옆에 오두막이 있다. 그들은 지붕 위로 기어 올라가 그것을 발판으로 재목을 쌓은 꼭대기로 올라가서 그 위에 큰대자로 벌렁 누워 버렸다.

지상에서 10 미터 이상은 될 것이다.

아무것도 가리는 것이 없어 몹시 추웠으나 우선 안전한 장소라고는 할 수 있었다.

손가락의 피는 아직 멎지 않는다. 동맥을 끊긴 것이 확실하였다.


'사람의 운명이란 정말 모르겠군.'

료마는 별을 쳐다보면서 망연히 바람을 맞고 있다. 저녁 때 사이고와 가쓰라를 악수시키고 사쓰마 비파를 들으면서 화려하게 잔을 든 자기가 지금은 재목더미 위에 누워 있다. 사이고나 가쓰라는 이러한 료마를 꿈에도 상상하지 못하고 지금쯤 평온한 꿈길을 더듬고 있을 것이다.

'한치 앞은 암흑이라더니 정말 옳은 말이군.'

료마는 순례자들이 오는 고장에서 태어났기 때문에 이런 종류의 진부한 말을 수없이 들으면서 자랐다. 인생은 무명장야(無明長夜)라고.

'과연 무명장야로군.'

밤하늘을 쳐다보고 있다. 이따금 그 별을 날려 보내기라도 하듯이 검은 바람이 요란스레 하늘을 휘몰아쳐 간다.

‘하지만 그렇지.’

료마는 자문자답했다.

‘무명장야라고 해서 길바닥에 주저앉아 있을 수도 없지. 나는 계속 걸어가야 해.’

“미요시군, 괜찮은가?”

“예.”

미요시 신조는 꽉 다문 어금니 사이에서 스며 나오는 목소리로 대답했다. 추위에 떨고 있는 모양이다.

“사카모토님, 아프시죠?”

“아픈 것은 좋은데, 피가 멎지 않아서 큰일인걸.”

이미 료마의 상처를 신조는 자기 옷소매를 찢어서 동여매어 주었으나 그 헝겊도 피 때문에 묵직할 정도로 젖어 있었다.

신조는 몸을 일으켰다.

고개를 쳐드니 후시미 시가의 지붕들이 거무스름하게 물결치는 것처럼 보인다. 그리고 놀랍게도 그 거리를 초롱불이 흘러가는 등불처럼 움직이고 있다. 자세히 보니 초롱불은 사면팔방의 거리에서 움직이고 뛰고 몰려, 시가가 온통 그들의 초롱불로 차 있는 것 같았다.

“무엇이 보이는가?”

“예, 초롱불이……..”

“그럴 테지.”

료마는 별을 바라보면서 중얼거렸다.

“포위되었군요. 이젠 아무래도 빠져나갈 길이 없는 것 같습니다.”

“그럴까?”

“사카모토님, 어떻게 하지요? 어차피 날이 새면 우리가 여기 있는 것도 발각될 것입니다.”

신조는 다시 덧붙였다.

“차라리 죽읍시다. 그들 손에 죽느니 여기서 배를 가릅시다.”

“배를 말이지?”

료마는 빙글빙글 웃었다.

“그게 바로 우리 고향 녀석들의 결점이야. 걸핏하면 배를 가른다든가 칼에 맞든가 하여 죽기를 서둔단 말이야. 자네는 조슈인이면서도 말하는 품은 도사(土佐)나기 같군 그래."

"그러나 무사답게……."

"연극이라면 그 대목에서 붉은 눈물을 짜낼 판이지. 그러나 나는 아직 할 일이 많아. 내가 좀더 이 세상에 남아 있지 않으면 일본이 이러지도 저러지도 못해."

"하지만 아무리 생각해 봐도 도망갈 길은 없는 것 같습니다."

"미요시군, 도망갈 길이 있고 없고는 하늘이 생각할 일이야. 우리는 다만 도망갈 일에만 전념하면 돼."

절망하지 말라고 료마는 말하는 것이리라.

이 동안의 일을 미요시 신조는 그의 일기에 이렇게 적어 놓았다.


적절히 생사를 논하고, 이제 헤맬 길도 없으니 이 자리에서 할복하여 그들의 손에 죽는 것을 면하는 편이 낫다고 말했다.

그러자 사카모토씨는 말하기를 죽음은 이미 각오했으니, 군은 지금부터 사쓰마 번저로 달려가라. 만일 도중에서 적을 만나면 오직 죽을 각오로 싸울 뿐. 나 역시 여기서 죽으리라고.


료마는 그 상처로는 움직이지 못한다. 밤에는 아무것도 구별 못하는 근시(近視)였다.

"나를 두고 사쓰마 번저로 달려!"

다행히 그곳에 당도할 수 있으면 료마도 산다. 이제는 신조라는 사나이의 운명에 기대는 수밖에 없다.

"걸어 보는 거야, 하늘이 만일 우리를 살릴 뜻이라면 무사히 사쓰마 번저에 뛰어들 수 있어. 그렇지 않을 땐 천명을 따르는 수밖에 없지."

"알겠습니다."

미요시 신조는 몸을 비틀며 살금살금 밑으로 내려갔다. 남의 의심을 면하기 위하여 피투성이가 된 옷을 도랑에서 깨끗이 빨아 꼭 짜서 다시 입고 마침 그 근처에 굴러 다니는 헌 짚신을 발에 꿰었다.

신조는 길 위로 뛰어나갔다.

날은 아직 밝지 않았으나 여기저기서 가게 덧문을 여는 소리가 들려 왔다.

한 마장쯤 가니 날이 훤하게 밝아 오기 시작했다. 마침 어둑한 한길에서 장사꾼 차림의 사나이와 마주쳤다.

"사쓰마 번저가 어디 있습니까?" 신조는 소홀하게도 후시미의 사쓰마 번 저가 어디 있는지 몰랐던 것이다.

"예, 이 길로 곧장 가시면 됩니다. 아마 한 마장쯤 걸으시면 될 것입니 다."

"감사합니다."

신조는 정중하게 인사하고 길을 재촉했다.

도중에 덧문을 열고 있는 과자 가게 점원이 큰 소리로 말하는 것을 듣고, 신조는 그 앞을 숨을 죽이다시피 하며 총총히 지나쳤다.

——밤중에 데라다야에서 백여 명의 칼싸움이 있었대.

한편 사쓰마 번저에서는——

수비 장수 오야마 히코하치(大山彦八)는 오료의 보고를 받고 놀라 저택 안의 10명 가량 되는 인원을 전부 무장시켜 집안에 대기토록 하는 한편, 세 하인 중 하나를 시켜 교토의 사이고에게 급보를 전하게 하고, 하나는 데라다 야로, 나머지 하나는 시중의 상황을 정찰시켰다.

데라다야에서 돌아온 하인은 이미 두 사람이 도망가서 포리들이 시중을 탐색중이라고 보고했다. 행방은 물론 묘연하다는 것이다.

거리에 햇살이 쫙 퍼졌다.

그 아침 햇빛 속을 미요시 신조는 마구 달렸다. 가까스로 사쓰마 번저에 다다르니 대문이 활짝 열려 있다.

뛰어들었다.

그 모습을 보고 현관에서 달려 나온 수비 장수 오야마 히코하치는 껴안듯 이 그를 반겼다.

"무, 무사하셨구려! 사카모토님은 어디 계십니까?"

"재목 적재장입니다. 빨리 모시러 가십시오."

"알았습니다."

오야마 히코하치는 그가 이 세상에 태어나서 그토록 분주한 시간을 가진 적이 없을 만큼 기민하게 움직였다.

"문을 닫아라! 뒷문에 배를 준비하라! 배에는 번기를 달아라!"

명령하고는 자기와 동행할 사람과 집에 남을 사람을 지명하고, 그 잔류자 들에게는 엄명을 내렸다.

“막부병이 만일 쳐들어오거든 시마쓰 7십 7만 석의 실력과 명예를 걸고 한 발짝도 들어오지 못하게 하라!”

시마쓰 7십 7만 석의 실력을 걸고 운운했으나 번저에 남아 막부병을 막아야 할 병력은 단 한 사람이었다. 그 한 사람에게 이처럼 중대한 대명을 늠름하게 내리는 점이 사쓰마의 가풍을 방불케 하여 재미있다.

오야마 히코하치는 뒷문으로 나갔다.

뒤는 바로 강이다. 거기에 작은 배가 준비되어 있고 사쓰마 번기가 나부끼고 있었다.

“미요시형, 틀림없이 사카모토님을 모시고 올 테니 잠시 기다려 주십시오.”

오야마 히코하치는 배에 올랐다. 그와 동행하는 “병력”은 세 사람이었다. 무기인 단창은 배 밑에 감추었으나 복장만은 막부병의 눈을 끌지 않기 위해 평상복을 입었다.

배가 흔들리며 기슭을 띠났다. 이대로 료미기 있는 수문 옆의 제목강까지 갈 수 있을 것이다.

저택에 남은 미요시는 온 몸에 무수히 상처를 입고 있었으나 치료를 받지 않는다.

오료가 소주와 고약을 갖고 와서 간곡히 권했으나 듣지 않는다.

“아니, 사카모토님도 부상을 입었습니다. 돌아갈 때까지 이대로 있겠습니다.”

오료는 그 후의 상황을 자세히 말하고 신조로부터도 들었다.

“아무튼 아슬아슬하게 빠져나왔지. 지금 생각하면 정말 꿈만 같군요.”

“백 명은 됐어요.”

오료는 아직도 흥분이 가시지 않는 듯 눈이 꼿꼿해진 채 숨이 가쁘다. 백 명의 습격을 받고 단 둘이 싸우며 탈출했다는 것은 기적이라고밖에 할 수 없다.

“다만 이상한 것은 사카모토님이 끝내 칼을 빼지 않은 점입니다.”

“잊어버리신 게 아닐까요?”

“설마, 그분은 칼의 명수입니다.”

“그래도 가끔 허리에 칼을 차는 것을 잊어버리고 외출하곤 하는 분이거든요.”

“하지만 그 현장에서는 틀림없이 차고 있었습니다.”
“지바 도장의 사범까지 지낸 검객이 습격을 받고도 칼을 빼지 않았습니다. 그런 인물은 아마 고금의 검객 중에서 그분 하나뿐일 것입니다.”

‘제발 무사했으면 좋겠는데.’
뱃전에 선 사쓰마 번의 수비 장수 오야마 히코하치의 염원은 그것뿐이었다.
“오야마님, 막부 관리들이 우리를 보고 쫓아오면 어떻게 하죠?”
“싸울 수밖에 도리가 없지. 뒤처리는 사이고님이 해 주시겠지.”
히코하치가 대답했다.
그는 사이고와 같이 가고시마 성 아래의 가지야 거리(加治屋町)에 집이 있다.
이 70여 채의 가난한 무사 동네에서 사이고 다카모리, 사이고 쓰구미치(從道), 오구보 도시미치, 구로키 다데모토(黑木爲楨), 도오고 헤이하치로, 오야마 이와오 등이 나왔는데, 오야마 히코하치는 이와오(야스케)의 맏형으로 사이고와는 종형제간이며 메이지 9년 42살로 병사했다. 그의 성품은 범용하고 더구나 단명했기 때문에, 그의 생애에서 특기할 만한 업적은 이 사카모토 료마를 구출한 일밖에 없다.
오야마 히코하치는 수문까지 배로 가서 기슭으로 올라가 재목장을 찾았으나 료마가 보이지 않았다.
“사이다니(才谷)님!”
그가 큰 마음먹고 료마의 별명을 큰 소리로 부르자, 바로 머리 위에서 장난스러운 사쓰마 사투리가 들려왔다.
“여기 있다우!”
오야마 일행은 미친 듯이 기뻐하며 재목더미 위로 올라가서 료마를 업어 내리려고 했다. 굉장히 크게 다쳤는 줄 상상했던 모양이다.
여기에는 료마도 놀라며 손발을 재목 끝에 걸고 쉽게 아래로 내려왔다.
“아니, 그럴 필요는 없습니다.”
얼굴이 창백했다. 추위와 출혈, 피로, 수면 부족 등이 어지간히 그를 괴롭힌 모양이었다.
“자, 어서 배로.”

일동은 료마를 앞뒤에 감싸다시피 하여 물가로 가서 배에 태우고, 눈에 띄지 않게 배 바닥에 뉜 다음 그 위에 기슭에서 보이지 않도록 거적을 덮어씌웠다.

"어쩐지, 송장이 된 것 같군."

료마는 웃었으나 역시 목소리에는 힘이 없었다.

그들은 배를 급히 저어 번저의 뒷문에 도착하자, 안으로 부축해 들인 다음 뒤채의 방을 비워 그곳에 눕혔다.

오료는 곧 그의 옷을 갈아입히고 상처의 치료를 시작했다.

"오료, 정말 잘해 주었어."

료마는 이런 말로 감사와 칭찬의 뜻을 말했다.

"그래요?"

오료는 그렇게 말할 뿐 상대를 하지 않고 민첩하게 상처를 치료했다. 부엌일과 바느질이 질색이라는 이 처녀는 이런 일에는 참으로 재빨리 움직인다.

손가락의 피는 이직도 멎지 않는디.

"아마, 한 되쯤은 흘렸을 걸."

료마는 말했다. 그는 나중에 형에게 보내는 편지에 이렇게 썼다.

"나의 상처는 대단치 않았으나 동맥인가 하는 곳이 끊어진 탓으로 다음 날까지도 피가 멎지 않아서, 사흘 동안은 소변을 보러 가는 데도 눈이 핑핑 돌았습니다."

아마 몹시 괴로웠던 모양이다.


데라다야 사건의 보고를 들었을 때, 사이고는 간밤에 사쓰마 조슈 연합을 맺느라고 피로했기 때문에 평소보다 늦게 간신히 일어나서 우물가에 나가 세수를 하고 있었다.

"응?"

그는 물 묻은 얼굴을 들었다.

"무슨 소릴 하는 거야?"

나카무라 한지로가 그에게 달려와서 무슨 소린지 떠들어 대고 있었다. 그의 고함 소리가 하도 굉장해서 사이고는 처음에 무슨 말인지 알아듣지 못했다.

그러나 곧 사태를 파악한 그는 외쳤다.

"한지로, 지체 없이 출병 준비를 해!"

사이고의 얼굴이 시뻘겋게 부풀어 올랐다. 이 거한이 이처럼 노기충천한 모습을 한지로는 평생 본 일이 없었다.

"알았습니다!"

그도 소리치고 집안으로 뛰어 들어갔다.

사이고도 뒤따라 중신 방에 들어갔다. 요시이 고스케, 사이고 신고(西郷 愼吾), 오야마 야스케 등이 있었다.

"자네들, 뭘 하고 있나? 빨리 싸움 준비를 안 하나!"

"어디를 치려고요?"

요시이 고스케는 사이고의 흥분을 달래려고 물었다. "뻔하지!" 사이고는 말했다.

"후시미 행정청이야. 지휘는 내가 한다."

이 소동 중에 다시 보고가 들어와서 료마와 미요시 신조가 저마다 상처를 입긴 했으나 무사히 사쓰마 번저에 들어갔다는 것을 알았다.

사이고는 크게 한숨을 내쉬고 평소의 표정으로 돌아가 지시를 하기 시작 했다.

필경 후시미 행정청에서 사쓰마 번저에 료마의 인도를 요구해 올 것을 내 다본 사이고는 "그때는 무력에 호소해서라도 거부한다"는 방침을 밝히고, 요시이 고스케를 지휘관에 임명하고 사쓰마 번의 자랑인 영국식 1개 소대를 주어 후시미로 급행하라고 명령했다.

사이고의 생각은 이 병력으로 후시미 번저를 경비시키고 행정청의 감시가 소홀해질 때를 기다려 료마 등을 교토로 데려간다는 것이었다.

번의 외과 의사 기하라 다이운(木原泰雲)도 동행했다.

요시이 고스케와 기하라 다이운은 말로 달리고, 영국식 소대는 구보로 다 이부쓰(大佛)로부터 가도를 따라 남하했다. 요시이와 기하라가 도착한 것은 오전 중이었고, 영국식 소대가 당도한 것은 점심 때가 지난 뒤였다.

"참으로 이들이 베푼 후의는 말로 표현하기 어려울 정도였다."

미요시 신조는 그의 일기에 써놓고 있다.

한편 행정청에서는 다수의 부상자를 낸 데다 두 사람까지 놓쳤으므로 혈 안이 되어 수색을 벌였다. 그들은 두 사람이 사쓰마 번저로 들어갔다는 것을 듣고 즉시 번저에 인도해 주기를 요청해 왔다.

“전혀 모르는 일이오.”

오야마 히코하치는 몇 차례나 찾아온 행정청 관리를 이 한마디로 쫓아냈다.

이때부터 행정청에서는 번저 주위에 첩보원을 풀어놓고 집요한 감시를 시작했다.


료마의 손가락은 사흘 후에야 가까스로 피가 멎었다.

“손가락의 상처라고 우습게 볼 게 아니군.”

료마는 주야로 간호하고 있는 오료에게 말했다.

“몸이 구름 위에 둥둥 떠 있는 것 같아.”

극도의 빈혈 상태였으므로 머리가 욱신거리고 이따금씩 심장의 고동도 이상스러웠다.

사이고가 보내 준 외과 의사 기하라 다이운은 네덜란드 의술을 배운 사람으로, 신뢰할 수 있는 솜씨를 갖고 있다. 그러나 료마의 상처는 양의(洋醫)들이 말하는 ‘동혈맥창(動血脈創)’이다. 부상한 직후였다면 혈관을 잡아매는 치료를 할 수 있었으나 지금에 와서는 어려웠다. 뿐만 아니라 부상 후 시간이 오래됐고 그동안 더러운 도랑물 속에도 들어갔었다. 앞으로 악성 화농(化膿)이 시작되지 않을까 하는 염려도 짙다.

“심각한 상첩니다.”

기하라 다이운도 미간을 찌푸렸을 정도였다. 다이운은 깨끗이 소독을 한 후에 시술을 하고 나서 오료에게 붕대 감는 법과 약 바르는 법 같은 것을 가르쳐 주었다. 마침 오료는 교토의 의사 나라사키 쇼사쿠(樽崎將作)의 유아(遺兒)이다. 나라사키의 이름은 다이운도 잘 알고 있었으므로 그는 훌륭한 조수를 만난 것을 기뻐하며 칭찬해 주었다.

“전혀 모르는 사람보다 훨씬 육감이 빨라요.”

그는 사흘 동안 후시미에 머물고 나흘째 되는 날 아침, 앞으로는 오료에게만 맡겨도 걱정 없다는 진단을 내리고 교토로 돌아갔다.

오료는 열심히 간호했다.

‘야아, 이건 정말 견딜 수 없는걸.’

료마는 생각했다. 오료의 갸륵한 마음씨나 친절한 간호의 고마움이 하나하나 그의 마음에 스며들 듯 파고들어, 코끝이 찡해지는 감정의 발작을 일으키고 만다.

　──인간관계는 담백한 게 좋다.

생각하고 있는 료마에게 이런 감정은 질색이다. 입으로는 농담으로,

"오료, 너무 그렇게 친절하게 굴지 마. 새삼스레 다시 반하겠어."

"오료, 제발 작작하라구. 이렇게 달라붙어서 간호해 주면 내가 못 견디겠는걸."

이런 말을 하고는 있었으나, 사실상 료마의 마음은 오료에게로 갑자기 기울어지고 있었던 것이다.

'사내란 큰소리 쳐 봐야 약한 거야.'

라고 료마가 생각하는 것은 일상생활에 관한 것이다. 몸이 부자유스럽다. 변소에 가는 데도 오료의 부축이 없으면 혼자서 걸어갈 수 없다. 콧물이 나와도 "오료, 콧물" 한심스럽지만 코를 내밀지 않을 수 없다. 오료가 손수건을 갖다대면 흥 풀어 주는 것이다.

그것이 간호라고는 하나 벌써 오료가 없으면 이제 료마는 일상생활을 할 수 없게 되었다. 이것이 료마의 오료에 대한 기분을 데라다야 사변이 일어나기 전하고는 질적으로 판이하게 만들었다.

"이 오료가 있으므로 해서 료마의 목숨은 건질 수 있었던 것입니다." 그는 형에게 보낸 편지에 쓰고 있다. 막부 포리들의 내습을 알린 과감한 행동과 그 후의 간호가 료마의 심정을 깊게 움직였던 것이다.


'남녀의 인연이란 묘한 것이군.'

료마는 병상에 누워 며칠이나 생각했다.

그는 오료에게

　──나의 반려자가 되라.

이런 말을 하고 싶은 충동을 사건 후 줄곧 느끼고 있었다.

'이건 사랑은 아니군.'

사랑이라는 달콤한 생각은 후쿠오카(福岡)의 다즈(田鶴)에게야말로 느꼈다. 지바의 사나코에게도 이따금 느낀 적이 있다. 연상의 오토세에게도 문득 애모의 정을 느낀 순간이 없었던 것은 아니다.

'그러나 오료에게는……'

느끼지 않았다고 하면 다소 지나친 단정 같으나, 이런 경우 사랑이라는 뚜

렷한 어감은 좀 적합하지 않다. 굳이 말한다면, 약간 도가 높은 친밀한 사이라는 표현이 가장 알맞을 것이다.

결국은 데라다야의 사건이 있기 전까지는 그런 사이였던 것이다.

그 사건이 일어나지 않았더라면 끝내 오료와의 관계는 그것뿐으로 비약도 발전도 없이 끝났을 것이다.

일반 사회에서 흔히 쓰는 말에 '엉뚱한 일 때문에'라는 말이 있다. 남녀의 사이라는 것은 다분히 이 엉뚱한 일로 인해 맺어진다. 료마와 오료의 경우에는 데라다야 사건이 바로 그 "엉뚱한 일"이었다. 그렇다면 떼 지어 내습한 백 명의 포리들이야말로 두 남녀의 중매쟁이가 된 셈이다. 이런 것을 료마는 혼자 생각하고 궁리하고 하면서 하루하루 보내고 있었다.

한편 후시미 번저 밖에서 호시탐탐 노리고 있는 막부의 밀정은 수효가 더 늘어난 모양이었다.

료마가 한 발짝만 집 밖으로 나가는 날이면 그들은 옳다 됐다 하고 다시 덤벼들 것이다.

'상처 치료에는 안성맞춤이군.'

료마는 그렇게 생각하고 있지만 그렇다고 밖에 나갈 수 없다는 것은 기분상 몹시 갑갑한 노릇이었다.

한편 요시이 고스케와 주치의 기하라 다이운에게서 료마의 상태를 보고받은 사이고는 말했다.

"그분은 교토로 모셔와야겠군."

첫째, 후시미에서는 충분한 치료를 받을 수 없고, 또 후시미 번저에서는 막부 관리들에 대한 경비가 부족하다는 점이다. 교토로 데려다가 충분한 의료와 충분한 경계를 료마를 위해 마련해 주고 싶었다.

"그처럼 훌륭한 사람은 백 년에 하나 나올까 말까야. 그에게 불상사가 있어서는 안 돼."

사이고는 요시이 고스케에게 말했다. 료마는 사쓰마와 조슈에 은인인 동시에, 막부 타도와 신정권의 수립, 그 운영에 있어서 료마가 없으면 치명적인 손실이 된다. 크게 말한다면 역사가 료마라는 사나이를, 목마른 사람이 물을 찾듯이 바라고 있는 것이라고 사이고는 생각하고 있었다.

"고스케, 료마는 천애(天涯)의 고객(孤客)이야. 그의 몸을 보호해 줄 번이 없어. 우리 사쓰마 번이 전력을 기울여 그를 보호해 주자."

"영국식 보병을 1개 소대 더 파견할까요?"

고스케는 대담한 말을 했다. 이제 일종의 군사 행동이다.

막부 치하에서 총포 부대를 움직이는 것이다. 아무리 사쓰마 번이 막부에 대해서 함부로 행동하고 무례한 태도를 취해 오고 있다고는 해도 이것은 상당한 결단이 필요할 것이다. 이미 후시미에 1개 소대가 있고 다시 또 1개 소대가 교토에서 내려간다.

"파견하자."

사이고는 말하고, 이어 덧붙였다.

"대포도 1문 끌고 가는 것이 좋겠어"

일개 낭사를 교토로 호송하기 위해 일본 최강의 화력을 가진 영국식 보병대가 움직이는 것이다.

"고스케, 이번에도 지휘를 해 주게."

"알겠습니다."

요시이 고스케는 대답했다.

이 고스케가 인솔하는 또 하나의 영국식 보병대가 대열 후미에 사근 산포(四斤山砲)를 덜컹덜컹 끌면서 사쓰마 번저에 들어간 것은 2월 초하루 아침이었다.

들어서자마자, 고스케는 오료를 불러 물었다.

"사카모토님의 병세는 어떻소?"

"이젠 일어나서 움직이십니다."

"호오!"

고스케는 복도를 지나 병실로 향했다.

료마는 마침 신조를 상대로 발씨름을 하고 있었다.

매번 신조는 넘어진다. 넘어질 때마다 남에게 지기 싫어하는 신조는 "한 번 더!" 하고 오른쪽 다리를 붙들고는 다시 도전하지만 역시 쓰러지고 만다.

"사카모토님은 전문가군요."

"뭐, 우리 오토메 누님은 더 센걸."

"아니, 여자도 이런 걸 합니까?"

"검술과 마술(馬術)까지 하는걸. 못하는 건 바느질과 요리뿐이야. 그런 누님에게 훈련을 받았으니 나도 강할 수밖에."

“여자와의 발씨름은 좀 거북하겠군요?”

미요시 신조는 무릎이고 정강이고 모두 드러내고 발씨름에 열중하는 여자의 요염한 모습을 상상했는지 킥킥 웃었다.

“맞았어.”

료마도 웃었다.

“그래서 나는 어릴 때부터 여성의 소중한 곳을 실컷 보아 왔지.”

이런 말을 하고 있는데, 요시이 고스케가 들어와서 말했다.

“저런, 기하라 선생에게 야단맞습니다.”

의사 기하라 다이운의 말로는 상처 치료에는 절대 안정이 필요하다, 약보다도 체력의 회복이 상처를 고치는 데 더욱 중요하다는 것이다. ……이렇게 말한 다음, 요시이는 교토로 옮긴다는 이야기를 했다.

료마는 승낙했다.

“가마를 두 채 준비했습니다.”

고스케가 말하자, 료마는 즉각 “한 채 더” 하고 부탁했다. 오료를 데리고 가려는 것이다. 앞으로는 이 여자를 자기 신변에서 떼어놓지 않겠다고 생각하고 있다.

“아, 공주님도?”

고스케는 웃으며 분부대로 하겠습니다, 하고 매우 진지하게 끄덕였다.

료마는 일어서서 복도로 나갔다. 오료를 찾기 위해서다. 아마 부엌에 있을 것이다.

오료는 부엌 바닥에서 료마의 붕대를 빨고 있었다.

“오료, 교토로 옮기게 됐어.”

료마는 마루 끝에 서서 말했다.

“교토로요?”

오료는 얼굴을 들고 지긋이 료마를 바라보았다. 두 눈에 눈물이 넘치는 것을 료마는 보았다. 오료는 아마 료마는 교토로 떠나간다, 자기는 후시미의 데라다야에 남는다, 모처럼 지난 열흘 동안 함께 살 수 있었는데——하는 생각이 순간적으로 가슴을 스치고 지나갔을 것이다.

료마는 오료의 눈물을 보고 당황했다. 아니, 그는 그 나름으로 감동했다.

“당신도 같이 가는 거야.”

황급히 말한 다음, 가겠지 하고 다짐했다. 오료는 얼굴을 숙이며 고개를 끄덕였다.

"네."

그리고는 다시 고개를 들지 못했다.

"요시이님이 대포까지 끌고 와서 좀 서두르고 있는 모양이야. 빨리 채비를
해요."

"채비래야 입고 있는 이것뿐이에요."

"참, 데라다야에서는 발가숭이였지."

"아니에요, 아래층으로 내려가서 옷은 주워 입었지만, 그대로 뛰어나왔기
때문에 평소에 입는 이것뿐이에요."

"그렇군, 그거 안 됐는데."

옷이 여자에게 얼마나 중요한 것인가를, 료마는 누나 밑에서 자라났기 때
문에 잘 알고 있었다.

"그러나 데라다야에는 연락할 수 없어."

막부의 밀정들은 데라다야와 이 번저를 중점적으로 감시하고 있으므로,
사람을 보내서 옷을 가져오게 하는 것은 생각지도 못할 일이었다. 첫째 데라
다야의 오토세는 료마와 신조가 이 번저에서 무사히 보호받고 있다는 것도
모를 정도로 연락이 두절되고 있는 것이다.

"그대로 당분간 참아."

"하지만……."

"내가 나가사키에서 벌면 한두 벌 사 줄께."

"네."

오료는 다시 고개를 끄덕이고 "사카모토님!" 하더니 그만 울기 시작했다.
그까짓 옷보다도 자기를 데려가겠다는 말이 눈물이 나오도록 기뻤던 것이
다.

"울지 마."

료마는 당황하여 몸을 돌려 두어 걸음 걸어가다 다시 돌아보며 말했다.

"오료, 한평생이야."

"넷?"

"따라오라구."

부끄러웠던 모양이다. 료마는 이 말을 남기고는 총총히 그 자리를 떠나갔
다.

오료는 두 손에 물을 묻힌 채 일어나 넋을 잃고 서 있었다.

'한평생……'

남녀 사이에 이처럼 무거운 말은 없을 것이다.

"사카모토님, 한평생이에요?"

오료는 나직이 중얼거리고 있었다.


점심때가 지나 사쓰마 번저에서, 먼저 도착한 1개 소대를 전위로 하고, 새로 도착한 1개 소대를 후위로 하여 영국식 보병이 출발했다.

그 중앙에 가마가 세 채 나란히 가고, 그 곁에는 요시이 고스케가 말채찍을 거꾸로 쥐고 말 위에서 흔들거리고 있었다. 대포가 맨 뒤에서 한길에 수레 소리를 울리며 끌려간다.

확~!

파리가 흩어지듯 네거리, 추녀 밑, 서낭당 옆에서 달려 나간 자들이 있다. 막부의 밀정들이다.

──료마가 나왔다.

이 급보를 후시미 행정청에 알리기 위해 달려간 모양이다.

"막부 관리들도 별 수 없을걸."

말 위에서 요시이 고스케는 웃었다. 대포와 최신식 서양 총으로 장비한 양식 보병에게는 행정청도 순찰대도 손을 댈 수 없을 것이다.

고스케는 기분이 매우 좋았다. 이 경우 가쓰라(桂)였다면 서투른 시라도 한 수 읊을 일이지만, 나중에 요시이 이사무(吉井勇)라는 가인(歌人)을 손자로 갖게 되는 이 고스케는 그 손자와는 달리 시에는 멍텅구리였다.

"이봐, 이봐!"

사쓰마인 특유의 말투로 전령을 부른 그는 명령했다.

"선두에 전해라, 데라다야 앞을 지나가고. 그 집 앞을 지날 때는 되도록 천천히 지나가라고."

데라다야 앞을 지나게 된 것은 료마가 특별히 부탁했기 때문이었다. 오토세가 반드시 안심할 것이라고 생각해서였다.

얼마 후 대열은 데라다야 앞에 다다랐다.

오토세는 뛰어나와 가게 앞에서 대열을 바라보았다.

이윽고 료마의 가마가 그녀 앞을 지나갔다. 그러나 얼굴을 내밀 수는 없었

다. 그렇게까지 행정청을 우롱한다는 것은 너무나 부질없는 자극을 주게 된
다.

　──내가 료마야.

이것을 료마는 어떻게든 오토세에게 알리려고, 가마 안에서 크게

　"어험"

헛기침을 했다.

그러나 오토세는 그것을 알아차리지 못하고 우두커니 서 있다. 가마 안의
료마는 초조하고 답답해서

　"어험, 어험"

열 번이나 연발했다. 그제서야 오토세는 눈치를 채고 그의 가마를 가만히
바라보며 살며시 한쪽 눈을 찡긋했다. 그것도 웃으면서.

　'대단한 여자야.'

료마가 오히려 감탄했다.

그 뒤를 미요시 신조의 가마, 오료의 가마가 따른다. 영리한 오토세는 금
방 알아차릴 것이다.

료마는 교토로 들어갔다.

교토의 쇼코쿠 사(相國寺) 옆의 도노단(塔之段)에 사쓰마 번에서 구한 이
층집이 있다. 사이고가 사저(私邸) 대신 쓰고 있는 저택이다.

그곳으로 료마의 일행은 안내되어 갔다.

정원을 향한 안채 하나가 이미 료마, 신조, 오료의 휴게소로 마련되어 있
었으며, 정장을 한 사이고가 문병 와서 인사했다.

　"이 집을 내 집같이 마음대로 써 주시기 바랍니다."


료마가 사쓰마 번의 도노단 저택에 있다는 소식이 교토의 지사들 사이에
퍼지자, 그들은 떼를 지어 찾아왔다.

자연 조슈에도 이 소문이 퍼져 가쓰라 고고로에게 급사(急使)가 편지를
갖고 달려왔다.

사쓰마 조슈 연합의 인사와 데라다야 사건의 문병을 겸한 편지였다.


초역하면

　"(중략)전번 상경 중에는 대형(大兄)의 심려 덕분에 소생의 마음을 사쓰

마 번에 철저히 이해시킬 수 있어 그 기쁨 잊을 수 없습니다. 나니와(浪華)에서 써 보내 주신 약정 육개 조항의 보증서도 배수하여 안심하고 있습니다” 하고 쓴 다음, 조슈를 에워싼 막부 지지파 여러 번의 움직임을 상세히 보고한 끝에

“대형의 후시미 사건을 전해 듣고 몹시 걱정하고 있습니다. 부디 소루함이 없도록 조심하고 적의 손에 빠지지 마시길 간절히 기구하고 있습니다.”

목게이(木圭)

료마 대형에게


목게이란 가쓰라(桂)를 풀어서 지은 서명이다.

“의외로 성가신 상처로군.”

료마는 매일 붕대를 바꿀 때마다 투덜거렸다.

고름이 멎지 않는다. 상처가 썩어서 석류를 쪼갠 것처럼 되어 있었다.

“악화되면 목숨도 위험합니다.”

주치의 기하라 다이운은 주의를 주었다.

상처가 곪기 때문에 항상 몸에 열이 있고 나른하여 식욕도 없어졌으며, 그 때문인지 료마는 몹시 수척해졌다.

“기하라 선생님도 먹지 않으면 안 된다고 말씀하시고 계셔요. 더 잡수셔야 지요.”

오료는 식사 때마다 눈을 흘기면서 잔소리를 했다.

그러나 이 도노단 저택에 와서 열흘쯤 지나자 다소 기분이 나아지기 시작했다.

날씨도 하루하루 봄을 향하고 있다. 이렇게 되니 집안에 틀어박혀 있을 수가 없어졌다.

“소화도 시킬 겸 거리를 거닐고 싶다.”

이 말에는 오료도 놀라며 말했다.

“관청의 눈이 번쩍이고 있어요.”

“관청이라니 막부 말인가?”

“그래요.”

“말투가 좋지 않아, 임자는. 관청의 눈이 번쩍이다니, 마치 내가 죄인 같 잖아.”

한번 말을 꺼내면 끝내 하고야 마는 료마는 집안에 사쓰마인들이 없는 틈을 타서 부엌문을 통해 훌쩍 밖으로 나갔다.

오료가 곧 깨닫고 뒤쫓아 와서 무로마치(室町) 어귀에서 그를 붙잡았다.

"어딜 가세요, 위험해요."

"가와라 거리(河原町)의 기쿠야(菊屋)에나 놀러갈까 하는데 임자도 따라오라구"

료마는 다친 왼손을 품에 찌르고 어슬렁어슬렁 걷기 시작했다.

나중에 오료의 손을 잡고

"앓던 몸이야, 손을 잡아 줘"

이렇게 말하는 바람에 지나가는 사람들이 모두 이상한 눈초리로 두 사람을 지켜보았다.


여담이지만 료마를 후시미 번저로 맞이하러 갔던 영국식 보병 소대의 직속 지휘관은 오야마 야스케였다.

뒷날 오야마 이와오라고 개명한 이 젊은이는 이 당시 사이고 밑에서 주로 양식 총포의 구입과 그 사용법의 연구를 맡고 있었다.

사이고는 후일의 혁명전에 대비하여 교토에 있는 사쓰마 부대의 양식화를 서두르고 있었다.

"야스케, 야스케"

사이고로부터 마치 친동생같이 귀여움을 받던 이 사이고의 사촌동생은 교토에 주둔한 사쓰마군의 양식화를 혼자 손으로 받고 있다시피 했던 것이다.

총포는 나가사키에서 사지 않고 요코하마에서 사들이고 있었다. 그가 거래한 요코하마의 외인 상사는 영국의 파블 프란트 상회였으며, 야스케는 막부말기 막부가 붕괴하기까지 교토와 요코하마 사이를 무려 20여 회나 왕복했다.

때로는 이 스물 서넛밖에 되지 않은 젊은이가 2만 냥의 공금을 지니고 요코하마로 간 일도 있었다.

야스케는 요코하마에서 총포를 사서 교토로 돌아올 때마다, 그 당시에는 무척 진귀했던 연필로 수첩에다 액수를 꼼꼼히 적어 사이고에게 제출했다. 사이고는 그 메모를 받으면 주판을 꺼내어 그 결산을 정리해 준 다음 다시 그것을 고향의 번청에 보내는 것이 상례였다.

사이고는 18살 때부터 28살 때까지 번청의 군 행정청 서기로 일했던 유능한 관리였다. 주산과 장부 작성은 누구보다도 잘했다.

역시 여담이지만 오야마 야스케가 총포를 사들이고 있던 요코하마의 상회 주인 파블 프란트는 원래가 시계 기술자였으며, 시계를 파는 한편 총포도 취급하고 있었다. 그는 이 이야기의 이 시기 다음 해인 게이오 3년 3월에 다음과 같은 광고를 신문에 내고 있다.

"저는 금번 오타 거리(太田町) 8가 1백 75번지로 이전하였습니다. 저의 상점에서는 금은시계, 나선총(螺旋銃), 단총 및 화약, 전기 상자, 도량 기계(度量器械), 악기 등을 판매하고 있사오니 많이 이용해 주시기 바랍니다. 이밖에도 여러 가지 무기를 주문하시면 본국에서 수입해 드리겠습니다. 또한 시계나 장신구의 수리도 하오니 왕림해 주시기 바랍니다."

이 파블 프란트는 그 후 오래도록 요코하마에서 상점을 경영하였으며, 사람들을 만날 때마다 이렇게 말했다.

"외국인 중에서 그 당시 상투를 틀었던 오야마 원수(元帥)를 알고 있는 사람은 아마 나밖에 없을 걸요."

야스케는 후시미로 료마를 마중 갔을 때 소대장으로서의 임무만 완수했을 뿐 료마와는 직접 대화를 나누지 않았다. 이 야스케 소대장 밑에서 총을 메고 대오(隊伍) 속에 끼어 있던 젊은이 가운데 후일 해군에 들어간 이노우에 요시카(井上良馨) 원수가 있다. 그는 후시미에서 교토로 호송한 전후의 료마의 인상을 나중에 말하고 있다.

"키가 후리후리하게 크고 말수가 적으며 어딘지 모르게 사람들의 경모(敬慕)를 자아내게 하는 데가 있었다."

그런데, 이 오야마 소대의 오장(伍長)이었던 이시즈카 조자에몬(石塚長左衞門)이라는 젊은이——후에 세이난(西南) 전쟁에서 전사——가 료마와 오료가 손을 잡고 가와라 거리를 걸어가는 현장을 목격하고 놀라 번저로 달려와서 요시이 고스케에게 보고했다.


요시이 고스케도 놀라 료마를 데려오기 위해 번사들을 시중으로 달려 보내는 한편, 사이고의 방으로 가서 상황을 상세히 말했다.

"모처럼 번에서 군대까지 동원해 가며 보호했는데 저렇게 조심성이 없어서야 말이 안 됩니다."

하더니 어지간히 울화가 치미는지 다시 말하기 시작했다.

"호담하다는 것도 분수가 있지요. 지금 막부에서는 혈안이 되어 료마를 찾고 있는데, 장본인은 태연히 가와라 거리의 번화가를 걸어 다니고 있단 말입니다. 더구나 여자까지 데리고."

사이고는 웃음을 참고 얼굴을 숙인 채 음, 음 하고 고개를 끄덕이고 있다.

"알 수가 없군요, 그 사나이는."

요시이 고스케는 말했다.

"료마의 인상서가 시중에 나돌고 있으니 그 큰 키에 봉발(蓬髮)은 금방 들통이 납니다. 더구나 남의 눈이 휘둥그레질 굉장한 미인과 손을 잡고 걸어 다닌다면, 장님이라도 그게 사카모토 료마라는 걸 알게 되잖겠습니까."

다시 고스케는 말한다.

"사이고님, 그 사람에게 말씀하십시오. 말도 안 된다고."

사이고는 그만 웃음을 터뜨리고 말했다.

"그분은 원래가 말도 안 되는 분이야."

그 무렵 데라 거리(寺町)를 걷고 있는 료마와 오료 앞에 대여섯 명의 무사들이 막아섰다.

"사카모토 선생님!"

그들은 사쓰마 말씨로 소리쳤다.

"번저로 돌아가 주십시오."

"아아."

료마는 걸음을 멈추었다. 부상한 왼손은 품속에 찌르고, 오른손은 오료의 손가락과 얽혀 있다.

"당신들, 본 기억이 있군."

"농담 마십시오. 우리가 후시미까지 모시러 갔잖습니까?"

"아 참, 그때는"

하길래 인사를 하나 보다 했더니, 왼손을 품에서 잠깐 꺼내 보이며 엉뚱한 소리를 했다.

"이게 참 아팠지. 그러나 요즘은 많이 나아서 이렇게 거리를 거닐고 있다오."

"그건 다행입니다만"

그 중의 하나가 말을 받았다.

"막부 관리들이 선생님을 노리고 있습니다. 지금 저기 길 모퉁이에 서 있는 장사꾼도, 저건 필시 밀정일 것입니다. 이미 신센조와 순찰대에 보고가 들어갔을 것입니다. 아무리 선생님이 데라다야에서 백 명의 포위망을 뚫으셨다고는 하나, 손을 다친 지금은 마음대로 활약하실 수 없을 겁니다."
사쓰마의 젊은이들은 료마의 앞뒤를 감싸고 걷기 시작했다.
"모처럼 좋은 날씬데"
료마는 힘없이 걸어간다.
사쓰마 번저에서는 사이고가 기다리고 있었다.
료마가 돌아오자, 곧 그의 방에 들어와서 매우 매력적인 제안을 했다.
"사카모토님, 한번 사쓰마에 놀러 가시지 않으시렵니까?"
좋은 온천이 있다는 것이다.

# 기리시마 산

사이고가 말하는 "상처에 잘 듣는 온천"이란 기리시마 산 중턱에 둘러싸인 시오히다시(鹽浸) 온천을 가리키는 것이다.

"사쓰마 사람은 부상해도 의사에게 가지 않습니다. 시오히다시로 가지요."

사이고는 또 시오히다시 온천은 깊은 산속의 개울가에 뜨거운 물이 솟아나오는데, 주위의 경치도 도원경(桃源境)같다고 말했다.

"꼭 한번 가십시오."

이렇게 권했다. 사이고가 이토록 사쓰마로 요양여행을 권한 것은 료마를 한시나마 풍운에서 격리시키고 싶었기 때문이었다. 이대로 세상에 드러내 놓으면 언젠가는 막부의 체포망에 걸리고 만다.

"잠시 생각해 봅시다."

료마가 이렇게 대답한 것은, 이 기회에 나가사키로 나가 가메야마 동문에 본격적으로 몸을 담아볼까, 하는 생각이 있었기 때문이다. 그는 이미 마음 속으로, 이름을 개칭하여 '해원대(海援隊)'라고 할까, 하는 구상까지 하고 있었다. 이 해원대라는 명칭은 료마에겐 몹시 마음에 드는 이름이었다. 일본을 바다에서 응원한다──정말 료마다운 이름이라고, 그 자신 이 이름을 생각할 때마다 가슴이 울렁거리는 기분이었다.

'그런데, 지금부터 요양 여행이라?'

생각하니 다소 실망하지 않을 수 없었다.

사이고는 자기 방에 돌아가자 요시이 고스케를 불러, 고스케도 료마에게 권해 보라고 했다.

"나는 두 번이나 섬으로 귀양살이를 갔었지."

사이고는 말했다. 첫 번째는 번이 막부의 수사를 피해 사이고를 숨기기 위한 것이었고, 두 번째는 사이고를 싫어하는 영주의 부친 시마쓰 히사미쓰의 정치 감각에 맞지 않았기 때문이었다.

막부말 막부가 세력을 되찾은 두 가지 사변——안세이(安政)의 대옥사건(大獄事件)과 하마구리 궁문의 사건——당시 사이고는 섬에 있었다. 만일 그 시기에 섬에 있지 않았더라면 필경 살해되었을 것이다.

그것을 생각할 때마다, 사이고는 '만사는 하늘에 달렸다'라고 생각하는 것이다. 하늘이 사이고의 목숨을 보존시키기 위해서, 또한 그의 생명을 역시 속에 유효하게 사용하기 위해서 섬으로 유형되는 운명을 내렸으리라.

사이고는 그렇게 믿고 있었다.

'그러므로 료마도'

라고 생각하는 것이다. 막부의 수사가 심한 것을, 말하자면 천의(天意)로 알고, 사쓰마의 산중 깊이 몸을 숨기게 하는 편이 옳지 않을까?

한편 료마는 다른 생각을 하고 있었다.

신혼여행이다.

이 사나이는 가쓰 가이슈에게서 서양 풍속에 그런 것이 있다는 것을 듣고 있었다. 차라리 풍운을 등지고 가고시마, 기리시마, 다카지호(高千穂) 등지로 오료를 데리고 신혼여행을 하는 것도 또한 흥미 있는 일이 아니겠는가.

그렇게 하기로 결정했다.

즉시 오료를 불러 그것을 선언했다.

이 봐, 오료, 하고 료마는 약간 낯간지러운 듯이 말한 것이다.

"인연을 맺는 유람(遊覽) 여행이야."

이 풍속을 일본에서 처음 시작한 것은 료마였다고 해도 옳을 것이다.

료마와 오료가 교토를 출발한 것은 게이오 2년 2월 29일 밤이었다.

사이고 등도 동행했다.

그들 사쓰마인들은 사쓰마 조슈 동맹에 관해서 고향의 원로들을 납득시키고 또한 아울러 혁명전의 군비를 갖추기 위해서였는데, 사쓰마 번을 교토에서 움직이고 있는 중요 인물들은 모두 교토를 떠났다.

사이고, 고마쓰 다데와키, 가쓰라 우에몬 등, 세 중역 외에도 요시이 고스케, 이지치 사다카(伊地知貞馨)도 그들과 동행했다. 교토에 남은 중요 인물이라고는 오쿠보 도시미치 정도였다.

조슈로 돌아가는 미요시 신조도 일행과 함께 길을 떠났다. 신조의 일기문을 빌리면

"때에 사쓰마 조슈가 화해하여 더더욱 왕정복고(王政復古)를 위해 진력하고 군비의 준비를 하기로 하여, 사이고와 고마쓰 등을 비롯 일단 귀향하기로 정하고 2월 29일 밤 교토를 출발함에 사카모토씨, 오료도 같은 배로 출발, 나는 시모노세키로, 사카모토씨는 가고시마로 동행키로 했다"고 되어 있다.

'유신 약진(維新躍進)'이라는 말을 후세의 사가(史家)는 사용하고 있다. 표면으로는 아직도 평온을 가장하고 있으나 역사는 이 단계에 있어 크게 약진했다고 해도 과언이 아니다.

사쓰마 번이라고 해도 전부가 근왕파는 아니다. 오히려 고향에는 막부 지지파가 많았다. 직위가 높을수록 막부 지지파였으므로 그들은 아마 사이고가 계획하고 있는, 사쓰마 번 전체가 혁명전의 도가니 속에 뛰어들려고 하는 비밀 계획을 안다면 간이 뒤집히고 말 것이었다.

사쓰마 번의 사실상의 영주인 시마쓰 히사미쓰도 성격적인 보수파로서 막부를 쓰러뜨린다는 데까지는 결단이 되어 있지 않았다.

히사미쓰는 유신 후에도

——막부 타도 유신(幕府打倒維新)은 사이고가 멋대로 한, 말하자면 음모(陰謀)였다는 뜻의 발언을 하여 사이고에게 심한 공격을 퍼붓고 있다. 이 발언은 다분히 감정적인 것으로서 히사미쓰와 사이고는 처음 만난 그 순간부터 서로 상대가 마음에 들지 않는 사이였다. 요컨대 사이고 등은 이러한 보수파들을 납득시킬 수는 없을망정, 교묘하게 얼버무려서 사쓰마 번으로 하여금 천하의 난(亂)에서 주역을 만들려고 한 것이다.

"상처에 잘 듣는 온천이 있습니다"라고 료마에게 사쓰마 행을 권한 마음의 한구석에는 사쓰마 조슈 연합의 중매역인 료마를 가고시마로 데려가 보수파 설득의 한 전력(戰力)으로 이용할 생각으로 있었을 것이다.

일행은 교토를 떠나 후시미에 도착, 그곳에서 밤배로 요도 강을 내려가 오사카에 도착한 것이 다음 날인 3월 초하루였다. 오사카 도사 보리의 번저에서 배의 준비를 기다렸다가 덴포 산(天保山) 앞바다에서 사쓰마 기선 산보마루(三邦丸)에 오른 것이 3월 4일.

"무르익은 봄이로군!"

료마는 갑판 위에서 오사카 만 연안의 산하를 물들인 벚꽃을 바라보며 말했다. 료마로서도 생애의 첫 대사업인 사쓰마 조슈 연합이 성취되고 게다가 오료를 아내로 맞아 지금부터 유람의 길에 오르려는 것이니, 무르익는 봄이었을 것이다.

6일 저녁 때 배는 시모노세키에 닿아, 거기서 조슈인 미요시 신조와 작별했다.


료마와 오료가 찾아간 시오히다시 온천이란 대체 어떤 곳일까.

료마 자신은 그 온천에서 고향의 오토메 누님에게 써 보낸 편지 속에 쓰고 있다.

"실로 이 세상 것이 아니라고 생각될 만큼 희한한 곳입니다. 이곳에서 열흘쯤 놀면서, 계곡 물에서 고기를 낚고 권총을 쏘아 새를 잡는 등, 재미있었습니다."

료마가 이곳에서 유숙한 곳은 쓰루노유(鶴湯)라는 온천이었다.

절벽 사이에는 나무꾼들이 다니는 외나무다리가 걸려 있고 그 다리 밑 계류의 여울에 온천이 솟아오르고 있었다. 원천(源泉)은 그곳밖에 없다. 탕에는 네 기둥을 세우고 지붕을 올렸을 뿐인 조그만 오두막이 세워져 있다.

료마는 여관에서 아침저녁으로 이 온천에 내려갔다.

――오료도 함께 가자.

료마는 졸랐으나 이 처녀, 아니, 아내는 좀 이상할 정도로 알몸을 보이기 싫어했다.

――알몸을 보일 바에는 죽는 편이 낫다.

그러면서도 데라다야에서는 실오라기 하나 걸치지 않은 알몸으로 이층의 료마에게 포리들의 내습을 알렸다. 그러나 그때의 일을 료마는 놀리지 않았다. 놀리기에는, 두 사람의 역사에 있어서 장엄하기 그지없는 사건이었기 때문이리라.

그 온천은 목까지 폭 잠긴다.

약간 붉은 빛을 띠었다.

"이런 훌륭한 탕은 천하에 둘밖에 없소."

사쓰마 번의 하급 관리인 늙은 온천지기가 하인용 목도(木刀)를 허리에 차고 와서는 언제나 똑같은 말을 료마에게 했다. 자기가 관리하는 온천이 일본에 둘밖에 없다는 것이 그의 사는 보람이 되어 있는 모양이었다.

"또 한 군데는 어디오?"

료마가 물었으나 노인은 서슴지 않고 '모르겠소이다' 하고 대답했다.

"사이고 선생님이 그렇게 말씀하시더군요."

사이고의 말은 그 영향력이 이처럼 첩첩 산중의 온천지기에까지 미치고 있었다.

'그는 원래 번의 군 행정청 서기에 지나지 않았던 인물인데.'

미천한 직분이다. 번의 관리들 중에서도 아마 최하급에 속할 것이다. 그런 인물이 격동기에 있는 사쓰마 번의 긴장 속에서 거듭 발탁되어 지금은 참정의 바로 밑에 있으며, 실제로는 번의 외교를 한 몸에 짊어지고 있다. 더구나 인격적인 영향력이 이상하리만큼 커서 번의 젊은이들이 사이고를 우러러보는 마음에는 거의 영주를 대하는 마음 이상의 것이 있었다.

"손님은 타국 사람이시오?"

이틀째 되던 날 온천지기가 물었다.

"아아, 타국의 개똥이오."

"그런 것 같더군. 사쓰마에선 바로 작년까지만 해도 타지방 사람을 받아들이지 않았소. 요즘은 이따금씩 들어오고 있지요. 그런데 고향이 어디오?"

"도사라는 곳이오."

"아아, 도사에도 이런 온천이 있소?"

"별로 없을 걸요."

료마는 어른이 될 때까지 온천에 든 적이 없다. 처음으로 온천에 든 것은 작년에 조슈 야마구치(山口)에 갔을 때, 가쓰라 고고로의 권유로 야마구치 교외에 있는 유다(湯田)라는 온천에 들어간 것이 최초이고, 이번이 두 번째다.

"허어, 조슈에도 온천이 있소?"

"있지요."

"이렇게 훌륭하진 않을 테지."

"글쎄"

료마는 온천지기 노인의 강한 애번 의식(愛藩意識)에 그만 웃음을 터뜨렸다.


료마는 오료에게 물었다.

"당신, 산에 올라갈 수 있나?"

모처럼 이곳까지 온 이상, 유명한 기리시마 산꼭대기를 답사해 볼까, 하고 생각한 것이다.

"올라가 본 일은 없지만 올라갈 수 있을 것 같아요."

기리시마는 휴우가(日向)와 오오스미(大隅) 두 고을에 걸쳐 있는데, 그 최고봉은 1천 7백 미터나 되어 문자 그대로 구름 위에 솟아 있다.

봉우리는 동서로 연립하여 동쪽 봉우리는 다카지호 봉(高千穗峰)이라고 하고 서쪽 봉우리를 가라쿠니 봉(韓國峰)이라고 한나. 동서 양봉의 사이는 약 삼십 리는 될 것이다.

"다카지호 봉은 호코노 봉(矛峰)이라고도 하는데, 그 산정에 아메노사카 호코(天逆鉾)라는 것이 솟아 있어. 나는 바로 그게 보고 싶단 말이야."

"저도 보고 싶어요."

호기심이 강하기로는 두 사람이 똑같다.

그들은 다음날 첫새벽에 일어나서 여장을 갖추었다. 짐꾼으로, 온천지기의 아들이 같이 가주기로 했다.

료마 일행은 출발했다. 도중에 험로가 많았으며, 큰 바위를 올라가야 하는 곳도 있어 난행을 거듭했다. 료마는 왼손을 쓰지 못했다. 쓸 수 있는 오른손을 내밀어 몇 번이나 오료의 손을 잡아 끌어주곤 했다.

무나조이 언덕(胸副坂)의 황야를 거쳐 기리시마 묘진(明神)에 당도한 다음, 다시 백 미터쯤 올라가서 하나다치 바위(花立岩)에서 잠시 쉬고 다시 삼백 미터쯤 올라가 세도오(瀨戶尾)로 나갔다.

여기서, 등산길은 가파라지고 이 근방부터 세상에서 말하는 영산홍(映山紅)이 많다.

료마는 눈앞의 다카지호 봉 정상을 바라보며 휴대용 필기도구를 꺼내어 산을 스케치하기 시작했다.

"그림을 그리세요?"

오료는 뜻밖의 료마를 발견했으나, 료마는 죽은 다케치 한페이타와는 달리 그림에 소질은 없다.

"오토메 누님에게 그려 보내는 거야."

그러기 위해 사생(寫生)하는 것이다. 누님에게도 이 재미를 나누어 주고 싶은 생각으로 가득 차 있었다.

"오토메 누님이란, 어지간히 당신에게 소중한 분인가 보죠?"

오료는 볕을 가리는 삿갓 아래에서 눈을 빛내며 복잡한 표정을 지었다. 아무리 남매라고는 하나 이렇게까지 다정할 수 있을까. 오료는 료마의 어느 부분을 독점해야 좋을지 알 수 없다.

그들은 다시 올라가 히케후 봉(火常峰) 아래에 이르렀다. 봉우리라고는 하나 최근에 폭발한 화산이어서 골짜기를 이루고 있었다. 분화구(噴火口) 밑바닥에는 아직도 불길이 이글거리고 땅울림이 나직이 들려오고 있다.

다시 나아가서 우마노세고에(馬背越)로 나갔다.

제일 힘든 장소라고 할 수 있는 곳이다. 좌우가 골짜기라 칼날 위를 밟고 가는 셈이었다. 발밑에서 바람이 모래와 자갈을 날리며 불어올라, 그들은 군데군데 엎드려서 기어가야 했다.

동풍이 휘몰아쳐 오료가 넘어졌다.

료마는 재빨리 몸을 굴려 오료를 오른손으로 받아 안았는데 그 때문에 두 사람은 서로 껴안은 형상이 되었다.

"움직이지 마!"

료마는 바람 속에서 말했다.


바람 속에서 료마에게 안긴 채 오료는 무서움도 잊고 생각했다.

'평생 이대로 있고 싶다.'

료마의 품에서 전해오는 체온이 오료를 문득 눈물짓게 했다.

바람이 지나갔다.

"일어나지."

료마는 한 마디 던져놓고 왼손을 품에 넣은 채 걷기 시작했다. 오료의 감상을 거부하는 듯한 등이 건들건들 움직여간다.

'손해 봤네.'

오료는 우스워졌다.

이윽고 다카지호의 산정에 나섰다. 과연, 산정에 언덕이 있고 그 중앙에 세상에서 말하는 아메노사카호코가 솟아 있다.

료마가 누님에게 보낸 편지에 의하면

"여기서 다시 산 위에 올라 아메노사카호코를 구경하기 위해 아내와 함께 까마득한 산길을 올랐는데, 다치바나씨(立花氏)의 서유기(西遊記)만은 못해도 굉장히 길이 험난해, 여자의 다리로는 어려웠으나 기어이 우마노세고에까지 기어올라 잠시 쉬고는, 다시 또 아득히 올라, 마침내 산정에 도달하여 그 아메노사카호코라는 쌍날 창을 보았습니다."

이 쌍날 창은 신화시대, 천손 강림(天孫降臨)때 신이 손에 들었던 쌍날 창을 거꾸로 콱 꽂았다고 전해오고 있었다. 그러나 료마는 근왕의 지사이면서도 그런 신화는 애당초 믿지 않았다.

"기리시마 묘진의 중이 괜히 떠들어 대느라고 조작한 것이리라" 상당히 오랜 옛날부터 이 산정에 있는 것인데, 언젠가 파손되어 덴메이(大明) 연대에 가고시마의 어느 상인이 옛 모양을 본따, 다시 만들어 꽂았다고도 한다.

"구리(銅)는 인간이 만든 것입니다."

료마는 오토메에게 보낸 편지에도 그것이 인간이 만든 것이라는 주석을 달고 있다.

"그 모양은" 료마는 편지에 일부러 그림을 그려 넣고

"이것은 틀림없이 덴구(天狗)의 형상입니다."

그러면서 료마는 자기 눈으로 상세히 관찰하려고 했다.

오료도 다가가서 그것을 봤다. 그 창의 손잡이 양면을 자세히 보니 과연 덴구의 얼굴이 양면에 새겨져 있다. 신화시대에는 아직도 덴구같은 상상의 괴물은 창조되지 않았을 것이다.

료마는 몹시 기뻐하며 말했다.

"오료, 세상의 모든 일은 다 이런 거야. 멀리 두고 바라보면 신비스럽게 보이지만 가까이 가서 보면 모두 이런 거야. 장군, 영주 등도 이것과 마찬가지야."

료마는 그 대석 위에 올라가서 창의 손잡이를 쥐어 봤다. 창은 땅 속 깊이 꽂혀 있었는데 얼마나 길까, 하는 호기심에서 뽑아보려고 했다.

둘이서 함께 흔들어보니 뜻밖에도 간단하게 쑥 빠졌다.

"겨우 4,5 척밖에 안 되는 것이었습니다."

료마는 맥 빠진 듯한 문장으로 쓰고 있다.

요컨대 속임수라는 것을 알게 된 것이다.

"다시 본디대로 꽂아 놓았습니다." 했으니 수고스러운 일이었다.


　기리시마를 두루 돌아다닌 료마와 오료는 4월 12일 하마노이치(濱市)에서 배를 타고 가고시마 성 아래거리로 돌아갔다.

　그들은 곧 숙사인 고마쓰 다에와키의 저택으로 향했다.

　그의 저택은 성 아래거리의 하라라(原良)에 있다. 료마가 지난 날 잠시 이 집에 묵고 있을 때, 성 아래거리의 젊은 무사들이 "고마쓰님 댁에 낭인이 와 있다"고 해서 구경하러 몰려들어, 마침 료마가 바둑을 두고 있자 "앗, 낭인이 바둑을 둔다!" 하고 떠들어 대는 바람에 애를 먹은 일이 있다. 걸으면서 그때의 이야기를 오료에게 해 주었다.

"사쓰마에서는 낭인을 모르나요?"

그녀는 놀라며, "시골이네요" 하고 묘한 경멸을 보였다. 그러고 보니 지난 몇 해 동안 교토는 낭인들의 소굴같이 되어 있다. 요즈음 교토 명물은 낭사조(浪士鳥) ──라는 희어(戱語)까지 생긴 판국이다.

　길이 약간 오르막이 되면 곧 하라라의 고마쓰 저택에 닿는다.

　고지대가 되어 있다. 배후에는 여섯 폭 병풍 같은 기복이 심한 구릉(丘陵)이 빙 둘러 쌌고 전면에는 가득히 사쿠라 섬(櫻島)을 바라 볼 수 있다. 저택 안의 정원은 사쿠라 섬의 아름다운 경치를 빌어 그 웅대함이 좀처럼 비할 데가 없다.

　고마쓰 가문은 시마쓰 집안의 가신들 중에서도 대대로 내려오는 명문이므로, 그 성 아래거리 저택 역시 굉장히 크고 으리으리하다.

　여담이지만 이 고마쓰 저택 자리는 메이지 유신 후 남의 손에 넘어갔는데 지금은 분양되어 각기 아담한 정원을 꾸민, 화사하고 멋진 주택들이 그 대지 안에 서른 채 가량 들어앉아 한 동네를 이루고 있다. 지금도

　──고마쓰님 저택에 있습니다.

하면 그것이 동네 이름 대신 통할 정도다.

'어머나, 그 고마쓰님이.'

오료는 그 문전에 섰을 때 저택의 으리으리함에 놀랐다. 과연 거번(巨藩)의 세도 중신 저택다운 웅장한 집이었다.

여담이지만 막부 말엽, 사쓰마 번에 고마쓰 다데와키라는 과묵하고 침착한 젊은이가 없었더라면 사이고나 오쿠보 등은 모두 번내 활동을 할 수 없었을 것이다.

사이고와 오쿠보는 하급 무사 출신으로 차츰 발탁되어 오늘의 지위를 차지했지만, 그러한 그들의 활동 지반(地盤)을 만드는데 고마쓰 다데와키의 활약이 얼마나 컸는지 모른다.

연극에 비하면 막부 말기에 이 번에서는 사이고와 오쿠보가 각본, 연출, 주역을 겸한 일을 하고 있지만, 고마쓰는 이들 사이고와 오쿠보 극단의 흥행주였다고 해도 과언이 아니다.

고마쓰는 마술의 달인이어서, 그가 교토의 니조 성(二條城) 부근에서 밤에 사쓰마 저택으로 귀가할 때면 그 마상(馬上)의 초롱불만 보아도 "저기 사쓰마의 고마쓰 다데와키가 간다"는 것을 알 수 있었다고 한다. 말 위의 승마 초롱이 조금도 흔들리지 않고 더욱이 고마쓰를 앞뒤로 호위하는 부하들의 보조(步調)도 엄숙해서, 어쩌다가 만나는 신센조의 순찰대 등도 걸음을 멈추고 경의를 표할 정도였다. 료마와는 한 동갑이었으며, 메이지 3년에 병사했다.

료마와 오료가 돌아왔다는 보고에 고마쓰는 곧 그들의 방으로 찾아와서
"시오히다시 온천은 어떻습니까?"
료마의 상처의 결과부터 물었다.
시오히다시의 효험인지 고름도 꾸덕꾸덕해진 것 같았다.


"나가사키에서 좋은 소식이 들어와 있습니다."
고마쓰가 말했다.
"와일 웨프가 이곳 가고시마를 향해 항해중이라고 합니다."
"야아!"
료마는 활짝 웃으며 무릎을 쳤다. 근래에 이처럼 기쁜 소식을 들은 적이 없었다.
"정말 기쁘군요."
료마로서는 처음으로 가져보는 배였다.

그가 고마쓰 다데와키와 나가사키에 갔을 때 고마쓰의 양해를 얻어서 사들인 배이며, 물론 선가(船價) 7천 8백 냥은 사쓰마 번이 낸다. 좀더 상세히 말해서 료마의 구상에 의한 "주식회사"에 사쓰마 번에서 배를 한 척 출자한다는 형식을 취하고 있는 것이다.

와일 웨프 호는 아깝게도 엔진이 없는 범선이다. 선주는 나가사키에 있는 프러시아 상인 조르티라고 한다.

배는 중고품으로 상해에서 수리도 하고 페인트 칠도 다시 한 것인데, 료마가 교토를 출발할 때 나가사키에 입항하여 조르티가 가메야마 동문에 인계한 것이다.

그때 료마는 가고시마로 여행 중이었으므로 자세한 사정을 모른다. 결국 료마가 사쓰마 조슈 연맹을 위해 동분서주하고 있는 동안에 그의 사업체인 가메야마 동문은 착실하게 발전하고 있었던 것이다.

'무쓰 요노스케나 이케 구라타, 그리고 스가노 가쿠베에 등은 얼마나 기뻐하고 있을까.'

이런 생각을 하니 료마의 얼굴은 절로 싱글벙글해진다.

그 다음날, 나가사키의 사쓰마 번저에서 보낸 상세한 보고서가 료마의 손에 들어왔다.

그 보고서에 의하면 이번 항해에는 두 가지 목적이 있는데, 그 하나는 가고시마에 가서 명명식을 갖기 위한 것이고 또 하나는 가메야마 동문의 연습 항해를 위한 것이었다.

승무원 열 네 명의 명단도 와 있었다.

사관은 구로키 고타로(黑木小太郎), 우라다 운지로(浦田運次郎) 두 사람이고 선장은 이케 구라타였다.

수부장은 도라키치(虎吉)와 구마키치(熊吉), 수부들은 아사키치(淺吉), 도쿠지로(德次郎), 나카지로(仲次郎), 유우조(勇藏), 쓰네키치(常吉), 데이지로(貞次郎), 뇨조(如藏), 이치다로(一太郎), 산페이(三平) 등이었다.

'이케 구라타도 이제 선장이 됐구나.'

료마는 이 고향 친구를 생각하니 감개무량해졌다. 그는 교토, 오사카 지방에서 칼을 움켜쥐고 분투한 전형적인 근왕 낭사였다.

료마는 배경의 힘을 갖지 않은 이들 낭사들의 분투가 얼마나 무의미하고 비생산적인 것인가를 알고 있었으므로 이케를 자기의 동문에 끌어들인 것이다.

　배는 한 척만 오는 것이 아니다.

　보고서에 의하면 료마의 가메야마 동문에 조슈 번에서 출자한 유니온 호(잇추마루)와 함께 온다는 것이었다. 유니온 호는 조슈의 해운국 사람들이 몰고 있으며, 조슈 쌀을 사쓰마로 실어오는 중이다. 이 역시 사쓰마 조슈 연합에 의한 최초의 물자 교류라는 기념할 만한 항해였다.

　'모든 것이 잘 되어 가고 있다.'

　봄이구나, 료마는 생각한다. 남국 가고시마에서는 벌써 벚꽃이 졌지만 사쿠라 섬에 뽀오얀 비단 같은 안개가 끼어, 나른하고 안온한 봄빛 속에 료마는 있다.

　"배가 들어왔다."

　보고를 들었을 때, 그는 고지대의 고마쓰 저택에서 한달음에 달려 내려와 성 아랫거리의 긴 도로를 따라 정신없이 바다로 달렸다.

　무리도 아니었다.

　오랜 숙원이던 자기 배가, 그것도 두 척이나 나란히 가고시마에 들어오는 것이다. 료마로서는 그 두 척을 눈으로 직접 보는 순간만큼 애타게 기다려진 것이 없었다.

　'달려라!'

　자기의 다리가 답답하게 느껴졌다. 유니온 호는 조슈인이 몰고 있으나, 와일 웨프 호는 우리 동지 이케 구라타 이하가 조종하고 있는 순전한 동문의 배가 아닌가.

　'그런데 구라타 녀석 용케도 운전해 왔구나.'

　료마는 뛰어가면서도 그것이 이상했다. 다른 스가노 가쿠베에 등이라면 혹시 몰라도, 이케 구라타는 조슈의 풍운에 말려들어 거의 배에 관한 공부를 하지 않았다.

　'더구나 범선을'

　증기선보다도 조종하기가 더 어렵다.

　'그 타고난 지지 않는 성격으로 그까짓 것, 하고 돌격이라도 하듯이 타고 왔겠지.'

　나중에 안 일이지만, 나가사키의 가메야마 동문에서는 당초 선장을 스가노 가쿠베에로 정해 놓고 있었다. 그런데 이케 구라타가 스스로 선장을 맡고 나섰다는 것이다.

"자네는 기술이 충분하잖아? 나는 배 기술이 형편없으니, 연습 항해는 나를 대신 시켜 주게."

달려가는 료마의 시야 가득히 사쿠라 섬이 펼쳐져 왔다. 어젯밤 비가 내린 탓인지 화산 연기가 힘차게, 하늘에 기둥을 세우는 듯한 무서운 기세로 솟아 올라간다.

뎀포 산 부두가 보이는 곳까지 달려왔다. 부두와 사쿠라 섬 사이에 유니온 호가 닻을 내려놓고 있었다.

"이상한데?"

와일 웨프 호의 모습이 보이지 않는다.

부두에는 사람들이 웅성거리고 있었다. 사쓰마인도 조슈인도 있었다. 조슈인은 유니온 호의 승무원들이었으며 선장은 나카지마 시로(中島四郎)였다.

그들은 달려오는 료마를 보았다. 료마는 소나무가 서 있는 모래사장을 달려오고 있었다. 모래가 그의 뒤통수까지 튀어 올랐다.

——저분이 사카모토 료마씨올시다.

사쓰마측의 응접관이 조슈의 선장 나카지마 시로에게 귀띔했다.

나카지마는 침통한 얼굴을 했다.

료마는 헐떡이며 다가와서 큰 소리로 외쳤다.

"와일 웨프 호는 어디 있소?"

나카지마 선장은 묵묵히 다가서며 정중하게 머리를 숙였다.

"드릴 말씀이 없습니다."

"예?"

"와일 웨프 호는 시오야사키(鹽屋崎) 앞바다에서 폭풍을 만나 침몰하고 말았습니다."

료마는 헉, 숨을 들이켰다.

"그래서 승무원들은?"

"이케 구라타님, 구로키 고타로님을 비롯하여 사관, 수부 등 열 한 명이 익사하고, 육지로 헤엄쳐서 구사일생으로 살아난 사람은 하급 사관 우라다 운지로와 수부 이치타로, 산페이 이렇게 세 사람뿐이었습니다."

나카지마 선장의 말에 의하면, 나가사키를 출범하여 가고시마로 향한 그날은 파도도 잔잔하고 몹시 맑은 날씨였다고 한다.

유니온 호는 증기선이고 와일 웨프 호는 범선이다. 배의 속도를 맞추기 위해 유니온 호가 와일 웨프 호를 로프로 끌면서 남으로 항로를 잡았다.

"이케 구라타님은 썩 기분이 좋으셨습니다."

나카지마 선장은 말했다. 배에 미숙한 이 근왕 지사는 자기가 선장이 되어 항해하는 것이 기뻐서 돛대 위에 올라가서는, 무슨 말인지 큰 소리로 앞서 가는 유니온 호를 향해서 지껄였다고 한다.

"소달구지에 끌려 젠코오 사(善光寺) 참배하러 간다"는 등 떠들어 대며 좋아한 모양이다.

그런데 저녁나절부터 바람이 불기 시작하더니 습도계가 갑자기 상승했다. 곧 바람은 비를 몰고 와서 풍랑이 심해졌다.

이미 폭풍우였다. 유니온 호는 굴뚝이 빨갛게 달아오르도록 기관에 불을 때고 필사적으로 부근의 항구로 도피하려 했으나 큰 파도에 밀려 뜻대로 되지 않았다. 게다가 어느 방향의, 어느 정도의 거리에 피난 항구가 있는지 도무지 분간을 할 수 없었다.

또 하나, 곤란한 것은 두 배가 로프로 연결되어 있다는 점이었다. 파도에 밀릴 때마다 로프가 느슨해져서 세 번에 한 번 꼴은 금방 충돌할 것 같았다.

폭풍우는 더욱 심해졌다. 마침내 유니온 호로서는 충돌을 방지하기 위해 로프를 끊고 따로 행동하지 않으면 안 될 단계에 이르렀기 때문에 나카지마 선장은 그렇게 결심하고

──눈물을 머금고 로프를 끊겠음.

이라는 뜻의 발화 신호를 보냈다. 나카지마 선장이 선교(船橋)에서 보고 있으니 잠시 후 뒤따르던 와일 웨프 호의 선교 부근에서 발화 신호가 명멸하는 것을 보았다.

──양해함, 귀선의 안전을 빎.

로프가 도끼로 잘렸다.

그 순간, 뒤에 있던 와일 웨프 호의 선체가 쑥 어둠 속으로 빨려 들어가 사라져 버렸다.

아뿔싸!

유니온 호 선장 나카지마는 당황하여, 다시

──무사함을 빎.

세 번이나 이 신호를 보냈으나 응답은 없었다.

로프가 끊어지는 순간, 와일 웨프 호는 무서운 힘으로 파도에 휩쓸려간 모양이다.

와일 웨프 호의 생존자인 하급 사관 우라다 운지로의 말을 들어보면, 배는 고시마 열도(五島列島) 쪽으로 표류했던 것 같다.

풍랑은 더욱더 사나워져서 와일 웨프 호는 돛대를 도끼로 찍어 넘어뜨리고 배의 전복을 막으려 애썼으나 끝내 막지 못하고, 좌현에 밀어닥친 산더미 같은 파도에 그만 뒤집히고 말았다.

모두 바다에 내동댕이쳐졌으며 우라다 등 세 사람만이 시오야사키 해변에 헤엄쳐 나오고 나머지는 모조리 익사하고 말았다.

날이 밝고 파도도 가라앉았으므로 유니온 호는 즉시 해상 수색을 시작하여 마침내 와일 웨프 호의 잔해를 발견하고 익사자의 수용에 나섰더니 이케 구라타만은 그대로 선교에서 죽어 있었다. 배를 다루는 기술은 미숙했으나 이 최후만은 과연 선장다운 모습이었다.


료마는 이제까지 수많은 동지의 죽음을 보고 듣고 해왔다. 분큐 이래로 도사를 탈번한 낭사들은 여러 곳에서 분주히 뛰어 다니다가 그들 중 많은 목숨이 비명에 사라졌다. 이제는 살아 있는 쪽의 수가 적을 것이다.

"모든 것은 천명이다."

그런 신념 아래 료마는 그들의 죽음을 일일이 서러워하지 않기로 하고 있다. 언젠가는 자기도 그들과 같은 죽음의 운명 속에 끼어들어야 할 때가 올 것이다.

그러나 이번 이케 구라타의 죽음만큼 료마의 가슴을 뒤흔든 것은 없었다. '다케치 한페이타 등은 옥중에서 할복하고 나스 신고 등은 요시노 산(吉野山)에서 막부군의 총탄에 쓰러졌다. 모치즈키 가메야타 등은 이케다야의 누상에서 전사하고, 나스 슌페이 등은 하마구리 궁문에서 죽었으며 센야 기쿠지로 등은 덴노오 산(天王山)에서 자결했다. 유독 이케 구라타만은 그런 풍운을 헤치고 와서 지금 시오야사키 앞바다에서 익사체로 변해 버렸다.'

죽음이 화려하지 못했다. 료마에게 책임이 있다. 교토에서 활약하는 근왕 지사를 그대로 두었으면 좋았을 것을 료마는 억지로 끌어들여 항해 기술을 배우게 하여 끝내는 익사하는 볼품없는 죽음을 택하게 하고 말았다.

"울고 계셔요?"

그날 밤 료마가 방에 돌아오지 않으므로 마당에 찾아 나선 오료는 와룡매(臥龍梅) 옆에 쭈구리고 앉아 있는 료마를 보고 이렇게 놀라면서 물었다.

"우는 게 아냐."

밤하늘에 한 점 피같이 붉게 보이는 것은 사쿠라 섬의 분연(噴煙)이었다.

"구라타를 생각하고 있는 거야."

료마는 찰싹찰싹 정강이를 때리며 모기를 쫓았다.

"운이 좋은 사나이였는데……."

이케 구라타만큼 근왕 지사로서 화려한 전력을 가진 사나이도 드물 것이다.

그는 도사 탈번 후 조슈로 가서, 조슈 번이 4개국 함대와 싸웠을 때는 조슈 유격대의 참모가 되어 해상의 석을 육지에서 포격히였디. 그 후 교토 지방에서 출몰하다가 덴추조(天誅組)의 의거에 참가하여 양총 대장으로서 야마토 고조(大和五條)의 막부 민정청을 습격하여 민정관 스즈키 겐나이를 베고, 그 후 야마토의 내악(內岳) 지대를 전전(轉戰)하다가 시모이치(下市)의 히코네 번(彦根藩) 진지를 야습하여 그들을 패주시켰다. 농지들이 궤멸한 뒤에는 교토로 나와 하마구리 궁문 사변 때 조슈군 속에 섞여 활약했으나, 실패로 돌아가자 조슈로 도주했다가 나중에 료마의 단체에 투신했다. 이처럼 많은 사지(死地)를 돌파해 오면서도 이상하게 목숨을 부지할 수 있었던 사나이가 그까짓 폭풍우 때문에 생명을 빼앗기다니 이 어찌된 일일까.

이케 구라타 이름은 사다카쓰(定勝).

고치(高知) 성 아랫거리의 고다카사카(小高坂) 사람이며 향년 26세.

"비문이라도 쓸까?"

료마는 중얼거렸다. 애당초 그런 감상주의라고는 털끝만큼도 없는 그였으므로 오료는 놀랐다.

"시오야사키 해안에 그들 열 한 명의 비석이라도 세워 줘야겠다."

료마의 생각으로는 번쩍이는 칼날 속에서 죽었다면 그만한 사연이 후세에 전해져서 그것이 곧 공양이 되겠지만, 물에 빠져 죽었으니 비석이라도 세워 주지 않으면 무엇으로 그 원혼을 달래 줄 수 있겠느냐는 것이었다.

가고시마에서 료마는 와일 웨프 호의 조난 사건에만 구애받고 있을 수는 없었다.

골치 아픈 문제가 생긴 것이다.

그것은 지금 가고시마에 입항해 있는 유니온 호가 싣고 온 짐 때문이었다.

그 짐은 사쓰마 조슈 연합의 우의를 표시하기 위해 쌀의 산출지인 조슈에서 쌀이 적은 사쓰마로 보내는 군량미 5백 석으로서, 말하자면 '호의에 감사하오. 앞으로 잘 부탁하오' 하는 인사와 친선을 겸한 선물이었다. 이 일이 실현된 것은 료마가 먼저 가쓰라 고고로를 설득하고 가쓰라가 쾌히 받아들여 조슈 번고(藩庫)에서 출고시켜 시모노세키에서 멀리 싣고 온 것이다.

료마는 이케 구라타 등의 조난을 슬퍼하는 한편, 이 쌀을 사쓰마 번에 넘기는 사무를 처리하지 않으면 안 되었다.

그런데 뜻밖에도 사이고는 거절했다.

"그것을 받을 수가 없소이다."

조슈의 호의는 대단히 고마우나 그것을 염치없이 받아들인다면 사쓰마 무사의 이름이 땅에 떨어진다고까지 말했다.

"사카모토님은 그렇게 생각하지 않으시오?"

"글쎄……."

료마는 기가 찼으나 사이고의 말을 못 알아 듣는 것도 아니다. 조슈는 바야흐로 막부와 각번 연합군의 포화를 덮어쓰려 하고 있다. 이미 선봉(先鋒) 여러 번에는 동원령이 내려 있고, 내일이라도 조슈의 사방 경계선에 포성이 들려올지도 모른다.

"조슈에선"

사이고가 말했다.

"농군이나 상인들은 말할 것도 없고, 아녀자들까지도 총과 창을 들고 임전태세를 갖추고 있소. 지금 그들에겐 총알 하나, 쌀 한 톨이 아쉬운 때요. 그런 비상시에 우리 사쓰마 번에서 쌀을 받고 고맙습니다, 할 수 있겠소?"

"글쎄……."

료마가 두려워하고 있는 것은 조슈인의 감정이었다. 그들은 오랫동안 고군분투하면서 항막(抗幕) 활동을 계속해 왔으며, 지난 몇 해 동안은 막부와 여러 번, 그리고 조정에게까지 몰매를 맞아 왔다. 그 때문에 그들의 심정은 극도로 비뚤어지기 쉬워 이번에 사쓰마 조슈 연합으로 가까스로 사쓰마를 대하는 감정이 호전되기는 했으나 언제 이것이 역전할지 모를 일이다. 모처럼 호의를 베풀어 기분 좋게 쌀을 보냈는데 사쓰마가 그것을 받지 않는다면, 그들은 '우리 호의를 거절한단 말인가' 하고 돌이킬 수 없는 오해를 만들게 될지 모른다.

고작 5백 석의 쌀 때문에 료마가 여태까지 기울인 고충이 수포로 돌아가게 될지 모른다.

료마는 사이고에게 그 우려를 설명하고 말했다.

"좀 어떻게 받아 줄 수 없소?"

"그것을 어떻게 하는 것이 사카모토님의 수완 아니오?" 사이고는 웃으며 말했다.

결국 조슈인에게 사쓰마인의 진정을 곡해(曲解)시키지 않기 위해 료마가 직접 유니온 호에 탑승하여 시모노세키로 돌려보내기로 했다.

오료와의 신혼 생활노, 이런 상태라면 진곡을 전전하면서 세월을 보내야 될 것 같았다.


"오료, 이번에는 시모노세키로 가게 됐어."

료마는 그날 아침에야 말했다.

고마쓰 저택을 작별하고 유니온 호에 탑승하기 위해 덴포 산 부두에서 전마선에 올랐다.

전마선이 육지를 떠났다.

오료는 멀어져 가는 가고시마의 거리를 바라보면서 생각했다.

'나는 이상한 사람과 함께 살게 되어 이상한 생애를 보내게 될지 모르겠구나.'

부부가 되면 한 지붕 밑에 살면서 집 앞에 물도 뿌리고 나팔꽃도 손질하고, 남편을 위해 저녁상도 차리고 하면서 생활의 고요를 즐기는 것이 정상이 아니겠는가? 이처럼 막부의 관리들에게 쫓겨 다니기나 하고, 먼 곳으로 전전하기나 하며 외국 배를 타고 군량을 되돌려 보내곤 하는 것이 과연 신혼 생활일까?

더구나 료마는 바닷바람에 옷자락을 휘날리면서 중얼거리고 있다.

——조슈에 도착하면 막부 해군과 해전을 벌여야 할지도 모르겠는걸.

‘해전!’

그것이 신혼 생활일까.

오료는 생각에 잠기지 않을 수 없었다.

‘따라가지 못하겠어.’

원래 오료는 바느질이나 요리 같은 것은 할 줄 모르는 여자로서, 어느 쪽인가 하면 행동적인 성격을 타고 났다. 얌전히 가정을 지킬 성미도 아닌 주제이지만 이다지도 변전이 심한 생활 속에 부대끼고 있노라니 문득 보통 사람과 같은 생활의 즐거움을 동경하게 되는 것이다. 인간이란 어쩌면 이렇게도 기괴하고 탐욕적이며 끝없는 행복의 추구를 계속해가는 동물일까?

오료는 입을 다물고 있다.

얼굴에는 이제까지 그녀가 료마에게 보인 일이 없는 험한 표정이 서려 있었다.

“왜 그러지?”

료마는 걱정스러운 듯이 물었다.

“아무것도 아니에요.”

“이상한 얼굴을 하고 있잖아.”

“어차피 이런 얼굴인 걸요.”

오료는 웃으려고 했다.

“곤란한데.”

료마는 사쿠라 섬을 보았다. 왠지 오늘따라 연기가 희끄무레하고 생기가 없다.

료마는 오료가 지금 몸에 지니고 있는 공복감 같은 것은 알지 못했으며 설혹 오료가 그것을 호소한다 해도 이해할 수 없었을 것이다.

‘타향살이라 적적한 모양이군.’

다만 상상할 수 있는 것은 이런 생각뿐이었다. 료마는 그렇게 생각하고 온 몸의 지혜를 다 짜내서 말했다.

“오료, 나가사키에서 월금(月琴)이라도 배우면 어떨까? 지금부터 그리로 갈까?”

오료의 기분은 그녀가 몹시 좋아하는 음악 이야기로 푸는 수밖에 방법이 없다.

“글쎄요, 그럼 나가사키로 갈까?”

오료는 중얼거렸다.

료마는 이 풍운 속에서 오료를 위해 유니온 호의 진로를 나가사키로 돌리지 않으면 안 되게 되었다.

# 푸른 바다

한여름의 푸른 바다 위를 증기선 유니온 호는 항진하고 있다.

'시모노세키에 간다'던 배가 가고시마 만을 나오자 진로를 서쪽으로 잡았다. 료마가 오료의 기분을 맞추기 위해 바꾼 침로였다.

나가사키로.

그곳에 기항하였다가 마지막으로 시모노세키에 간다. 규슈를 서쪽으로 반쯤 도는 우회 항로였다.

다만 료마는 유니온 호의 선원들에게 말해 두었다.

"나가사키에 기항하여 가메야마 동문의 동지들을 태우고 싶다. 또 이케 구라타 등이 조난한 시오야사키에도 들러서 그들의 명복을 빌어 주고 싶다."

그것은 그것대로 필요한 용건이긴 했으나 실은 오료의 기분을 맞추기 위해서 그러한 용건을 만들어 냈다고 할 수도 있다.

배는 사쓰마 후지(富士)라고 일컬어지는 가이몬 산(開聞岳)을 멀리 바라보며 서쪽으로 항해를 계속했다.

료마는 낮에는 조타실에 있거나 마스트에 올라가거나 배 밑창에 기어들어 기관 상태를 조사하기도 했지만, 밤에는 오료를 위해서 잡아둔 선실로 돌아왔다.

마쿠라사키(枕崎)의 큰 등대불이 보일 무렵, 항해 첫날의 어둠이 깔렸다.

"나가사키에 집을 갖고 싶어요."

오료가 말했다. 조그만 셋집을 얻을 만한 돈은 있을 게 아니냐고 그녀는 말했다.

"좀더 즐겁게 살고 싶어요. 부부란 이런 게 아니잖아요?"

"집쯤은 가져도 좋겠지."

말하면서 료마는 슬펐다. 천하를 터전으로 삼고 삼계(三界)에 집을 지니지 않는다는 것이 사카모토 료마의 신조가 아니었던가.

"집을 얻어 주실래요?"

"얻어 주고말고. 그까짓 집세야 얼마 안 될 것이고, 나가사키에서는 으뜸가는 부상(富商) 고소네 에이시로(小曾根英四郎)와 친하니까, 상륙한 그 날로 집쯤은 알선해 주겠지."

"월금 선생도 찾아 주시겠어요?"

"내가?"

료마는 내심 진저리가 났다. 할 일이 산더미처럼 쌓여 있는 그로서는 오료를 위해 월금 선생을 찾아다니는 일까지 해야 한다는 것은 참을 수 없는 노릇이다. 그러나 곧 마음을 고쳐 먹고 대답했다.

"찾아 주고말고. 하지만 오료, 나는 늘 그 집에 있을 수는 없어."

"왜요?"

"왜요라니, 임자는."

"우린 부부가 아니에요?"

"그야 누가 모르나. 임자의 남편은 아마 인간이 아닌 사나이일지도 몰라."

"인간이 아니라고요?"

"난 하늘이 이 지상의 분규를 수습시키기 위해 나를 내려 보냈다——하고 나 자신을 그와 같이 생각하기 시작하고 있어. 내가 없으면 일본은 망하거든."

"우쭐하시긴."

"그렇지. 그러나 그렇게라도 우쭐하지 않고서는 이처럼 뛰어다닐 수 없지. 가쓰 선생도 사이고도 가쓰라도 모두 그렇게 생각하고 있는 것 같아. 여자와 달라서 그 점이 사나이들의 우스꽝스런 점이지만."

나가사키 항에 들어가 오우라(大浦)의 암벽에 배를 댄 료마는 그길로 곧 혼하카다 거리(本博多町)의 고소네 에이시로를 찾아갔다.

이 도시에서는 가장 오래된 집안의 상가(商家)였으며, 주인 에이시로는 나가사키에 번의 상관(商舘)을 갖고 있지 않은 에치젠 후쿠이 번(越前福井藩)과 조슈 번을 위해 상관 기능을 대행하고 있다.

이른바 근왕 지사들에게 동정적인 협상(俠商)으로 료마의 가메야마 동문도 무척 그의 신세를 지고 있었다. 그런데 고소네 에이시로는 상인이면서도 성(姓)을 지니고 칼을 찰 수 있는 허락을 받고 있었다.

료마가 객실에 안내되어 기다리는데 곧 주인이 나와 정중하게 인사했다.

갸름한 얼굴에 콧날이 우뚝한 이른바 전형적인 나가사키인의 얼굴이다. 나이는 아마 료마와 동갑일 것이다.

"너무 신세를 지고 있습니다."

료마는 거의 부끄러운 듯한 태도로 말했다. 한마디로 신세라고 했으나, 고소네 에이시로가 료마의 가메야마 동문에 베푼 후의는 이만저만한 것이 아니다.

조그만 예를 하나 들면, 가메야마 동문 사람이 시중에서 타번 사람과 싸움을 하거나 나가사키 행정청의 관리를 때리거나 하는 일이 있다.

이런 일은 혈기왕성한 패거리들이 모인 곳이라 부지기수였다. 서민들 가정에서 "어느 집 아무개는 장난꾸러기라 정말 형편없다"라고 말할 때, 흔히 "가메야마의 흰 하카마처럼 어쩔 도리가 없다"고 말한다. 가메야마의 흰 하카마란 료마의 가메야마 동문을 가리키는 말이다.

료마는 대원의 제복으로서 서양 해군이 흰색을 즐겨입는 것을 본따서 대원의 하카마는 일체 흰색을 사용케 하고 있었다. 그러므로 시중에서는 그들을 가리켜 "가메야마의 흰 하카마"라고 부르면서 어쩔 도리가 없는 존재로 치고 있었다. 지금도 나가사키에서는 난폭한 자와 어거지가 센 고집쟁이를 가메야마의 흰 하카마라고 부른다. 료마의 가메야마 동문은 옛날에 이미 잊혀졌지만 흰 하카마만은 여전히 난폭자의 대명사로 남아 있는 것이다.

"막부 관리, 막부지지의 제번들, 네까짓 것들이 뭘하는 놈들이냐!"

그러듯이, 어깻바람을 일으키며 활보하고 다니는 이 흰 하카마들이 말썽을 일으켰을 때는, 이 고소네 에이시로가 나가사키 행정청으로 달려가 어떻게든 수습해 주는 것이었다.

"정말 하나에서 열까지……"무뚝뚝한 료마가 이 상인에게 고개를 숙이지 않을 수 없는 것은 이런 사유가 있었기 때문이다.

"이 사람은 아내올시다."

료마가 오료를 소개하자 아까부터 오료의 아름다움에 눈이 휘둥그레졌던 고소네는 동문 사람들에게 들었는지 사정까지 잘 알고 있었다.

"아, 그렇습니까! 제가 고소네 에이시로올시다. 부인께서는 그 데라다야 의?"

료마는 여기서 오료를 위한 셋집과 월금 선생을 알선해 달라고 부탁했다.

"염려 마십시오."

고소네는 오히려 료마의 부탁을 받는 것이 기쁜 듯 만면에 웃음을 띠며 말했다.


료마는 그뒤 뱃길에 몹시 피로해 있는 오료를 고소네 집에 맡겨 놓고 자기는 게다를 신고 거리로 나갔다.

떨걱떨걱 게다를 끌면서 나카지마 강(中島川)의 다리를 건너 니시하마 거리(西濱町)로 나갔다.

니시하마 거리는 나가사키에서도 가장 번화한 상업 중심지이며, 유력한 나가사키 무역상의 상점은 대개 이 거리에 있다.

"도사야(土佐屋)가 어딘가?"

료마가 지나가는 상인에게 물어보니 저 개울가의 가게가 그것이라고 가리켰다.

'호오, 큰 가게로군.'

가게 앞에 점원들이 나와서 분주히 짐을 꾸리고 있다. 꾸린 짐들은 앞의 나카지마 강에 대기하고 있는 전마선에 실어 항구로 나가서 큰 배에 옮겨 싣는 것이다.

도사야는 오래된 무역상으로 운송업도 겸하고 있어 나가사키의 물자를 도사로 실어다 파는 장사를 하고 있다.

료마의 가메야마 동문은 그의 부재중 고소네 에이시로의 주선으로 이 상점 한쪽을 빌어 사무를 보고 있었다.

료마가 잠자코 들어가 보니 가게 안에 테이블이 놓여 있고 무스 요노스케가 사무를 보고 있었다.

"허어, 열심이군."

불쑥 말을 건네니, 무쓰는 소스라치게 놀라 정신없이 뛰어 일어났다.

"사카모토님!"

그러고는 료마를 와락 끌어안았다

"언제 오셨습니까? 데라다야에서는 어떻게 됐습니까? 모두 걱정하고 있었습니다."

"편지에 쓴 그대로야. 걱정할 건 없어."

"제발 조심 좀 하십시오. 사카모토님이 돌아가시면 저는 살지 못합니다."

"함부로 그렇게 말하다간 그땐 정말 죽게 돼."

"농담이 아니에요."

무쓰는 코끼리 조련사가 코끼리를 쓰다듬듯 료마의 어깨와 팔을 몇 번이나 쓰다듬었다. 여전히 검객다운 굳건한 체격이었으나 약간 살이 빠진 것 같았다.

"마르셨군요?"

문득 무쓰가 눈물을 글썽거렸다.

동지 중에서 최연소자인 나카지마 사쿠타로가 료마의 도착을 알리기 위해 가메야마로 뛰어 갔다.

료마는 도사야의 이층으로 올라갔다. 곧 대원 전원이 모여들었다.

"근래에, 일이 많았었지."

료마가 데라다야에서 겪은 조난, 유니온 호의 선적 소동, 와일 웨프 호의 침몰과 동지들의 죽음, 그동안에 있었던 사쓰마 조슈 연합의 수립 등이 뒤섞여 가메야마 동문은 '상사(商社)'라기보다 사건 조정자의 느낌마저 들었다.

"와일 웨프 호는 침몰하고 유니온 호는 조슈 선적으로 바뀌었으니 우리는 원래의 빈털터리로 돌아간 셈이야."

"사카모토님, 천천히 하십시다."

"암, 그래야지."

료마는 쾌활하게 말한 다음, 그가 가장 궁금히 여기고 있던 부재중의 최대 사건을 물었다.

"만두집 사건을 설명해 주게."

조지로가 료마의 부재중에 할복자살을 했던 것이다.

만두집 조지로. 성은 곤노(近藤)였는데 나가사키에 와서부터는 '우에스기 소지로(上杉宗次郎)'라고 이름을 바꾸었다.

료마가 전에 고향의 오토메 누님에게 낸 편지에도 "우리와 함께 의기충천해서 활약하고 있는 사람 중에는 2가에 사는 붉은 우마노스케와 스이도 거리 골목(료마의 생가 뒤)의 조지로"라고 오토메도 알고 있는 이름을 열거했듯이 료마는 조지로를 몹시 귀여워하고 있었다.

원체 고치 성 아래의 만두장수에서 몸을 일으켜 한학, 난학(蘭學), 영어를 배우고, 번에서 그 뜻을 가상히 여겨, 향사(鄕士)의 신분을 주었을 정도의 젊은이였다. 남보다 몇 배 향학열이 강하고 말재주가 있었으며 사고방식도 건전했다.

조슈 번에서 파견되어 온 무기 구입관 이노우에 몬타(井上聞多)와 이토 슌스케, 두 사람을 영국 상인 글래버에게 소개하고 시원스러운 사무 처리로 유니온 호와 신식총 등을 구입하여 속속 조슈로 보냈다.

그 공로로 야마구치에 초대되어 조슈의 영주 모리 요시치카(毛利敬親) 부자에게도 파격적인 배알이 허용되고 치하의 말까지 들었다.

"그대가 노력해 주었기 때문에 조슈는 살게 되었다." 막부의 정벌을 당하게 된 조슈 번에 최신식 무장을 단시일에 갖추게 한 공은 조슈 번주로 볼 때 아무리 감사를 해도 미진했을 것이다.

료마는 그의 활약상을 듣고 기뻐하며 "내가 부재중이라도 동문에 만두집만 있으면 걱정 없다"라고까지 말하고 있었다. 해무(海務)에는 스가노 가쿠베에 등이 있고, 상무(商務)에는 무쓰 요노스케 등이 있었으나, 타번과의 외교에서는 만두집만한 인물이 없었다.

재미있는 것은 무쓰 요노스케는 나중에 무네미쓰(宗光)라고 개명하여 일본 근대사상 최고의 외무대신이란 평을 듣게 되지만, 그 무렵의 요노스케는 외교 면에서는 그다지 두각을 나타내지 못하고 오히려 상업 면에서 료마의 한 팔이 되어 있었다.

여담이지만, 어느 땐가 료마는 무쓰를 칭찬한 일이 있다.

"우리 동문은 다재다능한 인재가 많지만 칼을 버리고 살아갈 수 있는 사람은 자네와 나뿐일세"

그것은 무쓰가 지니고 있는 상업의 재능을 지적한 것인데, 칼을 필요로 하는 각 번 절충의 임무는 오히려 상인 출신의 만두집 쪽이 월등하게 했다. 사람의 재능이란 환경과는 무관한 것인 모양이다.

료마는 조그마한 결사(結社)이기는 했으나 이 가메야마 동문의 외교관 역을 어느새 만두집 조지로에게 다 맡겨 놓고 있었다.

조슈인 이노우에 몬타와 이토 슌스케는 만두집의 활약에 감사하여

"우에스기님, 귀공에게 뭔가 사례를 드려서 조슈의 감사를 표시하고 싶은데 무엇이건 희망하시는 것을 말씀해 보십시오."

이노우에와 이토가 볼 때 번주가 선사한 고토유조(後藤祐乘) 작품인 칼 세 자루만으로는 너무 가볍다고 생각한 것이다.

"천만의 말씀이오. 이번 일은 제가 사카모토님으로부터 지시받은 임무이기 때문에 무엇을 바란다는 것은 말이 안 되오. 그러나 혹시 가능한 일이라면, 영국으로 유학을 가고 싶습니다."

만두집은 이런 엄청난 소리를 했다.


"우에스기는 교만해진 게 아닌가?"

만두집의 평판은 동문에서 별로 좋지 않았다.

"유니온 호나 무기의 구입만 하더라도 우리들 전부가 열심히 뛰었기 때문에 성공한 것인데, 그것을 우에스기는 동문의 대표로 조슈에 가서 영주를 배알한 것을 기화로, 마치 자기 혼자 힘으로 한 것처럼 우쭐대고 있단 말이야."

그런 경향이 조지로에게 없었던 것은 아니다.

"더구나 유니온 호의 비밀 조약은 조슈 때문에 보기 좋게 휴지 조각이 돼 버렸잖아."

유니온 호는 조슈측에서는 잇추마루(乙丑丸)라고 했고, 사쓰마측에서는 사쿠라지마마루(櫻島丸)라고 했다. 처음에 만두집은 료마의 지시대로 이 배의 성격에 관하여 "값은 조슈측에서 지불하나 소속은 사쓰마 번으로 하고, 항상 사쓰마 조슈 두 번을 위해서 사용하며, 운영은 가메야마 동문에서 맡는다."

이런 조약을, 조슈의 무기 구입관 이노우에 몬타, 이토 슌스케 두 사람과 체결했었다. 조슈의 가쓰라 고고로 등도 이 조약을 승낙했다. 그런데 조슈 해군국이

“자기 번의 배를 자기 번에서 운용하지 못한다니, 말이 되는가” 하고 이의를 내세워 번 정부에 조약의 개정을 강요했기 때문에 가쓰라 등도 난처해져서 수습에 골몰했다. 이것이 분규를 거듭하여 마침내 만두집의 힘으로는 감당할 수 없게 되자, 료마가 나서서 조정 끝에 결국 조슈 해군국의 요구를 대폭적으로 받아들여 조약 개정을 하게 되었던 것이다. 덕을 본 것은 조슈 해군국이다.

꼴같잖게 된 것은 가메야마 동문이었다.

“우에스기는 결국 조슈를 위해서 일한 것밖에 더 되나?”

그렇게 만두집을 비난하는 동문의 동지들도 있었다. 물론 질투의 감정도 곁들여져 있다.

만두집이 만일 조금만 더 콧대가 높지 않고 동문의 동지들과 협조적인 태도를 취했더라면 이런 말은 듣지 않았을 것이다.

오히려 만두집은 그 반대였다. 더욱더 동지들을 앞질러 영국 유학을 꾀했다.

영국 유학 문제는 이노우에가 조슈 영주에게 상신하여 “승낙한다”는 허락이 내렸다.

이노우에는 만두집 유학을 실현시키기 위해 즉시 나가사키로 가서 영국 상인 글래버를 만나 부탁했다.

“경비는 번에서 지불하겠으니 당신이 일시 대납해 줄 수 없겠소?”

글래버는 쾌히 승낙하고 나가사키의 영국 영사와도 교섭하여, 타고 갈 배도 주선해 주었다. 물론 막부는 여러 외국들과 통상을 맺고 있었으나 일본인의 사사로운 외국 여행은 인정하지 않았기 때문에 출국의 형식은 밀항이었다.

만두집은 이 유학 문제를 일체 동지들에게 숨기고 있었다. 말하자면 밀출국과 동시에 밀탈맹(密脫盟)을 할 생각이었다.

가메야마 동문에는 규칙이 있다. 료마가 동지들과 상의해서 결정한 것이다.

“무슨 일이건 그 크고 작음을 막론하고 동문에서 상의하여 행할 것. 만일 개인의 이익을 위하여 이 맹약을 어기는 자는 할복하여 사죄할 것.”

만두집은 결사적으로 이 일을 숨기지 않으면 안 된다.

'나의 이 뜻이 동지들에게 알려지면 목숨이 없다.'

이 사나이는 목숨을 걸고 이 비밀 도항의 준비를 서둘렀다.

그 준비 기간 중 어느 날, 문득 만두집은 이런 생각을 하게 된 것은 어찌된 일이었을까?

"사진을 찍어 나의 모습을 남겨 놓자"

나가사키의 신다이쿠 거리(新大工町) 뒷길에는 나카지마 강이 흐르고 있다. 그 한 모퉁이에 "세미국(舍密局)"이라는 간판이 붙어 있는 집이 있었다. 사진술의 개조(開祖) 우에노 히코마(上野彦馬)의 영업소다. 세미(舍密)라는 것은 화학(化學)을 뜻한다.

만두집은 그 집을 찾아갔다.

얼마 후 우에노의 촬영실로 안내되었다.

"자, 그 의자에 앉으십시오."

우에노 히코마는 말했다. 그는 유학자 풍의 상투를 틀고, 작은 칼을 한 자루 찼으며 이가(伊賀) 하카마를 입은 날카로운 눈매의 사나이였다.

그는 이미 규슈에서 으뜸가는 화학자로서 그 명성이 에도에까지 자자했다.

원래 히코마는 사진업으로 밥을 먹을 생각은 없었으나, 학문에 열중하다 보니 생활이 어려워져서 부득이 사진업을 해 가며 그것으로 화학 연구비를 충당하고 있었다.

비용은 한 장에 은전 두 푼이었는데, 그것만 있으면 마루야마 유곽에서 하룻밤 진탕 놀 수 있는 금액이었으므로 결코 싼 것이 아니었다.

만두집은 의자에 걸터앉았다.

"분장(扮裝)은 그대로 좋습니까?"

"그렇소."

만두집은 의기양양하게 대답했다. 료마에게 심취(心醉)하고 있는 이 사나이는 절대로 머리에 빗질을 하지 않고 머리칼이 헝클어진 대로 내버려 두었다. 옷깃은 구겨지고 무명 하카마는 다리지 않아 거지 바랑처럼 우굴쭈굴했다.

몸집은 작은데 칼은 터무니없이 길어서 그의 모습은 실로 꼴불견이었다. 발은 맨발에다 하인들이 신는 대껍질 짚신을 신고 있었다.

"자아, 그럼 찍습니다."

“아, 잠깐 기다려 주시오.”

만두집은 품속에 육연발 권총을 꺼내들고 방아쇠에 손가락을 건 채 그 손을 무릎 위에 턱 올려놓았다.

‘굉장한 시늉을 하는군.’

우에노 히코마는 속으로 생각했으나 내색은 하지 않고 렌즈를 가리켰다.

“크게 숨을 들이키십시오. 그대로 숨을 멈추고 옳지, 여기를 똑바로 보십시오.”

촬영이 끝난 후 히코마가 “사진이 완성되려면 보름이 걸리는데 괜찮겠지요?”라고 말하자 만두집은 그건 곤란하다고 말했다.

배의 출항이 사흘 후였기 때문이다.

“어떻게든 모레까지 해 주실 수 없습니까? 부탁입니다.”

그까짓 사진 한 장쯤에 그처럼 서둘 것도 없는데 이 점이 만두집의 성격인 모양이다. 한번 정하면 그대로 일이 진행되어야지, 안 그러면 안절부절못한다.

옥신각신하다가 마침내 그처럼 숨겨온 밀항에 관한 일을 그만 입 밖에 내고 말았다. 히코마는 그 장거(壯擧)에 감격하여 어떻게든 노력해 보겠다고 말했다.


그런데 그 다음 날 우에노 히코마에게 사진을 찍으러 온 가메야마 동문 사람이 있었다.

그는 시라미네 슌메(白峰駿馬)라는, 에치젠 후쿠이 번(越前福井藩)의 탈번자인데 후쿠도(福戶) 서원이 해산한 뒤 줄곧 료마의 사업에 참가해 온 인물이다. 시라미네는 난학에 능통하여 그 난학을 통해서 우에노 히코마와 교분이 두터웠다. 그러므로 바쁘다는 우에노의 말에 무심코 물었다.

“무엇이 그리 바쁜가?”

우에노는 “오늘은 약을 조합(組合)하고 인화(印畫)도 해야 할 일이 있다. 바쁜 일을 맡았거든” 하고 말했다.

당연히 시라미네 슌메도 만두집의 밀항을 알고 있는 줄 알고

“그것도 자네 동지한테서 맡은 일이야” 하고 덧붙였다.

이 일로 밀항 문제는 탄로 났다. 시라미네는 즉각 동문으로 돌아가 동지들에게 상의했다.

"이 일을 어떻게 처리하지?"

장본인에게 캐물을 것인가, 아니면 확고한 증거가 드러난 다음에 따질 것인가, 혹은 본인이 금명간 동지들에게 상의할지 모르니 그때까지 기다리며 눈치만 볼 것인가, 일동은 협의를 거듭했으나 결론이 나오지 않았다. 이럴 때 만두집의 친구라도 있으면 그를 통해 충고를 하는 방법이 가장 온당하지만 만두집은 동문의 아무와도 깊이 사귀지 않고 고립되어 있었다.

"이럴 때 사카모토님이 있으면 좋을 텐데."

아쉬워했으나 없는 사람은 어쩔 수 없다.

"그러나, 사카모토님의 부재중에 개인의 이익 때문에 탈맹, 밀출국한 자가 나온다면 사카모토님에게 면목이 없다. 또한 사쓰마나 조슈 번이 보기에도 마치 우리 동문의 대규(隊規)가 헤이된 것 같아서 체면에도 좋지 않을 것이다. 우리들 손으로 조속히 처리하지 않으면 안 된다."

그리하여 이 일의 처리는 세키 유우노스케(關雄之助)에게 일임하기로 했다. 세키는 지난 날 료마와 함께 도사의 미야노노세키(宮野野關)의 준령을 넘어서 탈번한 동지이며, 인물은 무능했으나 익살꾸러기로 통했다. 이 사나이도 후일 실수로 사쓰마인을 사살하여 그 책임을 지고 할복자살하게 되는데, 이 줄거리와는 관계가 없다.

만두집은 출항 전야, 동문에서 몰래 빠져나와 은밀히 오우라의 암벽으로 향했다.

비가 내리고 있었다.

만두집은 도롱이와 삿갓을 쓰고 도롱이로 초롱을 가려가며 걸어갔다. 이 강하게 내리는 비 속에 과연 내일 아침 배가 떠날 수 있을 것인가 하는 걱정이 문득 그의 뇌리를 스쳤다.

한낱 만두 장수에 불과했던 자신을 동지로 맞이해 준 료마이지만, 이렇게 아무 말 없이 탈맹하는 것이 그에게 미안하다는 생각은 조금도 들지 않았다.

동지들에게도 마찬가지였다. 그는 본시 근왕 도막 운동을 하기 위해 가메야마 동문에 참가한 것이 아니라, 다만 학문을 닦을 기회를 잡고 싶은 것뿐이었다.

불타는 향학의 정열만이 이 사나이의 배신과 모험의 에너지가 되어 있었다. 그가 오우라 암벽의 글래버 상관에 들어가니 "풍우로 내일은 배가 떠나지 않는다"는 불행한 사태가 기다리고 있었다.

만두집은 글래버의 집에서 수부용 우비를 빌어 그것을 하오리 위에 덮어 썼다. 칼자루가 뒤로 비어져 나가 마치 할미새 꼬리처럼 보였다.

밖으로 나갔다.

삿갓이 날아갈 듯 비바람이 심했다. 만두집은 삿갓을 잡고 문을 뛰쳐나가 돌을 깐 언덕을 내려가기 시작했다.

항구에 배의 등불이 두세 개 떠 있다. 그 중의 하나는 나를 영국으로 실어다가 새로운 인생을 열어 줄 배일 것이다.

'지금이라도 저 배로 도망칠까.'

문득 이런 생각이 들었으나 어둡고 불길처럼 뜨거운 생각이 가슴 밑바닥에서 치밀어 올랐다.

'나는 무사다.'


무사의 도덕이란 궁극적으로 볼 때 단 하나의 명분에 낙착되고 말 것이다. 깨끗함이라는 것이다.

도둑질도 좋고 살인도 좋다. 그런 죄는 이 세상의 법에 따라 단죄되지만, 설혹 단죄되더라도 무사가 무사인 까닭은 사라지지 않는다. 그것이 사라지는 것은 그 법을 어긴 자가 깨끗하지 못해지는 순간부터인 것이다.

'이런 것은 글래버가 알 리 없지.'

만두집은 비바람 속에서 생각했다. 깨끗하고 싶다고 그는 열심히 자기에게 타이르고 있었다.

"저 놈은 역시 상인 출신이다"라는 말을 듣고 싶지 않다. 대대로 내려오는 무사의 집안에서 태어났더라면 만두집은 이렇게까지 절박하게 생각지는 않았을 것이다. 이만한 재사이니 서슴지 않고 영국선박으로 피해 있었을 것이다.

온몸이 함빡 젖은 채 고소네 저택으로 돌아왔다.

별채에 방이 많다. 거기가 가메야마 동문의 사무소 겸 숙소의 하나가 되어 있었다. 동문의 동지들이 등피 다다미를 깐 큰 방에 모여 있었다.

돌아온 만두집을 본 세키 유우노스케가 말했다.

"거기 좀 앉게!"

이 젊은이는 대규(隊規)에 의한 심판자의 직분상, 무표정을 꾸미느라 애썼다.

"동문의 철칙으로서 이런 명분이 있다. 무슨 일이건 그 크고 작음을 막론하고 동문에서 상의하여 행할 것, 만일 이를 어기는 자는 할복하여 사죄할 것……. 그런데 지금 불행히도 우리 동문에 그런 사람이 나왔다. 양심에 가책을 느끼는 사람은 할복하여 사죄하길 바란다."

"내게 하는 말인가?"

만두집은 얼굴이 창백해져 있었다. 입술을 떨면서 변명하려고 하였다.

"변명은 필요 없다. 스스로 돌이켜서 떳떳하면 그것으로 그만이고, 뒤가 켕기면 이 자리를 떠나 안으로 들어가서 즉각 배를 가르면 된다."

세키 유우노스케는 말했다.

'사카모토님이 계셨더라면——'

만두집은 필사적으로 눈물을 참으면서 생각했다. 틀림없이 자기를 이해해 줄 것이다. 이처럼 잔인한 단죄의 자리에 앉히지는 않았을 것이다.

"우에스기군, 미련 없이 하게"

세키는 자리에서 일어서며 말했다.

"우리는 이 자리를 피하겠다."

그러자 일동도 따라 일어나 슬금슬금 방을 나가 버렸다.

넓은 방에 만두집 혼자 남게 되었다. 그 창백한 얼굴을 머리 위의 무진등(無盡燈)이 비추고 있다.

'다하지 않는 등불이라……'

만두집은 맥 빠진 듯이 머리 위의 화려한 조명등을 쳐다보았다. 유리 대롱으로 불꽃을 감싼 기구(器具)인데 이곳 나가사키에서는 기루(妓樓)나 상가에서 모두 이것을 사용하고 있었다. 만두집은 료마를 따라 처음으로 나가사키에 왔을 때, 이 무진등을 보고 얼마나 놀랐던가.

'세계는 움직이고 있다.'

만두집은 설레는 가슴으로 문명의 파도 소리를 느꼈다. 이 무진등 하나에 상징되는 서구 문명이란 대체 어떤 것일까.

"그 문물(文物)에 접하고 싶다. 그 문물을 낳는 모체가 학문이라면 그 학문을 하고 싶다."

만두집은 료마를 발판으로 적어도 상해나, 가능하면 영국, 혹은 미국에 가고 싶다고 갈망했다. 이 고학 역행(苦學力行)의 만두 장수 출신에게 희망의 등불을 켜 준 것은 료마와 무진등이었다고 해도 무방하다.

'좀 성급했구나. 그런데 이 비밀 도항 계획이 어떻게 동지들에게 샜을까? 지금 와서 그것을 알아봤자 무슨 소용이 있겠나. 나는 이미 실패한 것이다. 만일 사카모토님이 부재중이 아니었더라면 사태는 달랐을 것이다. 그분은 이해해 줄 것이고 나도 미리 털어놓고 영국선에 올랐을 것이다.'

그가 없는 동문의 동지들에게 말할 수는 없는 일이었다. 그들은 만두집이 볼 때, 료마의 영향을 받고 있다고는 하나 그 알맹이는 여전히 단순 격렬한 양이(攘夷) 지사들이며, 만일 "나는 조슈가 보내 줘서 영국에 유학하게 되었다"고 말했다가는 "배신행위다"라고 떠들었을 것이다. 저 혼자 살짝 빠져나가서 조슈를 이용하려 했다고 그 오직(汚職) 행위의 한 점만을 들추어 낼 것이 틀림없다. 그래서 만두집은 그들에게 아무 말도 하지 않았던 것이다. 그것을 감추기 위해 지혜가 미치는 한, 잔재주를 부려왔다.

'그러나, 이젠 다 틀렸다.'

아니, 도망칠 수는 있다, 하고 만두집은 문득 생각했다. 동문의 동지들은 모두 거리로 나가 버렸다.

——도망쳐도 상관없다.

그런 의미가 아닌가.

'아니, 그것도 안 된다.'

그는 고개를 떨구었다.

그들 동지들이 일부러 감시를 하지 않고 일단 거리로 나간 것은 자기를 무사로 인정했기 때문이다. 무사라면 누구의 감시를 받지 않아도 자결한다. 만일 이 마당에 비겁하게 도망을 친다면 그들은 비웃을 것이며, 만두집은 생명이 있는 한 그들의 조소와 매도를 받게 될 것이다.

——결국은 상인 출신이야.

'차라리 죽자!'

이렇게 생각한 순간, 만두집은 딴 사람으로 변했다. 사고의 능력은 정지되고 남국인 특유의 광기(狂氣)만이 그의 손을 움직이기 시작했다.


"그래서 만두집은 죽었구나 목을 쳐 줄 후견인도 없이."

료마는 불쾌한 듯이, 그러나 그것을 되도록 표정에 나타내지 않으려고 애쓰는 어조로 말했다. 후견인이 목을 쳐 주지도 않고 배를 가른 만두집의 고통이 직접 자기 몸에 전해오는 것 같아 료마는 견딜 수 없었다.

죽는 태도는 훌륭했던 모양이다.

배를 열십자로 가르고 엎드린 후에도 아직 죽지 못해 남은 힘을 다하여 경동맥(頸動脈)을 자르고 죽었다. 시체의 자세가 그것을 말해 주고 있었다고 한다.

"그 녀석은 형편없이 격하기 쉬운 성질이었으니까 홧김도 있고 해서 배가 잘 갈라졌던 모양이지."

"사카모토님의 말씀을 들으니 어쩐지 우리의 처사를 문책하시는 것 같군요."

"아니, 그것은 그것대로 좋은 거야."

결사(結社)의 힘은 단결 이외에 없다. 만두집을 규칙에 의해 처단하지 않는다면 앞으로도 그런 자가 속출하여 마침내 가메야마 동문은 붕괴하고 말 것이다.

'그러나 만약에 내가 있었더라면 만두집은 죽지 않아도 되었을 것이다.'

료마는 쓰디쓴 얼굴이었다. 할복한 다음날, 동지들의 손으로 장례를 치루고 데라 거리에 있는 고다이 사(皓臺寺) 뒷산에 묻었다고 한다.

그러나 그 묘비가 아직 세워지지 않았다는 말을 듣고, 료마는 곧 필묵을 가져다가 '매화서옥 거사지묘(梅花書屋居士之墓)'라고 큼지막하게 썼다.

그의 호가 매화도인(梅花道人)이었으므로 이런 비명을 써 준 것이다.

메이지 3년에 정오품이 추증되었다.

조슈의 이토 슌스케와 이노우에 몬타 두 사람은 유신 후에도 이따금 이 '우에스기 조지로'를 회상하고 그 재주를 애석하게 생각했다고 하니, 이 증위는 그들의 제청에 의한 것인 모양이다.

료마는 그 다음 다음날, 동문 일동을 인솔하고 유니온 호에 올라 쾌청의 잔잔한 바다를 서쪽으로 달려 고시마(五島) 시오야사키의 후미진 곳에 닻을 내렸다.

"보트를 내려——"

료마가 명령했다. 지난번 해난으로 죽은 이케 구라타 등의 넋을 위로하기 위해서였다.

료마는 해안에 상륙하여 그 고장의 촌장을 불러 돈을 주며, 해변에 비석을 세워달라고 의뢰했다.

'비석이라도 세워 주지 않으면 그들의 이름은 영원히 잊혀지고 말 것이다.'

그는 촌장에게 필묵을 빌어 이케 구라타 등의 익사체가 밀려온 모래사장에 종이를 펴놓고 '익사자 합령지묘(合靈之墓)'라고 쓰고는, 비명 뒤에 새길 조난자 일동의 이름을 적었다.

이케 구라타, 메이지 31년 종사품 추종.

모래사장에 붓을 놓고 일어선 료마는 이렇게 장탄식했다.

"마치 장의사(葬儀社)가 된 것 같군."


료마는 배에 돌아오자 즉시 닻을 올리게 하고 기관 운전을 시킨 다음, 선교로 가서 익숙한 투로 말했다.

"우로 회전, 미속(微速)으로 전진!"

흰 하카마의 조타수가 조그마한 소리로 복창했다.

해상은 개인 날씨다.

한 시간 가량 항해했을 때 초속 8미터 징도의 바람이 불기 시작했으므로 료마는 세 개의 마스트에 말아 놓은 19장의 돛을 모조리 올리게 했다.

"기관을 꺼라!"

바람에만 의존하려고 했다. 바람이 있는데 연료를 쓴다는 것은 무의미하기 때문이다. 풍력을 어떻게 포착하고 어떻게 교묘히 이용하느냐 하는 데에 배꾼의 솜씨가 달려 있는 것이다.

료마는 이대로 현해탄을 돌아 시모노세키로 직행할 작정이었으나, 문득 연료가 걱정되어 기관실에 내려가 보았다.

"고헤이타(五平太)는 얼마쯤 남아 있나?" 고헤이타란 사람 이름이 아니다. 석탄을 말한다. 북부 규슈에서 처음으로 석탄을 캐낸 사나이의 이름이 고헤이타였으므로 이 새로운 연료의 이름이 되어 버렸는데, 물론 석탄이라는 새 이름도 동시에 사용되고 있다.

"2톤입니다."

"나머지는?"

"장작이 2천 다발 있습니다."

물론 장작으로도 달릴 수는 있다. 그러나 화력이 약하기 때문에 석탄의 대용으로밖에 쓰이지 않는다.

"시모노세키까지라면 이것으로 충분합니다."

"그저 가기만 한다면 그렇지."

"그럼, 다른 일이 있습니까?"

"아마 해전(海戰)을 벌이지 않으면 안 될지 몰라."

료마가 나가사키를 출발할 때 얻은 정보에 의하면 막부 함대가 조슈 해안의 봉쇄와 함포 사격을 하기 위해 오사카 만을 출항한다고 했다. 료마가 조슈 시모노세키에 닿을 무렵에는 혹 해상에 포연이 오르고 있을지도 모른다.

"그러므로 나가사키로 일단 돌아가서 장작을 팔아 석탄을 싣고 석탄만으로 항해한다. 장작으로는 싸울 수 없어."

"그럼, 나가사키로 돌아가는 거지요?"

전원에게 전달되었다.

료마가 선교를 올라가자 스가노 가쿠베에, 세키 유우노스케, 무쓰 요노스케, 나카지마 사쿠다로 등이 모여 있었다.

"막부 해군과 해전을 한다는 건 사실입니까?"

"내 육감인데, 아마 그렇게 될 거야."

"아, 사카모토님의 육감입니까."

기승해졌던 일동은 약간 맥이 빠졌다.

"그렇게 얕볼 게 아니야. 학문은 자네들보다 못할지 모르지만 사카모토 료마의 육감만은 아마 당대 제일이라고 자부하고 있지."

"그럴는지 모르겠군."

무쓰 요노스케가 중얼거렸다.

"조슈 해군은 막부군에 비교하면 매우 미미하지만, 용맹으로 천하에 으뜸가는 다카스기 신사쿠가 총사령이 되어 이끌고 있어."

"거기에 도사의 사카모토 료마가 이 순양함을 이끌고 돌입해 들어간다. 이건 재미있게 되었군요."

무쓰가 말했다.


료마의 유니온 호는 나가사키에 들어갔다.

그는 곧 배에서 내려 고소네 에이시로를 찾아갔다.

"부탁이 있소"

석탄에 관한 것을 털어놓았다. 장작보다 석탄이 좋은 줄은 알지만 그 석탄값이 료마에게는 없는 것이다.

고소네 에이시로는 료마와 그의 사업에 상인으로서 운을 걸고 있었다. 사업이란 가메야마 동문의 해운업뿐 아니라, 막부를 전복하고 통일 국가를 만드는 사업까지도 포함되어 있다.

"좋습니다. 석탄값, 하역비, 모두 제가 일체 대겠습니다."

"언제 갚아드릴 수 있을는지 모르겠습니다."

"사카모토님이 출세하면 지불해 주신다는 것으로 해 두지요."

고소네 에이시로는 즉각 부두의 상관에 지시하여, 정박 중인 유니온 호에 좋은 석탄을 싣게 했다.

그런데 이번에는 장작을 내려야 한다. 2천 다발이나 된다. 료마는 하다못해 이것이라도 받아 달라고 부탁하자

"나는 그런 장사치가 아닙니다."

이 나가사키 제일의 부상은 웃었다.

"석탄값 대신에 장작을 받아 놓겠다는 좁은 소견은 갖고 있지 않습니다. 사카모토님이라는 인물에게 세 운을 걸고 있다는 생각인데 임만해도 그길 알아주시지 않는군요."

"아니, 호의에만 너무 의존해서는 안 된다고 생각할 뿐이지요."

"좀더 의존해 주십시오. 사람에게 도박을 한다는 것은 상인의 일 중에서도 가장 배짱이 필요한 일입니다만, 나는 평생 처음으로 그것을 하고 있는 것입니다. 사카모토님, 그리 아시고 내 기분을 맞춰 주시지 않으면 섭섭합니다."

"고맙소."

머리를 숙였다. 순간 료마에겐 장작 2천 다발의 처분에 관해 매우 기발한 생각이 떠올랐다.

'모두 마셔 버리자!'

곧 무쓰 요노스케를 불러 장작을 매각 처분하라고 지시했다.

"판 돈은 어떻게 하지요?"

"수부에게는 돈으로 줘라. 사관들에겐 돈을 보여선 안 돼."

료마의 말로는, 수부들은 어른이라 저마다 돈을 쓸 줄 알지만, 사관은 결국 서생들이라 노는 방법을 모른다는 것이다. 돈도 쓸 줄 모르는 자에게 돈을 줄 필요는 없을 것이다.

"사카모토님은 아십니까?"

"나도 몰라."

그러므로 돈을 함께 뭉쳐 어디 가서 한번 크게 써 버리자고 료마는 말하는 것이다. 료마는 아직껏 자기 돈으로 마음껏 놀아본 적이 없다. 늘 한번 해보고 싶었던 참이다.

"무쓰군, 자네가 돈을 맡아서 요리해. 장소는 마루야마의 히키다야(引田屋 : 가게쓰)다."

"이거, 신나는데."

무쓰는 기뻐했다.

"멋없는 장작도 사용하기에 따라서는 뜻밖에 요염한 연료가 되는 수도 있군요."


그날 저녁 불이 켜질 무렵, 시안 다리(思案橋) 건너 마루야마의 유흥가로 들어가서, 히키다야로 통하는 돌바닥 언덕길을 올라가면서 료마는 계속 콧노래를 흥얼거리고 있었다.

바닷바람에 뻣뻣해진 도라지 문장의 검은 문복에 꾀죄죄하게 때가 묻은 무명 하카마, 허리에는 긴 칼을 축 늘어뜨리고 발에는 커다란 선원화(船貝靴)를 신고 있었다.

"어때? 탕아처럼 보이나?"

옆에서 걸어가는 무쓰에게 물었으나 무쓰는 웃기만 할 뿐 상대를 하지 않았다. 이런 꾀죄죄한 탕아도 아마 없을 것이다.

하지만 료마는 이런 화류의 거리가 싫지 않은 모양이었다. 복장은 그렇더라도 시안 다리를 건너 마루야마 유흥가로 들어서자, 술도 마시지 않았는데 벌써 분위기에 취해 황홀한 눈초리였다.

복장도 그렇다. 료마는 료마 나름대로 한껏 멋을 부린 셈인지 속옷은 비단 옷으로 갈아입었고, 신발도 나올 때 모처럼 구두로 바꿔 신었다. 에도의 풍류객이 멋있는 신이라도 신는 기분으로, 료마는 구두를 신은 모양이다.

그뿐이 아니었다. 무쓰가 뒤에서 따라가는데 이상한 냄새가 풍겨온다. 료마는 향수까지 뿌리고 나온 것이다.

'한껏 멋을 부리고 나온 모양인데, 그게 도무지 멋대가리가 없으니 어쩐다지?'

무쓰는 저절로 웃음이 터져 나왔다.

이윽고 히키다야의 넓은 방에서 주연이 벌어졌다.

요리가 나오고 기생들이 모여들어 곧 샤미센, 노래, 가위 바위 보 등으로 술자리는 소연스레 무르익어 갔다.

어느 사나이의 가슴에나

'내일은 싸움터라——'

는 생각이 있다. 그런 생각이 그들의 취기를 더욱 통렬하게 만들었다.

료마는 마구 들이켰다.

마루야마의 기생들 사이에 첫째가 도사, 둘째가 사쓰마라는 말이 있다. 손님의 주량을 가리키는 것인데, 두 지방이 이 나라의 쌍벽을 이루고 있다는 말이다.

지금 이 술자리에 앉은 사나이들은 대부분이 도사 사람들이다. 자연 술자리에는 술의 소나기가 내린다고 해도 무방할 것이리라.

"손님들은 정말 잘 드세요. 사쓰마 번 손님들도 도사 분들에게는 당할 수 없다고 말씀하시시요."

료마에게 바싹 달라붙어 시중을 들고 있는 오모토가 입을 딱 벌렸다.

"아니, 사실은 사쓰마측이 더 센걸."

료마는 말했다. 사쓰마인의 주연은 각자의 주량에 따라 태연하게 마신다. 그러나 도사인들의 방식은 노래를 불러 대며 서로 격려하면서 떠들썩하게 마시고, 또 강제로 서로 권해가며 가위 바위 보로 마시기 시합을 하는 등, 쭉 뻗을 때까지 마신다.

그들은 마치 술자리를 투쟁의 자리로 생각하는 모양이다. 같은 남쪽이면서도 사쓰마와 도사는 이런 점이 달랐다.


밤이 이슥해서 료마는 혼자 술자리를 떠나 현관으로 나왔다. 다리가 휘청거린다.

"사카모토님, 괜찮으세요?"

전송 나온 행수(行首) 기생이 걱정스레 물었다.

"걱정 없어."

"그게 바로 취하셨다는 증거예요."

료마의 왼쪽 팔을 부축하고 있는 자그마한 오모토가 다부지게 말했다. 그리고는 행수 기생을 돌아보고 말했다.

"엄마한테 말해 줘요. 내가 바래다 드린다구."

밖에는 비가 내리고 있었다.

오모토는 왼손으로 솜씨 있게 우산을 펼치더니 발돋움하다시피 하며 료마에게 우산을 받쳐 주었다.

"먼저도 비가 왔었지."

"그때 마당 대나무 밑에서 있었던 일, 기억하고 계셨어요?"

오모토는 갑자기 말이 없어졌다. 이윽고 나직이 물었다.

"오늘밤, 우리 집에서 주무시겠어요?"

"너의 집이라?"

료마는 고소네 댁에서 기다리고 있을 오료를 문득 생각했다.

"안 돼요, 그런 것 생각하면."

오모토는 마음을 읽을 줄 아는 모양이다.

료마는 밖으로 나오자마자 자세가 꼿꼿해졌으나 목덜미 혈관에서 술이 소리 내어 오르내리고 있는 것 같았다.

"오랜만에 취했군."

나가사키라면 안심이기 때문이리라.

교토나 후시미에서는 막리들이 언제 습격할지 모르기 때문에 이처럼 취할 수는 없는 것이다.

"교토에서 다치셨지요?"

"후시미에서야."

"술에 취하셨던가요?"

"글쎄, 어땠었던가?"

그때, 교토 니혼마쓰의 사쓰마 저택에서 사쓰마 조슈 연합이 성립된 축하로 사이고, 가쓰라 등과 주연을 벌였다. 그 술기운이 남아 있는 채 후시미의 데라다야로 돌아가서 곧 막부 관리들의 습격을 받았다.

"약간 취기가 남아 있었는지도 모르겠군."

"그때 발가숭이 미인이 이층으로 뛰어가서 습격을 알렸죠?"

"잘 알고 있군."

"사쓰마 사람한테서 들었죠 뭐. 모두들 료마 같은 변을 한번 당해 보구 싶대요. 그때의 그 미인이 지금 고소네 댁에 있는 오료님?"

'이 녀석 샅샅이 다 알고 있군.'

료마는 우산 아래서 씁쓰레 웃었다.

"그렇죠?"

"맞았어."

"틀림없이 술에 취해서 그런 여자하고 살게 되셨을 거예요!"

"아니, 오료를 아나?"

"만났어요."

료마는 놀랐다. 이야기를 들으니 기연(奇緣)이라 할 만하다.

오료가 월금을 배우고 싶다고 하여 고소네 에이시로에게 선생을 구해 달라고 부탁했더니 에이시로는 이 오모토에게 부탁했던 것이다. 그래서 오늘 낮에 고소네 댁에서 두 여자가 만난 모양이다.

"만나보고, 거절했지요."

오모토는 말했다.


어느 틈엔가 비가 오지 않는다.

"비는 그쳤나?"

"어머나!"

오모토는 웃어 버렸다.

"비가 천장에서도 내리나요?"

"허어, 저건 천장이었군."

어느새 료마는 오모토네 안방에 앉아 있었던 것이다. 료마도 그만 자기의 취태가 우스워져서 술잔을 긴 화로대 위에 달칵 놓았다.

"취한 모양인걸."

"정말?"

오모토는 웃었다.

"내일은 떠나세요?"

"모르겠어."

석탄 적재는 내일 오전 중까지 걸릴 것이다. 사실 알 수 없었다.

"이번에는 어디로 가시지요?"

"시모노세키."

이렇게 대답하고 나서 료마는 당황하여 얼굴을 쓱쓱 문질렀다.

"왜 그러세요?"

"안 돼, 행선지는 비밀이야."

나가사키는 막부령이다. 행정청도 있다. 그 나가사키에서 항구를 떠난 배가 막부의 적인 조슈 시모노세키로 가는 줄 알면 무사하지 못할 것이다. 적어도 행선지는 기생에게 말할 것은 못된다.

"마루야마에서 지껄이면 온 나가사키에 퍼진다고 하잖아."

"사카모토님!"

오모토는 똑바로 료마를 쏘아보았다.

"다시 한번 말씀해 보세요. 오모토를 그런 여자로 아셨나요?"

"아니."

"아이, 싱겁긴!"

오모토는 정말로 화가 났다.

"눈을 돌리지 마세요. 똑바로 오모토의 눈을 보고 똑똑히 대답하세요. 오모토를 기생이라고 우습게 생각하셨죠, 그렇죠?"

오모토는 무릎걸음으로 바싹 다가왔다. 료마는 난처해졌다. 보통 여자만 사귀었지 기생을 모른다.

"오모토는 말예요."

그녀도 어지간히 취한 모양이다.

의기 하나로 버티고 살고 있단 말이에요, 하고 눈을 흘겼다. 그것이 기생이다, 라고 오모토는 말하는 것이다. 그러니 오모토에게 이야기하면 비밀이 샌다는 말은 그녀의 전 인격을 부정한 것과 마찬가지다.

"알았어요?"

"응."

"오모토도 동지의 한 사람이라고 생각하세요. 앞으로 그렇게 생각해 주실 거죠?"

"오모토, 언제 목숨이 날아갈지 몰라."

"상관없어요!"

오모토는 잔을 료마의 손바닥에 올려놓고 자기 잔에도 술을 따른 다음 그 술잔을 천천히 집어 들어 네덜란드 사람처럼 눈 위로 쳐들더니 조그맣게 외쳤다.

"결맹(結盟)!"

오모토는 료마가 그것을 다 마시기를 기다렸다가 눈에 웃음을 머금고 말했다.

"다만 이건 남녀의 결맹이에요. 오늘밤 보내드리지 않을 테니까."


'이것이 즉 외박하고 아침에 돌아오는 기분이라는 것이군.'

료마는 탕아라도 된 듯한 우쭐한 기분으로 고소네 댁을 향해 걸음을 재촉했다.

'하늘이 너무 푸르군.'

료마는 눈을 가느스름하게 뜨고 걸었다.

하늘이 푸른 것은 이곳의 특징일 것이다. 나가사키의 하늘이 그대로 동지나해(東支那海)의 하늘과 맞닿아 있기 때문이라고 료마는 생각하고 있었다.

그가 기분 좋은 표정으로 고소네 댁의 별채로 돌아가니 오료가 토라진 얼굴로 차 준비를 하고 있었다.

'야단났군.'

료마는 순간적으로 오료의 얼굴을 들여다보며 선수를 쳤다.

"어젯밤은 참 재미있었어."

"——어디서——"

오료가 말을 꺼내자마자 료마는 구석에 있는 샤미센을 집어 들고 털썩 주저앉았다. 앉자마자 벌써 샤미센이 울려나온다.

즉흥의 노래로 대답을 얼버무릴 작정이었다.

"사랑은 뜻밖에……."

꾸며 대기 시작했다.


사랑은 뜻밖에 생긴다던가
히젠(肥前)의 바닷가 마루야마에서
어중이떠중이가 재미를 찾아
놀러 나간 유흥가는 봄으로 가득하네
여기에 한 사람의 원숭이 곡예사
너구리 한 마리를 뿌리쳐 두고
의리도 인정도 눈물도 없이
다른 데 마음을 주지 않기로
맹세한 마누라가 집에 있는데

마음이 그만 유혹에 끌려
몰래 살금살금 빠져나갔네

"여기에 한 사람의 원숭이 곡예사란 누구죠?"
오료는 어이가 없어 물었다. 료마는 자기 코를 누르며 말했다.
"나지."
"너구리 한 마리는 또 누구지요?"
"오료님이시지."
"마누라는 누구?"
"그것도 댁이시지."
요컨대, 원숭이 곡예사가 사랑을 맹세한 마누라를 뿌리치고 의리도 인정
도 없이, 유혹에 빠져 모든 사나이들이 찾아가는 유흥가로 달려간다는 뜻의
노래다.
'체!'
그녀가 혀를 차고 싶을 만큼 화가 난 것은 자기가 할 말까지 재빨리 미리
노래 속에 엮어서 얼버무려 놓았기 때문이다.
"정말 노회(老獪)하군요."
오료는 한자어로 중얼거렸다.
"당신은 절 처음 만났을 때 보여준 순정을 점점 잃어가고 있어요."
"순정만으로는 인간의 난(亂)을 다스릴 수 없거든."
"내가 인간의 난인가요?"
"아니, 천하 국가의 난을 말하는 거야. 고래로 영웅호걸이란 노회와 순정
을 재치 있게 가려 쓸 줄 아는 사나이를 말하는 거야."
"어서 얼굴이나 씻고 오세요!"

# 해전

산과 바다가 갑자기 남빛으로 변했다. 차츰 항만 안의 물체가 뚜렷하게 떠오르더니 이윽고 게이오 2년 6월 12일의 태양이 솟았다.

"출항!"

료마는 명령했다.

유니온 호는 나직이 기계 소리를 내면서 전진하기 시작했다.

바람은 있다. 남동 미동(南東微東), 풍력 오번(風力五番)

"큰 돛을 올려라."

다시 료마는 명령했다.

즉시 새하얀 돛이 아침놀의 하늘로 올라가 바람을 안고 머리 위에서 펄럭이기 시작했다.

시모노세키로.

'어차피 시모노세키에서는 해전을 면치 못할 것이다.'

료마는 선교에 있다.

두통거리가 하나 있다. 상대인 막부 함대의 제독에 혹시 가쓰 가이슈가 임명되어 있지 않나, 하는 걱정이었다. 만일 가쓰가 막부의 사령관이라면 사제

(師弟)가 서로 치는 비극이 벌어지지 않는다고 단언할 수 없다.

가쓰는 고베 해군학교의 해산 이래 줄곧 에도의 자택에서 칩거 생활을 하고 있었는데, 지난 달 27일에 갑자기 "군함 감독관으로 재근무하라"는 명령을 받았다. 가쓰에게는 아닌 밤중에 홍두깨 격이었으며, 명령을 전달한 에도 수비역의 집정관들도 사정을 알지 못했다.

오사카에 장군 이에모치(家茂)가 있다.

그가 직접 내린 명령인 모양이었다.

가쓰는 즉각 오사카로 급행하여, 오사카 성에서 이에모치를 배알하고 곧 부임했다.

가쓰는 오사카 막부군 본영의 해군 최고 지휘관이 되었으나, 막부의 조슈 정벌에는 반대의견을 갖고 있었다.

"만일 조슈 정벌이 필요하다면 말입니다."

가쓰는 히도쓰바시 요시노부(一橋慶喜)에게 말했다.

"제후의 힘을 빌릴 필요는 없습니다. 저에게 군함 네다섯 척만 빌려주신다면, 시모노세키를 순식간에 점령하고 말겠습니다."

──또 가쓰의 허풍이 시작됐군.

그러나 요시노부도 그 측근들도 상대해 주지 않았다.

나가사키에 있는 료마는 물론 그렇게 자세한 것까지는 몰랐으나, 가쓰가 군함 감독관에 재임되었다는 소문은 듣고 있었다.

"만일 가쓰 선생이 막부의 기함(旗艦) 후지야 마마루(富士山丸)에 탑승하여 바칸 해협에 쳐들어온다면, 사카모토님은 어떻게 하시겠습니까?"

무쓰 요노스케가 옆에서 물었다.

"어떻게 할 도리가 없겠지."

"사카모토님이라도요?"

"기껏해야 적함에 올라가서 가쓰 선생과 만나, 바칸 해협에서 철수해 달라고 부탁하는 수밖에 없겠지."

"죽습니다."

"그렇겠지."

료마는 아직은 알 수 없는 이런 일들을 되도록 생각지 않으려는 듯 화제를 돌렸다.

14일, 시모노세키에 도착했다.

이곳에 조슈 번의 육해군 총지휘소가 있다.

해군은 다카스기가 담당하고 있었다.

정치면은 가쓰라가 맡고 있었다.

료마는 먼저 가쓰라를 만났다.


료마가 시모노세키에 도착했을 때는 이미 막부와 조슈 간에 전투가 시작되어 보슈, 조슈 두 주(州)의 바다와 육지에서 포연이 솟아오르고 있었다.

……

이야기는 열흘쯤 이전으로 거슬러 올라간다.

6월 5일의 일이다.

히로시마에 주둔하는 막부군 본영에서 이시사카 다케베에(石坂武兵衛), 다키다 쇼사쿠(瀧田正作) 두 사람이 군사(軍使)로서 바다를 건너 이와쿠니(岩國) 해안에 나타나 선전 포고문을 조슈인에게 건네주고 돌아갔다.

6월 7일.

막부의 군함 한 척이 조슈 동부 해안의 요항(要港)인 가미노세키(上關) 해상에 나타나 육지에 함포 사격을 가하면서 바다 위를 떠돌더니, 뱃머리를 돌려 오시마 앞바다를 항해하며 아게쇼(安下庄), 소도이리 마을(外入村), 유우 마을(油宇村) 등 어촌을 차례로 포격하고 사라졌다.

6월 8일.

막부 함대의 군함 두 척이 육군 수송용인 일본배 10척을 거느리고 다시 오시마 해역에 나타나 연안을 포격하면서 유우 마을에 육군을 상륙시켰다. 육군은 이요 마쓰야마 번(伊豫松山藩)의 번병 150명이었다.

막부의 작전 계획은 우선 오시마를 점령하여 조슈 번을 해상에서 봉쇄하는 것이었다.

그러니 자연, 해군력이 제일이다.

당시 막부는 이미 유럽의 이류 국가 정도의 해군력을 갖추어 가고 있었으나, 조슈 해군은 미약해서 막부군의 상륙 작전에 대해서 속수무책이었다.

같은 날.

막부의 주력 함대인 후지야마마루, 쇼카쿠마루(翔鶴丸), 야구모마루(八雲丸), 세 척이 육군 수송용 양식 범선인 아사히마루(旭丸)와 일본 배 네 척을 이끌고 아키 령(安藝領)의 이쓰쿠시마(嚴島)를 출발하여 저녁 때 오시마 해상에 나타나 막부의 양식 보병을 상륙시켰다.

6월 11일.

또다시 오시마 해상에 막부의 쇼카쿠마루, 야구모마루, 아사히마루가 나타나 함포 사격을 가하면서 육군을 상륙시켰다.

오시마 수비의 조슈 번영은 상륙군을 연안에서 맞이해 싸웠으나, 병력과 화력 부족으로 패배하여 마침내 야음을 타고 오시마를 철수, 바다를 건너 도사키(遠崎)로 후퇴했다.

오시마는 드디어 점령당했다.

막부군의 승리다.

이 패보가 야마구치에 전해지자 번청은 크게 술렁거렸다. 그 동요 속에서, "오시마에 원군을 보내자"는 의견이 나왔다. 그러나 번의 참모장격인 오무라 마스지로(大村益次郎)는 이렇게 말하면서 원병을 보내지 않았다.

"나는 반대다. 지금 조슈는 전신에 매독이 퍼진 중환자나 같다. 오시마 같은 다리 한두 개쯤 잘라 버려도 무방하다. 다른 전선에서 승리를 거두면 충분히 회복된다."

서전(緒戰)에서 오시마를 점령한 막부군은 의기충천하여 조슈 주민들에게 포고문을 냈다.

그 포고문은 다음과 같다.

"조슈 영주가 나쁜 것이 아니다. 일부의 악인이 번정을 마음대로 주무르며 막부에 반항하였기 때문에 이런 전쟁이 터졌다. 우리는 선량한 농민과 상인에게는 손을 대지 않는다."

이 포고문 속에 막부의 공칭을 '일본 군무국(日本軍務局)'이라고 했다. 일본이라는 국호가 막부의 국내용 공문서에 사용되기는 이것이 처음일 것이다.


"막부군이 오시마를 점령했다."

"막부 함대의 함선이 오시마 해역에 꽉 들어찼다."

이 패보를 다카스기 신사쿠는 조후(長府)에서 들었다.

료마가 이 막부 조슈 전쟁에 등장하기 전에 먼저 다카스기 신사쿠라는, 막부 말엽에 조슈가 가졌던 희유(稀有)한 천재에 대해서 다소 이야기해야겠다.

“이 패보를 조후에는 알리지 말라.”

야마구치 정청에서는 이렇게 협의했다.

조후에는 다카스기 신사쿠가 있다. 그가 무슨 짓을 저지를지 몰랐기 때문이었다.

그러나 다카스기는 그것을 들었다.

곧 시모노세키로 내려가서 해군국 사람들을 이끌고 항내에 계류 중인 오텐토사마마루(丙寅丸)에 뛰어 올랐다.

“곧 운전을 시작하라. 이 군함 한 척으로 막부 함대에 벼락을 내리고 말겠다.”

함상에 버티고 선 다카스기는 검정 무명의 평복에다 부채 하나만 손에 든 모습이었으므로, 낭사이면서 조슈 해군국에 참가하고 있는 도사 탈번의 다나카 겐스케(田中顯助)가 놀라며 물었다.

“아니, 그런 모습으로?”

“그까짓 막부의 군함이 5척이 아니라 10척이 왔다 한들 좀도둑에 지니지 않아. 이 부채 하나로 넉넉히 퇴치할 수 있단 말야”

그러면서 배를 출항시켰다.

기관장은 다나카 겐스케였다. 그는 기관에 관해서는 까막눈이었으나 “자네는 사카모토 료마와 같은 고장 사람이니까 배를 어느 정도 움직일 줄 알테지” 하고 다카스기는 일방적으로 그를 임명해 버린 것이었다. 할 수 없이 겐스케는 배 밑에 기어들어가서 부속품을 이것저것 돌려 보는 동안에 기관이 끓어오르기 시작하여, 이럭저럭 배를 운전할 수 있었다.

오텐토사마마루는 상해에서 팔려고 내놓았던 2백 톤짜리 낡은 군함이다.

지난 3월 다카스기가 나가사키에 체류하고 있을 때, 글래버에게 이 말을 듣고 즉시 4만 냥에 사들였다. 조슈 번의 허락도 없이 구입했기 때문에 번청에서 몹시 비난의 소리가 높았으나 다카스기는 묵살해 버렸다.

“36만 석의 존망(存亡)이 경각에 달린 이때, 4만 냥의 군함은 싸지 않나?”

그것이 지금에 와서는 조슈 해군의 주력함이 되다시피 한 것이다.

그러나 결국은 2백 톤의 노후함이라 막부의 군함에 비하면 성능, 톤수, 화력, 어느 것 하나 따를 수 없었으며, 다카스기 자신도

“장작 배지 뭐.”

하고 자조(自嘲)할 정도의 군함이었다.

더구나 조슈인들은 해군 기술에 서툴러서, 생판 경험이 없는 다나카 겐스케가 기관을 돌려야 한다는 한 가지 일만 보아도 이 군함의 승무원 수준을 짐작할 수 있다.

하기야 겐스케도 운전해 감에 따라 차츰 기관에 익숙해져서, 군함이 미다지리(三田尻) 앞바다에 나왔을 무렵에는 고속, 저속의 변속(變速)도 자유자재로 할 수 있게 되었다.

다카스기는 미다지리 항 안으로 천천히 배를 몰아 나카노세키(中關)의 도야구치(問屋口)라는 상항(商港)에 들어가 닻을 내리게 했다.


다카스기는 기묘한 사나이다.

"모두들 배에서 기다려 주게."

그러더니 이유도 밝히지 않고 일동을 오텐토사마마루에 남겨 두고 자기 혼자 상륙했다.

도야구치 항은 조슈 번에서도 가장 작은 항구의 하나였으나 그래도 해변에는 크고 작은 운송업 상점들이 즐비하게 늘어서 있었다.

다카스기는 그 중의 한 채인 사다나가 분에몬(貞永文右衛門)의 집으로 들어갔다. 사다나가 집은 이 항구 제일의 부호로서 근왕 지사들에게 호의를 갖고, 그런 지사들을 숙박도 시키고 부조도 해 왔다.

다카스기는 이집 내부를 잘 알고 있었다. 안내도 청하지 않고 자기 집처럼 성큼 이층으로 올라갔다.

하녀가 다카스기의 들어오는 모습을 발견하고 분에몬의 아내에게 작은 소리로 보고했다.

"이층에 다카스기님이 오셨어요."

부인이 살며시 이층으로 올라가서 방안을 들여다보니, 다카스기가 윗목 방 기둥에 두 다리를 올려놓고 팔베개를 하고 벌렁 드러누워 있었다.

그녀는 소리를 죽이고 내려왔다.

'조슈의 천재'라는 평판을 이 여자도 들어서 알고 있었다. 방탕하고 술고래인데다가 무슨 짓을 저지를지 모를 젊은이였으나, 그의 종횡무진한 기략은 항상 사람의 의표를 찔러 한 번도 실패한 적이 없었다.

'무언가 깊이 생각하고 계시는 모양이지.'

분에몬의 아내는 조용히 혼자 있게 내버려 두었다.

"폐를 끼쳤소. 또 오겠습니다."

한 시간쯤 후에 다카스기는 이층에서 내려오더니 부채를 부치면서 훌쩍 나갔다.

다카스기는 그 길로 배에 돌아가서 이 말을 하고는 배를 전속력으로 달리게 했다.

"복안이 섰다. 우선 가미노세키(上關) 항으로 가자!"

가미노세키 항은 나가시마(長島)라는 갸름한 모양의 섬에 있다. 그곳에 조슈 번의 수비대가 있었다. 대장은 하야시 헤이시치(林平七 : 후일의 友厚 백작)였다.

다카스기는 그를 배로 불러 말했다.

"이런 낡은 배로 대등한 싸움은 할 수 없어. 나는 야습으로 적의 간담을 서늘하게 해줄 작정이야. 자네는 몰래 오시마로 병력을 운반해 두라. 해상에서 이쪽 포성이 울리거든 즉시 마쓰야마 번병들 속으로 쳐들어가는 거야. 한번 혼이 난 군사들은 쉽게 격퇴시킬 수 있지."

"흐음, 오케하자마(桶狹間) 싸움과 같군."

하야시는 순간 다카스기의 얼굴이 오다 노부나가(織田信長)로 보였다.

해가 지기를 기다렸다가 다카스기의 오텐토사마마루는 조용히 출항했다.

섬과 섬 사이를 누비고 나간다. 시모니우치 섬(下荷內島), 히코 섬(彦島), 노지마 섬(野島), 가사사 섬(笠佐島), 그 근방에서부터 적의 점령지가 되어 있는 오시마의 북단을 동쪽으로 돌아, 이윽고 오시마 북방의 마에 섬(前島)이라는 조그만 섬 그늘에 막부 함대가 정박하고 있는 것을 발견했다.

엄청난 함선의 무리였다. 산처럼 큰 군함이 세척에다 10척의 일본 배가 즐비하게 닻을 내리고 조용히 잠들어 있다.

증기도 때지 않고 있다.

해전에서 야습은 불가능하다는 것이 세계적인 상식이지만, 다카스기 이하 오텐토사마마루의 패거리들은 그런 상식조차 갖고 있지 않았다.


별이 하늘에 넘쳐 쏟아져 내릴 듯이 반짝이고 있었다.

해류는 동으로 흐르고, 그 해류 속에서 다카스기의 조그만 오텐토사마마루는 열심히 스크루를 휘저으며 동진을 계속하고 있었다.

이미 적의 함대는 눈앞에 있다.

‘적은 아직 눈치 채지 못하고 있다.’

승무원 일동은 숨이 막힐 지경이었다.

다카스기는 뱃머리에 버티고 서 있다. 문장이 든 검은 겉옷, 공단 버선, 허리에는 긴 칼을 차고 여전히 부채 한 개를 쥐고 있었다.

다카스기 밑에 사관이 두 사람 있다. 배 밑에서 기관을 움직이고 있는 도사의 낭인 다나카 겐스케와, 갑판에서 포를 매만지고 있는 야마다 이치노인(山田市之允)이다.

야마다는 유신 후 아키요시(顯義)라고 이름을 고치고, 메이지 25년 49세로 세상을 떠날 때까지 주로 법전(法典)을 정비하고 백작의 작위를 받은 사람이었다.

그는 유신 후 이날 밤의 다카스기 신사쿠를 이렇게 회상하고 있다.

“다카스기의 폐병은 그때 상당히 심했던 모양이다. 가끔 가볍게 기침을 했다. 그러나 여전히 뱃머리에 묵묵히 서서 밤바람에 옷자락을 휘날리고 있었다. 그의 위풍과 영기(英氣)와 늠름한 모습이 지금도 눈을 감으면 선하게 떠오른다.”

이윽고 배 밑의 다나카 겐스케도 다른 사람에게 기관을 맡기고 갑판에 올라와서 포 하나를 맡았다.

적 함대는 여전히 잠들어 있다.

후지야마, 야구모, 쇼카쿠, 아사히 등 네 척의 군함, 갑판 위에는 사람의 그림자 조차도 없었다.

“돌격!”

다카스기가 나직이 명령하자 오텐토사마마루는 산처럼 커다란 군함과 군함 사이를 뚫고 들어갔다.

“쏴라!”

다카스기가 말하자 갑판 위의 포가 굉연히 불을 뿜었다.

그 뒤로는 쏘고 또 쏘고 미친 듯이 쏘아 댔다. 포뿐 아니라 갑판 위를 여섯 명의 소총수가 뛰어 다니면서, 적이 놀라서 갑판 위에 뛰쳐나오는 것을 가까운 거리에서 저격했다.

그 요란스러움은 흡사 나가사키의 중국인 거리에서 축제 때 쓰는 폭죽(爆竹)이 한꺼번에 터지는 듯한 맹렬한 기세였다.

조그마한 오텐토사마마루는 네 척의 군함 사이를 빙빙 누비고 돌아다녔다.

안 맞는 총알은 한 발도 없었다.

손을 뻗으면 적의 뱃전이 닿을 듯한 거리였기 때문에 쏘는 족족 모조리 명중했다. 명중할 때마다 적의 뱃전, 굴뚝, 함교(艦橋)에서 큰 불기둥이 솟고 나뭇조각, 기재(器材) 조각이 사방에 흩날렸다.

적진은 아수라장이었다.

허둥지둥 기관에 불을 넣어 증기를 올리려고 하지만, 일단 불을 꺼서 식은 기관이 그리 쉽게 움직일 리가 없다.

포수가 갑판 위에 올라와서 응사하려고 했지만 뺑뺑 돌아가는 오텐토사마마루를 잡을 수 없어 잘못하여 자기들끼리 서로 쏘곤 해서 피해는 점점 더 커졌다.

"쏴라, 쏴라!"

다카스기는 마치 장단이라도 맞추듯이 뱃머리를 부채로 철썩철썩 때리면서 외쳐 댔다.


그러나 다카스기는 진퇴의 때를 알고 있었다.

적 함대가 당황스런 상황에서 벗어나 기관에 불이 제대로 들고, 활동을 개시하게 된다면 그 엄청난 화력에 다카스기의 오텐토사마마루 같은 것은 금방 몰매를 맞고 만다.

"불을 꺼라!"

다카스기는 함대의 등불을 모조리 끄게 하고 즉시 서진(西進)을 명령했다.

"달아나자."

오텐토사마마루는 파도를 뒤집어쓰며 왼쪽으로 기울더니, 곧 걸음아 날 살려라는 듯이 달아나기 시작하여 순식간에 어둠 속으로 사라져 버렸다.

"정말 굉장했지."

후년에 이 일본 최초의 양식 군함에 의한 해전을 회고한 사람이 있다. 그 당시 막부 군함에 타고 있던 육군의 한 사람으로서, 오가키 번(大垣藩)의 번사였던 이다 고조(井田五藏)이다. 그는 유신 후 유즈루(讓)라고 개명하여 육군 소장의 자리에 올랐다.

"갑자기 굉음이 들리기에 뛰어 일어나 보니 군함이 마구 흔들리고 있었다.

함내는 큰 소동이 일어나서 옷을 찾는 자, 갑판으로 나가려다 나동그라지는 자 등, 명령이고 뭐고 없었다. 적이 내습했다고 한다. 적이 설마 한 척이라고는 생각지 않았으므로 대함대가 내습한 줄 알고 당황했다. 형편없이 당한 후에야 오텐토사마마루는 사라져 버렸는데, 우리는 그 배 한 척뿐이었다는 사실이 그 후에도 좀처럼 믿어지지 않았다.”

조슈에 대함대가 있다고 막부군측에서는 생각한 모양이다. 그 대함대가 어둠을 타고 막부 함대를 포위했다고 그들은 생각했다.

이 때문에 함대는 닻을 올리기가 무섭게 오시마에 육군 부대를 남겨둔 채 부랴부랴 철수해 버렸다.

한편 오시마의 육지에서는 막부측의 마쓰야마 번병이 점령군으로서 주둔하고 있었다. 그날 밤, 그들은 해상에 울려 퍼지는 포성과 밤하늘을 물들이는 불빛을 보고, “조슈인이 바다에 쳐들어왔다”고 착각하고 당황했다. 거기에 다카스기와 작전을 꾸민 하야시 한시치가 지휘하는 조슈병이 오시마 서쪽 해안 고마쓰(小松) 항에 상륙하여, 16일 아게쇼(安下庄) 마을에서 결전이 벌어졌다. 그 결과, 마쓰야마 번병은 패주하여 바다에 굴러 떨어지듯 황망히 도주해 버렸다.

다카스기의 기략은 성공했다.

조슈는 오시마를 수복했다.

그뿐 아니라 이번 승리는 막부군의 전략을 크게 어긋나게 만들었다. 막부군은 해상으로부터 조슈에 총공격을 가할 준비를 하고 있었으나, 함선 보수 때문에 부득이 기일을 연기하지 않으면 안 되었다.

다카스기가 군함을 미다지리 항에 넣어 파손된 곳을 응급 수리하기 시작했을 때, 시모노세키로부터 번의 관리가 배로 달려와서 알렸다.

“도사의 사카모토 료마가 유니온 호로 시모노세키에 들어와 있습니다.”

이 낭보(朗報)만큼 다카스기를 기쁘게 한 것은 없다.

“막부는 이제 졌다. 사카모토와 손을 잡고 시모노세키 해협의 막부 함대를 쫓아 버린 다음, 고쿠라(小倉)에 상륙 작전을 해야겠다.”

오텐토사마마루의 응급 수리는 하루에 끝났다. 다카스기는 기관장인 다나카 겐스케에게 기관을 때게 하여 시모노세키로 향했다.

시모노세키에서는 료마가 가쓰라 고고로를 설득하려고 애를 쓰고 있었다.

군량미의 반송에 관한 일이었다.

5백 석이라는 대량의 쌀이다.

“여보게 가쓰라군, 화내면 안 되네.”

료마는 변론을 시작했다. 요즘 사쓰마 번에서는 료마의 중개로 조슈 번을 위해 여러 가지 편의를 도모해 주고 있다. 그 호의에 보답하기 위하여 조슈 번에서는 유니온 호에 쌀 5백 석을 실어 사쓰마 번에 선사한 것이다.

그런데 사쓰마의 사이고는 “조슈가 막부와 결전을 할 경우, 그들에게 있어 군량미는 피와 같은 것이다. 조슈의 호의는 감사히 받겠으나 군량미는 받을 수 없다”고 사양하였다.

“그렇다고 해서 이것을 되돌려 보내면 조슈 인들은 다년간 쌓인 편견이 있으니까 고구마(사쓰마) 놈들이 튕겼다고 곡해할지도 몰라. 그러니 그것을 당신이 어떻게 좀 잘 말해서 우리 번의 성의가 이해되도록 설득해 줄 수 없을까?”

이러면서 료마에게 쌀의 반송과 설득을 일임한 것이다.

사쓰마는 지난 몇 해 동안 흉년이 계속되고 있었다.

“쌀은 군침이 흐르도록 탐이 나지. 그러기에 사이고는 눈물을 흘리면서…….”

료마는 다소 과장해서 말했다.

“조슈의 호의는 감사하지만, 동지인 조슈가 전쟁을 시작하려 하고 있는데 그 군량미를 받는다는 것은 무사로서 할 짓이 아니라고 사이고는 말하네. 가쓰라군, 알겠지?”

료마는 간절히 설득했다.

“쌀을 보낸 것은 일반적인 예의야. 그걸 돌려보내다니 이상하지 않은가?”

처음 가쓰라는 불쾌한 표정으로 말했으나 차츰 사쓰마의 기분이 이해되었다. 그러나 조슈 번으로서는 일단 번의 미곡 창고에서 정식으로 출고시킨 쌀을 이제 와서 다시 받아 넣을 수도 없다.

“곤란한데.”

가쓰라는 진심으로 난처해했다.

료마가 빙글빙글 웃었다.

가쓰라의 이런 표정을 기다리고 있었는지도 모른다.

“왜 그러나, 무슨 묘안이라도 있는가?”

가쓰라는 의미를 담고 있는 듯한 료마의 표정을 보고 물었다.
"그거야."
"뭐가 그거란 말인가?"
"가쓰라군, 쌀을 보내는 것도 의(義)요, 사양하는 것도 의야. 의와 의가 충돌해서 쌀이 허공에 떴네. 그대로 두면 5백 석의 쌀이 유니온 호의 배 밑에서 썩어 버려. 차라리 내게 주지 않겠나. 우리 가메야마 동문에서 천하를 위해 사용한다면 쌀이 살지 않겠는가."
"그렇군."
근엄한 가쓰라가 자지러지듯 웃음을 터뜨렸다. 무릎을 치며, 한참 동안 웃음을 멈출 줄 모른다. 이윽고 승낙의 뜻을 나타내기 위해 머리를 끄덕이며 다시 웃었다.
"자네에겐 두 손 들었어."
료마는 옆에 있는 나카지마 사쿠타로에게 천천히 고개를 돌려 정색을 하고 말했다.
"이거야 말로 원님 덕에 나팔을 부는 격이군 그래."

그런 다음, 료마는 막부와의 전쟁 진행 상황을 가쓰라에게서 들었다.
막부군은 네 방면에서 동시 공격을 벌이고 있다.
첫째는 섬을 따라 조슈의 세도 내해의 해안을 제압하는 작전.
둘째는 히로시마로부터 산요도(山陽道)를 진격로로 하는, 이른바 아키(安藝) 입구 작전.
셋째는 동해 방면의 작전이다. 이와미(石見)에서 밀고 나와 조슈 번의 수도인 하기(萩)를 공격한다.
넷째는 시모노세키 해협을 사이에 둔 공방전으로서, 막부군은 본영을 고쿠라 성에 두고 막부해군의 원호 아래, 해협을 건너 조슈 제일의 상항인 시모노세키를 점령하고, 여세를 몰아 조슈 번청이 있는 야마구치로 진격한다.
이런 계획이었다.
물론 조슈도 이에 대응하여, 작전 원리로서는 일체 수비를 버리고 공격을 위주로 하며 게이슈 입구, 이와미 입구, 고쿠라 입구 등 막부군의 침입로를 이쪽에서 거꾸로 공격하려 하고 있었다.
"이와미 입구의 전황은 잘 되어 가지만, 게이슈 입구는 적이 강대해서 뜻대로 안 되는군요. 요컨대 현재로선 각 전선에 걸쳐 승패의 전망이 서지 않아.”

이때 오텐토사마마루를 몰고 시모노세키로 돌아온 다카스기 신사쿠가 드르륵 장지문을 열었다. 그는 천천히 방으로 걸어 들어오더니 인사도 없이 불쑥 말을 꺼냈다.

“사카모토님, 부탁이 하나 있습니다.”

그는 료마 앞에 바싹 다가앉았다. 얼굴이 매우 길어 눈코가 좀 얼뜨게 보인다.

“싸움을 좀 해주십시오.”

다카스기는 번으로부터 시모노세키 지구의 육해군 총독에 임명되어 있었다. 하기야 육군은 야마가타 교스케(有朋)가 지휘하고 있으므로 실제는 해군의 사령관인 셈이다.

“지금 큰일을 생각하고 있습니다. 그런데 내 몸은 하납니다. 좀 도와주십시오.”

다카스기는 조슈 사투리로 부탁했다.

“어떤 큰일입니까?”

“바다를 건너 막부군의 본거지 고쿠라 성을 탈취하는 일입니다.”

“호오.”

료마는 과연 다카스기라고 생각했다. 고쿠라는 오가사와라(小笠原) 17 만 석의 고장이며, 이 번은 대대로 규슈 통솔과 국방을 맡아 일조 유사시에는 규슈의 영주들을 지휘하게 되어 있다.

바로 지금이 그러했다. 개전 때까지 히로시마에 주재하고 있던 막부의 최고 집정관 오가사와라 나가미치(小笠原長行)가 막부 기함 후지야마마루를 타고 고쿠라 성에 들어가 있었다.

조슈 공격의 본영이 되었다고 해도 과언이 아니다. 그러니만큼 연안의 방비는 강대하여, 이삼백 명의 조슈병으로 함락시킬 수 있는 성이 아니다. 더구나 바다를 건너야 하는 작전이다.

“사카모토님에게 우리 함대의 절반을 맡길 테니, 막부 해군을 제압해 주십시오. 나머지 절반은 내가 인솔하겠소.”

다카스기는 말했다.

작전과 부서가 결정되었다.

조슈 해군에는 5척의 군함이 있다. 이것을 두 패로 나누어 제1함대와 제2함대로 편성하고 제1은 다카스기, 제2는 료마가 맡기로 했다.

"사카모토님은 모지(門司)를 습격해 주십시오."

다카스기가 부탁했다.

다카스기 함대는 오텐토사마마루를 기함으로 기가이마루(癸亥丸), 잇추마루(乙丑丸) 세 척이다.

이들은 다노우라(田野浦) 포대를 습격한다.

사카모토 함대는 유니온 호를 기함으로 고신마루(庚申丸)를 이끌고 간다.

료마는 시모노세키의 아미다지(阿彌陀寺)에 있는 운송업자 이토 스케다유 집 이층에 동문 일동을 모아놓고 승무 부서를 정했다.

"스가노 가쿠베에가 함장이다. 이시다 에이키치(石田英吉 : <sup>유신 후</sup><sub>남작</sub>)는 포술장이 돼라. 나카지마 사쿠타로(유신후 자작)는 기관장이다."

나머지 사람들도 각기 부서를 정해 주었다. 료마 자신은 사령관이라 직접 군함을 움직이는 일은 없다.

그런 다음 료마는 일동을 데리고 시가를 지나 시모노세키의 동쪽 교외로 나가서, 해안에 있는 어느 이층 민가로 들어가 주인의 양해를 얻고 지붕 위로 올라갔다.

해협은 맑았다.

해협을 넘어 맞은편에 있는 모지 일대의 포대와 육군 진지 등이 훤히 바라보였다.

"저것을 쳐부수는 거야."

료마는 일동에게 지형을 눈에 익히라고 했다. 야간이나 안개 낀 바다에서는 지형을 익혀 두지 않으면 장님이 되어 버리기 때문이다.

"저쪽 연안의 포대에서도 우리를 보고 있습니다."

"그런가?"

료마는 심한 근시라, 그것까지는 눈에 들어오지 않았다.

"조슈의 작전은 어떻답니까?"

"다카스기의 말로는……."

삼단(三段) 전법인 모양이다. 처음부터 고쿠라 성을 무찌를 수는 도저히 없다.

우선 해안 진지인 모지──다노우라의 적을 격멸하고 화포군(火砲群)을 파괴한 다음, 재빨리 철수해 버린다.

그 뒤 제2차 작전에 따라 조슈령 히코 섬으로부터 고쿠라령의 다이리(大里)를 치고, 이어 고쿠라 성의 공방전으로 들어간다.

"막부 함대는 어디 있습니까?"

그것이 최대의 난점이었다.

"막부 함대의 대부분은 게이슈 입구의 육상전을 지원하기 위해 오시마 근처에 있을 거야. 이 작전은 눈치 채지 못했을걸. 그래서 제1차 작전은 성공한다."

"제1차 작전은?"

즉 히코 섬에서 바다를 건너 고쿠라령 다이리로 공격해 들어가는 작전이다. 이 제1차 작전을 감행할 무렵에는 당연히 막부 해군도 시모노세키 해협이야말로 결전장이라는 것을 깨닫고, 함선을 모조리 동원하여 눈앞의 바다로 몰고 올 것이 틀림없다.

"그렇게 되면 굉장한 해전이 벌어질걸."

다행히도 가쓰 가이슈가 적 함대의 사령관이 아니라는 확실한 정보가 들어왔으므로 료마도 매우 홀가분한 기분이었다.


게이오 2년 6월 17일.

해가 뜨려면 아직도 한 시간은 남았다.

시모노세키 항을 기관 소리도 조용히 다섯 척의 군함이 출항했다.

해협의 조류가 빠르다.

하늘도 바다도 칠흑같이 어둡다.

흐리지는 않았는데 별이 보이지 않는다.

"안개다."

함교의 료마가 중얼거렸다. 몹시 심하다. 방금 항구 밖에서 헤어진 다카스기 함대 세 척의 현등이 벌써 보이지 않는 것이다.

다카스기 함대는 대안의 다노우라 방면으로.

료마의 함대는 대안의 모지를 향해 파도를 헤치기 시작했다.

"가쿠베에군."

료마는 함장인 스가노 가쿠베에를 돌아보았다. 유신 후 해군 소좌로 퇴역하여 세상을 등진 가쿠베에는 료마의 동문에서 가장 배의 기술에 숙달해 있었다.

"이 짙은 안개를 이용하지 않으면 손해야. 그 거포를 갑판에 장치하면 어떨까?"

"거포를, 글쎄……."

가쿠베에는 약간 난색을 보였다. 문제의 거포는 갑판 위의 창고에 넣어 두었으며, 사용하지 않을 작정이었다. 다른 현포(舷砲)에 비해 발사에 시간이 걸릴 뿐 아니라 한 발 쏠 때마다 함체가 몹시 진동하여 배의 조종이 불편해진다.

"어디 그래 볼까요?"

가쿠베에는 료마의 말대로 했다.

이윽고 해상에서 날이 샜다.

태양은 솟아올랐으나 안개가 짙다. 뒤따르는 고오신의 현등이 겨우 보일 정도다.

"정작 모지의 육지가 보이지 않는군."

료마는 더 전진시켰다.

"바닷가에 바싹 접근해라. 육지의 적은 이 안개 때문에 아직 눈치 채지 못했다."

"알겠습니다."

잠시 뒤 료마가 들여다보고 있는 망원경에 모지의 어촌과 병영과 포대 등이 어렴풋이 보이기 시작했다.

'안개가 개었나?'

그렇게 착각했으나 그게 아니었다. 바람이 모지 쪽에서 불어온다. 마치 연극의 막이 모지 쪽에서 오르기 시작하는 것과 같았으며 해상의 안개는 여전히 짙다. 아마 육지의 고쿠라 변병들에게는 해상의 배가 아직 보이지 않을 것이다.

"가쿠베에군, 슬슬 시작해 볼까."

"그럽시다!"

가쿠베에는 함교에서 몸을 내밀고, 포수장(砲手長)인 시라미네 슌메에게 전투 개시를 큰 소리로 외쳤다.

시라미네는 검정 무명의 통소매에 흰 하카마를 입고 붉은 칼집의 칼을 두

자루 허리에 찼다.

포에 불을 붙였다.

현포가 천지를 진동시킬 듯한 굉음을 내며 일제히 불을 뿜고, 포탄이 안개 속을 날아가 모지 포대의 한복판에 떨어져서 눈부신 섬광이 솟구쳐 올랐다.

적은 혼비백산했을 것이다.

그러나 곧 연안포로 반격해 왔으므로 순식간에 바다와 육지는 포연에 뒤덮이고 말았다.


료마는 갑판으로 내려왔다.

"쏘아라, 쏘아!"

말하면서 각 포문 사이를 누비고 다닌다.

격려가 필요했다.

육지에서 날아오는 대안 포탄이 뱃전에 떨어져서 굉장한 물기둥이 솟고 때로는 마스트를 스치고 공중에서 작렬했다.

"사카모토님, 포신이 타서 형편없어요."

"바닷물을 끼얹지 그래."

료마의 유니온 호는 모지 포대 앞을 오락가락 하면서 함포 사격을 가하고 있다.

자신의 군함의 움직임이 료마는 재미있었던지, 초연(硝煙) 속에서도 입으로는 샤미센 소리를 내며 즉흥적인 노래를 흥얼거리며 갑판 위를 걸어 다닌다.

> 정처 없이 떠도는 신세
> 오늘도 오락가락
> 짝사랑에 몸을 태우네

동료함 고신마루는 범선이라 기관이 달려 있지 않기 때문에 오락가락하는 민첩한 행동을 취할 수 없었다. 그 때문에 고쿠라 번 연안포의 좋은 목표물이 되어 연달아 함체에 적탄이 명중하고 있는 모양이었다.

"사쿠다로"

료마는 나카지마 사쿠다로를 불러 지시했다.

"고신마루에 신호를 보내서 좀더 뒤로 물러나게 해."

"물러가라, 물러가라!"

사쿠다로는 마스트에 올라가서 수기 신호를 보냈으나 고신마루의 조슈인들은 해사(海事) 훈련이 부족하여 그것을 해독하지 못하는 모양이었다.

이 전황을 료마 자신이 그린 전황도(戰況圖)와 그 설명문에 의하면 "조슈 군함은 범선이라 탄환을 20발쯤 맞았다"고 되어 있다. 고신마루를 두고 하는 말이다.

이때 오른쪽 간류 섬(巖流島) 뒤에 적함인 듯한 세 척의 배가 보였다.

이 세 척의 군함은 고쿠라 번과 히고 번(肥後藩), 그리고 막부 해군에 각기 소속된 것으로 요컨대 적함대였다.

'저걸 조심해야겠는걸.'

료마는 주의를 게을리 하지 않았으나 적은 짙은 안개 속의 행동을 꺼렸던지 접근해 오지 않았다.

료마는 전황도의 한 지점에 세 척의 군함을 그리고, "고쿠라, 히고, 막부의 증기선들, 나왔다 들어갔다 하고 있었으나 어찌된 일인지 구원하러 오지 않았음" 하고 설명하고 있다.

'나중에 이쪽에서 찾아가 주지.'

이렇게 생각하면서 우선은 연안 포격에 전념했다.

그러는 동안에 육지의 포대가 차츰 기세를 잃기 시작하더니 마침내 잠잠해졌다.

이때다!

생각한 모양이다. 바다 위 안개 속에 숨어 있던 5, 60척의 일본 배가 노 젓는 소리도 무시무시하게 육지로 육박해가기 시작했다.

야마가타 교스케가 지휘하는 기병대(奇兵隊) 등 5백 명의 조슈 병사들이었다.


조슈의 육군 부대가 무사히 적전 상륙을 마쳤으니, 사카모토 함대는 일단 임무를 끝낸 것이다.

아직도 안개는 짙었다.

"가쿠베에군, 이 안개를 이용해서 간류 섬 저쪽에 있는 적 함대로 접근해 가볼까?"

"적함은 세 척이나 됩니다."

"그까짓 것 상관있나."

료마는 말했다. 절호의 기회였다. 기습은 성공할 것이다.

배는 전속력으로 달리기 시작했다.

간류 섬의 한쪽 끝을 스치고 지나갔다.

도쿠가와 시대의 초기, 방랑의 검객 미야모토 무사시(宮本武藏)가 홀로 이 섬에 올라, 호소카와(細川) 집안이 보호하는 사사키 고지로(佐佐木小次郎)를 무찌르고 이름을 날렸다.

"그 간류 섬이로군."

이런 생각을 하니, 지난 날 지바 도장의 사범으로 있으면서 몇 번이나 큰 시합에서 승리를 거두었던 료마로서는 그 감개가 결코 적지 않다.

간류 섬은 섬이라고 하기보다는 주(州)라고 하는 편이 적합하다. 늙은 소나무 몇 그루가 안개 속에 잠겨 있다.

이 섬 저쪽에 적 함대가 있는 것이다.

"그 거포에 탄환을 재게."

"왜 그 녀석을 쓰지요?"

가쿠베에가 물었다.

"이렇게 짙은 안개라 우리 모습은 잘 보이지 않아. 포성만 들리지. 그러니 그 거포를 쏘면 폭음이 해협을 둘러싼 산에 울려서 적의 간담을 서늘하게 해줄 게 아닌가."

범선인 고신마루는 두고 와서 이쪽은 한 척 뿐이다.

그 유니온 호가 마치 조그만 사냥개처럼 날렵한 모습으로 적의 함영에 다가가고 있다.

안개로 적의 깃발도 보이지 않는다.

막부 군함은 일장기(日章旗)를 달고 있을 것이다. 고쿠라 군함도 각기의 번기(藩旗) 외에 '정부해군'의 표지인 일장기를 달고 있을 것이었다.

"큰 함은 어느 것인가?"

"우측 끝입니다."

"그놈에게 접근해."

료마의 지시대로 가쿠베에는 함을 조종하여 곧 사격 개시의 명령을 내렸다.

포술장이 호령했다.

그 순간, 료마 등이 "그 녀석"이라 부르고 있는 거포가 천지를 진동시키는 굉음을 냈다. 함체가 부르르 떨리고 발사 연기가 갑판을 뒤덮었다.

"맞았다!"

료마는 흥분했다.

일대 굉음이 산울림이 되어 혼슈(本州)와 규슈의 이산 저산에서 되돌아와, 해협은 한동안 이상한 음향 속에 잠겼다.

"더 쏘아라. 다음은 가운데 놈, 왼쪽 놈!"

잇달아 쏘아나갔다.

적함은 당황하여 곧 응사해 왔으나 유니온 호의 움직임이 기민하여 안개 속에서 포착할 수가 없었다.

마침내 도주하기 시작했다.

"우리도 달아나자."

료마는 원래의 모지 해안으로 급히 되돌아가도록 명령했다.

모지 해안에 돌아와 보니 육지에서는 상륙군과 고쿠라 번병 사이에 치열한 격전이 전개되고 있었다.


육상의 안개는 거의 개어, 함교에서 망원경으로 바라보니 천연색 그림책을 들여다보듯이 전투 상황을 바라볼 수 있었다.

'이건, 정말——'

료마는 조슈 부대의 맹렬한 활약상을 보며 탄성을 질렀다.

"가쿠베에군, 저걸 좀 봐"

료마는 망원경을 넘겨주었다.

조슈군은 단지 5백 명이 상륙했다. 기병대가 주력이므로 원래의 무사는 아니다. 그들은 상인과 농군들의 자제들이다.

그것이 반 양식화된 고쿠라 번의 정규 무사단을 적은 병력으로 마구 밀어붙이고 있는 것이다.

빗발치는 적의 총탄 속에서 서로 흩어져 차폐물(遮蔽物)을 이용해 가며 앞으로 앞으로 달려가고 있었다.

밀려서 달아나고 있는 것은 대대로 내려오는 영주의 가문을 자랑해 온 고쿠라 오가사와라 집안의 번사들이다.

“조슈가 이기고 있군요.”

“아니, 조슈가 이기고 있는 게 아니라, 상인과 농군이 무사들에게 이기고 있는 거야.”

이 사실에 료마는 으스스 몸이 떨리는 감동을 느꼈다.

지금 료마의 눈앞에서 평민들이 그들의 오랜 지배 계급이었던 무사들을 몰아세우고 있는 것이다.

——혁명은 반드시 이루어진다.

이런 감동과 자신이 료마의 가슴을 적시기 시작했다.

‘천황 아래 만민은 한 계급’이라는 것이 료마의 혁명 이념이었다.

“미국에서는 대통령이 세습(世襲)이 아니다”라는 것이 지난날의 료마를 놀라게 했으며, “그 대통령이 하녀들의 생활을 걱정하고, 하녀들의 생활을 편하게 해줄 수 없는 대통령은 다음 선거에서 떨어진다”는 해외의 이야기가 료마의 가슴에 막부 전복의 불을 붙여 주었던 것이다.

게다가 그는 도사 향사(土佐鄕士)이나.

도사 향사들은 2백 수십 년 동안, 영주 야마노우치 집안이 엔슈 가케가와(遠州掛川)에서 데리고 온 상급 무사 계급에 억압당하고 멸시를 받으며, 걸핏하면 그들의 칼에 목숨을 잃고도 꼼짝 못하고 살아 왔다.

그들 향사들 중에서 혈기 있는 자는 도사를 뛰쳐나가 막부 타도 운동에 참가하고 있다. 천하가 한 계급이라는 평등에의 강렬한 동경이 그들의 에너지였다.

그 도사 향사들의 선두에 선 사람이 바로 료마였다.

평등과 자유.

이말 자체는 몰랐으나 료마는 그 개념을 강렬히 지니고 있었다. 이 점이 같은 혁명 집단이면서도 조슈나 사쓰마와 달랐다.

여담이지만, 유신 후 도사인이 자유 민권 운동을 일으켜 그 아성(牙城)이 되어, 사쓰마 조슈가 만든 번벌 정부(藩閥政府)와 메이지 절대체제에 반항해 가는데 이것은 그들의 숙명이라고 할 수밖에 없다.

하늘은 개었다.

유니온 호의 도사인들은 차례로 망원경을 들여다보면서 평민이 지배 계급을 무찌르는 모습을 역력히 보았다.

“저것이 바로 나의 새로운 일본의 모습이다.”

료마는 자기 사상을 실물로써 일동에게 가르쳤다.

료마의 동문이 내거는 이상이 단순한 공상이 아니라는 증거를 눈앞의 광경은 입증하고 있었다.


료마가 망원경으로 본 대로 조슈의 상륙 부대는 적은 인원이면서도 기적적인 강세를 보였다.

부대의 지휘관은 문벌로 뽑힌 사람이 아니다.

능력으로 선출된 사람들이다.

군감(軍監) 야마가타 교스케만 해도 잡병 출신이며, 간부인 후쿠다 교헤이(福田俠平), 미요시 군타로(三好軍太郎), 도키야마 나오토(時山直人), 야마다 호스케(山田鵬助), 가타노 주로(交野十郎), 미우라 고로(三浦梧樓) 등 모두가 탁월한 지휘관이지만 각기 번에서의 출생은 미천했다.

병사들 역시 누대(累代)의 무사 귀족들이 야성을 잃고 있는 데 반해서, 상인 농군의 자제들은 무사처럼 질서 있는 정신미(精神美)는 지니고 있진 않았으나 에너지를 갖고 있었다.

그들의 상륙 지점은 모지와 다노우라 사이의 중간 해변이다.

상륙하자마자 부대의 7할은 다노우라 포대로, 나머지 3할은 모지 포대로 향했다.

조슈병은 사격이 능숙하다.

명중뿐 아니라 차폐물에 몸을 가리며 사격하는 동작이 참으로 교묘했다. 이미 4개국 함대와의 전투에서 실전 훈련을 겪은 탓이리라.

다노우라 포대로 향한 조슈 부대는 적전에서 병력을 둘로 나누어, 하나는 포대 뒤의 산으로부터, 하나는 해안으로부터 포대를 공격하는 협공 태세를 취했다.

군감 야마가타의 작전이었다. 그리고 한 소대는 적진에 뛰어들어 병영에 불을 질렀다.

이 불이 화약고로 옮겨 붙었다.

굉음과 함께 나뭇조각과 인마(人馬)를 사방으로 흩날리며 화약이 폭발하여 적은 큰 혼란의 도가니에 빠졌다.

"이때다, 돌격!"

야마가타는 지휘관 기를 흔들면서 부대를 격려하는 한편, 한 부대를 해안으로 달려 보내어 포대 밑에 매어둔 약 2백 척의 일본 배를 모조리 불사르게 했다. 이 배들은 적이 시모노세키에 적전 상륙을 하기 위해 준비해 두었던 배였는데 그것이 세차게 타오르기 시작했다.

바다와 육지가 한꺼번에 불타는 지옥으로 변했다고 해도 과언이 아니다.

한편 모지 포대를 습격한 조슈병도 비슷한 방법으로 포대의 병영을 불사르고 적을 패주시켰다.

검은 연기가 해협을 덮기 시작했다.

"이겼군!"

바다 위에서 료마는 중얼거렸다.

유니온 호는 포마다 포탄을 잰 채로 해협을 왔다 갔다 하고 있었다.

이윽고 조슈의 육군이 싸움터에서 철수하여 다시 시모노세키로 돌아오기 시작했다. 료마는 그들을 원호하는 임무를 마친 다음 배를 돌려 고신마루를 이끌고 시모노세키 항으로 돌아갔다.

"가쿠베에군, 돌아갈까?"

시모노세키의 조슈 번 진영으로 들어가자 다카스기가 손을 잡고 감사했다.

"사카모토님, 다시 한번 부탁하겠습니다."

"언젭니까?"

"날짜는 아직 정하지 않았습니다. 이번에는 더 대대적인 싸움이 될 것입니다."

당연한 일이었다.

육지에서는 막부군이 이번 패배에 혼이 나서 더욱 엄중한 방위 태세를 갖출 것이고, 바다에서는 막부 함대를 깡그리 시모노세키에 집결시킬 것이다.


료마는 제2차 작전이 시작되기 전까지, 매일같이 편지를 써서는 인편에 부치고 있었다.

막부의 지령 아래 있는 규슈 각 번의 지인들에게 "막부에 협력하지 말라"는 뜻의 서신을 보낸 것이다. 이 문서 활동은 다카스기가 안면이 넓은 료마에게 부탁한 것이었다.

그것을 배달하는 역할은 사이고의 명으로 시모노세키에 잠입해 있는 사쓰마인들이 맡았다.

이들 편지가 효과가 있는지 없는지는 알 수 없다.

7월이 되었다.

막부 함대는 당당한 진용을 짜서 해협을 제압해 버렸다.

조슈 해군은 꼼짝도 할 수 없었다.

원래 군함 수도 적은데다가 제1차 작전 때 다카스기 함대의 한 척이 적의 포탄에 격침되었으며, 나머지 군함들도 이삼십 발씩 포탄을 맞고 사용이 불가능하도록 파손되어, 완전히 사용할 수 있는 것은 료마가 타고 있던 유니온 호 정도뿐이었다. 이러한 약세로는 막부 함대와 맞붙을 재간이 없었다.

"무리겠어요."

스가노 가쿠베에가 말했다.

제2차 상륙 작전은 제해권을 적에게 빼앗기고 있는 이상 무리일 것이라는 말이었다.

"무리겠지. 대안의 고쿠라 번에서는 그렇게 보고 있겠지."

"고쿠라 번에서도요?"

"당연히 방심 상태에 있을 거야. 그것이 아마 다카스기가 노리는 점일걸. 그 사나이라면 무언가 수를 생각하고 있을 게 틀림없어."

혁명가로서나 군인으로서나 료마는 다카스기의 천재를 가쓰라 이상으로 인정하고 있었다.

7월 초하룻날 밤, 다카스기는 시모노세키 아미다지에 있는 료마의 숙소로 찾아와서 말했다. 마치 꽃놀이라도 가는 표정이다.

"사카모토님, 방금 야마가타와도 상의하고 왔습니다만, 내일부터 다시 시작합니다."

"해군이 없다시피 한데 어떻게 육군을 건네보내지요?"

"히코 섬의 조슈 포대를 증강했습니다."

다카스기의 작전으로는, 이 히코 섬 포대에서 고쿠라 번 다이리에 있는 적진에 맹포격을 가하고 그 포탄 아래의 해협을 육군이 몰래 건너간다. 상륙하자마자 단숨에 다이리를 공격한다는 것이었다.

물론 야음을 타서 한다. 군함은 야간 행동을 하기 어려우니까 이 은밀한 상륙 작전은 성공할 것이다.

"만일 막부 함대가 내습한다면?"

"그걸 사카모토님이 맡아 주시는 것입니다."

다카스기는 천연스럽게 말했다.

‘아니, 이 친구, 남의 일이라고.’

료마는 약간 기가 찼다. 변변한 군함도 없으면서 어떻게 하란 말인가.

“글쎄, 어디 한번 해봅시다.”

“아이구, 살았습니다.”

다카스기는 오른손을 들어 비는 시늉을 했다. 불가능에 가깝다는 것을 다카스기 자신이 제일 잘 알고 있는 것이다.

군함은 유니온 호 이외에 오텐토사마마루가 간신히 키를 잡을 수 있었다. 그러나 움직이지는 못했다. 돛을 올릴 마스트는 부러졌고, 기관도 적의 포탄을 열 발이나 맞아 고철(古鐵)이나 마찬가지였다.


7월 2일 밤, 료마는 또다시 ‘함대’를 이끌고 시모노세키 항을 나섰다.

참으로 기묘한 함대였다.

기함 유니온 호가 기관이 움직이지 않는 오덴토사마미루를 로프로 끌고 간다.

‘사카모토님도 묘한 지혜를 짜냈군.’

함장 가쿠베에는 생각했다.

그러나 바다에 나가서 해전을 하는 것이 아니다. 좁은 해협이 싸움터였으며, 더구나 목적은 어디까지나 조슈군의 상륙 작전을 엄호하기 위해 막부 함대를 견제하는 데에 있었다.

행동이 다소 둔해지더라도 두 척이 나란히 있음으로 해서 포력이 두 배가 되는 것이니까 이래도 괜찮겠지, 하고 가쿠베에는 생각했다.

함 옆을, 조슈병을 실은 작은 배들이 조용히 노를 저어 지나간다. 마치 엄청난 쥐의 무리가 칠흑의 바다를 집단 이동해 가는 것 같았으므로, 함교에서 내려다보고 있는 가쿠베에는 생각했다.

‘전쟁이란 묘하게 기분 나쁜 것이로군.’

동이 트기 전에 조슈 육군의 모지 상륙은 완료됐다. 그들의 은밀한 행동은 성공하였으며 적은 전혀 모르고 있는 눈치였다.

그런데 상륙군이 곧 다이리 방면으로 진격하여 비로소 침묵을 깨뜨리고 맹렬한 사격을 퍼붓기 시작하자, 적의 육해군은 그제야 사태를 짐작했다.

“자, 이제부터 막부 해군이 등장한다.”

료마는 그때까지 함대에서 졸고 있다가 겨우 옷자락을 털고 일어났다.

"간류 섬 쪽으로 가자. 그 방면에서 적함이 나올 게다."

료마는 적을 찾아 나섰다.

유니온 호는 덜컹덜컹 기관 소리를 내면서 파도를 헤치기 시작했다.

날은 아직 밝지 않았다.

간류 섬을 지났을 무렵, 큰 마스트가 셋이나 솟은 군함이 갑자기 눈앞에 산이 다가선 것처럼 접근해왔다.

"후지야마마루군."

료마는 난처한 듯이 소리쳤다.

배수량이 1천 톤이나 되는, 노후함 유니온 호보다 약 다섯 배나 큰 배였다.

재작년 겐지 원년, 미국 뉴욕에서 건조가 시작된 것인데 2월, 요코하마 막부 해군에 인계되었다.

기관은 1백 50마력이며 내륜선(內輪船)이다. 포는 12문이나 비치되어 있어 세계 수준의 군함이라고 해도 무방하다.

그것이 모지 방면의 총포성을 듣고 급히 고쿠라 항에서 나온 모양이었다.

"어떻게 하죠, 사카모토님?"

"해보지 뭐."

료마는 후지야마마루에 바짝 접근하라고 명령했다.

"바짝 접근하라고요?" 하고 가쿠베에가 반문했다.

"뱃전에 닿도록 접근하게."

유니온 호가 슬금슬금 다가간다. 오히려 막부함 쪽에서 놀란 모양이었다. 설마 이처럼 친밀하게 다가오는 배가 적의 군함이라고는 생각되지 않았으리라.

뱃전에 사람이 나타나더니 물었다.

"위험하다. 어디로 가는 밴가?"

"석탄 배요! 와카마쓰(若松) 항으로 석탄 실으러 가는 중이오."

함대 사령관 료마 자신이 소리쳐 놓고는, 나직한 소리로 함장인 가쿠베에에게 지시했다.

"이때다, 어서 포격해!"

적인 후지야마마루도 어지간히 태평스러웠다.

"그래?" 라느니, 어쩌니 한가한 소리를 하고 있는 동안에, 뱃전에 상어처럼 바짝 달라붙은 료마의 유니온 호 마스트에 쭈루룩 조슈 번기가 올라가더니 꽝! 하고 포성이 울렸다.

수 미터의 지근(至近) 거리다. 포탄이 빗나갈 까닭이 없다.

후지야마마루의 함체가 크게 흔들리고 옆구리에 구멍이 뚫린 것이 밤 눈에도 똑똑히 보였다. 함상에서 큰 소동이 벌어지며 허겁지겁 전투 배치를 하는 모습이 바로 옆집의 소동처럼 잘 보인다.

막부 군함이 전투 준비를 완료하면 이쪽은 잠시도 지탱하지 못한다. 료마는 연달아 두 발을 발사시킨 다음 전속력 항진을 명령했다.

"시모노세키로 도망가라!"

기관이 신음 소리를 내기 시작했으나 오텐토사마마루를 뒤에 끌고 있어서 걸음이 느리다.

포탄과 소총탄이 통쾌할 만큼 날아왔으나 적이 당황한 탓인지 맞지 않는다.

"좀더 신나게 달려!"

"이게 한껏 달리는 겁니다."

가쿠베에 함장은 뾰루퉁해졌다.

"그러기에 오텐토사마마루를 끌고 오는 데 반대하지 않았느냐" 하는 투였다.

그러는 동안, 부근에 있는 조슈 번 히코 섬 포대에서 후지야마마루의 존재를 확인하고 일제히 포문을 열어 집중 사격을 시작했으므로, 후지야마마루는 당황하여 바람을 일으키며 고쿠라 항으로 도망쳐 버렸다.

'막부군은 맥이 빠졌군.'

료마가 절실히 느낀 것은 이때였다.

"어째서 저렇게도 형편없을까요?"

시모노세키 항으로 배를 몰면서 가쿠베에가 료마에게 물었다.

"나도 그걸 생각하고 있는 중이야."

막부군의 나약함 속에서 료마는 역사의 뜻을 찾아보려고 했다.

"도쿠가와 막부는 세키가하라에서 창업했다."

료마는 생각을 거슬러 올라갔다. 260여 년 전 미노(美濃)의 세키가하라에서 도쿠가와군과 이시다군이 거의 같은 세력으로 맞섰을 때, 이시다는 처음부터 전장 부근의 유리한 지형에다 진을 치고 있었기 때문에 질 까닭이 없었다.

요컨대, 전투 배치도로 볼 때 절대로 질 싸움이 아니었다. 료마는 교토와 에도를 왕복할 때 한 번 세키가하라를 지나면서 세밀히 양군의 진지를 답사하고 그렇게 생각한 일이 있다.

그런데, 졌다.

왜냐하면, 이시다측에서 분투한 것은 이시다 미쓰나리(石田三成)의 직속 부대와 그의 친구인 오타니 교부(大谷刑部)의 부대 정도였으며, 나머지 영주들은 전투를 방관했다. 마침내 그 속에서 배신자까지 나왔다.

어째서 그렇게 되었는가하면 시국의 추세라고 할 수 있을 것이다. 그때의 시국은 낡아 빠진 도요토미 정권보다도 이에야스(家康)를 중심으로 하는, 새로운 통일 국가에 매력을 느끼고 있었을 것이다. 그러기에 이에야스측에 가담한 영주들은 힘껏 싸웠고 이시다측의 영주들은 방관했을 것이 틀림없다.

'그렇다면, 지금 저 막부군의 약한 밑바닥에도 반드시 그것이 있다. 시국이라는 심판자는 이쪽에 미소를 던지기 시작한 모양이다.'

그날 오전에 걸쳐 료마는 유니온 호를 시모노세키 항내에 계류하여 석탄과 탄약을 싣게 하였다. 그동안 료마는 항구 밖이 잘 내려다보이는 요정 이층을 빌려 그간 부족했던 잠을 회복하려고 누웠다. 곧 잠들었다. 그러나 가끔 실눈을 뜨고 바다를 바라보았다.

'아직 막부 군함은 나와 있지 않군.'

료마는 안심하고 다시 잠자는 것이었다.

대안의 모지와 고쿠라 간의 산과 들에는 쉴 새 없이 포연이 피어 오르고 있었다. 이따금 대구경의 포탄이 작렬하는지 장지문과 다다미가 드르륵 떨릴 만큼 심한 반향이 울려 왔다. 상륙한 조슈군이 고전하는 모양이었다.

'그건 그렇고, 막부 해군은 어쩌면 그렇게도 허약할까?'

비록 적의 일이지만 기가 찰 노릇이었다. 지금 조슈군이 규슈에 상륙해 있다. 기회를 놓치지 말고 해협을 차단하여 상륙군을 고립시키는 한편 그 배후에서 함포를 퍼부으면 조슈가 지지 않는가.

누구나 알 수 있는 전술의 상식이었다.

그런데 막부 해군은 그렇게 하지 않는다. 그렇게 하려면 조슈 번 포대의 구식포에 의한 포화와 료마, 다카스기가 이끄는 약소한 조슈 해군의 포화는 각오해야 하겠지만, 강력한 막부 함대가 그럴 생각만 한다면 그까짓 것 아무것도 아니다.

'그만한 용기도 막부 해군에겐 없어.'

요는 사기가 문제일 것이다. 막부병이나 그에 가담한 각 번의 병사는 진심으로 조슈와 싸울 마음이 없는 게 분명하다.

하기야 막부나 각 번은 조슈 번의 과거의 횡포나 약삭빠른 권략(權略)에 증오를 느끼고는 있다. 그러나 조슈 번에서 내걸고 있는 근왕주의라는 '관념'을 미워할 수는 없었다.

존왕이라는 말이 있다. 교토의 조정을 존중한다는 개념으로서 이것은 당시의 막부파, 비막부파를 막론하고 지식 계급의 극히 보편적인 사회사상이 되어 있었다. 20세기 후반의 오늘날 민주주의라고 하는 말처럼 매우 상식적이고 평범한 개념이다.

그러나 근왕이라는 말은 다르다. 막부를 쓰러뜨리고 교토 조정을 중심으로 새로운 통일 국가를 이룩한다는 혁명 사상이다. 존왕의 행동화한 사상이라고 해도 된다. 막부 함대의 장병들도, 적어도 지식인인 이상 존왕주의자일 것이다. 근왕주의자가 아닐 뿐이다. 개중에는 근왕주의자가 아님을 수치로 알고 있는 자도 있을 것이다. 그러므로 자연 조슈 번이 내거는 근왕의 깃발 앞에서는 투지가 꺾이지 않을 수 없을 것이다.

'역사는 움직이고 있다.'

료마는 상대편의 나약한 모습을 볼 때, 그렇게 생각하지 않을 수 없다. 회천(回天)의 꿈은 어쩌면 앞으로 몇 해 사이에 이루어지게 되는 것이 아닐까.

점심 전, 창 너머로 보이는 바다에 막부 군함이 나타났다. 료마는 뛰어 일어났다.

한달음에 항구로 달려 내려온 그는 유니온 호에 뛰어오르기가 무섭게 닻을 감아 올리게 했다.

다행히 출항 준비는 되어 있었다. 유니온 호는 전진을 시작했다. 포장(砲裝) 갑판에서는 포수장 시라미네가 민첩하게 움직이고 있다.

시라미네는 구리로 만든 12파운드 포의 화약을 장전하자 재빨리 줄〔索繩〕
을 잡아당겼다.

흰 연기가 갑판 위에 가득 찼다.


막부 함은 우현의 포창(砲窓)에서 대여섯 발 사격해 왔으나, 곧 고쿠라
방면으로 달아나기 시작했다. 가쿠베에 함장은 그 뒤를 쫓으려고 배를 우회
전시키려 했다.

"그만둬!"

료마는 얼른 제지했다. 상대편은 세계 일급 수준의 군함이다. 대낮에 정식
으로 맞붙어 이길 수 있는 물건이 아니었다. 마침 고신마루와 해이인마루가
수리를 마치고 뒤쫓아 왔으므로 료마는 해상에서 이들을 편성하여 작은 증
기선 하나, 범선 두 척의 조그마한 함대를 지휘하면서 시모노세키 해협을 남
하했다.

간류 섬의 북쪽 해안을 지나 히코 섬 포대의 포문 밑을 빠져서 오오세도
(大瀬戸)에 들어섰다.

조류의 흐름이 빠르다.

료마는 함대를 되도록 규슈 연안에 바싹 접근시켜서 닻을 내리게 했다.

뒤따르는 두 척도 닻을 내렸으나 함체가 닻줄을 중심으로 빙빙 돌 만큼 조
류가 빨랐다.

"다이리의 싸움은 아직 끝나지 않았군."

료마는 육상의 포성에 귀를 기울였다. 조슈군의 다이리 공격이 끝나는 대
로 그들의 시모노세키 철수를 도와 줘야 한다.

"아직 계속되고 있는 모양입니다."

가쿠베에가 말했다.

그들은 곧 보트를 내려 나카지마 사쿠타로 등, 세 사람을 상륙시켜 육군과
의 연락을 취하게 했다.

나카지마는 싸움터로 달려가서 군감 야마가타를 만나 전황을 물었다.

"아직 이기지 못하고 있어."

야마가타는 괴로운 듯이 말했다. 다이리는 적의 고쿠라 성 방위의 최후의
진지인 만큼 오가사와라 집안의 번사들도 필사적으로 버티고 있었다.

"바다에서 포를 쏠까요?"

나카지마가 말하자 야마가타는 새파래졌다. 적과 아군의 전선이 접근해 있어서 아군의 머리위에 포탄이 떨어질 우려가 있는 것이다.

"이쪽이 포탄 공격을 받게 되는걸."

"아니 걱정 없습니다. 우리 가메야마 동문의 시라미네라면 저 언덕 위의 전나무 가지라도 쏘아 맞힐 수 있으니까요."

나카지마는 다시 탄우 속을 달려 해변으로 내려가서, 보트에 뛰어 올라 기함으로 돌아왔다.

"그래? 고전이구나."

료마는 고개를 끄덕이고 시라미네에게 다가가 물었다.

"육상의 적을 쏠 수 있나?"

시라미네는 고개를 저으며 무리라고 말했다.

"포라는 것은 그리 정확한 것은 아닙니다. 자칫 잘못하다간 옥석(玉石)을 함께 분쇄하고 말지요."

료마는 웃으면서 포신을 때리며 말했다.

"자네는 정말 명중시킬 작정인가? 이런 경우엔 대포로 위협만 하면 되는 거야."

시라미네도, 그렇다면 해볼만 하다면서 포구(砲口)를 아주 높이 쳐들고 힘껏 멀리 쏘아 보았다.

포탄은 열 발, 연달아 하늘을 날아가 쾅, 쾅, 적의 후방에 떨어졌다.

이것이, 무너지기 시작했던 적의 전의를 꺾었는지 일제히 고쿠라 성에서 퇴각하기 시작했다.


막부 체제는 이미 역사를 담당할 능력을 잃고 그 힘은 나날이 쇠퇴해 가고 있었다.

"쇠약한 정권만큼 비참한 것은 없다"는 것을 피부로 느껴야 했던 것이 오사카에 주재하고 있는 최고 집정관 이타쿠라 가쓰기요(板倉勝靜)였다.

그는 이 무렵, 사쓰마 번의 교토 주재 외교담당관인 오쿠보 도시미치를 오사카 성에 불렀다.

용건은 조슈 정벌의 출병을 완강히 거부하고 있는 사쓰마 번의 태도를 돌이키게 하기 위해서였다.

물론 막부 요인들은 사쓰마가 사카모토 료마의 알선으로 조슈와 공수 동맹을 체결했다는 막부 말 최대의 역사적 사건을 알 까닭이 없었다.

——어째서 사쓰마 번이 출병 명령에 응하지 않을까.

이런 의문은 조정과 막부, 그리고 여러 번들 사이에서 여러 모로 논의되고 있었으나, 아무도 그 핵심을 찌르는 이유를 알지 못했다. 사쓰마 번과 사이가 좋았던 황족과 공경들마저도,

"제1차 조슈 정벌 때, 사이고가 막부와 조슈 사이에 서서 여러 모로 주선을 했는데, 그 노고를 무시하고 막부는 제2차 조슈 정벌을 일으키고 말았다. 그러므로 그들은 체면도 없이 막부에 화를 내고 있다. 요컨대 사이고와 그의 동지인 오쿠보, 두 사람만 달래면 사쓰마 번은 막부를 따를 것이다."

하는 식의 달콤한 관측을 하고 있었을 정도였으므로, 최고 집정관 이타쿠라도 그런 선에서 오쿠보를 위로하며 설득하기 위해 오사카 성으로 불렀던 것이다.

오쿠보는 막부를 찾아갔다. 그러나 사쓰마 번으로서는 일본의 정식 정부인 막부의 출병 명령을 정면으로 거부할 이유를 찾아내지 못했다.

"오쿠보는 어떻게 해명할 것인가?"

사쓰마 번 인사들은 걱정했다.

오쿠보는 태연히 오사카 성의 한 방에 들어가서 자리에 앉았다. 그 단정한 얼굴이 다소 창백하다.

이윽고 이타쿠라가 나타나 상좌에 앉더니, 문제의 핵심으로 들어가서 사쓰마의 출병을 요청했다.

"말씀이 잘 들리지 않습니다."

말하면서 오쿠보는 손을 귀에 갖다 대고 멍청히 바라본다. 귀머거리를 가장한 것이다.

이타쿠라는 자연 목소리를 높여 같은 말을 몇 번이나 반복해야 했으며 그 바람에 그만 몹시 지쳐 버렸다.

"아직도 안 들리느냐, 조슈를 치란 말이다."

"뭐, 막부를 치라고요?"

오쿠보는 엄청나게 큰 소리를 질렀다.

"막부를 치라니 무슨 말씀을 하십니까. 도저히 막부를 칠 수는 없습니다."

"아니, 조슈를 치란 말이다."

"모처럼 하시는 말씀이지만 막부를 치는 일은 딱 거절하겠습니다."

오쿠보는 잘못 들은 것을 그대로 우기며 분연히 자리에서 일어나 나가 버렸다.

나중에 이타쿠라가 누군가에게 물었다.

"사쓰마의 오쿠보는 귀머거리냐?"

그러나 그의 귀가 상당히 밝다는 대답을 들은 뒤에야 비로소 우롱당한 것을 깨달았다.

더욱이 전선의 전황은 막부의 패색이 짙고 위신은 나날이 떨어지고 있었다.


전황이 막부에 좋지 않다.

동해안으로 진격한 조슈군은 연전연승의 기세로 이와미에 쳐들어가 하마다 성(濱田城)을 포위하고 7월 8일, 성을 함락시켰다. 하마다 영주 마쓰다이라 다케사토(松平武聰)는 성을 불사르고 바다로 해서 도주했다.

세도 내해 방면의 '게이슈 입구'에서도 조슈군이 우세한 채 전황은 일진일퇴를 거듭하고 있었다.

규슈 상륙전인 '고쿠라 입구' 방면에서는 통쾌할 만큼 조슈군이 승리를 거듭했다. 절대로 우세해야 할 막부 해군이 겨우 몇 척의 조슈 해군과 연안 포대에 견제되어 재해권을 잡지 못하고, 세 번에 걸쳐 조슈 육군의 적전 상륙을 허용했다. 마침내 7월 30일, 막부군의 사실상의 지휘관인 최고 집정관 오가사와라 나가미치가 막부 기함 후지야마마루를 타고 적전에서 도망치고, 그 다음날 고쿠라 번은 혼자 항전할 수 없어 스스로 고쿠라 성에 불을 지르고 퇴각했다.

이 고쿠라 성의 함락에는 막부 와해(瓦解)의 징조라고 할 만한 에피소드가 많다.

막부군측에서는 히고(肥後), 구마모토 번(熊本藩)의 번병이 가장 강했으며, 거의 그들만의 힘으로 조슈군에 저항하여 7월 27일의 전투에서는 오히려 히고병이 승리했다.

그 막강한 히고 군단(肥後軍團)이 이틀 후에는 진지를 철거하고 싸움터를 이탈하여 귀국길에 올랐다.

——이 따위 싸움은 할 수 없다.

그들은 이렇게 말하는 것이었다. 막부군의 최고 지휘자인 최고 집정관 오가사와라에게 대한 불만이 터진 모양이었다. 그는 통솔력이 없었다. 예를 들어 히고병이 언덕 위에서 거목을 잘라 방책을 구축하고 있는 것을 보고,

"왜 남의 영지에 와서 생나무를 베는가?"

하는 등, 마치 영림서 관리 같은 말을 하여 히고병의 사기를 꺾고는 했다. 그러나 히고병을 싸움터에서 떠나게 한 가장 큰 이유는 오사카 방면에서 흘러들어온 비밀 정보였던 것이다.

장군 이에모치는 7월 10일에 오사카 성에서 중태에 빠졌는데, 엄격히 비밀에 붙여졌으나 7월 20일에 끝내 병사했다. 이 정보가 어떤 경로로 고쿠라 방위에 여념이 없던 히고인의 귀에 들어갔는지 알 수 없다.

'막부의 중심이 허물어졌다.'

히고인들은 민감하게 눈치 챘던 것이 분명하다. 장군이 죽었으며, 더욱이 다음 장군이 누가 될지 아직 결정되지 않고 있다. 당연히 정정(政情)은 불안해진다. 그뿐 아니다.

막부군은 1개 영주에 지나지 않는 조슈군에게 연전연패하여 그 중앙 정부로서의 위신은 여지없이 땅에 떨어졌다.

'이 따위 쓸데없는 싸움으로 번의 힘을 소모시키고 있느니, 차라리 돌아가서 할거(割據)의 태세를 확립시키는 게 낫다.'

히고인으로서는 이런 생각으로 무단 철병을 단행한 것이 틀림없다. 벌써 전국시대의 영주 할거 같은 사고방식이 다시 머리를 쳐든 것이다. 히고뿐이 아니다. 규슈에서는 히젠 사가(肥前佐賀)의 나베시마(鍋島) 번이 일본 최대의 양식 군대를 보유하고 있으면서도 막부의 명령을 거역하고 싸우지 않겠다는 태세를 견지하고 있었고, 지쿠젠 후쿠오카(筑前福岡)의 구로다(黑田)는 번의 사정을 구실로 출병하지 않았으며, 구루메(久留米)의 아리마(有馬)는 출병은 했어도 싸움터에서 싸우지 않았다.

그런데다가 최고 사령관인 최고 집정관 오가사와라 나가미치 자신이 싸움터에서 도망쳐 버린 것이다. 이제 일본에서는 정부가 소멸해 버렸다고 해도 과언이 아니었다.

# 이쓰쿠 섬

막부는 두뇌가 필요했다. 이 막부 붕괴의 위기를 모면하려면 탁월한 두뇌가 필요했던 것이다.

가쓰 가이슈가 장군 직명(直命)에 의해 다시 기용되어 에도에서 오사카로 올라 온 것은 6월 22일이었다.

에도를 떠날 때 막부의 재무 대신이라고도 할 수 있는 재정 감독관 오구리 다다마사(小栗忠順)는 에도 성내의 한 방에 아무도 모르게 가쓰를 청한 다음 말했다.

"귀하는 이제 오사카로 가게 되오. 거기서 아마 막부 중흥의 방책에 대하여 장군께서 자문이 계시리라 생각하오. 그와 관련해서 실은 귀하게 귀띔해 두고 싶은 비밀이 있소. 잘 들어 주시기 바라오."

오구리는 가쓰와 더불어 막부의 2대 수재라고 일컬어진 인물이다. 다만 정치사상이 근본적으로 달랐다. 가쓰가 '일본'을 생각하는 것에 반하여 오구리는 어디까지나 막부만을 생각했고, 그 점에서 극좌와 극우 정도의 차이가 있었다. 자연히 사이도 좋지 않아 가쓰는 오구리에게 '아주 간악한 사람'이라는 말을 했고, 오구리도 가쓰를 '사쓰마, 조슈, 도사의 과격분자와 어울려 막부를 내부에서 쓰러뜨리려는 위험인물'이라고 보고 있었다.

가쓰가 료마를 교장으로 삼아 고베 해군학교를 세운 것을 오구리는 그런 눈으로 의심했다. 그리고 마침내 그를 실각시켜 에도 자택에서 칩거토록 만든 것도, 그 흑막의 인물은 오구리였던 것이다.

그것은 어쨌든, 오구리가 귀띔해 준 '비밀'이란 가히 놀랄 만한 것이었다.

"조슈 정벌을 위해 막부는 프랑스 황제 나폴레옹 3세로부터 6백만 냥의 군자금과 7척의 군함을 빌릴 작정이오. 이미 상대방의 내락(內諾)을 얻고 실현 단계에 놓여 있소."

가쓰는 소스라치게 놀랐다. 유럽 열강이 아시아를 식민지로 만들 때 상투적으로 써온 수법이다.

오구리는 말을 이었다.

"조슈를 쓰러뜨린 후, 그 프랑스의 병력과 자금을 가지고 점차 사쓰마, 도사, 에치젠 등 막부에 반항적인 제후들을 토벌하고, 무력으로 제압이 끝나면 단숨에 3백 영주를 폐하고 군현(郡縣) 제도를 실시함으로써, 도쿠가와 가문의 권위를 신조(神祖) 이에야스공의 시대로 되돌릴 작정이오."

가쓰는 아무 말도 않고 오구리와 헤어졌다. 가쓰의 생각으로선 오구리의 안이 실현되면 일본이 멸망하여 프랑스의 식민지가 될 것이 분명했다.

'일본은 물론, 막부 자체도 멸망케 하는 놈!'

그런 분노가 가쓰의 마음 속에서 솟아올랐다.

하긴 이 오구리의 대 구상은 이미 막부의 공공연한 비밀이 되어 있었고, 그 내용은 토벌 대상인 에치젠, 사쓰마, 조슈, 도사 등 영주들에게 고스란히 누설되어 있었다. 막부 말기 이들 영주들과 지사들이 막부를 저버리게 된 가장 큰 계기의 하나가 이 오구리의 구상에 있었다고 해도 좋았다.

오구리의 구상에 대해서 좀더 자세히 말해 보기로 하자.

막부 자체가 사실상 프랑스에 몸을 파는 거나 다름없는 이 안은, 맨 처음 외국 담당관 이케다 나가아키(池田長顯)가 프랑스 공사 레온 롯쉬와 프랑스의 책사 몽블랑에게 설득되어 나온 것이다. 오구리가 이에 찬동하고 열중하여 막부 요인들을 설복시켰으며, 마침내 집정관 이타쿠라 가쓰기요(板倉勝靜)와 오가사와라 나가미치(小笠原長行)의 쾌락을 얻어 실행에 옮기고 있었던 것이다.

맨 처음 이 비밀을 알아챈 것은 한때 막부의 정사 총재직을 맡아 본 일도 있는 에치젠 번의 마쓰다이라 요시나가로서, 요시나가는 도사의 야마노우치 요도 등에게 그 말을 했다.

사쓰마 번은 다른 경로로 알았다. 영국인을 통해서 들은 것이다. 프랑스가 막부와 손잡고 무역을 독점할 경우, 가장 타격을 입는 것은 영국이었다. 그 때문에 프랑스의 막부 접근을 방해하려고 했다.

영국으로서 다행인 것은 요코하마 영국 공사관에 일본어 회화뿐만 아니라 문어체(文語體)까지 독해할 수 있는, 어네스트 사토라는 영리한 청년 통역관이 있다는 것이었다. 사토는 각지를 뛰어다니며 많은 인물들과 만났고, 마침내 일본 정세와 장래의 전망에 대해 일본인 이상의 명확한 견해를 가지기에 이르렀다.

첫째로 막부의 수명이 오래지 않다는 것, 둘째로는 다음 시대의 일본은 활동적인 큰 번들의 손에 의해 이룩되는 천황 정권이 담당하게 되리라는 예상을 세웠다.

영국은 이 예상을 바탕으로 하여 막부보다도 오히려 사쓰마, 조슈측에 접근하는 형세를 보이기 시작했다. 자연히 그들은 사쓰마와 조슈측에 유리한 정보를 퍼뜨려갔던 것이다.

그 중 하나가 이 '오구리 구상'이었다.

이렇게 된 이상 사쓰마나 조슈로선 "앉아서 기다리다가는 막부에 의해 멸망된다"는 위기감을 갖지 않을 수 없었다. 특히 사쓰마 번이, 번으로서 막부 경멸 내지 막부 타도의 방침을 취하기 시작한 것은 이 충격이 가장 컸었던 것이라 봐도 좋다.

한편, 에도에서 오사카로 올라 온 가쓰는 곧 오사카 성에 등성하여 집정관 이타쿠라 가쓰기요를 만나고 오구리 구상을 정면으로 반대했다.

"봉건을 폐하고 군현 제도를 실시한다는 안을 막부는 비밀로 하고 있는 모양입니다만 이미 천하 주지의 사실입니다. 서부(西部)의 영주들 중에는 은밀히 파리에 사신을 보내고 있는 자도 있고, 그들이 파리의 신문 또는 기타 연락 방법 등을 통해서 이 사실을 알고 본국에 통보해 오고 있지요. 서부의 영주들은 남몰래 이 폭안(暴案)을 원망하고 급속히 영국에 접근함으로써 막부에 대항하는 영주 동맹을 결성하려는 기세조차 있습니다. 어쨌든 3백 제후를 폐하고 천하를 도쿠가와 집안이 독점하려는 것은 이미 정치가 아니라 사욕이며, 그 사욕 때문에 일본을 굶주린 호랑이와 같은 유럽의 열강 앞에 내던진다는 것은 대체 어떻게 하자는 겁니까?”
그런 내용의 말을 했다.
그러나 막부는 이것을 받아들이지 않았다.

이 시대에 있어서 가장 보기 드물고 기이한 인물은 가쓰 가이슈이리라. 그는 거대한 고봉(孤峰)과 흡사했다. 막부의 가신이면서도 이 난세에 처하여 좌우 어느 쪽에도 기울어지지 않고, 일종의 예언자적 존재로서 시류(時流) 속에 우뚝 솟아 있었다.
군함 감독관이라는 막부의 고급 관리이면서 관료적인 유영(遊泳)을 일체 하지 않았다.
도당을 만들어 권력을 휘두르는 것도 싫어했으므로 정치적 세력이라는 것도 없었다. 그가 데리고 다니는 것은 언제나 젊은 시종 니이다니 도오타로 하나뿐이었다.
기묘한 인물이다.
세 치 혀끝 하나로 천하에 대항하고 있는 불세출의 평론가라고도 할 수 있었고, 이 난세의 결과를 넘겨다 볼 수 있는 일본 유일의 예언자라고도 할 수 있었다.
“가쓰가 오사카에 왔다!”
소식이 전해지자 교토의 사쓰마 번 저택에서 오쿠보 도시미치가 말을 달려 의견을 들으러 오는가 하면, 막부파의 급선봉인 아이즈 번의 유력자들도 의견을 물으러 왔다.
다만 막부의 최고 수뇌부들만이 가쓰를 두려워 하며, 그 너무나 뛰어난 이론에 질린 나머지 별로 높은 평가를 하지 않고 있었다.
“또 가쓰의 흰소리냐.”
장군 보좌관인 요시노부 정도의 재사마저 이맛살을 찌푸리는 일이 많았다.
막부에서 단 한 사람, 가쓰라는 인물의 그릇과 도쿠가와 가문에 대한 충성을 있는 그대로 평가하고 있는 자가 있었다.
장군 이에모치다.
안세이 5년, 13살로 장군직에 올라 오늘에 이르는 7년 동안, 도쿠가와 막부가 생긴 이래의 격동 속에서 이 젊은이는 살아 왔다.

이에모치는 워낙 영리하기도 했지만, 거의 인간을 벗어났을 만큼의 담담한 성격을 지니고 태어난 사람이었다. 일찍부터 가슴을 앓아 자기 목숨이 길지 않다는 것을 깨닫고 있었던 모양으로, 그러한 투명한 심경에서 자기 각료들의 사람됨과 대세를 보고 있었던 모양이다.

그 이에모치가 무슨 일이 있을 적마다 "아와노카미, 아와노카미" 하며 가쓰의 의견을 듣고 싶어 했다.

에도에서 면관폐문(免官閉門)의 벌을 받고 칩거하고 있는 가쓰를 다시 기용한 것도, 이 이에모치의 이례적인 명령에 의했던 것이며, 이 일에 대해서는 각료들과도 아무런 의논을 하지 않았다. 설사 의논을 했다 해도 그들은 완곡하게 반대했으리라.

가쓰는 오사카로 왔다.

곧 이에모치에게 배알하려 했으나, 그 측근에게서 그가 지난 4월부터 중태에 빠져 있다는 소식을 비밀리에 전해 듣고 등성을 미루고 있었다.

가쓰는 오사카 숙사에 머물면서 이에모치의 회복을 기다렸지만, 마침내 7월 19일 밤(혹은 시각으로 보아 20일이었는지도 모른다), 장군의 시의(侍醫)인 마쓰모토 료쥰(松本良順)에게서 은밀히 연락을 받았다.

"허사였다."

죽었다는 뜻이었다. 가쓰는 눈앞이 캄캄해질 만큼 충격을 받고, 밤을 무릅쓰고 등성했다. 성안은 기침 소리 하나 없고, 사람은 숨을 죽이고 있어, 마치 깊은 숲 속에 온 듯 조용했다. 가쓰는 다감한 사나이다.

"도쿠가와 가문, 오늘로서 멸망하다"라고 〈단장기(斷腸記)〉에 썼을 만큼 이 이에모치의 죽음을 중대하게 생각했고 또한 그토록 애통해 했다.


다음 장군은 요시노부가 되는 것이 당연한 일이었으나, 다소의 혼란이 있었다.

요시노부는 말재주를 겸비한 활동가로서 그만큼 막부 각료들 사이에서도 인기가 없었고, 에도의 내전이나 직속 무사들 사이에서도 인기가 없었으며, 교토의 근왕파 공경들 사이에서도 인기가 없었다.

예민한 요시노부는 이것을 알고 있었다. 인기가 없는 이상 장군이 되어 봤자 잘해 나갈 수 없음을 짐작하고, "나로서는 시국의 혼란을 수습할 자신도 전망도 없다”는 이유로 완강히 사양했다. 이것이 반대로 일종의 인기가 되어 요시노부 반대파까지 요시노부의 장군 취임을 설득하려고 했다.

부득이 요시노부는 받아들였다. 그러나 “단 도쿠가와 종가(宗家)만을 잇는다. 장군직을 이어 받는 것은 좀더 생각해 보겠다”고 함으로써, 우선 이미도 가문 출신인 희대의 재사는 ‘장군 대리’라는 형식으로 막부를 대표하게 되었다.

이 취임 벽두부터 그가 북을 울려 대듯이 내건 정책은 ‘조슈 대정벌’이라는 것이었다.

요시노부는 그것을 요란스럽게 떠들어 댔다. 아무튼 이에야스 이래의 권모가라는 평이 있었고, 동시에 이에야스에게도 없었던 능변과 교양과 해외 지식이 있었다. 혼자서 정책을 세우고 혼자서 선전하고 혼자서 실시하겠다는 기세였다.

‘대정벌’이라는 과장된 표현에도 요시노부다운 점이 있고, 또한 그런 요란한 표현이 아니고는 연전연패로 내외의 신용이 폭락된 막부의 현상을 구할 수는 없었다.

요시노부는 급히 작전 방식을 바꾸었다.

지금까지는 막부군이 종(從)이고 각 번의 병력이 주(主)가 되어 싸웠으나, 그것을 반대로 막부군을 주력으로 삼기로 했다.

이 소문이 에도에 전해지자 에도의 직속 무사들 중에는 징집되는 것을 겁내어 황급히 은퇴계(隱退屆)를 제출하는 자가 많아졌다. 이 때문에 20대의 젊은이가 은거하고 대여섯 살짜리 어린애들이 천하의 직속 무사가 되는 사례가 속출했다.

요시노부는, 물론 2백 수십 년 동안 무위도식 해옴으로써 나약해질 대로 나약해진 직속 무사들에게 많은 기대는 걸고 있지 않았다. 그보다는 오히려 농민이나 상인들 중에서 지원제로 채용한 ‘보병’들에게 열세 만회를 위한 기대를 걸었다.

요시노부는 평소에 돼지고기를 즐겨 먹으며 나폴레옹 3세가 보내준 황제의 군복을 입고 서양 말을 타고 다닐 정도의 서양주의자(西洋主義者)여서, 서양식 보병과 서양식 포병의 위력을 누구보다도 잘 알고 있었다.

당시 오사카 본영에 주둔해 있는 서양식 막부군은 보병 13개 대대였지만, 새로이 징집하여 이를 20개 대대로 늘리고 대포도 80문으로 증강시킨다고 요시노부는 선언했다.

또한 요시노부는 야전을 손수 지휘하려 했고, 그 행군을 위한 준비도 갖추었다. 종래의 거창한 장군 행렬이 아니었고 소지품이라고는 가방 셋뿐이었는데, 하나는 야영용 모포를 넣고 또 하나에는 갈아입을 내의, 나머지 하나에는 시계를 비롯한 휴대품을 넣었다.

마치 불티라도 솟구칠 기세로 "대정벌"을 부르짖고 있던 요시노부가 어느 날 별안간 입을 다물어 버렸다.


고쿠라 성(小倉城)의 함락을 알았던 것이다.

고쿠라 성은 8월 2일에 함락되었다. 패보(敗報)가 오사카 성에 알려진 것은, 세도 내해(瀬戶內海)에 증기선 왕복이 있는 데도 불구하고 아흐레 후인 11일 밤이었다. 그 통보가 늦은 것만 보아도 막부군 전선이 얼마나 해이해 있었는가를 짐작할 수 있다.

"함락됐어? 틀림없나?"

요시노부는 외치면서 반문했다. 그리고 그것이 확실한 보고임을 알자 거의 까무러칠 만큼 낙담했다.

이것이 요시노부의 성격이었다. 기세가 오를 때는 호탕하며 대담한 짓을 할 수 있고, 그 행동과 말재주가 수레바퀴처럼 돌아가는 사나이지만, 일단 일이 한번 실패하면 천길 벼랑 아래로 떨어질 만큼 실망하고 겁을 집어먹는다.

"대정벌을 중지한다!"는 말을 하기 시작했다. 이에는 각료 이하 관계관이 아연실색했다. 바로 직전까지 기세 좋은 정벌론을 부르짖고 조정으로부터도 성명이 있었을 뿐 아니라, 관군 총대장의 상징으로서 황실 전래의 어검(御劍)인 '마모리(眞守)'를 하사받았고, 더구나 내일인 12일에는 히로시마로 본영을 진출시키려던 판인 것이다.

'제정신이신가?'

사람들은 한때 그런 생각을 했다. 그러나 요시노부의 성격상 마음이 자주 변하기도 하지만, 한번 마음을 바꾼 뒤에는 완강히 돌이킬 줄을 몰랐다. 게다가 그의 뛰어난 말솜씨는 그런 번의에 철저하게 핑계를 갖다 붙여 마침내 정당화시키고 만다.

후일, 누군가 요시노부의 이 기묘한 성격을 "백 가지 재주는 있으나 한 가지 성의가 없다"는 한 마디로 멋지게 표현한 적이 있지만 이 경우도 그랬었다.

요시노부는 이미 군령을 내렸고 군자금으로서 에도의 재정 담당관에게 명하여 채권 발행의 준비까지 시켰으며, 자신은 세 개의 군용 가방까지 준비했는가 하면, 병력은 오사카 숙소에서 내일의 출발 준비를 끝내고 있는 것이다. 고작 고쿠라 성 하나쯤 함락된 정도의 패전은 '한 가지 성의'의 공격 정신만 있다면 곧 되찾을 수 있었을 것이다.

그러나 요시노부의 마음은 돌아섰다.

"조정에는 뭐라고 한다?"

어지간한 요시노부도 이 문제만은 난처했다. 사쓰마 영주를 비롯한 수많은 정전론자들을 요시노부 혼자 도맡아서 물리치고 강제로 출전의 성지(聖旨)를 조정에서 내리게 했다. 조정 위신상 철회하기가 어려우리라.

"니조(二條) 간파쿠에 청원하여 성지를 취하하시도록 여쭙고 오너라."

심복인 하라 이치노신(原市之進)을 우선 교토에 급파하고, 자신도 15일에 상경하여 팔방으로 뛰어다니면서 간파쿠 이하 공경들에게 열변을 토하고, 불과 얼마 전에 자신이 간청하여 가까스로 얻은 성지를 취하하도록 탄원했다.

'지나친 재사야.'

공경들도 어이가 없어 했고 맹렬한 반대론도 일어났으나 결국 그렇게 하지 않을 수 없었다.


결국 정전인 것이다.

조정은 그걸로 수습됐다. 그러나 적은 조슈다. 이 승전에 기고만장해진 적에게 정전을 제의하자면 누구를 사절로 선발해야 할 것인가?

"정전 사절에는 가쓰님보다 더 적임자는 없을 줄 압니다."

요시노부에게 의견을 말한 것은 요시노부의 심복이며 모사인 하라 이치노신이었다. 하라는 평소 가쓰라는 인물이 질색이었지만 굳이 그를 천거한 것은 가쓰가 평소 천하의 과격 지사들과 교분이 많았고 조슈에도 아는 사람이 많다는 점을 고려한 것이었다.

"가쓰님이라면 설사 적의 손에 죽는다 해도 도쿠가와 가문으로서는 아까울 것 없는 인물이 아닙니까?"

그렇게도 말했다. 가쓰를 싫어하는 요시노부도 이때는 끄덕이고 말했다.

"그렇다면 가쓰를 보내도록 해라"

자고로 정치란 악인들이 하는 짓이란 말도, 이런 경우를 두고 한 말이리라.

요시노부는 교토에 있다.

가쓰는 소환을 받고 급거 가마로 요도 강 둑을 북상하여 교토의 요시노부 숙사로 찾아갔다. 요시노부는 조정에 나가고 없어서 하라가 대신 용건을 말했다.

"귀하의 명예이지요."

하라는 가쓰를 부추겼다. 가쓰는 담뱃대를 문 채 먼 산만 쳐다보며 대답도 하지 않았다.

'무슨 수작이냐!'

워래 가쓰는 조슈 정벌 반대론자이고, 요시노부나 이 하라 및 집정관인 오가사와라 나가미치 등은 주전론자였다. 그 오가사와라가 고쿠라의 싸움터를 버리고 바다로 도망쳤다.

"오가사와라 대감도 꼴불견이지, 주전론자란 대개 그런 것이야."

눈앞에 있는, 오가사와라와 한 통속인 하라에게 통렬히 빈정거렸다. 가쓰가 남의 호감을 못 사는 까닭이기도 하리라.

그때 요시노부가 돌아와서 가쓰를 만나보고, 입에 침이 마르도록 사절 승낙을 종용했다.

가쓰도 마침내 결심을 하고 말했다.

"정히 그러시다면 제가 맡겠습니다. 그러나 이 가쓰에게는 가쓰 나름의 담판 방법이 있습니다만, 모든 것을 일임해 주시겠습니까?"

"일임하지."

요시노부는 쾌히 승낙했다.

"나중에 딴 말씀은 없으시죠?"

넌지시 뜻을 비치자, 요시노부는 크게 끄덕이면서 "하지 않는다"고 말했다.

'믿을 수 없는 말이야.'

이런 생각은 들었으나, 가쓰도 적지로 가는 이상 죽음을 각오해야만 했다.

"한 달 안으로 결론을 짓고 오겠습니다. 그렇지 못할 때는 이 가쓰의 머리와 몸뚱이가 조슈인의 칼에 의해 양단되었다고 생각해 주십시오.”

‘가쓰다운 허풍을 또 떠는구나!’

요시노부도 가쓰의 그러한 태도가 싫어, 이때도 시선을 돌리면서 입으로만 말했다.

“부탁한다.”

그리고 나서 요시노부는 가쓰가 막부의 전권 사절인 만큼 어울리는 행장을 하라고 말하면서, 직속 무사 일대를 딸려 주겠다고 했다. 그러나 가쓰는 쓴웃음을 지으며 거절했다.

“혼자가 좋습니다.”

실제로 가쓰는 자신의 종자조차 오사카에 남겨 두고 단신 히로시마를 향해 떠났다.

복장도 막부의 고관답지 않게 가문(家紋)이 든 초라한 무명옷을 입었다. 가쓰다운 파격적인 차림새였다.


가쓰는 8월 21일, 해로(海路)로 히로시마에 도착하자 아키(安藝) 번에 청을 넣어, 조슈 번에 대한 회견 요청을 전달해 주도록 부탁했다.

가쓰는 미야지마(宮島)에 숙소를 정했다.

미야지마는 이쓰쿠시마 신사가 소유한 영지로서, 아키 번의 영지에 속하면서도 일종의 중립 지대를 이루고 있다.

“따라서 조슈 번의 척후병들도 잠입해 있었다.”

뒷날 가쓰는 말했다.

조슈의 척후대는 양복 차림으로 어깨에 서양식 총을 매고 바다를 건너와서는 여관 주위를 돌아다니며 문 앞의 푯말을 보고선 말했다.

“가쓰 아와노카미라…….”

“막부 사신이란 말이지? 보나마나 시시한 일로 왔을 거야. 경우에 따라서는 죽여 버릴 테다!”

큰 소리를 질러 대는가 하면 때로는 발포하는 자도 있었다. 당연히 여관 근처에서 싸움이 벌어지리라는 생각에 가재도구를 짊어지고 히로시마로 도망치는 자들이 많았다.

“내가 묵고 있는 여관에서도 마찬가지였네.”

가쓰는 나중에 말했다.

“모두 도망쳐 버리고 노파 하나만 남았었어.”

노파 한 사람이 이 장군 대리격인 인물을 시중들고 있었던 것이다. 세상이 이렇지만 않다면 있을 수 없는 일이었다.

가쓰는 죽음을 각오하고, 그 노파에게 속옷과 훈도시를 잔뜩 만들게 하여 매일 새것으로 갈아입었다. 노파는 가쓰가 누구인지 도무지 알 수 없어 물었다.

“나리는 대체 뉘십니까?”

가쓰는 껄껄 웃어 젖히며 말했다.

“에도에서 온 만담가야.”

조슈의 사절은 좀처럼 나타나지 않았다. 기다리고 있는 동안에 9월이 되어 버렸다.

그 9월 초하루 히로시마 번에서 중신인 쓰지 쇼오소(辻將曹)가 찾아와 마루에 자리 잡고 방안의 가쓰에게 꿇어 엎드렸다.

“조슈에서 회답이 오기를, 내일 사자가 이곳에 도착한다 합니다. 따라서 만나실 장소로 이 근처의 다이간 사(大願寺) 서원을 준비했습니다.”

그 광경을 보고서야 여관집 노파는 기겁을 하며 비로소 가쓰가 만담가 따위가 아니라는 것을 알았다.

아침이 되었다.

가쓰는 어슬렁어슬렁 여관을 나섰다. 여전히 무명 문복에 무명 하카마의 초라한 차림새로 부채 하나만을 든 채 다이간 사의 산문을 들어섰다.

다이간 사는 이 섬에서 제일 큰 신곤종(眞言宗)에 속하는 절이며 이쓰쿠시마 신사(神社)의 신궁(神宮) 절로서 번영하고 있었다.

가쓰는 서원에 들어가 앉았다.

곧 조슈의 군사들이 나타났다. 정사(正使)는 조슈 번 정무 담당인 히로사와 헤이스케(廣澤兵助)이고 그밖에 이노우에 몬타(井上聞多), 오타 이치노신(太田市之進), 나가마쓰 미키(長松幹), 가와세 조시로(河瀨定四郎) 등 다섯 사람. 히로사와는 비록 타번에서는 유명하지 않았으나, 정치 능력으로선 조슈 번에서도 손꼽는 인물로서 이때 나이 서른 살, 키가 크고 살결이 흰 데다 보기 흉할 만큼 뚱뚱했다.

“그 진퇴에 예의가 있었다”고 가쓰는 뒷날 썼으며, 과연 히로사와다웠다고 칭찬하고 있다. 히로사와는 가쓰의 신분을 존중하여 방에는 들어오지 않고 툇마루에 앉은 채 움직이지 않았다.

부사인 이노우에는 얼굴에 온통 고약을 붙이고 앉아 있다. 번내 막부파의 자객에 의해 난도질을 당했던 그 상처가 아직 아물지 않은 것이었다.


가쓰는 원래 영웅담을 좋아하여 옛 영웅들에 대한 일화나 내력을 자세히 알고 있었다.

'외교에는 하시바 지쿠젠노카미(羽柴筑前守) 때의 히데요시 방식이 가장 좋아.'

이런 생각을 했었다. 히데요시란 사나이는 언제나 알몸으로 상대의 품안에 뛰어드는 방식을 택했다.

히데요시가 지쿠젠노카미였을 무렵, 야마사키(山崎)에서 아케치 미쓰히데(明智光秀)를 치고 오오미 시즈가다케(賤岳)에서 시바다 가쓰이에(柴田勝家)를 패주시킨 다음, 다시 진격하여 에치젠으로 들어가 그곳 후추(府中) 성 밖까지 육박했다. 후추 성의 성주는 마에다 도시나가(前田利長)이고 히데요시와는 어렸을 적부터의 친구였지만 공교롭게도 시바다의 휘하 성주였기 때문에 당시는 히데요시의 적이 되어 있었다. 히데요시는 이것을 외교로 한편에 끌어들이려고 했다.

히데요시는 수행인도 거느리지 않고 단 혼자 후추 성의 성문 앞까지 나아가, 자기를 겨냥하고 있는 총들을 향해서 흰 부채를 들어 보이고 말했다.

"쏘지 말아라, 쏘지 말아라!"

"나는 지쿠젠이다. 도시이에는 있는가? 옛이야기라도 나누어 보려고 왔다."

히데요시는 어리둥절해진 성병들을 거들떠보지도 않고 곧장 성문으로 들어가 버렸다. 그리고 도시이에와 대면하여, 싸우지도 않고 항복을 받은 것이다.

가쓰는 그 수법을 따를 셈으로 단신 미야지마에 온 것이었다. 다만 히데요시와 다른 점은 히데요시는 승리자였음에 반해 가쓰는 패배자인 막부 대표였다. 어지간한 역량을 가지고 있기 전에는 조슈인과 화친을 맺는다는 것은 어려울 것이었다.

조슈 대표 히로사와 일행의 태도는 여전히 정중했고, 툇마루에서 움직이려고 하지 않았다.

"어서 방으로 들어오시오. 거기 계시면 이야기를 나누기도 거북하니, 자, 어서 이리로."

가쓰는 혀가 닳도록 권했으나 그들은 신분을 생각하고 움직이지 않았다. 마침내 가쓰는 일어나 말했다.

"그렇다면 내가 그리 가겠소."

가쓰가 좁은 툇마루로 비집고 나오는 바람에 조슈 사절들은 난처하게 되어 웃으면서 방으로 들어왔다.

"정히 그러시다면 실례지만……."

이 가쓰의 소탈한 태도와 익살스러움이 조슈인들의 마음을 크게 누그러뜨렸다.

'소문보다도 월등히 뛰어난 인물이야.'

조슈인들은 모두 그렇게 생각했다. 가쓰가 노렸던 히데요시식 수법이 보기 좋게 들어맞은 셈이었다.

게다가 조슈 사람들은 가쓰가 오래 전부터 자기들에 대해 농정석이었나는 것과 막부의 조슈 정벌에 대해서도 시종 반대론을 펴 왔던 것을 알고 있었다.

가쓰는 기상(奇想)이 넘치는 변론가이다.

느닷없이 인도의 예를 들어 말했다.

"인도는 국내의 토후(土侯)들이 서로 다투고 있는 사이, 영국이 어부지리(漁父之利)를 얻어 감쪽같이 나라를 뺏기고 말았소. 지금 열강은 일본에 대해 독아(毒牙)를 드러내고 호시탐탐 노리고 있소. 이런 때에 집안싸움을 계속해 봤자 아무 이득도 없는 일, 일본 만세(萬世)를 위해서 깨끗이 칼을 거두는 것이 어떻겠소?"


조슈의 히로사와 헤이스케란 인물은 희멀끔한 군살이 디룩거리고 있었다.

감정으로는 움직이지 않는다. 이해와 이성으로써 매사를 생각할 뿐, 조금도 상대방의 언변에 농락될 위인이 아니었다.

그 히로사와가 표면상 정중한 태도로 가쓰의 말에 귀를 기울이더니, 이윽고 입을 열었다.

"지당하신 말씀이지만……."

히로사와는 여태까지 막부가 취해온 수법이 얼마나 교활하고 음흉했는가를 일일이 실례를 들며 공격한 다음 물같이 냉정한 태도로 말했다.

"가쓰 선생은 믿을 수 있으나 막부는 믿을 수 없습니다."

가쓰도 만만찮다. 크게 끄덕이며 말했다.

"옳은 말이오."

그렇게 시인하고, 갑자기 에도 평민들이 쓰는 상스러운 말투로 가쓰 자신이 막부의 무능과 무절제를 한바탕 비난한 다음 말을 이었다.

"여러분이 진지하게 대할 만한 상태는 아니지요. 하지만 국가로서 다행인 것은 이번에 요시노부공께서 도쿠가와 가문을 이으시고 현재의 난국을 수습하려고 노력하고 있소. 요시노부공은 아시다시피 영명용단(英明勇斷)을 지니신 분으로 알려져 있으니 아마 과거와 같은 짓은 되풀이하지 않을 거요."

"그러나……."

히로사와는 다시금 막부의 믿을 수 없는 점을 주장했으나, 가쓰는 마침내 껄껄 웃더니 말했다.

"막부는 싸움에 졌단 말입니다. 조슈는 그 교묘한 용병과 장병들의 용감성으로 보기 좋게 이겼소. 여러분은 승자고 나는 패군지장의 한 사람이오. 승자가 패자에게 불만을 늘어놓는다는 말은 일찍이 들은 일이 없소. 이제 그 정도로 막부를 용서해 주시구려."

가쓰의 독설 앞에선 막부의 형식적인 위신이고 뭐고가 없지만, 이 경우 이렇게 말하지 않으면 도저히 정전이란 목적을 달성할 수 없다고 본 것이었다.

"용서해 주시구려."

그 말을 듣자, 히로사와 등 조슈 사절은 앗——하고 놀라움을 삼키며 정신이 번쩍 난 듯한 표정이 되었다. 지금까지 막부를 경멸하면서도 일본의 지배자로서 두려워하고 있었는데, 그 막부의 사자가 자신들을 용서해 달라고 하는 것이다.

'우리는 승리자로군!'

그런 실감과 아울러 가쓰라는 사나이의 솔직함에 탄복했다.

"하신 말씀, 모두 잘 알았습니다."

히로사와는 얼굴에 홍조를 띠며 감동을 숨기지 못한 채, 머리 숙여 종전을 승낙했다.

다음은 철병에 관한 구체적 결정만이 남았으나, 그 역시 불과 몇 분 동안에 이야기는 끝났다.

"히로시마에 있는 막부군은 내가……."

가쓰가 말했다.

"이곳을 떠나는 것과 동시에 진을 거두고 물러나게 될 테지만, 그 퇴진하는 막부군을 조슈군이, 조정에 진정할 일이 있다는 따위의 구실로 배후에서 추격해 오지는 않을 테지요."

"그런 일은 없습니다."

"그걸로 안심했소."

가쓰는 쾌활하게 말했다. 이로써 막부도 체면이 손상되지 않고 조슈 역시 그 명예가 손상되는 일 없이 원만한 끝장을 본 셈인 것이다.

가쓰에게는 항상 고독의 그늘이 있다.

——사명은 완수했지만

그 기쁨을 같이 나눌 동료 하나 없었고, 종자 하나 없었던 것이다.

그날 밤, 여관집 노파 하나를 상대로 마실 줄도 모르는 술을 마시고 노파를 깜짝 놀라게 했다.

"할멈, 나 취했소"

조그만 술잔으로 석 잔을 마셨을 뿐인데 이 암팡진 사나이는 얼굴이 온통 시뻘개져 있었던 것이다.

다음 날 아침, 모처럼 미야지마까지 온 김이라 이쓰쿠시마 신사에 참배했다.

'과연 서해(西海)의 대신사로구나.'

그런 생각을 하면서 경내 여기저기를 발길 닿는 대로 구경하고 다니다가 어떤 생각이 떠올랐다.

'예부터 이 이쓰쿠시마에는 무장들의 헌납품이 많다던데…… ?'

겐페이(源平) 시대부터 전국기(戰國期)에 걸쳐 각지의 무장들이 이 신사에 사람을 보내어 전승을 기원케 했으며, 전투에서 이기면 갑옷이나 도검 따위를 헌납했던 것이다.

보물전에 간직되어 있는 무구(武具) 중 대충 유명한 것만 들어도 미나모토 요시이에(源義家)의 갑옷, 다이라노 기요모리(平淸盛)의 법화경(法華經) 케, 아시카가 다카우지(足利尊氏)의 단도, 도요토미 히데요시의 대도(大

刀), 모리 모토나리(毛利元就)의 창, 모리 데루모토의 대도와 단도 등 헤아
릴 수 없을 정도다.

'나도 도쿠가와 막부의 대리인으로서 이곳에 왔다가 무사히 사명을 완수한
거다. 무엇이든 하나쯤 헌납하기로 하자!'

다행히 품안에 단도를 갖고 있었다. 만든 사람은 알 수 없지만 유명한 칼
이고 남조(南朝)의 모리나가 친왕(護良親王)이 가지고 있던 물건이라는 내
력이 있었다. 헌납해도 부끄럽지 않은 물건이리라 생각하고 신전 곁에 있는
신관실로 찾아가 느닷없이 그것을 내밀었다.

"이 단도를 헌납하고 싶소."

신관은 수상쩍다는 듯 가쓰의 옷차림을 흘금흘금 훑어볼 뿐, 받을 생각을
하지 않는다. 무명옷에 무명 하카마, 종자도 데리고 있지 않은 무사라면 변
변한 자가 아니라고 본 모양이었다.

"이 신사에서는 상당한 내력이 있는 물건이 아니면 받아들이지 않습니다.
헌납은 그만두도록 하십시오."

"아냐, 이 물건은 명품이오. 황공하옵게도 모리나가 친왕께서 가지고 계시
던 물건이오."

"그렇게 말씀하시는 댁은?"

"가쓰라는 사람이오."

"어디에서 오신 가쓰님이신지요?"

"에도에서 온 가쓰야."

이런 점이 또한 가쓰가 심술궂다는 말을 듣는 이유이다. 막부의 군함 감독
관, 종5품 아와노카미라고 했다면 신관도 까무러치게 놀랐으리라.

그것을 일부러 밝히지 않았다. 하긴 그렇게 밝혀 봤자 이 허름한 차림새의
자그마한 사나이가 정말 그런 인물이라고는 신관도 믿어 주지 않았을지 모
른다.

신관이 받아 주지 않기 때문에 난처해진 가쓰는 마침내 품속에서 열 냥의
돈을 꺼내 가지고 그것을 곁들여서 내놓았다. 그제서야 신관은 받아들고 가
볍게 머리를 숙였다.

"갸륵한 일이오."

가쓰는 원래 낙천적인 사나이지만, 그의 일에는 비극적인 냄새가 따라다
니고 있다.

대명을 마치고 배로 오사카에 돌아오자 곧 요시노부에게 복명하려고 교토로 올라갔으나, 출발 당시 그토록 가쓰에게 신신당부를 한 요시노부가 이번에는 만나려고도 하지 않았다.

가쓰는 알현을 요청한 채 숙소에서 기다리다가 사흘 만에야 겨우 허락을 받았다.

가쓰는 보고했다.

그러나 요시노부는 잠자코 있다. 이윽고 가쓰의 보고가 끝나자 요시노부는 수고했다는 말 한마디 없이 자리에서 일어나 안으로 들어가 버렸다.

'이런 일이 있을 수 있나.'

가쓰는 내심 불쾌했다. 모처럼 목숨을 걸고 사명을 완수하고 돌아왔는데 도대체 왜 그러는지 알 수가 없었다.

나중에 측근을 통해서 들으니, 요시노부는 가쓰가 무조건 화친을 하고 돌아온 것을 화내고 있다는 것이었다.

——그대에게 일임한다.

출발할 때 요시노부는 분명히 말했으면서도 가쓰의 처사가 불만스러웠다. 요시노부로선 조슈와 정전을 하기는 했지만, 또한 막부의 체면을 유지하기 위해 조슈에 벌을 주고 싶었던 것이다.

'뻔뻔스럽기는……'

가쓰는 요시노부에 대해 분통이 터졌다. 비참할 정도로 싸움에 진 막부가 연전연승의 조슈측에 화친을 청하면서 벌까지 주겠다는 것은 도무지 말도 되지 않는 일이다.

더구나 요시노부는 가쓰를 배신한 것이다.

가쓰를 정전 사절로 보낸 다음, 생각이 달라져 다른 정전 방안을 내세웠다. 조정에 간청하여 '칙서'의 형식으로 조슈에 대해 고압적인 명령을 내린 것이다.

"장군이 돌아가시고 상하가 모두 애도하고 있다. 이런 때이므로 전쟁이란 바람직한 일이 못된다. 잠시 싸움을 중지토록 하여라. 동시에 조슈 번은 그 침략한 지역에서 병력을 철수하라."

조슈 번은 격분했다. 가쓰와의 약속이 틀리지 않는가.

뿐만이 아니다. 막부는 '칙서'라는 명목을 빌어, 승리한 조슈측에 휴전 명령을 내리고 있다.

더구나 그 글 속에 '잠시 싸움을 중지토록' 하라고 되어 있는 것은, 장군의 초상을 끝내면 다시 조슈 정벌을 시작한다는 뜻도 되지 않는가.

그런 이유로 조슈번은 이 칙서의 수리를 거부하고 전시 상태인 채 병력만은 국경까지 철수시킨다는 조치를 취했다.

가쓰의 역할은 어린애의 심부름 같은 것이 되고 말았다. 요시노부에게 무시당하고 결과적으로는 조슈를 배신한 셈이 되어서, 더 이상 관직에 머물러 있을 수 없어 집정관 이타쿠라 가쓰기요에게 사표를 제출했다. 군함 감독관으로 재임명된 지 불과 석 달밖에 되지 않는다. 이타쿠라도 딱하게 여기고 말했다.

"그리 화만 낼 일이 아니오."

그렇게 위로를 하고 에도에서의 한직을 마련해 주었다. 해군 조련소의 사무를 취급하는 역할로, 가쓰의 재능을 필요로 할 만한 일은 아니었다.

가쓰는 교토를 떠나기에 앞서, 막부 가신인 자신을 한탄하며 심부름꾼 겸 문인이기도 한 니이다니 도오타로에게 말했다.

"이미 내 시대는 지났다. 내 뜻은 료마와 같은, 얽매임이 없는 사나이가 이어 주리라. 그런데 료마는 어디에 있을까."

# 사나이들

　　세도 내해의 하늘에 하루하루 가을 기운이 짙게 물들기 시작할 무렵, 전쟁이 끝났다.

　　료마는 시모노세키에 있다.

　　'빨리 나가사키에 돌아가야 할 텐데.'

　　이런 생각을 하면서도 돌아가질 못하고 있는 것이다.

　　어느 날 시모노세키 아미다지 거리(阿彌陀寺町)의 이토 스케다유(伊藤助太夫)네 집 이층에서 해협을 바라보며 동지인 무쓰 요노스케에게 말했다.

　　"모를 일이야. 싸움에는 이기고 막부는 위신이 떨어져서 시대가 크게 바뀌려 하고 있는데, 내 신세는 도로아미타불이 됐거든."

　　정말 그랬다. 갖은 애를 다 써서 입수했던 그 유니온 호는, 막부와 조슈의 전쟁이 끝나자 곧 약속대로 조슈 해군국(海軍局)에 돌려주어 료마의 손에서 떠나고 말았다.

　　이름도 조슈식으로 고쳐져서 잇추마루(乙丑丸).

　　그 배를 타고 막부 함대를 상대로 분전했던 일도 이제는 꿈결만 같다.

　　"이봐 무쓰, 배가 없는 가메야마 동문(龜山同門)이란 아무것도 아니잖아?"

료마의 가메야마 동문 업무는 그 첫째가 무역, 둘째가 행운, 셋째가 막부 타도용의 사설 해군이라는 것이었는데, 그 기발한 결사(結社)의 알맹이인 배가 없으니 웃음거리조차 되지 않는다.

배가 없으니 근거지인 나가사키에도 돌아갈 수 없는 것이다.

"밥도 못 먹겠어."

이 역시 웃을 일이 아니었다.

료마의 회사는 점점 불어나 지금은 수부와 화부를 합하면 50명이나 되는 것이다. 그들을 먹여 살리지 않으면 안 된다.

당장 이 아미다지 거리의 해상 운송업자 이토 스케다유네 집에만 해도 선장격인 스가노 가쿠베에(菅野覺兵衞)를 비롯하여 20명이 매일 뒹굴고 있다. 그들에게 하루 세 끼, 밥을 먹여 주지 않으면 안 된다.

나가사키의 근거지에도, 남아 있는 자들이 놀고 있다.

하기야 당분간은, 조슈가 사쓰마에 보낸 것을 사쓰마가 거절함으로써 결국 료마의 손에 굴러 들어온 예의 5백 석의 쌀이 있으니까 먹고 살 수는 있었다.

'그러나 그 다음은 어떻게 하나. 배가 없으면 어떻게도 할 수 없지 않은 가.'

전망도 서지 않는다.

"만담거리가 될 것 같은데요?"

"어째서?"

"싸움에 이기자 빈털터리가 됐으니까요."

"아무튼 무슨 수가 생길 테지."

조슈 번에서도 딱하게는 여기고 있는 듯했다. 딱하게 여기고 있는 정도가 아니라, 가쓰라 같은 사람은 걱정이 이만저만이 아니었다.

"사카모토의 곤경을 모른 체한다면 우리는 은혜를 모르는 무리들이 된다. 승리의 기반을 만들어 준 것은 사카모토가 성사시킨 사쓰마 조슈 동맹이며, 사카모토가 구입해 준 서양식 무기이다. 더구나 사카모토 자신이 해협에서 막부 함대를 제압하면서 고쿠라 번 영토에의 상륙전을 도와주었다. 이 승리는 거의 모두 사카모토의 덕분 아닌가?"

그런 말을 하고 있는 모양이었으나, 조슈 번도 막대한 전비를 쓰고 난 뒤

라, 료마를 위해 증기선이라도 한 척 사준다는 따위의 재주는 도저히 부릴
여지가 없었다.

조슈 번의 지번(支藩)인 조후 번(長府藩) 등은 구체적으로 의견을 제시했
다.

"가메야마 동문을 몽땅 우리 번에서 고용하고 싶소."

그러나 료마는 거절했다. 이제 새삼스럽게 조후 번사가 된다는 것은 료마
의 자존심이 허락하지 않았다.

"나는 세계의 낭인이다. 그것으로 좋아."

료마는 말했다.

이 무렵, 이미 료마는 천하의 사카모토 료마가 되어 가고 있었다.

시모노세키의 숙소에도 매일 손님이 그친 적이 없었고 그 손님도 사쓰마
나 조슈의 번사들만이 아니라, 여러 번의 지사들이 다투어 가며 료마와의 면
회를 요청해 오는 형편이어서, 얼마 전 교토 방면의 정찰에서 돌아온 도베도
농담을 하며 기뻐했을 정도였다.

"신발 보관료를 받기로 할까요?"

이 시모노세키 아미다지 거리의 해상 운송업 이토의 집은 가게 전면이 20
간이나 되는 큰 상가이다.

어느 날 이 집에 에도 말씨에 히젠 사투리가 다소 섞인 상징이 찾아 왔다.

"사카모토님 계신가?"

"어디서 오셨습니까?"

하녀가 묻자, 젊은 무사는 쾌활하게 웃고 말했다.

"히젠 오무라 번(大村藩)의 와타나베 노보루(渡邊昇), 아냐 그보다도 에
도의 렌페이 관(練兵舘)에 있었던 와타나베라면 알거야."

료마는 이층에 있었다.

"허어, 렌페이 관의 와타나베라고?"

료마는 놀라며 에도에서 검술 수업을 하던 시절이 문득 그리워졌다. 렌페
이 관이란 사이토 야구로 도장으로서, 가쓰라 고고로가 사범 노릇을 했었다.

당시 에도에서도 손꼽는 대도장인 사이토 야구로 도장에는 가쓰라, 쓰키
지 아사리 강가의 모모이 순조 도장은 다케치 한페이타, 오케 거리 지바 도
장은 료마가 각각 사범을 맡고 있었으며, 가지바시 도사 번저에서 각 유파
대 시합을 할 때는 자기 번과 자기 유파의 명예를 걸고 솜씨를 겨루곤 했었

다.

 그 사이토 도장에서 가쓰라가 사범을 그만두고 귀국한 뒤 오무라 번사인 와타나베 노보루가 사범을 맡고 있다.

 료마와는 여러 곳에서 서로 얼굴을 대했었지만 그 후 오랫동안 만난 일이 없었다.

 '귀국한 뒤 규슈 제번을 돌아다니면서 시합을 하여 마침내 규슈 제일이라는 명예를 차지했다던데……'

 아니, 또 한 가지 들은 말이 있었다.

 와타나베는 그 후 형 기요시(淸)와 더불어 교토의 오무라 번저에 몸을 담게 되자, 조슈의 가쓰라 등의 영향으로 지사 활동을 시작하고 있었다.

 그 무렵인 어느 여름날 저녁이었다. 이마데 가와(今出川) 거리를 거나해진 기분으로 걸어가고 있는데, 등 뒤에서 신센조 대원 두 명이 미행을 해왔다.

 '따돌려야겠다.'

 그렇게 생각하고, 전부터 잘 아는 하카마 가게에 들어갔다. 그곳에서 물을 몇 그릇 얻어 마신 다음 밖으로 나와 보니, 그래도 상대는 여전히 길가에 있었다.

 귀찮아서 일부러 기다노(北野) 신사까지 가서 경내를 빠져 나갔다. 이미 길은 어두워졌다.

 "와타나베!"

 상대방이 등 뒤에서 소리를 질렀을 때, 그는 돌아보는 것과 동시에 한 명은 베어버리고 한 명은 놓쳤다.

 "벤 것 같지도 않았었지. 솔직히 말해서 정신이 없었어. 급히 번저로 달려와 칼을 조사해 봤더니 피가 흠뻑 묻어 있더군. 그제서야 비로소 사람을 베었다는 것을 알았어."

 유신 후, 오사카 시장, 원로원 의원 등을 지낸 그는 지난 일을 이렇게 말하고 있다. 료마도 그 사건은 들은 일이 있었다.

 와타나베와 료마는 서로 얼싸안을 듯이 반가워 했다.

 "검술은 여전히 계속하고 있나?"

 "웬걸요, 요즈음은 사카모토님이나 가쓰라님 흉내를 내며 국사(國事)에 뛰어 다니느라고 통 죽도를 들 틈이 있어야죠.”

와타나베는 오무라 번의 명령으로 조슈 번의 사정을 정찰하러 온 눈치다.

“가쓰라를 만났나?”

“만나고말고요. 옛날 검술 동지란 좋지요.”

와타나베는 그렇게 말했다. 가쓰라와 와타나베가 번을 달리하고 있으면서도 강력한 우정으로 맺어져 있는 것은 예전에 같은 도장에서 수업했다는 동창으로서의 정의 때문이리라.

“그래서?”

와타나베는 말했다. 막부가 오무라 번에 대해 조슈 공격을 위한 출병을 요구했을 때도 와타나베는 영주와 중신들을 설득하여 번론을 통일시킴으로써 출병을 거부토록 했다는 것이었다.

“검술 덕분이군.”

“그렇죠. 만약 내가 사이토 야구로 선생의 문하에 들어가지 않았던들 가쓰라님과 알게 되지 못했겠지요. 가쓰라님과 친헤진 덕분에 지금 이렇게 분주히 뛰어다니고 있는 셈입니다.”

와타나베는 유신 뒤, 새 정부의 고관이 되었고 귀족의 지위에까지 올랐다. 와타나베의 일례만 봐도 유신 혁명의 온상의 하나는 에도의 삼대 도장이었다고 할 수 있다.

“그런데 사카모토님은 검술보다도 군함을 움직이고 있다면서요?”

와타나베도 료마가 갑작스레 제독(提督)이 되어 조슈 함대를 거느리고 해협에서 막부 함대를 격파했다는 소문은 사방에서 듣고 있었다.

“해전이란 어렵겠죠?”

“그렇지도 않다. 군함을 가지고 싸우는 거나 검술이나 같은 이치와 같은 직감이야. 자네가 기다노 신사에서 신센조를 한꺼번에 두 명이나 해치운 것과 같은 이치란 말일세.”

“둘이 아니라 하나였습니다.”

와타나베는 멋쩍은 얼굴을 했다.

“그런데 사카모토님은 세도 내해의 수군 대장이란 소문이 자자합니다만, 요즈음은 무엇을 하고 계시나요?”

“놀고 있어.”

료마는 도무지 재미없다는 얼굴로 콧구멍을 후볐다.

"놀고 있다뇨?"

"있어야 할 게 없단 말일세."

"돈 말인가요?"

"그것도 없고 배도 없어."

"기막힐 일이군요. 결국 아무것도 없는 셈이 아닙니까?"

"말하자면 그렇지."

"사카모토님."

이름을 부르고 난 뒤 히젠 오무라의 번사는 폭소를 터뜨렸다.

"훌륭해요. 사카모토님은 배도 없고 돈도 없으시면서 시모노세키의 바다를 바라보며 코만 후비고 있으니."

"하지만 지혜는 있어."

료마는 문득 묘안이 떠올랐다.

지난 며칠 동안, 아무리 궁리해 봐도 통 떠오르지 않았던 선후책이, 와타나베의 얼굴을 보고 있는 동안 생각난 것이었다.

"와타나베군, 규슈 제번을 연합시켜 보세."

"헷헷……."

와타나베는 료마의 허풍을 비웃기 시작했다.

"와타나베군, 그게 무슨 웃음인가."

료마도 역시 제 딴에는 우스워졌는지 웃음을 터뜨렸다.

"도대체 말도 안 될 일입니다. 규슈 제번의 연합이라니 규슈 제번은 이에야스 이래, 사이가 나쁘기로 유명하지 않습니까?"

"그러나 사이좋게 지내지 않으면 일본이 망해. 아무튼 이번 막부와 조슈의 싸움에서 규슈 제번은 모두 막부측에 가담했었다. 물론 지쿠젠 후쿠오카(福岡) 번이나 히젠의 사가(佐賀) 번은 중립을 지켰지만 그래도 조슈에 대해 호의적은 아니었다. 그런데 조슈는 싸움에 이겼어. 이것을 계기로 규슈 제번이 조슈까지 포함시켜서 대연맹을 형성한다면 이미 혁명은 성사한 거나 마찬가지야."

료마는 솔직히 말해서 정세를 단숨에 막부타도까지 끌고 가기란 불가능한 걸로 보고 있었고, 그전에 우선 중간 단계로서 '제후 연맹(諸侯聯盟)'이라고 할 수 있는 것을 만들어야 한다는 생각을 하고 있었다. 이것은 사이고 다카모리 등도 같은 의견이었다.

‘제후 연맹’을 수립하여 그것을 국가의 정식 기관으로 삼고 대표를 교토에 모아 천황의 참석 아래 의회를 열어 그 ‘연합 정부’의 결론을 가지고 국정을 운용해 간다. 어차피 혁명 정부가 완성될 때까지는 과도기적으로 그것밖에 없다. 왜냐하면 이미 도쿠가와 막부는 제후 통솔의 실력을 잃었고 국제적으로도 외교 능력이 약하여, 막부 따위에게 일본을 맡겨둘 수 없기 때문이었다.

“조슈를 포함시킨 규슈 제번 연합은 연합 정부의 기틀이 되는 거야.”

“굉장한 구상이군요.”

와타나베는 싱글벙글 웃었다.

“하기는 나도 사카모토님의 그런 허풍을 좋아하는 셈이지만요.”

“사람 놀리지 말게……”

료마는 뾰루퉁해진다.

“그러나 규슈 제번은 숙명적으로 사이가 좋지 않아요. 사카모토님 같은 도사 사람은 그걸 잘 모릅니다.”

도쿠가와 막부는 그 창설 당시, 규슈를 어떻게 다스리는가, 하는 것에 머리를 쥐어짰다. 아무튼 규슈는 일본 역사상 화약고 같은 곳이다. 다이라(平) 가문도 도성에서 쫓겨난 다음, 규슈의 응원으로 단노우라(壇浦)의 최후 결전을 할 수 있었던 것이며, 아시카가 다카우지도 일단 중앙에서 몰락했지만 규슈로 달아나, 규슈의 여러 군사를 모아 다시 세력을 회복하여 효고 미나토가와(湊川)의 결전에서 구스노키 마사시게(楠正成)를 격파하고 중앙에 정권을 세울 수가 있었다.

이에야스로서도 두통거리였다. 특히 세키가하라의 패자인 사쓰마 시마쓰 집안이 무슨 짓을 할지 몰랐다. 이 때문에 영주 배치에도 세심한 주의를 기울여 서로 견제하고 증오하도록 만들었다. 그것이 전통이 되어 제번은 하나같이 서로 반목하고 있었다.

“규슈에는 몇 개 번이 있나?”

“34개 번이 있습니다.”

그 중 큰 것은 사쓰마 시마쓰 집안의 77만 석을 비롯해서, 히고 호소카와(細川) 집안 54만 석, 지쿠젠 구로다 집안 52만 석, 히젠 나베시마 집안 35만 7천 석, 지쿠고 아리마(有馬) 집안 21만 석 등이 있다.

“한번 해보는 거야. 와타나베군, 히젠 오무라 번이 자네를 도와줄 것 같은

가."

"물론이죠. 그런데 과연 해낼 수 있을까요?"

"있지."

충분히 가능하다고 료마는 말한다. 오무라 번사와 와타나베로서는 믿어지지 않았다.

"규슈 제번을 설득하고 다니는 데만도 반년은 걸릴 텐데요?"

"이론 같은 건 내세우지 않겠어."

료마는 구변의 효력을 그리 믿지 않았다. 말재주 같은 걸로 남을 굴복시켜 봤자, 그것은 그 때문인 경우가 대부분이다.

"이(利)를 내세우는 거다."

"이?"

"그렇지. 그것이 세상을 움직이고 있다. 나는 먼저 규슈 제번 연맹으로 된 상사(商事)를 시모노세키에 만들 생각이다."

료마는 그 구상을 설명했다.

그가 늘 내세우는 주식회사론이었다.

먼저 사쓰마 조슈를 발기인으로 하여 대번(大藩) 두세 군데만 붙든다. 모든 번이 각기 재정 문제로 골치를 앓고 있는 중이니까 기꺼이 가입하게 되리라.

대번이 가입하면 다른 중소 번도 다투어 가맹을 요청해올 것이다.

"떠들고 다닐 필요는 조금도 없는 걸세. 저쪽에서 법석을 떨며 덤벼들 테니까."

"흐음……."

"정세란 '이'에 의해 좌우되는 거다. 이론 따위로는 움직이지 않아."

이상한 지사(志士)다. 료마는 계속했다.

"조슈 제번의 주식회사가 만들어지면 자연히 그 34번은 모두 사이가 좋아진다. 그 상업 결사(商業結社)를 바탕으로 해서 정치 결사의 성격을 띠게 하고 차차 전국적인 규모로 제후 연맹을 형성해 가는 거다. 그리고 그 연맹이 국정을 장악하는 거야."

연방 정부의 구상이었다.

"막부는 제물에 쓰러질 것이 아닌가."

"싸움을 벌이지 않아도 말이죠?"

"그렇지. 싸움을 안하고도 된다면 더 이상 바람직한 일은 없지 않나? 나와 동향인 나카오카 신타로(中岡愼太郞) 같은 사람은 전쟁을 통해서만 유신이 가능하다고 한다지만, 기개와 도량을 전 지구상으로 펼쳐 간다면 막부고 각 번이고 다 보잘것없는 거야."

와타나베는 이 제번 연합 상사의 구상에 크게 찬성하고 돌아갔는데, 이 료마의 '허풍'은 당장 그날 저녁으로 싹이 트게 됐다.

"사쓰마 번사이신 고다이 사이스케(五代才助)님이 찾아오셨습니다."

하녀의 말에 료마는 속으로 우스워졌다.

'어럽쇼, 벌써 나타났나?'

사쓰마 번사 고다이 사이스케는, 보나마나 막부 조슈 전이 끝난 뒤의 조슈 번의 정세를 살피기 위해 이 시모노세키까지 출장해 왔으리라. 그러다가 어디선가 와타나베 노보루와 만나서 료마의 주식회사 설립 계획을 듣고, 곧 그 길로 헐레벌떡 달려오는 길임에 틀림없었다.

"이(利)란 그토록 매력이 있는 것이거든."

이 경우 이(利)란 경제를 뜻한다. 경제가 시대의 밑바닥을 뒤흔들고, 정치가 그에 따라간다.

료마는 기묘한 직감으로 그런 역사의 원리를 터득하고 있었다.

'고다이 사이스케와 만나는 건 정말 재미있겠는걸.'

료마는 사쓰마의 가신 중에서도 가장 괴짜라고 하는 이 지사하고는 이상하게 서로 엇갈리어 다니기만 했기 때문에 아직 만나본 일이 없었다.


고다이 사이스케는 료마 앞에 앉았다.

키는 자그마한 사나이였지만, 시원스런 이마와 날카롭게 치켜 올라간 눈썹에 눈꼬리가 길쭉한 것이, 첫눈에도 예지가 엿보였다.

'쓸 만한 인물인걸. 고지식하기만 한 사쓰마 번에도 이런 사람이 있었던가?'

료마는 탄복하며 바라보았다. 나이는 료마와 비슷할 것 같았다.

"주식회사를 구상하고 계시다면서요?"

고다이 사이스케는 조용히 말했다.

원래 그는 사쓰마 번에서 외국 담당과 통상관(通商官) 비슷한 일을 겸하고 있는 사나이였다. 그래서 이런 정보에 유난히 민감했다.

재미있는 경력을 가지고 있기도 했다.

사쓰마 번에서도 상급 무사의 아들이며 부친이 명군(名君)으로 알려진 전 영주(領主) 시마쓰 나리아키라(島津齊彬)의 측근이었던 것이 이 고다이 사이스케에게는 여러모로 다행이었던 셈이었다.

14살 때, 나리아키라의 명령으로 그는 세계 지도를 옮겨 그렸다. 고다이는 두 장을 그려서 한 장은 영주에게 바치고, 나머지 한 장은 자기 방에 걸어 두고는 매일같이 그것을 바라보았다. 이것이 바로 그를 기민한 국제 감각의 소유자로 만든 바탕이 되었다고 해도 좋았다.

20살에 출사한 후, 막부가 창설한 나가사키 해군 전습소(海軍傳習所)에 선발되어 유학했다. 해군에 관해서는 료마와 같은 '사학(私學)' 출신은 아닌 것이다.

분큐(文久) 2년이라고 하면, 료마가 도사 번(土佐藩)을 탈번(脫藩)한 해였지만, 고다이 사이스케는 막부의 관선을 타고 상해(上海)로 밀항하여 여기서 비로소 국제 환경에 접했다. 료마가 탈번한 후 도사 이요(伊豫)의 산중을 헤매고 있었던 것을 생각하면, 진취적인 대번의 지체 높은 집에 태어난 고다이는 야망에 날개가 돋쳤을 만큼, 그 행동반경은 컸다.

사쓰마와 영국 사이에 싸움이 벌어졌을 때 고다이는 가고시마 만(鹿兒島灣)에 있는 기선을 타고 있었기 때문에 그 기선째 붙들렸고, 포로 생활을 통해서 영국인과의 접촉이 더욱 넓어져 귀번(歸藩) 후에는 번의 외국 담당이 되었다.

그는 외국 무역의 이로움을 주장하여 그것이 받아들여지자, 막부의 눈을 속여 가면서 나가사키를 무대로 재치 있는 무역 활동을 했다. 또한 게이오(慶應) 원년, 번에서 막부측에는 비밀로 하고 영국에 유학생을 보낼 때, 그 유학생 열네 명의 감독을 맡고 런던으로 건너갔다. 이 유학생 중에는 유신 후 외무대신이 된 데라지마 무네노리(寺島宗則)와, 문부 대신(文部大臣) 모리 아리노리(森有禮), 초대 일본은행 총재인 요시하라 시게도시(吉原重俊) 등이 있다.

고다이는 유학생들을 런던 대학에 입학시킨 뒤, 일만 파운드를 주고 방적 기계와 이천 팔백 정의 소총을 구입했다. 계속해서 벨기에, 프러시아, 네덜란드, 프랑스 등을 시찰하여, 이미 '수공업'에서 '공장공업'으로 옮아가고 있는 근대 산업의 정황을 눈으로 직접 보고 나서, 지난 2월에 사쓰마로 돌아온 것이다.

그러니 아직 귀국한 지 얼마 되지도 않은 셈이다.

――지구야 말로 나의 집.

이라고 료마가 말하면서도 상해 구경조차 한번 한 일이 없는 것과 비하면, 고다이 사이스케는 천사의 날개를 달고 있는 거나 다름없었다.

"당신을 만나면 물어보고 싶었던 참이오. 서양의 회사에 대해서 잠깐 좀 설명해 줄 수 없겠소?"

고다이는 기꺼이 료마에게 지혜와 지식을 제공해 주었다. 료마는 그런 일에 아주 열을 올리는 성격이었다. 손뼉을 치고, 끄덕이고, 너털웃음을 웃고, 하면서 열심히 들었다.


료마가 묵고 있는 시모노세키 아미다지 거리(阿彌陀寺町)는 거리 전체가 바다에 면해 있었다. 운송점도 있지만 조슈 최대의 어시장(魚市場)도 있었다. 바다에서 갓잡은 생선이 풀리기 때문에 "아미다지의 생선은 맛이 좋나"는 정평이 있었다. 자연히 어시장 근처에는 요릿집이 즐비했고, 저물녘이 되면 집집마다 초롱불이 내걸리며 술꾼들이 모여들었다.

"실례지만……."

고다이 사이스케가 말했다.

"그 규슈 제번 연합 회사에 대하여 내일 요정 우오마쓰(魚松)에서 의논을 했으면 하는데, 어떻습니까?"

"돈이……."

료마는 따분한 얼굴을 했다.

"없습니다."

"아닙니다. 그 점은 저한테 맡겨 주십시오. 조슈의 가쓰라(桂)군도 제가 연락하겠습니다."

고다이는 돌아갔다.

그 후 료마는 무쓰 요노스케를 불러 이 문제에 대한 가메야마 동문의 구상을 설명했다. 각 번에서 돈과 배를 대고, 운영은 료마의 가메야마 동문이 맡아 한다는――

"기막힌 묘안입니다."

모두 한결같이 말했다.

"유감인 것은 이쪽에는 돈이 없다는 거다. 남의 덕만 봐야 할 형편이니……."

료마는 정말 따분했다. 안(案)이 있을 뿐, 실력이 없는 것이다. 각 번 대표를 모아놓고 간담회를 열 비용마저 사쓰마 번에 의지해야 할 판이니 말이 아니었다.

"돈, 돈, 돈……나만큼 돈의 고마움을 알고 있는 사람도 없을 텐데, 나한테는 통 돈이 없으니 말이야."

"하늘은 한꺼번에 두 가지를 주시는 일이 없다더니, 정말 그런 모양이죠?"

"아니야, 아직 초조하게 굴 것 없다. 머지않아 두 가지 다 차지해 보일 테니까. 나한테 돈을 내려주지 않는다면 일본은 꼼짝도 못하게 되는 거야."

"사카모토님!"

스가노 가쿠베에가 씁쓰레한 얼굴로 말했다.

"너무 돈, 돈 하지 마십시오. 우리는 당신의 진의를 알고 있지만 고향(도사 번)에서는 적지않이 오해하고 있는 모양이니까요."

"그럴 테지."

료마는 웃음을 터뜨렸다.

"천하를 위해 죽는다고 큰소리를 치고 탈번한 주제에 이리저리 뛰어다니면서 장사치 흉내나 내고 있으니까 말이야. 우리 누님(오토메)만 해도 잔뜩 골을 낸 편지를 보내온 적이 있어. 너는 돈벌이를 하기 위해 탈번했느냐고 말이지."

그 오토메의 편지를 료마는 코를 풀어 내버렸지만, 그래도 회답만은 보내주었다. 누님한테까지 오해를 받아서는 안 되겠다고 생각했기 때문이었다.

료마의 회답은 대체로 다음과 같은 내용이었다.

"……누님의 말씀은 내가 이(利)만 추구하고, 천하니 국가니 하는 것은 잊어 버렸다는 뜻인 것 같습니다. 그러나 다른 번사들처럼 번비(藩費)를 쓸 수 있는 몸도 아니면서, 50명이란 인원을 밑에 두고 있습니다. 일인당 연 경비는 적어도 60냥은 필요합니다……."

료마는 해가 떨어지자 여느 때처럼 거친 더벅머리에 때 긴 얼굴, 떨어진 옷차림에 허리에 칼 하나를 차고, 무쓰 요노스케, 스가노 가쿠베에, 나카지마 사쿠타로, 나카오카 겐키치 등과 함께 요정 ‘우오마쓰’를 향해 떠났다.

비좁은 길을 걸어가면서 무쓰를 돌아다 보며 말했다.

“이 시모노세키 아미다지 거리가 얼마나 번화한가 보아라. 화류객(花柳客)에다 주객(酒客) 상객(商客) 정객(政客)도 있고, 또 우리 같은 천하의 낭객(浪客)이 있으니 머지않아 시모노세키는 제2의 오사카가 될 때가 올 거다.”

료마는 그렇게 예언했다.

그러나 그것은 반드시 적중했다고는 볼 수 없다. 전쟁 전, 규슈와 조선에의 도항 발판으로서 시모노세키는 한때 번창했지만, 그 후 교통기관이 료마로서는 감히 상상도 못했을 만큼 진보하여, 이 상항(商港) 도시의 중요성은 과거의 것이 되어 버리고 만 것이다.

다만 유신 후의 시모노세키는 료마가 예언한 대로였다. 료마가 지금 걷고 있는 아미다지 거리에도 요정이 부쩍 늘었고, 유신 전부터 있었던 다이키치(大吉), 쓰네로쿠(常六), 가사후쿠(傘福) 같은 생선 가게가 요정으로 바뀌었으며, 우오시치(魚七), 스즈노이에(鈴之家) 등이 새로 등장했다. 그 중에서도 특히 이토 히로부미(伊藤博文)와 이 홍장(李鴻章)이 청일전쟁 후에 강화회담을 벌인 슌반 루(春帆樓)가 유명하다.

료마가 들어간 ‘우오마쓰’란 요정은 바깥은 생선 가게였다. 뒤쪽에 방이 붙어 있는데 정원을 가꾸어 좁은 뜰에 촌스러운 석등을 놓고, 대나무, 단풍나무 같은 것이 겨우 풍치를 돋우고 있었다.

“허어, 늦은 것 같은걸.”

료마 일행은 들어갔으나 아직 전원이 모인 것은 아니었고, 회의도 시작되지 않고 있었다.

료마가 자리를 정하자, 저만치 떨어져 앉은 조슈 번의 가쓰라 고고로가 미소 띤 시선을 보내왔다.

그 가쓰라 곁에 앉아 있던 뚱뚱하고 살결이 흰 조슈 번사가 버석거리는 하카마 소리와 함께 료마 곁으로 오더니 말을 걸어왔다.

“전일 아키의 미야지마에서 가쓰 선생을 뵈었습니다.”

히로사와 헤이스케였다. 정전 담판 때 조슈 번 전권 사절로서 미야지마에 가서, 회장인 다이간 사에서 막부 대표 가쓰 가이슈와 만난 사람이다.

“가쓰 선생은 정말 놀라운 인물이더군요. 대막부의 대표이며, 군함 감독관에 종5품 하(從五品下)인 조산다유(朝散大夫)란 신분이면서, 검은 무명옷에 서생 같은 하카마를 입은 데다 하인 하나 거느리지 않고 있었습니다.”

‘그게 바로 가쓰 선생의 술책이란 말이야.’

료마는 속으로 우스웠다. 가쓰는 항상 상대방의 의표를 찌르는 연출을 한다. 그때는 1개 서생 같은 차림으로 조슈 번 사절들의 의표를 찔러 그로써 조슈인들을 손아귀에 넣고 쉽게 담판을 지을 수 있도록 했던 것임에 틀림없다.

“사카모토님 앞에서 겉치레하는 것 같습니다만 그만한 인물은 요즘 세상엔 또 없을 겁니다.”

“요즈음뿐만 아니라 자고로 없었을 겁니다. 이 난세(亂世)에 가쓰 선생 같은 분이 계시기 때문에 일본은 안심할 수 있다는 말을 할 수 있을 정도입니다.”

“하지만 면직이 된 모양이더군요.”

“허어!”

료마도 그랬지만 스승 가쓰의 운명도 변화무쌍한 것이었다.


이윽고 모두 모였다.

사쓰마 번에서는 고다이 사이스케와 대 조슈(對長州) 연락관 구로다 료스케(黑田了介 : 후일의 淸隆. 후작), 히젠 오무라 번에서는 와타나베 노보루, 분고(豊後), 오카(岡) 번에서는 누구, 쓰시마(對馬) 번에서는 누구, 쓰시마의 지번 사도와라(佐土原)에서는 누구, 하는 식으로 도합 열 두세 명쯤은 되는 것 같았다.

‘조슈와 오무라 번 이외에는 마음을 놓을 수 없다.’

료마는 생각했다. 규슈 제번 중에서는 중립을 지킨 번에서도 대 막부(對幕府) 전쟁을 승리로 끝낸 후의 조슈의 정세를 시찰한다는 이유로 번사 중에서 눈치가 빠른 자들을 시모노세키에 파견하고 있었다. 그렇다고 해서 그들을 곧 지사라고는 할 수 없는 것이다.

“게다가 후쿠오카, 구마모토, 구루메, 사가 등 큰 번에서는 하나도 오지 않았군…….”

당연한 일이었다. 그들 대번은 모두 막부를 두려워하고 있는 측들이었고, 더구나 후쿠오카, 구마모토 양 번에는 막부 조슈 전쟁이 일어나기 직전, 막부의 비위를 거스를까 두려워 번내의 근왕주의자(勤王主義者)에게 일대 탄압을 가했었다. 특히 후쿠오카 번에서는 닥치는 대로 그들을 처형해 버려, 지금은 한 사람도 살아남은 자가 없었다. 그런 번에서 시찰단을 조슈에 파견할 까닭이 없었다.

‘그렇지만 조슈가 이긴 지금은 많이 동요하고 있지 않을까?’

료마는 그렇게 생각하고, 이 계획이 표면화 되면 틀림없이 크게 구미가 당기리라 내다보았다. 약에다 비한다면 막부 지지파나 중립파에게도 먹기 쉬운 약인 데다 ‘정치 결사가 아니고 경제 결사’라는 단 맛이 가미되어 있는 것이다.

마침내 회의가 시작되었다. 료마는 인사말하는 것이 질색이라 젊은 무쓰 요노스케가 대신 인사를 하고 나카오카 겐키치가 안건 설명을 했다.

설명이 끝나자 질문이 나오고 논의가 오가고 한 후에, 어지간히 화제가 다했다고 생각 될 무렵 사쓰마의 고다이 사이스케가 말했다.

“우리 번에서는 찬성합니다.”

조슈의 가쓰라, 히로사와도 찬성했다.

“훌륭한 안(案)입니다. 그러나 저희 마음대로는 찬부를 말씀드리기 어려운 일이라, 일단 귀번한 후에 대답하도록 하겠습니다.”

나머지도 이렇게 말했다.


“당연한 말씀입니다.”

료마는 비로소 발언하고, 붓과 벼루를 가져오게 하여 규약을 만들었다.

“의정서(議定書)”

료마는 먼저 그렇게 썼다.

여섯 개 조항으로 된 것이었다. 의역해 보면,

1, 상사를 결성함에 있어서 피차 번명은 밝히지 않는다. 막부에 대한 여러 가지 배려가 필요하기 때문이다. 주로 상사의 상호(商號)를 이용하도록 하며, 그 상호를 무엇으로 정하는가는 추후에 결정한다.

2, 장부를 명확히 기재하며 손익은 똑같이 분배, 부담한다.

3, 시모노세키를 통과하는 화물선은 상(上), 하행(下行)을 막론하고 모두 상사측에서 임검하여 화물의 종류와 값을 조사함으로써 물자의 유통 상황을 파악하고, 물자가 부족한 지방에 물자를 보내도록 한다.

대체로 이상과 같은 것이었고, 그것을 일동에게 회람하여 찬성을 얻었다.
그러나 물론, 아직 상사가 설립되기까지는 상당한 시일이 걸릴 것이었다.

'우오마쓰'에 대한 지불은 사쓰마 번에서 부담했다.
그런데 이런 점에 대한 당시의 번의식(藩意識)이란 철저한 것이어서, 조슈측에서는,
"사쓰마의 술을 그냥 얻어먹기만 해서는 말이 안 된다."
하며 반드시 갚게 마련이었다. 특히 가쓰라 고고로는 에도나 교토에서 수없이 번비로 각 번 지사들과 회합한 경험이 있었기 때문에 지나칠 만큼 신경을 썼다.
이리하여 다음 날에는 조슈측의 주관으로 오키나 정(翁亭)이라는 요정에서 답례 연회가 마련되었다. 사쓰마 번과 료마, 그리고 가메야마 동문 일동, 오무라 번사 와타나베 노보루 등이 그 손님이었다.
주연을 벌이기 전에 조슈의 히로사와 헤이스케는
"오늘밤은 무슨 논의가 있어서 마련한 자리가 아닙니다. 여러분 그저 마음껏 즐겨 주시기만 하면 본인으로서는 다행으로 생각하겠습니다."
그런 인사를 했다. 그와 동시에 우르르 기생들이 몰려들어 일제히 술을 따르기 시작한다.
'허어……'
료마는 지난 몇 달 동안, 해전(海戰)과 사업 만회책으로 하여 거의 마음을 놓은 날이 없었기 때문에 어지간히 신경이 피로해 있었다.
"그렇다면 오늘밤은 실컷 마셔 볼까?"
료마는 기생들이 따라 주는 대로, 닥치는 대로 받아 마셨다.
'남의 술에 취한다는 것은 우습지만 지금은 어쩔 수 없는 일. 때가 오면 우리 가메야마 동문의 부담으로 사쓰마고 조슈고 피를 토할 때까지 마시게 해 줄 테다.'
기생은 12명이 들어와 있었다.
모두 시모노세키에서도 고르고 고른 미인들이어서, 방 안에는 꽃이 만발한 듯했다.
기생들은 좌석이 들뜨기 시작하자, 모두 료마 둘레로 모여들어 법석을 떨기 시작한다.

료마도 샤미센(三味線)을 타기도 하고 즉흥적인 노래를 부르기도 하면서 같이 떠들었다.

'암만해도 인기는 저 녀석이 독차지로군.'

가쓰라는 말석에 앉은 채 쓴웃음을 짓고 있었다.

가쓰라는 교토 산본기(三本木)에서도 이름을 떨쳤을 만큼 미남형인 사나이였고, 사쓰마의 고다이 사이스케 역시 갸름한 눈매가 같은 남자라도 끌릴 만큼 매력을 지니고 있었다. 그러나 둘 다 어딘가 싸늘한 데가 있어서 기생들의 인기는 도저히 료마에게 미치지 못했다.

히로사와 헤이스케는 '흰 복어님'이라는 별명이 기생들 사이에 오고가는 판이라 아예 거들떠보려고도 하지 않는다.

사쓰마의 구로다 료스케는 술버릇이 나빴다. 술은 세지만 취하기 시작하면 눈을 부릅뜨고 닥치는 대로 욕설을 퍼부으니 기생들에게 인기가 있을 턱이 없었다. 객담이지만 그의 나쁜 술버릇은 나이를 먹을수록 더욱 심해져서, 총리대신까지 한 일이 있으면서도 술 때문에 실수를 거듭하여, 힝싱 공격을 받고 지냈다.

우연히도 미남들만이 모인 이 좌석에서 료마는 가장 추남(醜男)이었을 것이다. 게다가 때에 찌든 옷을 입고, 세수조차 제대로 하지 않은 몰골이었다.

그런데도 이상할 만큼 인기가 있었다.

료마에게는 일종의 귀염성이 있었던 모양이다. 게다가 재주라고는 통 없는 그들에 비하면 료마는 기생 뺨칠 정도로 여러 가지 재주를 가지고 있기도 했다.


료마가 닥치는 대로 마시고 떠들고 하고 있는데, 가쓰라가 곁으로 다가오더니 귀엣말을 했다.

"나카오카(中岡愼太郎)군이 와 있는 모양인데."

"그래, 언제?"

"어저께, 교토에서 이리 와서 시라이시(白石) 별저(別邸)에 묵고 있는 모양이야."

"부르자."

료마는 나카오카를 벌써 몇 달 동안 만난 일이 없었다.

지난 몇 해 동안, 천하의 지사 중에서도 나카오카 신타로만큼 동분서주한 사람은 없으리라.

'멋진 사나이다.'

료마는 같은 번 출신이면서도 새삼 눈이 둥그레지는 느낌으로 나카오카의 존재를 바라보게 되었다. 머리가 치밀하며 시국에 대한 통찰력이 날카롭고 행동이 기민해서, 그의 예상은 단 한 번도 빗나간 적이 없었다. 인물 면에서는 어쩌면 조슈의 가쓰라 이상일지도 모르며, 조슈 번에서도 그 점은 충분히 인정하고 있었다.

조슈로서는 나카오카만한 은인도 없었다.

나카오카는 도사에서 탈번한 후 그런 생각 아래 조슈 번 내외에서 눈부신 활약을 했다.

"조슈야말로 새 시대에의 희망이다."

하마구리 궁문(蛤宮門)의 싸움에 참가했고 전후에는 조슈 번 내에서 속론당 정부 전복에 힘을 썼으며, 교토에 잠입하여 조슈의 인기 회복을 위해 노력했다. 또한 료마와 함께 사쓰마 조슈 연합을 위해 애써서 이를 성립시켰으며, 지난번의 막부와의 전쟁 때는 료마가 해전을 담당했듯이 육전에 종군하여 고쿠라 성 공격에 참가하였다. 그 후에는 규슈 제번을 뛰어다니며 친 조슈(親長州) 여론을 조성하는 데 노력했고, 진수부(鎭守府)에 있는 오경(五卿)과 연락을 취하면서 그 교토 복귀를 위해 동분서주했다. 또한 교토로 가서는 공경 중의 유일한 인물이라고도 할 수 있는 이와무라 도모미(岩倉具視)가 과연 위재(偉材)임을 발견하자, 그를 은밀히 사쓰마 번과 결부시키는 역할을 했다. 그리고 나서 어제 시모노세키로 돌아왔다는 것이다.

'그야말로 초인이군.'

료마는 그렇게 생각하고 있었다.

나카오카는 불행히 완고한 막부파가 상층부를 차지하고 있는 도사 번에 태어나, 그 때문에 한낱 낭인이 되어 아무 배경 없이 천하를 뛰어 다녀야 하는 몸이 됐지만, 그릇으로 보면 대번에 몸을 두고 대번을 쥐고 흔들 수 있는 입장에 있는 조슈의 가쓰라나 사쓰마의 오쿠보 도시미치보다도 인물, 재능, 어느 면으로나 뛰어나다고도 할 수 있었다.

'녀석도 잘못 태어난 거야……'

사업이란 기수와 말 같은 관계라고, 료마는 때로 서글프게 생각하는 적이 있었다. 아무리 승마의 명인이라고 해도 늙어빠진 말을 타고는 어쩔 도리가 없는 것이다. 대신 다소 서툰 기수라도 준마를 탔을 때는 천 리라도 달릴 수 있는 것이다.

가쓰라나 히로사와에 있어서의 조슈 번, 사이고나 오쿠보, 고다이, 구로다 등에 있어서의 사쓰마 번은 바로 그 천리마(千里馬)인 것이다. 도사 번의 낭인 나카오카 신타로에게는 말조차 없는 형편이었다. 그저 두 발로 뛰어다니는 거나 다름없다.

'사나이의 행, 불행은 좋은 말을 얻느냐 얻지 못하느냐에 달려 있다.'

료마에게도 말은 없었다. 그러나 그는 나카오카와 달리 "가메야마 동문"이라는, 사번(私藩)이라고도 할 수 있는 말을 독력으로 만들어 내려는 노력을 하고 있다. 그 점이 두 사람의 차이점이라고 해도 좋았다.

"나카오카를 부르자."

그렇게 말한 료마는 즉석에서 지필을 준비하여 심부름꾼에게 들려 보낼 편지를 썼다.

취중이었다.

그러지 않아도 자유분방한 그의 문장이 아주 재미있는 것이 되었다.


오키나 정에서
전단(戰端)을 열었던 바
의외로 많은 여군(女軍)이 집결하여


다짜고짜 그런 허두로부터 시작했다. 주연이 시작되자 기생들이 잔뜩 모여들었다는 것을 전쟁에 비유한 것이었다. 료마는 의외로 많은 '여군이 집결'한 것이 어지간히 기뻤던 모양이다.


공격 대상은 헤아릴 수 없으며
군의 다단(軍議多端)이라


기생은 많고 그 중에는 용색(容色)이 뛰어난 자도 얼마든지 있으나——
군의 다단——다시 말해서 가쓰라 히로사와, 고다이 등 일기당천의 용사들이 많아 아군의 작전도 각양각색이어서 일치를 보지 못하고 있다는 뜻이리라.

부디 출진, 참군(參軍)하시어——

즉, 군도 이 주전(酒戰)에 용약, 참가토록 하라는 뜻일 게다.

귀의(貴意)를 개진(開陳)치 않을 때는 이 중대 국면, 어찌 될지 모르는 바

군의 뛰어난 작전 능력을 빌지 않으면 이 중대 국면은 어찌할 수도 없을 것 같으니,

천리 양마(良馬)에 채찍을 가하여
왕림하시기를
복망하나이다.

즉각 말이라도 타고 달려오기를 엎드려 바랍니다.
탄주 백배(呑酒百杯) 돈수 재배(頓首再拜)

료마

나카오카 신타로 귀하

"글씨까지 취해 있군요?"
무쓰 요노스케는 그것을 가지고 현관으로 나가, 현관 앞 작은 방에서 따로 술상을 받고 있는 도베에게 주었다.
도베는 곧 어둠 속으로 달려 나갔다.
하녀가 급히 초롱불을 들고 뒤쫓아 나가려는 것을 무쓰는 말렸다.
"그렇지만 이렇게 캄캄한데요?"
"걱정 마, 저 녀석은 환히 보이니까."
차마 도둑 출신이라고는 말할 수 없었다.
얼마 안 되어서 도베는 나카오카 신타로를 데리고 오키나 정으로 돌아왔다.

나카오카가 미닫이를 열고 들어서자 좌중은 일제히 손뼉을 치며 그를 맞았다.

"교토의 정세는 어떻던가?"

누군가 물었다. 나카오카는 빙그레 웃고 말했다.

"조슈가 뜻밖에 이기는 바람에 지금까지 막부파 일색이었던 조정은 야단법석이다. 이런 때를 놓치지 말고 일제히 근왕 세력을 밀고 들어가야 할 걸세. 반대로 교토 수호직(守護職) 아이즈 번(會津藩)은 이번 패전으로 더욱 완강한 막부파가 되어버렸네. 이미 강한 적이라고 해도 좋을 정도야. 휘하 신센조를 확충하여, 그들을 부추겨서는 밤낮으로 길거리를 지키고 있네. 이번만은 정말 용케 목숨이 붙어있었구나 싶더군."

나카오카는 료마 곁에 앉았다.

"오래간만이군."

나카오카는 료마의 잔을 받으면서 볕에 그을린 검은 얼굴로 웃었다.

"료마!"

"왜 그러나?"

"안도 겐지(安藤鎌次)가 죽었어."

"그래?"

남의 죽음에 일일이 놀라고 있을 수 없을 정도의 난세였다.

"아직 모르는 모양이군. 교토 산조 다릿목에서 도사 번사 8명과 신센조 12명이 격전을 벌였던 사건을 말일세."

나카오카는 교토에 잠입했을 때 그 소문을 들은 모양이었다.

그것은 달 밝은 밤이었다고 한다.

산조 대교(大橋) 서쪽 끝에는 막부 교토 행정관의 포고문 게시장이 있었다. 그 포고문에는 "조슈인은 조정의 적(朝敵)이다. 만약 시중에 잠입했을 때는 결코 이를 숨겨 주어서는 안 된다."

그런 내용이 적혀 있었다.

그 조슈가 막부 군을 꺾었기 때문에 재경(在京) 각 번(各藩)의 지사들은 크게 기세가 올라 소리가 높아졌다.

"저 포고문을 없애 버려라!"

그 때문에 어둠을 틈타, 게시장으로 가서는 감쪽같이 포고문을 뽑아 가모

강(鴨川)에 집어던지는 자가 많았다.

막부는 그때마다 그것을 새로 세워야 했다.

마침내 교토 수호직 아이즈 번에서는 분통이 터져 '막부의 위신에 관한 일'이라 하여, 신센조를 동원해서 범인 토멸(討滅)을 명령했다.

신센조에서는 즉각 계책을 세워, 대원 하시모토 가이스케(橋本皆助)와 아사노 가오루(淺野薰) 두 사람을 거지로 변장시켜 포고문 근방을 밤낮으로 감시하게 하는 한편, 국장(局長) 곤도 이사미(近藤勇) 이하 서른 네 명이 가까운 술집, 상가 등에 잠복하여 연락이 오기를 기다렸다.

이틀을 기다렸다.

사흘째가 되는 날 밤, 도사 번의 상급 무사이며 유일한 근왕파이던 미야가와 스케고로(宮川助五郎)가 동번 향사들과 더불어 기온(祇園) 마루야마의 술집에서 술을 마시고 있다가 거나해지기 시작하자 불쑥 말했다.

"그 놈의 포고문, 생각할수록 괘씸하다!"

일동은 포고문을 뽑아 치우러 우르르 나섰다. 안도 겐지도 그 중 한 사람이었다. 도사번 구마(久萬)의 향사로서, 어렸을 때부터 성 밑 거리에 있는 사카모토 집안에 드나들었기 때문에 료마도 면식이 있었다. 그밖에 후지사키 요시고로(藤崎吉五郎), 마쓰시마 와스케(松島和助), 사와다 돈베에(澤田屯兵衞), 오카야마 사다로쿠(岡山禎六), 모도가와 야스타로(本川安太郎), 나카야마 가마타로(中山鎌太郎) 등, 모두 8명이었다.

모두 굽 높은 게다를 신고, 요란스런 발소리를 내며 산조 다리를 건넌 것은 밤 12시가 다됐을 무렵이었다. 달이 휘영청 밝아, 주위는 마치 한낮 같았다.

돌연 한쪽에 앉아 있던 거지가 일어나 사라졌으나, 그들은 개의치 않고 미야가와와 후지사키가 목책을 넘어 들어갔다. 포고문 게시판을 뽑아 들자 다리 난간 위로 강물에다 집어던졌다.

"병신 같은 막부 놈들!"

미야가와가 크게 웃고, 일동은 그대로 돌아서려고 했다.

그러나 이미 거지로 변장했던 첩자는 공회소(公會所)에 잠복해 있는 신센조 십번대 조장인 하라다 사노스케(原田左之助)에게 급보했다.

신센조는 고대했던 참이었다.

먼저 본또 거리(先斗町) 북부 공회소에서 대기하고 있던 하라다 사노스케 휘하의 12명이 다카세 강변을 따라 곧장 현장으로 달려갔다.

"한 놈도 놓치지 말아라!"

외치며 8명의 도사 번사를 포위했다.

도사측도 미야가와, 안도, 후지사키, 마쓰시마, 사와다, 오카야마, 모도가와, 나카야마 등이 일제히 칼을 빼들어 처절한 난투극이 벌어졌다.

신센조는 칼싸움에 익숙했다. 게다가 전법도 교묘해서, 두 사람 이상이 한 조가 되어 한 명의 적을 전후좌우에서 공격했다.

미야가와 일행도 도사 번의 50명 조(組)라고 일컬어지는 용사들이며, 영주 야마노우치 요도(山內容堂)를 호위하고 도카이 가도(東海街道)를 오르내린 패들이라, 목숨 아까운 줄을 모르는 자들이었다.

피차의 칼날이 맞부딪칠 때마다 불이 튀고 기합이 밤공기를 찢었다. 피가 솟구치고 사람이 쓰러진다.

"이케다야(池田屋) 때의 복수다!"

외치면서 귀신도 물러날 형상이 되어 신센조를 향해 달려드는 도사인들의 모습은 몸서리가 쳐질 정도였다고 한다.

이케다야 때——즉 겐지(元治) 원년의 변란 때 쓰러진 동지들의 시체가 이 다리 동쪽에 있는 산엔 사(三綠寺)의 무연 묘지(無緣墓地)에 묻혀 있는 것이다.

처음에는 적은 인원이면서도 도사측이 우세했으나, 차차 피로가 눈에 띄기 시작했다. 도사인의 특징으로서, 칼이 너무 길었기 때문이다. 기운차게 휘둘러 낼 때는 유리하지만, 곧 지치게 되는 것이다. 이 싸움이 있은 뒤부터 장도(長刀)를 패용하는 습관이 없어졌다고 한다.

잠시 뒤 신센조측은 감찰 아라이 다다오(新井忠雄)가 지휘하는 12명이 새로이 다카세 강 동쪽 술집에서 달려와 일제히 칼을 빼들고 도사측을 동서에서 협공했다.

뿐만 아니라 곤도 이사미가 직접 지휘하는 다른 10명도 다리 동쪽으로부터 요란한 발소리와 함께 달려왔다.

"이래선 안 되겠다!"

안도 겐지는 피투성이가 된 채 동지들에게 어서 피해라, 혈로를 뚫어야 한다고 외치며 석 자의 장검을 휘둘러 신센조 한 명을 쓰러뜨리고는 큰길 쪽으로 달려갔다.

그 뒤를 신센조의 오오이시 구와지로(大石鍬次郎) 등 10여 명이 쫓아왔으나 겐지는 칼을 휘두르며 동지들에게 두 차례나 외쳤다.

"내가 맡는다! 내가 맡는다!"

겐지가 한 말은 이 자리는 내가 끝까지 남아서 적을 막을 테니, 어서 갯벌로 뛰어내려 피하라는 뜻이었다.

겐지는 버드나무를 방패삼아 삼면에서 공격해 오는 적을 기다렸으나 웬일인지 신센조는 더 이상 쫓아오지 않았다.

겐지는 곧장 가와라 거리(河原町)의 도사 번저(藩邸)로 돌아왔으나, 워낙 중상이어서 살아날 가망이 없었다.

후지사키 요시고로도 마찬가지였다.

두 사람은 다음 날, 번저의 한 방에서 할복하고 말았다.

다른 자들도 모두 세 군데 이상의 상처를 입고 있었으나 생명에는 별 이상이 없을 것 같았다.

미야가와 스케고로만은 머리를 세 군데나 다쳐 다리 위에서 기절해 쓰러졌기 때문에 포로가 되고 말았다.

그대로 신센조 숙소로 운반되었으나 정신이 들자, 어서 목을 자르라고 소리 지를 뿐 심문에도 응하지 않았다. 그 태도가 감탄할 만큼 굳세어 곤도는 그를 죽이지 않고 하옥시켰으나, 메이지(明治) 3년 도쿄에서 병사했다.


'그래, 안도도, 후지사키도 죽었는가.'

료마는 잠시 술잔을 허공에 멈춘 채, 침울한 표정을 지었다. 안도는 25살, 후지사키는 22살의 젊은 나이였다.

"모두 죽는군."

나카오카의 목소리도 기운이 없었다.

"생각하면 분큐(文久) 3년, 다케치(武市)의 집에서 결성한 도사 근왕당(勤王黨)도 이제 얼마 남지 않았네. 제대로 살아남아 있는 것은 료마, 자네와 가메야마 동문뿐이야."

"아니야, 그것도 적지 않게 죽었네. 모치즈키 가메야타(望月龜彌太)와 기타조에 기쓰마(北添佶摩) 등은 이케다야에서 싸우다 죽었고, 이케 구라타(池內藏太) 등은 익사한 데다, 곤도 조지로(近藤長次郎)까지 할복하고 말앉어. 따져 보면 도대체 몇 사람이 되는 건지!"
"어서 막부를 쓰러뜨려야 하네."
나카오카가 말했다.
"이러다간 도사의 유지들은 모두 길가에 시체가 되어 쓰러지겠네. 료마, 더 이상 한가하게 앉아 있을 수가 없지 않나?"
"그렇긴 하지만……."
료마는 단숨에 잔을 들이켰다.
"하지만 나카오카, 서두른다고 일이 되는 게 아니다. 막부를 쓰러뜨리자면 시기라는 게 있어."
"그 시기가 올 때까지 자넨 장사나 해서 돈을 벌겠다는 건가?"
급진적인 군사 혁명론자인 나카오카 신타로는 적이 빈정거리듯 말했다.
"그렇지, 돈."
료마는 손가락으로 동그라미를 만들어 보였다.
"돈이야. 공짜로 막부를 쓰러뜨릴 생각을 한다면 나카오카, 그건 너무 욕심이 많다. 막부도 공짜로 쓰러진대서야 너무 억울할 게 아닌가?"
"사쓰마, 조슈에 돈이 있을 텐데?"
"과연 사쓰마 조슈에는 돈이 있지. 하지만 우리는 도사 출신, 언제까지나 남의 덕만 입을 수는 없지 않나? 그 때문에 나는 '도사 낭인 번(浪人藩)' 같은 것을 하나 만들고 싶은 거다. 그 모체가 바로 우리 가메야마 동문."
"알고 있다."
나카오카는 료마의 구상이나 포부를 몇 번이고 들었기 때문에 허둥지둥 그렇게 잘라 말했다. 또 한바탕 늘어놓기 시작하면 끔찍한 일이라고 생각한 모양이다.
"하지만 나는……."
나카오카는 말했다.
"다른 방법을 택하겠어. 모번(母藩)인 도사 24만 석을 움직여서 분큐 3년 당시처럼 사쓰마, 조슈, 도사의 연합 세력을 만드는 걸세."
"가능한가?"
요도라는 지나칠 만큼 명군(明君)인 총수(總帥)를 받들고 있는 한, 도사 번은 혁명이란 모험에는 결코 참가하지 않을 것이었다.
"그런데 그것이 조금 상황이 달라진 모양이야. 원인은 지난번 싸움에서 뜻밖에도 조슈가 이겼기 때문이다. 도사 번의 완고한 중신들도 크게 당황하고 있는 모양이야.”

그 때문에 도사 번에서는 사쓰마의 내정을 알기 위해 가고시마에 사자를 보내기도 하고 나카오카를 만나고 싶어 하기도 하는 눈치다.

“어쨌든 이누이 다이스케(乾退助), 다니 모리베(谷守部) 등은 적극적으로 나나 자네에게 접근하려고 애쓰고 있네.”

기회를 보는 데 민첩한 나카오카 신타로는, 정말 도사 번에 대한 공작을 시작하고 있는 듯했다. 그러나 료마는 그런 공작에 전혀 흥미가 없었다.

# 궁박

시모노세키에서 근거지인 나가사키로 돌아온 료마에게는 심한 곤궁만이 기다리고 있었다.

배가 없다.

돈도 없다.

'있는 것은 군량미 남은 것뿐이다.'

조슈측에서 사쓰마로 보낸 것을 사쓰마가 사양했기 때문에 료마의 손에 떨어진 그 5백 석의 군량미 말이다.

하기는 그 유일한 재산도 가메야마 동문이 시모노세키에 머물러 있을 때 팔기도 하고 먹기도 했기 때문에 지금은 거의 남아 있지 않았다.

료마의 가메야마 동문은 시모노세키 해협에서 크게 활약했지만 그것은 '장사'가 아니었기 때문에 한 푼도 벌지 못했다.

벌기는커녕, 무기나 탄약은 조슈 번의 것을 썼지만 배의 연료, 병사들의 양식 따위는 모두 료마가 뒤를 대야 했다.

자비원군(自費援軍)이었던 셈이다. 그렇다고 이겼다고 해서 조슈 번으로부터 보수를 받은 것도 아니었다.

'가난 때문에 꼼짝도 못하겠는걸.'

료마는 나가사키로 돌아온 후, 매일 그 문제 때문에 골치를 앓고 있었다.

매일같이 나가사키의 호상(豪商) 고소네(小曾根)의 본점과 사쓰마 번저, 오우라(大浦) 해안에 있는 글래버의 사무소 등을 찾아다니며 연구를 했다.

'좋은 수가 없을까?'

나가사키 시민들은 그런 료마의 모습을 늘 길거리에서 볼 수 있었다. 그는 무뚝뚝한 얼굴을 드러낸 채 나돌아 다니고 있었다.

"가메야마 동문 두목 나리는 무척 무서운 얼굴을 하고 있다……."

사람들은 그렇게 평했다고, 유신 뒤에 귀족원 의원 등을 지낸 료마의 말단 대원이었던 세키 요시오미(關義臣 : 당시는 山本龍二郎)가 나중에 말한 바 있다.

세키 요시오미가 말한 당시 료마의 풍모를 소개해 보면 이렇다.

"얼굴은 온통 점투성이며, 바닷바람에 그을려서 무쇠빛이었다. 웃음이라 고는 그림자도 볼 수 없었다. 눈만이 이상하게 날카로워 쏘는 듯한 광채를 지니고 있었다. 키는 오 척 팔 촌. 떡벌어진 몸을 깃이 축 늘어진 옷으로 감싸고 까치집 같은 머리로 거리를 나돌아 다녔었다."

사람들은 그런 뒷공론들을 했다.

"가메야마 동문 두목 나리는 한동안 모습을 볼 수 없었는데, 대체 어디에 가 있다가 왔을까?"

설마 조슈군의 임시 함대 사령관으로서 시모노세키 해협에서 막부군과 싸우고 있었다고는 아무도 상상하지 못했으리라.

다만 나가사키에 있어서의 막부 최고 기관인 나가사키 행정소만은

'수상하다.'

이 생각으로 료마를 감시하고 있었다. 그러나 그들은 나가사키가 국제 도시인 만큼, 교토나 에도, 오사카 같은 데서처럼 직접적인 경찰의 움직임은 그리 좋아하지 않았다.

'가메야마 동문은 곤궁에 빠져서 수부나 화부들에 대한 임금 지불도 제대로 못하고 있는 모양이다. 이 참에 아주 쓰러뜨리고 말자!'

그런 경제적인 책략을 세우고 막부계의 해상 운송업자들을 통해서, 료마가 고용하고 있는 수부나 화부들에 대한 매수공작을 시작했다.

료마는 나가사키로 돌아온 후 여러모로 궁리를 해 봤지만, 좀처럼 명안이 떠오르지 않았다.

열흘째나 되는 날에는, 마침 찾아 온 무쓰 요노스케에게 말했다.

"아주 가메야마 동문을 해산해 버릴까?"

무쓰는 놀랐다.

"진정으로 하는 말입니까?"

이런 다짐을 한 것은, 가메야마 동문을 해산할 때 료마의 새 일본 구상도 소멸하게 되며, 따라서 지상에서 사카모토 료마란 존재는 없는 거나 마찬가지가 되기 때문이었다.

"수부와 화부들에 대한 임금도 지불할 수 없지 않나? 앞으로 지불하게 되리라는 전망도 서지 않고."

"사카모토님은 이제는 손을 들 모양이군요. 저는 천하에 '어려움'을 모르는 사람은, 조슈의 다카스기 신사쿠와 우리가 모시고 있는 사카모토 료마님뿐이라고 생각했는데, 잘못 봤던 것일까요?"

"뭐가, 그 '어려움'을 모르는 사나이란?"

"실은 조슈에서 들은 얘기입니다만……."

무쓰는 은근히 료마를 격려하려는 듯 이런 말을 했다.

다카스기는 조슈의 천재다. 천마(天馬)가 하늘을 달리는 듯한 기상(奇想)을 지니고 있는 사람이며, 그뿐 아니라 그것은 정확히 들어맞곤 했다.

"마치 구름을 탄 손오공 같죠. 구름에서 떨어져 꼼짝 못하게 됐다가도 다시 구름을 붙잡아서는 삼천 세계(三千世界)를 날아다닙니다. 이천 년 이래의 영웅이라고 해도 좋을 겁니다."

무쓰는 말을 계속했다.

그는 후일 유례없는 명 외무대신으로서 이름을 떨친 사나이니만큼, 료마를 교묘히 자극하면서 자신이 뜻한 바로 끌어들이고 있었다.

"조슈인의 말에 의하면 다카스기의 비결은 하나뿐이라고 합니다. 그것은 '야단났다'는 말을 절대로 하지 않는다는 겁니다. 그것은 그의 계명이기도 하답니다."

"나는 흔히 말하지 않나?"

"다카스기는 그렇지 않답니다."

다카스기 신사쿠는 평소 동지들에게

"나는 선친으로부터 그런 가르침을 받았다. 사나이는 절대로 '야단났다'는 말을 해서는 안 된다고."

그런 말을 하였다. 매사를 충분히 생각한 끝에 행동하여 결코 궁지에 빠지지 않도록 한다. 그래도 궁지에 빠지는 수가 없지 않았으나 "야단났다"는 말은 하지 않는다. 야단났다는 말을 하는 순간, 사람은 지혜도 슬기도 모두 막혀 버리고 만다는 것이다.

"그렇게 되면 궁지는 사지(死地)가 된다. 활로는 영영 찾을 수 없게 된다."

이것이 다카스기의 생각이었다.

"궁지에 빠지는 것까지는 좋다. 뜻밖의 방향에서 활로를 찾을 수 있기 때문이다. 그러나 사지에 빠지면 끝장이다. 그래서 나는 절대로 야단났다는 한마디만은 하지 않는다."

그렇게 다카스기는 무쓰에게 말한 적이 있다고 한다.

"다카스기는 조슈 번의 고위 번사야."

료마는 역시 경쟁심을 느끼지 않을 수 없었던 모양이었다. 다카스기는 명문 출신이며 번주 부자의 신망도 두텁고 언제든지 번을 움직일 수 있는 입장에 있었다. 배경도 그만큼 크다.

"그러나 나는 천하의 낭인이야. 아무리 다카스기가 귀재(鬼才)라고 해도 혼자서 조슈 번 전원을 먹여 살려야 하게 될 때는 야단났다는 말을 할 거란 말이다."


"가메야마 동문을 해산할 생각이다."

그런 료마의 말이 수부와 화부들 사이에 흘러나갔다.

이때, 가메야마 동문의 사관들은 고소네의 별저와 시중의 셋집 같은 곳에 분숙(分宿)하고 있었지만, 수부와 화부들은 모두 가메야마의 숙사에서 묵고 있었다.

"나는 무라카미(村上) 해적의 조타수의 자손이다."

두목격인 사람은 진키치(甚吉)라고 하여, 이요시아쿠 섬(鹽飽島)의 어부 출신으로 그런 자랑을 늘어놓곤 하는 괴짜 늙은이였다.

수부와 화부들은 그 출신지가 대개 이요, 사누키(讚岐) 등이며, 한번쯤은 막부 해군에서 밥을 먹은 일이 있는 친구들이라 서양식 범선이나 증기선의 운용에는 사관들보다도 오히려 능숙했다.

또한 금지되어 있는 일이기는 했지만 상해, 나가사키 항로의 외국선에서 수부 노릇을 하고 있었던 자도 있어서, 해외에 대한 견문면으로 봐도 사관들에 비하면 경험이 풍부했다.

그런 자들이 나가사키에는 사방에 뒹굴고 있어서 "사쓰마 선(船)에 수부 두 명과 화부 한 명을 보내라"는 말이 나오면, 두목격인 자가 적당히 선발해서 사쓰마 번에 보내게 된다.

그런 형식으로 일자리를 얻어 다니며 생활을 하고 있는 것이다.

그러나 료마의 가메야마 동문의 경우에는 '상선 회사'를 목표하고 있으니만큼 수부와 화부들을 계속 고용해 둘 필요가 있었고, 그 때문에 20명 정도가 항상 가메야마 동문에서 기숙 생활을 하고 있었다.

"무슨 소리! 해산에는 절대 반대다!"

그런 말을 꺼낸 것은 진키치 노인과 마쓰지로라는 젊은 화부였다. 그 말에 모두 동의하여 료마의 숙소로 몰려가기로 했다.

그들은 고소네의 별저로 찾아갔다.

"허어, 모두들 나타났군."

료마는 상좌에 앉았다.

진키치 노인이 나 앉으며 불만의 어조로 말했다.

"해산한다는 말이 들리는 뎁쇼?"

"반대한단 말인가?"

"반대하구 말굽쇼. 저희들은 모두 고작해야 수부에 화부들 따위지만, 사카모토 나리의 명령 하나로 포화(砲火)를 뚫고 다닌 사람들입니다. 너무 무정한 말씀일랑 하지 마십쇼."

"임금을 지불할 수 없기 때문이다."

료마는 옷소매를 흔들었다.

"먹여 살릴 수가 없단 말이다."

떨어뜨리듯 한 마디 하고 나자, 스스로도 한심해져서 주루루 눈물이 흘렀다.

"모두 적당한 곳에 취직하도록 해라."

지금 서부 일본 각 번에서는 다투어 기선을 사들이고 있다. 그 근거지가 나가사키니 만큼, 나가사키에 있는 선원들은 절대로 식생활에 곤란 받을 일은 없는 것이다.

그러나 진키치는 화를 내듯 다다미를 두드리면서 말했다.

"저희들 일동은 모두 결심을 했습니다. 무슨 말씀을 하시든 사카모토님 곁을 떠나지 않을 생각입니다. 배를 구하실 때까지 저희들은 시중에서 먹고 살 길을 마련하며 이대로 기다리겠습니다. 저희들 염려는 조금도 하지 마시기 바랍니다."

료마는 그의 평생에 몇 차례인가 크게 감격한 일이 있었지만, 이때처럼 감격했던 때는 또 없었을 것이다.

——여기 미조부치 고노조(溝淵廣之丞)라는 인물이 있다.

'미조부치의 조롱박 얼굴'이라고 하면 고치 성 아랫거리에서는 유명하였다., 고약한 젊은 무사들은 이런 흉을 보면서 술안주 대신으로 삼았다는 말이 있을 정도다.

"고노조씨가 조롱박 시렁 밑에서 웃으니까 진짜 조롱박들까지 입을 벌리고 웃었다더군."

나이는 료마보다 7살 위였고, 젊었을 때는 무척 검술에 전념하여 에도에 가서 가지바시(鍛治橋) 번저에 기거하면서 가까운 모모이 도장에 나가곤 했다.

그 무렵은 바로 료마가 두 번째의 에도 유학을 떠난 때여서, 두 사람은 번저에서 같이 기거하며 무척 사이좋게 지냈었다.

"료마는 히쭉——이런 식으로 웃거든."

미조부치는 특징 있는 료마의 웃음을 흉내내서는 여러 사람을 웃기곤 했다.

그 뒤 두 사람은 길이 서로 갈리었다.

료마는 도사 번을 탈출했고, 미조부치는 그대로 남았다.

미조부치가 남은 것은 당연하다. 성격이 온후한 그는 근왕 운동이라는 위험천만한 일을 좋아하지도 않았고, 따라서 가담하지도 않았다. 또한 그런 혈기에서 일어나는 운동 따위에 가담하기에는 이미 나이도 많았다.

미조부치는 료마가 탈번하기 며칠 전, 성밑의 스이도 거리(水道町)에서 료마를 만난 일이 있다.

"벚꽃이 한창이라면서?"

료마는 말했다고 한다. 꽃놀이 때라는 뜻이었다.

"그래, 꽃놀이를 갈 작정인가?"

미조부치가 물었다.

"아니야. 금년엔 다 틀렸어"

료마는 대답했다. 이미 탈번을 결심하고 있었기 때문일 것이다.

그런 인사가 오고간 후, 료마는 물었다.

"미조부치, 자네는 아직 검술을 하고 있나?"

"하고 있네만…… ?"

"자네는 기억력이 좋으니 서양 글을 배워보지 않겠나? 배우는 게 좋을 거야"

뚱딴지같은 소리를 했다. 말을 꺼내면 끝이 없다는 사나이였다.

"그러니까 네덜란드어 말인가?"

"네덜란드는 이제 낡았어. 나는 가와다 쇼류님을 통해서 들었는데 지금은 영국이 세계에서 으뜸이라더군. 영국어를 배워서 대포와 기계에 관한 책을 읽게. 빨리 공부해서 기계를 만들지 않으면 도사도 망하고 일본도 망한다. 청나라의 전철을 밟게 되는 거야."

"임자는 왜 하지 않나?"

"사람들에게는 각기 자기 재주가 따로 있는 법이야. 나는 그런 방면에는 합당하지 않네."

그런 일이 있은 후 미조부치는 가와다 쇼류를 찾아가 영어 지식을 얻었고, 에도로 올라가 조금이라도 영어를 아는 자라면 서슴지 않고 찾아가서 영어에 관한 질문을 하고 그것을 수첩에 적어 두었다. 요코하마에 가서 영어 서적을 사기도 했다.

그 뒤 번에서는 서양의 산업이나 생산품에 관심을 기울이기 시작했고, 덕분에 미조부치는 하찮은 향사 출신이면서도 이례적으로 발탁되어 게이오(慶應) 원년에는 영학(英學) 수업을 위해 나가사키에 보내졌다.

그 뒤로는 나가사키와 고치 사이를 왕복하고 있다가 이번에 다시 번명으로 나가사키에 오게 되었다. 그 번명(藩命)이란 "막부 조슈 전쟁 이후의 각 번의 동태를 탐색하라"는 정보관으로서의 임무였다.


나가사키에는 가을이 오고 있었다.

시내를 깊숙이 흐르고 있는 나카지마 강(中島江) 양쪽 기슭에 집들이 즐비하게 늘어서 있었고, 뜰 안의 단풍나무와 거망옻나무는 그림처럼 아름답게 햇빛을 반사하고 있었다.

나카지마 강에는 아치형(形) 다리가 놓여 있었다.

이 이국적(異國的)인 석교(石橋) 서쪽이 니시후루가와 거리(西吉川町)이
며, 그곳에는 검은 판장을 두른 말쑥한 셋집 한 채가 있었다. 한때는 어떤
부자의 아름다운 소실이 살던 집이어서, 가끔씩 샤미센(三味線)을 뜯는 소
리가 오가는 사람들의 걸음을 멈추게 했었다.

그러나 지금은 주인이 바뀌어, '시바다 영학숙(柴田英學塾)'이라는 간판이
어마어마하게 나붙어 있었다.

'세월도 어지간히 변했다……'

동네 사람들은 그런 생각을 하고 있으리라.

소실댁이 영학숙으로 바뀌었기 때문만이 아니었다. 나가사키는 에도 중기
이후, 난학(蘭學)에 뜻을 두는 의생(醫生)들이 한결같이 동경했던 곳이었
다. 그 때문에 각지에서 그 어학과 의술을 배우기 위해, 다투어 이 고장을
찾아왔었다.

그러나 몇 년 전 막부가 통상 조약에 의해 나가사키를 열강에게 개항한 후
로는, 네덜란드인 이외에도 많은 유럽인들이 상관(商館)과 교회를 세우게
됐고, 특히 영국인은 그 세력이 대단했다.

문물은 영국이 더 우수하다――고 잽싸게 느낀 일본인들 사이에서는 갑자
기 영어열이 높아지기 시작했다.

그 수요에 응하기 위해, 곳곳에 영어 학당이 만들어졌고, 이 니시후루가와
거리의 '시바다 영학숙'도 그중의 하나였다.

도사 번으로부터 나가사키 탐색과 영학 수업, 포술(砲術) 수업 등 세 가
지 임무를 띠고 파견되어 있는 조롱박 미조부치 고노조도, 이틀에 한 번은
이 사숙(私塾)에 나와 영어를 배우고 있었다.

숙생은 선진적인 번으로 알려진 히젠 사가 번의 번사들이 가장 많았고, 그
밖에 사쓰마 번과 지쿠젠의 후쿠오카 번사들이 있었다.

도사 번에서 온 사람은 미조부치 하나뿐이었다.

어느 날 이 사숙에 살결이 유난히 검은, 그러면서도 귀염성 있게 생긴 젊
은 무사 하나가 입숙해 오더니, 심한 도사 사투리로 고참 숙생들에게 인사를
했다.

"아니, 쓰카지(塚地) 마을의 나카지마 사쿠타로(中島作太郎)가 아닌가?"

이러면서 미조부치는 말을 건넸다.

"아, 미조부치님이시군요. 이거 큰일 났는걸."

나카지마 사쿠타로는 어쩔 줄을 몰랐다.

료마의 가메야마 동문에 있으면서, 료마로부터 "사쿠(作), 사쿠!"로 불리며, 시동(侍童)처럼 귀염을 받고 있는 젊은이였다. 도사에서 탈번한 청년이기 때문에 본국 번사인 미조부치를 보자 당황하지 않을 수 없었던 것이리라.

"큰일 나긴! 난 포리(捕吏)가 아니야."

미조부치는 웃어 보였다. 돌아오는 길에 나카지마를 끌고 니시하마(西濱)의 싯포쿠 요리(나가사키 요리 : 일본화한 중국 요리)집 이층으로 올라갔다.

밥상처럼 낮은 식탁 위에 큼직한 접시에 담긴 요리가 놓인다. 옆 자리와의 사이에는 칸막이가 세워져 있었다.

"료마는 잘 있나?"

미조부치는 바싹 다가앉으며 물었다.

미조부치가 고국에 있을 때는 미처 몰랐던 일이었는데, 한 걸음 번외로 나와 보니 료마의 이름이 사방에 퍼지고 있어 사실 놀라고 있는 중이었다.


"사카모토님은 안녕하십니다."

나카지마 사쿠타로는 조심스럽게 말했다. 그럴 수밖에 없었다. 이쪽은 탈번인, 미조부치 고노조는 번리(藩吏)인 것이다. 어느 정도까지 말해야 할지 그것부터 알 수가 없었다.

"나카지마군, 자네 경계하고 있군?"

미조부치 고노조는 재빨리 그것을 알아챘다.

"당연하지. 지금까지 번에서 취해 온 태도를 본다면……."

"다케치 한페이타(武市半平太)를 죽인 번이 아닙니까?"

사쿠타로는 똑바로 쳐다보며 말했다.

"그렇지. 영실(슈室) 일건도 있고……."

미조부치 고노조는 료마와 친한 사이기도 하고 향사 출신의 번리이기도 해서, 고위층의 친막부적 경향에는 많은 불만을 품고 있었다.

영실 일건이란, 막부가 조슈 정벌의 군령을 내렸을 때 도사 번청에서는 이에 영합하는 방침을 결정하고, 마침 번주 도요노리의 부인 도시코(俊子)가 모리(毛利) 집안에서 출가해 왔음을 꺼리어, 중신들은 그녀를 고치 성 밖으로 옮기도록 하여 젊은 번주와 별거시키고 말았다.

“하는 짓이 모두 비열하다.”

미조부치는 활동적이지 못한 인물, 말하자면 학구적인 형이었지만, 도사 번청이 취한 이 조치에 대해서는 “정치 이전에 있어서는 안 될 비열한 생각에서 나온 것이었다”는 비분을 보여, 나카지마 사쿠타로를 놀라게 했다.

‘조롱박님에게도 혈기가 있었던가?’

사쿠타로는 생선 요리에 젓가락을 가져가면서 그렇게 생각했다.

이 영실의 별거 조치에 있어서는, 수고스럽게도 중신들이 젊은 번주 도요노리의 명의로 막부에 ‘질의서’까지 제출했었다.

“본인(번주)의 처는 모리 집안이 친정입니다. 아녀자의 몸이라 죄가 있을 까닭은 없지만 이번 조슈 정벌령과 관련하여, 처를 그대로 내버려 둔다는 것은 황송하기 그지없는 일이라, 즉각 성 밖으로 물리쳐 폐거(閉居)시켜 두었습니다. 더 이상 어떤 조치를 취했으면 좋을지 질의하는 바입니다.”

도사 번은 막부에 대하여 이토록 충성심을 보이고, “이제 어떡하면 좋을지 말씀만 내려 주시기 바랍니다” 하는 식으로 추할 정도의 아첨을 떤 것이다. 물론 이토록 막부에 대해 미태(媚態)를 다한 것은 다른 정통 번(正統藩)에서도 없었던 일이었다.

“도쿠가와 막부 3백 년 동안……” 하고 미조부치는 말했다.

“혹시 무슨 변을 당할까, 막부의 비위 맞추기에만 골몰해 온 비정통 번의 아첨 근성을 노골적으로 드러낸 짓이었다.”

“그래서……” 하고 나카지마 사쿠타로는 물었다.

“그 뒤 영실께선 어떻게 됐습니까?”

“그게 바로 더 재미있는 점이야. 이번 제2차 막부 조슈 전에서 뜻밖에도 조슈측이 육지와 해상에서 연전연승하고, 마침내 막부측은 장군의 사망을 구실삼아 화친을 제의함으로써 내외에 그 실력이 종이 호랑이에 불과했다는 것을 드러내고 말았다. 다급해진 것은 도사 번청이 아니겠나?”

“아, 그럼 이번에는 조슈측에 아첨을…….”

“설마, 그렇게까지 노골적인 짓은 할 수 없으니까 고위층에서는 부인에게 달려가 슬며시 성으로 되돌아오게 했다네.”

미조부치가 말하고 싶은 것은 도사 번의 내정이 변하고 있다는 사실인 듯했다.

"어쨌든 료마를 만나고 싶다"고 미조부치 고노조는 말했다.

"하지만……."

나카지마 사쿠타로는 고개를 갸웃거렸다.

"미조부치님이 번리라는 입장에서 탈번인의 우두머리와 만나게 되면 나중에 번청에서 귀찮게 굴지 않을까요?"

"나는 소심한 사람이야. 부끄러운 말이지만 료마와 뜻을 같이 하면서도 번을 뛰쳐나올 수가 없었다. 그토록 소심한 내가 료마를 만나려고 한다면 그것만으로도 도사 번청이 많이 달라지고 있다는 것을 알 수 있을 테지."

미조부치의 말투에는 료마에게 무언가 중대 제안을 하고 싶은 것이 있는 듯했다.

"그렇습니까?"

나카지마는 말했다.

"하고 싶은 말이 있다. 그러니 나카지마군, 자네가 좀 다리를 놓아 줘야겠어."

"미조부치님의 입장이 마음에 걸립니다. 만나고 싶으시다는 것은 번리로서? 아니면 옛 친구로서?"

"양쪽 다야."

"솔직히 말씀드리지만 사카모토님은 두 번씩이나 탈번한 분입니다. 번청으로서는 찢어 죽여도 성이 풀리지 않을 중죄인입니다. 그리고 번청에서 죽여 버린 다케치 한페이타의 친구이기도 합니다. 이렇듯 제가 자꾸 다짐을 하는 것은……."

나카지마는 일순 숨을 한번 몰아쉬고 말을 이었다.

"위험하기 때문입니다. 설마 저는 미조부치님이 사카모토님을 배신하리라고는 생각하지 않습니다. 그러나 우리로서는 경계할수록 좋은 일입니다. 뭐니 뭐니 해도 사카모토 료마란 분은 이미 저희들에게 수령이라는 정도를 넘어서 일본을 구하는 제석천(帝釋天)이나, 비사문천(毘沙門天) 같은 존재이시니까요."

나카지마 사쿠타로는 나이가 어렸다. 그만큼 표현이 설익어, 미조부치의 감정을 몹시 상하게 했다.

"내가 사카모토를 배신할 염려가 있단 말인가?"

"그렇다고는 말씀드리지 않았습니다. 다만 다리를 놓는 저로서는 미조부치님이 무슨 일로 사카모토님을 만나시려는지, 그것을 알지 않고는 나설 수 없다는 겁니다. 저는 지금 어린애들의 심부름을 하고 있는 것은 아니니까요."

"자네 아직 말투가 너무 어리다. 그만큼 젊은 셈이지. 하지만 그렇게 위태로운 젊음을 지닌 자네에게 중대 내용을 밝힐 수는 없지 않는가?"

"뭐라구요!"

나카지마는 걷잡을 수 없을 만큼 격분해 버리고 말았다.

"진정해!"

미조부치는 난처해졌다.

"그렇다면 조금만 얘기하지. 도사 번의 내막은 지금 말한 대로다. 바야흐로 24만 석의 도사 번이 은근히 믿고 의지하고 싶은 것은 사카모토 료마뿐이다. 자, 눈치 빠른 자네라면 무언가 짐작했을 테지?"

"난 머리가 나쁘오!"

나카지마는 철썩 자기 머리를 때렸다.

"그러니 그 정도로는 알 수가 없소."

"료마라면 그 정도만 말해도 짐작이 갈게다. 용건은 어떤 번의 요인과 대면케 하려는 거라서 더 이상은 말할 수 없다!"


나카지마 사쿠타로는 가메야마 동문으로 돌아오자, 니시하마의 나가사키 요릿집에서 있었던 일을 자세히 료마에게 전했다.

"미조부치는 번의 내막을 그렇게 말하던가?"

료마는 대답하고 나서 잠시 동안 생각했다. 시모노세키에서 만난 나카오카 신타로도 료마에게 말했었다.

——조슈가 대승한 후, 도사 번은 크게 흔들리고 있다. 물론 완미한 수구파(守舊派)나 막부파는 여전하지만, 요도공 측근의 똑똑한 젊은이들은 이것을 계기로 해서 막부와 손까지 끊지는 않더라도 사쓰마 조슈와 가까이 지내는 것이 좋으리라는 생각을 하기에 이르렀다. 이누이 다이스케(乾退助), 고토 쇼지로(後藤象二郎) 등이 그렇고, 다니 모리베(谷守部)도 물론 그런 생각으로 바뀌어졌다.

그것과 이번에 미조부치가 말했다는 번정(藩情)은 완전히 부합되고 있는 것이다.

"죽은 다케치님은 번 고위층을 기회주의자라며 공격하고 있었습니다만, 정말 그대로가 아닙니까?"

말끝이 조슈 사투리였다. 젊은 나카지마 사카쿠로는 한동안 조슈에 가 있었기 때문에 조슈적인 과격 사상과 아울러 말투까지 물들어 버린 것이었다.

"도사 말을 쓰도록 해!"

료마는 표정이 딱딱해지며 말했다. 자주성을 가지라고 말하고 싶었으나 적당한 말을 찾지 못했던 것이다.

"하지만 기회주의……."

"기회주의건 뭐건 좋다. 도사 번이 거기까지 왔다는 그 자체가 큰 문제가 되는 거다."

"그러나……."

젊은 나카지마 사쿠타로는 수그러지지 않았다.

"기회주의란 사나이로서 무사로서 가장 수치스럽게 생각해야 할 일이 아닙니까? 비겁한 일부 고위증의 손에 좌우되고 있는 우리 번이 거기까지 타락해 버렸다는 것은 용서할 수 없습니다."

"그런 말은 사서 오경(四書五經)의 강론 좌석에 가서 해라. 세상은 움직이고 있단 말이다."

료마는 타이르듯 말했다.

"바로 그 기회주의자에 의해 정해지는 것이다. 시국도 역사도 그렇다. 신구 세력이 맹렬히 싸운다. 어느 쪽이든 이기게 된다. 그러면 그 이긴 쪽에 수많은 기회주의자가 몰려가고 그로써 세상의 흐름은 결정되는 거다. 기회주의자라고 무시할 수 없단 말이다."

"사카모토님은 다케치님과 다르시군요."

나카지마는 불만스러운 듯 말했다.

"다케치님이라면 그런 불결한 짓, 불순한 짓을 용서하지 않습니다. 사카모토님은 그것을 용서하고 있을 뿐 아니라 그 세력을 이용해서 무엇인가 해내려고 하시는군요?"

"다케치는 선인이고 나는 악인이다."

료마는 웃지도 않고 말했다.

"다케치 한페이타란 사나이는 석가, 공자, 소크라테스(어디서 들었는지 료마는 그런 이름도 알고 있었다)와 같은 존재다. 나하고는 종류가 다른 인간이야. 나는 진시황, 한고조, 오다 노부나가, 워싱턴 같은 부류다. 인간의 악과 불결, 불순 등을 이용해서 일을 하는 사람이다."

료마는 미조부치에 관한 이야기를 들었을 때

'어쩌면——'

하는 어떤 희망을 가졌다. 가메야마 동문의 곤궁을 타개할 수 있는 실마리를 '도사 번의 새로운 정세'라는 방향에서 찾아 낼 수 있지 않을까 생각했기 때문이다.

"미조부치를 만나자."


료마가 미조부치 고노조와 만나는 것에 대해 나카지마 사쿠타로를 비롯한 대부분의 가메야마 동문 논객들이 반대했다.

타번(기슈 번) 출신인 무쓰 요노스케마저 신랄하게 따지고 들었다.

"사카모토님은 두 차례씩이나 탈번했소. 더구나 평소에도 도사 번을 백안시(白眼視)해온 터요. 그런데 이제 와서 그 도사 번 사람을 만나려는 건가요?"

"도사 출신들의 목은 통뼈다."

료마는 이런 소리를 했다.

"다케치님처럼 지조를 굽히지 않을 때는 이 통뼈가 큰 힘을 발휘하게 되지만 대신 복잡한 시국에 대처하고 싶을 때도 목이 돌아가지 않는다. 가메야마 동무의 도사나기들은 당연히 그런 경향이 있지만, 기슈인(紀州人)인 군마저 같은 소릴 하는 건가?"

이날 아침 료마는 칼자루의 칠이 벗겨진 무쓰노카미 요시유키를 차고, 하오리를 입지 않고 여전히 허름한 하카마를 입은 채 하카다 거리(博多町)에 있는 고소네 별저를 나섰다.

이미 미조부치에게는 나카지마를 보내서 "니시하마의 시마바라야(島原屋)에서 만나자"라는 연락을 해 두고 있었다. 시마바라야는 극히 대중적인 요정인데 사발 같은 큼직한 공기에 찐계란 찌개로 이름난 곳이었다.

"실례하오."

료마가 들어서자, 아래층에서 신발을 간수해 주는 노인이 료마의 게다(왜나막신)가 하도 지저분한 데 놀란 듯 중얼거렸다.

"신발 간수를 40년 동안이나 해왔지만 이렇게 더러운 게다는 처음인걸."

료마의 귀에까지 그 소리가 들려, 자기도 모르게 층계를 올라가다가 웃음을 터뜨리고 말았다.

"영감님, 다음에는 구두를 신고 오리다."

료마는 크게 으쓱거리면서 말했다.

료마는 웬일인지 편상화(編上靴)와 향수를 아주 좋아했다. 하기는 구두야 한두 켤레만 있으면 족했기 때문에 남는 것은 가메야마 동문의 누구에게 주어버린다. 향수도 어쩌다 지저분한 옷깃에 뿌려보는 일이 없지 않았지만 대개는 오료나 가게쓰 루(花月樓)의 기생, 하녀 따위에게 주든가 또는 고향에 보내서 하루이(春猪)에 대한 선물로 삼는다.

료마는 이층으로 올라갔다.

이층은 두 방을 터놓고 있어 모두 이십 조(疊) 쯤은 됨직했다. 다다미 두 장에 식탁이 하나씩 놓여 있고 칸막이로 그 사이를 막고 있다.

시간이 일러서 손님은 한 사람도 없었다. 다만 구석 쪽에 미조부치 고노조가 먼저 와서 앉아 있을 뿐이었다.

"여어!"

료마는 미조부치를 보자 칼을 끌러서 한옆에 내던지고 앉았다.

"몇 년 만인가?"

분명히 분큐(文久) 원년 이후로 처음 만나는 것이었다.

미조부치는 기다란 얼굴에 어울리지 않는 조그만 눈에 눈물 같은 것이 글썽거리며 료마를 올려다봤다.

에도에서 검술 수업을 하고 있을 때, 가지바시의 번저에서 뒹굴던 생각을 하면 그야말로 꿈과 같은 변화였다.


미조부치 고노조는 목소리가 작았다.

나지막한 목소리로 오순도순 이야기하는 버릇이 있었으나, 그러면서도 말이 많은 편이었다.

"고향에서는 곤페이님이나 오토메님, 하루이님, 모두 무고하네."

"사이다니야(才谷屋)의 딸들은 모두 출가했나."

사카모토 집안의 분가(分家)인 상가(商家)였다. 집은 사카모토네 뒤쪽에 있었으며, 성 아랫거리 굴지의 호상으로 알려진 데다 대대로 미인이 태어나, 모두 이상하게 여기고 있는 집안이다.

"모두 출가했네."

한 사람 한 사람, 어디로 출가했는지를 말한 다음, 미조부치는 앉음새를 고치며 나카지마 사쿠타로에게 한 말을 되풀이했다.

"번도 많이 달라졌어."

료마는 끄덕이면서 그 말을 들었다.

"가이세이 관(開成館) 얘기는 들었나?"

"음······."

들었다는 뜻으로도 그 반대의 뜻으로도 생각할 수 있는 대답이었다. 하기는 미조부치로서는 그 어느 편이든 상관없는 일이었다.

"굉장한 시설이야. 가가미 강(鏡川)변에 마치 성 같은 건물을 지었으니까 말이지."

가이세이 관은 노공 요도와 참정 고토 쇼지로가 새 정책의 일환으로서 세운 것이었다. 요컨대 도사 번의 근대 산업화와 부국강병을 꾀하기 위한 중심 기관이다.

부국강병에는 우선 돈이 필요하다고 보고 일체의 번영 사업을 여기서 통할 지휘한다. 도사 번의 주요 생산물이 종이와 장뇌(樟腦)의 제조 판매 등, 일체 이 기관에서 통제하는 것이다.

뿐만 아니라 여러 가지 부국(部局)이 있었다. 이를테면 금, 은, 동 등 지하자원을 탐색 개발하는 광산국, 고래를 잡는 포경 부문, 외국의 서적과 기계를 구입하는 부문, 서양 의학을 연구하는 부문, 특히 이와 관련해서 성 밖 고다이 산(五臺山)에는 부속 병원까지 만들었다.

그리고 해군국(海軍局)도 있다.

"료마! 모두가 자네 구상대로 되어가고 있네."

"그래?"

료마는 고개를 끄덕여 보이고 화제를 바꾸었다.

"구파(舊派)들이 어지간히 귀찮게 굴 텐데."

신분의 상하를 물을 것 없이, 어느 번에서나 거의 미신에 가까울 만큼 완미(頑迷)한 보수적인 양이 사상을 지닌 자들은 미처 쓸어버릴 수 없을 만큼 득실거렸다.

신국(神國)인 일본이 양이(洋夷)들의 흉내를 내다니 말이나 될 일이냐는 패들이다. 근왕파인 다케치 한페이타마저 그런 고루성을 버리지 못하고 있었다.

"귀찮을 정도가 아니라……."

미조부치는 말했다.

"피비린내 나는 변란이 벌어질 것만 같네. 가이세이 관 정책을 밀고 나가고 있는 참정 고토 쇼지로는 완고한 막부파들로부터 생명의 위협을 받게 되어, 그것을 피하려고 밀항해 지금 상해에 가 있네."

"허어……."

"노공(老公)의 배려로 고토는 상해로 난을 피한 후 그곳에서 포함(砲艦) 구입을 위한 교섭을 벌이고 있는 중일세."

"재미있는 사나이야."

료마는 오늘날의 도사 번을 짊어지고 있는 그 젊은 수상에게 흥미를 느꼈다.

"고토씨는 머지않아 상해를 떠나 이곳 나가사키로 돌아올 걸세. 그런데 그는 오래 전부터 마치 연인을 그리듯이 자네를 만나고 싶어 하고 있어."

미조부치가 노린 점은 바로 그것인 것 같았다.


고토 쇼지로.

덴포(天保) 9년 생이어서 료마보다는 3살 아래니까, 만 28살이 되는 셈이었다.

그는 앞으로 료마와도 깊은 인연을 맺게 된다. 따라서 잠시 그를 위해 붓을 돌릴 필요가 있을 것 같다.

난세의 영웅이라고 할 수 있다.

머리의 짜임새가 거칠어서 세밀한 계획은 세울 수 없었으므로 치세(治世)의 능리(能吏)라고는 할 수 없으리라.

대신, 난세에는 적합했다. 사물을 대체적인 면에서 파악하며, 과감한 행동력과 담력을 지니고 있었다. 사람을 조금도 겁내지 않는다. 고토 집안은 전국시대의 호걸 고토 마다베에(後藤又兵衞)의 후예라고도 하지만, 쇼지로 같은 사나이도 전국시대에 태어났더라면 좀더 재미있는 인물이 됐을지도 모른다.

막부 말기도 난세이기는 하다.

그러나 사회 제도가 완고한 막부 체제(幕府體制)에 놓여 있어서 전국시대와는 상황이 달랐다. 다만 그 막부 체제도 시대의 물결과 더불어 이제는 어쩔 수 없는 단계에까지 이르고 있었다.

일례를 들면 도사 번의 노공 요도는 번의 군대를 양식화(洋式化)하려고 했고 일부 상급 무사들에게도 양식 총을 배우게 했다.

이것이 그들의 반발을 샀다.

"노공이나 주군께서는 우리를 잡병으로 만드실 생각인가?"

전국시대 이래 총은 말단 병졸들이 가지게 마련이어서, 신분이 높은 무사들은 말을 타고 창을 드는 것에 자부심을 가졌다. '창만으로 대를 이어 온 가문'이란 말도 그런 데서 나온 것이었다.

다시 말하면 지니는 무기에 따라 신분과 계급이 정해져 있었던 것이다. 서양의 군대와는 그런 점이 다르다. 따라서 이것은 고위 번사들의 자부심을 손상시켰으며 믿어지지 않을 만큼 심각한 충격을 주었다. 맹렬한 반대론이 대두되었다. 반대론을 분류한다면 보수적인 양이론(攘夷論)이었다.

한 예를 들면 이런 식이었다. 이런 상태에서는 구태를 깨뜨리고 새 정책을 들고 나서자면 전차와 같은 실행력과 강인한 신경이 필요했다.

요도가 젊은 수상으로서 고토 쇼지로를 발탁한 것은 그런 데에 이유가 있었다. 고토의 역할은 구질서를 교묘히 파괴해 가면서 번내에 신체제를 수립하는 것에 있었다. 고토의 호탕하고 양성적이고 과감한 성격은 그런 일에 안성맞춤이었다.

"고토는 큰소리만 친다"는 뒷공론이 돌았다. 언변이 대단했으나 세부적인 것은 말하지 않고 항상 큰소리만 늘어놓음으로써 상대방을 어리둥절하게 하는 것이다. 고대 중국에 등장하는 동양적인 호걸이 별안간 일본의 막부 말기 시대에 나타난 감이 있었다.

막부 말기에 영국 공사의 통역관으로서 활약한 어네스트 사토는 이 이야기의 다음 해, 도사 앞바다의 영국 군함 함상에서 고토와 만나고 그의 저서 '막말 유신 회상기(幕末維新回想記)'에서 이렇게 말하고 있다.

"공사(영국 공사 퍼크스)는 완전히 고토에게 반해 버렸다. 지금까지 만나 온 일본인 중에서 가장 총명한 인물의 하나라는 것이다. 나 역시, 인격적인 박력을 지닌 사이고 다카모리를 제외하고는 그보다 나은 인물은 없으리라고 생각했다."

고토에게는 그런 총명성이 있었다. 시국을 통찰하고 기민하게 파악할 줄 알았으며, 분쟁을 조성하는 데 있어서도 상대방의 심리나 욕망을 교묘히 포착하여 마음대로 이끌고 가는 것이다.

기묘한 사나이가 기류 속에 뛰어든 셈이었다. 밑바닥에 구멍이 뚫린 큼직한 보자기(허풍선이라는 뜻)라고 할 수 있었다.

'구멍 뚫린 보자기'라고는 하지만, 막부 말기, 고토가 노공 요도의 위세를 업고 다니며 종횡무진 활약을 했을 당시에는, 별로 알아채는 사람이 없었다. 그러나 난세가 수습되고 유신이 일어나, 고토가 유신의 공신으로서 참의, 백작 등이 됨에 이르러――암만해도 고토 백작은 수상하다――고, 세상에서 보는 눈이 달라졌다. 항상 거창한 계획을 세우지만 무슨 일이든 실패만 하는 것이다.

돈을 물같이 쓰면서 이재(理財)의 관념은 전혀 없다고 해도 좋았고, 특히 돈에 대해서는 공사의 구별이 없었다.

"고토는 너무 인물이 크다. 중국의 황제쯤으로 태어났더라면 좋았을 뻔했다" 하고 가쓰 가이슈는 자주 말하곤 했다.

유신 당시의 혼란 중에 중신이었던 고토는 멋대로,

"도사 번의 오사카 번저와 에도 번저, 그리고 기선 같은 것도 모두 줄 테니 장사를 한 번 해 보아라" 하고 그가 사랑했던 번리 이와사키 야타로(岩崎彌太郎)에게 선뜻 재산을 주어 버리고 말았다. 이와사키가 영문도 모르고 고토로부터 받은 재산 중에는 료마의 가메야마 동문 재산도 적지 않게 들어 있었다. 이와사키는 그것을 바탕으로 하여 무일푼의 몸으로 입신해서 료마의 사업을 계승했고 후일 미쓰비시(三菱) 회사로 발전하는 기반을 쌓아 올렸다.

다만 고토식 방법의 재미있는 점은 "그것을 주는 대신 도사 번의 부채도 네가 짊어져라" 하고 일거에 번의 부채 문제를 해결해 버렸다는 점이다. 이와사키는 사업에서 얻은 이윤으로 구번의 부채를 금방 갚아버렸다.

고토는 유신 뒤에 정계에 욕심을 두었다. 그리고 그 자금원을 이와사키에게 두었다.

그가 하도 돈을 긁어가는 바람에 이와사키도 마침내 "더 이상 도와 드릴 수 없다"는 비명을 질렀다.

고토는 스스로 돈을 벌어 보려고 했다. 역시 료마의 사업과 구상을 본보기로 하여 오사카로 가서 호라이 사(蓬萊社)라는 외국 무역 상사를 창립했다.

창립할 때 이와사키를 비롯한 부상(富商)으로부터 막대한 돈을 빌렸으나, 금방 실패하고 말아 기록적인 채무왕이 되어 버렸다. 당시의 오사카 부(府) 예산보다도 많은 2백만 원이라는 거액이었다.

채권자들은 오사카의 숙소로 쇄도했으나 고토는 태연히 낮잠을 자고 있었다. 그를 위로하기 위해 번정(藩政) 당시로부터의 맹우인 이다가키 다이스케도 찾아왔으나, 고토의 태연한 낮잠을 보고는 입을 다물지 못했다.

고토는 말했다.

"영웅이란 이런 거다. 영웅은 일을 시작할 때 실패까지 고려하고 대비하지는 않는다. 그 때문에 나도 이 꼴이 됐네."

메이지 13년 파리로 외유(外遊)했을 때, 청국(淸國) 공사 중 기택(曾紀澤)과 만나 "귀국과 우리나라는 서로 싸워가면서 국력을 발전시켜, 동양의 기운을 크게 신장시키도록 하자" 하고 큰소리를 늘어놓아, 증 기택을 아연 실색케 했다. 대대적으로 전쟁을 일으키자는 말을 외교석상에서 하는 터무니없는 자도 흔치는 않으리라.

고토에게는 그와 비슷한 일화가 적지 않다. 요컨대 너무 기개가 호탕하여 세상에서는 써먹기 어려운 사나이였던 것이다.


조금만 더 '고토 쇼지로 이야기'를 계속하기로 하자.

그가 어떻게 도사 번 정계의 정점에까지 치솟았는가 하면, 우선 그의 출신이 상급 무사 중에서도 두드러지는 가문이었기 때문이다.

녹봉은 1백 50석, 대대로 주군 경호역을 맡고 있었다.

1백 50석이라면 대수롭지 않은 녹이기는 하다.

사실상 가산으로 본다면 향사인 료마의 사카모토 집안이 훨씬 유복했다. 사카모토 집안의 영지는 1백 60석이어서 고토 집안보다 조금 많았던 것이다. 그러나 사카모토 집안의 경우, 집안의 격식이 어디까지나 향사여서 계급적으로는 하급 무사에 속하므로 번정에 관여할 수가 없었으나, 상급 무사인 고토 집안의 경우는 능력 여하에 따라 참정이 될 수도 있는 가문인 것이다.

당장 쇼지로의 숙부뻘 되는 고(故) 요시다 도요(吉田東洋)도 그 정도의 가록으로부터 출발하여 참정에 발탁됨으로써 번의 독재 정치(獨裁政治)를 폈다.

쇼지로는 어렸을 때부터 이 요시다 도요의 눈에 들었다. 도요가 한 때 칩

거의 신세가 되어 성 밖 나가하마(長濱) 마을에서 사숙(私塾)을 열었을 때, 고토는 이누이 다이스케 등과 같이 입숙하여 그의 훈도를 받았다. 도요는 고토의 호탕한 성격과 머리가 좋고 날렵한 점을 사랑하여, 행정가로서의 자기 후계자로 만들 생각이었던 듯했다.

어느 날 도요는 숙생들에게 숙제를 냈다.

무역론(貿易論)이라는 제목으로 논문을 작성해 오라는 것이었다.

고토에게는 장재(將才)는 있어도 치밀한 논문을 쓸 수 있는 머리는 없었다. 묘책을 생각하여 가모다(鴨田) 마을에서 금방을 내고 있는, 아키(安藝) 고을 이노구치(井口) 마을 출신인 이와사키 야타로에게 답안 작성을 부탁했다.

도요가 제출한 고토의 답안을 보니 자기도 못 미칠 만큼 훌륭했다.

'설마 그 녀석이……'

그렇게 생각하여 불러 들여서 힐문한 결과 고토는 남이 써 줬다는 실토를 했다.

"누가 써 주었느냐? 무사 신분에 있는 자인가?"

"아닙니다. 지하 낭인(地下浪人)입니다."

지하 낭인이란 향사 신분에서도 떨어져 낭인으로 정착해 버린 자를 말한다. 칼을 차고 있지만 신분은 자작 농부나 다름없었다.

"그런 자 중에 이만한 인물이 있었던가?"

귀족 의식이 강한 도요도 놀라서, 이와사키 야타로라는 미천한 자를 데려오게 했다. 이 이야기는 이미 앞에서도 쓴 바 있지만, 요컨대 야타로는 이것이 계기가 되어 도요와 고토와의 유대를 맺게 된 것이다. 그의 직책만은 번의 하급 경리(警吏)에 지나지 않았지만——

고토는 도요의 번정 복귀와 더불어 소장 관료로서 점차 그 지위가 높아져, 도요가 다케치 한페이타 일파에 의해 암살된 후로는 노공 요도의 총애를 받게 되어

'장차는 도요의 후계자로서……'

이럴 정도의 신망을 얻기에 이르렀다.

이윽고 고토는 번의 경찰국장이라고도 할 수 있는 총감찰관(總監察官)으로 발탁되어, 요도의 명에 의해서 근왕파인 하급 무사들에 대한 일대 탄압을 단행했다.

다케치 한페이타를 죽인 것도, 기요오카 도쿠간류(淸岡獨眼龍) 등 23명의
지사를 죽인 것도, 직접적인 하명을 한 것은 이 고토 쇼지로였다.
　근왕파인 하급 무사들은 요도를 원망할 수 없기 때문에 고토를 증오했다.
　이윽고 고토는 참정으로 다시 발탁되었다. 물론 요도가 그 배경이었다.

　고토 쇼지로의 유일무이한 보호자인 ‘노공’ 요도는 이 젊은 재상을 감싸고
있었다.
　“곱게 보면 곰보도 보조개로 보인다는 말이 있지만, 내 눈으로 보면 쇼지
로의 엉터리 같은 행동이 바로 그렇다. 그것은 허풍이 아니라 호기활달
(豪氣濶達)이라고 해야 한다.”
　호탕하기로 이름이 났고 영웅으로 자처하고 있는 야마노우치 요도는, 젊
은 고토가 마치 자신의 분신처럼 보였던 것이리라.
　금년 초에 고토는 요도에게 도사 번의 새로운 방침을 설명하면서 말했다.
　“지금 천하는 혼란에 빠져 있습니다. 무엇보다도 중요한 것은 번의 실력을
배양하여 후일 천하를 태평케 할 기반을 만들어야 할 줄 압니다. 그리기
위해서는 외국 선박을 사들여 남양 제도(南洋諸島)를 점령함으로써, 번의
영토를 넓히지 않으면 안 됩니다.”
　“허어.”
　이 고토의 거창한 안에 요도는 무릎을 치며 기뻐했다.
　“그러자면 배가 필요하단 말이지?”
　군함과 병력을 수송하기 위한 수송선이 필요했다. 그러나 도사 24만 석의
재정은 거의 파산 상태에 있었으며 서양식 선박을 사들일 돈 따위는 있지도
않았다.
　그러나 요도는 매사에 초연한 사나이였다.
　“그러자면 돈이 필요할 테지. 그대는 곧 노신들과 의논하여 돈을 있는 대
로 긁어 가지고 나가사키에 가서 배를 구입하도록 해라.”
　그 ‘있는 대로 긁은’ 돈이 고작 3천 냥이었다. 고토는 부하를 데리고 나가
사키로 가자, 밤낮으로 호화판 주연을 벌임으로써 도사 번이 얼마나 부유한
가를 선전한 다음, 외국 상인들로부터 연이어 총포 선박을 사들여 막대한 부
채를 지고 말았다.
　이 때문에 고토는 번비를 낭비한다는 소문이 본국에 퍼져, 감찰관이 나가

사키까지 급파되는 소동마저 벌어졌으나, 고토는 그것을 기막히게 얼버무려 버렸다. 그러나 본국의 강경론자들은 그 정도로는 물러나지 않았다.

"주군을 위해 고토를 처치해야 한다"고까지 떠들어대기 시작하자, 요도는 고토의 신변을 염려하여 출장이라는 명목으로 상해로 피신시켰다. 상해에서도 고토는 그 버릇을 버리지 못하고 포함 세 척을 또 사들였다. 단 계약금만을 지불했을 뿐 대금을 지불하지 않았으므로, 그것은 모두 부채가 되는 것이었다.

이에 관해서 재미있는 이야기가 있다. 고토는 외국 상사가 대금 완불을 강력히 요구하기 시작하자, 난처해진 끝에 사쓰마 번으로부터 급전을 융통할 셈으로 나가사키로 와서 고다이 사이스케에게 회담을 신청했다. 고다이는 사쓰마 번에 있어서 양식 기계 구매 담당관이었다.

고토는 빚을 얻으려는 회견 석상에서 엉뚱하게 도사 번이 얼마나 부유한가를 떠벌리기 시작하여 크게 허풍을 떨었다.

"우선 생산품만 해도 장뇌, 종이, 경유(鯨油) 등이 있소. 천하제일이라고 해도 좋을 거요."

"그러니 도사 번에는 마음 놓고 돈을 꾸어 줘도 좋다"는 말을 고토로서는 하고 싶었던 것이었을 테지만 고다이는 역이용하였다.

"그토록 부자라면, 실은 우리 번에서 어쩌다 예산에도 없는 것을 사가지고 대금 지불 때문에 골치를 앓고 있는 배가 있으니, 그것을 대신 사줄 수 없겠소?"

이렇게 물고 늘어지는 바람에, 마침내 고토는 거꾸로 고다이 때문에 사만 냥 짜리 배 한 척을 더 사야 했다는 것이다.


요컨대 도사 번의 나가사키 출장 번리 미조부치 고노조는, 료마와 고토 쇼지로를 만나게 하려는 것이 목적이었다.

"부탁하네, 료마, 도사 번을 위해서일세."

"도사 번을 위해서 말이지……."

료마는 고개를 갸웃거렸다. 고작 한다는 말이 도사 번을 위해서라는 것이 마음에 들지 않았다.

"고노조, 나는 말일세, 도사 번이 싫어서 탈번한 사람이야. 도사 번에서도 나를 좋게 생각하지 않는 증거로, 한 때는 경리(警吏)인 이와사키 야타로가 오사카까지 쫓아와서 내 신변을 염탐하고 다니지 않았나?”

“그건 할 수 없었던 일일세. 번에서는 자네를 요시다 도요 살해범의 한 사람으로 보고 있었던 거야. 그럴 수밖에 없었던 것이, 자네의 탈번은 분큐 2년 3월 24일이고 도요가 피살된 날이 같은 해 4월 8일이니 시기로 봐서도 부득이하지 않았겠나?”

“그러니까 화가 난단 말이야.”

“어째서?”

“이 사카모토 료마가 남을 암살이나 하고 다니는 위인으로밖에는 안 보인단 말인가? 고향 사람들이 그렇게 생각한다는 사실만으로도 분하기 짝이 없는 일일세. 고노조, 도사 번에 대한 원한은 바로 그거다.”

“그것뿐인가?”

“사내대장부란, 자신이 믿는 자신의 아름다움을 지키기 위해서는 죽음도 불사하는 거야. 이 사카모토 료마는 언제나 떳떳한 사나이라고 스스로 믿고 있다. 암살 따위나 하는 사람관 다르단 말일세. 가만히 보니 오히려 고향에서 이 료마라는 사람을 몰라주는 것 같네.”

“고향이란 그런 것 아닌가?”

미조부치 고노조는, 료마의 감상도 아니고 분노도 아닌 기묘한 감정에 끌려들어 자기도 모르게 눈시울이 뜨거워지는 느낌을 금치 못하고 있었다.

“료마, 고향이란 그런 것일세. 바꾸어 말하면 고향에 대한 자네 생각도 역시 그런 게 아닌가? 그립기도 하고 원망스럽기도 하고, 이 생각 저 생각 하는 동안에 그리움과 원한이 범벅이 된다. 도사 번에 대한 자네의 태도는 사랑하기 때문에 그만큼 원한도 커진 걸세.”

“미조부치, 역시 나이를 먹더니 내 마음을 뒤집어보듯이 찍어내는군.”

“당연하지. 자네만큼 더 없이 활달한 사람이 도사 번에 관한 한 유난히 구질구질한 말을 한다면, 그런 심정이 있는 증거가 아니겠나?”

“과연 조롱박이야.”

“그 소리는 집어치우게.”

미조부치는 언짢은 기색을 보였다. 뛰어난 재능을 지닌 사나이지만 얼굴이 터무니없이 긴 탓으로 고향 사람들로부터는 공연한 놀림감이 되곤 한다.

“나도 모르게 불평을 늘어놓았네. 좋아, 참정 고토 쇼지로를 만나기로 하지.”

"만나 주겠나? 고토씨와 자네가 손을 잡게 된다면 그건 천하의 정사일세. 천하의 풍운은 그 두 사람이 불러일으키게 될 거야."

"나는 나대로 생각이 있네. 도사 번을 위해서가 아니라 천하인인 이 사카모토의 이익을 위해서 만나는 거다. 그 점을 고토에게도 미리 말해 주게. 나는 도사 번의 가신이 아니라는 사실을 말이야."

"알고 있네."

"그리고……."

료마는 말했다.

"고토 쇼지로는 다케치 한페이타를 죽였어. 우리 동지가 고토를 죽일지도 모르네. 그러니 나가사키에서는 밤 외출은 삼가라고 전해 주게."


그 다음다음 날이었다.

가메야마 동문의 나카지마 사쿠타로가 상용(商用)으로 오우라(大浦) 해안에 가자, 상해에서 배 한 척이 들어와 있었다.

'낯 익은 배인걸……'

마스트에는 영국기가 게양되어 있었다. 자네히 보니 나가사키의 영국계 상관 리처드슨의 배로, 상해와 나가사키 사이를 부정기적으로 왕래하는 아미스티 호(號)라는 것을 알 수 있었다.

이윽고 해안에 있는 상관에서는 손님을 맞기 위해 보트를 저어 나간다.

'가만 있자, 어쩌면……'

나카지마는 화물 그늘에 몸을 숨겼다.

기선을 살펴보고 있노라니까, 보트에 손님들이 옮겨 탄다. 손님은 다섯 명이어서, 영국인이 넷이며 그 중 하나는 양산을 쓴 귀부인 차림의 여자였다. 나머지 한 사람은 일본인 무사다.

의젓하게 큰 칼을 지팡이삼아 보트 앞쪽에 서 있었다. 곁에 있는 영국인이 연방 말을 건네지만 무사는 도도한 자세로 대답조차 잘 하지 않았다. 그것이 유난히 의젓하게도 보이고 당당하게도 보였다.

'저 자가 혹시 고토 쇼지로가 아닐까?'

확인해 보리라는 생각을 했다.

이윽고 고토로 짐작되는 사나이가 상륙했다. 가문(家紋)이 새겨진 검은 명주 웃옷에 센다이 직(仙臺織) 하카마, 하얀 칼자루, 은장식, 남빛 칼집의 대소도(大小刀)와 붉은 칼끈, 하얀 다비(버선)에 흰 끈이 달린 짚신――마치 어느 영주의 공자 같은 호화로운 차림새였다.

'뚱뚱보구나.'

비대하다고까진 할 수 없었지만 어깨가 두툼하고 허리가 우람스러웠다. 키는 보통 키. 용모는 눈썹이 굵고 두 눈이 큼직한 것이 과연 두둑한 뱃심을 보여주는 인상이기는 하지만, 어딘가 개구쟁이 같은 애교도 없지 않았다. 아직 서른도 안 된 나이다.

'고토임에 틀림없다.'

나카지마는 한편으로 대단한 거물이라는 생각도 했다. 도사 24만 석의 참정의 몸이면서 훌쩍 상해까지 밀항도 할 수 있는 사나이다. 다른 번에서라면 생각도 할 수 없는 일이다.

고토는 리처드슨 상관 직원의 영접을 받으며 해안에 있는 상관으로 들어갔다.

나카지마는 그것까지 확인했다. 더 이상은 들킬까 두려워 급히 바닷가를 지나 가메야마 동문으로 걸음을 재촉했다. 동지들에게 알려서, 죽여야 한다면 죽여 버리리라 생각한 것이다. '다케치의 원수'라는 의식이 젊은 나카지마의 피를 끓게 하고 있었다.

한편 상관으로 안내된 고토는――

"도사 번 사람들을 불러 주실까?"

응접실에 앉자마자, 영국인들에게 오만한 자세로 말했다.

"곧 부르러 보내겠습니다."

영국인은 통역인 청국인을 통해서 대답했다.

"여러분들은 자이쓰야(財津屋)에 묵고 계시죠?"

고토의 부하들은 자이쓰야에 유숙하고 있을 예정이었다.

고토는 일본에 돌아오면 큰 번의 참정이었다. 혼자서 나다닐 수는 없었다.

"그럼 기다리고 있겠소."

대접하는 커피를 한 모금 마시고 찻잔을 내려놓았다. 뭐가 이리 쓸까――하고 생각했으리라.

# 세이후 정

얼마 기다리지 않아서 도사 번의 부하들이 나타났다.

"대감, 무사히 돌아오셔서 반갑습니다."

야마사키 나오노신(山崎直之進)이라는 번리가 일행을 대표해서 인사를 했다. 그밖에 다카하시 가쓰에몬(高橋勝右衞門), 미조부치 고노조 등이 있었다.

"상해는 어떠했습니까?"

"에도와는 다르더군."

고토는 웃지도 않고 말했다.

"그야 물론 다르겠죠."

"고치와도 달랐어."

"그렇습니까?"

"황공한 말이지만 교토와도 다르더군."

"그렇습니까?"

모두 어이가 없었다.

"어디가 다른가 하면 두 가지가 있다. 첫째, 그것은 침략자들이 만든 항구

도시다. 침략을 당한 청국인들은 개돼지나 다름없는 신분으로 전락해 있다. 참으로 가엾은 일이야. 정신을 차리지 않을 때는 우리도 그 꼴이 된다. 상해는 일본인으로서는 눈앞에 제시된 교훈이다.”

“옳은 말씀입니다.”

“이 작자들이…….”

고토는 곁에 있는 영국인을 턱으로 가리키며

“우리들의 주인이 되어, 상해에서 말하듯 쿠리(苦力)로서 우리를 부리려고 할 게다. 하기야 일본 무사는 그 꼴은 당하지 않을 테지만.”

“우리들 일본 무사는 허리에 이 칼이 있지 않습니까?”

미조부치 히로노조가 말했다.

“그렇지. 우리는 허리에 칼이 있다. 그러나 내 두 눈으로 보고 나서의 감상이지만, 상해에 가 보니 항구 안에는 지구상에서 위세를 떨치고 있는 칠개국의 군함, 상선들이 빈틈없이 뱃전을 맞대고 정박해 있었다. 그것을 보고 나는 허리의 칼만으로는 어떻게 할 수도 없다는 생각을 했네.”

“흐음…….”

“본국의 노신들과 고루한 양이파들은 내가 가이세이 관(開成館)을 세우고 번을 양식화하려는 것만 가지고도 양이(洋夷)를 숭상하려는 짓이라면서 암살을 계획하고 있다. 내 목을 잘라 버리는 것도 좋지만, 그 다음은 어떻게 하려는 건가. 양이의 군함과 대포 앞에 짓이겨질 뿐이 아닌가? 금후 일본은 될 수 있는 대로 빨리 서양 문물을 받아들여서, 거꾸로 양이의 발호를 억제해야 하며, 나아가서는 청국으로 쳐들어가 상해, 홍콩 등지에 있는 양이를 몰아내고, 청국인들을 까닭 없는 질곡에서 구출해야 한다.”

“예…….”

“그런 것을 느꼈네.”

고토는 흰 부채를 펼치더니 훨훨 목덜미를 부치기 시작했다.

“대감, 그럼 슬슬…….”

“아, 그래?”

고토는 천천히 일어났다. 번리들은 이 젊은 참정 주위에 찰싹 달라붙듯하며 걷기 시작했다.

“덥다. 좀 떨어져 오너라.”

말했으나 그들은 떨어지지 않았다.

"이곳에 근거를 두고 있는 사카모토의 부하 가운데는 다케치 한페이타의 원수를 갚아야 한다고 떠들어 대는 자가 있습니다."

"고치에서의 원수를 나가사키에서 갚는단 말인가?"

고토는 어울리지 않는 농을 하면서 리처드슨 상관의 현관을 나섰다.

그때 우연히 포도(鋪道)에 바퀴 소리를 울리면서 외국인 마차가 지나쳤다.

소동은 바로 그때 일어난 것이다.


진기한 소동이었다.

마차에는 프러시아인 키네프르라는 상인이 타고 있었다.

참고로 말한다면, 프러시아는 독일 연방 중 최대의 영토를 가진 나라로서 특히 철, 석탄 등 천연 자원이 많은 덕분에 산업혁명 이후 유럽에서는 중요한 위치를 차지하게 되었다. 특히 근년에 이르러 빌헬름 1세가 황제의 자리에 앉자, 참모총장 몰트케, 육군대신 론 등의 천재적 군인을 기용하여 군비 확장에 노력했고, 나아가서는 최근 철혈재상(鐵血宰相)이라고 일컬어지는 비스마르크가 군비 확장을 위해 의회를 정회시키고 독특한 구상으로써 군국주의 국가를 세워 가고 있어서, 그 국위는 바야흐로 노쇠한 영국이나 프랑스를 능가하는 것이었다.

자연히 외국에 나가 있는 상인들도 그 국위를 내세워 콧대가 대단했다.

멀리 극동에 있는 섬나라의 나가사키에까지 와 있는, 모험을 즐기는 상인 키네프르는 그 전형적인 프러시아적 난폭성을 지니고 있었다.

"고토, 고토!"

험악한 얼굴로 마차 위에서 소리쳤다.

'골치 아픈 놈을 만났군.'

고토는 그런 얼굴로, 못 들은 체하고 유유히 가 버리려고 했다.

이유가 있었다.

고토는 언제나처럼 제멋대로의 정책(政策)으로 금년 초 나가사키에 와서 키네프르와 직접 담판하여 엔필드 총 천 정을 구입하는 계약을 했다.

한 자루에 30냥이라는 값이었다. 여담이지만, 앞서 료마의 중개로 영국인 글래버로부터 조슈의 이토 슌스케(伊藤俊輔), 이노우에 몬타(井上聞多) 등이 산 값은 한 자루에 열여덟 냥이었다.

두 배 가까운 값이었다. 프러시아인은 이렇듯 날도둑 같은 장사를 했기 때문에 동양에 있어서의 산업 활동은 결국 영국처럼 뻗어가지 못하고 말았다.

그러나 고토는 아무것도 몰랐다. 그 값이 터무니없다는 것도 모르고 계약을 맺고 말았다. 그런데 문제는 돈이다.

"장뇌(樟腦)라면 있다."

고토는 태연자약하게 말했다. 장뇌로 신식 총 천 정을 사들이려는 고토의 뱃심 또한 대단했다.

그런데 키네프르는 상인이었다. 장뇌가 유럽에서는 비싼 값으로 팔린다는 것을 알고 있었다.

"장뇌는 금이 아니다. 그러니 장뇌를 받고 총을 팔수는 없다. 그러나 3만 냥어치를 이 나가사키까지 가져온다면, 그것을 담보로 해서 총 3만 냥어치를 대여해 주겠다. 금은 그 뒤에 주선해 와도 좋다."

그런 식으로 상담을 성립시켰다.

그러나 도사 번에는 3만 냥에 해당하는 대량의 장뇌는 있지도 않았을 뿐더러 키네프르의 총값이 터무니없는 것도 알게 되어, 고토는 계약의 이행을 회피하려고 했다.

키네프르는 격분했다. 그러는 사이에 고토가 상해로 밀항하여 소식을 알수 없게 되자 키네프르는 더욱 격분했다.

"고토를 붙들고 말 테다."——

그렇게 떠들고 다녔다.

그 고토 쇼지로가 지금 리처드슨 상관에서 나온 것이다.

"고토, 계약을 깨뜨린다는 것은 도둑질보다 더한 범죄라는 것을 모르는가!"

마차에서 뛰어내렸다.

키가 크고 뚱뚱한 사나이였다. 오른손에 지팡이를 들고 있었다.


키네프르는 돌이 깔린 길바닥을 지팡이로 두드리면서 소리쳤다.

"장뇌는 어떻게 됐는가……."

순식간에 사람들이 여기저기 둘러서서 이 소동을 바라보고 있었다.

고토는 걸음을 멈췄다. 부채를 폈다 접었다 하며 호통을 쳤다.

"값 자체가 터무니없었다. 그런 물건을 살 수 있으리라고 자네는 생각하는

가?”

키네프르는 독일어, 고토는 일본어였다. 그래도 이상하게 그 어조만으로도 두 사람은 통하는 듯했다.

키네프르는 더욱 격분하여, 데리고 다니던 청국인 통역에게 영을 내렸다.

“이렇게 말해라.”

영을 내렸다.

그 언사가 대단했다.

“계약을 이행하지 않을 때는 상해에 있는 프러시아 동양함대를 도사 우라도 만(浦戸灣)으로 파견할 테다.”

같은 말을 세 차례나 소리치게 하여, 진짜 공갈로써 대하려고 했다.

“군함?”

고토는 코웃음 쳤다.

“도둑놈이 군함을 보낸다는 건가? 더욱 재미있군. 올 테면 와 보아라.”

큰소리를 치며 키네프르의 얼굴을 거들떠보려고도 하지 않았다.

“고토, 모욕할 작정인가!”

“모욕하고 있지 않다. 자네야말로 모욕적이고 공갈까지 하고 있다. 모욕과 공갈에 대해서는 일본 무사가 어떤 태도를 취하는지 모르는가?”

고토는 하얀 다비를 신은 발을 한 걸음 앞으로 내디뎠다.

키네프르는 당황했다.

“베지는 않겠다. 이 나가사키는 막부 관하에 있는 곳이어서 유혈을 삼가는 거다. 그러나 지금 자네는 군함을 도사에 파견하리라고 했다. 올 테면 얼마든지 와 보아라. 일본도 자네들에게 실컷 맛을 보여 줄 테니까.”

“어쨌든 나는 본국 정부에 제소할 작정이다.”

“값을 고쳐 가지고 다시 오너라. 그래도 전쟁을 해야겠다면 얼마든지 응해 줄 용의가 있다.”

“고토”

키네프르는 갑자기 태도를 바꾸었다. 고토의 만만치 않은 태도에 적이 난처해진 모양이었다.

“자네는 상업 관습, 상도덕을 모른다. 일단 계약한 것은 천지가 무너져도 변경할 수 없는 거다. 그것이 상업의 기본이 되는 거다. 자네는 잘못 생각하고 있는 거야.”

"여기는 길거리다."

고토는 체면 관계가 있었다.

"이 소동을 듣고 시중의 양이파 낭사들이 자네를 베어 버리려고 몰려올지도 모른다. 할말이 있거든 장소를 바꾸어서 내 부하들과 천천히 이야기 해 보도록 해라."

그럼——하고 한 마디 내던진 채, 유유히 걸음을 옮기기 시작했다.

자이쓰야 여관에 이르자, 목욕을 하고 옷을 갈아입은 다음, 번리 두세 명을 데리고 시안 다리(思案橋)를 건너 마루야마(丸山)의 환락가로 갔다. 그런 놀이를 무엇보다도 좋아하는 고토였다.

"여진(旅塵)을 씻는 거다. 자, 너희들도 따라 오너라"

"키네프르는 그 태도로 보아 정말 군함을 도사로 보낼지도 모릅니다."

번리들은 환락가를 걷고 있으면서도 안절부절 못하는 듯했다.

고토는 잊어버린 것 같은 얼굴이었다.

이윽고 그들은 가게쓰 루(花月樓 : 引田屋)에 들어가, 단골 기생들을 몽땅 불러 놓고 떠들어 대기 시작했다.


같은 날 밤.

이제 겨우 초경(初更)의 종이 울린 무렵이었다.

료마가 모토하카다 거리(本博多町)의 집을 나와 가메야마 동문으로 가자, 봉당에서 대여섯 명의 가메야마 동문 동지들이 칼을 살펴보고 짚신 끈을 매는 등 유난히 긴장된 빛을 보이고 있었다.

"왜들 이러는 거냐? "

"아, 료마, 하필 이런 때에……"

스가노 가쿠베에는 당황하였다.

사와무라 소노조(澤村惣之丞)도 있었다. 료마의 조카인 다카마쓰 다로(高松太郎)도 있다. 그밖에도 야스오카 가네마(安岡金馬), 노무라 다쓰타로(野村辰太郎), 이시다 에이키치(石田英吉), 게다가 가메야마 동문에서는 가장 뛰어난 한양일(漢洋日) 각 방면의 학자이며 신중하기로 이름난 나가오카 겐키치(長岡謙吉)마저 한몫 끼어 있었다.

모두 도사 번 탈번자들이었다. 다시 말하면 2백 수십 년 동안 상급 무사들에게 고통을 받고 철저한 차별 대우를 받아 온 도사 향사들에 속하는 패들이었다.

　료마는 일순 모든 것을 눈치 챘다.

'죽이러 갈 작정이구나.'

──고토 쇼지로를.

"료마, 말리지 마라."

스가노 가쿠베에가 선수를 치듯 말했다. 죽이지 않으면 안 된다는 것이었다.

"다케치 한페이타의 넋을 달랠 길이 없다. 노네 산에서 죽은 23명 열사들의 넋도 달랠 길이 없다. 고토 쇼지로를 죽이지 않는 한, 동지들의 넋은 헛되이 장천(長天)을 헤매게 되는 거다."

이 마지막 한 마디는 할복한 도사 근왕파의 영재(英才) 마자키 데쓰마(間崎哲馬 : 滄浪)가 숨을 거두기 전에 읊은 시구에서 나온 말이었다.


　보아라, 광풍음우(狂風陰雨)의 밤에
　표표(飄飄)히 혼백은 장천을 헤매리라.


번청이나 상급 무사들에 대한 원한을 품고 죽은 지사들의 심정을, 이 시는 남김없이 나타내고 있었다.

그 데쓰마의 유시(遺詩)를, 봉당에 모여 있는 한 패인 다카마쓰 다로는 문득 생각한 모양이었다. 소리를 참으며 울기 시작했다.

"노공에게는 보복을 할 수 없다."

스가노 가쿠베에도 눈물어린 목소리로 말했다.

"그래서 고토를 베려는 거다. 놈을 베서 하늘에 있는 영령을 위로하고, 아울러 우리들 향사의 기개를 보여 주는 거다."

과연 스가노가 그렇게 말하는 것도 무리가 아니었다. 고토 쇼지로라는 뛰어난 자가 대감찰이 되어 근왕파 탄압을 시작하지 않았던들, 다케치 한페이타도 어떻게든지 빠져나갈 구멍이 있었을 것이었다.

당시 노공 요도는 끝까지 다케치를 죽이려고 했었다. 그러나 다케치를 재판하는 재판관이 하나같이 무능했기 때문에 요도의 기대는 어긋나고 말았다. 그러나 고토가 기용됨으로써 쾌도난마와 같은 솜씨로 사건을 처리하여, 도사번 미증유의 정치 사건을 요도의 뜻대로 해결하고 말았다. 고토가 더욱 요도의 총애를 받게 되어 마침내 참정의 지위에까지 오른 데에는 이 사건 당시의 공적이 크게 영향을 미쳤던 것은 말할 것도 없다.

"고토는 지금 가게쓰 루(花月樓)에서 술을 마시고 있다. 돌아오는 길을 노렸다가 깨끗이 해치울 작정이다. 그의 숙부 요시다 도요와 같은 운명이 되는 거다."

스가노 가쿠베에는 그렇게 말했다.


"료마, 눈감아 줘야겠어."

스가노 가쿠베에는 계속 말했다. 고토 쇼지로를 살해하도록 묵인하라는 것이다.

스가노도, 이시다도, 사와무라도, 료마가 가슴이 섬뜩할 만큼 무서운 표정을 하고 있었다. 도사 향사들의 상급 무사에 대한 원한은 비정상이라고 할 만큼 뿌리 깊은 것이었다.

'이렇게까지……'

같은 도사 번 출신인 료마마저 질린 듯한 느낌으로 그들의 눈을 바라보았다.

모두 비정상이었다. 사람의 눈이 아니었다.

'2백여 년 동안, 엔슈 가케가와에서 온 상급 무사들은 토착 무사인 향사를 차별해 왔다. 개, 돼지와 다름없이 다루어 왔다. 동석하는 것마저 수치스럽게 생각했었다. 사람이 사람을 차별하게 되면 이토록 뿌리 깊은 원한을 사게 되는 것인가?'

다케치 등의 원수를 갚는다는 것은 이미 하나의 명분에 지나지 않았다. 근본은 차별의 역사에 있었다.

"그만두라고는 못하겠군."

료마도 같은 무리의 한 사람이다. 감정적으로는 그들과 공통되는 것이 있었다.

"못하고말고."

스가노도 말했다.

"과연, 료마 자네는 가메야마 동문의 책임자야. 가메야마 동문의 일원인 우리는 무슨 일이든 자네와 의논하지 않으면 안 된다. 자네 명령을 받지 않으면 안 된다. 그러나 이것은 가메야마 동문의 사업과는 다른 일이야."

“이거라면 고토 살해를 두고 하는 말인가?”

“물론. 고토를 죽이려는 것은 우리들의 동지인 다케치를 비롯하여 노네 산에서 죽은 23명에 대한 원수를 갚으려는 거다. 우리들의 사사로운 일이다. 그대는 말릴 수 있는 자격이 없어.”

“그래?”

료마는 정색을 하고 말했다.

“할 테면 해도 좋겠지. 나는 이 문제를 두고 왈가왈부하지 않겠다.”

“그렇다면 비켜 주게.”

스가노는 말했다.

‘어려운 고비인걸……’

료마는 생각했다. 이것을 억지로 제지하면 나중에 감정 문제가 남게 되어 가메야마 동문의 결속에 금이 간다.

그때 무쓰 요노스케와 시라미네 슌메(白峰駿馬)가 어슬렁거리며 나타났다가 이 광경을 보고 눈이 휘둥그레졌다. 무쓰는 기슈 사람, 시라미네는 에치젠 사람으로서, 이 암살 계획과는 아무 관계도 없었다.

“무슨 일입니까, 스가노형?”

무쓰가 물었다. 무쓰와 사이가 가까운 다카마쓰 다로가 간단히 내막을 설명했다.

그것을 듣자 무쓰는 상식론을 내세우며 반대했다.

“무슨 소리를!”

스가노는 화를 냈다.

“기슈인은 잠자코 있어!”

“뭣이?”

그런 말을 듣고 물러날 무쓰가 아니었다.

“가메야마 동문에는 기슈고, 도사고, 에치젠이고 그 따위 구별은 없는 터이다. 그것이 우리 가메야마 동문의 뚜렷한 기치가 아닌가? 60여 주 중에서 우리만이 일본인이라는 것이 우리 가메야마 동문의 신조가 아닌가?”

자칫하면 칼을 뽑아 들고 맞싸울 기세에 이르렀다.

“그만둬!”

료마가 말했다.

그 료마만이 아직 의견을 밝히지 않고 있었다.

스가노 가쿠베에 등이 료마를 밀어 제치듯이 하며 밖으로 나가려고 했다.

"난 왈가왈부하고 싶지는 않지만, 그러나……."

료마는 그 등에 대고 한 마디 했다.

"머지않아 나는 고토와 만날 거다."

스가노 일행은 깜짝 놀랐다.

"뭐라고?"

"내가 고토를 만날 때까지 고토를 살려 두는 것이 나를 위해서나, 가메야마 동문을 위해서나, 일본을 위해서나 유리한 일이야."

"뭐?"

"고토가 다케치의 원수라는 것은 나도 알고 있다. 그러나 그것은 그것이고 천하의 대사는 천하의 대사다."

"뭔가, 그 천하의 대사란?"

"나도 이젠 궁지에 몰렸어"

료마는 마루턱에 걸터앉았다. 봉당에 서 있는 스가노 일행을 올려다보는 자세가 되었다.

"이 가메야마 동문은 파산 직전에 있다. 하기야 가메야마 동문쯤은 하찮은 존재에 불과하다. 그러나 하찮고 작은 존재이기는 하지만 누룩의 한 알이다. 한 알의 누룩으로도 술을 빚을 수 있다. 이 가메야마 동문은 미미하기는 해도 내가 구상하고 있는 새로운 일본을 빚을 수 있는 한 알의 누룩이란 말이다. 이 누룩을 버리게 해서는 안 된다. 그러나 지금 버려지려 하고 있다."

"흐음……."

"지금까지 에치젠 번이나 사쓰마, 조슈 양 번으로부터는 무척 많은 원조를 받아 왔다. 그들은 마치 주주나 된 것처럼, 자기 번의 사업이나 다름없이 이 가메야마 동문을 지켜 주고 키워 주었다. 그러나 배가 침몰하고 어쩌고 하여 지금 사업은 난관에 봉착해 있다. 이쯤 되면 밉디 미운 도사 번이라도……."

료마는 일부러 과장된 표현으로 말했다.

"나는 손을 잡고 싶어졌단 말이다. 하찮은 우리들 향사의 감정은 새로운 일본을 건설하기 위해 버리지 않으면 안 된다고 나는 생각한 거다."

료마는 마루 끝에 책상 다리를 하고 올라앉았다.

"난 고토와 손을 잡을 작정이야."

"뭣이?"

"고토는 도사 24만 석의 참정이다. 요도공의 총애를 받고 있어서 번정을 손가락 하나로도 움직일 수 있는 지위에 있다. 나는 고토를 이용할 작정이다. 그러나 고토를 죽여 버려서는 아무 소용이 없다. 사람의 시체처럼 쓸모없는 것은 또 없지 않나?"

"이봐, 료마!"

"알고 있다. 나는 지금까지 도사 번 따위는 상대도 하지 않는다고 해 왔었다. 그 말을 나는 뒤집고 있는 거다. 식언(食言)을 한다고 욕해도 좋고 변절한(變節漢)이라는 말을 들어도 할 수 없다."

"그러나……."

"내 말을 좀더 들어 봐. 도사는 천하의 대번이다. 그러나 우리로서는 깊은 애증(愛憎)이 얽혀 있는 번이기도 하다. 삼시반 이 증오심을 억누르고 이 번을 가메야마 동문의 중심체로 만들고 싶은 거다."

"료마!"

"내 말을 들으라니까. 우리 가메야마 동문은 사쓰마와 조슈에 의해 유지되고 있다. 거꾸로 말하면 사쓰마와 조슈는 우리 가메야마 동문의 중개로 손을 잡은 거다. 여기에 도사 번까지 끼게 한다면 사쓰마 조슈 도사 세 번이 손을 잡게 되는 셈이다."

료마의 말은 열을 띠기 시작했다.

"사쓰마 조슈 도사 세 번이 결속하면 도쿠가와 막부도 쓰러뜨릴 수 있다. 그러자면 고토가 필요하다. 가쿠베에, 이런 말을 듣고도 계속 고토 암살을 주장할 텐가?"


그 무렵, 고토는 가게쓰 루에서 술을 마시고 있었다.

이럴 때 술자리에는 나가사키 말로 다요시(大夫衆 : <sup>유곽의</sup> <sup>고급 창녀</sup>)라고 하는 계집을 부르기 마련이다.

그 다요시는 지카(千歌)라는 이름이었다. 고토 곁에 바싹 기대 앉아 있었다.

교토, 나가사키, 에도, 오사카 네 도시의 환락가의 특색을 말한 이런 노래가 있다.

> 교토 유녀(遊女)에 나가사키 옷을 입혀
> 에도의 기질대로 시원스럽게
> 오사카 청루(青樓)에서 놀고 싶구려
> 얼마나 멋있는 한량인가요.

교토의 유녀는 미인이라는 정평이 있다. 무역 때문에 많은 돈이 떨어지는 나가사키에서는 유녀들의 의상이 두드러지게 화려하다고 한다. 에도 유녀는 뭐니 뭐니 해도 성품이 호기롭다. 오사카의 화류가는 건물이 호화롭다——그런 뜻을 지닌 노래인 것이다.

'과연 노래대로군……'

고토는 무엇이든 호화로운 것을 좋아했기 때문에, 곁에 앉은 지카의 의상이 눈부신 것에 만족했다.

'이것만은 고치에도 상해에도 없으렷다.'

지카는 희고 갸름한 나가사키형의 얼굴이었다. 미인이라고 하기에 손색이 없었다.

머리 모양은 교토나 오사카식이 아니라 요시와라(吉原 : 에도의 유명한 유곽)식이었다. 그것은 나가사키가 막부령인 데다 오랫동안 막부가 독점했던 무역항이어서, 에도의 장군 직속 무사들의 부임이나 왕래가 잦았기 때문이다. 자연히 서부 지방이면서도 교토, 오사카 풍(風)을 건너 뛰어 에도식이 되어 버린 것이리라.

지카의 머리를 살펴보니까 값비싼 별갑 동곳이 아홉 개, 그리고 은빗을 꽂고 있었다. 화려한 무늬가 놓인 겉옷에, 띠는 검은 벨벳, 그것을 앞으로 매고 있다.

그러나 주석 사이사이에 앉아 있는 다른 예기(藝妓)들은 달랐다. 그녀들의 역할은 유녀와 달라 밤자리의 시중을 드는 것이 아니고 다만 가무(歌舞)만을 맡는 것이기 때문에 어디까지나 조연자인 것이다.

그녀들은 조연답게 주역인 다요시가 돋보이도록 간단한 차림새를 하고 있었다.

머리는 시마다(島田)로 틀어올려 에도의 야나기바시(柳橋) 일대에 있는 기녀들의 모습과 별로 다르지 않았고, 화장도 엷고 수수했다.

그 중에서 굵은 줄무늬 겹옷을 입고 있는 예기 하나가 엷은 화장이면서도 유난히 귀엽게 보였다.

'유녀치고는 미인 아닌가.'

고토는 그렇게 생각하며 물어 보았다.

"넌 이름이 뭐냐?"

"오모토(元)예요."

예기는 입술을 오므리면서 대답했다.

곁에 있던 춤이 능한 나이 든 기녀가 고토에 대한 인사삼아 그런 말을 했다.

"오모토 아가씨는 도사 번의 무사님을 좋아한다고 늘 말하고 있었어요."

"도사의 누구를?"

"사카모토 료마님이에요."

나이 든 기녀는 말했다.

오모토는 당황했다.

"언니, 무슨 말을……."

그러나 이미 해 버린 말은 어쩔 수 없다. 고토는 오모토에게 잔을 내밀며 "그래? 사카모토는 아직 만나 보지는 못했지만 내 동지의 한 사람이야" 료마의 귀에 들어가라고 한 말일 것이다.


밤 10시가 지나서 고토는 묵지 않고 그냥 가게쓰 루에서 나와 버렸다.

이 역시 이 젊은 참정의 성격과 어디엔가 연관이 있는 행동이었으리라. 호화로운 놀이를 좋아하면서도 뒤가 구질구질하지 않았다. 유녀를 불러다 놓고 술만 마시고 돌아간다는 것은 드문 일이다.

"대감께서는 피곤하시다."

부하들은 가게쓰 루의 여자들을 위로했다.

시안 다리를 건너고 있을 때 고토는 미조부치 고노조를 불렀다.

"미조부치"

미조부치가 얼른 허리를 굽히듯하며 곁으로 갔다.

"반갑지 않은 녀석이 뒤따라오고 있는 것 같군."

"예?"

미조부치는 돌아다보려고 했다. 고토는 강 건너 불빛을 바라보면서 말했다.

"돌아다보지 말아라. 자객이란 속으로 겁을 먹고 있는 법이라 이쪽에서 알아챘다고 보면 무턱대고 들이쳐 오는 법이야."

조금도 서두르지 않고 걷고 있었다. 그리고 걸음을 옮기면서 덧붙여 말했다.

"미조부치, 자네는 향사 출신이다. 자객들과도 잘 통할지 모르니, 적당히 얼버무리고 오너라."

"녀석들은 사카모토의 가메야마 동문에 있는 자들일까요?"

"그렇게 밖에는 생각할 수 없지 않나?"

다릿목에 버드나무가 있었다. 서풍에 가지가 흔들리고 있다.

미조부치를 남겨 놓고 걸음을 서둘러 아부라야 거리(池屋町)로 빠졌을 때, 니시우라야(西浦屋)라는 무역상 가게 처마 밑에서 검은 그림자가 튀어나왔다. 요물처럼 길을 가로지르는 순간, 번쩍, 하고 칼날이 번뜩였다. 빼자마자 들이치는 날랜 솜씨였다.

고토는 아슬아슬하게 물러났으나, 옷깃이 세치 가량 베어져 있었다.

"내버려 둬라."

고토는 웃으면서 말했다.

"녀석들, 정말로 벨 생각은 없다. 지금 그 일격, 간격은 충분해서 진짜로 벨 생각이었다면 나는 두 동강이 났을 게다. 단순한 위협이야."

성큼성큼 걸음을 옮겨 간다.

"또 나타날 거야."

"또 말입니까?"

부하들은 모두 언제든지 칼을 뽑아 들 준비를 하고 있었다. 긴장한 탓인지, 골목마다 처마마다 어둠 속에서 사람의 숨소리가 들리는 것 같았다. 개가 짖고 있었다.

"지금 그 녀석이 개한테 쫓기고 있는 모양이군."

고토는 나지막하게 웃었다.

"자객은 사카모토가 보낸 건가?"

"그렇게 밖에는 생각할 수 없습니다."

"그렇다면 사카모토도 소문만큼 대단한 놈은 아니군."

고토는 근처의 어둠 속에 대고 들으란 듯이 큰소리로 말했다.

"하지만 대감"

야마다 신조(山田愼藏)라는 자가 분노를 머금은 어조로 말했다. 야마다는 상급 무사 출신이었다.

"그들 탈번 향사들은 대감으로서는 숙부님(요시다 도요)의 원수가 아닙니까? 이 기회에 그들을 추격해서 모두 처치해 버리는 것이 올바른 도리라고 생각합니다."

"그런 도리는 처음 듣는걸."

고토는 숙소로 돌아왔다.


고토의 숙소는 자이쓰야다.

"어쩌면 자객이 내습할지도 모른다."

그렇게 생각한 다카하시와 야마다는 종업원들에게 일러서 문단속을 엄중히 하게 했다.

고토는 욕실에 들어갔다.

그가 목욕을 하는 동안에도 만약을 위해 다카하시와 야마다는 욕실에 딸린 마루방에서 칼을 곁에 놓고 경계했다.

그때 미조부치 고노조가 돌아왔다.

"시안 다리에 나타났던 자객은 역시 사카모토의 가메야마 동문에 있는 자였습니다. 만나서 따졌더니, 사카모토의 지시가 아니라 다케치 한페이타의 보복을 위한 것, 다시 말하면 무사로서의 오기라고 했습니다."

"이름은 뭐라고 하는 자인가?"

욕실 안에서 고토가 물었다.

"그것은 말씀드릴 수 없습니다."

"뭣이?"

성을 낸 것은 마루방에 있는 야마다 신조였다.

"말할 수 없단 말인가? 상대방은 대감의 목숨을 노린 자가 아닌가. 그 이름을 밝히지 못하겠단 말인가?"

"이름은 말할 수 없소. 말해서 무슨 필요가 있다는 거요? 쓸데없는 마찰만 일으킬 뿐이오. 나도 잊어버리려는 참이오."

"미조부치 고노조!"

야마다는 눈을 부릅떴다.

"임자는 하급 무사인 향사 출신이다. 과연 핏줄은 어쩔 수 없는 모양이군 그래. 보기 드문 발탁의 은덕을 입어 상급 무사 대접을 받고 있으면서도 여차하면 향사들을 싸고돈단 말인가?"

"그것은 억지요. 물론 나는 향사 출신이기는 하오. 파격적으로 발탁되어 번무(藩務)를 보고 있는 것도 사실이오. 그러나 이름을 말하지 않는 것하고 무슨 관계가 있다는 거요?"

"놈들을 감싸고 있지 않은가?"

"이것은 무사로서의 체통이오. 대감께서는 번의 참정이 아니시오. 이름을 말하면 일러바친 셈이 되오. 사나이로서 어디 할 짓이겠소?"

미조부치 고노조는 이른바 옹고집쟁이 같은 인물이었다. 일단 버티기 시작하면 벼락이 떨어지건 창이 들어오건, 한걸음도 물러나지 않았다.

그런 성격 때문에 그는 그만한 학재가 있으면서도 나중에 관직을 내놓게 되고, 유신 뒤에도 신정부에서 몇 차례인가 불렀지만 끝내 응하지 않은 채, 고치 성의 북쪽인 기타노구치(北口) 자택에서 세상을 등지고 한거하다가 메이지 42년 7월 4일에 사망했다.

"야마다, 너무 그럴 건 없다."

고토가 욕실 안에서 말했다.

"미조부치, 상대방의 이름은 묻지 않겠다. 그 대신 나와 사카모토가 만날 수 있도록 주선해라."

"대부님, 위험합니다."

야마다와 다카하시가 말했다.

"게다가 사카모토는 숙부님이신 요시다 도요 선생의 원수 중의 한 명이 아닙니까? 만일 만나시게 되면 본국 고위층에서 잠자코 있지 않을 겁니다."

"멋대로 떠들라지."

고토는 탕 속에서 나온 것 같다.

철썩, 하고 수건을 떨구는 소리가 들리더니 콧노래를 부르기 시작했다.

밖에는 비가 내리고 있는 것 같다.


료마가 동향 출신인 미조부치 고노조의 알선으로 도사 번 참정 고토 쇼지로와 만나기로 결정한 것은 그 다음날이었다.

"이제 안심이군."

사자인 미조부치는 긴 한숨을 내쉬었다.

워낙 큰 임무였던 것이다.

이 경우 료마는 향사들의 대표, 고토는 상급 무사의 대표라고도 볼 수 있는 존재였다. 향사와 상급 무사 사이에는 2백 수십 년간이나 쌓이고 쌓인 감정이 있는 데다, 특히 근년에는 근왕파와 막부파로 갈라져서 유혈극까지 되풀이하게 되어 원한은 양쪽 모두 컸다. 그 양파의 수령이 한 자리에 모여 손을 잡게 되는 것이다.

"이 일은 아마 도사 번으로서는 역사상 가장 큰 사건일 게다."

미조부치는 땀을 씻으면서 말했다.

"어쨌든 료마, 감사하네."

"감사할 건 없는 거야. 양쪽 다 속셈이 있는 거니까. 고토는 나를 이용하려는 생각이다. 나도 고토를 이용할 생각이야. 이런 필요가 생겼다는 것은 시운(時運)이라고 해야 할 테지."

"또 자네의 시운론인가?"

"시운처럼 무서운 건 없기 때문일세."

"어쨌든 천하 국가를 위한 경사다."

"그건 그럴지도 모르지."

료마는 솔직히 수긍하고, 자리를 마련한 미조부치 고노조의 노고를 치하했다. 료마의 주장에 의하면 시운을 재빨리 통찰하고 그것을 움직이는 자야말로 영웅이라는 것이었다.

"그런 뜻으로 보면 자네는 영웅적인 사업을 한 셈이야."

"그 대신……."

미조부치는 따분하다는 얼굴이 되며 말했다.

"상급 무사, 향사, 양쪽에서 배신자나 다름없는 눈으로 나를 볼 걸세."

"세상의 도량이란 좁은 법이야. 그것만은 어찌할 도리가 없네. 도량이란 말이 나왔으니 말인데, 나중에 들은 얘기지만 내 가메야마 패들이 고토에게 칼춤을 보여 줬다면서?"

"음."

미조부치는 씁쓰레한 얼굴을 했다.

"하지만 고토도 쓸 만한 데가 있더군."

료마는 말했다.

"보통 사람이라면 그 일만 가지고도 나를 만나려고 하지 않을 거다. 역시 보통 사람과는 다른 모양이야."

"그렇지. 보통 사람과는 다르다."

"배짱도 있고."

료마는 그 점에 탄복하고 있는 듯했다. 그 정도의 인물이라면 더불어 불 속에 뛰어들 수 있으리라고 생각한 것이었다.

"그래, 회담은 내일인가?"

"그렇지. 내일 내가 데리고 오겠네."

"기다리고 있겠다고 고토에게 전해 주게."

"알았네. 하지만……."

미조부치는 말했다.

"고토 쇼지로님은 24만 석의 참정으로 계시는 분이야. 석상에서는 지금처럼 함부로 이름을 부르지 말아 줬으면 해."

"괜찮네."

료마는 남의 말이라도 하듯이 대답했다.

"난 도사 번의 녹을 먹는 사람은 아니야. 고토에게 벌거숭이가 되어 와 달라고 해 주게."


나가사키에는 아부라야 거리(油屋町)라는 곳이 있다. 오사카로 말하면 센바(船場), 에도로 말하면 니혼바시(日本橋)쯤에 해당할지도 모른다.

이 아부라야 거리에 오우라(大浦)의 오케이(慶)라는, 일본 차를 수출해서 큰 재산을 모은 여자 상인이 살고 있었다.

"그 집을 회담 장소로 해 주게."

미조부치 고노조는 다음날 저녁, 료마를 데리러 와서 말했다.

"오우라의 오케이라고 하면 나가사키에서도 손꼽히는 미인이라고 하지 않나?"

료마는 그 이름을 알고 있었다.

"바람둥이로도 유명하지."

미조부치도 그런 소문을 듣고 있었다. 말하자면 나가사키의 명물이었던 것이다.

“상술도 나가사키에서 첫째간다는 소문이야.”

미조부치는 말했다.

“재미있는 여자라는 점에서는 일본에서도 첫째갈지도 모르지.”

“흐음”

료마는 미조부치 일행과 함께 근거지인 니시하마 거리의 도사야(土佐屋)에서 나왔다. 비는 이미 그쳤으나 길은 아직 젖어 있었다. 그 비에 젖은 돌바닥에 저녁놀이 아름답게 비쳐 있었다.

골목에서 아이들이 우르르 달려 나왔다.

앞장선 아이가 나가사키 사투리의 동요를 부르고 있다.

료마는 나가사키 사투리에 다소 익숙해지고 있었다.

　빨간 것
　예쁜 것
　그것은 모두
　네덜란드에서 보내 준 것.

그런 뜻의 노래인 것 같았다.

예쁘고 진기한 것은 모두 남방에서 전해진 것이라는 어떤 동경이 이 거리의 아이들의 노래에까지 스며들어 있는 것이다.

오우라의 오케이라는 여자도 빨갛고 예쁘다는 점에서는 그야말로 나가사키적이었다.

‘오케이도 나가사키가 아니고는 태어날 수 없는 여자다.’

그런 생각을 하면서 걷고 있는데, 미조부치 고노조도 역시 오케이에 대한 생각을 하고 있었는지 다시 그 화제를 꺼냈다.

“오케이가 말일세……”

이 딱딱한 학자풍의 사나이는 말했다.

“자네를 알고 있다더군.”

“나를?”

료마는 놀랐다.

“난 전혀 모르는데.”

“저쪽에서는 알고 있어. 알고 있는 정도가 아니라 한번 만나게 해 달라는 부탁을 나한테 하더군. 그런 까닭도 있고 해서 오늘 밤은 오케이의 집을 빌리기로 했네."

료마는 잠자코 있었다. 정색을 한 미조부치는 료마의 얼굴을 들여다보면서 말했다.

"오케이는 하룻밤이라도 사내 없이는 못 잔다는 기녀(奇女)야. 혹시 오케이는 자네한테 반한 것이 아닐까?"

"무슨 소리야!"

료마는 아이들의 노래에서 느낀 몽상에서 깨어났다.


미조부치 고노조는 "오우라의 오케이"에게 어지간히 관심을 가지고 있는 듯, 다시 말을 계속했다.

"여자이면서 그만한 상재(商才)가 있다는 것은 드문 일이야."

"그래?"

"그것도 가난한 처지에서 입신한 것이 아니거든. 나가사키의 차(茶) 도매상으로서 오우라(大浦) 집안이라고 하면 대단한 호상(豪商)이야. 그 외동딸로 태어나 유모 밑에서 애지중지 자란 여자가 말일세. 대담하고 민첩한 대상인이 됐다면……."

오우라의 오케이는 분세이(文政) 11년 6월 19일인, 오우라 댁이 있는 오우라 거리(大浦町) 1번지에서 태어났다. 만으로 서른아홉이지만 미조부치의 말에 의하면 자그마하고 살결이 흰 탓인지 아무리 봐도 스물 두셋밖에는 보이지 않는다는 것이었다.

스무 살이 채 되기 전에 부모가 데릴사위를 들여왔지만 오케이는 전혀 마음에 들지 않았다.

그 남편 역시 나가사키의 호상에서 맞아들인 사나이였으나, 교양이 없고 궁색해 보이는 인상이어서, 혼례 때도 연방 방정맞게 발을 떨어 댔다. 그런가 하면 소름이 끼칠 만큼 징글맞은 젊은이이기도 했다.

"예, 예, 정말 황공한 일이옵니다."

그래서인지 오케이에 대해서도 화류계의 접대역 사나이 같은 말투를 쓰며 손을 맞비비면서 비위를 맞추곤 했다.

오케이는 질려 버리고 말았다.

원래부터 그녀는 남자에 대한 선택 기준이 까다로웠다.

"깎은 대나무처럼 날카로운 남자가 난 좋아요."

늘 그런 말을 하곤 했는데, 머리가 예민하고 꿋꿋한 사나이가 좋다는 뜻이었으리라. 뒷날 그녀는 그런 사나이를 발견하면 앞뒤를 가리지 않고 자기 것으로 만들어 버리곤 했다.

어쨌든 남편으로 맞아들인 데릴사위가 마음에 들지 않자, 워낙 뛰어난 행동력을 지닌 여자라 식을 올린 지 겨우 2, 3 일이 지났을 뿐인데 선언을 했다.

"당신은 아무리 봐도 제 남편감이 아닌 것 같아요. 인연을 끊을 테니 집으로 돌아가 주셔요."

그리고 쫓아 버렸다.

그 뒤로는 줄곧 독신이다.

가에이(嘉永) 6년이었다고 하니까, 오케이가 스물 네댓쯤 됐을 때이리라. 네덜란드인 테키스톨이라는 사람과 가까워져, 무역이라는 것이 얼마나 많은 이윤을 가져오는가를 알았다.

그러나 당시는 막부가 엄중한 쇄국 체제를 취하고 있는 때여서 현실적으로는 무역이란 불가능했다. 쇄국하에서 막부만이 네덜란드와 청국을 상대로 소규모의 관영 무역을 하고 있었을 뿐인 것이다.

그러나 오케이의 행동력 앞에는 그런 체제쯤 문제도 되지 않았다.

히젠(肥前 : 長崎縣,　佐賀縣)에는　우레시노(嬉野)라는　차의　명산지가　있다.

'일본 차는 어떨까?'

그런 생각을 하고 테키스톨과 의논했으나 대답은 불확실했다.

"유럽 사람들이 과연 좋아할지, 시장 조사를 해 보지 않으면 모르겠소."

오케이는 그 시장 조사를 위해 상해로 밀항할 계획을 세웠다. 물론 들키는 날에는 책형(磔刑)에 처해진다.

오케이는 나가사키의 청국인에게 부탁하여 수출용 표고버섯 상자에 몸을 숨기고 정크로 상해까지 밀항을 감행했다. 그리고 그것이 성공했다.


오케이가 상해로 밀항한 가에이 6년이라면 지금부터 14년 전이었다.

료마로서도 잊을 수 없는 해다. 나이 열아홉 살에 고향을 떠나 에도의 지바(千葉) 도장에 입문한 해인 것이다. 페리가 에도 만에 나타나 천하가 발칵 뒤집힌 해이기도 하다.

료마는 자신의 과거를 회상하고 있는 것이 아니었다.

'멋진 여자다.'

그렇게 생각한 것은 조슈 근왕파의 시조가 된 고 요시다 쇼인(吉田松陰)에 관한 일을 생각했기 때문이었다.

쇼인은 위기론자(危機論者)였다. 천하를 두루 돌아다니면서 여러 명사들과 만나 일본의 앞날에 대한 자신의 구상을 정리하다가, 마침내 그는 "외국 사정을 알지 못하면 내 구상은 완성될 수 없다"는 점에 생각이 미쳐 단연 밀항을 결의하고, 이 가에이 6년에 마침 나가사키에 들른 러시아 군함과 교섭하여 밀항 건을 부탁해 봤다. 그러나 러시아 군함은 쇄국주의로 일관하고 있는 막부를 자극할까 두려워 쇼인의 청을 거절했다.

다음해 쇼인은 시모다 항(下田港)으로 가서 배를 타고 페리 함대 중의 한 척으로 다가가 앞서와 같은 밀항 희망을 말해 봤으나, 미국측 역시 러시아와 같은 이유로 그 청을 거절했다.

그런데 같은 무렵에 오케이는 훌륭히 성공하고 있었던 것이다.

물론 쇼인과 오케이는 그 동기가 달랐다. 한 사람은 행동적 사상가이고 다른 한 사람은 투기 상인이다. 그러나 목숨을 건 모험 정신이란 점에서는 조금도 다를 바 없었다.

쇼인은 형장의 이슬로 사라지고 오케이는 무사했다.

'멋진 여자다!'

료마가 감탄을 한 것은 마쓰카게와 비교되었기 때문이다.

오케이는 상해로 가서 외국상인들을 닥치는 대로 만나고, 일본차를 시음하게 했다. 가져간 상품견본을 마구 뿌리고는 나가사키로 돌아왔다.

나가사키에 돌아오자 일본 전국은 페리제독으로 인한 충격으로 아수라장이 되어 있었다. 양이론이 들끓고 있었다.

'세상의 흐름을 거스를 수는 없어.'

아직 스물 네댓 밖에 되지 않은 이 여인은 앞으로의 일까지 꿰뚫어 보고 있었다.

'무역이 가능해지겠지.'

예상대로 막부는 구미 열강에게 몇 군데의 항구를 개방하게 된다.

1856년, 상해에서 올트라는 영국 상인이 오우라초(大浦町)의 오케이 집을
찾아왔다.

"당신의 견본이 돌고 돌아 내 손에까지 들어왔소. 히젠 우레시노의 차를
꼭 사고 싶소."

그리고는 오케이가 놀라 자빠질 정도의 양을 주문하는 것이었다.

오케이는 즉시 산지로 달려갔다. 그러나 우레시노의 차는 기껏해야 규슈
일대에만 공급되는 것으로, 올트가 주문한 양의 1퍼센트에도 못 미쳤다. 오
케이는 급히 서둘러 각 지역에 지배인을 파견하고, 겨우 만근을 긁어모아 수
출할 수 있게 되었다.

그 후로 산지를 돌며 차 생산량을 높여 수출량 또한 늘려갔고, 지금에 와
서는 어마어마한 부를 쌓게 되었다.

'마쓰가케도 대단하지만, 오케이도 만만치 않아.'

료마는 그렇게 감탄하였다.


"어쨌든 한 번 만나 볼 만하네."

미조부치는 말했다. 오케이를 두고 한 말이다.

"만나 볼 만하다고?"

료마는 아부라야 거리로 이어진 다리를 건너면서 킥킥 웃었다. 미조부치
같은 딱딱한 학자 기질의 사나이가 오케이에 대해 대단한 관심을 가지고 있
는 것이 우스웠던 것이다.

"그런데, 미조부치"

료마는 다소 의아스러웠다.

"자네 어쩌다가 오케이와 깊은 사이가 됐나?"

"깊은 사이? 천만에!"

미조부치는 적지않이 당황했다.

"난 오케이를 존경하고 있을 뿐이야. 오케이의 집에 영국인들이 오기 때문
에 공부삼아 그 통역을 맡아주면서 알게 된 것뿐일세."

"뭐, 그렇게 변명할 건 없네."

"누가 변명을 해? 오케이는 손님을 좋아해서 집에는 언제나 천객만래(千
客萬來)야. 넓은 집이 손님으로 덩굴져 있네."

"덩굴처럼 얽혀 있단 말인가?"

미조부치의 표현이 재미있어서 료마는 소리 내어 웃었다.

"주로 어떤 손님들인가?"

"사쓰마 사람들이 많네."

허어, 하면서 료마는 미조부치를 바라보았다. 사쓰마 사람들은 잽싸고 일에도 빈틈없다는 장점을 가지고 있지만, 약점은 여자를 좋아하는 것이었다.

"사쓰마 사람들이 말이지?"

료마는 갑자기 폭발하듯 웃음을 터뜨렸다.

"아니야, 이 사람, 오케이는……."

미조부치는 그녀를 위해 변명했다.

"아닌 게 아니라 사내를 좋아해서 사내 없이는 하룻밤도 못 잔다는 여자이기는 하지만, 그렇다고 사내라면 누구든지 받아들이는 건 아니야. 오케이가 딱 질색인 것은 얼빠진 부잣집 도련님과 허세만 떠는 같잖은 관원이라더군."

"남편을 내쫓은 정도의 여자니까 그럴 테지."

"이가 맞을 만한 사내라야 좋아하는 걸세. 그러니까 특히 오케이는 무사 중에서도 천하를 주름잡는 지사들을 좋아하네."

좋아할 뿐 아니라, 용돈까지 주어 가면서 재우기도 하는 등, 적지않이 편의를 봐 주는 모양이었다.

"오케이에게는 또 하나 특기가 있네. 사람을 볼 줄 안다는 점이야. 신분 여하를 막론하고 남자로서 일류급이라고 할 수 있는 인물을 좋아하는 모양일세."

"누가 오케이의 사랑을 받고 있나?"

"사랑이라고 해도 어느 정도의 깊이인지 난 모르지만 사쓰마의 마쓰가다(松方)와 사가의 오오오쿠마(大隈)는, 이층에 각각 방을 얻어 가지고 하숙을 하다시피 하고 있네."

마쓰가다의 이름은 스케자에몬(助左衞門)이었으나 후에 마사요시(正義)로 고쳤다. 유신 정부의 사쓰마파 중진이 되어 내각을 조직한 일도 있다. 유신 뒤에는 공작.

히젠 사가 번의 오쿠마는 통칭 야타로(八太郎). 유신 뒤 시게노부(重信)라고 개칭했다. 후작. 와세다 대학(早稻田大學)의 창립자이다.

"흐음. 버릇이 좋지 않은 친구들이지."

"그 두 사람은 오케이가 목욕할 때 등까지 밀어 준다는 말이 있네."

"그래? 마쓰가다와 오쿠마를 때 미는 시중꾼으로 거느리고 있다면, 과연 상당한 인물인걸."

료마는 고토 쇼지로보다도 오케이를 만나게 되는 것에 차라리 더 흥미를 느끼기 시작했다.


다리를 건너 아부라야 거리의 네거리로 빠졌다.

그 네거리 저편에 긴 담장을 둘러치고 있는 것이 오케이의 저택이었다.

"어떤가. 무슨 영주의 저택 같지 않나?"

오케이에게 반해 버린 미조부치 고노조는 말했다. 과연 개인의 저택으로서는 료마가 유숙하고 있는 고소네 댁에 다음 갈 만한 규모였다.

대문도 대단했다.

말을 타고 그대로 들어갈 수 있을 만큼 높직했고, 문 곁에는 외등이 있었다.

그 외등이 또한 색달랐다. 네덜란드식 호화로운 청동 석유등으로 이미 환히 불이 켜져 있었다.

대문을 들어서자 현관까지는 오른쪽에 큼직한 후피향나무가 심어져 있었다. 후피향나무 밑에는 나가사키식 자그마한 등롱이 푸른 이끼를 비추고 있었다.

"이리 오너라."

미조부치는 현관에서 불렀다.

곧 궁전의 시녀 모양으로 차린 하녀가 달려 나와 무릎을 꿇으며 머리를 숙이면서 말했다.

"고토 대감께서는 와 계십니다. 제가 안내해 드리겠습니다."

현관에서 내려서더니 촛대를 받쳐 든다. 이리 오십시오, 하면서 우거진 관목 사이를 앞장서 갔다. 곧 쪽문 하나를 지났다.

쪽문을 들어선 곳은 안뜰이어서 군데군데 등롱이 켜져 있었다.

세이후 정(淸風亭)이라는 것은 그 뜰 안에 있는 다정(茶亭) 이름이라는 것을 료마는 비로소 알았다.

사립문이 있었다.

그 사립문 곁에 초롱불을 든 자그마한 부인이 하나 서 있었다. 하녀는 그 부인에게 료마와 미조부치를 인계한다.

부인은

"제가 정주(亭主)입니다."

어딘가 물기를 머금은 듯한 음성으로 말하고는 그대로 앞장서서 걷기 시작했다.

뒤따라가는 료마와 미조부치의 코에 향내가 풍겨왔다.

"프랑스제 향수구나."

향수를 좋아하는 료마는 그것을 알 수 있었다. 이 '정주'라고 자칭한 부인이야말로 고명한 오우라의 오케이임에 틀림없었다.

미조부치는 어색하게 굳어진 표정으로 걷고 있었다. 이 학자 기질의 사나이는 자기 나름으로 오케이를 사랑하고 있는 것도 같았다.

"오케이 부인, 이 사람이 바로……."

사카모토 료마요, 하고 미조부치는 걸어가면서 소개하려고 했으나 오케이가 말을 끊었다.

"미조부치님, 나중에……."

오케이는 미소 지으며 료마에게 무언의 인사를 건넸을 뿐, 계속 앞장서서 걸어간다. 어두워서 그 표정까지는 알 수 없었다.

세이후 정으로 들어갔다.

다실(茶室)이라기보다는 공경들의 저택에서 흔히 보는 학문 연구소 같은 건물이었고 방은 다섯 개쯤 되는 듯했다.

료마와 그 비서격인 무쓰 요노스케는 그중 한 방에서 기다리게 되었다.

고토 일행은 보나마나 다른 방에서 기다리고 있으리라.

미조부치는 이 양쪽의 연락을 위해 분주히 복도를 왕래했다.


마치 밥상을 나르는 심부름꾼처럼 미조부치는 부지런히 복도를 왕래하고 있다.

그의 두통거리는 좌석 문제였다. 고토를 상좌에 앉혀야 하느냐, 료마를 상좌에 앉혀야 하느냐 하는 문제인 것이다.

'어려운 일인걸.'

원칙대로라면 고토는 도사 24만 석의 참정이니 당연히 상좌에 앉아야 한다. 료마 정도는 그를 감히 알현도 할 수 없는 향사 출신이므로, 이것이 만약 본국이라면 상좌는커녕 고토와 동석하는 것조차 어려운 일이다.

그러나 지금의 료마는 천하의 낭인이다. 그 뿐만 아니라 바다의 낭인단을 거느리고 반막부파 진영가운데서는 적지 않은 세력을 가지고 있으며 그 이름은 근왕파, 막부파를 막론하고 널리 알려져 있는 것이다. 보기에 따라서는 고토쯤은 시골중신에 불과하다고도 할 수 있었다.

미조부치는 난처해진 끝에 무쓰 요노스케를 복도로 불러냈다.

"야단났군. 자리 문제로 쌍방의 감정이 대립된다면 될 일도 되지 않는다. 무슨 좋은 생각이 없겠소?"

"어느 쪽이 초대한 거요?"

"그야 고토님이지."

"그렇다면 사카모토님은 손님 아니오? 손님이라면 당연히 상좌에 앉혀야 할 게 아닌가요?"

"그렇게 문제가 간단하지 않소. 도사 번에서는 계급 문제에 얽힌 피비린내 나는 역사가 있소. 좋은 수가 없을까?"

"글쎄요……."

무쓰는 후일 근대 일본 사상 불세출의 외무대신에까지 오르게 되는 인물이다. 이런 문제에 대해서는 천부적인 재질을 지니고 있는 듯했다.

"사카모토님을 상좌에 앉혀야 합니다."

단호히 잘라 말했다.

료마가 상좌에 앉지 않으면 금후 도사 번과의 관계에서는 항상 가메야마 동문이 저자세를 취하게 될 염려가 있는 것이다.

"무슨 일이든 시초가 중요한 법이오. 이 점은 분명히 하지 않으면 안 됩니다. 더구나 고토님은 이 쪽에 청을 드리려는 입장에 있지 않소?"

"그러나……."

미조부치는 울상이 되고 말았다.

"고토님에게는 여러 명의 상급 무사들이 딸려 있소. 그들이 응낙하지 않을 거요. 게다가 이 자리 문제가 본국에 알려질 때는 큰 소동이 벌어지오."

"그것은 1개 도사 번의 사정입니다."

기슈인인 무쓰는 냉담하게 말했다.

"가메야마 동문이 알아야 할 일은 아니오. 사카모토 료마를 당연히 상좌에 앉혀야 하오."

“피를 보게 될지도 모르오.”

“그렇다면 좋은 수가 있소.”

무쓰는 능숙한 솜씨를 보였다. 밀대로 밀어붙이고 나서, 한 발짝 물러나서 해결책을 제시하는 것이다.

“하좌에 앉는 고토 대감 일행은 하오리와 하카마를 벗고 평상복만 입으시도록 하시오. 이쪽은 상좌에 앉는 대신 예의를 갖추어 하오리, 하카마 차림으로 대하겠소.”

“흐음, 괜찮은 방법이군요.”

미조부치는 손뼉을 치며 복도로 뛰어나갔다. 나중에 무쓰가 이 일을 료마에게 말했을 때 료마는 그저 쓸쓰레한 웃음만 지을 뿐 아무 소감도 말하지 않았지만, 속으로는 가엾은 생각이 들었다.

‘미조부치 녀석, 어지간히 애를 먹겠구나……’

미조부치는 그만한 학재가 있으면서, 결국은 남의 심부름이나 하다가 일생을 마칠 사나이가 아닌가, 하는 생각이 문득 떠오르기도 했다.


“여어!” 하면서 료마는 방 안에 들어섰다. 여어, 한 것은 고토에 대해서가 아니었다.

방 안에 오모토가 앉아 있었기 때문이다. 료마도 뜻하지 않던 일이라 놀라지 않을 수 없었다.

“어떻게 된 일이냐?”

“대감께서 불러 주신 거예요.”

오모토는 기녀(妓女)인 주제에 숫처녀처럼 얼굴을 붉혔다.

‘고토 녀석, 솜씨가 제법인걸……’

료마는 생각했다. 고토는 크기만 하고 사방에 구멍이 뚫린 보자기로만 알고 있었는데, 대인 관계에서는 이렇듯 세심한 배려도 할 줄 안다는 것을 이 한 가지 사실로 짐작할 수 있었다.

사실상 고토는 료마와의 대면에 대해서 많은 신경을 썼다. 료마가 오모토를 좋아하는 것을 알고는 부하에게 영을 내렸다.

“서강에 오모토를 부르도록 해라.”

그러나 마침 오모토의 예정이 여의치 않았다. 이날 나가사키의 어떤 집안의 부름을 받아 결혼 피로연 석상에 나가지 않으면 안 됐던 것이다.

"그러니 전 도사 번 대감 자리에는 나갈 수 없어요. 좋도록 거절해 주셔요."

오모토는 가게쓰 루의 여주인에게 부탁했다.

가게쓰 루의 여주인은 그 사실을 고토의 부하에게 전하고, 부하는 그것을 고토에게 보고했다.

"야단났는걸!"

고토는 진정으로 난처한 표정을 지었다. 이 점이 고토의 재미있는 점이어서 "오모토, 이 자리의 주빈은 료마야. 그래도 너는 오지 않을 작정이냐?"라는 말을 하지 않는 것이다. 그 말만 하면 오모토는 두말없이 결혼 피로연 쪽을 거절하고 이쪽으로 달려 올 것이 틀림없었으나, 일부러 그것을 밝히지 않은 것이다.

"천하의 도사 번이다. 한낱 기생을 부르는 데 료마의 이름을 빌어야 할 필요가 있느냐?"

고토는 이런 생각이 있었던 섯이리라.

부득이 고토는 오우라의 오케이에게 청을 넣어 오케이 자신이 그 피로연석에 나가게 하고 오모토는 빼도록 했다. 생각하면 적지 않은 애를 먹은 셈이다.

동시에 고토는 료마를 초대하기 위해 그토록 배려를 한 것이다. 료마도 나중에 그런 내막을 미조부치를 통해서 들었다.

료마는 스스로도 이상해질 만큼 그 사실에 감동했다. 도사에서는 말단 무사 축에도 가까스로 끼는 향사를 위해 일번의 중신이 그토록 신경을 쓴 것이다. 믿을 수 없는 일이었다.

'고토는 보통 인물이 아니다.'

료마가 이렇게 생각하게 된 것도 무리가 아니었다. 이 점, 고토의 정치 수완은 보기 좋게 주효한 셈이다.

어쨌든 료마가 나타난 것을 보고 오모토는 내심 놀라지 않을 수 없었다.

거기에다 료마는 상좌에 앉았다. 자연히 오모토는 이 주빈 곁으로 가서 대접을 하지 않을 수 없게 되었다.


료마와 고토는 서로 목례를 나누었다. 이점 또한 미묘한 것이었다.

따지고 보면 서로 원수지간인 것이다.

이 세이후 정의 회합이 고향에 알려졌을 때, 상급 무사들은 물론 향사측도 크게 분개했고, 료마의 누님인 오토메(乙女)마저 대노했다.

"너를 사나이라고 보고 있었던 내가 잘못이었던 것 같다. 나는 너를 그렇게 보지는 않았었다. 고토 쇼지로는 한페이타님을 비롯하여 많은 근왕 지사들을 살해한 사람이 아니냐. 너는 그 원수와 손을 잡았다. 혹시 너는 그 흉악한 놈한테 속고 있는 것은 아니냐?"

오토메 누님은 편지를 부랴부랴 보내 왔을 정도였다.

고향에서는 어지간한 타격이었던 모양이다.

료마는 누님의 질책에 대해 다음과 같은 내용의 편지를 보냈다.

"나 혼자서 5백 명이나 7백 명쯤 거느리고 천하를 위해 일하는 것보다는 24만 석을 거느리고 천하를 위해 일하는 것이 훨씬 나을 것이며, 황공하오나(하고 료마는 익살을 부렸다) 이 점 누님께서는 아직 생각이 미치지 못했으리라 생각합니다."

그런 대면이다. 료마로서는 사쓰마 조슈 연합을 이룩했을 때보다도 이때가 훨씬 의미가 컸다.

"천하지사(天下之事)를 어떻게 다루어야 할 것으로 보오?"

고토가 먼저 말을 꺼냈다.

"우선 귀하의 의견을 듣고 싶소."

료마는 무뚝뚝하게 반문했다. 검술에서의 타류시합과 비슷하다. 상대방의 검질(劍質), 버릇, 약점 등을 자세히 살펴본 후에 행동을 개시하는 것이 타류시합에서의 요령이다.

"듣고 싶소."

료마는 거듭 말하고, 오모토가 따라 주는 대로 연거푸 잔을 비웠다.

고토는 개화론을 늘어놓기 시작했다.

일본은 개화하지 않으면 멸망한다, 양이론자들의 혈기만으로는 해결될 일이 아니다, 라는 것이 고토의 의견이었다. 이 점, 료마에게도 이론이 있을 까닭이 없다.

그러나 그것은 대외론이다.

대내론에 이르자 고토의 의견은 대번(大藩)의 중신답게, 논의의 여지없이 막부 옹호론으로 기울어지는 것이었다.

"공론(空論)입니다."

료마는 비로소 논쟁을 시작할 준비를 했다.

"귀하의 말은 공론에 지나지 않소. 막부 옹호론은 이미 아무 뜻도 없는 것입니다."

료마는 말했다.

개화론은 좋다. 구미(歐美) 각국은 산업혁명 이래 국력을 신장시켰다. 일본도 산업을 일으키고 무역을 진흥시켜서 나라를 부(富)하게 하고 병력을 강화하여 구미 각국의 침략에 대비하지 않으면 안 된다. 이 점에 이의가 있을 수 없다. 그러나 그런 근대 국가로 재건하기 위해서는 통일 국가를 만들지 않으면 안 된다. 지금과 같은 조정과 막부의 이중 구조를 가지고는 나라의 기틀이 서지 않으며, 구미 각국과 어깨를 겨룰 수 있는 강력한 국가는 세울 수 없다.

고토의 주장을 이렇게 일일이 논박하자, 고토는 그 말에 단 한 마디도 반박하지 않았다. 료마의 주장에 일일이 끄덕이기만 하더니, 마침내 말했다.

"나도 료마와 한패가 되겠소"

그것은 료마가 어리둥절할 만큼 기막힌 전향이었다.


'알 수 없는 사나이로구나.'

료마는 고토의 너무나도 어이없는 굴복과 전향에 오히려 경계심이 일었다.

아무리 설파(說破)되었다고는 해도 막부파가 순식간에 근왕파로 돌아설 수 있단 말인가?

"이상하지 않나?"

료마는 눈을 내리깔며 무쓰에게 소근거렸다.

"잔꾀를 부리려는 게 아닐까요?"

"어지간한 괴물인 모양이야."

고토가 앉아 있는 자리와는 멀어서 그런 귓속말은 들리지 않았을 것이다. 아무것도 모르는 고토는 어딘가 웅대한 데가 있는 풍모를 웃음으로 누그러뜨리며 연거푸 료마에게 잔을 권해 왔다. 어지간한 주량이었다. 주호(酒豪)라고 해도 좋았다.

잠시 후 미조부치가 잔을 들고 료마 곁으로 왔다.

"미조부치, 참정 고토 쇼지로라는 인물은 대체 어떻게 된 인물이냐?"

료마는 웃으면서 물었다.

미조부치도 료마의 말뜻을 알 수 있었다. 너무나도 어이없는 전향을 두고 한 말이리라.

"아니야, 사실은 까닭이 있네."

미조부치는 나지막한 소리로 변호했다. 그 변호에 의하면, 고토는 지난 몇 달 동안 부하를 조슈나 사쓰마로 파견하기도 하고 직접 그들과 만나 보기도 하여, 전향을 위한 바탕이 충분히 만들어져 있었다는 것이다.

"그러나 그렇다손 치더라도……."

료마는 웃기 시작했다.

"하기는 나도 그전에 지바 주타로와 함께 가쓰 선생을 베어 버리려고 아카사카(赤坂) 히카와(永川)에 있는 댁으로 찾아갔다가 그 자리에서 설복되어 개국론자가 되어 버렸으니까, 고토의 전향에 웃을 수도 없는 형편이기는 하지만 말일세."

그러면서도 여전히 소리를 죽여 웃고 있다.

이 무렵 료마는 혁명가인 동시에 또한 사상가로서의 풍모가 갖추어지기 시작하고 있었지만, 고토는 철두철미 정치가적 성격만으로 이루어져 있었다.

막부 조슈 전쟁에 있어서의 조슈의 승리를 계기로 고토는 이미 완전히 생각을 달리하고 있었다. 시국은 지금까지 막부파가 인식해온 것과는 너무나도 거리가 먼 방향으로 흘러가고 있는 듯했다. 그것을 고토는 재빨리 꿰뚫어 봤다.

'사쓰마와 조슈가 천하를 차지할는지도 모른다.'

그렇다면 도사 번으로서도 우두커니 보고 있을 수만은 없었다. 무슨 일이 있든지 틈 사이를 비집고 들어가 다케치 한페이타 당시의 '삿조도(薩長土) 삼 번' 시대로 되돌릴 필요가 있었다. 그러나 번내의 근왕파를 탄압해 온 도사 번으로서는 이제 와서 새삼스럽게 전향하기도 어려운 일이었다.

부득이 1개 낭인의 몸이지만 사쓰마 조슈 양번과 대등한 교분을 나누고 있고, 무적자(無籍者)이기는 하지만 도사 번을 대표하고 있는 료마에게 의지할 수밖에 없었다. 료마를 앞세움으로써 사쓰마, 조슈의 틈 사이로 뚫고 들어가려는 것이다.

고토의 속셈은 그것이었다. 따라서 사상이고 뭐고 없었다. 정치가인 고토로서는, 사상이니 절의(節義)니 하는 것은 필요할 때나 붙이는 고약과 같은 것이었다.

술을 나누고 있는 동안에 료마도 차차 고토의 그런 전모를 짐작할 수 있었다. 그러나 료마는 그런 고토를 경시도 중시도 하지 않았다.

'회천의 대업에는 이런 사나이도 필요하다.'

그런 생각을 하기 시작했던 것이다.


료마와 고토 쇼지로의 최초의 회담은 말하자면 얼굴을 익히는 정도로 끝났다. 그것이 당초의 목적이기도 했다.

모토하카다 거리의 고소네 별저로 돌아오니 도사계(土佐系)의 동지 일동은 한자리에 모여서 그를 기다리고 있었다.

"어떻던가?"

스가노 가쿠베에가 동지를 대표해서 질문했다. 눈 하나 꿈쩍이지 않고 료마를 바라보고 있다. 경우에 따라서는 료마를 용시힐 수 없디는 기색마저 느껴졌다.

"내 머리에 뭐가 붙어 있나?"

료마는 일동의 긴장이 우스꽝스러워서 벌렁 큰 대자로 드러누웠다.

대소도(大小刀)도 아무렇게나 내던졌다.

"취했어."

료마는 말했다. 대소도를 내던진 것은, 못마땅하거든 나를 죽이라는 뜻으로 생각할 수도 있었다.

"오늘 다케치의 원수를 비로소 똑똑히 볼 수 있었다. 무사의 체면만으로 생각한다면 그 자리에서 베어 버려야 했을 테지만, 얘기를 나누고 있는 동안에 인물이 하도 재미있어서 깜빡 그것을 잊어버리고 말았어."

"얼버무려 넘기려면 안 돼. 료마, 좀더 진지하게 얘기해 주게."

"그러나 그대들의 그 정색을 하는 모습이 나로서는 도무지 견딜 수 없군. 진지한 것이 좋을 때도 있지만, 오히려 일을 망쳐 버릴 때도 있다."

"고토 쇼지로는 다케치 한페이타의 원수가 아닌가?"

"다케치에 대해서는 후일 내가 저승에서 사과할 작정이다. 원수 이야기는 이제 그만하기로 하세."

"그러나 다케치를 고토가 죽였다는 것은 덮어버릴 수 없는 엄연한 사실이 아닌가?”

“가쿠베에, 그것은 이쪽에서 하는 말이야. 고토는 고토대로 우리를 숙부 요시다 도요의 원수로 알고 있다. 적어도 그런 입장에 있어.”

“요시다 도요는 막부파의 간물(奸物)이다.”

“저쪽에서는 저쪽대로 여러 가지 말을 할 수 있다. 피차가 서로 원수라는 말만 되풀이하고 있다면 미도 번(水戶藩)의 당화(黨禍)의 전철을 밟을 뿐이다.”

미도 번은 근왕 양이의 선구 번이었으면서도 근왕파와 막부파가 서로 죽여 대는 바람에 마침내 인물의 씨가 말라, 지금은 시류에서 까마득히 뒤떨어져 잊히고 있었다.

“고토가 변변치 않은 인물이라면 다케치의 원수로서 베어 버려도 좋다. 그러나 그는 오늘날의 혼란한 천하를 수습하는 일에 큰 역을 할 수 있는 인물이다. 이제 막 막이 열리려는 판인데 출연 인물을 죽여 버리면 죽도 밥도 안 되지 않나?”

“어떤 사나이였나?”

“도사 번에도 그런 녀석이 있으리라고는 생각지 못했어.”

“결국 어떻다는 거지?”

“훌륭한 녀석이야.”

“어떻게 훌륭하다는 건가?”

“녀석으로서는 이 사카모토 료마는 숙부의 원수의 일당이라고 생각할 수 있다. 그런데 그는 그토록 오랫동안 술자리에 마주 앉아 있으면서도 지난 얘기는 단 한 마디도 하지 않았다. 다만 장래만을 이야기했다. 이것은 상당한 인물이 아니고는 못해 내는 일이야.”

“그뿐인가?”

“또 하나 있다. 나와 대화하는 동안, 반은 내 화제에 따르고 반은 자신의 화제에 따르게 하면서 결코 나한테 끌려 다니지 않았다. 이런 능력을 지닌 자는 천하를 다룰 수 있는 능력도 있으리라고 보는데, 가쿠베에는 그렇게 생각하지 않나?”

다음날, 뜻밖의 인물이 찾아왔다.


찾아온 손님은 오케이였다.

오케이는 궁중의 시녀처럼 사치스럽게 차린 예쁜 아가씨를 둘 데리고 있었다. 이 여걸은 외출할 때는 늘 이 두 아가씨를 데리고 다니며 그녀 자신이 아가씨들을 시녀라고 부르고 있었다.

오케이는 그 예쁜 두 시녀를 밖에서 기다리게 하고 혼자 고소네 댁으로 들어왔다.

"다른 일로 나왔다가 들렀어요."

오케이는 말했다.

"사카모토님과 무쓰님은 계신가요?"

"예."

고소네 댁 지배인은 허둥거렸다.

그럴 수밖에 없는 것이, 오케이는 나가사키 제일의 부자였고 이름난 여자인데다 미인이기도 했기 때문이다.

지배인은 영주의 공주라도 들이닥친 것처럼 당황하여, 오케이를 방으로 안내한 뒤 부리나케 복도로 달려가 무쓰 요노스케에게 알렸다.

"곧 가지."

무쓰는 평소에는 까다로운 성품의 젊은이였으나 이때는 곧 오케이의 방으로 가서 인사를 했다.

"어제는 여러 가지로 폐가 많았습니다."

"무슨 말씀을. 여러분의 도움만 된다면야……."

오케이는 자그마한 얼굴로 환히 웃었다. 웃으면 눈이 감겨 버리는 것이 이 미인의 결점이었다.

옷을 고르는 안목과 차림새가 서부 일대에서도 으뜸이라는 소문대로, 오늘도 사치스런 옷을 입고 있었다. 얼핏 보면 여염집 여자가 아닌 것 같은 인상을 주는 요염한 차림새를 좋아했고 특히 검은색을 즐겨 입는다. 오늘도 마름 무늬의 검은 비단옷을 입고 있었다.

'굉장한 여자다.'

한 번 남의 눈에 보인 것은 두 번 다시 입지 않는다는 소문도 있다. 그 때문에 나가사키 시중의 여자들은 이렇게 서로 이야기한다.

"오늘 오케이님을 봤어요. 옷은 청국에서 건너온 이러이러한 감이고 띠는 이러이러한 것이었어요."

내친 김에 말해 본다면, 오케이는 메이지 17년, 57살로 죽었는데, 죽은 후 유족들이 가재를 정리하다 보니까, 안과 겉을 다른 천으로 댄 옷띠만도 스무 개나 옷궤 속에 들어 있었다고 한다.

"실은 말이죠……."

오케이는 말했다.

"어제는 고토님께서 초대하셨지만, 이 오케이도 한번 초대하고 싶어서 사정이 어떠신가 여쭤 보려고 들렀습니다."

"저희들을 초대한다는 건가요?"

"사카모토님과 당신을 말예요."

"무슨 까닭으로 초대하는 겁니까?"

"어머나, 아직 소문 못 들으셨나요?"

"무슨 소문인데요?"

"제가 남자분을 좋아하는 거 말예요."

오케이는 웃지도 않고 말했다.

"사카모토님과 하룻밤 동침해 봤으면 하는 거예요. 사카모토님이 싫으시다면 당신이라도 괜찮아요."

백주에, 술도 마시지 않고, 오케이는 그런 말을 점잖은 나가사키 사투리로 천천히 하는 것이었다.

"그럼, 내일 밤 방문하겠습니다."

무쓰는 당황한 나머지 료마의 승낙도 얻지 않고 멋대로 약속해 버렸다.

# 재녀

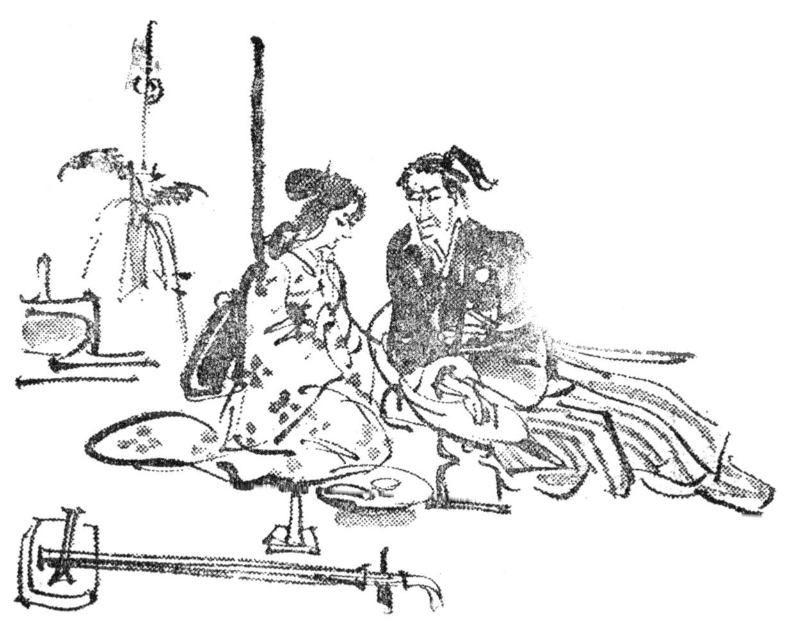

나중에 그 말을 듣고 료마는 기가 막혔다.

"자네, 승낙해 버렸단 말인가?"

무쓰에게 말했다.

오우라의 오케이는 희대의 재녀(才女)이기도 하지만 희대의 바람둥이라고
도 한다. 사쓰마 번의 마쓰가다나 히젠 사가 번의 오쿠마까지 오케이의 등을
밀어 줄 정도로 흠뻑 빠져 버렸다고 하지 않는가?

"오케이는 나에게도 등을 밀어 달라는 건가?"

"보나마나 그럴 테죠."

무쓰는 천연스럽게 웃고 있었다. 무쓰는 아직 젊으므로 강한 호기심이 고
개를 쳐든 것이었다. 료마가 이 문제를 어떻게 처리할지 흥밋거리였다.

"천하의 사카모토 선생께서 오케이의 등을 밀고 있는 모습은 아마 다시없
는 절경(絶景)일 겁니다. 고향에 계신 오토메 누님께도 잊지 말고 알려
드려야 할 일입니다."

"난 오토메 누님의 등이라면 밀어 준 일이 있네."

"그렇다면 익숙하시겠군요."

“아냐, 그게 열한 살 때야. 누님은 워낙 몸집이 크기 때문에 아무리 밀어도 끝이 없었어. 나중에는 울고 싶어진 기억이 있네.”

“오케이는 자그마합니다.”

“누가 오케이의 등을 민다고 했나?”

“아, 아닙니다. 어쨌든, 등을 밀고 안 밀고는 별문제로 치고, 오케이의 초대만은 받아 주셔야겠습니다.”

“흠.”

료마는 콧등을 문질렀다. 결단을 내릴 수 없을 때 그가 하는 버릇이다.

“응하시지 않으면 저는 식언(食言)을 한 셈이 됩니다. 무사는 일구이언을 안 한다는데, 제가 거짓말을 한 셈이 됩니다.”

“멋대로 승낙하니까 그렇지 않나?”

그런 말을 료마는 하지 않았다. 무쓰와 같은 젊은이에게 그 정도의 일로 자존심을 상하게 하고 싶지는 않았다.

한편으로 료마는 나가사키에서도 일류 무역상인 오케이와 가까워지고 싶은 생각도 있었다. 가메야마 동문의 일면이 무역 상사인 이상, 오케이와 긴밀한 유대를 맺는 것은 해로운 것이 없었다. 차라리 적극적으로 오케이에게 접근하고 싶은 생각도 있다.

‘그런데 상대방이 난봉꾼이라서 말이야.’

사카모토 료마쯤 되는 자가 제 발로 어슬렁거리고 오케이를 찾아갔다가 마침내 살을 섞고, 그 때문에 가메야마 동문이 원조를 받았다는 소문이 나돈다면 난처한 일인 것이다.

“어떡하시렵니까?”

무쓰는 거듭 물었다.

‘유난히 물고 늘어지는걸.’

료마는 무쓰를 바라보았다. 이 녀석이 혹시 오케이한테 반한 것은 아닌가, 하는 생각이 든 것이다.

“좋다.”

료마는 선선히 대답했다.

“곧 오케이에게 편지를 내서, 내일 밤 방문하겠노라고 전해 두어라.”

“바로 그겁니다.”

무쓰는 손뼉을 쳤.

"사카모토 료마의 좋은 점은……솔직히 말해서 사카모토 선생이 거절하신 다면, 고작해야 계집 하나 가지고 그 초대를 받아들이지 못하다니 무슨 도 량이 그러냐고 웃어줄 판이었습니다."

"자네도 제법 모사가 다 됐군."

료마는 그리 유쾌하지 않은 얼굴로 이마를 문질렀다. 그 부분이 점점 빨개 진다.


료마가 사무를 보고 있는 니시하마 거리(西濱町) 도사야(土佐屋)는 나카 지마 강(中島川) 하구에 있었다.

다음날 저녁 료마가 집무를 하고 있는데 창밑 강물이 불어 오르기 시작했 다.

"시각이 됐는데요."

기메야마에서 내려 온 무쓰 요노스케가 검은 비단 하오리를 입고 나타났 다. 료마는 얼른 허리춤에서 시계를 꺼내 봤다. 과연 다섯 시를 가리키고 있 었다. 그 시계는 사쓰마의 고다이 도모아쓰(五代友厚)로부터 선사 받은 영 국제였다.

"다섯 시군."

료마는 점잔을 빼며 말했다.

"시계 따위는 보지 않아도, 밀물 냄새로 알 수 있습니다."

"아무튼 다섯 시야."

료마는 이런 새로운 문물을 아주 좋아했던 것이다.

"무쓰, 자네에게 권총을 주지."

료마는 서양식 사무용 책상 서랍에서 신품인 회전식 탄창이 달린 권총을 꺼내서 무쓰에게 주었다. 따로 총알도 두 통 준다.

"어디서 난 겁니까?"

"사쓰마 번의 고다이 사이스케의 선물이야."

"하지만 전 필요 없습니다. 아직 하찮은 존재이니까요. 무쓰 요노스케의 목숨을 노리려는 미친놈은 없을 게 아닙니까?"

"어쨌든, 가지고 있어."

료마가 그렇게 말한 것에는 까닭이 좀 있었다. 그러나 굳이 그 까닭을 설 명하지는 않았다.

료마는 거무칙칙하게 녹이 슬기 시작한 자기 권총을 배 근처에다 깊숙이 찌르고, 애도(愛刀) 무쓰노카미 요시유키를 허리에 찼다.

두 사람은 길거리로 나섰다.

이윽고 그들은 오우라 거리에 있는 오케이의 집으로 들어갔다.

오케이는 현관에서 그들을 맞이하여, 손수 초롱불을 들고 저택 안의 세이후 정으로 안내했다.

곧 술상이 마련되었다.

"오늘은 저도 마시겠어요."

오케이는 그렇게 말하고, 그녀의 '시녀'들에게 술을 따르게 했다.

료마와 오케이는 무역에 관한 의견을 서로 나누었다.

"차(茶)만 교역한다는 건 시시해요. 와지마(輪島) 섬에서 산출되는 칠기가 좋은 것 같아요. 서양 사람들에게 견본을 보였더니 아주 좋다고 했는데, 문제는 와지마 섬이 가가 번 영내여서 물건을 모아들일 방법이 없거든요."

오케이는 말했다.

"이쯤 되면 3백 영주들이 모두 방해물입니다."

오케이는 대단히 큰소리를 쳤다.

과연 오케이와 같은 무역상의 입장에서 본다면 봉건체제라는 것이 사업을 방해하고 있는 것은 틀림없으리라.

"훤히 일본의 이익을 내다볼 수 있는데도, 지금과 같은 제도 아래서는 어떻게 해볼 도리가 없어요."

"나라를 일단 쓰러뜨렸다가 다시 세워야 한다고 오케이님은 생각하는 거요?"

"저희들 입장에서 본다면요."

"그러나 그런 소리를 하고 다니다가 막부의 귀에라도 들어가게 되면 오케이님은 목이 달아날걸요."

"당신 앞에서는 괜찮아요. 원래 당신은, 상사(商社) 경영이란 간판뿐이고 사실 천하를 노리는 엉큼한 분이니까요."

오케이는 까르르 웃어 젖혔다. 료마는 조롱이라도 받고 있는 것 같은 느낌이었다.

오케이는 어지간히 취한 듯했다.

"이제 그만 체면 따위는 집어 치우지요."

그녀는 중얼거리더니, 그래도 손님들의 양해를 받고 금부채를 펼쳐 들며 춤을 추기 시작한다.

무슨 춤인지 료마는 알 수 없었다.

'시녀'의 한 사람이 샤미센을 뜯고 다른 한 사람은 속요(俗謠)를 부르고 있다.

춤을 마치자 오케이는 료마 앞에 무너지듯 앉았다.

"한 잔 주세요."

잔을 청한다.

"오케이님은 어지간히 마시는군."

"나가사키 여자 아녜요? 도사의 시골 무사한테 질 수 있겠어요."

단숨에 들이켜고 료마에게 넘긴다. 료마는 이미 술맛을 모를 정도로 취해 버렸으나 오케이는 끄떡도 없었다.

"한 잔 주세요."

"그 조그만 몸에 잘도 들어가는군."

료마는 또 따라 주었다.

"고맙습니다."

오케이는 두 손으로 받쳐 들고 잔을 입술에 갖다 대고는 맵시 있게 마시곤 했다. 취하긴 했지만 그 취한 모습에 어떤 품위가 있었다.

"자, 제 잔도 받으세요."

잔을 돌려주면서 오케이는 "오늘 밤은 여기서 주무세요"라는 뜻의 말을 했다.

"흐음……."

료마는 잠꼬대 같은 소리를 내며 오케이를 바라보았다.

"전 당신이 좋아요."

"나도 그래."

"어물어물 넘기긴가요?"

오케이는 골을 내기 시작했다.

"전 진심이에요."

"나도 그래. 언제나."

"언제나라니, 어떤 여자에 대해서나 그렇단 말인가요?"

"남자에 대해서도 마찬가지지. 하긴 사람에 따라서는 나를 바람둥이처럼 보기도 하는 모양이지만 말이야."

"제 말을 하고 있는 거예요. 남에 대해서야 어떻든 전 아랑곳없으니까요."

"취했어. 오케이님, 우리 서양춤이나 춥시다. 알죠?"

오케이의 손을 잡고 일어났다.

료마는 나가사키에 와서 서양 사람들의 댄스를 배운 적이 있었다. 가르쳐 준 것은 오우라 해안 부근에 상관을 가지고 있는 오울트라는 늘 침울한 영국인이었다.

"그건 음곡(音曲)이 필요해요."

오케이도 나가사키에서 배운 듯, 조금은 알고 있었다.

"그렇지. 자, 샤미센으로 천천히 춤가락을 뜯어 줘."

시녀에게 부탁하고 오케이와 함께 춤을 추기 시작했으나, 통 제대로 되지 않는다.

"이 딱딱한 건 뭐죠?"

"권총이오."

그런 대화를 끝으로 한바탕 웃고 집어치워 버렸다.

오케이는 료마가 전혀 끌려오지 않기 때문에 답답해진 듯 깨끗이 단념하고 무쓰 쪽에 달라붙기 시작했다.

무쓰는 어딘가 서양사람 같은 인상을 주는 얼굴이어서, 살결이 희고 콧날이 선 것이 가메야마 동문 안에서도 손꼽히는 단정한 용모였다.

오케이는 무쓰 곁으로 가서 술을 마시기 시작했다.

잠시 후 료마는 변소에 가는 척하고 자리에서 일어났다. 되돌아가지 않고 그대로 오케이의 집에서 나와 버렸다.


다음날 아침, 무쓰 요노스케는 료마가 집무하고 있는 도사야로 돌아왔다.

"어떻던가?"

료마가 묻자, 무쓰는 멋쩍은 얼굴을 한 채 잠자코 있었다.

료마는 더 이상 오케이에 대해서는 말하지 않았다.

며칠이 지났다.

암만 해도 무쓰 요노스케는 그 뒤에도 오케이에게 불려가고 있는 눈치였다.

닷새째 되는 추운 날 밤, 무쓰는 고소네 댁의 료마의 방으로 찾아오더니 말했다.

"오케이는 아주 이상한 여자던데요."

무슨 소리냐고 물었더니, 오케이는 무쓰를 통해서 동문의 곤란한 사정을 듣자, 그렇다면 3백 냥쯤 꾸어 줘도 좋다는 말을 했다고 한다.

"3백 냥이라……."

숨을 돌릴 수 있겠다고 료마는 생각했다. 고용하고 있는 수부들에게도 임금을 지불할 수 있다.

"그 정도만 있으면 도움이 되겠지만, 가까운 장래에 갚을 능력은 없는데."

"갚을 수 있는 힘이 생겼을 때 갚도록 하라는 겁니다. 이자도 필요 없고요."

"무서운 돈인걸."

료마는 쓴웃음을 지었다. 이런 종류의 돈이 무섭다는 것은 잘 알고 있었다. 혹시 오케이가 가메야마 동문을 타고 앉으려는 속셈이 있는 것은 아닐까?

"그런 돈을 받을 수 없어."

"아닙니다. 무슨 엉큼한 속셈이 있는 것은 아닙니다. 진정으로 가메야마 동문에 도움을 주려는 거니까요."

"그런 상인은 마음을 놓을 수 없는 거야. 무사에게 무사로서의 절도가 있듯이, 상인에게는 상인으로서의 절도가 있는 법이다. 상인의 절도란 돈을 꾸어 줄 때 이자, 반제 방법, 담보 같은 것을 명백히 해 두는 거야. 오케이 정도의 상인이 그것을 모를 까닭이 없는데, 그럼에도 불구하고 납득할 수 없는 조건으로 돈을 꾸어 준다면 오히려 믿을 수 없는 일이야."

"믿을 수 있습니다."

"이상하게 편을 드는군."

료마는 쓴웃음을 지었다.

"담보도 잡지 않는 돈을 어떻게 믿을 수 있단 말인가?"

"사실은……."

무쓰는 거북한 듯이 말했다.

"담보는 넣습니다."

“그래? 담보를 넣는다면 이쪽은 그리 큰 신세는 지지 않는 셈인데, 문제
는 그 담보가 없지 않나?”

“있습니다.”

“어디 있어? 이 집은 빌려 든 집이고 가메야마에 있는 동문도 마찬가지,
니시하미에 있는 도사야도 그렇지 않나? 단 한 척의 배도 없다. 하기야
약간의 쌀이 남아 있기는 하지만, 그것은 당장 먹고 살 양식이야.”

“담보는 접니다.”

뭣이? 하고 료마는 순간 놀라지 않을 수 없었으나, 얼굴이 붉어진 무쓰를
한동안 바라보다가 이윽고 온통 주름투성이가 되며 크게 웃었다.

“담보는 자네란 말인가. 하하하……그렇다면 얼마든지 넣지.”

“이거 너무하십니다. 이 무쓰 요노스케는 사나이로서의 체면이 서는가, 못
서는가의 막다른 골목에 놓인 셈인데…….”


오케이처럼 엉뚱한 생각을 하는 여자는 아마 그 예가 없을 것이다. 기략종
횡(機略縱橫)이라는 말을 듣는 료마도 언뜻 그 저의를 파악할 수 없었다.

자세한 이야기를 무쓰에게 들어 보니 실은 그런 말이 나온 것은 어젯밤이
었던 모양이다.

“무쓰님…….”

오케이는 등불 밑에서 말했다.

“전 지금까지 아무도 못한 일을 여러 가지로 해 왔지만 아직 못해 본 일이
있어요.”

그런 뜻의 말을 자그마한 귀여운 얼굴로 말했다.

‘그야 물론 여러 가지 기발한 짓들을 해 왔을 테지.’

무쓰는 생각했다. 이를테면 사쓰마 번의 마쓰가다, 히젠 사가 번의 오쿠마
등은 모두 번내에서는 이름을 떨치고 있는 지략의 소유자들이다. 그 두 사람
을 때밀이처럼 욕실에서 등을 밀게 한다는 것은 그들의 영주라도 못할 일이
었다.

“아직 못해 본 일이라면?”

무쓰는 다분히 경계하며 물었다.

“아이, 잘 아실 텐데?”

오케이는 무쓰의 뺨을 새끼손가락으로 찔렀다.

“모르겠는걸.”

“어쩌면, 무쓰님도 모르는 게 있었나요? 현명하다는 것이 무엇보다도 자랑이면서?”

“모르겠어.”

“생각해 봐요. 전 천하제일의 때밀이까지 두고 있지만 아오모치(靑餠)가 없어요.”

“나더러 아오모치가 되란 말인가?”

‘아오모치’ 또는 ‘샨스(相想)’라는 것은 연인(戀人), 정부(情夫) 같은 것을 뜻하는 나가사키 말이다.

“하지만 단순한 아오모치로서는 재미없어요. 이쪽에서 싫증이 날 때가 있으니까요.”

오케이는 말했다.

오케이의 말을 털어놓고 풀어 보면 이런 뜻이다.

“나는 단순한 때밀이가 아닌, 남자 첩이 필요해요. 하지만 단순한 남자 첩으로는 곤란해요. 이쪽이 싫증이 났을 때 난처해지니까요.”

어지간히 남자를 업신여기는 수작이었다. 그러나 이 정도까지 업신여김을 당하고 보니 무쓰는 오히려 무언가 후련한 것을 느꼈다.

“그래, 어떡하자는 거요?”

“무사를 하나 담보로 잡고 싶어요.”

오케이는 그렇게 말하고 까르르 자지러지듯이 웃었다.

“담보라…….”

남자 첩보다도 더 처량한 대접이다. 이미 남자라는 것을 사람으로 보지 않는 수작이었다.

“그것도, 보통 무사로는 재미없어요. 무쓰님은 평소부터 늘, 일본에서 으뜸가는 재사는 사카모토 료마고 두 번째는 무쓰 요노스케라고 했는데, 그런 훌륭한 젊은 무사를 담보로 잡고 싶어요.”

“흐흠.”

화를 낼 수도 없었다. 오케이의 천진스런 얼굴을 보면 화를 낼 생각도 안 나는 것이다.

그런 내막에 약간의 정사(情事)와 애정 문제도 얽혀서, 마침내 3백 냥이란 돈이 오케이로부터 료마의 손에 넘겨지게 된 것이다.

료마는 선선히 그것을 받기로 했다.

나가사키에서는 오케이를 "귀여운 얼굴은 하고 있지만 속은 엄청난 여자"라는 평가를 하고 있었다. 과연 얼굴만은 그 나이에도 소녀티가 가시지 않은 앳된 표정이었지만, 배포는 엄청나게 두둑했다.

자기 집에 사쓰마나 히젠의 무사를 묵게 하고 있는 것도, 한편으로는 남의 일을 잘 돌봐 주고 사내를 좋아하는 탓도 있었지만, 다른 한편으로는 속셈이 있기 때문이다.

'사쓰마나 히젠 같은 선진 번 지사들을 이용해서 장사를 멋지게 해 보리라.'

"전 근왕파니 막부니 하는 따위는 통 몰라요" 하면서도 오케이는 그들 대번의 외국과의 은밀한 관계에 대해서는 놀라울 만큼 자세히 알고 있었다.

그녀는 심복 여지배인인 고마쓰(小松) 아키에게만은 털어놓고 있다.

"사쓰마 번에서도 사가에서도 곧잘 약삭빠른 밀무역을 하고 있다. 난 그런 걸 죄다 알고 있어."

이 고마쓰 아키만 해도 실은 히젠 사가 번의 나베시마(鍋島) 아무개라는 중신의 사생아로서 본국에는 데려갈 수 없기 때문에 오케이가 맡은 것이며 학문이 있어서 비서로 쓰고 있었다.

요컨대 오케이만큼 서부 대번들의 밀무역에 관한 비밀을 속속들이 알고 있는 사람은 없었다.

그런 비밀이나 정보는 잠자리에서 듣는 수도 있고 상용으로 접촉하다 듣기도 한다.

사쓰마나 히젠 사가 번은 막부 때문에 내놓고 외국 상사와 거래를 할 수 없을 때는 오케이의 손을 빌었다.

오케이의 업체에서 매매한 형식을 취하여 그들에게 밀무역을 시키는 것이다. 물론, 오케이의 업체에도 상당한 수수료가 굴러 들어온다.

밀무역을 감시하고 있는 것은 나가사키 일원 행정청의 포도군관들이지만 이들은 나가사키 출신의 관원들이었기 때문에, 오케이의 손으로 적당히 구슬려져 있었다. 그들 관원이 밀무역 범인으로서 체포하는 것은 대개가 네덜란드인 주거(住居)에 드나드는 공인(工人), 소상인(小商人) 등이고, 오케이쯤 되는 대상인은 손을 대지 않았다.

그런 오케이가 료마와 그의 가메야마 동문의 움직임에 둔감할 까닭이 없었다.

"무사가 상적(商敵)이 됐구나" 하고 처음에는 유쾌하지 않았으나, 그 동태를 염탐시켜 보니, 료마의 일파가 생각하고 있는 상법은 오케이와는 비교도 할 수 없는 것이었다. 상사 경영에 관한 이론도 당당한 것이어서, 건축에 비한다면 성을 짓는 것과 살림집을 짓는 정도의 차이가 있었다. 게다가 한때는 군함까지 가지고 있었다고 하지 않는가?

'졌다!'

그런 생각이 들었고, 동시에 료마 일당에 대한 흥미를 가지기 시작했다. 그렇게 되자 오케이는 경영상의 흥미뿐만 아니라 그 사나이들 자체에까지 흥미를 느끼는 버릇 때문에, 길거리에서 료마를 보거나 하면 늘 이렇게 말했다.

"그 사나이와 하룻밤 자 보고 싶다."

그러면서, 밤새도록 고마쓰 아키를 붙들어 놓고 몸부림치기도 했다는 것이다.

무쓰 요노스케는 말하자면 료마의 대용품이었다. 그러나 대용품이라도 쓸 모는 있었다.

잠자리에서 뜻하지 않은 정보를 얻기도 했고 가메야마 동문의 내정도 알 수 있었다.

무쓰는 눈치가 빨랐다.

'암만 해도 오케이는 마음을 놓을 수 없다.'

그런 생각이 들기 시작했다. 마음을 놓을 수 없다고 해서 오케이에 대해 악의를 품기 시작했다는 뜻은 아니다.

악의는커녕 처음에는 단순한 장난에서 하게 된 정사였는데 차차 진심으로 오케이에게 끌리기 시작했다. 그가 연령적으로 어린 탓이었는지도 모른다.

어느 날, 무쓰는 료마에게 말했다.

"암만 해도 전 오케이를 좋아하고 있는 것 같습니다."

"그래?" 료마는 퉁명스럽게 끄덕이었다. 남의 정사에는 별로 흥미를 느끼지 않는 성미였다.

"오케이도 자네를 좋아하고 있나?"

"그런 것도 같습니다."

“잘됐군.”

“하지만, 제겐 너무 벅찬 상대인 것 같아서.”

무쓰는 바로 그 말을 하고 싶었던 것 같았다. 오케이와 잠자리에서 나눈 말을 료마에게 들려주었다.

——사쓰마, 도사, 히젠

하고 오케이는 말한 것이다. 동침한 사나이들의 번적(藩籍)이었다.

‘도사’란 무쓰를 두고 한 말이다. 무쓰는 기슈 도쿠가와 번의 탈번자였지만 평소부터 도사인으로 자처하고 있었으므로 도사라고 해 둬도 좋으리라.

“그런데 조슈가 없어요.”

오케이는 말했다.

“조슈 무사와 한 번 자 보고 싶어요.”

“좋지 않은 취미야.”

무쓰가 말하자 오케이는 구김살 없는 웃음을 짓고, “삿, 조, 히(長土肥)가 손을 잡으면 천하도 손에 쥘 수 있어요”라는 이상한 소리를 했다는 것이다.

“생각해 보면…….”

무쓰는 말했다.

“우리 가메야마 동문도 근왕파 제번을 규합하여 일대 상사를 일으키려는 데 목적이 있지만, 오케이도 그것을 노리고 있는 것 같습니다.”

“음?”

“오케이의 속셈으로는 이 가메야마 동문을 타고 앉을 생각이 있는지도 모릅니다.”

“허어!”

료마는 깜짝 놀란 체했다.

“타고 앉는다?”

“오케이에게는 그만한 재력도 있습니다.”

“뿐더러 내 비서인 무쓰 요노스케를 끌어들이는 데 성공했고…….”

“무슨 말씀을…… 전 선생님 대역으로 간 셈이 아닙니까.”

“나쁠 것도 없는 대역이지.”

“그건 그렇고…….”

무쓰는 잠자리에서 들은 또 하나의 오케이의 제안을 이야기했다. 잠자리에서 나눈 말치고는 너무도 거창한 이야기였다.

오우라 해안에 상관을 가지고 있는 영국인이 범선(帆船) 한 척을 팔려고 내놓았는데, 그 값이 아주 싸다는 것이다.

1만 2천 냥이라고 했다.

"그 범선을 말입니다. 오케이가 가메야마 동문을 위해서 사 주겠다는 건데요."

이래도 놀라지 않을 테냐, 하는 표정을 이 젊은이는 지었다.

과연 료마도 이 말에는 적잖이 놀랐다.

"흐음, 정말 오케이는 타고 앉을 속셈인 모양인걸."


'배'라는 말을 듣자 료마는 가슴이 설레지 않을 수 없었다. 그것은 마치 굶주린 자가 손이야 발이야 빌면서 먹을 것을 구하는 심정과 흡사했다.

"오케이가 타고 앉더라도 할 수 없다. 아무튼 배가 있어야겠다."

료마는 무쓰에게 오케이와의 교섭을 일임하는 한편, 다음 날 오우라 해안으로 가서 문제의 범선을 보기로 했다.

오우라 해안에는 식민지풍의 목조 양옥이 일고여덟 채 나란히 서 있었다.

그 건물 사이를 빠져서 바닷가로 나가자 과연 세 개의 마스트가 달린 종범식(從帆式) 범선이 정박하고 있었다.

마스트 끝까지 흰 페인트가 새로 칠해져 있었지만 선교(船橋) 부근의 녹빛을 보니 어지간히 낡은 배 같았다.

'그렇더라도 1만 이천 냥은 싸다.'

료마는 그 길로 곧 사쓰마 저택으로 갔다.

본국에서 젊은 참정 고마쓰 다데와키(小松帶刀)가 와 있다는 것을 료마는 알고 있었다.

고마쓰와 만났다.

"또 돈 얘깁니다만……."

료마는 거북한 듯이 말했다.

그럴 수밖에 없는 것이, 사쓰마 번에 7천 8백 냥이나 내게 해서 산 프러시아 선 와일 웨프 호를 료마는 첫 항해에서 침몰시키고 만 것이다. 거북하지 않을 수 없었다.

"조금도 주저하실 것 없습니다. 어서 말씀하십시오."

고마쓰 다데와키는 호의에 넘치는 미소를 보여 주었다.

“실은 이런 이야깁니다.”
료마는 오케이의 제안을 설명했다.
“흐음, 그래요? 오우라 오케이가 1만 2천 냥을 낸다는 겁니까?”
“그렇습니다. 그런데 앞으로는 또 모르지만 현재의 빈약한 가메야마 동문으로서는 함부로 사인(私人)의 돈을 빌리고 싶지 않습니다. 후일 무슨 화근이 될지도 모르니까요.”
“옳은 말씀이오.”
“하지만 이쪽은 돈이 필요합니다.”
“흐음.”
“그래서 이런 방법을 생각해 봤습니다.”
료마는 설명했다. 오케이에게는 배를 살 돈을 그냥 얻는 것이 아니라 차용하는 형식으로 하고 싶다. 앞으로 가메야마 동문에서 번 돈으로 갚을 작정이다.
그러나 차용하자면 보증인이 필요하다.
“그 보증인 역을 사쓰마 번이 맡아 줄 수 없겠습니까?”
“좋습니다.”
고마쓰 다데와키는 흔쾌히 응낙했다.
“사카모토님, 나는 당신을 걸고 큰 내기를 하고 있습니다. 사쓰마 번으로서는 가능한 모든 원조를 할 테니까 주저하지 마시고 말씀해 주십시오. 그런데 돈을 빌리자면 보증인만으로는 안 될 텐데요. 담보가 필요할 게 아닙니까?”
“산 배를 담보로 할 작정입니다. 물론 배는 보통의 경우라면 담보물이 될 수 없습니다. 차츰 낡아가고 때로는 침몰하는 수도 있으니까요. 사실은 달리 담보가 필요할 테지만, 이 점은 오케이와의 교섭에서 적당히 해결 지을 수 있으리라 생각합니다.”
있으리라고 생각되는 정도가 아니라, 그 담보로서 바로 무쓰 요노스케가 있는 것이다. 오케이는 당연히 승낙해 줄 것이다.

교섭은 원만히 진척되어 세 개의 마스트가 달린 하얀 범선은 마침내 료마의 손에 들어왔다.
배 이름은 다이쿄쿠마루(大極丸)라고 지었다.
‘오케이야말로 구세주로군.’

료마는 멀리 오우라 쪽을 향하여 합장이라도 하고 싶을 만큼 기뻤다.

그 오케이는 료마가 생각했던 것보다도 훨씬 거물이었다.

"마침 근처에 볼일이 있어 왔다가……."

오케이는 그렇게 말하면서 이따금 니시하마 거리의 가메야마 동문에 들르기도 했지만, 언제나 담배만 두세 모금 빨고는 분주히 일어나 버리곤 했다. 료마가 처음에 다이쿄쿠마루에 관한 사례를 하자, "그 따위 사소한 일을 일일이……" 하고 웃어 버리면서 화제를 딴 데로 돌려 버렸다. 사소한 일이라고 웃어넘기기는 하지만, 1만 2천 냥이라는 막대한 돈이 오케이의 손에서 나온 것이다.

──어디에 배꼽이 붙었는지 통 알 수 없는 여자다.

동문에서는 그런 말들을 했다.

오케이는 료마를 손아귀에 쥐고 사쓰마 조슈 도사의 합병 회사를 꿈꾸고 있는 건가, 아니면 단순히 무쓰 요노스케가 마음에 든 나머지 1만 이천 냥을 '용돈'으로 내던진 건가?

꼭 한 번 료마에게 가슴이 섬뜩할 만큼 교태 어린 눈을 보내며 나지막하게 말한 적이 있었다.

"사카모토님, 언젠가는 사카모토님을 이 오케이의 포로로 만들어 보일 테니 단단히 각오하고 계세요."

료마는 너털웃음만 터뜨렸을 뿐, 대답하지 않았다.

어쨌든 료마는 이 배를 입수한 덕분에 오래간만에 활기띤 움직임을 보였다.

선장 시라미네 슌메(에치젠 탈번)

부선장, 노무라 다쓰타로(도사 탈번)

즉각 사령을 내려 이렇게 정하고, 그밖에는 가메야마 동문에서 놀고 있는 자들을 그때그때 승무 사관으로 쓰기로 했다.

수부들은 이미 고용해 둔 바 있다. 취사부로는 오케이가 알선한 "오차상"을 두 사람 채용했다. 나가사키에서는 중국인을 "오차상"이라고 불렀다.

다만 이번에는 조선(操船)에 신중을 기하기 위해 당분간 조선 지도원 같은 것을 고용하기로 했다.

"서양 사람이 좋을 거다. 어디서든 구해 오도록 해라."

이시다 에이키치(石田英吉 : 도사번)에게 명했더니, 이시다는 기묘한 서양사람 둘을 구해가지고 왔다.

둘 다 수부였다. 한 사람은 하늘을 찌를 듯한 거인인데 이름은 나이라고
했다. 또 한 사람은 키가 자그마한 홉킨즈라는 사나이였다. 둘 다 미국인이
고 남북전쟁 당시에는 패배한 남군의 해군이었다고 한다.

군인이었다고는 해도 장교가 아닌 수병이었던 모양이다. 나이는 상해에서
넣었다는, 괴물처럼 과장된 청국 사자의 문신이 오른 팔에 있었고, 홉킨즈는
전라(全裸)의 미인을 배에다 문신하고 있었다.

"나이(없다)란 궁상맞은 이름이다. 너는 아루(있다)라는 이름으로 고쳐
라."

료마는 영을 내렸다. 둘 다 동양 천지를 휩쓸고 다닌 떠돌이꾼이었지만,
이상하게 료마에 대해서는 공손하여 료마를 '보스'라고 불렀다.


료마는 이 유일한 배인 다이쿄쿠마루를 어떻게 쓸 것인가 골치를 앓았다.
한 가지 안이 없지 않았다.

'목화가 적당하다.'

료마는 생각하고 있었다. 규슈의 목화를 동부 지방으로 실어간다면 적지
않게 이익이 남으리라는 생각이었다. 목화는 미국의 남북전쟁 때문에 세계
적으로 크게 오름세를 보이고 있다는 것도 료마는 알고 있었다.

나가사키라는 국제 경제 도시에서 날카롭게 촉각을 움직이고 있는 료마는
이미 호쿠신일도류(北辰一刀流)의 명수만은 아니었다. 어쩌면 일본에서는
유일한 인물일지도 모르는 무역가로서 성장하기 시작하고 있었다.

목화 값이 국제적으로 올랐기 때문에 외국 상인들은 요코하마를 통해서
일본 목화를 사들이고 있었고, 이 때문에 오사카 이동(以東)의 목화 가격은
계속 큰 오름세를 보이고 있었다.

그 경기에 대해서는 오사카의 사쓰마야, 시모노세키(下關)의 이토(伊藤)
등 그가 '지점'으로 삼고 있는 해상 운송점에서 보고가 들어와 있었다.

규슈의 목화는 아직 오르지 않고 있었다. 이것을 서양식 범선에 실을 수 있
는 대로 실어 가지고 오사카로 내려간다면 두 배의 이익을 남길 수 있었다.

마침내 '목화다' 하는 결심을 하자, 대소도(大小刀)를 늘어뜨려 허리에 차
고 오우라의 오케이를 찾아 갔다.

"오케이님, 목화요. 목화야말로 좋은 장사거리요. 당신 돈으로 목화를 삽
시다."

그는 그 이유를 설명한 다음, "이익은 가메야마 동문과 반반씩"이라고 했다.

오케이도 상인이다. 곧 이해하고 응낙했다.

이리하여 오케이의 업체 종업원들과 료마의 가메야마 사 무사들이 사방으로 뛰어다니며 닥치는 대로 목화를 거두어 들여 다이쿄쿠마루에 실었다.

맑게 갠 어느 추운 날 아침, 다이쿄쿠마루는 새하얀 돛에 잔뜩 바람을 안고 나가사키 항을 미끄러져 나갔다.

"부디 성공해라."

료마는 바닷가에 서서, 그 돛이 멀리 항구 밖으로 사라질 때까지 바라보았다. 그리고 얼마 후 무쓰 요노스케, 나가오카 겐키치, 나카지마 사쿠타로 등 문관적인 재능을 지닌 젊은이들을 데리고 니시하마 거리를 향해 걸어갔다.

료마 이외에는 모두 가메야마 동문의 제복인 흰 하카마를 입고 있었다. 흰 하카마는 해상 근무에 편리하기 때문에 제복으로 정한 것이었다.

"가메야마의 흰 하카마들이 지나간다."

시민들은 뒤에서 수군거리곤 했었다. 나가사키에서는 다른 번의 막부파 번사들과의 싸움 소동 때문에 '흰 하카마' 하면 싸움꾼들의 대명사처럼 불리고 있었다.

마루야마(丸山) 산 밑 모도 싯쿠이 거리까지 왔을 때, 저쪽에서 도사 번 참정인 고토 쇼지로가 부하 대여섯 명을 거느리고 오고 있었다.

한가운데 다리가 있었다.

그 다리 위에서 쌍방이 맞부딪쳤다. 그전 같으면 상급 무사와 향사들 사이에 대판 싸움이 벌어졌을 것이었다.

"여어, 마침 잘 만났군."

고토는 아직 나이도 많지 않은 주제에 지나친 관록이 엿보일 만큼 뚱뚱한 몸으로 다리 한가운데로 나오더니 말했다.

"사람을 보내려던 참이었소. 지난번 세이후 정에서의 회담 결과를 본국에 알려서, 본국의 의견도 참작하여 여러 가지로 생각한 결과 어떤 복안을 얻었소. 오늘밤 만나 줄 수 없겠소?"

"만납시다."

료마는 무뚝뚝하게 대답했다.

# 해원대

그 후 사흘 동안, 료마는 저녁만 되면 집을 나가 고토와 회담했다. 만나는 장소는 언제나 오케이의 세이후 정이었다.

사흘째 되는 날, 고토는 말했다.

"정말, 이젠 손들었네. 그렇게 도사 번에 복귀하는 게 싫은가?"

"그런 셈이지."

료마는 턱을 문지르면서 씁쓰레한 웃음을 지었다.

"세상엔 낭인 신세처럼 자유로운 것은 없어. 고토형은 낭인이 돼 본 적이 없기 때문에 그것이 얼마나 편한가를 모르는 거요."

"그렇지만 자네는 관도(官途)에 올라 본 적이 없지 않나? 관원은 관원으로서 좋은 점이 있는 거야."

"당신은 아직 내 성미를 몰라. 관원이 될 수 있는 위인인지, 이 얼굴을 자세히 보시오."

요컨대 고토는 료마를 그 가메야마 동문과 함께 번의 조직에 말아 넣고, 료마에게 적당한 녹과 지위를 줌으로써 번의 유력한 일익으로 삼으려는 것이었다. 료마로서는 사람을 어떻게 보고 하는 말이냐고 핀잔이라도 주고 싶은 심정이었으리라. 이젠, 설사 중신의 대우를 해 준다 해도 천하의 사카모토 료마에 대해서는 모욕이라고 할 수 있었다.

"관리는 사양하겠어."

말을 하면서도 료마는 머릿속에서 분주히 생각을 하고 있었다.

"관도에 오르라"는 고토의 제안 자체는 전혀 흥미 없는 것이었지만, 다른 의미에서 매력이 있었다.

가메야마 동문의 경영이라는 점이었다. 도사 번과의 관계를 보다 짙게 할 수 있다면 무척 운영이 수월해질 것이었다.

"고토형."

료마는 자신의 대망을 설명했다.

대망이란 첫째로, 사설 함대를 만들어서 천하의 풍운을 다스리는 것, 둘째로 그 사설 함대는 어디까지나 자주 독립의 형식을 취하여 경비 일체를 평소의 무역, 운수에서 거두어들인다는 것, 이 두 가지였다.

"사카모토군, 자네는 일본의 정권에 야망을 가지고 있는가?"

"응?"

료마는 고토를 똑바로 바라보았다. 솔직한 놀라움이었다. 고토라는 사나이를 어지간히 도량이 큰 인물로 봤었는데, 고작 그런 생각을 한다면 역시 1개 관료에 불과했구나 하는 약간의 실망을 금치 못했다.

"없어."

료마는 화로를 끌어당겼다. 사실 일본의 위기를 구하기 위해서는 도쿠가와 막부를 쓰러뜨려야 한다고 믿고 있다. 그러나 그 다음에 수립되는 혁명 정권의 책임자 따위가 된다는 것은, 료마로서는 생각지도 않고 있는 일이었다.

"내게는 좀더 큰 뜻이 있어."

"어떤?"

"일본의 난이 해결되면 이 나라를 떠나서 태평양과 대서양에 선단을 띄우고, 세계를 상대로 하는 대사업을 하고 싶은 거야."

"무엇이?"

고토는 눈이 휘둥그레졌다. 이런 터무니없는 꿈을 꾸는 사나이가 일본에 있으리라고는 생각조차 못했던 것이다. 그런 웅대한 꿈 앞에는 근왕파니 막부파니 하는 싸움도 초라한 풍경으로 오므라드는 느낌이었고, 더구나 자신이 제시한 도사 번 관리에 관한 말 같은 것은 부끄러울 만큼 조그마한 일이었다는 것에 고토는 생각이 미친 것이다.

그러나 료마도 보통내기가 아니었다. 고토가 제시한 안을, 자기도 유리하고 도사 번에도 유리한 안으로 바꾸기 위해 머리를 짰다.

이윽고 료마는 말을 꺼냈다.

"고토형, 이건 어떻겠나?"

그는 종이를 꺼내 놓고 붓끝을 한동안 들여다보고 있더니, '해원대(海援隊)'라고 굵직하게 내리썼다.

"뜻은 바다에서 도사 번을 돕는다는 거지. 바다란 해군, 그리고 무역. 해원대가 도사 번을 돕는 대신, 도사 번도 해원대를 원조한다."

"결국 동격이란 말인가?"

고토는 역시 눈치가 빨랐다. '원(援)'이란 글자에서 동격이란 냄새를 맡은 것이다.

"그렇지, 동격이지."

"그렇다면, 료마, 황공한 말이지만 그대와 영주님이 동격이란 결론이 되지 않나."

"물론이지!"

료마는 봉건 시대의 무사로서는 경천동지(驚天動地)의 발언을 하고 말았다.

"미국에서는 장작을 패는 하인과 대통령이 서로 동격이라고 한다. 나는 일본을 그런 나라로 만들고 싶은 거다."

"료, 료마, 너무 큰 소리로 떠들지 말게."

배포가 두둑한 고토도 이 너무나도 극렬하고 위험한 사상에 얼굴이 창백해지고 말았다. 근왕이니 도막(倒幕)이니 하는 것조차 각 번에서는 전율할 정도로 위험한 사상인데, 료마는 한 걸음 더 나아가서 사람은 모두 평등해야 한다는 주장을 하고 있지 않은가.

"료마, 자네는 난신적자(亂臣賊子)군. 그렇다면 천황도 인정하지 않는다는 건가?"

"지금 그런 논의는 필요 없어. 요컨대 사람이란 모두 평등해야 한다는 말을 했을 따름이야. 사람은 모두 평등한 권리를 지니는, 그런 세상을 나는 만들고 싶은 거다.”

“막부도 그러기 위해서 쓰러뜨리는 건가?”

“물론이지. 단순히 도쿠가와 집안을 쓰러뜨리는 것뿐이라면 아무 뜻도 없지.”

“영주도 쓰러뜨리는 건가?”

“때가 오면 쓰러뜨리게 될 테지. 도사 번도 쓰러뜨리고 마는 거다. 영주도 중신도 상급 무사도, 모두 없어지는 세상을 만들 테다.”

“자, 자네는……그, 그렇다면 료마, 자네가 내세우고 있는 근왕은 거짓인가? 지금은 근왕을 부르짖고 있지만, 언젠가는 교토에 계시는 천자마저 쓰러뜨리자는 건가?”

고토는 료마라는 사나이가 다른 근왕 지사와 다른 점을 비로소 들여다본 듯했다. 료마도 아직 자신의 동지들에게도 이런 의중의 비밀은 밝혀 보인 일이 없었다. 밝히면 그는 동지들에 의해 살해되리라. 다만 고토 쇼지로만은 그 뜻을 알아 줄 것 같았던 것이다.

이 무렵의 료마는 이미 사상가로서 고고한 경지에 들어서기 시작하고 있었다.

밤이면 아무도 모르게 수첩에 적곤 하는 비밀 어록이 있었다.

“세상에 생을 얻는 자는 모두 중생이므로, 그 상하가 있을 수 없다. 이 세상에서는 오로지 자신만을 최상으로 여겨야 한다.”

개인주의의 확립이라고 해도 좋았다.

“이 나라에서는 천자를 제외하면 모두 동일한 구성원이다. 아무도 문제 삼을 것이 없다.”

일군만민(一君萬民) 사상이라고 할 수 있었다. 천자 밑에는 모두 상하의 구별 없는 평등한 연민이라는 것이다.


의견은 좀처럼 합치되지 않았다.

고토는 료마가 말하는 해원대를 도사 번 지배 아래 두려고 했고, 료마는 번과 동격 형식으로 제휴해야 한다는 주장이었던 것이다.

그러나 양쪽이 다 타협의 명인이었다.

“팥 만두 모양이 어떻든 무슨 상관인가. 피차가 혀를 늘여 단팥을 핥을 수가 있으면 되지 않겠나.”

료마는 말했다. 단팥이란 본질적인 것을 말한다. 이 경우 '이익'이라고 해도 좋았다.

"그렇지. 단팥만 서로 핥을 수 있다면야……."

고토 쇼지로도 끄덕이면서 말했다.

"그런데 그런 만두를 만들 수 있나?"

"못 만들 것도 없을 테지."

그날은 거기서 이야기를 끊고, 술을 몇 잔 더 나눈 다음 그대로 헤어졌다.

료마는 니시하마 거리의 도사야로 돌아오자. 가메야마 일동을 소집해 놓고 고토와의 회합 경과를 보고했다.

"반대합니다."

맨 처음 말한 것은 도사 번 향사 출신이 아니라, 뜻밖에도 기슈인인 무쓰 요노스케였다. '반대합니다'라고 그는 되뇌었다.

"우리 가메야마 동문은 천하에서 독립해야 합니다. 도사 번의 소속이 되어서는 안 됩니다. 그것은 우리가 그만큼 작은 존재가 되는 것을 뜻합니다."

"옳은 말이야."

료마는 말했다. 그러나 그 이상이 암만해도 현실화되지 않는다, 현재의 실정을 보아라, 이렇듯 경영난에 부딪치고 있지 않은가, 라고 말했다.

"무쓰군! 그 이상을 우리는 좀더 장래에 두기로 하자. 지금은 일시적인 편법이 필요해."

무쓰는 불만이었으나 입을 다물 수밖에 없었다.

무쓰뿐만 아니라 전원이 그리 반가운 얼굴을 하고 있지 않았다.

"서양에는 '로우(법률)'라는 것이 있어서 국가 운영은 그것을 바탕으로 하고 있다. 국가뿐이 아니라, 이를테면 한 상사가 다른 상사와 제휴할 때도 로우를 만든다. 우리가 도사 번과 로우를 만들어서 서로 그것을 지키도록 한다면 우리의 독립성도 확립되고, 장차 이를테면 도사 번에 의해 흡수된다는 염려도 없을 거다. 어떤가, 나한테 그 로우를 만드는 일을 일임해 주지 않겠나."

두령인 료마가 그렇게 말하는 이상, 부하들은 더 이상 말을 할 수 없었다.

"일임한다."

결론이 내려졌다.

료마는 곧 기초(起草)를 위한 조수로서 가메야마 동문에서도 가장 뛰어난

학자인 나카오카 겐키치를 택했다.

나카오카 겐키치는 료마보다 한 살 위였다. 도사 번 우라도(浦戸)의 촌의(村醫)의 집에서 태어나, 오사카의 오가다 고안(緒方洪庵)의 학숙에서 네덜란드 의학을 익혔다. 그 후 나가사키로 오자, 유명한 시볼트 밑에서 네덜란드 학문을 더욱 닦았으며 시볼트의 사랑을 받아 그 아들 알렉산더에게 일본어를 가르치기도 했다.

후에 천주교도라는 의심을 받게 되자 귀국하여 산속에 몸을 숨긴 채 불우한 나날을 보내고 있었으나, 료마가 부르자 다시 나가사키로 와서 이 가메야마 동문의 문관으로 있게 된 것이었다. 유신 후 공부성(工部省)에 출사했으나, 얼마 되지 않아서 병사했다.

료마는 이 겐키치와 함께 그날 밤부터 그가 말하는 '로우'의 초안을 작성했다.

다음날 그것이 만들어지자, 품속에 넣고 다시 고토를 만났다.


고토와 만나기는 했으나, 여러 말은 하지 않고 초안만 넘겨 준 다음 료마는 곧 헤어지고 말았다.

"료마, 어째서 설명을 하지 않았나."

돌아오는 길에 나카오카 겐키치는 불만스런 어조로 말했다.

"설명 말인가."

료마가 말했다.

"설명을 하면 내 말이나 태도가 자칫하면 간청이 되기 쉽다. 그것이 두려웠던 거야."

그 때문에 초안만을 내던지고 그쪽에서 검토해 보라는 형식을 취했던 것이다.

도사야로 돌아와서 차를 마시고 있는데 귀한 손님이 찾아왔다.

눈매가 날카롭고 얼굴은 여행 중에 볕에 그을려 시커메졌으나, 전신에 활력이 넘치고 있는 인물이었다.

나카오카 신타로다.

'마침 잘 나타나셨군.'

료마는 기쁨으로 가슴이 벅찼다. 동시에 새로운 계획이 떠올랐다.

'해원대만으로는 부족하다. 육원대도 만들어서 해륙 양면으로 낭인 결사

(結社)를 출현시켜, 금전적인 부담을 도사 번에 맡기는 거다. 그 육원대의 대장을 이 나카오카 신타로에게 맡겨 보면 어떨까.'

"료마, 오래간만일세."

나카오카는 마루 끝에 털썩 걸터앉아 짚신을 풀기 시작했다. 도사야의 하인이 물을 담은 대야를 가지고 왔다.

"씻어 드릴깝쇼?"

발을 씻어 주겠다는 것이다. 보통은 여인숙의 하녀라도 손님의 발은 씻어 주지 않는데, 이것은 나가사키 사람들의 기질이리라.

나가사키처럼 손님 접대에 성실한 곳은 또 없다고 한다.

"고맙다. 하지만 나는 내 손으로 씻는 걸 좋아해."

그것은 또한 나카오카의 성미였다. 워낙 그는 자기 신변에 관한 일은 바느질까지 손수 하는 사람인 것이다.

나카오카는 찬찬히 발을 씻고 닦은 다음, 이번에는 하오리를 벗어서 여행 중에 묻은 먼지를 털고 다시 그것을 걸쳤다. 꼼꼼하기는 했지만 그러나 그 동작이 기민하여 어설픈 데가 없었다.

"배가 고픈걸."

나카오카는 돌아다보면서 말했다.

"알았네, 곧 차리도록 하지."

료마는 저도 모르게 목소리에 활기가 넘쳤다. 마음 맞는 친구를 오래간만에 만나는 것보다 더 기쁜 일은 없구나, 하는 것을 료마는 느끼고 있었다.

같이 저녁을 먹었다.

나카오카와의 대화는 료마로서는 이미 열락(悅樂)에 가까웠다. 아무 거리낌 없이 얘기를 할 수 있었고, 피차 눈치가 빠르기 때문에 말하는 그 이면까지 훤히 알아들을 수 있었다.

"도사 번은 변하고 있어."

나카오카가 말했다. 나카오카는 교토에서 도사 번 관료들의 사상 전환 공작에 몰두하고, 그것을 거의 성공으로 이끌고 나서 나가사키로 온 것이었다. 료마는 료마대로 고토가 접근해온 내막을 털어놓았다. 이야기는 재미있을 만큼 서로 일치해 갔다.

"육원대(陸援隊)."

이 말을 료마가 입 밖에 냈을 때, 전화 속에서 스스로를 단련해 온 혁명아 나카오카 신타로는 순간적으로 그 내용을 직감했다.

"좋겠지."

나카오카가 말했다.

"허어, 육원대란 말만 듣고도 알았단 말인가."

"그렇네."

"기막힌 친구군."

"그렇고 말고!"

나카오카는 웃지도 않고 도사 사투리로 나직이 그런 뜻의 감탄사를 토했다. 스스로도 자기가 기막힌 사나이라고 생각하는 모양이다.

"밤낮으로……."

나카오카가 말했다.

"천하를 어떻게 다룰 것인가, 고심해 왔다. 칼과 창이 번뜩이는 가운데서도 생각했고, 종알이 빗발치는 가운데서도 생각했으며, 방방곡곡으로 찾아다니며 각 번의 지사들과 만나 보면서도 생각했다. 마음에는 그 한 가지밖에는 없네. 그 때문에 자네 입에서 육원대라는 말이 떨어지자마자 곧 내 마음 속에도 자연히 크게 공명하는 것이 있었던 걸세."

"흐음"

료마는 술 대신 꿀물을 마시고 있었다. 나카오카도 술은 마시지 않고 차만 마시고 있었다. 두 사람을 취하게 하는 것은 이미 술보다도 혁명 계획뿐이었던 것이다.

"천하는 이제 어떻게 해야 하는가, 그것을 비로소 파악했네. '싸움'이란 두 글자뿐이야."

"싸움이란 두 글자."

나카오카는 되뇌었다. 가에이(嘉永), 안세이(安政) 연간 이래, 여러 가지 구국(救國) 사상이 나돌았다. 근왕론, 양이론(攘夷論), 개국론(開國論) 그리고 이들의 복합 사상. 그러나 이미 나올 대로 다 나와 사상으로는 일본을 구할 수 없다는 데에까지 이르렀다. 모든 악의 근원인 도쿠가와 막부를 쓰러뜨리는 것 이외에는 다른 방법이 없다.

협조론도 있다. 공무 합체론(公武合體論)이라는 것이 그것이다. 그러나 그런 사상은 언뜻 들으면 타당한 것 같으면서도 사실은 세상을 현혹시키고 혼란만 더 가져오게 하는 백해무익의 근원이다. 싸움이란 두 글자가 있을 뿐, 막부를 군사적으로 쓰러뜨리는 것밖에는 이미 아무런 길도 없다고 나카오카는 말했다.

"이것은 내가 칼날과 총알 사이를 뚫고 다니면서 도달한 결론이다. 료마, 어떻게 생각하나?"

"옳은 말일세."

대답하면서 료마는 나카오카 신타로의 송곳처럼 날카로운 정신과 두뇌에 탄복했다. 그러나 탄복하면서도 한편으로는 이런 생각이 들었다.

'세상에는 외길이란 있을 수 없다. 길은 백 갈래 천 갈래 있다. 하나뿐이라고 믿으면서 저돌하는 나카오카와는 언젠가는 갈라서야 할 때가 올지도 모르겠다. 그러나 막부를 쓰러뜨릴 때까지는 이 친구와 같은 길을 갈 수 있으리라.'

그러나 입 밖에는 내지 않고, 나카오카의 너무나도 날카로운 한 마디 한 마디에 크게 끄덕이곤 했다.

"해원대의 본거지는 나가사키에 둘 건가?"

"역시 무역의 중심지니까."

"육원대의 본거지는 교토에 두어야 할 거다. 교토를 점령하면 천하의 일은 끝나니까."

나카오카는 육원대를 쿠데타 부대라고 해석하고 있는 듯했다. 물론 료마의 구상도 바로 그것이었다.


한동안 료마는 가메야마 동문의 상무(商務)에 쫓겨서 거의 나가사키 한 곳에만 머물러 있었지만, 그에 비해 나카오카 신타로의 행동력은 실로 경탄하지 않을 수 없는 것이었다.

"나카오카는 금두운(金斗雲)을 가지고 있다"고 흔히 지사들 사이에서는 말하고 있었다. 금두운이란 《서유기(西遊記)》의 손오공이 타고 다니는 그 구름을 말한다.

이번에도 교토, 시모노세키, 진수부, 가고시마, 히젠 오무라 등을 거쳐서 나가사키로 온 것이었다. 그는 기선이 있으면 기선에 편승하고 말이 있으면 말을 타고 뛰어다니면서, 근왕파의 공경과 각 번 지사들을 찾아가 급속히 혁명의 기운을 불러일으키고 있었다. 천하에 있어서의 그의 존재는 이미 막부로서는 거대한 한 적국을 이루고 있다 해도 좋을 정도였다.

뛰어다니는 동안에도, 그는 몇 차례인가 논문을 썼다. 나카오카가 도사 번에 제출한 '번정 개혁론'은, 서양의 근대사에 있어서의 양이와 혁명을 예증으로 들어가면서 번으로 하여금 막부로부터 독립된 강력한 군사력을 기르도록 한 것이었고, 이것이 바로 도사 번의 새 방향에 적지 않은 영향을 미친 것이었다.

요컨대 그가 주장하는 것은 "혁명전쟁이 있을 뿐"이라는 것이었다. 첫째도 싸움, 둘째도 싸움, 그러기 위해서는 모든 문명의 이기를 손에 넣지 않으면 안 된다는 것이었다.

시대는 격변하고 있었다. 그 시대의 변화에 가장 큰 영향을 미친 것은 고메이 천황(孝明天皇)의 죽음이었다.

지난 12월 12일, 감기로 짐작되는 높은 신열이 나기 시작했다. 전의(典醫)는 땀을 내기 위한 약을 올렸고 많은 땀을 내기도 했으나, 14일에도 열은 계속됐고 15일에 이르자 전형석인 천연두 증상이 나타나기 시작했다.

얼마 전 근시(近侍)의 자식 가운데 천연두에 걸렸던 자가 있어서, 천황은 평소부터 '혹시 옮는 것이 아닌가' 두려워하고 있었는데, 그 예감이 적중한 셈이었다.

17일, 얼굴이 붓기 시작하며 자주 구역질이 일어났고, 갈증이 심한 데다 가래가 끓고 식욕이 없어지더니, 마침내 25일 밤 열시에 붕어(崩御)하기에 이른 것이다.

고메이 천황은 막부 말기 당시의 가장 거물급 막부파라고 할 수 있었다.

준법주의자라고 해도 좋으리라. 이에야스 이래 막부는 교토의 조정이 전혀 활동할 수 없도록 물샐 틈 없는 규제를 만들어, "천황은 조상에 대한 제사와 학문, 가도(歌道)에만 전념하고 있으면 된다"는 규정을 내리기까지 한 정도였다.

일본의 정치와 군사 문제는 천황이 임명한(형식적인 것에 불과했지만) 정이 대장군(征夷大將軍)이 맡아 보며, 일단 위임한 이상 천황은 간섭해서는 안 된다는 구실이었으나, 고메이 천황은 이것을 준수했다.

선조인 고도바(後鳥羽) 천황이나 고다이고(後醍醐) 천황처럼 무가(武家) 정권을 전복시키려는 생각은 꿈에도 하지 않고, 오히려 그런 뜻을 지니고 있는 공경이나 지사들을 미워했다.

그 천황이 붕어한 것이다.

당연히 궁중에는 변화가 있을 것이다. 근왕파 공경들이 다시 고개를 들 것이 틀림없다.

"정세는 크게 달라진다"고 나카오카는 말하는 것이다.

고메이 천황의 붕어는 막부 말기 최대의 정치적 사건의 하나였다. 료마가 그것을 안 것은 나카오카 신타로를 통해서였다.

"이토록 가슴 아픈 일이 어디 있겠나."

정열가인 나카오카는 그 풍문을 전하면서 내뿜듯이 눈물을 흘렸다. 나카오카는 그런 사나이였던 것이다.

그는 촌장 출신이었다. 도사 번의 촌장은 다른 번의 촌장과 달리 막부 말기 이전부터 번에 대해서는 비판적이었고, 일찍부터 근왕 사상을 지니고 있어서 막부 치하의 태평 세대에도 '촌장연맹'이라는 비밀 동맹을 번내에서 결성하고 있었다.

"무사는 물론 영주의 부하다. 그러나 농민은 천황의 신하이지 번주의 사유적인 존재가 아니다."

그 비밀 동맹은 그런 사상을 근본적으로 가지고 있었다. 일종의 자유 민권 사상이라고 할 수 있다. 그런 사상 때문에 촌장들은 빈번히 번의 영민(領民) 정책에 반발해 왔으며, 막부 말기에 이르러서는 이들 촌장 계급에서 몇 명인가 풍운아를 배출하기도 했다. 덴추조(天誅組) 주모자의 한 사람이었던 요시무라 도라타로(吉村寅太郎)가 그랬고, 이 나카오카 신타로 역시 그랬다.

따라서 나카오카의 핏줄에 흐르고 있는 유전적인 사상은 이러했다.

"나는 번으로부터 성(姓)을 쓰고 칼을 찰 수 있도록 허락된 신분이기는 하지만 영주의 가신은 아니다. 내가 섬길 분은 오로지 천황이 있을 뿐이다."

이것은 도사 번의 향사와 촌장들의 대표적인 사상이라고 할 수 있었다.

나카오카의 경우는 그것이 한층 강했다. 그 때문에 고메이 천황의 죽음을 몹시 슬퍼했다. 그러면서도 혁명아 나카오카 신타로는 그 두뇌까지 격정에 물들지는 않고 있었다.

"황공한 일이나 이 붕어로 말미암아 일본의 기나긴 밤은 밝아질지도 모른다."

"아니, 틀림없이 밝아지네."

료마는 뜻밖일 만큼 냉정한 어조로 말했다.

료마 역시 젊었을 때는 나카오카와 같은 정열을 지녔었고 그 정치적 이상도 나카오카식으로 생각을 했었지만, 지난 수 년 동안 미국식 공화제에 흥미를 가지기 시작하여 이런 사상으로 바뀌어 가고 있었다.

"천황을 유일한 존재로 받드는 절대 군주 국가야말로 일본의 내일의 모습이어야 한다."

"일본은 천황을 중심으로 하여 통일되어야 한다. 그러나 그 통일 혁명을 위한 피는 천황을 위해 흘릴 것이 아니라 일본 만민을 위해 흘려야 한다."

메이지 시대적인 표현을 한다면 나카오카는 국권주의자(國權主義者)고 료마는 민권주의자(民權主義者)라고 할 수 있으리라. 료마가 유신사(維新史)의 기적적인 존재라고 일컬어지는 것은 이렇듯 막부 붕괴 이전부터 이미 공화제도를 꿈꾸고 있었고, 자유 민권 사싱을 가지고 있었기 때문이리라. 물론 료마의 지식은 그 출처가 따로 있었다. 가쓰 가이슈, 요코이 쇼난(橫井小楠) 등이 료마에게는 그런 지식의 잡화도매상격 존재였으며, 또한 그가 그런 지식과 사상을 실제로 확인한 것은 이 나가사키에서 외국 상인을 접촉하기 시작한 후부터였다.

"료마, 이제부터 바빠지네."

나카오카는 냉정을 되찾으며 말했다.

"자네와 내가 손을 맞잡고 일본의 기나긴 밤에 동이 트게 하세. 목숨을 몇 개씩 가졌다 해도 모자랄 대사업일세."


어쨌든 시국은 크게 움직이고 있다. 둑이 무너져 홍수가 산과 들에 가득 차 오는 상태라고 할 수 있으리라.

이 홍수가 어느 방향으로 어떻게 흘러갈 것인지는 아무도 알지 못한다.

천황의 죽음, 어린 황태자의 등극, 그보다 앞서서는 장군 이에모치(家茂)의 죽음과 요시노부의 습직(襲職)이 있었다. 이것은 거의 동시에 온 것이었다. 시대가 달라졌다는 느낌은 농민이나 일반인에게까지 미치고 있었다.

이러한 세태는 료마가 즐겨 쓰는 '시운(時運)'이란 말에 해당하는 것이리라. 이 시운이라는 홍수를 교묘히 유도하면, 어쩌면 회천(回天)의 기적도 이루어질지 모르는 것이다.

지금까지 막부파적인 태도를 고수하고 있던 도사 번이 크게 당황한 것도 이러한 정세의 변화를 피부로 느꼈기 때문임에 틀림없다.

피부로 느끼려면 젊음이 필요하다. 따라서 그것을 제대로 느낀 인물들은 노공 요도가 사랑하고 있는 젊은 관료들이었다. 고토 쇼지로, 이누이 다이스케, 후쿠오카 도지(福岡藤次 : 후일의 孝悌), 다니 모리베(谷守部 : 후일의 干城), 사사키 산시로(佐佐木三四郎 : 후일의 高行) 등 수는 많지 않았지만, 능력은 번론을 충분히 움직일 만했다.

물론 그들의 변화에는 나카오카의 설득이 크게 작용하고 있었다. 그들은 새로운 방향을 결정했을 때, 그 새 방향의 첨병(尖兵)으로서 료마와 나카오카를 이용하려고 했다.

해원대, 육원대의 결성을 번은 기꺼이 받아들였고, 오히려 번이 간청하는 형태를 취했다.

그 전에, 두 사람의 탈번죄를 사면해 두지 않으면 안 되었다. 그것을 재빨리 행정화하여, 고토 쇼지로로 하여금 료마에게 통보하게 한 것은 나카오카가 나가사키를 떠난 다음이었다.

그 공문서를 번역하면 다음과 같다.


　　사면장(赦免狀)


　　향사 곤페이(權平)의 제(弟)
사카모토 료마
　　기다가와(北川) 고을 촌장
　　겐페이(源平)의 자(子)
나카오카 신타로
　　우자(右者), 전일 규율을 범하고 타국에 출범했으나 깊은 배려 밑에 특별히 그 죄를 사면함


이 두 사람의 사면에 대해서 번 내에서는 그들의 부형을 번청까지 소환하여 통고했고, 국외에 있는 본인들에게는 각각 사면장을 보내 주었다.

"이건 뭐야?"

료마는 도사야 안방에서 그것을 읽자, 아무렇게나 구겨서 휙 집어던졌다. 번이란 것이 지니고 있는 우스꽝스러울 정도의 거드름에 화가 나지 않을 수 없었던 것이다.

젊은 고급 관리들이 료마를 보는 그 뱃속에는 계급적인 멸시가 있었다. 이를테면 료마와의 연락을 위해 나가사키를 향해 떠난 후쿠오카 도지가 본국 동료에게 보낸 편지 가운데도 이런 대목이 있다.

"료마를 이용할 방법도 마련되어 있는 터입니다."

원숭이 곡예사가 원숭이를 부리는 정도로 생각하고 있는 모양이었다.


료마의 신변은 갑자기 분주해져, 이 일 저 일로 게이오(慶應) 2년이 저물고 3년의 정월도 지나, 습도가 낮기로 이름난 나가사키에도 안개가 끼는 날이 많아지기 시작했다.

"고치에서 후쿠오카 도지가 온다"는 연락을 료마가 받은 것은 이나사 산(稻佐山)이 저녁 안개 속에 잠겨 있는 부녑이었다.

번의 기선인 고초마루(胡蝶丸)로 온다고 한다. 용건은 해원대에 관한 규약을 체결하기 위한 것이었다.

'후쿠오카라…… 보기 싫은 녀석이 나타나는군.'

료마는 내심 그렇게 생각했으나, 동지들의 계급적인 감정을 자극할까 두려워서 내색은 하지 않았다.

후쿠오카는 료마의 기억에 의하면 어렸을 때부터 학문에 재질을 보였던 젊은 무사였다.

료마가 아직 탈번하기 전, 친구와 함께 하리마야 다리(播磨屋橋)를 건너려고 하는데, 지나쳐 가던 도지가 불렀다. 분을 못 참겠다는 듯 부채로 다리의 난간을 두드리면서 말했다.

"이봐! 어째서 인사를 안 하는 거냐!"

상급 무사를 만나고도 향사 따위가 어찌하여 모른 체하고 지나치느냐는 것이었다. 그때의 얄팍하고 흰 얼굴이, 료마의 눈에는 아직도 선하게 남아 있었다.

친구는 허둥지둥 인사를 했고 료마는 끝내 모르는 체 지나쳐 버렸다.

나중에 료마가, 저 사람이 대체 누구냐고 친구에게 물었다.

"니시히로(西廣) 골목에 집이 있는 후쿠오카 도지야."

친구는 분한 듯이 말했다. 료마는 그 정도의 기억밖에는 없었다.

약간의 관계가 없지는 않다. 후쿠오카 도지의 집안은 중신 후쿠오카 집안의 분가로서, 도지는 '후쿠오카의 다즈 아가씨'의 먼 친척에 해당하는 것이다. 료마가 태어난 사카모토 집안은 대대로 후쿠오카 집안 밑에 있는 향사였기 때문에 그런 의미에서 전혀 인연이 없는 것도 아닌 것이다. 어쩌면 도지는 그런 생각을 하고 있었는지도 모른다.

"료마는 말하자면 우리 일족의 부하격이다."

도지는 지금은 젊은 영주 도요노리(豊範)의 측근이었다. 노공의 총애도 받고 있었고, 번의 관료로서는 젊은 나이면서도 상당한 위세를 떨치고 있었다. 유신 후 도사 벌(土佐閥)을 대표하여 신정부에 출사했으며, 메이지 17년에 자작이 되었다가 다이쇼(大正) 8년, 85살로 죽었다.

이 후쿠오카 도지가 이틀 뒤 나가사키에 왔다. 수행원은 모두 10명이었고 그 가운데는 이와사키 야타로도 있었다.

"사카모토를 불러 오너라."

사람을 보냈으나, 심부름꾼은 곧 되돌아오더니 복명한다.

"용무가 있으면 그쪽에서 찾아오라는 료마의 말이었습니다."

"뭣이?"

후쿠오카 도지는 얼굴을 찌푸렸으나, '료마를 이용한다'는 것이 자기의 임무였으므로 화를 낼 수도 없는 일이었다.

"내일 아침에 방문하겠다."

다시 사람을 보내서 전하게 했다.

곁에 있던 수행원 하나가 그런 뜻의 충고를 했다.

"향사라고 한 마디로 업신여기지만, 그들은 지금까지 국사를 위해 많은 피를 흘렸고, 그 업적을 바탕으로 하여 오늘날의 도사가 이름을 떨치고 있는 거요. 그것을 이제 번에서 이용하려는 것이니 말하자면 뻔뻔스런 얘기고, 따라서 그 점을 십분 참작하여 그들의 감정을 자극하지 않도록 하는 것이 좋을 거요."


규약 회의는 료마가 하숙하고 있는 나가사키의 호상 고소네 에이시로(小曾根英四郎) 댁 서원에서 열렸다.

상석에는 물론 영주의 측근인 후쿠오카 도지가 앉았다.

그 곁에 도사 번 일행이 쭉 늘어앉게 되어, 이와사키 야타로마저 상석에 앉아 있었다. 야타로는 이 회의 직전에, 미천한 출신이면서도 고토 쇼지로의 특별 배려로 상급 무사격이 되어 나가사키 주재관으로 발탁되어 있었다.

료마 일행은 하좌에 있었다.

동문 28명이 하좌에 빈틈없이 늘어 앉아 있다. 가메야마 동문은 공동 운명 아래 생사를 같이한다는 원칙을 살려, 참석할 수 있는 자들을 료마가 모두 이 자리에 부른 것이었다. 그 자리의 순서 또한 멋대로였다. 료마 자신, 하좌의 맨 뒷줄에서 책상 다리를 한 채 턱을 쓰다듬고 있었다.

"가메야마 동문에는 상하가 없다"는 것이 결당 이래의 원칙이다.

료마는 가메야마 동문을 통솔함에 있어 항상 평등을 원칙으로 했고 회계마저 공개적인 방법을 취했다. 인건비는 공평히 분배한다. 료마 자신도 물론 예외는 아니었다. 이를테면 사쓰마 번으로부터 원조를 받고 있는, 대원 일인당 월 석 냥 두 푼의 수당도, 료마나 다른 대원이나 모두 똑같았다.

봉건적인 계급 사회에서 살고 있는 무사들의 집단으로서는 이례적인 것이라고 할 수 있었다.

같은 낭인의 결사라도 도쿠가와 체제를 지키기 위해 결성된 보수 단체인 신센조는, 같은 동지들이면서도 직위와 계급으로 통제하고 있었다. 대내를 특수한 직위와 그 강제력으로써 통제하고 있는 점은, 어쩌면 프랑스 육군의 중대 조직(中隊組織)을 참고했던 것인지도 모른다.

료마의 동문은 전혀 달랐다.

언뜻 보면 오합지졸인 것도 같다. 지나치게 평등해 보이기도 한다. 신분상의 계급은 물론, 직무상의 계급조차 없어서 선장도 그때그때 선발하도록 되어 있었다.

따라서 일동은 순위에 의해 늘어앉는다든가 하는 일 없이 그저 되는 대로 앉아 있었다.

료마 자신도 나카오카 겐키치를 중심으로 하는 입안 위원(立案委員)을 표면에 내세우고 자신은 뒤쪽에 앉아 있었다.

"규약 초안에 대한 것은 나는 모르오. 이 사람들이 잘 알고 있소."

후쿠오카 도지는 자연히 나카오카 등과 담판을 벌이게 됐는데, 어쩐지 이 회의석 전체가 뒤에 앉은 료마에 의해 감시되고 있는 것만 같아 거북하기 짝이 없었다.

'안 되겠는걸.'

도지는 몇 번이고 그렇게 생각했다. 장본인인 료마의 모습이 뒷자리에 숨어 있기 때문에 이야기를 진행시키기가 몹시 난처했던 것이다.

"료마, 듣고 있나?"

그렇게 한 번 소리친 일이 있었다.

료마는 뒷자리에서 코를 후비며 대답했을 뿐이다.

"응."

나카오카는 학자였고 무쓰는 면도날처럼 날카로운 논객인 데다 나카지마 사쿠타로는 상대방의 심리를 교묘히 유도하는 재능을 지니고 있어서, 상급 무사측은 이리 밀리고 저리 밀리고 했다.

그 때문에 해원대 규약은 약간의 어구(語句) 수정이 가해졌을 뿐, 후쿠오카 도지는 원안대로 받아들이는 결과가 되었다.

해원대 규약은 극히 논리적인 문장으로 씌어 있다. 이런 종류의 문장으로서는 메이지 초년경의 같은 종류의 문장에 비해도 참신하다고 할 수 있었다.

다섯 개 조항으로 되어 있었다.

제1조는 우선 대원들의 자격을 규정하여, 일찍이 본번(本藩 : 도사번)에서 탈번한 자 및 타번에서 탈번한 자, 해외에 뜻을 두고 있는 자, 그 모두를 대원으로 편입시킨다고 되어 있다. 탈번 낭사들을 대원으로서의 자격으로 정한 것은 해원대의 독립성을 명확히 한 것이라고 말할 수 있다.

또한 대의 목적은 제1조에 명기되어 있다.

"운수(運輸), 사리(射利), 개척, 투기 및 본번에 대한 응원을 그 주목적으로 한다."

사리란 브로커적인 상행위를 말한다. 본번에 대한 응원이란 도막(倒幕)을 둘러 싼 해군 활동을 말하는 것이다.

제2조는 다음과 같다.

"대내의 일은 일체 대장의 처분에 일임한다. 이는 결코 위배될 수 없다. 만일 난동이나 망령된 행동으로 일을 그르치고 해를 끼쳤을 때는, 대장은 이에 대한 생사권을 가진다."

또한 별항을 두어 도사 번과 해원대와의 관계도 교묘하게 명문화하고 있다.

"번에 속하지 않고 이면(裏面)에서 출기관(出崎官)에 속하는 것으로 한다.”

출기관이란 도사 번의 나가사키 파견관을 말한다.

“출기관에 속한다”고는 했지만 출기관은 해원대에 대한 지휘권은 없었다. 말하자면 심부름꾼 같은 것이어서, 이를테면 해원대의 운영비에 적자가 생겼을 때 그것을 대장의 요청에 의해서 메워 주는 정도의 역할을 하는(규약 제5조) 법적 위치밖에는 갖지 않았다. 요컨대 해원대는 ‘본번의 응원’을 그 목적으로 내세우면서도 도사 번에는 속하지 않는다는 것을 명기하고 있는 것이다. 또한 “이면에서 출기관에 속하는” 것으로 한다는 점도 도사 번과의 미묘한 관계를 교묘히 나타내고 있다.

이 경우, 도사 번에만 속하는 것으로 해 버리면 그전부터 원조를 계속해 온 에치젠, 사쓰마, 조슈에 대한 입장이 난처해지고, 앞으로도 그들 대번을 계속 ‘대주주’로 삼는 데 어려움이 있기 때문에 그런 표현을 취한 것이리라.

규약의 협정이 끝났을 때 후쿠오카 도지는 가장 중요한 문제에 대해 언급했다.

“배는 어떻게 하는가?”

이것도 단 5분만에 해결지었다. 사쓰마 번을 보증인으로 하여 오우라 오케이로부터 1만 2천 냥을 빌어 입수한 다이쿄쿠마루의 차용금을 도사 번이 대신 떠맡는다는 결론을 얻은 것이다.

이상으로 도사 번과의 규약 체결이 끝나, 가메야마 동문은 ‘해원대’로 개칭되었다. 이날, 일을 모두 끝내고 나서 기슈인인 무쓰 요노스케는 몇 번이고 같은 말을 료마에게 했다.

“이상한 기분입니다.”

료마는 그 뜻을 곧 알아챌 수 있었다. 그러나 귀찮아서 잠자고 있었는데, 하도 여러 차례 되뇌므로 무엇이 그렇게 이상한 기분이란 것인지 물었다.

“오랫동안 혼자서 가난을 견디어 오던 여자에게 갑자기 나이 많은 영감이 생긴 것 같은 기분이군요.”

“안심도 되고 우스꽝스럽기도 한 상태이지.”

료마가 말하자 무쓰는 크게 웃어 젖혔다.

# 야타로

얼마 동안 이와사키 야타로가 료마와 재회하게 되는 경위를 말해 보려고
한다.

료마와 기묘한 작별을 한 것은 이미 오래전 이야기다. 4년 전인 분큐(文
久) 3년, 료마가 탈번하여 오사카로 왔을 때의 일이었다.

——요시다 도요 암살 사건과 관련이 있는 것은 아닐까.

그런 혐의 아래, 번의 경리(警吏)로서 이와사키 야타로가 뒤쫓아 왔다.

혼자 쫓아 온 것이 아니라 동료인 이노우에 사이치로(井上佐一郎)와 동행
이었다. 오사카의 두 번저(藩邸)를 살피고 다니다가 사이치로는, 후일 근왕
파에서 이른바 '사람백장 이조'라고 불리는 오카다 이조(岡田以藏) 등 네 명
에 의해, 도톤보리(道頓堀) 냇가인 구로에몬 거리(九郎右衞門町)에서 살해
되고 말았다.

야타로는 현명했다.

'내가 그래 이따위 시시한 짓이나 하고 다녀야 한단 말인가.'

게다가 위험하기도 했다. 이노우에 사이치로가 살해되기 얼마 전, 잽싸게
걷어치우고 고향으로 돌아가 버리고 말았다.

료마는 야타로와 이노우에 사이치로가 오사카로 온 직후, 우와지마 다리(宇和島橋)에서 그들 두 사람을 만난 일이 있다.

이노우에가 먼저 칼을 빼고, 이어서 야타로도 칼을 뺐다. 그 꼴을 보고 료마는 웃음을 터뜨렸다.

"야타로, 정말 칼을 뺐나? 용감한걸."

그러고 나서 료마가 이노우에의 칼을 쳐 떨어뜨렸을 때, 야타로는 잽싸게 어둠을 틈타 도망쳐 버렸다.

그 후로 두 사람은 한동안 만난 일이 없었다.

야타로는 개성이 강했다.

그 나름의 인생이 이 사나이에게도 있었다. 번에서도 근왕파에서도 한 걸음 떠나, 그는 독특한 방향으로 나아가기 시작한 것이다.

고향으로 도망친 후, 그는 관리를 집어치우고 칼도 내던진 채, 주판을 들고 재목상을 시작했다. 무사로서는 어지간히 결단성 있는 전향이라고 할 수 있었다. 나이 서른이었다.

'시대는 바뀐다.'

분큐 3년, 당시 고토와 오사카를 보고 이 놀라울 정도로 정력적인 사나이는 생각했다. 장군이니 영주니 하는 봉건적 장식물은 멸망하게 되리라고 본 것이다. 시대가 바뀐다는 것을 꿰뚫어봤다면 누구나 근왕 운동에 뛰어들었을 텐데, 야타로는 한 걸음 더 앞지른 세상을 이미 내다보고 있었다.

——상인들의 세상이 온다.

그것이었다.

도사는 큰 장사를 하기가 어려웠다. 왜냐하면 도사 번에서는 재목, 종이, 가다랭이 말림, 고래잡이, 장뇌 등 중요 산업은 모두 번의 전매제로 되어 있고, 일반 상인에게 허용되어 있는 활동 범위는 극히 좁았다.

야타로는 먼저 자금을 긁어모은 뒤, 번의 산업 관계 관원에게 뇌물을 주어 전매법을 위반함으로써 크게 한몫 보려고 했다. 착안은 좋았다.

그러나 일은 제대로 들어맞지 않았다. 실패였다. 결국 자금은 모두 날려 버리고 마침내 호농집에 날품팔이 인부로 고용되는 신세까지 되고 말았다.

그러나 시국은 이 사나이를 언제까지나 실의에 빠져 있게 하지 않았다.

야타로는 다시 대소도를 차고 산업 관계 하급 관원으로서 일하게 된 것이다.

고치 성 아래의 가가미 강(鏡江) 기슭에 가이세이 관(開成館)이라는 거대한 건물이 세워졌음은 앞서 말한 바 있다.

번의 전매국이라고 해도 좋았다.

동시에 서양 의술에 의한 병원과 학교를 경영하고, 번역국(飜譯局)도 설치되어 외인 교사를 초청하여 번의 자제들에게 영어와 프랑스어를 가르치게 되어 있었다.

이와사키 야타로가 일하게 된 곳은 이 가이세이 관이라는 신설 관청이었다.

부서는 산업 관계로, 그는 출신이 미천하여 하찮은 말단 관원이었다.

관청에서는 연일 회의만 거듭하고 있었다.

"가이세이 관을 어떻게 운영하는가?"

이것이 한결같은 의제였다. 그럴 수밖에 없는 것이, 이 가이세이 관은 번이 서양식 산업 국가로 새로 발족하려는 중심 기관이었던 것이다. 중요하기 이를 데 없는 기관이었으나, 익숙하지 않은 일이라 모두 무슨 일을 어떻게 해야 좋을지 몰랐다.

그러므로 회의가 계속 열렸다.

'회의란 무능한 자의 시간 낭비에 불과하다. 예부터 회의에 의해 성사된 일이 있었던가.'

야타로는 그런 생각을 가지고 있었다. 일을 만드는 데는 한 사람의 두뇌가 있으면 충분하다.

"어중이떠중이가 백 명이 모여 봤자 시간 낭비에다 차(茶)의 낭비이고, 변소에 무능자들의 소변만이 괴어갈 뿐이다."

그 '한 사람의 두뇌'란 누구를 말하는가.

야타로의 말을 빌리면 그것은 바로 자신이었다. 그만한 자부심이 그에게는 있었다. 포부도 있었다. 그러나 유감스럽게도 이 사나이는 보잘것없는 말단 관원이었다.

회의에 출석할 수는 있었다. 그러나 발언은 삼가야 할 천직(賤職)이었다. 주로 회의 내용을 필기하는 서기에 지나지 않았다.

'어리석은 소리만 늘어놓는구나.'

야타로는 상좌의 상급 무사들의 발언을 듣고 있다보니 어처구니가 없었다.

굴욕을 느끼기까지 했다.

'역시 관원이 되는 것이 아니었다.'

그런 생각을 했다. 형편없이 무능한 자가 상급 무사라는 것 때문에 상관이 되어, 두부 장수 같은 소리로 횡설수설함으로써 일을 다 한 것처럼 생각하고 있는 것이다.

'이런 세상은 깨끗이 망해 버려라.'

그런 생각을 하지 않을 수 없었다.

그러나 그것을 이루는 것은 료마와 같은 무리들일 것이다. 야타로는 그 망하고 난 뒤의 새로운 세상에서 크게 날개를 뻗칠 작정이었다. 그리고 그것을 생각함으로써 가까스로 자신의 굴욕을 달래려고 했다.

어느 날 부채질을 하면서, 회의석상에서 상좌에 있던 가와사키 세이지로(山崎淸三郎)라는 뚱뚱보가 문득 말석에 있는 야타로를 바라보며 의젓이 말했다.

"어떤가, 자네에게도 무슨 의견 같은 것은 있을 테지. 이 기회에 한번 말해 보게."

그 무능자의 거드름이 야타로의 분노를 이상할 징도로 꾐이 놓았다.

야타로는 잠시 마음을 가라앉히고 있다가 이윽고 공손히 머리를 숙이며 말했다.

"황공하오나 아까부터 여러분의 의견을 들으면서 그 높은 식견에 그저 놀라고 있을 뿐입니다. 저 같은 미천한 자가 참견할 일이 못되는 줄 압니다."

그 뒤에 "워낙 재주가 없어 소임을 감당할 수 없다"는 이유로 사표를 써던지고 하숙으로 돌아와 버리고 말았다.


"대대로 1백 석이니 2백 석이니 하여 높은 녹을 받고 있는 자들과는 같이 일을 도모할 수가 없다."

료마도 말한 적이 있었다.

"봉록이란 새의 먹이와 같다. 선조 대대로 먹이나 받아먹고 자라 온 새장 속의 새들이 무엇을 할 수 있겠는가?"

그런 말을 한 적도 있다.

모두 상급 무사를 가리켜서 한 말이었다. 료마는, 거드름만 피는 주제에 무능하고 기개도 없는 그들 귀족을 일종의 폐인처럼 보고 있었던 것 같다.

"일을 해내려면 야생조(野生鳥)이어야 한다"는 말을 한 일도 있었다.

산업 관계 말석 관원으로 취직했던 이와사키 야타로의 경우는, 야생조가 새장에 들어가서 새장에서 자라 온 새들과 같이 어울리게 된 형국이나 다름없었다.

'마을로 돌아가자.'

그렇게 결심하고 하숙으로 돌아와 짐을 꾸리고 있을 때 야마자키 쇼로쿠(山崎昇六)라는 상사가 찾아왔다.

야마자키는 같은 부서의 상사였다. 역시 상급 무사 출신이었지만 다소 기개도 있고 이해력도 지닌 사나이였다. 무엇보다도, 미천한 출신인 야타로의 능력을 인정해 주고 있었다.

"야타로, 다시 한번 생각해 보게."

극히 만류했으나, 야타로는 완강하게 듣지 않았다. "도저히 저로서는 감당해 낼 수가 없습니다" 하고 말했다.

"번청이라는 데는 저 같은 미천한 자가 일할 수 있는 세계는 아닌 것 같습니다."

그대로 이노구치 마을로 돌아가 버렸다.

그 후 번청 개혁이 단행되어 젊은 패기를 지닌 고토 쇼지로가 참정이 되자, 번의 인사를 점차적으로 문벌주의에서 능력주의로 바꾸기 시작했다.

특히 고토는 번의 산업 체제를 갖추는 데 있어 절실히 인재가 필요했다.

"이와사키 야타로를 불러 왔으면 하는데."

고토 쇼지로는 야마자키 쇼로쿠나, 야타로를 이해하고 있는 다카하시 가쓰에몬(高橋勝右衞門) 같은 사람들과 의논해 봤으나, 둘 다 고개를 흔들었다.

"야타로는 응하지 않을 겁니다."

그 자존심이 강한 사나이는 더 이상 미관(微官)으로서는 출사하지 않으리라는 것이었다.

이 때문에 이야기는 일단 중단되었다.

그런 때에——

료마의 가메야마 동문을 번으로 끌어들이자는 제안이 나오고, 그와는 별도로 나가사키에 번립(藩立) 무역 회사를 만들자는 안이 나왔다.

〈도사 상회(土佐商會)〉

이 명칭으로 정했다. 상회장은 번에서 파견하는 나가사키 주재관이 담당

하기로 했다. '주재관'이라면 번의 대사, 또는 공사에 해당하는 것으로서 에
도, 교토, 오사카에 나가 있었으며, 상급 무사 중에서 선임되는 중직의 하나
였다.

삼도(三都)의 주재관은 각각 그 맡은 바 소임이 달랐다. 에도는 막부 관
계의 각종 교섭을 주로 담당하고 있었고 교토는 조정 관계, 오사카는 상업
관계를 담당하고 있었다.

나가사키는 당연히 무역에 능통한 인사가 아니면 안 된다.

"야타로를 기용하기로 한다."

고토는 3백 년의 전통을 깨뜨리고, 상급 무사 이하의 계급에서 경천동지
의 대발탁을 단행했다. 야타로는 그것을 받아들였다.

어쨌든 이와사키 야타로가 나가사키 주재관으로 발탁됐다는 것은 도사 번
개벽 이래 처음 있는 파격적인 인사였다.

"정말, 오래 살 일은 아니구나……."

고지 성 아랫거리의 상급 무사 노인들은 모두 그런 말을 했다. 항시나 미
천한 낭인들이 번의 중직을 차지하고 있는 것이다. 20세기인 오늘의 예를
든다면, 미국 흑인이 프랑스 주재 미국 대사로 발탁된 경우와 그 심리적인
충격도가 비슷했다.

그러나 야타로 자신은 별로 기뻐하지 않았다.

그에게는 대망이 있었다. 그 대망은 아직 성운(星雲) 상태여서 자신도 어
떻게 될지 알 수 없었지만, 어쨌든 봉건 체제 밑에서는 날개를 펼 수 없는
포부였다.

'시대는 움직이고 있다. 참아 보자.'

스스로 그렇게 달랬다. 이와사키 야타로로서는, 나가사키 주재관이란 자
리는 어떤 의미에서도 영달은 아니었다. 그러나 장래의 야망에 대한 한 디딤
돌로서의 구실은 될 수 있을지도 모른다고 생각했다.

야타로는 시무룩한 표정을 짓고 있었다.

나가사키로 떠나는 배 안에서였다.

그의 부임을 위한 항해는 영주의 근시(近侍)인 후쿠오카 도지 등과 동행
이었다. 후쿠오카는 나가사키에서 료마와 해원대에 관한 규약을 체결하기
위해 떠나는 것이었다.

야타로는 그 후쿠오카와 별로 말을 하지 않았다. 후쿠오카는 그 태도가 적

지않이 마음에 걸렸던지 멍청이 같은 소리를 했다.

"이와사키, 사양하지 말고 얘기를 하게."

야타로는 비천한 출신이지만 이제는 상급 무사가 되었다. 말하자면 동격이 됐으니, "사양하지 말고 얘기를 해도 좋다"고 친절한 말을 한 것이다.

후쿠오카 도지는 번내의 젊은 상급 무사 중에서도 으뜸가는 수재였다. 유신 직후, 유리 기미마사(由利公正 : 三岡八郞)와 더불어 "만기(萬機)는 공론(公論)에 따라 결정하라"는 유명한 다섯 개 조항의 서문(誓文)을 기초한 사람이다. 다시 말해서 후일에는 료마 등의 공론주의(公論主義)에 감화될 만큼 유연한 두뇌를 가지고 있었는데, 이 후쿠오카마저 도사류의 완고한 계급 의식에서는 탈피하지 못하고 있었던 것 같다.

그런 후쿠오카의 말에 야타로는 웃었을 뿐, 아무 대답도 하지 않았다.

"허허……."

상대방의 경박성에 대한 멸시, 자신의 신분에 대한 굴욕감, 그리고 무서울 정도의 자존심이 이와사키 야타로의 표정을 항상 찌푸린 것으로 만들고 있었다.

"이와사키, 주재관으로 발탁됐으니 얼마나 기쁜가?"

며칠이 지나, 후쿠오카는 다시 말한 일이 있었다.

이때도 이와사키는 그 사자처럼 험악한 얼굴이 거의 시퍼렇게 변해 버렸다.

"이 이와사키는 지구 위에 있다는 것을 알아주십시오."

"무슨 뜻인가?"

"하찮은 주재관에 임명된 것쯤, 별로 기쁠 것도 없는 일이란 말입니다."

지구(地球) 위――라는 말은 당시 도사 번에서는 유행어처럼 되어 있었다. 지난 2월 16일, 사쓰마 번의 사이고 다카모리가 배를 타고 고치까지 찾아와서 노공 요도를 알현하고, 자신의 막부파적 국가관을 설파한 일이 있었다. 요도도 마지막에 가서 끄덕이며 이런 대답을 하면서 사이고의 주장에 거의 동의한 일이 있었다.

"우리 도사 번은 그대의 사쓰마 번에 비해서 도쿠가와 집안의 은고를 많이 입어 온 터다. 그러나 이미 시대는 한 번, 한 가문의 정의(情義)를 초월해야만 하게 된 것 같다. 나는 근래에 이르러서 내가 지구 위에 살고 있다는 것을 절실히 느끼게 되었다."

나가사키에 도착한 이와사키 야타로는 도사 번의 지정 숙소인 자이쓰야에 투숙했다.

야타로는 곧 나가사키 주재 상무관(商務官)으로서 활동을 시작했다. 장부도 보았다. 드나드는 상인과도 의견을 나누어 봤다. 거래처인 외국 상관(商館)으로도 찾아가 서양 사람들을 만나 보기도 했다.

물론 전임자인 고토 쇼지로(고토는 참정과 나가사키 주재관을 겸임하고 있었다)와도 몇 차례 만나서 이야기했다. 그 결과, 그는 놀라운 사실을 발견했다.

'이 무슨 낭비인가.'

고토가 해 온 짓이 말이다. 번 재정은 궁핍 상태에 빠져 있는데, 고토는 번비를 나가사키에서 물처럼 써 버리고 있는 것이다.

물론 술과 계집에 말이다.

'터무니없는 사나이다.'

야타로는 화가 난다기보다, 고토라는 사나이가 인간이 아닌 무슨 도깨비처럼 보이기까지 했다.

나가사키의 환락가인 마루야마(丸山)에서는 '도사 번 참정 나리'라고 하면, 부호라는 정도를 넘어서 요술 방망이로 얼마든지 황금을 쏟아 놓는 신령님 같은 존재가 되어 있었다. 그것이 고작 27, 8세 정도의 젊은이이고 보니, 배짱이 크다고 할까, 원래부터 담 같은 것은 가지지 않고 태어났다고 할까, 도무지 짐작조차 할 수 없었다.

고토는 나가사키와 상해에서 닥치는 대로 군함과 총포를 구입했지만 지불한 것은 고작 장뇌와 교환한 3만 냥 정도이고, 나머지는 마루야마에서 놀자판을 벌이고 있을 뿐 외국인들에게도 그 돈을 지불하지 않고 있었다.

"군함을 산다"고 하여 번으로부터 돈을 끌어낸 다음, 마루야마에 가서 마구 뿌려 대는 식으로 놀기만 하는 것이다.

야타로는 곧 장부를 정리하여 출비(出費)를 계산해 봤다. 그리고는 소스라치게 놀랐다.

구매 관계

31만 7천 9백 냥……군함, 기선 7척.

4만 3천 2백 23냥……총기, 탄약

5만 5천 9백 98냥……융(絨) 제품

2천 3백 14냥……도서, 의료 기구

계 41만 9천 4백 35냥

연간 경비

4천 75냥……상관(商館) 건축비의 잡비

1천 4백 58냥……직원 봉급 및 수당

3천 3백 5십 냥……증여 및 연회비

1천 9백 3십 냥……유키(結城) 및 오오바(大庭)의 양행(洋行) 여비

계 1만 1천 8백 16냥

그밖에도 내외 상인들에 대한 순수 부채가 18만 냥 정도 있었고 용도 불명의 지출만도 5천 냥 가량 되었다.

"대체 이것을 어떻게 하실 작정입니까?"

야타로가 고토를 힐문하자, 고토는 그런 대답을 했다.

"난 모르네."

곧 히죽이 웃으면서 다시 말했다.

"자네를 발탁한 이유를 알겠나?"

요컨대 그가 발탁된 진상은 고토의 직권을 남용한 낭비가 번에 알려지지 않도록, 그 뒤처리를 시키기 위한 것이었다.


'정말 고토는 엉터리다.'

야타로는 그렇게 생각하지 않을 수 없었다.

연회비가 인건비보다 천 냥이나 더 많다는 것은 너무하지 않느냐면서 야타로가 고토에게 장부를 내보였지만, 고토에게는 오히려 역효과였다.

"응? 겨우 요 정도밖에 안 썼던가."

거기에도 이유가 없는 것은 아니었다.

"호화판으로 벌이고 다님으로써, 과연 대 도사 번은 다르다──는 소문을 내는 것이 지금으로서는 중요한 일이야. 도사 번은 쩨쩨하다는 소문이 난다면 천하를 상대로 하는 큰일은 할 수 없어."

"그러나 파산하면 어떻게 하시렵니까?"

"그것을 막는 것이 자네가 할 일 아닌가?"

야타로는 기가 막혔다.

고토의 놀이 비용은 어쩔 수 없다 치고, 그 밖의 경비에 대해서는 금고 뚜

껑을 굳게 닫고 단 한푼의 지출도 아끼기로 했다.

이것이 야타로의 평을 나쁘게 했다.

이런 예가 있다.

나카에 조민(中江兆民)이라는 메이지 시대의 자유사상가가 있었다. 루소의 〈민약론〉을 번역하고, 이다가키와 더불어 자유당에서 활동하기도 했으며, 만년에는 〈일년 유반(一年有半)〉〈속 일년 유반(續一年有半)〉 등을 저술하기도 하여 메이지의 사상계에 강력한 영향력을 미친 인물이다.

'아쓰스케(篤助)'라고 불린 소년 시절부터 평생을 두고 괴짜로 유명했다. 고치 성 아래의 야마다(山田)가 생가(生家)이며, 그가 어렸을 때는 요시다 도요 암살 사건 등이 일어나 소위 근왕 양이(勤王攘夷)에 관한 논의가 시끄러울 무렵이었다.

"경박한 소동이다."

아스쓰케는 그렇게 말하면서 친구들과도 어울리지 않으며 두문불출, 독서에만 열중하고 있었다.

열아홉 살에 뜻을 세워, 남이 별로 관심을 가지지 않는 프랑스어를 배우려고 나가사키에 왔다.

처음 얼마 동안은 료마의 거처에서 식객 노릇을 하고 있었는데, 만년에 그는 료마를 회상하면서 이런 말을 한 일이 있다.

"그 무렵, 그는 몹시 가난했으나 항상 초연한 태도였다. 내가 평생 동안 만난 인물 중에서 그처럼 인상에 남는 인물은 또 없다."

그 조민이 문득 에도에 가서 다시 공부를 해보리라는 생각이 들었는데, 그에게는 여비가 없었다. 에도까지 가자면 25냥쯤은 필요했다. 료마에게 의논했더니, 야타로가 금고지기를 하고 있다고 가르쳐 주었다. 그 야타로에게 돈을 꾸러갔다.

야타로는 대뜸 호통을 치며 졸라 볼 여지도 없는 표정으로 말했다.

"너 같은 스무 살도 못 된 서생에게 25냥이나 꾸어 줄 수 있느냐 말이다."

조민은 화가 나서 소리쳤다.

"이 아쓰스케의 몸 하나가 25냥의 값어치도 안 나간단 말이오? 앞으로 난 평생을 두고 당신 얼굴을 보지 않겠소!"

그런 말을 내던지고 나오자, 이번에는 고토 쇼지로를 찾아갔다. 시 한 수를 읊어서 돈을 빌리려는 뜻을 전하자 고토는 빙그레 웃으며 25냥을 건네주었다.

조민과 같은 말 많은 사나이도 고토에 대한 평가는 좋았다. 그 대신 야타로를 미워했다.

난처한 것은 야타로일 수밖에 없었다.


야타로가 겪는 기막힌 일은 고토 쇼지로의 낭비벽만이 아니었다.

부하들이 좀처럼 움직이지 않는 것이다.

"하찮은 낭인 출신 따위가……."

그런 태도가 부하들에게는 있었다. 부하라 해도 신분은 상급 무사인 것이다.

야타로는 나가사키 주재관이기는 했지만 이례적인 조치에 의한 '임시적인 상급 무사'에 불과하여 상사(上司)로서의 무게가 없었다.

"이래서야 무슨 일을 한단 말이냐!"

야타로는 화를 잘 냈다. 야타로와 같은 분노는 다른 도사 향사들도 가지고 있었고, 그렇기 때문에 근왕 운동에 몸을 던진 것이다. 근왕 운동은 계급 사회를 뒤엎으려는 점에서 혁명 운동이라고도 할 수 있다.

그러나 이와사키 야타로라는 사나이의 특징은 아무리 화가 나더라도 그런 운동은 거들떠보지 않는 데에 있었다. 어디까지나 실무가인 것이다.

"지금 상태 같아서는 모처럼 발탁되기는 했으나 실무를 처리해 나갈 수 없습니다. 해 나갈 수 없다면 해 봐야 헛수고에 그칩니다. 헛수고라면 안 하는 것이 차라리 낫습니다."

야타로는 고토에게 이렇게 선언을 하고는 임시 집무처인 자이쓰야에도 나오지 않고, 금고에서 돈을 꺼내어 그 자신 마루야마에서 진탕 놀아나기 시작했다.

고토의 흉내를 내기 시작한 것이다.

당연히 부하들과 료마의 해원대 대원들은 맹렬한 비난을 퍼붓기 시작했지만, 야타로는 태연했다.

"야타로를 베어 버릴 테다."

부하들 가운데는 그런 말을 하는 자마저 있었다.

야타로의 진의는 "직분에 알맞도록 신분을 올려라"——하는 데 있었지만 차마 거기까지는 자신의 입으로 말할 수 없었다.

고토는 쓴웃음을 지으면서 그런 야타로를 지켜보고 있었으나 그렇다고 그의 낭비를 힐책하려는 기색은 안 보였다.

오히려 좋은 친구가 생겼다고 기뻐하는 눈치여서 이런 권고를 하기까지 했다.

"야타로, 나가사키 여자들은 좋은 데가 있어. 하나 데리고 살아 보지 않겠나?"

농담이려니 했으나 고토는 진심이었다. 그 다음 날 곧바로 야타로를 부르더니 고토는 말했다.

"오이마쓰(老松)는 어떤가?"

야타로도 그 말에는 놀라지 않을 수 없었다. 오이마쓰란 원래 마루야마의 신축루(新築樓)에 있던 기녀로서, 고토가 기적(妓籍)에서 빼내어 같이 데리고 사는 여자였던 것이다.

"대감을 모시던 중고품을 처리해 달라는 말씀입니까?"

"여자는 중고품이고 신품이고가 없어. 목욕만 시키면 언제든지 신품이야."

"놀라운 말씀이군요."

"뭐, 조금도 놀랄 것 없어. 실은 나는 요즈음 오아사(淺)라는 기녀와 가까이 지내고 있지. 그러니 자네가 오이마쓰를 맡아 준다면 내게는 큰 도움이 되겠는데."

야타로는 오이마쓰를 맡기로 했다. 오이마쓰는 후일 아오야기(靑柳)라고 이름을 고치고 평생을 야타로 곁에서 떠나지 않았다.

얼마 후 야타로는 고토의 진력으로 영주 경호역이라는, 고토와 같은 가격(家格)으로 승격하여 덕분에 부하들도 원만히 통솔할 수 있게 되었다. 야타로의 본격적인 활약은 이때부터 시작된다.


이와사키 야타로의 일솜씨는 오만불손한 그의 성미에도 불구하고 극히 기지(機智)가 있었다.

그가 맨 먼저 해야 할 일은 외인 상사들의 빚 독촉을 어떻게 막아내는가, 하는 것이었다.

채권자 중 가장 큰 것은 영국 상관 주인인 오울트였다.

처음에 신임 인사를 갔을 때부터 오울트는 좋은 낯을 보이지 않았다.

"도사는 신용할 수 없소. 고토는 허튼 소리만 하고 다녔소. 어쨌든 도사 때문에 나는 골탕만 먹고 있어서 귀하를 어느 정도 신용해야 할지, 나는 그것부터 모르겠소."

"나라는 사람을 사귀어 보면 알 거요."

그렇게 말하고 오울트를 마루야마로 끌고 가서 극진하게 접대했다. 그러나 오울트는 술자리에서도 빚 독촉을 했다.

"나를 믿으시오."

야타로는 말했다. 틀림없이 빚을 갚는다, 앞으로 두고두고 사귀게 될 사이인데 너무 그리 조급하게 몰아세우면 난처하지 않느냐—— 야타로는 그런 말을 몇 번이고 되풀이했다.

"지불이 조금쯤 늦었다고는 해도 도사는 일본에서 가장 큰 번의 하나요. 믿어 주시오."

"고토도 항상 그런 말을 했소. 그런 말은 백만 번을 듣는다 해도 나는 조금도 기쁘지 않소. 게다가 실례지만, 귀하는 나이트(騎士) 계급 출신도 아니라고 하지 않소? 귀하의 개인적인 능력에 대해서도 그리 믿음이 가지 않소."

어느 날, 야타로는 오울트를 기마(騎馬) 소풍에 끌어냈다. 나가사키 항을 동쪽에서 안고 있는 니시소노키 반도(西彼杵半島)의 서쪽 끝, 노모사키(野母崎)까지 가서 경치를 구경하자는 것이었다.

"좋소. 하지만 괜찮을까요?"

오울트가 염려한 것은, 그 근처에 외국인이 가지 못하도록 금지되어 있었기 때문이었다. 이른바 나마무기(生麥) 사건이라고 하여 서양 사람들이 크게 봉변을 당한 일도 있었으므로 양이파 낭인들이 칼부림을 해 올지도 모른다는 생각이 들었던 것이다.

"염려 마시오. 내가 알아서 할 테니까."

이와사키 야타로는 그것으로 자신의 능력을 오울트에게 과시할 생각이었다. 오울트에게 신임 나가사키 주재관은 만만치 않다는 인상을 주어야만 앞으로의 교섭이 수월하게 되는 것이다.

두 사람은 말머리를 나란히 하고 출발했다.

노모사키는 크고 작은 많은 섬들이 기슭 가까이에 떠 있고 멀리 앞바다에는 고지마(五島) 군도가 줄지어 있어서 바다 경치가 뛰어난 곳이었다.

거기에 막부 초소가 있다.

"오울트씨, 초소 앞을 말로 달려가 보시오. 물론 관원들이 법석을 떨 테지만, 뒷일은 내가 책임지겠소.”

오울트는 다분히 장난기가 있는 사나이라, 말에 채찍질을 가하더니 곧장 초소 앞으로 달려 나갔다. 당연히 초소의 막부 관원들은 떠들어 댔다.

야타로는 천천히 그들 앞으로 나아가 그들을 위협했다.

“저 자는 질이 나쁜 불량 양인이어서 나도 많은 애를 먹고 있다. 법대로 붙들어서 다스려도 좋지만, 그렇게 하면 나중에 막부와 영국 사이에 골치 아픈 분규가 일어날지도 모른다.”

관원들은 모두 얼굴이 새파래지며 말했다.

“못 본 것으로 해 두겠소. 당신도 비밀로 해 주시오.”

오울트는, 이런 일이 있은 후로는 야타로를 상당한 실력가로 보게 되었다.


료마는 웬일인지 이 이와사키 야타로가 못마땅했다.

‘왜 그럴까?’

때때로 생각해 보았지만, 자신도 그 이유를 알 수 없었다.

원래 료마는 각 번 유지들 사이에도 ‘도량이 실로 바다 같은 인물’이라는 평이 있을 정도로, 남을 좋아하고 싫어하고를 일체 겉으로 나타내지 않았다. 그런 점이 있어서 따르는 사람이 모여들었고, 료마 밑에 있는 한 누구든 편히 숨을 쉴수 있었고 마음대로 재질을 발휘할 수도 있었던 것이다.

이런 예가 있다.

고조(耕藏)라는 에치젠(越前) 탈번 낭인이 있었다.

성은 고다니(小谷)다. 에치젠 마쓰다이라 집안(松平家)이라면 도쿠가와 가문의 일족으로서 상당히 높은 가격(家格)이었다. 그런 번 출신이었으므로 자연 극단적인 막부파였다.

동문 대원은 모두 막부 타도론자들이다.

“고조를 베어 없애야 한다.”

모두들 떠들어 댄 일이 있었다.

료마는 그것을 억누르며 말했다.

“고조의 몸에는 손가락 하나 대어도 안 된다. 사오십 명쯤 모이고 보면 한 사람쯤은 이단자가 나타날 수도 있다. 나타나는 것이 당연하다. 그 한 사람의 이단자를 동화시킬 수 없는 자신들을 부끄러워하라.”

역시 도량이 바다 같았다.

또한 그가 만든 동문의 요칙(要則) 자체가 자유로운 사상을 허용하고 있었다.

그것을 여기에 옮겨 보면 이런 내용이었다.

"나라를 발전시키는 길은, 전쟁을 하는 자는 전쟁을, 수련(항해의)을 쌓는 자는 수련을, 상업에 종사하는 자는 상업을, 각각 전력을 다하여 완수해야 한다."

해원대의 성격은 다각적이어서 막부 타도를 위한 결사, 사설 해군, 항해 학교, 해운 업무, 내외 무역 등 다섯 가지의 얼굴을 지니고 있었다.

"각자가 자신의 뜻대로 살아가야 한다"는 것이 료마의 뜻이었다. 따라서 만약 장사는 좋아하지만 전쟁은 싫어한다면, 굳이 싸우지 않아도 좋다는 말을 하고 있었다.

그 다섯 가지 얼굴을 료마가 하나로 묶어서 통솔하고 있는 것이다. 바꾸어 말하면 료마에게도 그 다섯 가지 얼굴이 있는 셈이었다.

따라서 성격적으로도 관대한 인물인 데다 사회적 존재로서도 다섯 개의 얼굴을 가지고 있으므로 대개의 사람은 포용할 수 있었다.

그런데 야타로에 대해서만은 이상하게 얼굴을 찌푸리곤 했다.

"야타로" 하며 내뱉듯, 나가사키 주재관인 이 번의 고관을 함부로 불러댔다.

자연히 야타로도 호감을 갖지 않았다.

얼굴을 맞대고 있을 때는 단 한 마디도 료마에 대해 말을 하지 않는 야타로였지만 돌아서면 얼굴을 찌푸리며 말했다.

"나하고 료마는 우선 학식에 차이가 있다. 하고 있는 사업도 차이가 있다. 내가 하는 사업은 무역이다. 그러나…… 료마가 하고 있는 것은 해적 상법이다."

그러나 막상 마주치면, 료마는 내놓고 야타로를 우롱했지만, 야타로는 목을 움츠리듯 하며 이상하게 기가 죽어서 제대로 대꾸도 하지 못했다.

뱀과 개구리의 관계와 흡사했다.

# 이로하마루

료마의 사업은 크게 번성하고 있었다.

예를 들면 단고(丹後 : 교토)의 다나베 번(田邊藩)과도 거래가 성립되었다.

다나베 번은 3만 5천 석의 작은 번으로서, 영주는 마키노 마사나리(牧野誠成)였다.

이런 작은 번에서도 번의 관리를 나가사키에 파견하여 무역으로써 이익을 얻어 보려고 기를 쓰게 됐다는 것은 역시 시대의 추세 때문일 것이다.

다나베 번의 나가사키 출장관은 마쓰모토 겐키치(松本檢吉)라는 인물이었다.

나가사키에 오자 곧 료마를 방문한 것은, 료마의 해원대가 '여러 번의 상법(商法) 안내소'와 같은 인상을 세상에 주고 있었기 때문이리라. 이들 소번의 출장관들이 꼬리를 물고 료마를 찾아오기 시작했다.

"알겠소, 알겠소."

료마는 그들의 번이 외국에 팔 수 있는 생산품을 같이 의논해 주고, 또한 그것을 사갈 외국 상인을 알선해 주곤 했다.

"편리한 기관이 생겼군."

작은 번으로서는 여간 도움이 되는 것이 아니었다.

더욱 편리한 것은 수송 문제까지 떠맡아 주는 것이었다.

"그 물건을 우리가 실어다 드리기로 하죠."

작은 번들은 크게 기뻐했고, 료마 역시 덕분에 더욱 번창할 징조가 보이기 시작했다.

단고 다나베 번의 마쓰모토 겐키치와의 계약은 다나베 번에서 긁어모은 단고, 단바, 와카사 방면의 물산을 해원대의 다이쿄쿠마루로 나가사키까지 운반해 주는 것과, 다나베 번에서 필요로 하는 서양 기계를 나가사키에서 구입해 주는 것이었다.

이 계약에 따라, 해원대의 유일한 소속선인 다이쿄쿠마루는 굉장한 활약을 했다.

그러나 바빠지기 시작하자 배가 모자랐다.

"배가 더 있었으면……."

료마는 늘 같은 말만 하고 있었다. 다이쿄쿠마루는 범선이었다. 더도 말고 한 척이라도 증기선을 손에 넣었으면 해서, 여러 가지로 궁리를 하고 있었다.

그런 때에 이요(伊豫)의 오즈 번(大洲藩)에서 안면이 있는 구니시마 로쿠자에몬(國島六左衛門)이란 자가 상무로 나가사키에 나타났다.

이요의 오즈 번은 6만 석으로, 가토 도토우미노카미 야스아키(加藤遠江守泰秋)라는 사람이 영주였다.

"오즈 번도 무역에 눈을 떴나?"

료마는 크게 기뻐하며 의논에 응해 주었다. 료마는 젊었을 때부터 도사 번의 이웃인 이요에 대해 친근감을 느끼고 있었으며, 우와지마 번(宇和島藩)이나 오즈 번에는 아는 사람도 많았다.

구니시마 로쿠자에몬도 그중 한 사람이었고, 오즈에서는 많지 않은 근왕파이기도 했다.

"어떻소? 오즈 번은 차라리 증기선을 한척 사시지."

료마는 말했다. 구니시마는 놀라며 말했다.

"무슨 소리를. 오즈는 산골이오. 더구나 증기선을 사도 운전할 사람이 없지 않소?"

"운전은 우리가 해 주지."

료마는 열심히 권했다.

구니시마는 차차 솔깃해지기 시작했다.


아무튼 료마의 경우, 해원대 대장이 되기는 했으나 별달리 대(隊)에 예산이 있는 것은 아니었다.

자연히 남의 것을 이용하려는 궁리만을 하게 된다. 요컨대 브로커 같은 사업이었다.

"좋소."

며칠 후에 이요 오즈 번사인 구니시마 로쿠자에몬은 승낙했다.

"아무리 우리 오즈 번이 산골이라 해도, 증기선 한두 척쯤 히지 강(肱川) 하구에 매 두어 나쁠 것은 없겠지."

이 협약을 맺은 장소는 마루야마(丸山) 가게쓰루의 뜰 안 한복판이었다.

자객에 대비한 것이었다. 방 안은 위험하다고 료마는 본 것이다. 이런 요정의 방은 보통 삼면이 미닫이였다. 삼면의 미닫이가 일제히 열리며 자객이 돌입한다면 검성(劍聖)으로 이름 높은 미야모토 무사시(宮本武藏)나 지바 슈사쿠(千葉周作)라도 손을 들지 않을 수 없다는 것을 료마는 알고 있었다.

그러나 넓은 뜰은 마음을 놓을 수 있다. 사방이 환히 트여 있어서 수상한 인물을 쉽게 발견할 수 있다. 맞싸울 장소도 넓고, 방패로 이용할 수 있는 나무와 바위도 많다.

자위 관념이 희박한 료마가 어째서 그런 배려를 했는가 하면, 상대방인 구니시마가 위험하기 때문이었다.

구니시마 로쿠자에몬은 오즈 번에서도 가장 과격한 근왕파여서, 막부파인 가신들로부터도 심한 반감을 사고 있었고, 그 때문에 본국에 있을 때도 몇 차례인가 자객의 습격을 받은 일이 있었다. 나가사키에도 같은 오즈 번에서 막부파 인사들이 출장해 와 있기 때문에 언제 그들이 암살자로 돌변할지 모르는 상황 밑에 있었던 것이다.

"알맞은 배가 없을까 해서 오우라 해안의 외국 상관을 쭉 알아보게 했더니, 네덜란드인 볼드윈이란 자가 적당한 배를 한 척 가지고 있었소."

"어떤 배인데?"

"물론 증기선이지. 45마력에 160톤, 조금 작은 감이 있지만 세도 내해(瀬

戶內海)를 항해하는 데는 충분하오."

"만사 맡기겠소."

"참고삼아 다짐해 두지만, 오즈 번이 선주고, 해원대가 그 배를 빌리는 셈이 되는 거요. 세는 한 번에 5백 냥, 어떻소?"

"좋소."

선적은 해원대에 속하게 된다. 이것은 국제적인 관례여서 구니시마로서도 이의가 있을 까닭이 없었다.

다음날 료마와 구니시마는 항구로 가서 계류 중인 증기선을 살펴보았다. 고물에 미녀상(美女像)이 새겨져 있었다. 항해의 안전을 지켜 주는 수호신 역할을 하는 것이라고 했다.

"이것은 뭐요?"

구니시마가 선주인 볼드윈에게 묻자

"아비소라는 미인이오. 나는 이 아비소가 지켜 줘서 오랫동안 무사히 항해를 해 왔소."

볼드윈은 말하면서 그 아비소에게 작별의 키스를 던지고 한바탕 우는 시늉을 해 보았다. 헤어지기가 아쉽다는 뜻이리라.

이윽고 구니시마는 이요의 오즈로 돌아갔으나 그 뒤 그에게 불행이 닥쳐왔다.

번외의 근왕파와 내통하고 있다는 이유로 막부파의 힐문을 받고 할복하고 말았던 것이다. 료마가 구니시마의 죽음을 안 것은 훨씬 나중의 일이었다.


증기선을 입수한 해원대는 크게 활기를 띠게 되었다.

"정말 물결 같다는 말이 옳구나."

평소에 감정을 잘 드러내지 않는 료마도 이때만은 깊이 감동하여 그런 말을 했다.

사람의 운명은 물결과 같다. 바로 얼마 전까지만 해도, 배도 없고 돈도 없고 수부까지도 해고하려고 했던 료마의 동문이, 이제는 범선 한 척에 증기선 한 척을 소유하게 된 것이다. 막부나 대번이라면 모르되, 민간으로서 두 척이나 서양 배를 가지고 있는 것은 료마의 해원대 밖에는 없으리라.

"이제는 세도 내해를 제압할 수 있다."

료마는 그렇게 생각했다. 세도 내해의 해상 운수업체는 모두 일본 배뿐이었다.

서양식 배를 가지고 있는 업체는 단 한 군데도 없는 것이다.

증기선은 '이로하마루'라고 명명했다.

"어째서 그런 이름을 붙였습니까?"

무쓰 요노스케가 묻자, 료마는 대답했다.

"이제부터 시작이라는 뜻이야."

말할 것도 없이 '이로하'는 첫걸음을 뜻한다. 따라서 '이로하'부터 다시 시작한다는 것은 첫걸음부터 다시 내딛는다는 뜻이 될 수 있다. 료마는 이 배에 의해 해원대 사업의 초석을 마련하려고 한 것이었으리라.

"해적선인가?"

배를 구경하러 온 이와사키 야타로는 무감동한 어조로 말했다. 야타로는 번의 나가사키 주재관으로서 해원대 회계관도 겸하고 있었다.

"헐뜯자는 건가?"

료마는 해안에 선 채 놀아다봤다.

"칭찬하고 있는 거야."

"그렇다면 좋아."

료마는 만족스럽게 끄덕이었다. 그는 자신의 수첩에다 어록(語錄)으로서, "해적은 해군을 위한 수업이다. 항상 유의하여 소홀히 넘기는 일이 없어야 한다"는 말을 적어 두고 있었다. 해적선이라는 말을 들었다 해서 별로 언짢을 것도 없었다.

그건 그렇고, 이 배에 실을 짐에 관해서다.

얼마든지 있었다.

이를테면 사쓰마 번으로부터 주문받고 있는 신식 총기와 탄약이 있었다. 그것을 구입하여 오사카까지 수송하지 않으면 안 되는 것이다.

후에 이들 총기와 탄약은 교토에서의 쿠데타에 큰 역할을 할 것이었다.

료마는 그 수송을 이로하마루의 첫 항해로 삼으려 했다.

다음에는 인원 배치였다.

계급제를 취하고 있지 않기 때문에 그때그때 선장이나 고급 사관을 정하기로 되어 있었다.

선장은 오즈 번사 구니시마 로쿠자에몬으로 정했다. 물론, 명예 선장이었다. 그는 이미 귀국하여 나가사키에 없었기 때문이다.

사무장이라는 직명은 아직 없었다. 료마는 비서관인 나카오카 겐키치에게 적당한 말을 만들게 하여 그에 해당하는 직책에 '부주관(簿籌官)'이란 어려운 이름을 붙였다. 부주관은 나가사키의 호상(豪商) 고소네 에이시로로 정했다.

료마는 이 고소네의 별저에 하숙하고 있었기 때문에 교섭은 간단했다.

"기꺼이 맡겠습니다."

매사에 점잖은 에이시로는 말했다.

항해사는 미도 번 낭사 사야나기 다카지(佐柳高次), 기관사는 에치젠 낭사 고시고에 지로(腰越次郎)였다.


료마는 이로하마루의 승무 사관에게는 양복을 입혔다. 곤색 양복에 소매에는 금테가 둘러져 있다.

나가사키 시중의 중고품 가게를 온통 뒤져서 사들인 것으로써, 영국식도 있었고 프랑스식도 있었다. 그것을 다시 고쳐서 몸에 맞도록 했다.

"난 싫소."

고시고에 지로 같은 사람은 반대했다.

원래 대복(隊服)은 흰 하카마였다. 그대로가 좋지 않으냐고 고시고에는 말하는 것이다.

"양복을 입는 편이 움직이기에 편하다."

이미 그런 양복은 신기한 것도 아니었다. 장군 요시노부도 프랑스의 나폴레옹 3세가 보내준 원수복(元帥服)을 입고 사진을 찍은 일도 있었고, 막부 보병도 병졸에 이르기까지 통소매 양복을 제복으로 정하고 있었다. 막부 해군 역시 네덜란드에서 돌아온 에노모토 다케아키(榎木武揚)의 디자인으로 사관복을 제정한 바 있다.

조슈의 각 부대들 중 기병대(奇兵隊) 등은 간단한 일본식 양복을 입고 있었고, 멋 부리기를 좋아하는 사쓰마의 양식 보병과 포병들은 몸에 어울리는 군복을 입고 있었다.

이로하마루는 수부장 우메키치(梅吉)만이 양복은 절대로 싫다고 하는 바람에 그 전과 같은 수부 차림을 하기로 했다.

료마 역시 그랬다.

"나는 상관없을 테지."

료마는 자신이 정해 놓고도, 여전히 검은 무명옷에 낡은 하카마의 낭인 차림에다, 신발만은 구두를 신고 있었다. 배 안을 걸어 다니자면 구두가 편리했기 때문이다. 그러나 양복을 입게 되면, 단추를 잠가야 하는 것이 료마에게는 고통이었다. 웬일인지 료마의 손가락으로는 단추가 제대로 구멍에 들어가지 않는 것이다.

선기(船旗)는 새로 제정했다.

'빨강, 하양, 빨강'이란 간단한 도안이다. 이것이 료마가 입버릇처럼 말하는 '세계의 해원대'의 대기(隊旗)였다.

막부 함선의 선기는 일장기(日章旗)였다.

사쓰마 번은 가문(家紋)대로 동그라미에 열십자. 도사 번 역시 가문대로 세 잎의 떡갈나무고 그 밖의 다른 번에서도 대체로 가문을 쓰고 있었다.

료마는 대장이지 선장은 아니었다.

선장은 오즈 번의 구니시마 로쿠자에몬에 대한 의리로서 그의 명의로 정하고 있었으므로, 료마는 선장을 대행한다는 형식을 취했다.

료마도 증기선에 대해서는 충분한 지식을 익혔다.

또한 배의 운행에 필요한 만국 공법(국제 공법)에 대해서도, 그는 일본에서 손꼽힐 실무적인 지식의 소유자가 되었다.

비결이 있었다.

료마 밑에는 영어에 능한 나카오카 겐키치가 있는 것이다. 지난 수개월 동안 그 나카오카에게 만국 공법을 구두로 번역케 하여, 그것을 머릿속에 간직해 두었다. 사물은 우선 그 본질부터 이해하려는 성격인 료마였으므로 그만큼 터득이 빨랐다.

선장으로서 그의 능력은 거의 전문가 못지않았다.


이로하마루가 나가사키 항을 출항한 것은 게이오 3년, 4월 19일이었다.

목적지는 오사카였다.

료마는 이 항해의 목적을 총기 탄약의 운반 외에 미숙한 사관의 훈련에도 두고 있었기 때문에 출항하자마자 분주했다.

"좀더 천천히. 이런 속도로 항내를 달리면 안 된다."

그런 말을 하기도 하고, 풍속과 습도도 조사시키며 그야말로 눈코 뜰 새 없었다.

항구 밖으로 나오자 나카노 섬(中島)과 이오섬(伊王島) 사이를 빠져서 항로를 북쪽으로 취하게 하고, 속력을 느리게 하는 대신 돛을 올리게 했다.

하늘은 맑았다.

배는 순조롭게 물결을 헤치기 시작했다.

'우리의 배다!'

이렇게 생각하자 료마는 기뻐서 견딜 수가 없었다. 그래서 갑판으로 뛰어내리면서 말했다.

"자, 모두 함께 불러!"

전날 밤 출항을 축하하는 연석에서 자신이 작사 작곡한 뱃노래를 부르게 한 것이다.

마스트 위에 올라가 있는 자도 있었고, 닻줄을 끌어당기는 자도 있었다. 기관실에 들어가 있는 자도 있다. 그들은 모두 노래하기 시작했다.

오늘은 첫 항해다, 떠나는 배는
첫 걸음을 내딛는 이로하마루

단순하기 이를 데 없는 노래였지만, 해풍을 맞으며 노래하면 가슴이 설렐 만큼 즐거워진다. 어쩐지 이 이로하마루가 일본의 새아침을 향해 출항하는 것만 같은 느낌이었다.

"자, 불러라!"

료마는 다른 가사를 선창했다.

의사* 양반 머리 위에 참새가 앉는다.
앉을 수밖에 없지, 야부(숲 속)이니까.

*엉터리 의사, 돌팔이 의사를 야부(藪 : 작은 숲) 의사라고 하기 때문에 나온 말임.

모두가 진지한 얼굴로 부르고 있다.

료마 역시 진지한 표정이었다.

첫날은 히젠(肥前)의 아이노우라(相浦)를 통과할 무렵에 날이 저물었다. 다음날 아침, 동이 트자마자 곧 고물 쪽에서 기상을 알리는 북이 울리고, 전원이 그물 침대를 개어 올린 뒤 고물 쪽 판에 정렬했다.

거의 군함에서의 생활과 같다.

금빛 술로 장식된 양복을 입은 에치젠 탈번자 고시고에 지로가 료마 앞으로 한 걸음 나서며 선 채로 경례를 했다.

"전원 이상 없습니다!"

곧이어 해원대 선기가 선미에 게양되었다.

"격식대로 하려면 여기서 '예식'이라는 가락의 서양북을 울려야 하는 거야."

료마는 게양되는 선기를 바라보면서 일동에게 설명했다. 막부 해군은 네덜란드 식을 따라 그런 격식을 취하고 있다는 말을 료마는 가쓰한테서 들은 일이 있었다.

"흐음, 서양 북을 말입니까?"

기관 사관인 고시고에 지로는 머리를 끄덕이면서 감탄해 보였다. 흉내만 내는 가난한 사설 해군에는 그런 사치스런 소도구는 없었다.

배는 이틀째 되는 날, 시모노세키 해협을 넘어 세도 내해로 들어갔다.

날씨는 대체로 좋은 편이었다.


23일 밤에도 이로하마루는 여전히 진로를 동쪽으로 취한 채 계속 항해하고 있었다.

"아직 달이 안 뜬 모양이로군."

선장실에서 료마가 나카오카 겐키치에게 말한 것은 오후 여덟시 경이었다.

나카오카는 둥그런 선창을 통해서 바깥을 내다봤다. 하늘도 깊은 어둠 속에 잠겨 있었다.

"아직 뜨지 않았군요."

배는 이요(伊豫 : 愛媛縣) 앞바다를 달리고 있었다. 내일 새벽이면 오사카 만에 도착할 수 있으리라.

오사카의 해원대 출장소인 도사보리(土佐堀)의 사쓰마야에는 대원 이시다 에이키치와 스가노 가쿠베에, 나카지마 사쿠타로 등이 화물 인수, 인계 사무를 보기 위해 먼저 가서 기다리고 있었다.

"계속할까요?"

나카오카 겐키치는 원서(原書)를 펼쳤다. 미국의 의회 제도에 관한 책이었다.

나카오카가 번역해 간다.

료마는 침대에 누운 채 끈기 있게 듣고 있었다. 나카오카의 번역은 신통치 않아서 때로는 한 줄을 옮기는 데도 적지 않은 시간이 걸리곤 했지만 그래도 료마는 지칠 줄 몰랐다. 그는 영국, 미국, 네덜란드 등 3개국의 정치 체제를 이해함으로써 일본의 새로운 국가 운영 형태를 모색하려는 것이었다.

료마는 문득 돌아누우며 말했다.

"나카오카군, 해원대에서 책 하나 내 볼까?"

지금 별안간 착상한 것이 아니었다. 일찍부터 료마는 계몽적인 출판 사업을 해 보리라는 생각이 있었다.

해원대는 말하자면, 바다에서 막부를 쓰러뜨리는 것을 목표로 삼은 회사였다. 무력과 재력을 축척할 뿐 아니라, 사상 연구소이기도 해야 했다. 그러기 위해서는 크게 문제를 제기할 수 있는 평론서를 출판할 필요가 있을 것 같았다.

"좋은 안입니다."

나카오카는 적극적인 반응을 보였다.

그 후 두 사람은 이 출판 사업에 대한 계획을 열심히 의논했다.

여담이지만, 이 출판 계획은 그 후 얼마 되지 않아 실현되었다. 료마는 '번론(藩論)'이라는 새 국가 구상에 관한 평론을 구술(口述)하여 나카오카에게 문장화하도록 했고, 나카오카 자신도 '한수록(閑愁錄)'이라는 종교 문제를 다룬 평론을 썼다. 양쪽 다 저자명은 밝히지 않고 해원대 명의로 출판했다.

밤 10시가 지나, 료마는 배안을 둘러보고 조타실로 가서, 당직 사관인 미도 낭사 사야나기 다카지를 만났다.

"벌써 사누키(讚崎) 앞바다인가?"

"예, 곧 간논 사(觀音寺) 앞바다를 통과하게 될 것입니다."

"진로는?"

"동남동입니다."

"한두 시간쯤 지나면 시아쿠(鹽飽) 군도를 누비게 되겠군."

"예."

대답한 것은 시아쿠 출신의 수부장 우메키치였다.

시아쿠 군도로부터 쇼도 섬(小豆島)에 이르는 사이는 이른바 다도해(多島海)여서 해로가 협소하고 아슬아슬한 암초들도 많았다. 료마는 그것을 걱정한 것이었다.

"우메키치, 부탁하네."

"염려 마십쇼. 이 근처의 바다는 제 고향이라, 밤중이긴 해도 절대 실수는 없습니다."

안개가 끼기 시작하고 있었다.

료마는 그 안개가 마음에 걸렸다.


료마는 선장실로 되돌아와 침대에 걸터 앉자 무쓰노카미 요시유키를 칼집에서 빼들고 손질을 하기 시작했다.

그는 원래 칼에 대해서는 특별한 애착을 느끼고 있지 않아, 무사들의 그런 식의 취미 역시 우스꽝스러운 것으로 여기고 있었다. 그러나 배를 타고 있으니까 해풍 탓인지 2, 3일만 손질을 안 하면 녹이 슬곤 했다.

"허어, 웬일이십니까?"

무쓰 요노스케가 들어왔다. 료마의 그런 꼼꼼한 모습을 보는 것이 무쓰에게는 신기했던 것이다.

"머지않아 이런 것을 차고 다니지 않는 세상이 올 거야."

"그럴까요?"

"지금도 그렇지 않나. 무기라기보다는 자신의 상징처럼 되어 버렸어. 이 대소도(大小刀) 덕분에 무능한 녀석들도 그럭저럭 일을 해 넘긴다. 그러나 이제 머지않아 그렇게는 안 될 때가 와."

"하기는 신발 장수를 장군으로 만들려는 것이 선생님의 소원이었으니까요."

무쓰는 료마의 그런 사상이 아주 마음에 드는 것이었다.

신발 장수라도 능력만 있으면 선거를 통해 일본 최고의 행정관이 될 수 있다. 그러기 위해서는 우선 권문 세도가의 세습제를 모조리 타파해야 하는 것이다.

"그렇게 되면 실력뿐인 세상이 된다."

"대대로 녹을 받아먹고 살던 영주, 무장, 각 번의 번리들이 모두 들고 일어날 테죠."

"그들은 벌써 3백 년이나 그 세록(世祿)을 먹으며 지내 왔어. 더 이상 먹으려는 것은 지나친 욕심이다. 그런 것에 매달리려는 자는 역사의 천벌을 받을 거다."

"하지만 어수선해질 겁니다."

녹을 먹고 산다는 것은 새장의 새와 마찬가지여서, 스스로 먹이를 찾는 고생을 하지 않아도 먹이통에까지 먹이가 날라져 오는 것이다. 그런 습성이 몸에 익은 이상, 별안간 새장에서 놓여나 스스로 산과 들을 헤매며 먹이를 찾아야 하게 된다면 당황할 것이 틀림없으리라.

"지금 해원대 가운데서……."

무쓰가 물었다.

"칼을 떼어 놓고도 먹고 살 수 있는 사람은 누구누구일까요?"

"두 사람밖에는 없을 거다."

무쓰는 숨을 삼켰다.

"누구와 누굽니까?"

"자네와 나야."

료마는 칼 손질을 하면서 무심히 한 말이었으나, 무쓰는 그의 두령이기도 하고 스승이기도 한 이 료마의 한 마디가 평생을 두고 잊혀지지 않았다.

"아직 안 자나?"

"예, 모두 자지 않고 있습니다. 워낙 안개가 짙어서요."

"어떤 상태인가?"

"점점 짙어집니다."

해상에서는 첫째가 폭풍, 둘째가 안개라고 한다. 항해 중에는 무엇보다도 무서운 적인 것이다.

"현등(舷燈)은 켜져 있을 테지?"

"염려 마십시오."

"만약을 위해 또 한 번 살펴 주게. 오늘밤은 혼자서만 당직을 해 가지곤 안 되겠어."

료마는 까닭 모를 불안감에 자꾸 가슴이 두근거렸다.


조타실에는 료마의 시계가 있다.

그 시계가 11시를 가리켰다.

그때 별안간 해면이 부풀어 오르듯하며 시커멓고 거대한 그림자가 정면에 나타났다.

'섬인가?'

당직 사관인 사야나기 다카지는 순간 그렇게 생각했다. 배의 진로는 여전히 동남동이다. 우현(右舷)에는 사누키의 하코사키 곶(箱崎岬)이 있을 것이었다. 이 근처에는 섬이 있을 까닭이 없다.

'배다!'

사야나기는 비로소 생각이 미쳤다. 배라면 어지간히 큰 배다.

다음 순간 사야나기는 "기적!" 하고 고함을 질렀다. 수부장 우메키치가 허겁지겁 달려가 기적 끈에 매달렸다.

금방은 울리지 않았다. 그러나 잠시 후 가냘픈 소리를 내기 시작했다.

조타수는 긴베에(金兵衛)였다. 경험이 많고 시아쿠 섬 출신이어서 세도 내해에 대해서는 자기 집저럼 훤한 인불이었다.

그 긴베에가 창백해진 얼굴로 키를 돌리기 시작했다.

틀림없이 선체였다. 마스트 위의 하얀 장등(檣燈)과 우현에 푸른 현등을 확인했다. 거대한 배다. 무서운 속도로 접근해 오고 있다.

나중에 안 일이지만 그 기선은 기슈(紀州) 도쿠가와 집안이 그 재력을 기울여서 구입한 배로서, 메이코마루(明光丸)라고 했다.

영국제 새 선박이며 원명은 바하마 호였다. 15만 5천 달러를 내고, 분큐 원년에 기슈 번에서 사들인 것이었다. 1백 5십 마력, 8백 87톤, 이로하마루에 비하면 다섯 배에 가까운 크기였다.

선장은 다카야나기 구스노스케(高柳楠之助)로, 나가사키로 가려고 이날 아침 기슈의 시오쓰(鹽津)를 출발한 배다.

"미친놈들!"

소리치면서 이로하마루 조타수 긴베에는 정신없이 키를 돌렸다. 긴베에는 전방 오른쪽에서 메이코마루를 봤기 때문에(즉 메이코마루의 우현 등을 봤기 때문에) 급히 키를 왼쪽으로 돌림으로써 그것을 피하려고 했으나, 무슨 생각인지 메이코마루는 더욱 오른쪽으로 선회해 왔다. 일직선으로 돌입해 왔다고 해도 좋았다.

이로하마루는 왼쪽으로 회전하는 중이었기 때문에 우현 선복을 상대방 앞에 드러낸 위치가 되었다. 그 우현 선복을 향해 메이코마루의 선수가 요란스런 소리와 함께 떠받았다.

처참한 충돌이었다.

메이코마루의 선수는 이로하마루를 타고 앉아 증기 기관실을 파괴하고 굴뚝을 꺾어 버렸으며 중앙의 마스트도 송두리째 꺾어 버렸다.

"앗!"

료마가 칼을 허리에 찌르면서 선장실에서 뛰쳐나왔을 때는, 배는 크게 기울어지면서 폭포처럼 물이 흘러 들어오고 있었다.

'아뿔사!'

료마는 자신의 불운에 탄식했다. 그러나 재빠른 행동을 개시하고 있었다.

"모두 저 배에 옮겨 타라!"

료마는 갑판 위에서 외쳤다. 걷잡을 수 없는 분노가 료마의 전신에서 살기를 내뿜게 했다.

기관사 고시고에 지로는 보트용의 조그만 닻을 메이코마루 뱃전에 던져 걸고 재빨리 기어 올라가기 시작했다.

모두 그 뒤를 따랐다.


료마는 검사(劍士)이니만큼 그 행동이 바람처럼 민첩하고 정확했다. 기울어져 가는 이로하마루에서 로프 한 끝을 쥐자, 두 발로 하늘을 걷어차며 날아올라 상대편 뱃전에 늘어져 있는 밧줄을 다시 발로 붙잡았다. 눈 깜짝할 사이에 메이코마루 갑판 위로 뛰어올랐다.

갑판에는 아무도 없었다.

'기슈 번 범선이구나.'

그는 갑판 위에 놓여 있는 천막의 가문을 보고 알았다.

놀라운 일이지만 메이코마루는 조타수 한 사람에게만 맡겨놓고 선장 이하 모두가 선실에서 자고 있는 눈치였다.

'이런 법이 있단 말이냐!'

료마는 갑판 위를 달려갔다.

문득 돌아다보며 말했다.

"수부들은 갑판에 있어라. 고시고에는 이 뱃전에 지켜 서 있다가, 일어나 나오는 이 배 사관들의 언동을 자세히 듣고 기억해 둬라. 사야나기 다카지는 내 뒤를 따라와."

료마는 분주히 지휘했다.

마치 서양의 해적선 선장 같은 모습이었다.

사실 료마는 그럴 각오였다. 걷잡을 수 없는 노여움이 일었다. 모처럼 희망을 걸었던 이로하마루는 눈 깜짝할 사이에 침몰하고(아직 완전히 침몰하지는 않은 상태지만), 수만 냥에 이르는 총기와 기타 화물이 바다 밑에 가라앉으려는 순간인 것이다.

그러나 료마는 '이젠 틀렸다'라고 생각하지 않았다. 이 사나이의 특이한 점은 등골이 용수철로 되어 있는 것 같다는 점이었다. 절망하기에 앞서, 다음 단계에의 도약이 더 빨랐다.

해적으로 돌변했다고나 할까, 아무튼 이렇게 된 이상 기슈 번을 상대로 하여 한바탕 싸움을 벌일 수밖에 없었다.

경우에 따라서는 무력에 호소할 작정이었지만, 우선 료마의 장기인 만국 공법(萬國公法)에 의해 압력을 가할 대로 가해 볼 작정이었다.

이 료마의 배와 기슈 번 메이코마루의 충돌 사건은 일본의 근대 해운 사상 최초로 벌어졌던 사건이었다. 그 이전에는 없었다.

국제법에 의해 결말을 지으려는 것이 이 비경(悲境)에서 도약한 료마의 새로운 희망이었다. 기슈 번은 물론, 모든 일본인이 '만국 공법' 따위를 알 리 없었다.

해난 재판이라는 개념도 모를 것이었다.

그것을 가르치고 설복하고 이해시켜 배상금을 받아냄으로써, 일본의 해난 사고에 '법'이란 것을 확립하려는 것이 이 순간부터 타오르기 시작한 료마의 힘이었다. 물론 기슈번이 '만국 공법'을 무시하고 대한다면 무력을 써서라도 정의를 관철하려는 최악의 경우까지도 료마는 각오하고 있었다.

료마는 갑판 위의 당직 사관실로 뛰어 들어가자 항해 일지를 찾아냈다.

"사야나기, 여기서 이 일지를 지키고 있어라. 칼부림을 하게 되더라도 넘겨줘서는 안 된다. 대신, 우리 일지와 교환하는 거다."

서로 가필을 하지 못하게 하려는 것이었다.

갑판으로 돌아오자, 이 배의 수부 3명이 나타나서 고시고에 지로와 얘기하고 있었다.

"어느 번의 배냐?"

료마가 대들어 따졌으나, 수부들은 입을 다문 채 대답하지 않았다. 아직 사관들도 나타나지 않고 있었다.

이 소동 중에 더욱 고약한 일이 벌어졌다. 메이코마루의 조타실에서 거듭 조타를 잘못한 것이다.

충돌에 기겁을 한 때문이리라. 허둥지둥 후진으로 바꾸더니 왈칵 물러났다.

그 때문에 두 배를 연결하고 있던 밧줄이 끊어져서 이로하마루에는 몇 사람이 그냥 남게 되었다.

사고는 그뿐만이 아니었다. 일단 후진한 메이코마루가, 무슨 생각을 했는지 다시 한번 전진해 와서 이로하마루에 격돌한 것이다.

"무, 무슨 짓이냐!"

메이코마루 갑판 위에서 고시고에 지로는 비통한 고함을 질렀다. 조타가 서툰 탓이다.

조타수는 일찍이 막부 군함 간린마루(咸臨丸)에도 탄 일이 있는, 사누키 시아쿠 섬 태생인 어부 출신 나가오 모도에몬(長尾元右衛門)이었다. 기슈 번에 고용되어 사적(士籍)에도 올라 있었다. 경력은 꽤 오래된 사람인데 도대체 어떻게 된 일일까.

메이코마루의 선장은 기슈 번사, 다카야나기 구스노스케라는 중년의 사나이였다.

그 무렵, 막부나 여러 번은 기선이라는 새로운 배가 출현했기 때문에, 그 전까지 배를 담당하고 있던 무사나 그 밖의 인원들이 소용없게 되자, 그 방면의 기술자를 팔방으로 손을 써 다투어 고용하고 있었다.

따라서 선장 다카야나기 구스노스케도 원래는 기슈 번사가 아니었다. 안도(安藤) 집안의 의원 아들이었다.

젊었을 때, 네덜란드 학문에 뜻을 두어 유명한 이토 겐보쿠(伊東玄朴) 밑에서 네덜란드어와 의학을 배웠으며, 그 후 하코다테(函館)로 가서 서양인을 통하여 항해술을 배웠다고 한다. 의술은 그렇다 치고 항해술은 도무지 신통치 않은 경력이었다.

그러나 그 정도의 인물이라도 '서양 기계의 숙련자'로서 능히 통할 수 있었던 시대였다.

그 무렵에야 기슈 번 사관들이 갑판으로 올라오기 시작했다.

"선장은 누구요?"

료마가 물었다.

"나요."

다카야나기는 무딘 목소리로 대답했다. 친번(親藩) 삼가(三家)의 한 가신이라는 의식이 강력히 작용하고 있었다. 기슈, 오와리(尾張), 미도(水戶) 등 소위 친번 삼가의 가신은 장군 직속 무사에 준하는 격으로서 3백 년 동안 행세를 해 왔다. 역시 그 의식이 앞서지 않을 수 없었던 모양이다.

료마는 우선 그런 태도에 화가 났다. 이쯤 되면 소속 번을 밝히는 것이 유리하리라 생각하고 말했다.

"난 도사 번의 사카모토 료마요. 지금 당신의 배가 떠받아 버린 저 조그만 증기선의 선장이오."

이어서 다그치듯 말했다.

"화급한 때요. 즉각 이 배의 선장으로서의 귀공의 조치를 듣고 싶소."

"우선 인명을 구조하겠소."

다카야나기는 사관들에게 명하여 보트를 내려 구조 작업에 착수토록 했다.

"그것만 가지고는 안 되오. 짐이 있소. 저 배가 아주 침몰하지 않도록 로프로 두 배를 연결해 주시오."

"그, 그건 안 되오."

같이 가라앉는 것을 다카야나기는 두려워했다. 료마는 다시 요구했으나 다카야나기는 강력히 거절했다. 그 아니꼬운 태도는 친번이라는 위세를 내걸고 있는 것으로밖에는 볼 수 없었다.


두 차례나 충격을 받았으니 볼 것도 없었다. 이로하마루는 크게 기울었다. 갑판 위의 보트가 요란한 소리와 함께 미끄러지기 시작하더니, 이윽고 바다 속으로 굴러 떨어졌다.

'침몰이다.'

료마는 침통한 얼굴로 바라보았다. 그토록 기대를 걸었던 증기선이 이렇게도 어이없이 침몰해 버리다니 도대체 이 무슨 일이란 말인가.

'내 운명은 어디까지나 극적이구나.'

그런 생각을 하지 않을 수 없었다.

극적이라면 최후까지 배에 남아 있던 수부장 우메키치와 조타수 긴베에가 기적 끈을 힘껏 당겨 묶어 둔 것도 극적이었다.

기적은 요란하게 울부짖었다. 그것은 마치 료마가 그토록 사랑했던 이 배가 료마에게 최후의 작별을 고하고 있는 것도 같았다.

우메키치와 긴베에는 바다에 뛰어들어 메이코마루로 헤엄쳐 왔다.

료마는 뱃전으로 몸을 내밀고 칸델라를 끈에 묶어 늘어뜨려서 줄사다리의 위치를 비쳐 주었다.

두 사람은 줄사다리를 타고 올라왔다.

우메키치는 빨강, 하양, 빨강의 해원대 기를 거두어 몸에다 두르고 있었다.

배는 가라앉고 말았다.

사누키의 하코사키 곶 위에는 가는 눈썹 같은 달이 떠 있었다. 안개는 여전히 깊었다.

"다카야나기 구스노스케님이라고 하셨지."

료마는 기슈 선 선장을 보고 말했다.

"우리 배는 가라앉았소. 사후 처리를 위한 의논을 하고 싶소."

"이 배는 나가사키로 가는 길이오."

오사카로 가려던 료마의 배와는 정반대의 방향이었다. 다카야나기는 료마에게 나가사키까지 가는 도중 배 위에서 협의하면 되지 않느냐는 뜻으로 그런 말을 한 것이었다.

"그건 안 되오."

료마는 말했다. 해난 사고는 사고 현장에서 해결하는 것이 국제적 상식이다. '국제적 상식'이라는 것을 좋아하는 료마는 그런 것을 잘 알고 있었다.

"이 근처의 항구라면 빈고(備後)의 도모(鞆 : 현재는 福山市에 편입되어 있음)가 있을 뿐이오. 그곳까지 배를 돌리시오."

"번명(藩命)이 있소."

다카야나기는 말했다. 기슈 번은 나가사키에서 새로 기선을 사들일 예정이었으나, 그 문제로 나가사키에서 상업상의 분규가 일어나 있었다. 그것을 해결하기 위해 메이코마루는 급거 나가사키로 향하고 있는 도중이다. 해결을 위한 번 고위 관리들, 재무감독관 시게타 이치지로(茂田一次郎)를 비롯하여 서기관장 야마모토 고타로(山本弘太郎), 회계관 시미즈 반에몬(淸水伴

右衛門), 구매관 하야미즈 히데주로(涑水秀十郎) 등이 탑승하고 있었다.

선장 다카야나기의 심경으로서는 크게 기세를 돋우지 않을 수 없는 입장이었다.

"도모에는 기항할 수 없소."

마침 갑판으로 올라 온 재무감독관 시게타 이치지로도 등 뒤에서 말한다.

"다카야나기, 협의는 배 위에서 하도록 해라. 어서 배를 출발시켜."

료마는 격분했다. 다짜고짜 칼자루에 손을 얹으며 험악한 기세를 보였다.

"그렇게 일방적인 말만 하긴가? 〈만국 공법〉이라는 것이 있소. 그것을 지키지 않겠다면, 여기서 당신네들을 닥치는 대로 베어 버리고 나도 할복할 생각이오. 단단히 각오하고 대답하오."

그러자 메이코마루 측도 부득이 선수를 도모로 돌릴 수밖에 없었다.

도모는 예부터 세도 내해 최대의 상항(商港)의 하나로서 번창해 온 곳이다.

마스야(枡屋)라는 해상 운송점이 있다. 마침 해원대 부주관인 나가사키의 고소네 에이시로가 주인 세이자에몬(清左衛門)과 가까웠기 때문에, 대원 서른 네 명은 그곳에 숙소를 정했다.

"배의 원수를 갚을 작정이다."

료마는 모두에게 선언했다.

곧 그날로 도모의 에치고 거리(越後町)에 있는 사카나야 유베에(魚屋由兵衛)의 집을 담판 장소로 하여 메이코마루의 선장 다카야나기 구스노스케와 다시 만났다.

"사건은 법과 공론에 의하여 해결하고 싶소."

료마는 다카야나기에게 원칙을 제시했다.

"그 점, 귀번에서도 이의가 없을 테죠?"

"말씀하시는 뜻을 잘 알 수 없소."

"일본에도 앞으로는 이런 종류의 충돌 사고가 많아질 거요. 그때를 위한 선례를 남기기 위해서 양자만의 적당한 타협은 하지 않으려는 뜻이오. 모든 것을 법과 공론에 따르자는 거요. 어디까지나 원칙을 거기에 두고 해결하자는 말이오. 이의는 없겠지요?"

료마가 말했다.

"나는 기슈 도쿠가와 집안의 가신이오. 나로서는 어디까지나 주군과 번명에 따를 뿐이오."

"법과 공론에 따르는 것이 싫단 말이오?"

"무사로서는 생각할 수 없는 일이오."

"그렇다면 전쟁이 될 뿐이오."

료마는 이야기를 비약시켰다. 가해자인 다카야나기가 번명에만 따른다면, 해결할 길이 없어지고 결국은 무력에 호소할 수밖에 없어진다는 뜻이었다.

"그뿐 아니라."

료마는 말했다.

"번, 번 하지만, 귀공은 선장이라는 것을 잊지 마시오. 선장이 모든 책임을 지게 되어 있소."

"그 원칙을, 따르기로 하겠소."

다카야나기는 내던지듯이 말했다.

"다만, 나는 지금 주명(主命)에 의하여 앞길이 바쁜 사람, 이 도모에서 오랫동안 담판하고 있을 수는 없소."

"그런 말이 어디 있소? 남의 배를 침몰시켜 놓고 앞길이 바쁘다는 것은 무슨 말이오? 친번이라면 해상에서는 멋대로 행동해도 좋다는 뜻인가?"

"주명이오."

"이쪽 입장을 생각해 본 일이 있소? 우리는 배를 잃고, 실었던 화물을 잃었소. 그래도 주명을 내세우고, 바쁘다는 말만 하기요?"

"바쁘오."

다카야나기는, 이제는 친번의 권위를 가지고 버티지 않으면 안 되리라고 생각했다. 그런 태도가 더욱 료마를 격분케 했다.

"해결을 볼 때까지 도모에 묵으시오."

료마는 다가들며, 한 걸음도 물러서지 않았다.

다카야나기도 굽히지 않았다. 두 사람은 점점 큰 소리로 다투었으나, 적당한 때를 노려 갑자기 료마는 타협안을 제시했다.

"그렇다면, 나가사키에서 담판합시다. 그러나 우리는 배도 화물도 금고도 잃어서 무일푼이 되어 버렸소. 우선 이 급한 불을 꺼야 할 테니 만 냥을 내놓으시오."

다카야나기는 놀라는 눈치였다. 즉석에서 대답하기는 어렵다고 하며, 어쨌든 메이코마루에 타고 있는 번의 재무감독관 시게타 이치지로와 의논을 하겠다면서 자리를 떴다.


'녀석들은 도사 번 자체와는 다르다.'

기슈 번측은 이런 생각을 하고 있었다. 료마의 해원대의 성격에 대해서이다. 도사 번이 아니라 단순한 낭인 결사이며, 활동의 편의상 도사 번을 앞세우고 있는 것에 불과하다……

"결국, 녀석들은 부랑자들이야."

배에 타고 있던 재무감독관 시게타 이치지로가 말했다. 상대가 도사 번이라면 번 외교상 귀찮은 일들이 생기게 될 테지만, 낭인들의 사적인 결사인 이상 대수로운 일은 없으리라는 것이었다.

"위자료조로 금일봉을 집어주면 그것으로 흐지부지 될 테지."

"옳은 말씀입니다."

선장 다카야나기도 그 정도로 짐작하고 저녁 때 다시 료마를 찾아갔다.

"자, 우선 이것을……."

료마에게 금일봉을 내놓으면서 말했다.

"급한 불이나 *끄*시라고……."

스물 대여섯 냥쯤 들어 있을 듯했다. 배 한척을 침몰시키고 화물을 깡그리 잃어버린 료마에 대한 인사가 고작 그것이었던 것이다.

료마는, "담판이 끝날 때까지 배는 출항시키지 말 것, 우선 구원금으로서 만 냥을 낼 것" 등을 요구했으나 기슈 번은 완전히 그것을 무시한 것이다.

"뭐요, 이건?"

료마는 분노로 얼굴이 창백해졌을 정도였다. 화를 내면 그는 무서운 얼굴이 되었다.

"다카야나기, 당신은 그래 가지고도 무사요? 그런 심부름을 다닌다는 게
부끄럽지도 않소?"

료마는 그 금일봉에 손가락 하나 대지 않고 다카야나기를 쫓아 버리고 말았다.

다음날 다카야나기는 나타나지 않았다. 대신 나루세 구니스케(成瀬國助)라는 사관이 찾아와 말했다.

"만 냥을 대신 내 드리기는 하겠습니다. 그 대신 언제 갚아 주실지 반제
기일을 명시해 주십시오."

"기슈 번은 도둑놈인가?"

료마는 너무나도 오만하고 몰상식한 상대방의 태도에 차라리 어리둥절한 느낌이었다.

"도둑? 말을 삼가시오."

"싸움을 걸 작정인가?"

료마는 천천히 말했다.

"나루세군, 귀번의 재무감독관은 도둑놈 근성을 지니고 있어도 자네는 그렇지 않을 테지. 그렇게 믿고 하는 말이다. 만 냥을 대신 내겠다는 건 무슨 말인가? 배와 화물을 침몰시켜 놓고, 그래도 모자라서 돈을 꾸어 줄 테니 그 반제 기일을 명시하라고? 분명히 말해 보게. 친번 삼가(三家)의 하나인 기슈 집안에는 해상에서 함부로 남을 해쳐도 좋다는 허락이 내려 있는가?"

료마는 이어서 말했다.

"내가 말하는 만 냥이란 배상금 일부를 선불하라는 거다. 반제 기일은 무슨 놈의 반제 기일인가?"

"그렇다면 이쪽 생각과는 다르오."

나루세 구니스케는 자리에서 일어나 버렸다. 담판은 모두가 결렬 상태에 빠져 버리고 만 것이다.

그 직후 료마측 사관인 사야나기 다카지와 고시고에 지로 두 사람이 격분한 모습으로 말했다.

"대장님, 우리를 탈대(脫隊)시켜 주십시오!"

이제부터 메이코마루로 쳐들어가겠다는 것이다.


"쳐들어간다고?"

료마는 마스야 세이자에몬 집 이층에서 사야나기, 고시고에 두 사람과 마주앉아 있었다.

방은 남향이다. 열어젖힌 장지문 너머로 도모 항의 전경이 내다보인다. 항구에는 기슈 번선 메이코마루가 유들유들하게 여겨질 만큼 그 거대한 선체를 드러내 보이고 있었다.

"저 배에는 재무감독관, 선장 등을 비롯해서 약 백 명의 인원이 타고 있어. 대번에 지고 말거야."

“물론이죠!”

미도 사람인 사야나기 다카지는 평소에는 온화한 젊은이였는데, 딴 사람처럼 험악한 표정을 짓고 있었다.

에치젠의 고시고에 지로도 마찬가지다. 사야나기는 침몰한 배의 항해장이었고 고시고에는 기관장이었다. 사고에 대한 책임도 느끼고 있었고 그만큼 기슈 번의 태도에 대해서 누구보다도 격렬한 분노를 느끼고 있었다.

“물론 목숨을 내던질 각오는 하고 있습니다.”

‘이 친구들, 정말 쳐들어갈 작정인걸.’

료마는 생각했다.

“지는 싸움은 안하는 것이 현명해. 할 때는 기슈 번을 짓이겨 버릴 결의를 하고 차근차근 손을 써야 하는 거다.”

“그렇지만…….”

“자네들 두 사람이 메이코마루 갑판에서 죽어 봤자, 배도 화물도 돌아오지 않는다. 내가 알아서 하지. 만일 진다면, 그때야밀로 길을 뽑아 주게. 물론 나도 뽑는다. 그러나 칼을 뽑을 때는 기슈 번 그 자체를 짓이겨 버릴 계획을 세운 다음이야.”

두 사람은 불만스러운 듯이 입을 다물었다.

‘과연 그런 일이 가능한가.’

하는 듯한 표정이었다. 금일봉으로 얼버무리려는 기슈 번을 상대로 몇 만 냥이란 배상금을 받기는 다 틀린 것 같았고, 더구나 낭인 결사인 해원대의 무력으로 55만 5천 석의 기슈 도쿠가와 집안을 과연 짓이길 수 있단 말인가?

“이긴다!”

료마는 단호히 말했다.

“이 사건은 내 생각대로 맡겨 주게. 어젯밤, 밤새도록 궁리한 끝에 마침내 좋은 생각을 얻었네.”

료마가 말했을 때, 돌연 고시고에가 바다를 바라보고 앗, 하고 외쳤다. 항내에 계류되어 있는 메이코마루의 굴뚝에서 연기가 치솟기 시작한 것이다.

“도망칠 작정이다!”

고시고에는 당장이라도 달려갈 기세였다.

‘설마……’

료마는 근시의 눈을 가늘게 뜨며 항내의 메이코마루를 바라보았다. 과연 굴뚝에서 연기가 치솟고 있다.

'녀석들, 그렇게까지 얕봤단 말인가?'

이렇게 생각하자, 료마도 이제는 가만히 앉아만 있을 수 없었다.

"사야나기군, 고시고에군, 곧 보트를 타고 저 배에 타 주게. 감시를 하기 위해서다. 기슈측이 나가사키로 간다면 가도록 내버려 둬. 나는 다른 편으로 나가사키로 간다. 모든 일은 나가사키에서 해결한다."

"알겠습니다."

사야나기와 고시고에는 뛰어나갔다.

료마는 이때 이미 죽음을 각오하고 있었다. 조슈 지번(支藩)인 조후(長府)의 미요시 신조(三吉愼藏) 앞으로, "만일의 경우에는 오료를 부탁한다"는 편지를 써서 급편에 보내기까지 했던 것이다

료마는 유신 후 그의 전기 작자(傳記作者)에 의해 '한혈 천리구(汗血千里駒)'라는 표현을 들었다. 한혈이란 '한서(漢書)'의 무제기(武帝紀)에 있는 말로서, 아라비아 산(産)의 명마를 말한다. 피처럼 붉은 땀을 흘린다는 데서 나온 말이었다. 그것은 어쨌든——

덴포(天保) 6년에 태어난, 이제는 그리 젊다고도 할 수 없는 이 사나이는 그 무렵부터 그 이름대로 천 리를 뛰어다니는 초인적 역량을 보이기 시작하고 있었다.

료마는 33살이다. 십대 초기에는 바보에 가까웠고 이십대 초기에는 어딘가 멍청한 인상이었다. 당시의 그를 아는 사람은 서른셋이 된 오늘날의 료마가 전혀 딴 사람 같았으리라. 그러나 예외가 없지는 않다. 그의 맹우(盟友)인 다케치 한페이타 만은 이십대 초기 때의 료마를 꿰뚫어보고, '도사 같은 시골에는 어울리지 않는 인물'이라는 평을 했다. 그리고 사상을 달리하는 이 손아래 친구를 위해 아름다운 시를 지어 주었다.

그 간담은 웅대하고
기지(機智)는 스스로 샘솟는 도다.
날고 잠김을 뉘라서 알리오
용(龍)이란 그 이름 부끄럽지 않으리.

그렇게 보아 주기는 했지만, 당시 료마의 친구들은 그렇게 말하고 웃어넘겼을 뿐이었다.

"료마에게는 과분한 시다."

향당(鄕黨)의 친구들은 대개 료마를 그리 신통하게 평가하지 않았고, 그것은 또한 당연하기도 했다. 많은 동지들이 덴추조(天誅組)를 위해 피를 끓어 올리고 있을 때, 이 천재적인 검객(劍客)은 항해술에 열중하고 있었다. 격동하는 시대의 추세와는 도무지 걸음이 맞지 않아, 언뜻 보면 멋대로 길가의 풀만 뜯고 있는 보잘것없는 말처럼 보였다.

료마가 다케치의 예언대로 '용이란 이름에 부끄럽지 않은' 활약을 겨우 시작한 것은, 33살이 된 해부터였다.

그는 유례없는 활동가가 되었다.

일본 지도 위를 밟고 뛰어다니는 것 같은 신출귀몰의 활약상을 보이기 시작했다.

마침 도모에 입항해 있던 오사가로 가는 시쓰미 번의 배를 찾아내지, 그는 장문의 편지 두 통을 맡겼다. 한 통은 사이고 다카모리 앞으로 보내는 것이고, 또 한 통은 오사카의 동지들 앞으로 보내는 것이었다.

오사카에는 해원대의 스가노 가쿠베에와 다카마쓰 다로가 상무를 보고 있었다. 료마는 배가 침몰한 경위를 보고하고, 자신의 사건 처리를 위한 결의를 밝히면서 당부했다.

"자세한 것은 사이고에게도 써 보냈으니, 사쓰마 번저(藩邸)로 찾아가서 그것도 아울러 읽어보도록. 나는 이제부터 나가사키로 간다. 나가사키에서 결말을 지을 작정이다. 어차피 피를 보지 않고는 끝장이 나지 않을 것 같다. 만약 기슈 번과 해원대가 싸움을 벌이게 될 때는 여론의 지지가 필요하다. 사이고에게 편지를 보낸 것도 그 때문이다. 제군은 교토와 오사카에서 여론을 일으켜 주기 바란다."

뒤이어 시모노세키로 향하는 조슈 번의 배가 입항했다. 그 배를 타고 시모노세키에서 내리자 조슈 번 친구에게 같은 취지의 말을 했다.

"좋다. 만약 싸움이 일어난다면 우리 번에서도 보고만 있지 않겠다."

가쓰라 고고로의 확약을 얻은 그는 곧 영국 화물선을 타고, 메이코마루를 뒤쫓아 나가사키로 갔다.

료마가 나가사키에 도착한 것은 5월 13일이었다.

고소네의 별저로 가자 현관에서 오료를 불렀다. 그리고 그 자리에 버티고 선 채 말하고는 있는 대로 돈을 털어놓았다.

"만일 내가 죽으면 임자는 아무 소리 말고 조후(조슈 번의 지번)의 미요시 신조를 찾아가도록 해."

오료가 깜짝 놀랐을 때, 이미 료마는 등을 보이고 있었다. 그 등이 분주히 움직이더니 눈 깜짝할 사이에 어디론가 사라져 버리고 말았다.

'무슨 일일까, 저이가……?'

오료는 현관에 뛰어내린 채 우두커니 서 있었다. 료마의 그런 태도가 제정신으로는 보이지 않았다.

그러나 만약 그 자리에 사카모토 집안의 오토메 누님이 있었다면, 그런 료마를 충분히 이해하고 오료에게도 알아듣도록 타일렀으리라. 무사 집안의 전통적인 행동으로서, 그런 경우가 있는 것이다. 이를테면 어쩔 수 없는 결투를 하게 됐다든가 할 때, 집에 돌아와 잠깐 아내를 불러서는 말한다.

"알겠소? 뒷일은 이렇게 처리하도록 하오."

간단한 몇 마디를 남긴 채 나가 버린다. 오래 앉아서 이 얘기, 저 얘기 하면 한바탕 눈물소동이 벌어질 염려가 있기 때문이다.

여담이지만, 유신 후 사이고와 더불어 관(官 : 육군소장)을 내던지고 가고시마로 떠나 버린 기리노 도시아키(桐野利秋 : 나카무라 한지로)에게도 비슷한 일화가 있다. 기리노는 당시 독신이어서, 허름한 집에서 서생들과 더불어 살고 있었다. 그러나 그가 좋아하는 여자에게 다른 마을에 따로 살림을 주어 가끔 함께 지냈다.

어느 날 말을 타고 나타나더니 말에서 내리지도 않고 여자를 불렀다.

"여보!"

여자가 현관으로 달려 나가자, 기리노는 품속에서 단도 한 자루와 가지고 있는 돈을 꺼내 주며 말했다.

"잠깐 사쓰마에 다녀오겠소. 아마 도쿄에는 돌아오지 못하게 될 거야."

이 말을 끝내자, 말머리를 돌려 달려가 버리고 말았다. 그 말대로 기리노는 세이난 전(西南戰)을 일으켜 마침내 돌아오지 못하고 말았다.

료마도 한낱 낭인의 몸으로 친번인 기슈 번을 상대로 큰 싸움을 벌이려는 이상, 목숨은 없을 것으로 각오하고 있었다. 적은 당연히 자객을 보낼 것으로 짐작되었다. 따라서 오료가 있는 고소네 댁을 거처로 하고 있을 수는 없었다.

'만약 습격당하게 되면 오료까지 말려들게 된다.'

그런 생각을 했기 때문에 소동이 끝날 때까지는 가까이하지 않을 작정이었다.

료마의 거처는 기슈 번에서도 모른다.

도사야에 있는가 하면 번의 도사 상회에서 자는 때도 있고, 마루야마의 가게쓰루에서 묵는 일도 있었다.

그것은 어쨌든——

기슈 번과의 제1회 담판이 열린 것은 15일이었다.

해원대에서는 료마를 비롯한 8명이, 기슈 번에서는 선장 다카야나기 구스노스케 외 9명이 참석했다.

격론을 벌인 끝에 료마는 우선, "메이코마루는 충돌 당시 갑판 사관이 없었나. 또한 두 차례에 걸쳐 우현을 들이받았다."——는 두 조항을 인정게 했다.


기슈 번은 나가사키에 번저(藩邸)를 가지고 있지 않았다. 그 때문에 여관을 이용하고 있었다. 나카지마 강(中島川) 강변인 조큐 다리(長久橋) 앞에 그 여관이 있었고, 얼마 가지 않아서 바다였다.

료마와의 첫 담판이 결렬됐을 때, 이 해풍이 불어오는 여관에서는 비밀회의가 열렸다.

"다카야나기군, 각오는 되어 있을 테지?"

번의 재무감독관인 시게타 이치지로가 말했다. 재무감독관이라면 번의 고위 관리다.

"각오라고 하시면…… ?"

선장 다카야나기는 물었다.

"이미 우리가 기슈 집안이라는 것이 세상에 알려진 이상, 이 싸움은 결코 질 수 없단 말이야."

"알고 있습니다. 그러나 각오라고 하신 것은 제가 할복을 해야 한다는 뜻이 아니었습니까?"

"자네가 배를 갈라서 수습될 수 있는 일이라면 문제는 간단하다. 그러나 선불리 할복이라도 하면 이쪽의 잘못을 천하에 실토하는 셈이 되니, 더욱 큰 창피를 겪게 되는 거야."

시게타 이치지로는 한낱 서기에서 발탁되어, 서기관장 등을 거쳐 재무감 독관으로까지 승진한 사나이였다. 번 내 으뜸가는 재사였다.

"료마의 동문은 도사 번을 내세우고 있지만 실은 단순한 부랑배들이라면서?"

"그런 것으로 알고 있습니다."

"정면으로 맞서서 싸우는 것조차 창피한 일이야."

시게타가 말했다. 과연 그랬다. 낭인들을 상대로 하여, 3백 제후 중에서도 가장 격이 높은 기슈 가문이 정면으로 담판한다는 것은 그 자체가 쑥스러운 일이었다.

"다카야나기군, 자네는 절대로 후퇴해서는 안 되네. 나는 나가사키 행정관을 움직여 볼 테니까."

시게타는 말했다. 기슈 가문의 권위를 가지고 대한다면 나가사키의 막부 행정관도 움직일 수 있으리라.

나가사키의 막부 행정관은 규슈에서는 가장 높은 막부 기관이었다. 일단 내란이나 외적의 침입 등, 전시 상태에 돌입했을 때는 규슈 여러 제번에 대한 지휘관마저 장악하게 된다.

"또한……."

시게타는 말을 이었다.

"상대방이 부랑자인 이상, 다른 각오도 필요하다."

"무슨 말씀이신지…… ?"

"이건 내놓고 할 말은 못되지만……."

시게타는 다른 자들을 물러나게 하고 다카야나기만을 가까이 불러 말했다.

"료마를 죽이는 거다."

그 말에는 다카야나기도 놀랐다.

"그것이 제일 빠른 해결 방법이다. 다만 기슈 번에서 해치웠다는 눈치를 보이면 안 된다. 무슨 좋은 수가 없겠는가? 나가사키 시중에는 돈 받고 그런 일을 해 주는 자가 없을까?"

"궁리해 보겠습니다……."

다카야나기는 진땀을 흘리고 있다. 원래 학자라서 이런 화제에는 어울리지 않는 것이다.

"나도 하겠네. 이런 일에는 온갖 수단을 다 써야 해. 나가사키에 번저를 두고 있는 여러 번, 이를테면 히젠 사가, 지쿠젠 후쿠오카, 히젠 고지마, 히젠 히라도 등 각 번의 주재관들을 마루야마(丸山)에 부르도록 하게. 우리 번에 대한 지원을 요청해야 할 테니까."


료마에게 나가사키 행정청에서 출두 명령서가 온 것은 그 다음날이었다.

보나마나 용건은 이번 사건 때문이리라고 짐작했다. 기슈 번이 친번이란 위세를 가지고 나가사키에서의 최고 막부 기관을 움직이고 있는 것이리라.

"괘씸한 것들이!"

료마는 그 출두 명령서를 곧장 얼굴로 가져가더니 그대로 코를 풀어 버리고 말았다.

대원들은 파랗게 질려 버렸다. 해원대 분관이란 직함을 지니고 있는 나카오카 겐키치도 보다 못해 나무랐다.

"료마님, 어쩌자고 그런 짓을……."

결국, 도사 번 대표로서 이 나카오카와 이와사키 야타로가 출석하기로 했다.

이와사키는 사자 같은 용모를 지닌 사나이여서, 행정청 관원들은 그 얼굴만 보고도 질린 듯 예상 외로 정중했다고 한다.

나카오카는 변설에 능한 사나이였다. 조용히, 그러나 조금도 빈틈없는 답변을 하여 관원들이 비집고 들어갈 틈을 주지 않았다. 마침내 나이 많은 포도군관이 중얼거렸을 정도였다.

"그러고 보니, 잘못은 기슈측에 있군요."

지체하지 않고 이와사키는 물었다.

"지금 그 말씀…… 이쪽에 기록해도 좋겠습니까?"

그러자 관원들은 당황하여 말했다.

"지금 그건 하품이오."

이렇듯 재치 있게 얼버무리는 것이 막부시대 관료들의 버릇이었다.

"그렇습니까? 나가사키 관료분들은 재미있는 하품을 하시는군요."

이와사키는 역시 그답게, 상대방의 감정을 자극하고 빈정대는 투가 아니라, 연방 사자 머리를 흔들면서 탄복해 보였다. 그것이 너무 지나친 것 같아 나카오카가 옷소매를 잡아당겼을 정도다.

"이와사키님, 그만해 두시죠."

그러나 이와사키는 계속 탄복하고 있었다.

"나가사키의 하품은 도사와 달라 아주 길군."

하면서 중얼거렸다. 이와사키의 속셈은 뻔했다. 나이 많은 포도군관의 혼잣말이 정식 발언은 아니었다 해도, 동석한 관원들에게 그런 해학을 통해 철저히 인상을 짙게 하려고 했던 것이다. 인상만 짙게 해놓는다면 그것은 기록과 마찬가지가 되리라.

마지막으로 나카오카는 못을 박는 질문을 했다.

"행정청으로서의 입장은 어떻습니까?"

이 해난 사건에 막부가 그 위세를 내걸고 개입할 작정이냐, 하는 뜻이 그 말 속에 있었다. 원래 막부의 행정사상은, 번 상호간의 시비에 대해서는 천하의 치안을 문란케 하지 않는 한 막부로서는 개입하지 않는다는 것이었다. 나카오카는 그 점을 이 기회에 분명히 해 두고 싶었던 것이다.

"뭐, 별다른 뜻이 있었던 것은 아니오. 다만 두 번의 시비가 커져서 뜻하지 않은 사태에 이르지 않도록, 직책상 내막을 들어 봤을 뿐이오."

행정청 측의 태도가 아주 부드러워졌다.

나카오카와 이와사키는 행정청에서 나왔다. 이만하면 더 이상 말썽은 없으리라고 보았다. 막부 측에서는 앞으로 기슈 번을 두둔하여 쓸데없는 간섭은 하지 않으리라고 본 것이다.

이 점은 성공한 셈이었다.


료마를 노리는 자가 있다는 소문이 시중에 떠돌았다.

나가사키 시민들 사이에서 소문이 퍼지기 시작한 것 같다. 이 고장은 당시의 여러 도시 중에서도 어딘가 색다른 성격을 지니고 있었다.

3백 년 동안 외국 무역을 독점해 온 도시여서 시민들 중에는 부유한 자가 많았다. 영세한 직공들도 한두 가락쯤 노래나 악기를 배워가지고 다니는 자가 많았고, 모두 놀기를 좋아해서 시중의 기분은 늘 태평스러웠다.

수입이 좋고 게다가 천령(天領 : 막부령)이어서, 영주들의 번과 달리 주민들에게 쩨쩨한 행정을 하지 않았다. 만사에 여유만만하다.

그런 까닭에 대낮에도 할 일 없이 거리를 어슬렁거리고 다니는 자가 많았고, 그것을 노래한 이 고장 노래로서 '어슬렁 타령'이라는 것이 있을 정도다.

그렇듯 한가한 시민들의 화제는, 요즘에는 기슈 번과 해원대 사이의 시비 문제에 집중되어 있었다.

두 패로 나누어 편을 들었다.

당연히 해원대 편이 압도적으로 많았다. 그럴 수밖에 없는 것이 해원대는 낭인들의 결사로서, 계급적으로 본다면 평민에 가까웠다. 당연히 그들을 동정하고 싶었다.

게다가 조그만 조직이었다. 55만 석의 기슈 번에 비하면 깨알만한 크기에 지나지 않는다. 그 깨알이 3백 제후의 필두인 기슈 번을 상대로 싸움을 걸고 있는 것이다. 힘없는 민중의 감정으로서는 더 없이 통쾌한 일이었으리라.

한가하고 친절한 사람이 많은 고장이라, 니시하마 거리의 해원대 본부(도사야)까지 찾아와서 한 마디씩 던지고 가는 사람늘이 매일 그 수를 셀 수 없을 정도였다.

"기운을 내시기 바랍니다."

그런 사람 중 한 사람이, "사카모토님을 노리고 있는 것 같은 낭인들이 있습니다" 하고 가르쳐 주었다.

대원이 그게 누구냐고 물어 보자, 나가사키로 흘러들어 온 부랑자인 것 같은데 얼굴이 낯설었다고 했다. 요리아이 거리(寄合町)의 요정에서 그런 의논을 하고 있더라는 것이다. 이름은 알 수 없지만, 그 중 한 사람은 분명히 용담초(龍膽草) 무늬의 가문이 든 옷을 입고 있더라는 말도 했다.

"용담초 무늬의 가문이라면 어디서나 볼 수 있는 자가 아닌가?"

료마는 상대도 하지 않았다. 가문 중에서는 가장 흔한 종류의 하나였던 것이다.

"내가 이 일을 하면 할수록 목숨을 노리는 자가 많아지는 것은 당연해."

기묘한 소리를 하며, 료마는 언제나 혼자서 시중을 나돌아 다녔다.

그런 어느 날, 해원대 본부에 의젓한 차림을 한, 한 무사가 찾아왔다.

조슈의 가쓰라 고고로였다.

"잘 왔네."

료마는 현관으로 뛰어 내려가자, 가쓰라를 끌고 거리로 나갔다. 마루야마의 가게쓰 루로 가려는 것이었다.

어깨를 나란히 하고 걷고 있으면서, 이 친구도 분큐(文久) 3년 8월의 궁문 정변 이래, 막부가 눈이 뻘개가지고 찾아다니고 있는 사나이라는 것을 생각하자, 어쩐지 우스워서 견딜 수가 없었다. 그러나 그 심정을 료마 자신은 적절히 설명할 수 없었다. 결국, 목숨이 위태로운 녀석들이 사이좋게 어깨를 나란히 하고 저물어 가는 거리에서 술집을 찾아가고 있다는 것이, 일종의 희화(戲畵) 같은 느낌을 주었기 때문이었으리라.


가게쓰 루에는 중국풍의 방이 있었다. 바닥에는 기와를 깔고, 천장, 창문, 장식등(裝飾燈), 그 밖의 비품들이 모두 중국식이며, 식탁과 의자가 놓여 있었다.

료마와 가쓰라는 그 방에 마주 앉았다. 여느 때처럼 기녀로는 오모토가 불려와서 술시중을 들었으나 두 사람이 이야기를 시작하자 뜰로 나갔다. 그녀는 그녀 나름으로 불의의 습격자를 경계하려는 것이었다.

"사카모토군, 너무 마시지 말게."

가쓰라가 말했다. 가쓰라는 잔을 놓은 채, 한 방울도 마시고 있지 않았다. 만약의 경우를 위한 대비였다.

"알고 있네."

료마는 말했다. 하기야 가게쓰 루에서는 단골손님이 아니면 받지 않았고, 특히 이 집은 료마에 대해 호의를 가지고 있어서, 료마가 오면 오모토뿐만 아니라 접객 담당인 여자들끼리 여러 가지로 배려해 주기 때문에 안심할 수 있었다.

"이로하마루 사건은 그 후 어떻게 됐나?"

가쓰라가 물었다. 이 조슈 번의 지도자는 료마와 무기 구입을 위한 의논을 하려고 온 것이었지만, 한편으로는 그 문제도 역시 있었다. 경우에 따라서는 해원대를 도와 기슈 번과 일전을 나누어도 무방하다는 심경으로 기울어지고 있는 가쓰라였다.

"말뿐이 아니야."

가쓰라는 말했다.

"사실 그럴 각오로 있네. 그때는 사쓰마도 당연히 동맹군으로서 호응해 줄 거다."

료마는 가쓰라의 내심을 알 수 있었다. 제2차 막부 조슈 전은 조슈의 승리로 끝났고, 막부는 장군 이에모치의 죽음을 구실로 하여 강화(講和)를 했었다. 그후 조슈 번은 계속 무기를 구입하고 군제를 정비하여 이제는 혁명전과 그 승리를 꿈꾸기까지에 이르고 있는 것이다.

혁명전을 일으키자면 그 계기가 필요하다.

그렇다면 료마와 기슈 번과의 싸움을 지원한다는 형식으로 개전할 수도 있지 않은가?

기슈 번은 친번 삼가 중의 하나이다. 전 장군 이에모치도 기슈 가문에서 나와 종가를 이었다. 보나마나 막부는 가만 있지 않으리라. 반드시 일어나게 될 것이다. 그때를 노려 두들겨 부순다는 것이 가쓰라의 혁명 전략인 것 같다.

'조슈는 초조해하고 있군.'

료마는 그렇게 생각했다. 료마가 보는 바로도 초조하지 않을 수 없었을 것이다. 우선 조슈의 경제력에도 한도가 있는 것이다.

이 번은 보슈, 조슈 두 주(州)를 합해서 겨우 36만 9천 석이었다. 하기는 도쿠가와 3백 년 동안 열심히 개간하고 간척 사업을 진행시키는 한편, 제지(製紙), 제염(製鹽) 등 산업을 일으켜서 그 실력은 백만 석과 맞먹을 정도로 되기는 했다.

그러나 사개국 함대와의 싸움을 비롯해서, 하마구의 궁문(蛤宮門)의 사변, 막부와의 전쟁 등, 연이은 전쟁 때문에 국력은 피폐하고, 그러면서도 군비를 확장하고 있는 것이다. 이렇게 된 이상 이제는 하루 빨리 혁명전을 일으키지 않으면 번은 그 과중한 군비 부담으로 자멸하지 않을 수 없는 형편이었다.

'도박은 어서 결판을 내어 버리자.'

이것은 가쓰라의 본심이었다. 만약 이대로 평화가 계속된다면 조슈라는 배는 과중한 화물 때문에 저절로 침몰하지 않으면 안 되는 것이다.

'시국은 더욱 격동하게 되겠군.'

료마는 조슈의 경제 사정과 그 몸부림을 알고 나자 장래를 그렇게 전망했다.


기슈 번측은 마침내 이쪽 교섭에 대해 회피책을 쓰며 응하지 않게 되었다.

료마측에서 사람이 가도, 책임자가 없으니 내일 오너라, 하는 식의 태도로 나왔다.

"습격합시다!"

대원인 사야나기와 고시고에는 다시 떠들어 대기 시작했으나 료마는 그것을 엄금했다.

'습격이라니 말도 안 된다.'

그것이 료마의 속마음이었다. 료마로서는 이 일본 최초의 기선 충돌 사건을 법적인 선례로 남겨 놓고 싶다는 것이 그의 정열의 방향이었다.

어느 날 료마는 대원들을 데리고 마루야마의 가게쓰 루로 몰려가, 오모토 외에 기녀 십여 명을 불러다 놓고 술자리를 열었다.

"내가 노래를 하나 지었어" 하더니, 샤미센을 안고 자신이 작사 작곡한 노래를 부르기 시작했다.

기녀들은 재미있는 듯 같이 따라 불렀고, 곧 그 노래는 나가사키 환락가에서 폭발적인 유행을 했다.


배를 침몰시킨 보상으로는
돈보다 나라를 받아내련다.


단순하고 소박한 노래였다. 요컨대 배가 침몰된 그 보상으로는 배상금 따위를 받지 않고 기슈 번 55만 5천 석을 타고 앉겠다는 뜻이다.

나가사키에서는 평민들뿐만 아니라 여러 번 번사들까지 료마를 동정하고 있었다. 그들은 밤이 되면 술자리에서 그 노래를 샤미센으로 뜯게 하며 같이 합창했다.

"나라를 받아 낸다는 그 기개가 대단한걸."

그것이 바로 주객들의 기분에 맞는 대목이었다. 3백 년간 거드름을 부려 온 기슈 도쿠가와 집안을 한낱 낭인이 타고 앉겠다는 것이다.

"멋지군!"

도사 사람들은 도사 사투리로 감탄했고, 히고 사람들은 히고 사람대로 "좋았어!" 하고 탄복했다. 무사다운 배짱이라는 뜻이리라.

이 선전에는 기슈 번도 질려 버렸다. 세론은 확실히 기슈 번에 불리했다.

그런 때, 도사 본국에서 참정인 고토 쇼지로가 나가사키로 왔다.

고토는 료마를 찾아가 해결책을 협의했다.

"어떤가, 문제 해결을 번에 맡겨 주지 않겠나?"

고토가 말했다. 료마는 승낙했다. 도사 번이 표면에 나서 준다면 기슈 번도 생각이 달라지리라고 생각한 것이다.

"고토형, 묘책이 있어."

료마는 그 묘책이라는 것을 설명했다.

지금 나가사키에는 영국의 동양함대가 입항해 있다. 그 사령관인 킹이라는 사람을 임시 중재자(仲裁者)로 부탁해 보면 어떠냐는 것이다.

"물론 재판을 청하는 것이 아니라 참고인으로서 세계 공통의 공론을 들어 보자는 거지."

"좋겠군."

고토는 곧 기슈번에 대해 그런 제의를 했다.

놀란 기슈 번은 "검토해 보겠다"고 하여, 일단 고토를 돌려보냈다.


그동안 기슈 번 측에서도 결코 번의 위세에만 매달려 있지는 않았다.

기슈 번은 기슈 번 나름대로의 주장을 가지고 있었다.

"이로하마루의 잘못이 크다"고 그들은 믿고 싶었다. 충돌 당시, 이로하마루는 현등을 켜고 있지 않았다는 주장이었다.

또한 이로하마루는 다루기 쉬운 작은 배였다. 작은 배가 운전에 조심해서 피해야 하는 것이 당연하며, 그 점이 실책이었다는 것이다.

어쨌든 기슈 번측도 자신의 입장을 살리기 위해 필사적인 노력을 했다. 선장 다카야나기 구스노스케는 비밀리에 두 배의 항해 일지와 충돌 직전의 상황, 충돌 후의 쌍방의 주장 등을 장문의 영어로 작성했다.

당시의 일본인 어학 능력으로는 그런 내용을 영문으로 옮긴다는 자체가 벌써 큰일이었다. 물론 번역에 필요한 일영 사전(日英辭典) 따위가 있을 리 없다.

네덜란드어는 알지만 영어는 겨우 단어를 아는 정도의 다카야나기가 그것을 하려고 했다.

나가사키 막부 행정청의 영문 번역관인 시나가와(品川)라는 사람이 거들기는 했지만, 어쨌든 이틀 밤을 새면서 번역을 마쳤으니, 그야말로 위업(偉業)이라고 하지 않을 수 없었다.

그 영문은 쇼와(昭和) 6년에 발간된 《난키도쿠가와사(南紀德川史)》 제4권에 16페이지에 걸쳐서 수록되어 있다. 신통치 않은 문장이기는 하지만, 뜻은 그럭저럭 통한다.

기슈 번은 그것을 나가사키에 입항중인 영국군함 함장에게 보였다. 다시 말하면, 만국의 관례에 비추어서 이 경우 어느 쪽이 옳고 그른가, 하는 근거를 얻으려고 했던 것이었다. 그러나 그 노력은 헛된 것이었다. 영국 함장은 그것을 보자 "유감이지만 기슈 번은 유리하지 않다"라는 말을 했기 때문이다.

여담이지만, 이 기슈 번 메이코마루의 선장 다카야나기 구스노스케와 사관 오카모토 가쿠주로(岡本覺十郎)는 유신 후에도 오래도록 살아, 메이지 25, 6년께에 와카야마(和歌山)의 번사(藩史) 편찬자에게 사건 당시를 회고하며 이렇게 대답하고 있다.

"벌써 25년 이상이나 지난 일이라 기억에 분명치 않은 대목도 있다. 그러나 그 사이다니 우메타로(才谷梅太郎)는……."

료마를 그런 이름으로 부르고 있다. 료마는 이 사건에 관한 응대에는 일체 그 가명을 썼던 것이다.

"그 사이다니 우메타로는, 이제 생각하니 사카모토 료마였다. 아시다시피 막부 타도론자의 거두(巨頭)다."

그 때문에 기슈 도쿠가와 집안에 대해서 그토록 끈덕지게 물고 늘어졌으리라고 두 사람은 말한다. 두 사람은 료마에 대한 인상을 이렇게 말했다.

"응대하는 말투나 태도는 상당히 정직하고 온화했으며 타당한 대목이 많았다. 그러나 대담하기 짝이 없는 인물이어서, 정말 감당할 수가 없었다. 게다가 그의 휘하에 있는 해원대 대원들은 말할 수 없이 사나운 무리들이어서 이 사건 때문에 길길이 날뛰고, 걸핏하면 난폭한 협박을 가해 오곤 했다."

20여 년이 지나서도 이처럼 불쾌감을 감추지 못한 채 회고하고 있다. 기슈 집안이라는 품위 있는 대번으로 볼 때는 마치 미친개의 일당 같은 인상이었던 것이다.


"더 이상 해결 방법이 없을 때는 죽음뿐이다. 나도 죽고 상대방도 죽이는 거다."

그런 각오를 한 사람이 있었다.

기슈 번 메이코마루의 부선장, 오카모토 가쿠주로였다. 오카모토의 이런 결의에는 당시의 무사만이 이해할 수 있는 감정과 논리가 있었다.

'벨 수밖에 없을지도 모른다.'

무엇보다 아니꼬운 것은 도사 번 참정인 고토 쇼지로의 태도였다. 고토와 기슈 번 재무감독관인 시게타 이치지로가 최초로 쇼도쿠 사(聖德寺)라는 절에서 회담했을 때, 담판이 끝난 후 고토는 위협적인 어조로 이렇게 말했다.

"귀번에서 지금까지 취해 온 태도는 극히 무성의했소. 앞으로 귀번에서 계속 성의를 보이지 않을 때는 어떤 결과를 초래할지 모르게 되오. 이 점, 충분히 알아 두시기 바라오."

그때 오카모토는 말석에서 저도 모르게 칼자루에 손을 얹었다가, 곁에 있던 선장 다카야나기 구스노스케에게 제지를 받았다.

또 다른 불쾌한 일은, 나가사키의 환락가에서 유행하기 시작한 〈나라를 받아내련나〉는 노래였다. 그 노래는 술집에서뿐만 아니라, 골목에서 놀고 있는 아이들까지도 부르기 시작했다.

'이 무슨 도사의 괘씸한 장난인가!'

오카모토 가쿠주로는 그렇게 생각했다.

게다가 영국 함장에게 이번 사건을 문의한 결과, 기슈 번에게 불리하다는 결론이 내려졌다.

'이제는 틀렸다.'

그렇게 생각했다. 단지 거액의 배상금을 빼앗기는 데서 그치는 일이 아니었다. 기슈 번은 명예가 손상되고 세상의 웃음거리가 되는 것이다.

오카모토 가쿠주로는 혼자 결심했다. 번의 재무감독관 시게타 이치지로는 시정의 부랑배를 부추겨 료마를 쓰러뜨리려고 했던 모양이지만 오카모토는 생각이 달랐다.

'그런 방법은 미온적일 뿐 아니라 비겁하다.'

메이코마루의 고급 사관인 자신이 정정 당당히 료마를 찾아가 도전하여, 서로 칼을 잡고 순식간에 모든 것을 해결하리라고 각오했다.

그 계획을 스야마 도자에몬(須山藤左衛門)이라는 상사에게 실토했다. 스야마는 기슈 번의 구매 담당관이었다. 서양 기계를 구입하기 위해 생긴 새로운 직명이다.

"무사의 오기, 막을 수도 없는 일이 아닌가?"

스야마는 묵인했다. 스야마로서는 료마만 쓰러뜨리면 일은 끝나리라고 생각했던 것이다.

그러나 설사 오카모토가 료마를 쓰러뜨린다 해도 오카모토는 할복을 면하지 못하리라.

"어떻게 되든 제 목숨은 없는 겁니다. 다만, 마음에 걸리는 것은 고향에 계신 제 노모입니다."

"그 점은 염려 말도록"

스야마는 끄덕이더니, 자기가 차고 있던 칼을 오카모토에게 주면서 말했다.

"이름도 없는 비젠(備前)의 칼이지만 쓸 만은 하다."

오카모토는 그날부터 료마를 뒤쫓아 다녔다. 마침내 이틀째 되는 날 밤, 마루야마의 가게쓰루를 나와 고개를 내려오는 료마에게 덤벼들었으나, 순식간에 내던져지고 말았다.

"번도, 이름도 묻지 않겠다."

료마는 돌바닥 위에 쓰러져 있는 오카모토를 향해 빙그레 웃어 보이고, 그대로 성큼성큼 사라져 갔다. 그 후 오카모토는 두 번 다시 료마를 노리려 하지 않았다.


가게쓰 루의 고개 밑에서 료마에 의해 내던져진 기슈 번의 오카모토는 료마가 칼을 뽑았었는지조차 기억나지 않았다.

어쨌든 오카모토의 기억은, 자신이 고개 밑의 버드나무 그늘에 숨어 있었던 데까지는 분명했다.

고개를 내려 온 그림자는 하나뿐이었다. 비틀거리며 걷고 있었지만 별로 술을 많이 마신 것 같지는 않았다.

'저 녀석이다!'

생각했을 때, 오카모토는 온 몸의 힘이 상반신으로 치솟았다. 중심을 잃고 이상하게 몸이 가라앉지 않았다. 동시에 착란이 일어났다.

착란이 일어났다기보다는, 엄밀히 말해 심신상실(心神喪失)의 상태였으리라. 그 후부터는 통 기억이 없는 것이다.

오카모토는 칼을 빼 들자 곧장 돌격했을 것이다. 그 순간 몸이 허공에 솟구치더니 그대로 돌바닥 위에 내던져졌다.

'죽는다!'

이 생각을 하며 잽싸게 몸을 일으키려고 했으나, 피가 머리로 솟구치고 있을 뿐 손가락 하나 움직여지지 않았다.

그렇다고 상대방이 자신의 몸을 덮쳐누르고 있었던 것 같지도 않았다.

다만 "번도 이름도 묻지 않겠다" 하고 말한 상대방의 목소리가 유난히 부드럽게 오카모토의 마음속에 남아 있을 뿐이었다.

상대방이 사라지고 나자, 오카모토는 겨우 몸을 일으켰다. 칼이 없었다. 상사인 스야마 도자에몬이 빌려 준 칼이다. 그것에 생각이 미쳤을 때에야, 오카모토는 비로소 당황할 수 있을 정도의 정신을 차렸다.

여기저기 찾아보니 칼은 훨씬 멀리 떨어진 소귀나무 밑에 나뒹굴어져 있었다. 달려가서 주워들고, 황급히 주위를 둘러보았다. 가게쓰루의 문전에 그림자가 하나 꼼짝도 않고 서 있었다. 여자였다. 기녀 차림이었던 것으로 생각된다.

'보고 있었구나……'

생각이 들자, 수치심이 비로소 그의 행동을 민첩하게 했다.

그동안 상대방 여자는 대수롭지 않긴 했지만 어떤 행동을 보였다. 마치 안면이라도 있는 듯이 고개를 숙이고 허리를 굽히며 가볍게 인사를 한 것이다. 오모토였다.

그러나 오카모토는 오모토를 알 까닭이 없었다. 정신없이 고개를 달려 내려와 여관으로 돌아왔다.

"실패했습니다."

스야마 도자에몬에게 말하자, 스야마는 대번의 중신답게 머리를 끄덕였을 뿐, 더 이상은 아무 말도 하지 않았다.

기슈 번은 이미 패배를 각오하고 있었다. 남은 일은 어떻게 해야 배상금을 적게 내느냐, 하는 것뿐이었다.

적당한 조정자가 없을까, 하고 물색하던 중, 기슈 번의 스야마와 가까운 사이인 이요(伊豫) 마쓰야마 번(松山藩)의 고무라 다이스케(小村大介)라는 자가 조언을 해 주었다.

"사쓰마 번의 고다이 사이스케가 좋을 겁니다."

즉시 고다이 사이스케와 교섭한 결과 고다이는 전권을 맡겨 준다면, 하는 조건으로 떠맡았다.

　사쓰마의 고다이 사이스케는 그날 밤부터 조정 활동을 시작했다.
　"료마는 어디 있는가?"
　사쓰마 번 사람들을 시켜 료마의 거처를 알아보게 했더니, 뜻밖에도 고소네의 별저에 있다고 한다. 고다이는 곧 가마로 달려갔다.
　"오늘 낮 기슈 번에서 찾아오더니……."
　고다이는 료마를 만나자마자 말했다.
　"나한테 조정을 의뢰하더군. 도사는 어떤가? 나한테 맡겨 주겠나?"
　'기슈 번은 이제 손을 들었구나.'
　료마는 순간 그것을 알아챘다. 영국의 킹이라는 함대 사령관을 참고인으로 해서 문제를 공론에 호소하자는 도사 번측 제안을 일단 받아들여놓고는, 갑자기 방침을 바꾸어 타번 사람을 조정인으로 내세우는 형식을 취한 것이다.
　"기슈 번도 잘못은 인정하는 모양이다."
　고다이는 말했다.
　"내게 의뢰한 용건은 양쪽이 타당하다고 생각하는 배상 금액을 정하는 일이다. 어떤가, 나한테 맡겨 주겠는가?"
　"그건 난처한걸."
　료마는 말했다. 고다이와는 친구 사이다. 그를 상대로 배상금의 많고 적음을 놓고 다투게 되면 나중에 감정 문제가 남을지도 모르는 것이다.
　"이 사건은 이미 고토에게 맡겨 버렸네. 고토와 의논해 주게."
　"그래? 고토하고 말이지."
　고토와 고다이와는 마루야마의 기루(妓樓)에서 여러 차례 술을 마신 사이였다.
　"알겠네."
　고다이는 칼을 들고 일어났다. 그 길로 고토의 숙소를 향해 달려갔다.
　고토는 고다이의 용건을 듣더니 강경히 그것을 거부했다.
　"영국 제독을 참고인으로 하여 문제를 공론에 붙인다는 것은 기슈 번도 이미 받아들인 일이다. 이제 와서 귀공을 괴롭히다니 괘씸한 일이 아닌가."
　다음날도 고다이는 찾아왔으나, 고토는 단호히 그 조정에 응하지 않았다.

고토는 흥정에는 천부적 소질을 지니고 있다고 해도 좋았다. 이 경우도 도사측의 태도가 몹시 강경하다는 것이 상대방에게 알려지면 알려질수록 배상금은 그 금액이 커진다는 것을 훤히 내다보고 있었다. 과연, 네 번째 찾아왔을 때는 고다이 사이스케도 어지간히 지쳐 버린 듯 말했다.

"도사측 요구는 미력하나마 이 고다이 사이스케가 관철해 드리겠소. 그러니 툭 털어놓고 말씀해 보실 수 없겠소?" 고토는 그제야 겨우 태도를 누그러뜨리며 조건을 제시했다.

"무엇보다도 먼저 기슈 번측의 사과문을 받고 싶소. 배상금의 금액은 귀공에게 맡기오. 귀공 같으면 얼마가 정당하리라고 생각하시오?"

고다이는 그 액수를 제시했다. 배 값과 화물 값으로 보아, 8만 3천 냥 정도면 어떻겠느냐는 것이었다.

'흐음, 예상 외로 많이 받아낼 수 있겠군.'

고토는 속으로 기뻐하며 고다이에게 일임하기로 했다.

고나이로서는 사기가 세시한 금액이있다. 자언 기슈측에게 완강이 그 금액을 고집했다. 기슈 번도 받아들이지 않을 수 없게 되어 재무감독관 시게타 이치지로는 손수 고토를 찾아와, 그 문제에 대한 약정서를 교환했다.

# 나카오카 신타로

나카오카 신타로(中岡愼太郎)는 교토에 있었다.

단, 이제부터 말하려는 시기는 료마의 이로하마루 사건보다 조금 전인 게이오 2년의 연말 무렵이다. 나카오카는 사쓰마 번 저택이나 공경들의 저택에 드나드는 동안에 놀라운 정보를 입수했다.

고메이 천황(孝明天皇)이 세상을 떠난 소식이다.

'시대는 바뀐다.'

면도날 같은 날카로운 감각을 지닌 사나이는 곧 그렇게 직감했다. 천황은 양이주의의 주체라는 점에서 천하의 지사들을 분기시켰지만, 그러나 막부 반대론자는 아니어서 그 점이 도쿠가와 반대 세력에 혼란을 주고 있었다.

천황은 막부 반대론자가 아니었을 뿐 아니라 오히려 막부의 위신을 회복시키고 막부 무력의 힘에 의해서 국내 질서를 확립시키고, 강력한 대외 정책을 밀고 나가게 하려는 태도였다. 자연히 막부 반대 행동을 취하고 있는 공경들을 증오하며, 분큐 3년 8월에는 산조 사네토미(三條實美) 등을 '간악한 적'으로 몰아 숙청하고, 궁중 인사를 막부파로 일신해 버렸다.

이 천황과 같은 주의를 내걸고 있는 집단은 교토 수호직인 아이즈 번(會

津藩)이었다. 아이즈 번 휘하에 있는 신센조(新選組)도 천황과 같은 계열의 사상결사(思想結社)라고 해도 좋았다. 아이즈 번과 신센조는 천황의 수족으로서 동분서주하여 막부 반대 세력을 몰아내기 위해 전력을 다했다. 그들 정의의 거점은 고메이 천황이었다.

그 천황이 세상을 떠난 것이다. 뒤를 이은 것은 겨우 16살 난 소년 천황이었다.

"이 기회에……."

막부측도 생각했다. 막부측 역시 고메이 천황의 외국 혐오벽을 거추장스럽게 생각하던 참이라, 이미 프랑스 공사와 내약되어 있는 고베 개항에 대한 윤허를 소년 황제를 통해서 얻어 내려는 생각이었다.

"이 기회에……."

생각한 것은, 이미 막부 타도파 낭사의 한 사람이 되어 있는 나카오카 신타로도 마찬가지였다. 나카오카는 사쓰마 조슈 양번에 대해서는 가장 강력한 번의 참모가 되어 있었다.

때마침 사쓰마의 교토 주재 외교관 사이고 다카모리가 연말을 기하여 교토 번 저택으로 돌아왔다.

나카오카는 사이고를 만나 역설했다.

"천황께서는 고베 개항을 무엇보다도 싫어하셨소."

그 말대로였다. 이미 개항한 요코하마나 나가사키는 교토에서 먼 곳이었지만, 고베는 바로 교토의 목줄기 같은 곳이었다. 그런 곳에 외국인들을 거류시키면, 중국의 예를 두고 생각해 봐도 언제 그들이 수도를 습격할는지 모른다는 공포감이 천황에게는 있었던 것이다. 그 때문에 막부가 수차에 걸쳐 개항 윤허를 얻으려고 했으나, 천황은 끝내 허락하지 않았다.

막부는 어서 개항하고 싶은 심정이었다. 통상에서 오는 이익은 막부가 그 태반을 독점하게 되어 있었고, 그 이익으로 막부의 경제적 체질도 바꿀 수 있다고 믿었던 것이다.

그렇게 되면 큰일이라고 생각하는 것은 나카오카 등 막부 타도파들의 입장이었다.

"이 기회에 막부로부터 외교방침 결정권을 빼앗아 버려야 하오. 그러기 위해서는 프러시아의 예도 있듯이 국가의 최고 문제는 조정이 소집하는 제후 회의에서 결정하도록 해야 한다고 생각하는데?"

나카오카는 역설했고, 사이고도 찬성했다.

막부 말기인 이 무렵, '제후 회의'라는 구상만큼 지사들을 흥분시킨 구국 안은 또 없었다.

물론 나카오카의 창안도 아니고, 사이고나 료마가 생각해 낸 안도 아니었다. 그들은 모두 이에 대해 논의를 거듭하기는 했지만, 그런 안의 바탕이 된 것은 한 영국 청년의 논문이었다.

청년은 영국 공사관의 통역관인 어네스트 사토였다. 사토는 일본의 문서 같은 것도 줄줄 읽어 내려갈 수 있을 정도의 어학력을 지니고 있었고 무엇보다도 정세에 대한 탁월한 분석력을 가지고 있었다. 그 사토가 요코하마에서 발행되는 〈재팬 타임즈〉에 일본의 혼란을 수습하는 한 방안을 기고한 것이다.

그는 일본의 장군에 대하여

"처음 외국 각국은 장군을 원수로 생각했었고, 막부 또한 그렇게 말하고 있었다. 그러나 실제로는 제후들의 장(長)에 불과하다. 그런데도 일본의 군주임을 자처하고 있었던 것은 분수를 모르는 일이며 기만이다."

그런 뜻의 주장을 하고, 그것을 역사, 법률 현실 면에서 논증했던 것이다.

요컨대 영국을 비롯한 열강은 일본의 원수가 아닌 장군과 외교 관계를 맺으려고 했던 것에 오늘날의 혼란이 일어난 원인이 있다고 주장하고,

"이것을 해결하기 위해서는 일본은 그 정치 형태를 개조하는 것이 좋다. 가장 적당한 방안은 장군이 그 본래의 위치인 대제후의 지위까지 되내려 가는 것이다. 그런 후에 천황을 받드는 제후 연합체가 지배 세력이 되어 정치를 담당하는 것이 가장 타당할 것이다."

그것이 사토의 결론이었다.

이 논문을 사토는 그 감독자인 공사에게 의논하지 않고 한 개인의 입장에서 발표했다. 물론 관리로서는 복무규정 위반이었지만 유신 후 사토는 그 회고록에서 말하고 있다.

"나는 그런 것까지 신경쓰지는 않았다."

말하자면 이 사적 논문은 사토의 일본어 교사였던, 아와 하치스카(蜂須賀) 집안의 가신 누마다 도라사부로(沼田寅三郎)에 의해 번역되었고, 자연히 그 사본이 세상에 퍼져 일본인들 사이에 널리 읽혔다.

그 표제도 어느 틈에 '영국책론(英國策論)'이라는, 극히 공적인 냄새를 풍기는 것으로 바뀌어져 있었다. 료마도 읽었고 나카오카도 물론 그것을 읽었다.

사이고의 경우에도 읽었을 뿐만 아니라, 고베 앞바다에 정박해 있는 사쓰마 기선에서 사토와 직접 대면하기도 했다. 사토는 사이고의 인품에 유난히 매력을 느끼고 있던 청년이었으므로, 일부러 대면하기 위해 찾아왔던 것이었다.

사토 논문이 어느 정도 영향을 미쳤는가는 별문제로 하고, 제후 회의라는 안은 막부에 대해 호의를 가지고 있는 자들 사이에서까지 논의되게 되었다.

막부는 이미 국정 담당력을 잃어 가고 있었다. 그것은 막부파에서도 인정하는 것이었다.

막부 타도로서는 이 기회에 '제후 회의'를 설치한다는 것이 반대파도 흡수할 수 있는 절호의 기회였던 것이다.

"우선 본국으로 돌아가서 급히 번의 의견을 통일해야겠소"

사이고는 말했고, 나카오카에게도 가고시마로 갈 것을 권했다. 사이고와 나카오카의 활약이 시작되었다.


나카오카는 기민한 사나이였다. 그는 곧 오사카로 가서 도사보리(土佐堀)의 사쓰마 번 저택에 잠복해 있는 조슈 번의 이하라(井原), 시미즈(淸水) 두 사람을 데리고 고베로 가자, 마침 정박해 있는 사쓰마 번의 배를 빌려 진수부(鎭守府)로 향했다.

진수부에는 고메이 천황의 노여움을 사서 관위가 박탈된 산조 사네토미 등 다섯 명의 공경들이 근신하고 있었다. 그들에게 고메이 천황이 세상을 떠나신, 분큐 이래 최대의 정치 소식을 전하는 동시에 앞날을 위한 의논을 하기 위해서 였다.

사이고는 그보다 며칠 뒤늦게 다른 편으로 가고시마를 향해 떠났다.

이미 그 복안은 교토에서 같은 번의 고마쓰 다데와키(小松帶刀), 오쿠보 도시미치(大久保利通) 등을 비롯하여 나카오카 신타로와도 충분히 논의하여 마련되어 있었다.

'제후 회의'라고는 해도, 삼백 제후들을 모두 교토에 모이게 하자는 것은 아니었다. 고작해야 영주들이다. 그들 대부분은 무능하고 일정한 자기주장도 없었고, 구국을 위한 정치사상은 물론 정세에도 어두웠다.

다만 천하에 '사현후(四賢侯)'라고 일컬어지는 인물이 있었다. 일찍이 안세이(安政) 때 세상에 널리 알려진 사현후는 사쓰마의 시마쓰 나리아키라(島津齊彬)를 필두로 하여, 도사의 야마노우치 요도(도요시게), 이요 우와지마의 다테 무네나리(伊達宗城), 에치젠 후쿠이(福井)의 마쓰다이라 슌가쿠(松平春嶽) 등이었다. 그러나 지금은 나리아키라가 죽었기 때문에 그 아우이며 현 사쓰마 번주의 부친인 시마쓰 히사미쓰(島津久光)가 대신 손꼽히고 있다.

그 사현후가 회의를 여는 것이다.

물론 조정이 주최하며, 그 기초 공작은 이미 출발 전에 사이고가 해놓은 바 있었다.

사이고는 가고시마로 돌아오자, 히사미쓰와 다다요시 두 부자를 배알하고 말했다.

"과거의 장군 중심 정치로부터 조정이 소집하는 사현후 회의에 의한 정치로 전환시키는 것은 지금이 가장 좋은 기회인 것으로 압니다. 이 기회를 놓치면 막부는 어린 천황을 내세워서 무슨 짓을 하는지 알 수 없습니다."

그럴 가능성은 충분히 있었다. 첫째, 어린 천황의 섭정은 공경 중에서도 두드러진 막부파 인물, 니조 나리유키(二條齊敬)였던 것이다. 막부측이 조정을 완전히 손아귀에 쥘 우려는 상당히 있다고 보아야 했다.

"옳은 말이다."

사이고를 싫어하기로 유명한 시마쓰 히사미쓰도, 이 중대 정세에 대해서는 충분히 이해할 수 있었다.

"회의에는 무력이 필요합니다."

사이고는 말했다. 단순한 '사현후 회의'만 가지고서는 조정과 막부가 납득하지 않는다. 회의에 무게를 줄 수 있는 대군의 배경이 필요한 것이다. 다시 말하면 사현후가 각각 병력을 거느리고 급히 상경할 필요가 있다는 것을 사이고는 역설했다.

"그것도 옳은 말이다."

히사미쓰는 외치다시피 말했다. 풍운은 이미 일기 시작했다. 사쓰마 번으로서는 당연히 그 기회를 놓쳐서는 안 되는 것이다.

"곧 대군을 정비하여 바다로 상경토록 하겠다."

히사미쓰는 말했다. 다른 삼현후도 설복시키지 않으면 안 된다. 에치젠의 마쓰다이라 슌가쿠는 이미 교토에 와 있었으므로, 남은 것은 도사와 우와지마의 호응을 촉구하는 것뿐이었다.

"곧 다녀오도록 해라."

히사미쓰는 사이고에게 명을 내렸다. 사이고는 기선을 타고 도사로 향했다.


사이고가 가고시마를 떠나, 배를 타고 도사의 우라도 만(浦戶灣)에 도착하여 고치 성 아래 거리 산덴(散田) 번저에서 나이 지긋한 야마노우치 요도를 배알한 것은 2월 17일이었다.

이 이야기는 앞서도 잠깐 한 일이 있지만 굳이 반복하는 이유는, 나카오카 신타로의 일기가 이 양자의 대면 광경을 그야말로 여실하게 전하고 있기 때문이다.

상좌에 앉은 요도를 향하여 사이고 천하의 정세를 말하고, 사현후 회의의 필요성을 역설하자, 이해력이 빠른 요도는 시원스럽게 말했다.


"알겠소."

요도는 복잡한 사상을 가지고 있는 인물이었다. 막부파로 알려져 있기는 하지만, 그것은 정서적 막부파라고도 할 수 있는 것이어서, 이때도 사이고에 대하여 이런 말을 했다.

"사쓰마측의 노력은 존경해 마지않는 바이고, 의견 또한 타당한 것으로 생각하오. 다만 한 가지 이해해 줘야 할 것은, 이 도사의 야마노우치 집안은 사쓰마의 시마쓰 집안과는 달라, 창업 당시 도쿠가와 집안의 은혜를 적지 않게 입었소. 이 점에 대해서만은 충분한 이해가 있기 바라오."

정치가 요도는 교토의 천황을 정점으로 하는 통일만이 구국의 길이라고 믿고 있었다. 따라서 그가 도사 번주가 되는 운명 아래 태어나지 않고, 만약 비천한 무인 집안의 차남쯤으로 태어났던들, 좀더 과격한 근왕주의자가 되었을 것이었다. 그런 체질을 가진 인물인 것이다.

"그런데……."

사이고는 다짐을 했다.

요도의 좋지 않은 버릇에 대해서다. 요도는 직감력이 풍부하고 지나칠 만큼 현명한 시인(詩人)이라, 회의를 같이 하다가도 그들이 한없이 바보처럼 보여서 그만 화를 내며 자리를 걷어차고 일어나 본국으로 돌아가 버리는 예가 과거에 한두 번 있었던 것이다.

"지금은 극히 중대한 시기에 처해 있으니만큼 그전처럼 일을 벌여 놓기만 하시고 돌아가시는 일이 없으시도록 부탁드립니다."

사이고로서는 영주에 대해 어지간히 대담한 소리를 한 셈이었다.

그러나 자칫하면 화를 내기 쉬운 요도도 사이고의 교묘하면서도 약간의 유머마저 섞은 그런 표현을 미소로 받아넘기면서 쾌히 끄덕이더니 대답했다.

"음, 알겠소."

그뿐 아니라 사이고가 물러가자, 곁에 있던 시신(侍臣) 후쿠오카 도지에게 말했다.

"이번에는 히가시 산(東山)의 흙이 될 작정이다. 다시는 도사에 돌아오지 못할지도 모르네."

이어서 오다 노부나가(織田信長)를 흠모하고 있는 이 행동주의자는, 사이고가 고치를 떠나기도 전에 이미 번에 상경을 위한 동원령을 내린 것이다.

사이고는 다시 배를 타고 도사 만에서 서쪽으로 크게 우회하여, 같은 시코쿠(四國)의 이요우와지마 10만 석의 성 밑거리로 들어가 사현후의 한 사람인 다테 무네나리를 배알했다.

무네나리는 '장면군(長面君)'이라는 별호를 들을 만큼 얼굴이 길었다. 더구나 나이도 많았고, 기질도 요도와 같은 다혈질이 아닌 담즙질(膽汁質)에 속하는 인물이었다. 따라서 도사의 경우와는 달리, 우와지마에서 사이고는 그리 유쾌한 대접을 받지 못했다.


이에 관해서는——

즉 '나카오카 신타로의 일기' 중 이 대목은 사이고를 통해서 들은 대로 나카오카가 조금도 더하지 않고 쓴 것인 듯하다.

이요 우와지마의 다테 무네나리는, 사쓰마 번이 제창하는 사현후 회담에 대해 매우 경계하는 태도를 취했다.

'사쓰마에 속을까보냐.'

이런 태도가 역력히 드러나 보였다. 무네나리 또한 현명하기 이를 데 없는 사람으로 행동력도 있었으며, 이 현후(賢侯)의 통찰안 역시 이미 막부의 명맥은 다해 가고 있다는 것을 충분히 꿰뚫어 보고 있었다.

그 점, 사쓰마 번의 생각과 일치한다.

그러나 그렇다고 막부에 대해 어떤 속셈을 지니고 있는지도 분명치 않은 사쓰마 번의 제창에 덩달아 날뛸 생각은 없었다. 이요 우와지마의 다테 집안은 비정통적인 번으로 센다이의 다테 집안과 일문이었으나, 무네나리 자신은 야마구치(山口) 집안에서 양자로 들어왔으며 막부 신하 출신이었다. 따라서 막부에 대한 생각이 사이고와 같지 않았다. 말하자면 근왕 막부파라고 해도 좋았으며, 이 점 요도와 같은 사상이었다.

"도대체 도사의 요도공은 무엇 때문에 상경하려는 거요?"

무네나리의 측신인 마쓰네 즈쇼(松根圖書)가 사이고에게 물었다. 요도는 사쓰마의 장단에 춤을 추는 것을 싫어할 텐데. 이런 짓궂은 의문이 마쓰네의 말투에서 풍겼다.

사이고는 불쾌했다.

"말씀드릴 것도 없지 않습니까? 요도공께서는 오늘날 조정의 위기를 신하 입장에서 보시다 못해 부득이 상경하시려는 겁니다."

공식론적인 대답을 했다.

결국, 다테 무네나리도 상경은 하게 되지만, 사이고와의 대면에서는 한다고도 안한다고도 말하지 않고, 이를테면 시어머니가 며느리를 곯리는 것 같은 그런 태도를 보였다. 요도의 시원스런 응대와는 판이한 태도였다.

회담이 끝나자 주연이 베풀어졌다.

이 주연은 아주 이색적이어서, 전각에 많은 기녀들을 불러들여 술을 따르게 한 것이다.

"이게 바로 우와지마식이다."

무네나리는 웃었다.

그 좌석에서 무네나리는 사이고에게 놀리듯이 말했다.

"다카모리, 그대는 교토에 정부(情婦)가 있나?"

사이고는 그 무렵 정부라고 할 만한 존재는 없었으나 고지식한 대답도 우스울 것 같아서 말했다.

"있습니다."

무네나리는 계속 물고 늘어지듯 묻는다.

“이름이 뭐지?”

이런 질문에는 사이고도 대답할 적당한 말이 없었다.

“그런 거야 말씀드려 봤자 아무 소용도 없는 것 아닙니까? 좀더 제게 도움이 될 수 있는 것을 물어 주시기 바랍니다.”

그렇게 말했더니 무네나리는 내뱉듯이 말했다.

“그대는 고작 그런 식으로밖에는 말을 못하니 딱하단 말이야.”

무네나리의 말은 사이고가 들은 대로를 나중에 나카오카가 옮겨 쓴 것이라서 그 뜻을 분명히 알 수는 없다.

“좀더 농담도 할 줄 아는 사람이 되어라”

이런 뜻이었다면, 사실 사이고는 농의 명수였다. 무네나리는 무언가 사이고를 잘못 알고 있었던 것에 틀림없다.


한편 나카오카 신타로는——

이 피로를 모르는 활동가는 혼자 쓰쿠시(筑紫) 가도를 거쳐, 이윽고 진수부에 다다랐다.

진수부에는 일본 최대의 정치범들이 유폐되어 있었다. 산조 사네토미 이하 5명의 과격파 공경들이다.

나카오카는 산조 사네토미의 숙소로 찾아가 그들을 만나 뵙고 천황이 돌아가신 소식을 전했다.

“사실이냐?”

사네토미 등은 소스라치게 놀라며 상좌에서 몸을 내밀 듯했다.

“사실입니다.”

나카오카가 엎드린 채 고개 숙이고 대답하자 격정가인 사네토미는 소리 내어 울음을 터뜨렸다.

‘뜻밖이다.’

그런 생각을 하지 않을 수 없었다. 사네토미 등은 막부 옹호파였던 고메이 천황의 질책을 받고 조정에서 쫓겨나 서국으로 낙향했으며, 지금은 막부의 지령에 의해 이 진수부가 있는 벽촌에 유폐되어 있는 것이다. 천황에 대해서는 원한이 쌓였을 텐데도 이 5명의 대신은 얼굴을 감싸고 울기 시작한 것이다.

나카오카의 수기에는 이렇게 기록되어 있다.

"다섯 공경의 통곡은 그칠 줄을 몰랐다. 나 또한 덩달아 눈물이 나와 고개를 들 수 없었다. 다른 말을 할 겨를도 없이 물러나고 말았다."

공경들의 뜻밖일 만큼 심한 슬픔으로, 천황이 돌아가신 뒤 정치 구상에 대해서 논의할 여지가 없었던 것이다.

다음날 나카오카가 다시 찾아갔을 때에야 비로소 사네토미는 다소 냉정을 회복하고 말했다.

"나카오카, 새 천황은 아직 어리시다. 막부가 만일 어린 천황을 앞세워 조정을 장악해 버린다면 그 권력이 백 년은 더 가리라. 그것을 생각하면, 내 심정은 안절부절못하겠다."

그 말을 듣고 나카오카는, 사쓰마 번이 교토에서 이번 일을 계기로 오경에 대한 징계가 풀리도록 공작을 하고 있으니까, 머지않아 용서될 것이라는 말을 했다. 사네토미는 고개를 끄덕였다.

"그렇다고 지금 곧 교토로 돌아갈 수 있는 것은 아니잖나? 그 사이에 막부측이 천황을 끌어안아 버리면 꼼짝도 못하게 되는 거다."

"그런 일이 없도록……."

나카오카는 사현후 회의를 일종의 임시정부로 삼는 안을 사네토미에게 말하자, 사네토미는 무릎을 치며 기뻐했다.

"어쨌든 나는 이런 중대시기에도 아직 유폐되어 있는 몸이다. 나카오카, 나는 그대를 내 대신처럼 생각하겠다."

다시 말하면 "내 대리인으로서 대변도 하고, 활동도 해 달라"는 말이었다. 그 증거로 사네토미는 자기가 어렸을 때부터 지니고 다녔다는, 비단으로 만든 부적 주머니를 나카오카에게 주었다.

나카오카는 그 길로 가고시마를 향해 떠났다. 가고시마에 이르자 사쓰마 번청과 타협을 마치고, 다시 걸음을 돌려 진수부로 돌아왔다.

산조 사네토미를 또 뵙고 크게 결의한 듯 입을 열었다.

"실은 극히 중대한 일이 있습니다만, 들어 주실는지 모르겠습니다."

"무슨 일인가?"

산조 사네토미가 물었다.

"궁중에 관한 일입니다만……."

나카오카는 말했다.

산조는 그 말만 듣고도, 나카오카가 하려는 말이 무엇인가를 알았다.

천황이 돌아가신 후의 궁중 공작을 누구에게 맡기는가, 그것이 문제인 것이다. 그 가장 중요한 문제에 대해서 실은 산조도 어떻게 해야 좋을지를 모르고 있었다.

아무도 없는 것이다. 현재 궁중의 요직을 차지하고 있는 공경들은 그 모두가 막부파여서, 차라리 적이라고 해도 좋았다. 과격 근왕파는 모두 쫓겨났지만, 어쨌든 그들 역시 천하 개혁에 필요한 궁중 공작을 해낼 만한 능력을 가진 자는 하나도 없었다.

"공경이란 어리석은 자들이야."

산조 사네토미는 길게 탄식했다. 그러나 공경의 협력 없이는 궁중 공작은 불가능했다.

"어떻습니까? 전(前) 우근위 중장(右近衞中將) 이와쿠라 도모미(岩倉具視)경을 써 보시면?"

나카오카는 될 수 있는 대로 표정이 움직이지 않도록 애쓰며 말했다. 중대한 뜻을 지니고 있는 이름이었다.

막부 말기 첫무렵에 궁중 막부파의 모사로서 활약한 인물이다.

이와쿠라는 안세이(安政) 때, 중신 이이(井伊)의 개국 강행책에 동조하여 막부와 조정의 융화를 위해 뛰어다녔고, 마침내는 천황의 누이동생 가즈노미야(和宮)를 장군 이에모치(家茂)에게 출가시키는 운동의 중심인물이 되었다.

이 때문에, 공경의 신분으로 있으면서 '천황의 누이동생을 막부에 팔아먹은 간악한 적'이라는 낙인이 찍혀, 지사들의 증오를 사게 되었다. 그 뒤 이이가 사쿠라타 문(櫻田門) 밖에서 살해된 후, 과격지사들은 계속 이와쿠라를 쫓아 다녔다. 하마터면 죽을 뻔한 일도 있다.

그 후 천황의 노여움을 사서 교토 북쪽 이와쿠라 마을에 은퇴한 채 가난에 쪼들리는 생활을 하고 있는 터였다.

그 이와쿠라를 나카오카는 끌어내자는 것이다.

"그는 악한 정적이 아닌가?"

산조는 부지중 언성을 높였다.

나카오카는 끄덕였다.

"저도 그렇게 알고 있습니다. 뿐만 아니라 분큐(文久) 때에는 저도 이와쿠라를 베어 버릴까 하는 생각을 했을 정도입니다."

"그런 이와쿠라를 어쩌자고?"

산조는 거의 창백한 얼굴이었다. 그토록 이와쿠라의 평은 나빴다.

그런데 사실은 나카오카가 가고시마에 갔을 때 이 이야기가 나온 것이다.

"유능한 공경이 없지 않은가" 하는 이야기다. 유능한 자라면 악명 높은 이와쿠라뿐이었다.

"바로 그 이와쿠라경이……."

오쿠보 도시미치는 말했다.

"은밀한 소문이기는 하지만, 과거의 잘못을 뉘우치고 지금은 천하 개혁의 뜻을 품은 유일한 공경이라는 소문이 있다. 이와쿠라 마을을 비밀리에 방문했던 미도 탈번자 가가와 게이조(香川敬三), 에도의 유학자 오하시 준조(大橋順藏), 그리고 탈번자 도쿠다 하야토(德田隼人)의 이야기다."

독이야말로 양약이 될 수 있다며 오쿠보는 말했고, 나카오카도 찬동했다. 그 때문에 지금 나카오카는 진수부의 산조와 이와쿠라 마을의 도모미를 동맹시키려는 권고를 하고 있는 것이다.


나카오카는 산조 사네토미에게 간청했다.

"이와쿠라경과 친분을 맺고 싶다는 편지를 써 주십시오. 그 편지를 가지고 저는 곧 교토로 올라가서 이와쿠라경의 거처로 찾아가 직접 경을 만나 보려 합니다."

"만나서 어떻게 하려는 건가?"

"먼저 인물을 보고 그 식견, 정열, 성품 여하를 제 눈으로 확인할 생각입니다."

"그리고?"

"그리고——제 생각에 이만하면 괜찮을 분이라는 확신이 들면 써 주신 편지를 내보이고, 두 분의 비밀동맹을 성사시킬 작정입니다."

요컨대 인물 시험을 하자는 것이었다. 인물 시험을 해보고 나서, 과격파인 산조와 천재적 모사인 이와쿠라와의 비밀동맹을 나카오카가 산조를 대신하여 맺으려는 생각이었다.

나카오카 신타로에게는 인물안(人物眼)이 있었다. 그의 인물평은 지사들 사이에도 유명하여 나카오카의 눈에 든 사람이라면, 그것만으로도 이미 일류급 인물로 취급되는 정도였다.

“그것이 천하를 개혁하는 일이라면 나는 이의가 없다. 그대에게 모든 것을 맡긴다.”

산조는 감정을 억눌러 말하고는, 자리에서 일어나 그가 가장 증오했던 정적에게 보내는 편지를 썼다.

“나는 서부로 유배되어 모든 일이 여의치 않으니, 아무쪼록 경께서 중흥의 대업에 나서 주시도록. 나 또한 협력을 아끼지 않겠소.”

그런 내용의 것이었다. 붓을 든 손이 줄곧 가늘게 떨린 것은 그의 성격에서 오는 것이었으리라. 원래 그는 뼈대가 꿋꿋한 데 비하여 감정이 풍부한 사람이라고도 할 수 있어서 다소 여성적인 데가 있었다.

나카오카는 그 편지를 받자, 종이끈처럼 꼬아서 속 옷깃 깊숙이 꿰매 넣고, 애용하는 삿갓을 쓰고 진수부를 떠났다.

도중 시모노세키에서 배를 내려, 마침 그곳에 와 있던 료마를 만나 요정 조타로(長太郎)에서 한껏 술을 마셨다. 이때 나카오카는 오랫동안 동지로서 같이 일해 온 다카스기 신사쿠가 병사했다는 소식을 들었다. 원인은 폐결핵이었다. 다카스기는 병이 무거워진 다음에도 번 내의 쿠데타와 대 막부전 작전 지휘를 위해 동분서주했고, 그 사이에도 말술을 사양치 않아 무리에 무리를 거듭했다.

료마와 술을 마시다가 나카오카는 서글픈 얼굴로 술잔을 하늘에 있는 넋에 바치며 중얼거리면서 눈물을 흘렸다.

“그대가 만약 지상에 없었던들 조슈는 전혀 별개의 것이 되어 있었으리라.”

나카오카는 산조와 이와쿠라의 제휴 공작을 료마에게 대충 털어 놓았다.

“산조는 승낙했나?”

료마는 눈이 휘둥그레진다.

료마가 느낀 바로는, 사쓰마 조슈의 비밀동맹 체결로 역사는 유신을 향하여 크게 첫걸음을 내디딘 셈이었다. 그 두 번째 걸음은 산조와 이와쿠라의 제휴라고 할 수 있을 것이다.

산조 사네토미 같은 단순한 과격파 인사들만 가지고는 궁중 개혁은 어려우리라는 것이 료마의 생각이었다. 그들이 필요했던 것은 혁명의 첫 실마리였다. 지금은 바야흐로 이와쿠라와 같은 탁월한 모사가 필요한 때였다.

나카오카 신타로가 교토에 잠입한 것은 게이오 3년 3월 21일이었다.

시중에는 아이즈(會津) 번사와 신센조들이 창날을 번뜩이며 순시하고 있었다.

후시미를 거쳐 교토로 들어가자, 대불(大佛) 앞에서 신센조 순찰대의 검문을 받았다.

"어느 번이시오?"

신센조 대원이 물었다.

나카오카의 침착성은 정평이 있었다. 상대방의 얼굴을 빤히 들여다 본 후 나직이 짧게 대답했다.

"사쓰마."

긴 말을 하면 도사 번의 사투리가 드러날지도 모르기 때문이다.

"성함은?"

신센조는 맨 처음 출발은 낭인들의 결사였으나, 막부기관인 교토 수호직 소속이어서 법률상으로 낭낭한 경찰권을 가지고 있었다. 따리서 그런 질문에 대답하지 않을 수 없었다.

"이시카와 세이노스케(石川淸之助)."

나카오카가 늘 쓰는 가명의 하나였다.

"어디서 왔고 어디로 가는 길이시오?"

"오사카. 이제부터 사쓰마 번저로."

"사쓰마 번저는?"

"니혼마쓰(二本松)."

천천히 걸음을 옮겼다. 신센조는 다소 석연치 않은 점이 있기는 했으나, 사쓰마 번사라고 자처하는 자를 함부로 칠 수 없는 일이다.

기온(祇園) 돌층대 밑에서 나카오카는 순찰대의 심문을 받았다. 그 패는 신센조와는 달리 대원을 막부 신하의 자제들 가운데서 채용하는 것을 원칙으로 하고 있는 순찰대여서 태도도 몹시 오만했고, 대의 통솔면도 신센조처럼 정연한 것이 아니었다.

"당신, 어디서 왔소?"

하는 식으로, 턱짓을 하며 묻는 것이다.

"사쓰마."

여기서도 나카오카의 대답은 짤막했다. 사쓰마 번에 대해서는 막부도 눈치만을 보고 있는 때라, 이 번명은 무슨 부적 같은 효험이 있었다.

"실례하오."

나카오카는 태연하게 지나쳤다. 솔직히 말해서 호랑이 입을 빠져나가는 것 같은 느낌이었다.

'아직 죽을 수는 없다.'

나카오카의 가슴에는 세상을 뒤엎을 비책이 있었다. 그 비책이 결실을 맺게 하여 역사의 대전환을 가져 오게 하지 않는 한, 죽어도 눈을 감을 수가 없는 것이다.

'다카스기는 복받은 친구다……'

이런 때는 늘 그 생각을 했다. 다카스기 신사쿠는 그의 역사적 역할을 마치고 승천했다는 느낌이 드는 것이다.

'나는 이제부터다.'

나카오카는 그렇게 생각하고 있다. 분큐 3년에 도사 번을 탈번한 이래, 즐풍목우(櫛風沐雨)와 같이 오랜 세월 객지에서 떠도는 생활을 계속해 왔지만, 그가 구상하고 있는 새로운 역사를 탄생시키는 일은 바로 이제부터인 것이다.

교토의 거리를 북쪽으로 이윽고 니혼마쓰(二本松)의 사쓰마 번저로 들어갔다.

"나요."

문지기에게 가볍게 인사하고, 나카오카는 성큼성큼 안으로 들어간다.

여기서 하룻밤을 묵으며 번저의 동지들과 이와쿠라 마을에 잠입할 방법을 의논해 봤으나, 이와쿠라 마을은 막부측의 경계가 오히려 시중보다도 더 삼엄하여 어렵다는 대답뿐이었다.

여기서 나카오카가 어떤 방법으로 이와쿠라 마을에 잠입했는가를 자세히 설명한다는 것은 다소 번거로운 일이다. 길은 있기 마련인 것이다.

"마에다 우다(前田雅樂)라는 사람이 있소."

사쓰마 번사 다카사키 사타로(高崎佐太郎)가 말했다. 마에다 우다는 궁중에서 일을 보고 있는 사람이다.

이와쿠라 도모미와 뜻이 통하는 인물이어서, 이와쿠라는 교토에 볼 일이 있을 때는 이 마에다 우다의 집을 연락 장소로 삼고 있었다. 물론 이와쿠라는 선황제로부터 징계를 받고 있는 몸이라 자신이 교토에 들어갈 수 없었다.

이와쿠라의 충복이며, 이와쿠라 마을의 농부의 아들인 요조(與三)라는 젊은 이가 밀사 역할을 하여 마에다의 집으로 오는 것이다.

"요조가 와 있으면, 연락을 할 수 있소."

다카사키는 나카오카를 데리고 마에다 우다의 집으로 갔다. 그들이 온 뜻을 전하고 있는데, 마침 수건을 쓴 농부 차림을 한 요조가 부엌 쪽으로 나타났다.

'운이 좋은 걸.'

나카오카는 가슴마저 설레는 듯했다. 하늘이 돕는 것이라고 생각했다. 이 한 가지 일로 자신이 품고 있는 비책이 운수대통하는 열쇠가 되는 것이 아닌가 하는 생각마저 들었다.

"요조, 부탁한다."

나카오카는 잠입을 도와 줄 것을 간청했다.

"해 보겠습니다."

요조는 긴장된 얼굴로 말했다. 이 젊은이는 만일 일이 탄로난다면, 목숨을 내놓아야 하는 것이다.

다음날 저녁, 나카오카는 어스름을 틈타 니혼마쓰의 사쓰마 번 저택을 나섰다.

교토를 벗어나 다나카(田中) 마을까지 오자 낙조의 붉은빛마저 사라지고, 그는 별빛만 가득한 길을 걸어갔다.

들길이다. 짚신 끝으로 가까스로 길을 찾으며 걸어간다. 초롱불도 켤 수 없었다. 혹시 자객이 따르고 있을지도 모른다는 점을 그는 염려한 것이다.

"도사의 별은 좀더 컸던 것 같은데…… ?"

나카오카는 원망스럽게 하늘을 우러러 봤다. 교토의 별은 작았다. 이 고장은 남국인 고향에 비해 습도가 높은 탓일까? 나카오카는 문득 고향에 남겨 두고 온 늙으신 아버지와 아내를 생각했다.

숲이 우거진 가미가모 마을(上賀茂村)을 지나면 마쓰사키 마을(松崎村), 다시 그곳을 지나니 고갯길이 나타났다.

여우고개라는 곳이었다.

옛 노래에도 나오는 고개로, 지금도 그 이름처럼 흔히 여우가 나타난다고 한다. 이 고개까지 오면 이제 이와쿠라 마을은 멀지 않았다.

나카오카는 고개 중턱에서 쉬기로 하고, 대로 만든 물통을 꺼내서 물을 마셨다.

 "나리."

 기어오듯이 다가오는 그림자가 있었다. 요조였다.

 "잘됐나?"

 "예."

 막부는 이와쿠라 도모미가 살고 있는 농가에서 길 건너 저 편에 감시소를 두고, 아이즈 번사 몇 명을 감시인으로 배치하고 있었다. 요조는 그들에게 이와쿠라의 단도(短刀)를 판 돈으로 술을 사다 주어, 지금 한창 마시고 있는 중이라고 한다.

 나카오카는 요조의 안내를 받아 이와쿠라 마을로 들어갔다. 언덕으로 둘러싸인 평범한 마을이었으나, 어쩌면 이 마을은 장차 유신 개혁의 중심대가 될지도 모를 일이었다.


 이와쿠라 도모미의 은둔처는 북쪽이 밭으로 되어 있었다. 남쪽은 쓰러져 가는 대문이 길과 접해 있었고, 삼나무 울타리 너머로 히에이 산(比叡山)이 바라다 보인다. 택지는 예상외로 넓어서 4백 평은 됨직했다.

 집둘레는 진흙담으로 둘러싸여 있었다. 군데군데 무너지기도 했고 일부는 삼나무 울타리로 되어 있다.

 그 삼나무 울타리 사이로 나카오카는 개처럼 기어 들어갔다.

 집은 초라했다.

 마을 농부가 은둔처로 지은 집이어서 육조, 사조 반, 삼조의 세 방밖에는 없었다. 삼조 방은 충복 요조가, 육조 방에서는 주인인 이와쿠라가 기거하고 있는 듯했다.

 '이것이 전 중장의 거처란 말인가?'

 그런 생각을 하니 아무리 선제의 노여움을 산 죄인이기는 해도 나카오카는 동정을 금할 수 없었다.

 다행히 택지가 넓어서, 이와쿠라는 그 일부를 손수 일구어 야채를 심어 먹는다고 했다.

 수입은 물론 거의 없었다. 원래 녹봉은 150석이지만 실수입은 그 4할밖에는 안 된다. 그 정도의 수입으로 교토의 식구들이 살고 이곳까지 치다꺼리를 한다는 것은 여간 어려운 일이 아니었다.

이와쿠라는 술을 좋아했다. 매일 세 차례 반 홉씩 술을 마셨다. 안주는 요조의 말에 의하면 두부뿐일 때가 대부분이라고 했다.

생선을 좋아하는 듯했다.

그러나 매일같이 생선을 살 여유가 없기 때문에 요조가 강에서 잡아 오기도 했다. 이따금씩 교토에서 찾아오곤 하는 아들 가네마루(周丸)와 야치마루(八千丸) 형제는 이곳에 오면 종일 강에 나가서 고기를 낚아, 부친의 식탁을 푸짐하게 해주고 있었다.

나카오카는 어제 마에다 우다의 집에서 요조를 만났을 때 이와쿠라의 일상생활을 들은 바 있다.

이와쿠라는 자객의 습격에 대비하여, 해가 지면 문단속을 엄중히 하곤 했다. 그러던 어느 여름날 밤, 요조에게 안마를 받다가, 둘 다 깜짝 졸아 버려서 주종은 겹쳐지듯 쓰러진 채 그대로 잠이 든 일이 있었다.

——그래서?

나카오카는 물었으나 그 뒷이야기는 싱거웠나. 밤 1시가 지났을 무렵에야 문득 잠에서 깨어 둘이 허둥지둥 더듬어 가며 문을 잠갔다고 한다.

바람이 휘몰아치는 날도 있었다. 분큐 3년 9월의 어느 날 오후 갑자기 폭풍우가 몰려 왔다. 방문을 모두 열어 놓았던 참이라 이와쿠라도 요조도 당황했다.

미닫이고 그 밖의 문이고 모두 날아가 버리고 말았으나, 이와쿠라와 요조는 방안을 미친 듯이 뛰어다니며 문서를 손으로 붙잡고 발로 누르고 나중에는 온 몸으로 눌러 덮어 날아가지 못하도록 안간힘을 썼다. 비밀 서류가 분실될까 두려웠던 것이다.

'흐음, 과연 초야에 묻힌 생활이군.'

나카오카는 그런 생각을 했다.

초야에 묻혔다는 말이 나왔으니 말인데, 이와쿠라는 병적으로 천둥을 무서워했다. 그토록 담력을 지닌 인물이 천둥을 무서워한다는 것은 애교라고도 할 수 있긴 하지만, 천둥이 울릴 때는 요조가 어지간히 혼이 나곤 하는 모양이었다. 급히 모기장을 치고 그 안에 이와쿠라를 집어넣고는 이불을 덮어씌운 뒤, 천둥이 그칠 때까지 기다린다고 한다.

"이리 오십시오."

삼나무 울타리로 기어들어 온 요조가 어둠 속을 걷기 시작했다.

집으로 다가가자, 길 건너 저편에서 감시하고 있는 아이즈 번 감시원들의 눈을 속이기 위해서인지 덧문이 꼭꼭 닫혀 있었다.

집안 역시 등불마저 켜고 있지 않는 듯, 문틈으로 새어나오는 불빛도 없었다.

"고쇼(御所)님, 고쇼님!"

요조는 문틈에 입을 대고 불렀다. 고쇼님이란 교토 사람들의 공경(公卿)에 대한 경칭이다.

"기다려라. 곧 열 테니."

나지막한 소리가 안에서 들려 왔다. 이와쿠라의 목소리임이 틀림없었다.

이윽고 문이 빠끔히 열리기 시작했다. 그것이 석 자 가량 열렸을 때, 안에 있는 검은 그림자가 착 가라앉은 소리로 물었다.

"도사 번의 나카오카 신타로인가?"

나카오카는 땅바닥에 무릎을 꿇고 머리를 숙였다.

"도사의 나카오카 신타로입니다."

역시 나지막했으나, 그다운 분명한 목소리로 자기소개를 했다.

"이름은 진작부터 듣고 있었다. 들어오너라."

'괴물이라는 소문을 들었는데……'

나카오카는 속으로 생각했다.

'목소리가 유난히 부드러운 걸.'

나카오카는 안으로 들어가자 칼을 마루에 끌러놓고 사조 반 방으로 들어갔다.

요조는 문을 다시 닫고 있었고 이와쿠라는 부싯돌로 불을 켜서 호롱에다 옮기고 있다.

"그 방은 좁다. 이리 오너라."

이와쿠라는 자기가 기거하는 방인 육조 방으로 나카오카를 불렀다.

"무슨 말씀을……."

사양해야 할 일이었다. 귀인에 대해서는 문지방을 사이에 두고 옆방에 앉는 것이 당연한 인사였다.

"죄인이다. 게다가 나무꾼의 오두막 같은 집이야. 동석을 허락한다."

이와쿠라는 노름꾼 두목 같은 파격적인 공경이었지만, 그러면서도 법도에는 꽤 까다로웠다. 그 이와쿠라가 그런 말을 한 것이다. 상좌와 하좌로 나누

어서 대담을 하게 되면 자연 말소리가 커지고 그것이 밖에 흘러나가지 않을
까, 이와쿠라는 염려한 것이었다.

"그럼 황송하오나……."

나카오카는 육조 방으로 들어갔다. 책이 도코노마에까지 가득히 쌓여 있
었다.

'독서가인가?'

그렇게 생각했으나, 그렇지도 않다는 이야기를 그는 듣고 있었다.

이와쿠라는 20살이 되기 전, 궁중 강당에서 다른 공경의 자제들과 함께
공부를 하고 있었는데, 어느 날 후쿠와라 센메이(伏原宣明)의 '춘추좌전' 강
의가 있었을 때 동년배인 나카미카도 쓰네유키(中御門經之)를 붙들고 말했
다.

——우리 장기나 두자.

그러더니 품속에서 손수 종이에 그린 장기판을 꺼내 놓았다. 착실한 학생
이었던 나카미카도는 질겁을 하며 나무랐다.

"지금 선생님이 강의하시는 중이 아닌가? 어째서 공부를 게을리하는 건
가?"

이와쿠라는 코웃음 치며 말했다.

"난 이미 춘추의 대의를 이해하고 있어, 그런 건 대의만 알면 그만이다.
나머지 시시한 자구 해석이야 외어 본들 무슨 소용이란 말인가? 그보다도
장기나 두어 지략을 다투는 것이 훨씬 현명하다."

요컨대 그런 사나이라 학문은 그리 좋아하는 편이 아닌 것이다.


'믿음직한 얼굴이다.'

나카오카는 반한 듯이 이와쿠라를 물끄러미 바라보았다.

머리는 까까중이었다. 눈까풀은 엷고 두 눈은 번뜩이는 빛을 띠고 있다.
큼직한 입을 한일자로 꾹 다문 것이 어딘가 조개치레를 닮은 모습이다. 나이
는 마흔 두셋쯤 됐으리라.

'이런 사람이 공경이었던가?'

싶을 만큼 이와쿠라는 그 출신 계급과는 동떨어진 인상을 주고 있었다.

특이한 상(相)이었다. 좀처럼 그런 얼굴이 있을 것 같지 않았다. 그런 얼
굴을 가진 자의 역할은 공경이나 영주 따위가 아니라 노름꾼이나 흥행사의

두목이면 알맞을 것 같았다.

　하기는 한때 이와쿠라는 정말 집 한 귀퉁이를 노름꾼에게 빌려 주어 노름판을 벌이게 하고 거기서 뜯어내는 돈으로 살아 간 일도 있다는 이야기를 나카오카는 들은 일이 있었다.

　"잘 왔네."

　이와쿠라는 그 얼굴을 웃음으로 누그러뜨렸다.

　이와쿠라는 나카오카의 이름은 물론 그 업적에 대해서도 자세히 알고 있었다. 미도 탈번자 가가와 게이조나 도사의 오하시 신조 등이 몰래 이곳을 찾아와 천하의 정세와 지사들의 동향을 얘기해 주곤 했기 때문이리라.

　"오늘 밤은 날이 새도록 이야기를 나누어 보세."

　이와쿠라는 일어나 부엌으로 가더니, 이윽고 큼직한 술병과 찻잔을 들고 들어왔다. 그 뒤로 요조가 오징어를 가지고 따라 들어왔다.

　"도사 번 사람들은 술이 세다고 하던데, 그대는 주량이 얼마나 되나?"

　"예, 별로……."

　나카오카는 쓴웃음을 지었다. 료마도 나카오카도, 주량으로는 다른 동향인들보다 많이 뒤떨어진다.

　"좌석에서도 각각 버릇이 다르다더군. 사쓰마 사람들은 기녀들과 즐겁게
　놀고 조슈 사람들은 눈을 부릅뜨고 시를 읊고, 도사 사람들은 입에 거품을
　물고 토론을 한다고 말이지."

　"재주가 없는 탓이 아니겠습니까?"

　나카오카는 더욱 쓴웃음을 짓지 않을 수 없었다. 도사 번은 왕조의 그 옛날부터 도깨비나라(鬼國)란 말을 들어 왔다. 사람보다도 도깨비들이나 사는 고장처럼 생각되었을 만큼 교토문화의 혜택은 받지 못하고 있던 것이다.

　"어쩌면 그 말투에도 이유가 있을 테지."

　이와쿠라가 말했다. 이와쿠라는 도사 말을 잘 알고 있었다. 도사 사투리는 발음이 분명할 뿐 아니라, 교토나 오사카의 말처럼 뜻은 분명치 않고 정감만을 전하는 말이 적었다. 그 점이 내용을 논리적으로 늘어놓기 좋은 유일한 방언이라고 할 수 있었다.

　"도사 번 출신의 논객이 많은 것도 그 때문인지도 모르지."

　이와쿠라는 말했다.

　그 다음부터 시국 이야기로 옮아갔다. 이와쿠라의 말은 명백히 정권탈취

론이었으며, 도쿠가와 가문 타도론이었다.

"안세이(安政) 이전에는 나도 막부지지파였다. 막부가 일본 정권과 무권을 장악하고 있는 이상, 이 나라를 외세로부터 지키려면 막부를 도울 수밖에 없다고 생각했기 때문이야. 그러나 지금은 정세가 다르다. 막부는 이미 그 힘을 상실했고, 오히려 그 존재가 일본의 존립에 거치적거리는 것이 되어 가고 있다. 잘라 버리지 않으면 이 나라는 멸망할 수밖에 없다."

그런 뜻의 말을 이와쿠라는 여러 가지 예증을 들어가면서 자세히 말하는 것이었다.


"멀리서 개가 짖어대는 격이지만……."

이와쿠라는 말했다.

"이 벽촌에서 집 안에만 틀어박혀 있는 지난 몇 해 동안, 약간의 소감을 글로 옮겨 여러 차례 궁중의 유지들에게 보내기도 했다."

소감이란 시국수습책이었다. 이와쿠라는 그중 누세 가지들 나카오카에게 보여주기도 했다. 그 모두가 눈부시게 빛나는 탁견(卓見)으로 가득찬 것이었고, 논지 또한 명쾌했다.

'세상에 이런 인물이 있었던가?'

나카오카는 새삼스럽게 이와쿠라의 그 까까중 모습을 다시 보지 않을 수 없었다.

논문에 대해서도 그랬지만 나카오카가 무엇보다도 탄복한 것은, 이와쿠라가 이렇듯 틀어박혀 있는 동안에도 그 두뇌와 신경의 활동을 쉬지 않고 있었다는 점이었다. 그 한 가지 사실만으로도, 이와쿠라가 범상한 인물이 아님을 알 수 있었다.

'보통 사람 같으면 세상을 비관하여 재주를 숨기고 한숨만 내쉬거나, 크게 깨닫거나 한 것처럼 무위도식했으리라…… 요컨대 잠자코 있을 수 없는 성미인 것 같다.'

그 잠자코 있을 수 없는 행동적인 성격이야말로 오늘날의 풍운이 요구하고 있는 성격인 것이다.

"늘 그런 생각만 하고 계시는 겁니까?"

"때로는 기가 죽을 때도 있지. 자꾸만 잦아드는 것 같은 답답한 그 심정은 이렇게 집 안에만 틀어박혀 본 일이 없는 사람은 모를 걸세. 열흘에 한 번

꼴로 그런 심정이 엄습하곤 해서, 숫제 죽어버리려고 한 때도 있네.”
“그런 때는 어떤 방법으로 자신을 구하십니까.”
“별 도리 없지. 하지만!”
이와쿠라는 손을 등 뒤로 돌리더니, 쌓아올린 책 위에서 손수 꿰맨 것 같은 책 한 권을 집어 들었다.
이와쿠라 자신이 스스로를 위해 편집한 시가의 발췌장이었다. 시가는 모두 남의 작품들이었다.
그 작자들은 모두 죽은 사람이었다. 그리고 그 전부가 나랏일을 위해 쓰러진 근왕지사들인 것이다.
“이것을 읽으면서 내 속에 있는 뇌괴(磊塊)를 달래곤 하네.”
이와쿠라는 말했다. 뇌괴란 돌덩어리란 말이다. 장부의 뱃속에는 모두 뇌괴가 있다고 옛 중국인들은 말했다. 남자가 물을 마시는 것은 그것을 태우기 위한 것이라고 한다. 울분이라고 해도 좋으리라.
나카오카가 놀라지 않을 수 없었던 것은 그 죽은 지사들의 이름이, 이와쿠라와는 반대 입장에 있었던 이른바 과격파 지사들의 이름뿐이라는 점이었다. 데라다야(寺田屋) 소동 때 죽은 사쓰마 사람 아리마 신시치(有馬新七), 덴추조(天誅組) 관계로 죽은 후지모토 뎃세키(藤本鐵石), 하마구리 궁문(蛤御門) 변란 때의 마키 이즈미(眞木和泉)와 구사카 겐즈이(久坂玄瑞) 등 대충 훑어봐도 30여 명의 이름이 있었다.
‘이와쿠라의 진심은 의심할 여지가 없다.’
나카오카는 그렇게 보았다. 이야기 도중에 본론으로 들어가, 그는 진수부에서 칩거중인 산조 사네토미와 협력해 줄 것을 부탁하며, 산조의 편지를 내놓았다.
읽고 나서 이와쿠라는 눈물을 글썽이며 말했다.
“이미 사쓰마 조슈가 연합했고, 이제 다시 산조경과 내가 제휴하게 되니, 천하지사는 이미 이루어진 것과 다름없다.”


그들의 대화는 반드시 딱딱한 화제만은 아니었다.
이와쿠라는 그런 딱딱한 화제에 거치면 갑자기 말머리를 돌려서 무해무득한 마을 이야기를 늘어놓아, 평소에 좀처럼 웃는 일이 없는 나카오카가 배를 움켜쥐게 했다.

"시골은 시골대로 재미있는 일이 있는 걸세"

이와쿠라는 말했다. 이와쿠라와 같은 공경의 눈으로 보면 무지몽매한 미천한 자들의 생활에도 말할 수 없는 어떤 맛이 있는 것이다.

"여기서 조금 떨어진 곳에 하나조노(花園)라는 촌락이 있네. 그곳에 구베에(九兵衞)라는 늙은 농부가 살고 있는데, 이 늙은이가 형편없는 귀머거리야."

하나조노 마을의 구베에는 이와쿠라가 어렸을 때 젖을 먹여 준 유모의 남편이었다. 이와쿠라는 한때 근왕파의 자객들에 의해 이 은둔처가 습격 받을 염려가 있자, 그 하나조노 마을 구베에의 집에 가서 몸을 숨긴 일이 있었다.

"그 무렵은 말할 수 없이 지루했네."

이와쿠라는 말했다. 하도 답답해서 종일토록 구베에 곁에 붙어 앉아 있었다.

"구베에는 나이는 많았어도 아주 바빴지. 매일 같이 벼 낟가리 곁에 나가서 새끼를 꼬는 거야. 나는 또 그 곁에 붙어서 진종일 구베에와 잡담을 나누곤 했지."

"허어……."

귀머거리를 상대로 해서 잡담이라도 하지 않을 수 없을 만큼 이와쿠라는 고독했던 것이리라. 하기는 구베에는 이와쿠라를 어렸을 때부터 알고 있는 노인이라, 이와쿠라로서는 누구보다도 마음 놓을 수 있는 대상이기도 했다.

"구베에는 무식하고 완고한 농부지만 오랜 세월 갖은 풍상을 다 겪었기 때문에 그 외모에는 공경이나 영주 따위보다도 훨씬 무게가 엿보였네. 말하자면 관록이라고 할까……."

"그래서요?"

"어느 날, 여느 때처럼 새끼를 꼬고 있는 구베에 곁에서 애기를 하고 있자, 뜰에서 놀고 있던 수탉 대여섯 마리가 때를 알리기 위해서 한바탕 울어 대더군."

그때 구베에는 천천히 닭들을 향해 고개를 돌리더니 한어(漢語)를 섞어 가면서 중얼거렸다.

"세월이 흐르면 세상사도 모두 예전과 달라지는 모양이지요."

무슨 말을 하는 걸까 하고 이와쿠라는 귀를 기울였다.

"제가 젊었을 때만 해도 닭이 울면 반드시 '꼬끼요' 하는 소리를 내곤 했었지요. 한데 요즘 닭들은 모두 입만 벌릴 뿐 소리를 안낸단 말씀예요."

요컨대 구베에는 자신이 귀가 먹었다는 것을 잊어버리고 있었던 것이다.

"정말 재미있는 말씀입니다."

나카오카는 큰 소리로 웃어 젖혔다. 고집덩어리 구베에의 모습이 눈앞에 선히 보이는 듯했다.

"양민들 가운데도 멋들어진 녀석들이 있어"

이와쿠라도 큰 소리로 웃었다.

"세상에는 만사 그런 식으로 생각하는 사람이 얼마든지 있다는 것을 깨달았네. 만약 내가 그대로 궁중 생활을 계속했다면 그런 것은 모르고 말았을 거야. 이 은둔처에서의 생활도 많은 도움이 되고 있네."

이와쿠라도 이야기를 하면서 나카오카의 사람됨을 계속 관찰하고 있었다.

'강직한 지사인 것 같다.'

처음에는 나카오카의 외모로부터 그런 인상을 받았으나, 차차 그것뿐이 아니라는 것을 알기 시작했다. 나카오카가 가지고 있는 예민한 시대감각과 과단한 성격, 그리고 이와쿠라의 말에 대한 이해력 속도, 그에 적응해서 다른 이론을 전개하는 그 재치, 이와쿠라는 완전히 탄복하였다.

'능히 더불어 일을 꾀할 수 있는 인물이다.'

일단 그렇게 생각하자 이와쿠라는 아무한테도 말한 일이 없는 비밀 중의 비밀을 선선히 밝혔다.

이와쿠라는 보통 인물이 아니었다. 칩거중에도 그는 적당한 연줄을 통해서 계속 의견서를 써 보냈음은 이미 말한 바 있다.

이와쿠라의 연줄이라면 궁중인으로서는 나카미카도 쓰네유키가 있다. 쓰네유키와 이와쿠라는 죽마지우라는 것도 이미 말했다.

쓰네유키는 성실한 것만이 유일한 장점인 평범한 공경이지만, 무엇보다도 그는 죽마지우인 이와쿠라를 존경하여, 이와쿠라의 말이라면 무엇이든지 들었다.

이 쓰네유키가 멀리 이와쿠라 마을에서 보내오는 통신을 받아서는 그 지시대로 궁중에서 움직이고 있는 것이다.

그런 때 고메이 천황이 돌아가신 중대 사태가 일어났다. 이와쿠라는 그 소식을 들었을 때 크게 슬퍼했으나, 동시에 자신의 정치적 부활의 날이 다가왔음을 느꼈다.

‘내가 조정에 들어서지 않으면 천하의 혼란을 구할 수 없다.’

그런 단호한 결의가 이와쿠라의 가슴에 끓어올라, 나카미카도 쓰네유키 앞으로 몇 번이고 밀서를 보냈다. 충복 요조는 연거푸 교토에 잠입했다.

우선 이와쿠라가 박아 놓은 최초의 말뚝은 어린 천황의 후견인을 두는 것이었다.

조정의 최고관은 간파쿠(關白)이다. 천황이 성인일 때는 간파쿠만으로 충분하지만, 어릴 때는 신변에서 부축하며 천황의 업적을 돕는 친권자와 같은 존재가 필요하다는 것이 이와쿠라의 의견이었다.

‘그 친권자 역할을 하는 공경만 우리 진영에 끌어들이면 조정에서의 일은 뜻대로 된다.’

그렇게 이와쿠라는 생각했다. 왜냐하면 그 친권자적 인물이 어린 천황의 손을 부축하고 옥새를 찍게만 하면 칙서는 순식간에 만들어지기 때문이다. 이를테면 막부 타도의 칙서도 눈 깜짝할 사이에 만들어질 수 있는 것이다.

이와쿠라는 물론 그런 저의는 별문제로 하고, 성실한 나카미카도 쓰네유키에 대해서는 정면적인 이론을 내세워 그 대부(大傅―후견자)의 필요성을 역설했다.

“그런 역할에는 폐문중인 전(前) 태정차관(太政次官) 나카야마 다다야스(中山忠能) 경이야 말로 최적임자다. 그 사람을 내놓고는 알맞은 사람이 없다.”

나카야마 다다야스는 어린 천황(메이지 천황)의 외조부에 해당한다. 다다야스의 딸 요시코(慶子)가 천황을 낳고, 천황이 아직 사치노미야(裕宮)라고 불리고 있던 어렸을 때부터 최근에 이르기까지, 나카야마의 저택에서 자라온 것이다.

적임자임에는 틀림없으리라. 이와쿠라는 나카야마 다다야스와는 교분이 없었지만 다다야스에게 은혜를 입혀두면 자신의 복직도 가능하리라고 보았다.

일은 이와쿠라의 뜻대로 되어, 다다야스가 어린 황제를 곁에서 모시게 되었다.

혁명이란 어떤 의미에서는 가장 거창한 음모라고 할 수 있다. 그것을 단행하려는 측에서는 신과 같은 음모의 천재가 필요했다.

'이와쿠라 도모미경이야말로……'

나카오카는 이런 생각을 했었는데 그 예상을 능가하는 모재(謀才)를, 이 까까머리의 공경은 지니고 있었다. 전신이 담략으로 이루어진 것 같은 느낌이었다.

일본의 경우, 아득한 옛날인 다이카 개신(大化改新)이래, 정치, 사회의 대변혁은 모두 천황의 칙명을 얻음으로써 새로운 세력은 안정을 구할 수 있었다. 동시에 그들의 적은 역적으로서, 이를 토벌한다는 예가 되풀이되어 온 것이다.

이 때문에 회천을 계획하는 측은 천하 개혁에 필요한 정세와 군사력을 정비하는 한편, 궁중을 장악하지 않으면 안 된다. 칙명을 얻어 적을 반역자로서 토벌하기 위해서다.

도요토미 히데요시(豊臣秀吉)는 간파쿠가 됨으로써 일본의 통치자로서의 자격을 얻었고, 도쿠가와 이에야스는 정이대장군이란 천황의 명령을 받음으로써 일본의 통치자가 될 수 있었다. 에도 중기의 정치철학자 아라이 하쿠세키(新井白石)는 장군이야말로 황제라는 뜻의 말을 한 적이 있지만, '황제'가 되기 위해서는 교토의 천황 집안의 승인이 필요한 것이다.

그러나 지금과 같은 막부 말기 정세 아래에서는 막부 타도파가 천황의 승낙을 얻는다는 것은 불가능한 일에 가까웠다.

왜냐하면 일본 역사를 돌이켜보면, 조정은 항상 무력이 우세한 편에 칙명을 내려온 것이다.

겐페이 전(源平戰) 당시의 경우만 해도 미나모도(源)쪽의 군사력이 교토에서 과소평가되고 있을 때는 다이라(平)쪽이 관군이었고, 다이라쪽의 군사력이 쇠약해졌을 때는 미나모도쪽이 관군이 되었다.

그러나 지금은 상황이 달랐다.

도막파는 삼백 제후 중에서 불과 사쓰마, 조슈의 두 번(藩)뿐인 것이다.

도쿠가와 막부는 정치 능력이 쇠약했다고는 해도, 군사력은 아직 국제적으로 공인된 일본 정부로서 당당한 위용을 갖추고 있었다. 설혹 3백 제후의 응원을 빌지 않더라도, 막부의 영지는 4백만 석이라고 일컬어지는 점으로 봐도, 사쓰마 조슈 두 번의 실력과는 비교조차 되지 않는 것이다.

이런 실력 비율로 보아 조정에 막부파 공경들이 압도적으로 많은 것은 당연했다. 그들은 항상 센 편에 붙는 것이다.

그것이 바로 곤란한 점이다.

──공경들이 미약한 막부타도파 측에 과연 가담할 것인가?

하기는 무슨 일이 있든지 가담시키지 않으면, 안세이 이래 역사 위에 무수히 쓰러져 온 지사들의 넋도 달랠 길이 없고, 유신 개혁의 꿈도 실현될 수 없는 것이다.

"그러니까 계책이 필요한 거다."

이와쿠라는 눈을 번뜩이며 끄덕임으로써 나카오카를 안심시켰다.

"조정에 관한 일은 나한테 맡겨 주기 바란다. 그러기 위해서는 내 자신, 궁중으로 돌아가지 않고는 암만해도 불편해서 안 되겠는데……."

실은 그 방면의 계책도 착착 진행중이라고 했다. 이와쿠라는 친구 나카미카도 쓰네유키의 활약을 통해서, 선황제의 노여움을 사고 폐문중인 많은 공경들을 소성에 복귀시켜 준 것이다. 그들은 흑막 뒤의 이와쿠리에 대한 은혜를 느끼고 있어, 머지않아 이와쿠라 자신도 사면될 희망이 보이기 시작하고 있다고 했다.

# 교토의 한길

료마는 나가사키에.

나카오카는 격동하는 교토에 있다.

나카오카 신타로의 교토 풍운 속에서의 움직임을 더듬어 보고자 한다.

"나카오카에게는 내가 흉내 낼 수 없는 것이 있다."

료마는 늘 그런 말을 하고 있었다.

세부적이고 구체적인 정치 운동이었다. 이를테면 료마는 도사 번을 뛰쳐 나온 후 도사 번의 상류 인사들과는 진지하게 대할 생각조차 안했지만 나카오카는 그렇지 않았다. 오히려 그는 도사 번을 움직이려 했고, 일개촌장 출신이면서도 노공 요도를 배알한 바 있으며, 또한 노공이 총애하고 있는 젊은 수재 관료들과도 접촉하여 그들의 사상을 전환시키고 그들의 정열에 새로운 반향을 주었다. 이런 점, 료마로서는 해 낼 수 있는 일이 아니었다. 나카오카 신타로야말로 실무가적인 혁명가로 태어난, 보기 드문 유형에 속하는 인물이리라.

요도 측근의 젊은 수재 관료들은 거의 모두 나카오카에 의해 감화되었고, 나카오카를 사실상의 스승처럼 대접하기 시작하고 있었다. 하기는 신분상의 관념이 까다로운 도사 번이니만큼 그들 상급 무사들은 여전히 "나카오카" 하고 이름을 막 부르기는 했지만, 그들의 태도는 나카오카를 존경하고 손위의 사람처럼 여기고 있는 듯했다.

그들의 중심적인 인물은 이누이 다이스케, 오가사와라 다다하치(小笠原唯八), 후쿠오카 도지, 다니 모리베(谷守部), 데라무라 사젠(寺村左膳) 등 근왕파 5명이었다. 나카오카는 그들을 통해서 도사 번 24만 석을 움직이려는 계획이었다.

움직인다는 것에 대한 나카오카의 최종 목적은 오로지 하나뿐이다. 어디까지나 유혈 혁명이라는 방식을 견지하고 있는 그는 도사 번을 사쓰마 조슈 양 번과 더불어 막부 타도의 전선에 내세우려는 것이었다.

이와쿠라 마을에서 돌아온 나카오카가 현 단계로서 가장 큰 관심을 기울이고 있는 것은 '사현후 회의'라는 것이었다. 그 무렵 이미 사쓰마 번의 시마쓰 히사미쓰는, 그가 자랑하는 서양식 보병 6개 대대와 서양식 포병 1개 대대를 기느리고 포치(砲車) 소리도 드높이 교토에 들어와 있었던 것이다.

에치젠의 마쓰다이라 슌가쿠는 이미 교토에 와 있었으며, 태도가 모호했던 이요 우와지마 번주인 다테 무네노리마저 들어와 있었다.

요도만이 아직 와 있지 않았다.

'여전히 속을 썩이는 양반이군.'

나카오카는 초조감을 금치 못하고 있었다.

어쩌면 막부 말기 당시 누구보다도 시문에 뛰어났을 요도는 일찍부터 근왕 사상에 눈뜨고 있었으나 그 사상은 막부 타도에까지는 이르지 않고 있었다. 도사의 야마노우치 가문은 그 창립 당시 이에야스의 은혜를 입은 바 크다는 것이 이유였다.

그 때문에 요도는 교토의 지사들로부터 '취하면 근왕, 깨고 나면 좌막'이라는 뒷공론을 듣고 있었다. 따라서 이 사현후 회의에서도 어떤 언동으로 나올지 아무도 예측할 수 없었다.

'그건 그렇고, 나는 서둘러야 할 일이 있다.'

재야 혁명군을 만드는 일이었다. 료마와 약속한 육원대(陸援隊)가 바로 그것이다.

이와쿠라 마을에서 교토로 돌아온 나카오카는 분주히 돌아다니고 있었다.

사쓰마 번저로 가서 사이고와 만나 이와쿠라의 인상을 이야기하고 앞으로의 방책을 협의한 뒤, 다시 도사 번저로 가서 오가사와라 다다하치 등과 요도 공에 관한 의논을 하기도 했다.

그동안 시중에서 몇 차례인가 신센조와 아이즈 번 순찰대를 만났다. 그들은 이 살결이 거무스름하고 눈썹이 날카롭게 치켜 올라간, 첫눈에도 민첩해 보이는 무사가 마침내는 역사의 방향을 바꾸어 버리는 사나이가 되리라고는 물론 꿈에도 생각하지 못했다.

며칠 동안 내렸다그쳤다 하던 비가 이와쿠라에서 교토로 돌아온 지 사흘 만에야 개었다.

그동안 나카오카는 어떤 중요한 인물과 만나기 위한 통신을 교환하고 있었는데, 마침 상대방에게서 연락이 왔다.

──좋다. 오늘 낮 히가시 산의 스이코 관(翠紅館)에서 만나기로 하자. 미행자가 없도록 조심하도록 해라.

그는 아침에 니혼마쓰의 사쓰마 번저를 나섰다. 그곳은 지금으로 말하면 이마데 강(今出川) 부근, 도시샤 대학(同志社大學) 구내에 해당할 것이다.

나카오카는 하마구리 궁문 앞을 지나 가와라 거리(河原町)를 남쪽으로 빠져서 시조(四條)로 나와, 다시 동쪽으로 구부러졌다.

히가시 산의 아름다운 녹음이 눈앞에 펼쳐져 있었다. 산기슭에는 기온 사(祇園社)의 붉은 누문(樓門)이 여느 때 보다도 선명히 두드러져 보였다.

나카오카가 지금 찾아가고 있는 용건은 그 '중요 인물'로부터 사설 막부 토벌군인 육원대 편성을 위한 자금을 얻으려는 것이었다.

'천하 개혁의 대업은 과연 언제쯤 이루어질까?'

이토록 치밀한 계획 능력을 지닌 나카오카마저 이 생각을 하면 망연한 기분을 금할 수 없었다.

도쿠가와 막부는 그 권위가 일본 열도 구석구석에까지 미치고 있는, 300년이나 묵은 정권이다. 300년 동안 일본인에게는 막부가 하늘이요 땅이었다.

'그것을 내가 쓰러뜨리는 거다.'

이렇게 안간힘을 써 봤자, 하늘땅을 완력으로 쓰러뜨리는 것 같은 일이다.

'가능할까?'

이런 의문이 늘 그의 머리에서 떠나지 않고 있었다. 그러나 하지 않을 수 없는 일이다.

나카오카는 니혼마쓰를 나선 지 1시간쯤 후에 기온 사 남문쪽 고갯길에 다다랐다. 이때 갑자기 날씨가 험악해지며 장대 같은 빗줄기가 퍼붓기 시작했다.

남문 앞에는 단골로 드나드는 자그마한 찻집이 있었다. 니켄(二軒) 찻집이라고 불렸으며, 된장을 발라 구운 꼬치 두부가 맛있기로 이름난 곳이었다.

"비가 멎거든 나가시죠."

주인이 친절을 베풀어 주었으나, 우산만을 빌려 가지고 거기를 나섰다. 기요미즈(淸水)에 이르는 오솔길로 접어들자, 비는 우산살이 휘도록 더욱 세차게 퍼부어 댄다. 나카오카는 비바람을 무릅쓰고 걸어가면서 짧은 시를 읊었다.

빗속을 간다, 동지들과 더불어
서두는 나그네길 강을 건너서

서두르지 않으면 비를 맞지 않아도 되는 것을, 동지들과 함께 굳이 젖으며 강을 건너간다. 그것이 남자로서 바라는 바가 아니겠느냐는 뜻이었다.

나카오카가 가고 있는 스이코 관은 히가시 산중턱, 교토 거리를 한눈에 내려다볼 수 있는 경치 좋은 곳에 지어진 건물이었다. 나무숲이 우거지고 연못이 있는 넓은 정원이 특히 아름다웠다. 스이코 관은 니시혼간 사(西本願寺) 주지의 별장이었다. 막부 말기에 히가시혼간 사(東本願寺)는 막부파에 속하고 니시혼간사는 근왕파에 속했다.

이 때문에 니시혼간 사는 막부의 눈총을 받으면서도 지사들을 위해 자금을 대어 주기도 하고, 밀회를 위한 장소를 제공해 주기도 했다.

나카오카는 과거에도 스이코 관에서 사쓰마 조슈 도사의 지사들과 밀회를 한 적이 있었다. 료마와 가쓰라 고고로도 이 스이코 관에 발을 들여 놓은 적이 있다.

여담이지만 나카오카 등에게는 잊으려야 잊을 수 없는 이 건물도, 유신 후에는 임자가 바뀌어 효고 현(兵庫縣)의 재산가 사와노 데이시치(澤野定七) 씨의 소유가 됐으며, 다시 제2차 세계대전 후에는 오사카의 요정 경영자의 손으로 넘어가 지금은 여관이 되어 버렸다.

건물은 거의 옛 모습을 남기고 있지 않지만, 다만 정원 안의 높직한 바위 위에 있는 소요정(逍陽亭)이란 건물만은 유신 사적으로서 보존되어 있다.

나카오카는 기요미즈 산네이 고개(淸水産寧坂)를 올라가 스이코 관 정문 앞에 섰다.

문전의 고갯길은 계속 올라가면 히가시 산 서른여섯 봉우리의 하나인 료산(靈山)에 이른다. 나카오카는 죽은 뒤에 교토 내려다보이는 이 료산에 묻히게 되지만, 그때의 나카오카로서는 물론 알 까닭이 없는 일이었다.

"나요."

문을 두드렸다. 이윽고 쪽문이 열리자 그는 안으로 들어갔다. 곧 넓은 숲과 연못이 나타난다.

그 사이로 뻗은 고갯길을 올라 가, 그는 소요정으로 안내되었다.

약속한 인물이 술을 준비해 놓고 기다리고 있었다.

"오래간만이군."

반지르르하게 상투를 틀어 올린 40세 가량의 의젓한 무사가 말했다. 사치한 차림새가 대번(大藩)의 고위 가신 같은 인상이었다.

그 인물 역시 지사였다. 그러나 같은 지사들 사이에서도 그의 이름을 알고 있는 사람은 얼마 없었다.

"나는 이면에서 활동한다."

항상 그렇게만 말하고 있었다. 이름은 이타쿠라 지쿠젠노스케(板倉筑前介)라고 했다. 지쿠젠노스케라는 그 벼슬이름이 나타내듯이 공경을 섬기는 무사였다. 주가(主家)는 다이고(醍醐) 집안이었다.

원래는 에이 산(叡山)의 오오미(近江)쪽 기슭, 사카모토(板本)의 향사다. 일찍부터 근왕운동에 투신하여, 안세이 때 지사였던 야나가와 세이간(梁川星巖), 우메다 운핀(梅田雲濱) 등의 동지였던 것을 생각하면 나카오카보다는 훨씬 선배라고 해도 좋았고, 이타쿠라와 같은 시대의 동지들은 거의 죽고 없었다. 말하자면 초기 근왕운동 시대의 잔류자라고 할 수 있었다.

그 후 그는 조슈 사람들을 음으로 양으로 도와주고 있었으나 분큐 3년 막부에 의해 투옥되어 근래에야 겨우 출옥한 터였다.

본가는 사카모토에서 으뜸가는 부호였다. 그 돈은 교토에서의 활약에 거의 다 써 버리고 말았지만, 아직도 나카오카의 계획을 뒷받침할 정도의 돈은 있었던 모양이다.

"1천 3백 냥 준비해 뒀네."
이타쿠라는 태연히 말했다.


나카오카는 정세를 깊이 꿰뚫어보고 재빨리 손을 써 두고 있었다.
에도 번저에 있는 이누이 다이스케에게 급히 사람을 보내어 정세를 알리고, 서둘러 교토로 올라오라는 연락을 진작부터 해 두고 있었다.
'요도공이 막상 교토에 올라와 사현후 회의를 벌였을 때 무슨 말을 할지 모른다.'
이런 두려움이 있었다. 그 요도에게 죽음을 각오하고 간할 수 있는 용기를 지닌 자는 근왕파 상급 무사 중에선 이누이 밖에 없었다.
나카오카와 다이스케의 교분은 분큐 3년 가을부터 시작되고 있다.
분큐 3년 8월에 조슈 세력이 몰락한 후, 한때 나카오카는 도사에 돌아가 있었다. 이 무렵 교토에서는 과격 근왕파들이 그 세력을 잃고, 야마토(大和)에선 덴추조(天誅組)가 막부군 포위 아래에서 전멸하는 등 근왕파에게는 최악의 해였다.
탈번자 나카오카는 몰래 도사로 돌아와 동지들과 함께 재기를 꾀하고 있었는데, 어느 날 이상한 소문을 들었다.
"이누이 다이스케가 다소 생각이 달라지기 시작한 모양이야."
이누이라면 고토 쇼지로와 더불어 요도가 총애하고 있는 젊은 관료다.
"이누이가?"
나카오카는 놀랐다. 실인즉 나카오카는 막부파인 이누이를 베어 버리려고 교토 시절 노리고 다니기까지 했던 것이다.
"이 친구를 우리 진영에 끌어넣기만 한다면 천만의 원군을 얻는 거나 다름없네."
나카오카는 동지들에게도 말했다.
인간적으로 이누이는 의협심이 많은 사나이로서 사욕이 없고, 스스로 정의임을 믿은 다음에는 불 속에라도 뛰어드는 성격의 소유자다. 그 점을 정적이면서도 나카오카는 높이 평가하고 있었다.
"한번 속을 떠 보기로 하자."
나카오카는 탈번한 몸이면서도 대담하게 고치 성 아래 나카지마 거리(中島町)에 있는 다이스케의 집을 방문했다.

다이스케의 집 녹봉은 3백 석에 불과했지만, 대대로 유복한 집안이어서 그 저택은 작은 번의 중신 저택 정도는 되는 크기였다.

나카오카가 방문하자 이누이는 자기의 서재로 그를 안내하고, 칼을 당겨 놓으며 대좌했다.

"천하의 정세는 근왕파에 불리하오. 도사 번만 해도 우리를 마치 도적처럼 대하고 있소. 그것을 귀하는 어떻게 생각하시오?"

그렇게 말하여 나카오카는 다이스케의 생각을 끌어내려고 했다. 다이스케는 묵묵히 말이 없었다. 자그마했지만 딱 바라지고 민첩해 보이는 몸집을 갖고 있었다.

"말을 하기 전에……."

다이스케는 말했다.

"해결해 둬야 할 문제가 있소. 그렇지 않으면 흉금을 털어 놓을 수 없소."

"해결?"

"그렇소. 금년 초에 있었던 일이오. 내가 교토에 있었을 때 그대는 나를 죽이려는 계획을 세웠었지?"

"무슨 말을!"

나카오카가 얼굴빛 하나 변하지 않고 말하자 다이스케는 큰 소리로 꾸짖으며 나무랐다.

"나카오카 신타로는 사나이가 아니었던가?"

나카오카는 다이스케의 기백에 눌렸다.

"졌소, 그 말대로요."

다이스케는 고개를 끄덕이며 비로소 미소를 보였다.

"자, 그럼 천하 문제를 논해 봅시다."


이누이는 그 후부터 한낱 향사 출신인 나카오카를 형처럼 대하게 되었다.

다이스케는 날로 과격해졌다. 그의 동료인 고토, 오가사와라, 후쿠오카 등 수재 관료들도 근왕 사상에 물들기 시작했지만, 다이스케는 더 비약하고 있었다.

"막부를 무력으로 타도해야 한다"는 사상이다. 이것은 나카오카의 사상 그대로였다.

노공인 요도는 자기측근에 모인 젊은 관료들이 과격해지는 것을 다소 난처하게 생각하지 않을 수 없었다.

원래 뛰어난 정열가이며 학문과 재주의 소유자인 요도는 이들 젊은 상급 무사들을 늘 곁에 있도록 하고,

"그대들을 영웅으로 만들어 줄 테다."

스스로 그들의 교사임을 자처하며 그들에게 요도식 영웅 교육을 실시해 왔다. 봉건시대의 영주로선 드문 태도라고 할 수 있다.

그들은 젊다. 자연히 영웅적인 기개를 지니게 되었다. 이런 시대에 영웅적 기개를 가진다는 것은 천하 개벽의 정열과 직결된다.

"모두 과격파가 돼 버렸어."

요도는 부랑자 같은 말투로 탄식을 한 일이 있지만, 그 중에서도 다이스케가 가장 심했다.

다이스케는 요도에게 대담한 진언을 한 일이 있다.

"나이 지긋하신 어른께서 참으로 우리 일본을 걱정하신다면 즉각 병력을 일으켜 막부를 지노록 하십시오. 백가지 이론보나 시금 필요한 섯은 한방의 총소리입니다."

요도는 노발대발했다. 크게 화를 내도 보통 영주들과는 달리, 다이스케의 멱살이라도 잡을 기세로 논쟁을 벌인다. 논쟁을 벌이면 요도 쪽이 훨씬 논리적인 데다가 그 논리에는 학식의 바탕이 있는지라, 반드시 다이스케가 지곤 했다.

"어떠냐, 다이스케, 생각을 고칠 테냐?"

요도가 몰아붙여도 다이스케는 분연히 고개를 들고 굽히지 않았다.

"필부라도 그 뜻을 빼앗지 못하는 법입니다."

미천하고 보잘것없는 사나이라도 일단 가슴에 품은 뜻은 힘으로 뺏을 수 없다는 뜻이다.

"다이스케, 네가 필부나 향사 따위의 흉내를 내겠다는 거냐. 너는 상급 무사야"

요도는 늘 꾸짖었다.

여러 차례 벌을 내리기도 했다. 그러나 요도는 다이스케의 그 꿋꿋한 기상을 사랑하고 있었기 때문에 지나친 벌은 내리지 않았고, 마침내 본국이나 교토에 두면 더욱더 사상이 격화할까 두려워하여 번 명령으로 에도로 보냈다.

다이스케는 에도에서 기마병을 중심으로 하는 서양식 전술을 배웠다.

뒷날, 이 젊은이가 보신 전쟁(戊辰戰爭) 때 관군을 거느리고 가장 뛰어난 야전 사령관으로서 활약할 수 있게 되는 바탕은 이때 생겼다.

그 다이스케를 나카오카는 에도에서 불러 낸 것이다.

'다이스케는 아직 한낱 도사 번의 지사에 불과하다. 이것을 계기로 천하의 지사들에게 소개하여 명사로 만들어 줘야겠다.'

나카오카는 그런 생각을 하고 있었다.

이누이는 교토를 향해 밤낮을 가리지 않고 도카이도를 올라오고 있다.

그동안 나카오카는 교토에 있는 지사들을 찾아다니며 떠벌렸다.

"도사에 이누이 다이스케란 자가 있다. 사나운 말 같은 요도공의 고삐를 잡을 수 있는 용기를 지닌 자는 그밖에 없다. 지금 급히 상경하고 있는 중이니 그가 교토에 도착하거든 잘 지도해 주기 바란다."

후에 이타가키 다이스케로 개명하고 자유당 총리를 지낸 이누이는 만년에 이르러 측근에게 다음과 같은 말을 자주했다고 한다.

"오늘날 내가 이렇게 큰 인물이 된 것은 모두 사카모토, 나카오카 선생님들 덕분이지."

그러나 료마의 다이스케와의 관계는 그 정도 깊지 않았다. 다이스케가 풍운에 뛰어들도록 기초를 마련해준 것은 오히려 나카오카 신타로쪽이었다.

아직 보지 못했지만 사쓰마의 사이고 같은 사람도 이누이에게 적지 않은 기대를 걸고 있었던 듯하다. 왜냐하면 사이고의 염려는 바로 도사 번의 향방이었기 때문이다.

'사쓰마 조슈 도사가 보조를 같이하지 않으면 천하의 일은 성사되기 어렵다.'

그렇게 보고 있었다. 도사 24만 석은 강한 병력을 가지고 있었고, 그뿐 아니라 그 군사제도는 급속히 서양식으로 변하고 있다. 이 대번을 혁명 진영에 참가시키느냐 못 시키느냐에 따라 역사의 방향은 크게 달라질 수 있는 것이다.

그 점 나카오카도 도사 사람이니만큼 안타깝기만 했다.

'우리들 도사 향사는 사쓰마와 조슈 양번의 지사보다 더 많이 풍운 속에서 쓰러졌다. 그러나 번 그 자체는 막부파이며 낡은 관습과 폐단을 버리지 못하고 당장의 편안함만을 바라고 있다. 바야흐로 칼 한 자루뿐인 낭사로선 아무 힘도 발휘할 수 없고 번 자체가 참가하지 않으면 안 될 때가 왔다.'

그 번의 움직임을 바꿀 수 있는 다소의 희망이 이누이에게 있었다.

"이누이란 그만한 인물인가?"

사이고조차 이 시기엔 간절한 느낌으로 이누이 다이스케라는 청년의 등장을 기다리고 있었다.

"그렇소. 날쌔고 용감하다는 말은 그를 위해 생긴 말이 아닌가 싶을 정도요. 천성적인 장군감이라 할 그릇의 인물이오."

"정말, 생각해 보면 귀번에서도 무척 많은 인물들이 죽었어. 이제 남은 것은 사카모토 료마와 나카오카 신타로……."

사이고는 긴 탄식을 하고 중얼거렸다.

"그리고 그 이누이 다이스케 정도인가?"

이누이는 너무나도 행운아적인 등장을 했다고 볼 수 있으리라. 그는 그 능력으로 볼 때 확실히 탁월한 군사 지식이 있었다. 유신 후 육해군을 사쓰마 조슈가 차지했기 때문에, 유신 전쟁 당시 최대의 명장이라고 일컬어진 이 사나이도 정치가가 되지 않을 수 없었다. 하나의 협웅(俠雄)이라고 할 그에겐 정치가로서의 재능은 없었다. 결국 초야로 돌아가 료마의 사상 계보를 이어 자유 민권 운동의 총수가 되지만, 그것도 예의 "이다가키는 죽더라도 자유는 죽지 않는다"는 유명한 한 마디를 후세에 남겼을 뿐, 이렇다할 일은 하지 못했다.

나카오카도 '다이스케에겐 정치적인 재질이 없다'고 뚫어보고 있었다. 그러나 후일 막부 타도군을 일으킬 때, 그 군사령관의 그릇은 사쓰마나 조슈의 번사에는 없다고 보고 있었다. 다이스케가 가장 적임자라고 보고 그를 혁명 진영에 끌어낸 것이었다.


도사 번의 요도가 번의 군사를 거느리고 교토에 들어온 것은 5월 1일이었다.

이때 요도는 41살이었다. 영주이면서도 가마를 타지 않았고, 행차할 때는 으레 말을 이용하곤 했다.

애마 센사이(千載)를 타고 있었다.

승마의 명인이었기 때문만이 아니라, 오다 노부나가를 흠모하는 이 인물은 자칭 난세의 풍운 속에 있는 무장으로 보이고 싶었던 것이리라.

말 위의 모습도 의젓한 것이었다. 키는 다섯 자 여섯 치 정도, 살결은 희고 눈빛이 날카로우며 눈동자에서 번쩍번쩍 이상한 광채를 내뿜는 용모로서, 그 자신이 자부하고 있듯이 어느 모로 보나 영웅 풍채를 지니고 있었다.

차림새 또한 특이했다.

대소도는 모두 칼 손잡이가 흰 것이었다. 흰 칼 손잡이와의 대조를 고려해서 칼집은 거무스름한 납빛이었다. 하카마는 언제나 검은 자줏빛을 좋아했고, 옷감은 중국 비단이다. 그 옷감을 자세히 보면 가문문장을 짜 넣고 있었다. 윗옷은 검은 명주이다.

하오리는 검은 나나코(魚子 : <sup>발이 가늘고 어란처럼</sup> <sub>보이게 짠 비단</sub>)였다. 그 하오리의 소매를 잔뜩 걷어붙이고 말 위에 올라타고 있다.

요도는 뱃길로 도사를 떠날 때, 중신을 불러 언젠가 사쓰마의 사이고에게 했던 말과 같은 말을 했다.

"이번에 상경하면 교토의 흙이 될 각오다."

다만, 이어서 한 말이 사이고에게 한 말과는 다소 달랐다.

"전쟁이 일어날지도 모른다. 그것이 막부에 대한 전쟁이 될지, 사쓰마에 대한 전쟁이 될지는 아직 모른다. 가서 형세를 봐야 한다."

요도는 교토에 들어오자 히가시 산의 묘호 원(妙法院)에 숙소를 정하고, 우선 나가사키에 있는 고토 쇼지로에게 급보를 보냈다.

"곧 상경하라"는 명령서였다. 고토 말고는 다른 번과의 외교를 담당할 능력을 가진 자가 없다. 고토는 이 명령서를 받자 교토 정세의 혼란에 놀라움을 금치 못하고, 방침도 방책도 서지 않은 채 료마에게 동행할 것을 요청했다. 료마는 그를 따라 교토 무대의 주역으로서 등장하게 되고 그 때문에 정세는 크게 변화하게 되지만, 그에 대한 이야기는 아직 긴 이야기를 마친 다음으로 미루지 않을 수 없다.

이어 히가시 산 묘호 원에 있는 요도는 그가 총애하고 있는 두 젊은 고위 관료를 불렀다. 오가사와라 다다하치와 후쿠오카 도지였다.

"그대들 두 사람을 교토까지 데리고 온 것은 멋대로 정치 활동을 하라는 뜻에서가 아니다."

우선 일침을 놓았다. 이들 두 사람이 요즘 향사 나카오카 신타로의 영향을 받아 몹시 좌경해 있다는 것을 요도는 알고 있다.

'도사의 두뇌는 나 하나만으로 충분해. 도사번의 방침은 내가 생각하고 내가 움직인다. 사쓰마나 조슈처럼 하급 무사가 번을 움직이는 따위는 우리 도사 번에선 절대로 있을 수 없다.'

그런 태도를 취하고 있는 요도였다.

"단지 사쓰마 번만을 상대하여라. 그대들을 사쓰마 번과의 교섭 대역으로 명한다. 그 밖의 일에 대해서는 일체 관여하지 말도록 하라"

요도는 이 사현후 회담에서 사쓰마가 쿠데타를 획책하고 있다는 것을 어렴풋이나마 짐작하고 있었다. 그 동향을 알아내기 위해 특히 못을 박았던 것이다.

사현후 회의에 관한 예비회담은 에치젠 번의 교토 번 저택에서 5월 4일에 열렸다.

요도도 출석했다.

이누이는 아직도 교토에 도착하지 않았다.

'문제의 요도공은 벌써 입경해 있으련만.'

나카오카는 안절부절못했다. 부득이 요도공 측근인 오가사와라를 통해서 요도를 움직여 갈 수 밖에 없었다.

오가사와라 다다하치.

이름은 벌써 여러 차례 이 이야기에 등장했다. 다이스케와 마찬가지로 이미 근왕파로 돌아선, 요도가 총애하는 젊은 관료의 한 사람이다.

요도는 그 측근을 선택함에 있어, 첫째 조건을 항상 쾌남아라는 데 두었다. 그 점 오가사와라는 다이스케와 비슷한 성격을 갖고 있었다.

후일 메이지 원년의 보신 전쟁 때 관군 제도군감(諸道軍監)이 되고, 다이스케의 지휘 아래 아이즈 와카마쓰 성(若松城)의 공격에 참가했다. 마지막 격전이 벌어진 날에 성문을 향해 육박했고, 부하들의 사기를 북돋우려고 도사의 '요사코이 타령'을 합창시키면서 스스로 그 선창을 하며 포차(砲車)를 끌고 있었는데, 성문 아래서 소총 탄환을 오른쪽 옆구리에 맞아 전사했다. 이날 조금 떨어진 곳에서 싸우던, 창의 명인이라고 일컬어졌던 아우 겐키치(謙吉)도 전사했다.

그 오가사와라와 나카오카는 자주 밀담을 갖고 요도에 대한 대비책을 의논했다.

문제의 하나는 선황제와 막부로부터 역적이란 낙인이 찍힌 조슈 번의 죄를 씻어주는 것이었다. 나카오카가 볼 때, 조슈 번의 죄를 풀어주고 교토에 병력을 주둔시키지 않는 한, 혁명은 어려울 것이 분명했다. 이 점 사쓰마의 의견도 마찬가지였다. 사쓰마 번 하나만 가지고는 천하의 대사를 이룩할 수 없는 것이다.

그 조슈의 영주 모리 부자의 사면이야말로, 나카오카가 이번 사현후 회담에 기대하고 있는 가장 큰 과제였다.

요도가 히가시 산 묘호 원에 숙소를 정하고 밤이 되어 휴식을 취하게 되었을 때, 오가사와라는 앞으로 나아가 그 이야기를 했다.

"알고 있어."

요도는 도사 사투리로 말했다. 이 요도라는 사람은 영주들의 용어인 에도 말도 쓸 수 있었고, 도사의 사투리는 물론이거니와 술이 취하면 때론 그가 사랑하고 있는 에도의 협객 사가미야 마사고로(相模屋政五郎) 한테서 배운 상스러운 말투도 쓰곤 했다.

"알고 계셨습니까?"

"알고 있어."

요도는 껄껄 웃고 말했다.

"그대가 향사 따위 과격분자들의 사주를 받고 있다는 것을 안단 말이다."

오가사와라는 더 이상 말을 할 수 없었다.

요도는 입경 전후에 사람을 뽑아 첩보 활동을 시켰고 특히 사쓰마 번의 진의를 탐지하려고 했다. 그리고 이미 그 자료는 그의 수중에 들어 와 있었다.

'사쓰마는 두 마음을 품고 있다.'

그렇게 요도는 꿰뚫어보고 있었다. 사쓰마 번이 사현후 회담을 교묘히 조종하여 사태를 막부 타도로 끌고 가려한다고 보았다. 그 사쓰마의 중요한 포석의 하나는 조슈를 용서케 하여 그들의 병력을 교토에 들여놓는 것이리라. 막부 타도의 급선봉인 조슈인들이 나타나면 사태가 어떻게 급전할 것인지, 그것은 명약관화한 일이었다.


요도는 도사의 고치를 출발하기 전에 사카이 산주로(坂井三十郎)라는 측근을 불렀다.

"사쓰마에 오쿠보 도시미치라는 굉장한 모사가 있다. 그의 신변을 조사해라."
　요도는 명령을 내리고 많은 돈을 주어 교토로 먼저 보낸 바 있었다. 요도는 사쓰마 번을 그토록 의심하고 있었던 것이다.

　당시 오쿠보에게는 효고항(兵庫港)의 개방과 관련한 소문이 따라다녔다.
　막부는 외국으로부터의 효고항을 개방하라는 압력을 받고 있었는데, 선황제 다카아키는 절대 칙허를 내리지 않았다. 그가 신도를 숭배하는 종교적 양이론자라는 것은 앞서 말한 바 있다. 외국인을 추악한 오랑캐라 칭하며, 그들이 발을 들여놓게 되면 나라가 부정을 탄다고 믿는 사람이었다.
　"효고는 요코하마나 나가사키와는 달리, 교토와는 엎어지면 코가 닿을 만큼 가까운 곳이다. 그곳에 파란 눈에 빨간 머리를 한 추악한 오랑캐를 들여놓는다는 것은 역대 천황님들에 대해서도 면목이 서지 않는 일이다."
　그야말로 막부는 고래싸움에 새우등 터지는 격이었다. 다카아키가 사망하자, 막부는 개항 여부를 의논 문제로 사현후(四賢候 : 네 명의 번주로 이루어짐) 회의를 개최한다. 어린 천황의 칙허를 얻는 것이 회의의 주요 목적이었다.
　지금껏 효고의 개항을 단호히 반대해온 것은 사쓰마 번이다.
　에치젠, 우와시마, 요도 셋 모두 진취적 개국론자였으므로, 개인적으로는 효고의 개항을 반기는 눈치였다.
　"선황제의 뜻도 중요하지만, 시세의 흐름을 따를 수밖에."
　세 사람의 의견은 그러했다.
　사쓰마 번 또한 살영전쟁(사쓰마 번과 영국과의 전쟁) 이후, 무조건적인 양이주의를 버리고 외국과의 적극적인 교류를 도모하려는 방침을 세우고 있었다. 특히, 영국과는 가까운 관계를 맺고 있었는데, 비밀리에 무역거래를 하고 있었던 것이다. 이미 독자들도 알고 있는 바와 같이, 료마는 무역거래에서 활발한 활동을 펼치고 있었다.
　그런 상황인지라, 사쓰마 번이 개국에 반대할 이유는 없었다. 그러나 막부가 개국의 주체가 되는 것에는 반대하고 있었다. 효고 개항 또한 예외는 아니었다. 개항을 하게 되면, 돈을 벌어들이는 것은 막부이며, 번에게는 이득이 돌아가지 않을 것이 뻔하다. 무역거래로 막부만이 비대해 질 것이며, 그렇게 되면 막부를 무너뜨릴 수 없게 된다는 것이 사쓰마의 생각이었다. 따라서, 선황제의 뜻을 구실 삼아 절대반대를 외칠 수밖에 없었다. 한편으로는 반대를 함으로써 막부를 궁지에 몰아넣는 효과도 노린 것이다.

앞서 말한 소문이란, 어느 날 오쿠보가 영국 고관과의 비밀회담에서 다음과 같은 호언장담을 했다는 것이다.

"효고 개항도 우리 번에 맡겨만 주시면 칙허는 금세 받아드리죠."

진위야 어쨌든, 이 소문은 요도의 귀에도 들어가게 되었고, 요도가 사쓰마 번에 대해 크게 경계심을 품게 된 것은 이 때문이기도 하다.


요도는 기골이 장부다웠다.

이 무렵의 요도는 이미 정치가도 사상가도 아니었다.

단지 '막부가 가엾다'는 동정적인 입장에만 서 있었다. 그러므로 막부를 괴롭히고 그 전복을 꾀하고 있는 사쓰마 번에 대해 증오라기보다도 이런 심정을 가지고 있었다.

'내가 응징하지 않으면 누가 또 응징할 사람이 있는가?'

소위, 반즈이잉 조베(幡隨院長兵衞 : 에도 초기 의 협객)와 같은 의협심이다.

의협심에 관해 잠시 여담을 하자면, 의협심을 너무도 좋아하는 요도는, 유신 이후에도 도쿄 아사쿠사 하시바에 있는 자신의 저택에 협객들이 자유롭게 드나들 수 있도록 허락하였다. 다년간 음주를 일삼아 온 탓에 46세의 젊은 나이로 뇌일혈로 쓰러진 요도는 그대로 사망하였다. 그때, 병실로 달려온 사가미야 마사고로(相模屋政五郎)가 옆방에서 자살하려 했다. 가까스로 고토 조지로(後藤象二郎)에 의해 저지당했으나, 마사고로로 하여금 순절할 마음을 갖게 한 것은 의협심 강한 요도의 성품이었다.

아무튼 '사쓰마놈들, 어디 두고 보자' 하는 생각을 단단히 하고, 4일에 에치젠 번의 저택에서 열린 사현후 회담의 예비회담에 출석했다. 그 이틀 뒤에는 넷이 같이 니조 간파쿠의 저택을 찾아가 그 결과를 보고했다.

조슈 문제에 대해서는 "가급적 관대한 처분을 내리도록" 하는 정도여서, 나카오카나 사쓰마의 오쿠보가 희망했던 것처럼 "조슈의 죄를 용서하고 번주와 번병을 상경케 하라"는 데까지는 이르지 못했다. 이 점이 재경 지사들을 실망시켰으나 요도로서는 만족이었다.

그후에도 네 영주는 매일같이 회합했는데, 그 네 명 중에서 아무래도 사쓰마의 시마쓰 히사미쓰의 거동이 심상치 않았다. 이따금 다른 사람과 행동을 같이하지 않을 때가 있는 것이다.

"시마쓰공이 이상하지 않소?"

요도는 내놓고 그런 말을 하기도 했다. 사쓰마만이 밤중에 몰래 특정한 공경을 만나 공작을 하기도 하고, 회의석상에서 시마쓰만이 자주 자리를 일어나 별실로 가곤 한다. 별실에는 오쿠보 등이 대기하고 있으며 조종을 하고 있는 것이었다.

언젠가 네 사람이 다같이 니조 성 위에 올랐을 때였다.

"모처럼 니조 성까지 왔으니 안에 있는 집정관께 인사를 드리고 가기로 하자."

세 사람은 한결같이 그렇게 말했으나, 시마쓰 히사미쓰만이 완강히 응하지 않은 채 화로를 끼고 앉아 있었다.

'이 녀석이!'

요도는 생각했으리라. 다짜고짜 히사미쓰의 덜미를 움켜쥐더니 "자, 가십시다" 하면서 질질 끌었다.

"무슨 짓이오!"

필사적으로 저항했으나 요도의 힘을 당해 낼 수가 없었다.

그러다가 요도가 힘껏 히사미쓰를 떼미는 바람에 그는 바닥에 쿵하고 쓰러졌다. 사쓰마에 대한 요도의 감정은 여기까지 이르러 있었던 것이다.


요도에게는 지병이 있었다.

고혈압과 치통이었다. 특히 치통은 몇 달에 한 번씩 견딜 수 없는 통증과 함께 일어나곤 했다.

시의(侍醫) 도즈카 분카이(戶塚文海)는 언젠가 말하기를

"간징(齦癥)이옵니다."

그렇지만 아마도 일종의 치조염이었으리라.

마침 교토에서 이 병이 도진 것이다.

얼굴이 빠개지는 것 같은 통증이었다. 시마쓰를 니조 성 전각에서 쓰러뜨린 것도 어쩌면 그런 불쾌감 때문이었는지도 모른다.

상경한 후, 열흘 정도는 괜찮았으나 그 후부터 히가시 산 묘호원의 깊숙한 방에 드러누워 있는 날이 많아졌다.

신열이 하도 높아 베개에서 머리를 드는 것조차 힘들었다. 시의 도즈카는 측근에 일러 일체의 방문객을 사절케 하고, 요도에게도 체력 소모를 막기 위

해 말을 하지 말라고 권고했다.

"가급적 아무 말씀도 안하시도록 조심해 주시기 바랍니다."

이 꿋꿋한 영주도 고열과 격렬한 통증만은 견딜 수 없는 듯, 이따금 신음 소리를 내기까지 했다.

다이스케가 입경한 것은 요도가 그런 상태에 빠져 있을 때였다.

"노공께서는 병중이신가?"

놀라서 그 증세를 물어 보니, 도저히 만나 뵙고 요도의 생각을 뒤엎어 버릴 간언을 할 수 있는 상태가 아니었다.

다이스케는 병세의 호전을 기다리기 위해 미닫이 하나를 사이에 둔 옆방에 줄곧 지켜 앉아 있었다. 사흘 동안 그는 거의 자지도 않고 기다렸다.

사흘째 되는 날 밤, 요도는 나지막한 소리로 말했다.

"옆방에 있는 것이 혹시 다이스케가 아닌가?"

시의가 그렇습니다 라고 대답하자, 요도는 도즈카에게 물었다..

"다이스케는 에도에 있어야 할 텐데, 이렇게 허락도 없이 상경했다면 무언가 그 나름의 급한 사정이 있으리라. 옆방에서 그냥 말해 보라고 해라."

도즈카는 그 말을 다이스케에게 전했다. 다이스케는 미닫이를 사이에 두고 엎드린 채 말했다.

"황공하오나 노공께서 사쓰마 조슈와 제휴하지 않으시고 그들을 적으로 돌린다는 것은 잘못인 줄 압니다."

다이스케는 직언으로 시작하여 현재의 정세를 상세히 설명했다.

"현재 이 다이스케는 노공께 누차 책망을 들었습니다만, 아직도 과격지사들과 교유하고 있습니다. 한 마디로 말씀드려서 사쓰마와 조슈는 노공께서 의심하고 계신 대로, 천하를 뒤엎고 그것을 조정에 돌려 드리려는 생각을 가지고 있습니다. 이것은 기필코 성사될 일인 줄 압니다."

요도는 한 마디도 대꾸하지 않았다. 다이스케는 미닫이 곁으로 바싹 다가 앉아서 문틈에 입을 갖다대다시피 하며 말했다.

"노공께서 지금 결단을 내리시지 않으면 후일 시마쓰와 모리의 군문(軍門)에 말을 매게 되는 날이 올 것입니다."

군문에 말을 맨다는 것은 항복하고 관용을 빈다는 뜻이다. 꽤나 대담한 말을 한 셈이다. 요도는 그래도 입을 다문 채 아무 대답도 하지 않았다. 마침내 한 마디도 말을 듣지 못한 채 다이스케는 물러나지 않을 수 없었다.

요도의 병은 좀처럼 낫지 않았다. 마침내 그는 "돌아가련다"는 말을 하기 시작했다. 상경하라고 급보를 보낸 고토 쇼지로가 아직 도착도 하기 전이었다. 측근인 오가사와라는 놀라며 간했다.

"이제 회의를 팽개치고 귀국하시면 조정을 비롯하여 다른 번에 대해서도 면목이 서지 않으며, 또 세상에서 무슨 말이 나돌지도 모릅니다."

——또 요도의 외고집이 시작됐구나.

세상에서는 그렇게들 말하리라. 요도는 일이 얽히기 시작하면 화를 내고 자리에서 일어나 퇴장해 버리는 버릇이 있었으며, 그것은 온 세상이 다 아는 일이었다.

특히 이번 경우는 고치까지 사자로 갔던 사쓰마의 사이고 다카모리가,

"여느 때처럼 일을 보시다 말고 돌아가시는 일이 없도록 해 주시기 바랍니다."

하고 요도의 나쁜 버릇에 대하여 일부러 다짐했을 정도다. 그때 요도는 이렇게 상남했었나.

"염려 말아라. 이번에는 교토의 흙이 될 각오로 상경하련다."

이 일도 이미 각번 번사들 사이에는 널리 퍼져 있었다.

——역시 그렇다니까. 요도는 큰소리만 하고 다니는 위인에 지나지 않는 모양이야.

세상은 비웃으리라. 오가사와라가 두려워 한 것은 바로 그 점이었다. 요도의 명예에 관한 문제다.

"돌아간다."

요도는 완강히 고집했다. 신병 탓도 있었다. 그러나 보다 큰 이유는, 이대로 교토에 머물러 있다가는 막부타도파인 사쓰마 번의 수에 넘어가 이용될 대로 이용된 끝에, 결국은 어쩔 수 없이 막부 타도에 참가하지 않을 수 없게 되리라고 내다봤기 때문이다.

'사쓰마가 조정을 움직이고 있는 힘은 예상보다 훨씬 크다.'

요도는 이렇게 보았다. 이 무렵 요도는, 사쓰마 번의 흑막이 되어 조정에 대해 종횡으로 술책을 쓰고 있는 이와쿠라 마을의 은퇴자 이와쿠라 도모미의 존재를 몰랐다. 사쓰마 번의 이면 공작이 교묘했다기보다 모사 이와쿠라의 능숙한 수완 때문이라고 해야 옳으리라.

바야흐로 니조 간파쿠도, 어린 황제의 대부(大傅)인 나카야마 다다야스

(中山忠能)도 이와쿠라의 보이지 않는 힘에 의해 조종되기 시작하고 있었고, 어느 때 느닷없이 ‘막부 타도 칙명’과 같은 불의의 사태가 요도의 머리 위에 떨어질지 모르는 형세였던 것이다. 사쓰마가 조정이 주최하는 사현후 회담을 실현시킨 원래의 목표는 거기에 있었다. 만약 어린 황제의 칙명이 내리면 요도로서는 거역할 수 없다. 거역하면 역적이 되고 아시카가 다쿠우치(足利尊氏)와 같은 역적 이름을 영구히 남기고 말리라.

“귀국하는 것이 최선의 방법이다.”

병중의 요도는 생각했다. 27일 요도는 번의 병사를 거느리고 바람처럼 교토를 떠났다. 각 번 지사들은 그것을 ‘의지박약’이라고 비웃고 교토의 술집에 다음과 같은 노래를 퍼뜨렸다.


어젯밤 나는 봤네
고조의 다리에서
동그라미 속의 떡갈나무(요도의 문장)
꼬리를 봤네.


요도가 가 버리자 동시에 큰일도 사라졌다. 그날 밤 나카오카는 이마데 강에서 가와라 거리로 빠져 도사 번으로 향하고 있었다.

‘기회는 사라졌구나.’

별을 우러러보며 깊은 탄식을 하지 않을 수 없었다. 요도가 내뺀 이상 모든 일은 끝장이었다.

조정에 소집한 이 사현후 회의야말로 나카오카가 온 정열을 걸고 있었던 혁명의 꿈이었다.

그와 사이고, 오쿠보, 그리고 막후 인물 이와쿠라 도모미 등의 비책은 이 회의 속행 중에 궁중공작을 하여, “도쿠가와를 토벌하라”는 칙명을 얻는 데까지 끌고 가려는 것이었다. 이 네 번에 칙명이 내리면 일본의 각 번 태반은 그에 동조하리라고 나카오카 등은 내다보고 있었다.

그런데 요도가 잽싸게 도망쳐 버리고 만 것이다.

‘과연 영특한 인물이다.’

나카오카는 정적이면서도 요도의 그 능숙한 솜씨에 탄복하지 않을 수 없었다.

사현후 회의는 네 번의 네 사람이 모두 출석해야만 비로소 합법적인 것이다. 요도가 빠진 삼현후로선 법적으로 성립되지 않는다. 요도는 그것을 꿰뚫어 보고 있었다.

게다가 천하를 뒤엎어 버리려는 사쓰마 조슈로선 도사 번의 참가야말로 필요한 일이었다. 요도가 빠진 후의 에치젠 후쿠이, 이요의 우와지마 양 번에는 아무 매력도 없었고, 그 양 번 역시 사쓰마 조슈에 협력할 뜻은 전혀 없었다.

'큰 고기를 놓쳤다……'

이 느낌은 나카오카만의 것이 아니었다. 모든 막부타도파 지사들의 느낌이었다.

'그건 그렇고, 요도공이 뿌리치고 내뺀 지금, 이누이 다이스케는 무슨 생각을 하고 있을까?'

그 다이스케와 의논을 하려고, 이 밤중에 신센조 순찰대가 언제 나타날지도 모르는 교토 거리를 나카오카는 부지런히 걸음을 서두르고 있는 것이었다.

이윽고 가와라 거리에 있는 도사 번저에 이르러 이누이를 찾아보니, 그는 동지인 모리 교스케(毛利恭助)의 방에 있었다.

"아, 나카오카!"

다이스케는 나카오카의 얼굴을 보자, 두 눈을 찢어질 듯이 부릅떴다가 힘없이 고개를 숙이고 말았다.

"미안하이. 난 할복할 작정이다. 유서를 써놓고 할복해서 노공을 깨우치도록 해야겠어. 그 각오를 했네."

오늘 밤 실제로 할복할 작정인 듯, 그 할복 장소로서 모리의 방을 빌리고자 와 있는 것이었다.

'정말 할복할 생각이군.'

그렇게 보고 나카오카는 크게 꾸짖었다.

"자네가 죽은들 무슨 소용이 있겠나. 살아 활동함으로써 우리 도사의 희망이 되어야 할 이누이 다이스케가 아닌가. 오늘 밤에 죽었다고 생각해. 그런 각오라면 반드시 가능한 일이 있다."

"가능한 일?"

다이스케는 얼굴을 들었다. 다이스케는 머지않아 번의 서양식 부대의 지휘관이 될 예정이었다. 막부 타도의 때가 왔을 때 번을 거역하고 그 부대를 송두리째 교토로 이끌고 와서 혁명군을 만들 수도 있지 않은가.

두 사람은 토의 끝에 그렇게 하기로 결의하고, 곧 사쓰마의 사이고와 밀담을 나누었다.


혁명이란 인간이 생각할 수 있는 최대의 음모라고 해도 좋다.

이미 사태는 그 음모 단계에 들어가 있었다. 음모는 교토에서 진행되고 있었다.

그 중심 역할을 담당하고 있는 것은 불과 몇 사람에 지나지 않았다.

공경 이와쿠라 도모미

사쓰마의 사이고 다카모리

동 오쿠보 도시미치

도사의 나카오카 신타로

동 이다가키 다이스케

이 정도만이 참가하고 있다.

동지들에게는 대부분 알리지 않았고, 이 음모를 전해들은 몇몇 동지들도 그들에게 일임하고 있었다. 이를테면 보슈 조슈 두 주에 틀어박혀 있는 조슈인들이나, 진수부에 귀양중인 산조 사네토미처럼.

그들은 일본사상 최대의 사극을 자신들 손으로 쓰려고 애쓰고 있었다.

주제는 있다.

〈근왕 도막(勤王倒幕)〉이다.

이 강렬한 이념 아래, 모든 음모가 그들에게는 정의가 되어 있었다.

그 음모의 주모자 중 한 사람인 이와쿠라는 아직도 교토 북쪽, 이와쿠라 마을에 은거하고 있다. 간신히 선황제의 징계는 풀렸지만 "좀더 근신을 계속하라"는 명령을 받아서, 교토 시내에 거주하는 것은 허용되지 않았다. 다만 이와쿠라 마을과 교토 사이를 왕래하는 것만은 허락되어 있었다.

'시내에는 일박(一泊)에 한한다'는 조건이 붙어 있었다.

이와쿠라는 교토 시내에 들어갈 일이 있을 때도 막부파의 자객을 경계하여 최대한 조심을 하고 있었다.

이즈음 이와쿠라 마을에는 막부의 별동대 와카바야시 가메사부로(若林龜三郎) 이하 여덟 명이 임무를 띠고 상주하면서, 그의 일상생활을 면밀히 감시하고 있었다.

'그들의 눈을 속여야 한다.'

이것이 평소 이와쿠라의 고충이었다.

교토에 갈 때는 잠깐 이웃마을에 다녀온다고 말하고 산책차림으로 나선다. 도중 고개의 숲 속에 하인 요조(與三)가 숨어 있다.

이와쿠라는 숲 속으로 뛰어 들어가 검은 무늬 옷에 하카마, 거기에 대소도를 차는 무사차림을 갖추고 두건을 눌러 써서 변장을 한다.

어느날 교토로 들어서자 언제나처럼 사쓰마 번의 검객이 어디선가 나타나 넌지시 호위를 해주었다.

이와쿠라는 오쿠보의 집으로 들어갔다. 오쿠보는 이즈음 시내 이시야쿠시(石藥師) 거리의 절동네 동쪽에 커다란 민가를 한 채 빌리고 있었고, 그곳을 음모의 본거지로 삼고 있었다.

오쿠보는 곧 이와쿠라를 좁은 다실로 안내하고 말을 꺼냈다.

"사현후 회의는 요노공의 귀국으로 실패하고 말았습니다만, 뒤에 남은 이누이 다이스케란 자가 자기 주인의 어리석고 완고함을 부끄럽게 여기고, 여차할 때는 독단으로 번의 총기를 들고 나와 번병과 향사단을 이끌고 즉각 교토로 달려와서 사쓰마 조슈와 합세하겠다고 합니다. 오늘 밤 그 사쓰마 도사의 비밀동맹을 맺을 예정이어서……."

그 다음 두 사람은 여러 가지 정보를 검토했다.


이른바 세상에 사쓰마·도사 비밀회의라고 일컬어지고 있는 회담은 니혼마쓰의 사쓰마 번 중신인 고마쓰 다데와키의 집에서 개최되었다.

장소는 저택의 별채이다. 도코노마에는 한 줄 편지의 족자가 걸려 있다.

먼저 나카오카가 사이고에게 다이스케를 소개했다.

다이스케는 즉각 입을 열어 말하기 시작했다.

"우리 도사 번은 인순(因循)……."

그러나 말끝을 맺지 못했다. 인순이란 당시 유행어의 하나로, 사상이 보수적이며 헛되이 옛것에 얽매여, 자진하여 시국을 타개하려는 용기가 없는 상태를 말한다.

"……요도의 평 또한 좋지 않습니다. 이미 번론의 통일을 기다리고 있다가는 일본은 멸망할지 모르는 단계, 저는 곧 귀국하여……."

다시 말이 막혀 제대로 표현을 하지 못한다. 다이스케는 원래 말솜씨가 없는 사람이었다.

"다이스케, 도사 말로 해라."

나카오카가 옆에서 보다 못해 말했다.

"알겠소."

다이스케는 도사 말로 넘칠 듯한 정열을 토했다. 요컨대 자신은 귀국하여 의병을 모아 대기하겠다, 그 준비는 한 달이 걸릴 것으로 생각해 주기 바란다는 것이었다.

"한 달 후라면 교토에서 급보가 오는 대로 즉각 도사를 떠나 대군을 거느리고 상경하겠습니다. 그리하여 사쓰마와 조슈의 선봉에 서서 막부를 토벌하겠습니다."

만약…… 다이스케는 말을 이었다.

"이 말에 거짓이 있을 때는, 이 다이스케, 살아서는 여러분을 다시 뵙지 않으렵니다. 또 만일 거사를 했는데도 우리 도사군이 상경하지 않는 사태가 벌어졌을 때는, 저의 생사를 확인해 주십시오. 이 다이스케가 도사에 건재하고 있다면 설혹 며칠 늦는 한이 있더라도 곧 상경한다는 것을 믿어 주시기 바랍니다. 따라서 도사군이 오지 않는다 하여 거병 계획을 지연시키든가 하는 일이 있어서는 안 됩니다."

"……."

사이고는 감격파다. 두 눈을 크게 뜨고 눈물을 글썽거렸다.

"오랜만에 무게있는 무사의 말을 들었습니다. 장부의 말 한마디가 천금같다는 말은 지금 그 말씀을 두고 이른 것 같습니다. 이 사이고도 그 의거에 가담하도록 해 주십시오."

다이스케는 나카오카와 더불어 니혼마쓰 집에서 나왔다. 이 약속에 의해 후일 사쓰마 조슈가 도바, 후시미에서 막부군과 교전했을 때 이누이 다이스케는 즉각 도사군을 이끌고 고치를 출발하였다. 그 뒤 시코쿠 각 번을 항복시키며 오사카로 들어와 다시 교토로 들이닥쳐, 그대로 도산도(東山道) 진무군(鎭撫軍)으로서, 산조 대교(三條大橋)를 출발하게 된다.

이누이는 그 후 요도를 따라 귀국했다.

나카오카는 즉각 오사카로 내려가, 이타쿠라 지쿠젠노스케가 주선해 준 자금으로 신식총 3백 정을 구입했고, 다시 교토로 돌아와 재경 도사 번 지사들의 회합을 가졌다.

"본국으로 돌아가 다이스케의 의거를 돕는다"는 취지의 회합으로, 그 송별회를 겸한 것이었다.


아케보노 관(明保野館)이라는 것이 기요미즈산네이 고개(淸水産寧坂)에 있었다. 료마가 다즈와 만나는 대목에서 이미 말한 바 있다.

나카오카 신타로가 의거를 준비하러 도사로 돌아가는 동지들에게 송별연을 베푼 곳은 이집 이층이었다.

해가 지자 동지들이 모여들기 시작했다.

"모두 무사히들 왔구나."

나카오카는 전부가 다 모이자 안도의 숨을 몰아쉬었다. 교토의 밤거리에는 신센조를 비롯한 막부측의 순찰대와 아이즈 번병, 구와나 번병들이 떼를 지어 돌아다니고 있었다. 그 눈을 피해서 예까지 온다는 것만도 여간 어려운 일이 아니었다.

참석한 사람 중 주요 인물은 상급 무사인 다니 모리베, 모리 교스케를 비롯하여 히구치 다케시(樋口武), 시마무라 히사노스케(島村壽之助), 이케치 다이조(池地退藏), 모리 신타로(森新太郎) 등이다.

이야기가 끝났을 때 술상이 들어왔다.

시중을 들고 있는 것은 도사계의 근왕지사들을 위해 여러모로 힘써 온 오란(蘭)이라는 기녀였다.

"춤이나 추세."

가장 나이 많은 히구치 다케시가 일어나며 말했다. 도사 하타 군(幡多郡) 나카무라(中村)의 향사로서, 검술은 지쿠고(筑後) 야나가와(柳河)의 오이시 스스무(大石進) 밑에서 배웠고, 학문은 에도의 아사카 곤사이(安積艮齋) 밑에서 배웠으며, 서양식 포술은 신슈(信州)의 사쿠마 쇼잔 밑에서 배운 다재다능한 사나이였다. 특히 시문에 능했다.

이때도 칼을 뽑아 들고 자작 즉흥시를 읊었다. 나지막하게 읊으면서 유유히 칼춤을 추었다.


정을 담고 주고받는 작별 술잔
드디어 떠나노라 히가시 산기슭

그러나 오직 기약하노니
끝끝내 절조지켜 공만은 세우리


감성이 풍부한 나카오카는 읊는 대로 듣고 있다가 마침내 고개를 떨어뜨리고 어깨를 들먹이며 울기 시작했다. 좌중은 그런 나카오카의 모습을 보고 모두 숙연해졌다.
'마침내 예까지 왔구나.'
이런 감동이 나카오카의 가슴을 뜨겁게 하고 있었다. 분큐 이래 수많은 동지들이 쓰러지는 가운데 구사일생, 오늘날까지 목숨을 부지함으로써 이제 그토록 바라던 막부 타도를 위한 거병이 문턱에 와 있는 것이다.
"제군."
나카오카는 갑자기 술잔을 치켜들었다.
"용케 지금까지 살아 왔다. 그러나 앞으로는 더욱 어려울 것이다. 우리가 목숨을 버리기만 하면 반드시 일본에는 새 시대가 온다."
울면서 잔을 들이키자, 기녀 오란은 분위기를 부드럽게 하기 위해서인지 붓과 종이를 가져다가 방 한가운데 놓고 국화 한 송이를 그렸다.
일본 황실의 상징인 국화를 영원토록 피우게 하라는 뜻을 그림으로 나타낸 것이리라. 모두 그 그림의 여백에다 즉흥시와 단가(短歌) 등을 써 넣었다. 나카오카는 무슨 생각을 했는지, 이제는 세상에 없는 친구 다카스기 신사쿠의 유작인 오언절구를 써 넣고 붓을 놓았다.
창 밖에는 휘영청 달이 밝아 있었다.

# 선중팔책(船中八策)

　그 무렵 료마는 나가사키에서 이로하마루 사건 때문에 기슈 번과 한바탕 싸움을 벌이고 있었다.

　'이 문제가 해결되지 않고서는……'

　그는 필사적인 노력을 하고 있었으나, 교토의 심상치 않은 풍운에 대해서도 나카오카의 편지나 나가사키에 들르는 사쓰마 조슈의 지사들을 통하여 대충이나마 듣고 있었다.

　그러던 어느 날 저녁, 료마의 상업 관계 사무실인 나가사키 니시하마 거리(西濱町)의 도사야(土佐屋)로 참정 고토 쇼지로가 비를 맞으며 찾아왔다.

　"중대한 사태다."

　고토는 봉당에 들어서자마자 나지막한 소리로 말했다. 료마는 봉당 한구석에 사무용 책상을 놓고 있었다. 그는 의자에 앉은 채 고토를 바라보았다.

　"무슨 일인데?"

　여전히 흐트러진 머리와 때묻은 얼굴이었다. 두 눈이 가늘게 번뜩이고, 양쪽 살쩍이 곤두선 모습은 어느 모로 보나 검술 도장의 거친 사범 대리 같은 인상이다.

고토는 의자에 앉았다.

"요도 노공으로부터 영이 내렸네."

료마는 곧 예의 사현후 회담의 일 때문임을 짐작했다.

"그럴 테지."

"짐작이 빠르군. 곧 상경하라는 분부시다."

"교토는 꽤 어수선한 모양이야."

"어느 정도까지 어수선해질까?"

"아마 전쟁이 벌어질 테지. 사쓰마는 거기까지 결심을 하고 대드는 모양이니까. 도쿠가와를 나라의 적으로 만들어, 칙명으로 토벌하도록 하자는 계획이 분명해."

"어느 편이 이길까?"

"어려운 문제인걸."

료마는 팔짱을 꼈다. 막부 타도의 거두인 주제에, 도사 번 고위 관리를 앞에 놓고 마치 남의 일처럼 그는 말하는 것이다.

"지금으로서는 비슷비슷하지 않을까?"

"그 정도일까?"

"아니, 사쓰마 조슈가 조금 유리할지도 모르지. 조슈 전성시대와는 달리 이번에는 사쓰마가 주도권을 쥐고 있지 않나. 원래 사쓰마 사람은 조슈처럼 이론만으로는 움직이지 않으니까."

사쓰마는 어디까지나 현실주의다.

——이긴다.

승산이 서면 그때는 맹수와 같은 기세로 떨쳐 일어나는 것이다. 그 사쓰마가 일어날 결의를 보이고 있는 이상, 유리한 조건이 이면에 있을 것이 틀림없다.

료마는 그렇게 보고 있었다. 료마는 그 무렵 사쓰마의 흑막인 이와쿠라 도모미가 복면을 쓴 채 궁중공작을 계속하여 마침내는,

——어린 황제의 토막 칙명을 얻을 수 있다.

여기에 이른 새로운 사실은 알지 못하고 있었다. 그러나 상상은 할 수 있었다.

"하지만 아무리 봐도 도쿠가와와 싸운다는 것은 무력으로 봐서 무리한 일이다. 역시 다른 번이 하나쯤 더 필요하네. 그것이 바로 도사 번이다. 사

쓰마, 조슈, 도사 세 번이 규합해야만 비로소 막부 타도가 가능해지는 것이다. 이 때문에 조슈와 사쓰마는 물론, 막부에서도 도사번을 끌어들이려고 덤벼들 거야.”

“어찌됐든.”

고토는 테이블에 부채를 놓고 머리를 숙였다.

“부탁하네, 료마. 나와 같이 상경해 주게.”

고토로서는 필사적이었다. 교토의 풍운을 다룰 만한 지략이 자신에게 있는지, 그로서는 확신할 수 없었다.

“외통장군으로 꼼짝 못하게 된 장기와 같은 형국이야”

고토는 말했다.

고토의 그 말은 정확한 표현이었다.

도사 번으로서는 이 급변하는 풍운에 어떻게 대처해야 할지, 이미 그 방법이 없었다.

사쓰마, 조슈 양 번은 도쿠가와 막부의 영주 대열에서 이탈하여 천황 직속의 번이 된다. 그리고 나서 막부를 토벌해 새 정부를 수립하려는 것이다.

도사 번의 입장은 어떻게 되나?

어떻게 해결해야 하나?

원래 도사 번의 노공 요도는 사상적으로는 막부를 부정하는 근왕론자였다. 그러나 도사 번주가 되고 난 후의 그는 한편으론 이렇게 말했다.

“우리 번은 도쿠가와 가문에게서 은혜를 입고 있다.”

그런 입장에서 오히려 도쿠가와 가문의 친번이나 다른 영주들보다도 강력히 막부를 옹호하는 자세를 취해 온 것이다. 사상은 근왕, 행동은 좌막. 그런 입장이라고 할 수 있다.

상반되는 두 가지를 요도는 한 뱃속에 간직한 채, 풍운 속을 살고 있는 것이다. 자연히 근왕 지사들은 그에게 기대를 걸고 있었고 반대로 막부 또한 다시없는 호위역으로 그를 믿고 있었다.

“무리였어.”

료마는 참정 고토를 똑바로 바라보며 손으로 턱을 쓰다듬었다.

“무리?”

고토는 얼굴을 들었다.

“그렇지 않고. 초기에는 그런 식으로도 지낼 수 있었다. 24만 석의 주인 요도공은 양쪽에서 모두 사랑을 받으며 유쾌하게 지낼 수 있었지."
"흐음."
"애인을 둘 가진 여자와 마찬가지군. 처음에는 두 애인을 모두 좋아해주는 것만으로 족했지만, 차차 두 남자가 열을 올리기 시작한다. 둘 다 결혼하자고 야단이니 어떡하면 좋단 말이지?"
"어쩔 도리가 없지."
"목이라도 매어 죽는 수밖에 없을 거야."
"영주께 그 무슨 소리를……."
고토는 역시 참정의 몸이라, 황송한 듯이 얼굴을 붉혔다.
"고토, 세상에 이보다 더 어려운 문제는 없다는 걸 알게."
료마는 차차 속이 후련해지는 것 같았다. 생각해 보면 도사 번의 이 기묘한 양다리 걸침으로, 다케치 한페이타를 비롯한 얼마나 많은 친구와 동지들이 죽었던가.
"이제야 깨달았단 말인가!"
외쳐 주고도 싶었다. 그토록 도도하던 고토가 법정에 끌려나온 죄인처럼 그의 눈앞에서 고개를 숙이고 있는 것이다.

그런 일이 있은 뒤 고토는 교토 번저에서 보내온 여러 가지 정보를 털어놓았다.
"알았네. 아무튼 하룻밤 생각해 보겠네. 만약 가기로 결정한다면, 내일 아침 네 시, 유가오마루(夕顏丸)에 나가 있겠네."
료마의 말이다. 유가오마루란 요도가 보낸 도사 번의 배로서, 이미 나가사키 항에 닻을 내리고 있었다. 고토의 승선을 기다리고 있는 것이다.
"료마, 마지막으로 한 마디만 더 하겠다."
고토는 일어나서 말했다.
"자네가 도사 번에 대해 냉담한 까닭은 나도 알고 있네. 자네의 머릿속에는 일본은 있지만 도사 번은 없다는 것도 알고 있어. 자네는 향사야. 향사에게는 향사로서의 감정도 있겠지. 그러나 평생에 단 한 번인 셈치고 이번만은 번의 위기를 도와주게."
"도울 방법이 있다면 그래야겠지……."
료마도 일어났다.

고토는 이윽고 빗속으로 사라진다.

잠시 후 료마도 도사야에서 나왔다.

초롱불을 옷소매로 가리며 우산도 받지 않고 돌길 위를 달렸다.

도중에서 무쓰 요노스케를 만났다.

"대장님, 어디 가십니까?"

"아, 마침 잘 만났군. 어쩌면 지금 항구에 정박해 있는 유가오마루로 교토에 가게 될지도 몰라. 내일 아침 네 시, 유가오마루에서 기다려라."

"저 혼자서요?"

"혼자만이 아니야. 나카오카 겐키치와 둘이서다. 다른 사람은 나가사키에 남아서 계속 일을 본다. 그 남은 일에 관한 얘기도 하고 싶으니, 스가노 가쿠베에들에게 아침 세 시, 도사야에 모여 달라는 말을 전해주게. 그 친구들 오늘 밤, 마루야마에서 마시고 있는 모양이니까."

"교토에 가게 되는 것은 확실합니까?"

"모르겠어."

"무슨 일인데요?"

"그건 나도 알 수 없어. 무쓰, 홍수를 한 사람의 힘으로 막아서 딴 데로 돌려 버릴 수 있을까?"

료마는 빗속을 달리기 시작했다.

이윽고 고소네의 별장에 이르자, 안에서 월금(月琴) 소리가 들려 나온다.

오료가 뜯는 것이 틀림없다. 그녀는 요즘 월금을 배우느라고 열심이었다.

료마가 부엌으로 들어가자, 곧 월금 소리가 멎으며 오료가 일어나 나왔다.

"어쩜! 흠뻑 젖었네요."

"말려 줘. 목욕물은 있나?"

료마는 걸으며 옷을 벗었다. 옷을 아무렇게나 내동댕이치고 욕실로 들어간다.

"오료도 들어와."

"옷을 개야죠."

여느 때와는 달리 료마는 고집을 부렸다. 할 수 없이 오료도 욕실 앞에서 옷을 벗고 안으로 들어갔다. 그런데 료마는 얼른 탕 속에서 일어나 그대로 욕실에서 나가 버린다.

'어머나, 대체 저이가……'

오료는 웃음을 참지 못했다. 같이 목욕을 하자는 뜻인가 했더니, 그게 아니었던 모양이다.

30분쯤 후에 료마는 건어물을 안주로 하여 술을 마시고 있었다. 잠자리에서 술을 마신다는 것도 그에게는 좀처럼 없었던 일이었다.


"오료, 마셔."

료마는 잔을 내민다. 잔 대신 사발 뚜껑이다. 양이 많았다.

"이렇게 많이요?"

그러면서도 오료는 순순히 받아들었다.

"아이, 써!"

"웬일로 오늘 밤은 고분고분하네."

여느 때의 오료 같으면, 료마가 같이 마시자고 해도 '싫어요' 하면 그걸로 끝이었다.

"무서우니까 그렇죠."

"내가 그렇게 무서운 얼굴을 하고 있나?"

료마는 얼굴을 쓱쓱 문질러 보았다.

"워낙 이렇게 무뚝뚝하지 않나."

"하지만 여느 때보다 더한 것 같아요."

오료는 무서운 듯이 료마를 바라보고 있었다.

"그래?"

"뭐, 심란한 일이라도 있으신가요?"

"있어."

그 때문에 술을 마시고 있는 것이다.

"오늘이 며칠이지?"

"9일."

"14일은 다카스기의 제삿날이다. 나는 집에 없을 테니까 절에라도 가서 공양을 하고 오도록 해."

다카스기 신사쿠는 두 달 전인 4월 14일, 스물여덟의 젊은 나이에 결핵으로 죽었다.

"만약 하늘이 이 땅에 다카스기를 내려 보내지 않았다면 조슈는 지금쯤 어떻게 되었을지 모른다. 오늘날의 천하 정세의 그 일부는 다카스기가 이룩한 거다."

료마가 자꾸만 다카스기의 생각을 하는 것은, 그 변화무쌍하고 병법이 거침없는 다카스기 신사쿠라면 지금과 같은 사태에 어떻게 임할까 라는 생각이 떠올랐기 때문이다.

다카스기는 도저히 일어날 수 없음을 알자, 어린 아들 도이치(東一)의 머리를 쓰다듬으며 말했다.

"아버지의 얼굴을 잘 기억해 두어라."

그리고 붓을 들어 유언시의 첫 구절을 종이에 썼다.

"아기자기한 재미도 없는 세상, 즐겁도록……."

그 다음이 얼핏 떠오르지 않아 머뭇거리고 있자, 간호하고 있던 여승 노무라 모도니(野村望東尼)가 이어 주었다.

"……꾸미며 사는 것은 마음인가 하노라."

다카스기는

"……재미있군."

그러고 조용히 눈을 감았다. 그것이 다카스기의 임종이었다.

료마는 넋을 잃은 얼굴로 술만 거듭 마시고 있었다.


아직 다카스기가 죽기 전, 료마는 조슈의 동지들과 시모노세키의 술집에서 술을 마시고 있었다.

"세상이 다시 태평해지면 어떻게 지낼 것인가?"

우연히 그런 화제가 나왔다. 좌석에는 가쓰라, 이노우에 등이 있었고, 훨씬 아랫자리에는 이토 슌스케, 야마가타 교스케 등이 있었다. 뒷날 모두 유신 정부 고관이 되어 귀족의 지위에 올랐다.

"나 말인가?"

료마는 즉석에서 말했다.

"칼을 던져 버리고 일본에서 뛰쳐나가 배나 타고 다니면서 지내겠네."

"난 무엇을 할까?"

다카스기가 고개를 기웃거리자, 료마가 대신 말했다.

"자넨 노랫가락이나 지으면서 살지 그래."

그러고 나서 료마가 샤미센을 뜯고, 다카스기는 자기가 지은 노래를 부르면서 떠들어 댔다.

“제법이야…….”
그 무렵부터 료마는 다카스기의 노래 짓는 솜씨에 탄복하고 있었다.
“오늘 밤은 다카스기의 노래라도 불러 주자.”
료마는 오료에게 샤미센을 준비시켰다.
“밤이 깊으니 조용히 뜯도록 해.”
료마는 오료의 무릎을 베개 삼아 드러누웠다. 노래라도 부르면서 묘안을
생각해 내려고 했던 것이다.
“삼천 세계부터 불러 보기로 할까?”

　　삼천 세계 까마귀를 모두 죽이고
　　임과 함께 아침잠 달게 자련다

오료의 무릎은 따뜻했다. 그대로 자버리고도 싶었으나, 고토의 청을 받아
들인다면 아침잠은 커녕 날도 새기 전에 유가오마루를 타고 교토로 향해야
할 것이다.

　　무사와 같아라
　　다카야마 히코쿠마루의 기개를 지녀라
　　교토의 산조 다리 위에서
　　저 멀리 황제를 향해 엎드려 절을 올리니
　　흐르는 눈물은 가모의 물

“다카야마 히코쿠마루는 어떤 사람입니까?”
“기묘할 정도로 우직한 사람이지.”
료마는 자신이 태어나기 4, 5년 전에 죽은 사람이라고 말했다. 근왕운동의
선구자로 당시는 별난 사람 취급을 당했다. 모든 나라를 돌며 자신의 주장을
펼치며 다녔는데, 규슈 구루메(九州 久留米)에서 세상을 한탄하며 할복하였
다. 료마가 그를 기묘할 정도로 우직하다고 표현한 것은 사나이들의 기묘한
정열을 말한 것이며 거기엔 료마 자신도 포함되어 있었을 것이다.

　　임을 위해 고생은 마다 않으니

보람 있게 해주셔요, 잊지 마시고.

"오료, 임자가 하고 싶은 말일 테지?"
료마는 무릎 위에서 장난스럽게 웃고, 얼른 돌아누웠다.

　　석 되들이 술통을 옆에 끼고
　　에라 모르겠다, 마셔나 보자.

료마는 "술" 하고 소리쳤다.
오료는 잔을 집어 들고, 식은 술을 자기가 먼저 머금었다가 료마의 입에 옮겨 주었다.
"유난히 술맛이 싱거운 걸."
꿀꺽 삼키고 나서 료마는 얼굴을 찌푸렸다.
료마는 노래를 마치자, 숙은 듯이 침묵에 빠서들있다.
"무슨 생각을 하시는 거죠?"
오료는 견디다 못해 물었다.
"여자 생각이야."
"네? 그럼 오모토라는?"
오료의 무릎이 딱딱해졌다. 오모토라는 기녀가 요즘 료마에게 반해 정신이 없다는 말을 오료도 들은 일이 있었다.
"……그 여자 말인가요?"
"아니야."
"그럼 또 있단 말이에요? 아니면 진수부에 있는 다즈 아가씨 생각을 하셨나요?"
"아니라니까."
료마는 벌떡 일어나 오료를 쳐다보았다.
"오료, 여기 어떤 여자가 있어."
"어떤 여잔데요?"
"사내가 둘씩이나 있는 거야."
"어머나, 그럼 당신 말고도……."
"도무지 애기가 안 통하는군."

료마는 예의 일녀이남론을 꺼냈다. 도사 번의 요도를 말한 것이다.

"난 또……비유를 든 거예요?"

"오료가 그런 지경에 빠지면 어떻게 하지?"

"죽어야죠."

그녀는 시원스럽게 말했다.

"역시, 죽어야 하나…… ?"

"그 길밖에는 별 수가 없잖아요?"

'요도공은 역시 죽을 수밖에 없구나.'

료마는 저도 모르게 히죽이 웃었다. 노공에게는 안 된 일이지만, 시대를 농락한 것에 대한 당연한 응보라고 생각하지 않을 수 없었다.

——죽으면 되는 거다.

고토에게 했던 말을 그는 다시 한번 생각했다. 요도에게는 가혹한 말일지 모른다. 그러나 다케치 한페이타도 요도에 의해 죽음을 당했다. 그 응보는 당연히 받아야 하는 것이었다.

'노공의 근왕과 좌막이라는 양날의 칼 때문에 얼마나 많은 도사 번의 지사 들이 죽어야 했던가?'

'죽어라, 너도 죽는 거다!'

교토에서 사쓰마 조슈의 총참모 역으로 활약하고 있는 나카오카 신타로 가, 요도에게 그 대가를 치르게 할 것이다.

'나카오카라면 해낸다. 나카오카에게는 그만한 수완이 있다.'

나카오카는 어디까지나 유혈 혁명론자다. 최근에도 그에 대한 논문을 써 서 동지들 사이에 회람시킨 일이 있다. 명석한 논지로 될 수 있는 대로 평이 하게 쓴, 근래에 드문 명론이었다.

혁명에는 끈질긴 정치공작이 필요하다. 그러나 그것만으로 이루어지는 것 은 아니다. 최후에는 전쟁이 필요하다. 포연(砲煙) 속에서 역사는 전환된다 는 것이 오래 전부터 나카오카의 주장이었다. 이제 그는 자신이 말하는 최후 의 단계까지 정세를 몰고 온 셈이었다.

그 정세에 몰려서 궁지에 빠져 버린 것은 당장은 막부라기보다, 요도와 같 은 기회주의적 인물이라고 해도 좋았다.

료마는 오료의 무릎을 밴 채 잠이 들고 말았다.

‘어머나, 잠이 들었네……’

오료는 료마의 잠든 얼굴을 들여다봤다. 이상하게 앳되고, 꿈이라도 꾸고 있는 것 같은 모습이었다. 오료는 살며시 무릎을 빼고 이불을 덮어 주었다.

‘무슨 생각을 하고 있는 걸까?’

도무지 속을 알 수 없는 사내였다. 평소에도 이 고소네의 별장으로 돌아오는 것은 사흘에 한 번도 되지 않았다. 나머지는 사무실인 도사야에서 자기도 하고, 해원대 숙사에 틀어박힌 채 통 돌아오지 않는가 하면, 때로는 마루야마의 오모토와도 함께 자고 오는 눈치다.

‘여자에게는 평범한 남자가 제일이야……’

오료는 그렇게 생각했다. 료마와 같은 남자는 재미있는 점도 있기는 했으나, 평생을 같이 살아 봐야 여자의 마음을 만족시켜 줄 수 있는 상대는 아닌 것 같았다.

오료는 늘 그런 것을 마음 한구석에 담아두고 있었다. 그렇다고 어떤 중대한 결정을 내릴 생각은 없었다.

오료는 자리를 펴고 한동안 누운 채 이야기책을 읽고 있었으나, 이윽고 그 책으로 얼굴을 가린 채 그녀도 잠이 들었다.

호롱불을 그냥 켜 놓은 채였다. 기름이 없어지면 저절로 꺼지겠지.

오료는 언제나 그런 식이었다.

──낭비다.

이 말을 료마는 하지 않았으나, 속으로 그리 달갑게 생각하지 않는 듯했다.

도사 번의 감찰이며, 근왕파인 사사키 산시로가 나가사키에 왔을 때 무쓰 요노스케에게 귀엣말로 물었다.

“저게 유명한 료마의 오료인가?”

“미인이지만 여자로서는 어떨지 모르겠군.”

그런 평이 돌고 돌아서 료마의 귀에까지 들어 왔을 때 료마는 웃으면서 말했다.

“다른 여자가 갖지 못한 좋은 점이 있다. 사람의 어리석은 점은 남에게 완전한 것을 구한다는 것에 있다. 오료는 과연 좀 별난 데가 있는 여자지만 나만은 오료의 장점을 알고 있어.”

“말하자면 반한 거겠지.”

사사키의 평을 전한 것은 고토였다. 고토가 그렇게 놀려 대자 료마는 대꾸했다.

"반하지 않고서는 아무 일도 할 수 없어."

반하지 않으면 세상만사 되는 일이 없다고 말한 것이다. 그 료마가 밤중에 눈을 떴다.

등잔불은 아직 켜진 채였다.

'벌써 두 시인가?'

료마는 품속에서 시계를 꺼내 보고 문득 바깥에 귀를 기울였다. 비가 그치고 바람도 잔 모양이었다.

'이만하면 배가 떠날 수 있겠지.'

그렇게 생각하자 갑자기 교토에 가 보고 싶은 생각이 솟구쳤다. 가 봤자 풍운을 수습할 가능성은 없었다. 그러나 하는데까지는 해 봐야겠다고 마음 먹었다.

료마는 오료의 머리맡에 앉아, 그녀의 얼굴을 가린 책 겉장에 편지를 쓰기 시작했다.

료마가 책 겉장에 쓴 편지는 불과 몇 줄밖에 안 되는 것이었다.

교토로 간다.

그곳에서 만약의 경우가 생길 때는 조후(長府)의 미요시 신조(三吉愼藏)를 찾아가도록.

미요시 신조는 조슈 번의 지번인 조후 번에 속해 있었다. 료마가 사쓰마 조슈 연합 때문에 바쁘게 뛰어다닐 때, 데라다야(寺田屋)에 같이 묵은 일이 있었고, 막부 관리의 공격을 같이 막아낸 일이 있는 그 사나이다. 료마의 수많은 동지 가운데서도 오료를 잘알고 있는 자는 미요시 신조뿐이었다.

'됐다!'

료마는 붓을 던지자, 간단한 몸차림을 하고 그대로 고소네의 별장에서 빠져 나왔다.

밖은 아직 어두운 밤이었다.

'교토라……'

하늘을 올려다봤다. 많은 별들이 떼지어 반짝이고 있었다.

'묘안은 없을까?'

료마는 어두운 돌길에 굽 높은 게다 소리를 요란스럽게 내며 서쪽을 향해 걸어갔다.

방안은 있었다.

그 방안이란 고토가 "부탁한다"는 말을 했을 때 순간 번뜩인 생각이었으나, 그것이 과연 실현될 수 있을까 하는 점을 료마는 골똘히 생각하고 있었다.

'대정봉환(大政奉還)'이라는 방안이었다.

장군에게 정권을 내놓도록 권해보자는 안이다.

경천동지의 기수(奇手)라고 할만 했다.

만일 장군 요시노부가 도쿠가와 15대, 300년의 정권을 내던지고 "조정에 봉환한다"는 말만 하게 되면, 사쓰마, 조슈의 유혈 혁명파는 치켜들었던 칼을 처치하기가 곤란하게 되리라.

그 틈에 교토에다 일거에 천황을 중심으로 하는 신정부를 수립해 버리는 것이다. 그 정부는 현후, 지사, 공경의 합의제로 한다.

그 순간에 막부는 없어지고 도쿠가와는 1개 제후의 지위로 떨어진다. 그런 자기 부정의 길을 요시노부는 과연 취할 것인가?

'사람이란, 자기 자신에 대한 혁명을 일으킨다는 것은 불가능에 가까운 일이다. 장군이 스스로 장군의 지위를 내버리는 일을 과연 할 것인가?'

인정상 그것은 어려운 일일 것이다.

설사 요시노부가 개인적으로 그런 심경에 달한다 해도 요시노부를 에워싸고 있는 막부 관료들이 그것을 허락하지 않을 것이다.

'그러나……'

료마는 다시 생각한다. 일본을 혁명 전쟁에서 구하는 길은 그 한가지 밖에 없다.

도쿠가와의 가명을 후대까지 남기는 방법도 그 길밖에 없고 도사 번의 노공 요도의 괴로운 입장을 해결하는 길도 역시 그것밖에는 없었다.

기막힌 묘수이기는 했다.

그러나 기술적으로 그것은 곤란했다.

료마가 도사야에 이르자, 이미 스가노 가꾸배에 등 일동이 모여 있었다.

"난 이제부터 교토로 간다."

료마는 도사 사투리로 말했다.

"성공할지 어떨지는 모르지만, 현재의 정세대로 내버려 두면, 일본도 프랑스의 대혁명전쟁이나 미국의 남북전쟁 같은 사태를 겪게 된다. 끔찍한 재난은 농민, 상인들에게까지 미쳐 아녀자들의 시체가 길거리에 산같이 쌓일 것이다."

료마는 자신이 제시하려는 안을 선선히 그 자리에서 털어 놓았다.

가장 연소한 나카지마 사쿠타로가 놀란 듯이 말했다.

"사카모토님, 전에는 도쿠가와를 쓰러뜨려야 하며 다소의 전쟁 피해는 어쩔 수 없는 것이라고 말씀하시지 않았습니까?"

"생각하면 나도 좀 어렸던 거야. 말하자면 객기가 있었던 거지."

료마는 턱을 문질렀다.

"능청스럽습니다."

"그렇지, 능청스러워."

"식언자(食言者), 변설자(變說者)에 거짓말쟁이라는 비난을 면치 못할 겁니다."

"면치 못하지."

료마는 괴로운 얼굴을 지었다. 그 때문에 어젯밤부터 줄곧 씁쓰레한 가슴속을 달래지 못하고 있는 것이다.

"사카모토님, 유사시에 해원대가 에도로 진격한다고 말씀하신 것은 거짓말이었나요?"

"요시노부의 태도 여하에 달렸다. 요시노부가 내 의견을 듣지 않는다면 제군들은 포탄을 가득 싣고 나가사키 항을 떠나게 될 거다."

"……."

모두 잠잠해져 버렸다.

그러나 젊은 사쿠타로는 그래도 화통이 터지는 듯 내뱉었다.

"싸움이 아니고는 혁명의 위업은 달성할 수 없습니다. 역사가 그것을 증명하고 있지 않습니까? 사카모토님, 사카모토님은 오랫동안 우리의 동지였던 사쓰마 조슈를 배반할 작정인가요?"

아픈 데를 찌르는 한 마디였다. 사쓰마 조슈의 수뇌부는 철저한 주전론자인 것이다. 서양식 무기의 포탄을 도쿠가와 정권과 같은 영주들에게 퍼부어 그들의 시체 위에 새로운 정권을 수립하려는 생각이다.

그러나——

료마가 이 묘책을 들고 나설 때, 사쓰마 조슈는 적을 잃게 되고 칼을 내리칠 데가 없어진 채, 한낱 꼭두각시로 전락해 버리고 마는 것이다. 무서운 안이라고 할 수 있었다.

"사쓰마 조슈에게는 미안하게 된다. 그러나 나는 그들 사쓰마 조슈의 새 정권을 위해 활동하고 있는 것은 아니다."

"뭐라고요?"

"일본인을 위해서야."

료마는 나직한 소리로 말했다. 혁명 정치의 거점을 거기에 두고 있는 그의 독특한 사고방식은 이미 가쓰 가이슈의 가르침을 받은 수년 전부터 거대한 나무처럼 그의 가슴에 자라고 있었다.

"사카모토님, 그러시면 사카모토님은 의지가지없는 외톨이가 됩니다."

"각오하고 있다."


료마는 도사야 뒤꼍에서 보트를 탔다. 대원 여섯 명이 노를 들었다.

그때 사쿠타로가 달려와 보트로 뛰어들었다.

"나도 젓겠네."

노 하나를 집어 든다.

료마는 고물 쪽에서 키를 잡고 있었다.

"자, 가자."

아직 해는 떠오르지 않았다.

"사카모토님, 아까는 죄송합니다."

사쿠타로가 노를 저으며 말했다.

"뭐가?"

"사카모토님이 시대의 고아가 된다고 한 것 말입니다. 그 말은 지나쳤습니다."

"지나치긴……."

료마는 밤바람 속에서 대답했다.

"사나이의 의기가 아니겠는가."

시대의 고아가 되는 것이 말이다. 시류는 지금 사쓰마, 조슈를 향해 흐르기 시작하고 있다. 그에 편승해 대사를 이루는 것도 통쾌할지 모르지만, 시대의 흐름을 버리고 풍운 속에 홀로 서서 정의를 외치는 편이 훨씬 용기가 필요한 일이었다.

'묘한 사람이다……'

젊은 사쿠타로는 그렇게 생각했다.

지금까지의 료마는 철두철미 사쓰마 조슈 편이었다. 원수 사이인 사쓰마 조슈를 연합시켜 거대한 막부 타도 세력을 만든 것은 바로 료마였다. 말하자면 사쓰마 조슈 동맹의 두목격인 것이다.

그것이 막상 막부를 타도할 단계에 이르러 갑자기 그 세력에서 스스로 물러나 전혀 다른 입장에 서려는 것이다.

"한 번 더 여쭤 봐도 되겠습니까?"

사쿠타로는 노를 멈췄다.

"뭐든지."

"그토록 유혈이 싫으신가요? 전부터 사카모토님은 회천에는 전쟁밖에 없다고 했습니다. 사쓰마, 조슈에게 많은 무기를 사게 했습니다. 해원대도 키워서 막부 함대를 깨뜨리고 바다로 나아가 에도를 친다고 했습니다. 심지어 천주교도들까지 선동하자고 했던 사카모토님입니다. 그런 방침을 어째서 바꾸셨습니까?"

"바꾸지는 않았다. 회천은 결국 군사력에 의하지 않고는 성사되기 어려울 거다. 그만한 각오는 있다. 그러나 만약 그것을 회피할 수 있다면 그 방법을 먼저 써 봐야 할 게 아닌가?"

"요시노부 장군이 순순히 응하리라고는 생각되지 않는데요?"

"요시노부가 어리석다면 고집할 거다. 그때는 내가 제일 먼저 요시노부 토벌군을 일으킬 작정이다."

"유혈입니까?"

"그때야말로 다소의 희생은 불가피하다."

"그러나."

사쿠타로는 마지막 의문을 털어놓으려고 노를 거두어들이고 앉음새를 고쳤다.

"그러나?"

료마는 사쿠타로를 바라보았다.

"여쭤 봐도 되겠습니까?"

"좋고말고."

"사카모토님은 도사 번을 버린 분입니다. 바로 거기에……."

료마의 매력이 있었던 거다……그런 말을 사쿠타로는 하고 싶었다. 사쿠타로 등 도사의 향사들은 모번(母藩)에 대한 원한이 컸고 그 때문에 료마에 대해 매력을 느꼈으며, 그를 두령으로 받들고 일하고 있는 것이다.

"그러나 지금 그 전쟁 회피책은 오로지 도사번을 구하기 위해 생각해 낸 것이 아닙니까?"

"결과적으로는 그렇게 될 테지. 이 계획이 성공한다면 도사 번은 일약 사쓰마 조슈를 밀어 제치고 풍운의 으뜸 자리를 차지하게 될 게다."

"어, 어째서 그토록 친절을…… ?"

"친절이 아니야. 나는 사쓰마 조슈의 심부름꾼이 아니다. 동시에 도사 번의 앞잡이도 아니다. 나는 이 60여 주(州) 가운데서 유일한 일본인이라고 생각하고 있다. 내 입장은 그것뿐이야."

"그래서요?"

"도무지 알아듣지 못하는군. 너나 나나 나가사키에 있지. 매일같이 영국 장사꾼들과 접촉하고 있다. 사쓰마의 사이고나, 조슈의 가쓰라와는 좀더 다른 각도를 가지고 있다."

사쓰마는 일찍부터 영국인과 접촉했고 조슈는 료마의 중개로 영국인과 밀착하게 됐다. 그 때문에 사쓰마 조슈는 영국을 배경 세력으로 하게 되었다.

내란이 일어나면 기뻐하는 것은 영국을 비롯한 열강들이다. 료마는 그것이 두려워지기 시작한 것이었다.

막부는 프랑스와 제휴하고 있다. 군사적으로도 경제적으로도 그들의 원조를 받고 있다. 나폴레옹 3세는 유럽 정계에서도 이름난 재주꾼이며 그가 막부를 원조하는 본심은 일본을 식민지로 삼으려는 것에 있다.

그래서 "막부를 어서 타도해야 한다"고 료마는 주장해 왔던 것이다.

그러나 사쓰마 조슈는 암만해도 영국과 너무 깊은 관계를 맺고 있는 것 같았다. 앞으로 사쓰마 조슈가 막부를 쓰러뜨린다면, 영국은 어떤 태도로 나올 것인가.

"어쨌든 사쓰마 조슈를 전쟁에서 이기게 하면 영국에만 이익이 돌아가 좋지 않다. 전쟁 없이 대업을 이룩한다면 영국도 프랑스도 모두 어리둥절할 게 아닌가. 일본인 자신의 손에 의해 독자적인 혁명이 이루어지는 거란 말이야. 그 혁명에 도쿠가와 요시노부마저 참가시킨다. 그를 혁명의 공신으로 만들어 주는 거다. 그렇게 되면 영국도 프랑스도 손을 댈 여지가 없어질 것이 아닌가?"

보트는 바다로 나왔다.
"유가오마루는 어디 있습니까?"
아직 어둠이 짙어서 항내에 정박해 있는 배가 보이지 않는 것이다.
"에비스 섬(夷島)의 불빛이 안 보이나."
근시인 료마는 어둠 속의 항구를 유심히 둘러본다.
"저거 아닙니까?"
눈이 밝은 사쿠타로가 손을 들어 가리킨다.
"그 에비스 섬의 불빛을 정북에 두고 저어 가면 유가오마루의 뱃전에 닿을 거다."
"알겠습니다."
대원들은 또 노를 젓기 시작했다.
이윽고 유가오마루가 희미하게 보이기 시작했다.
이 유가오마루는 고토 쇼지로가 상해에 가 있을 때 영국인 상회에서 산 배로, 원래는 슈린 호라고 했다.
이윽고 뱃전에 닿았다. 나카지마 사쿠타로가 배 위를 바라보며 소리쳤다.
"사카모토 료마요오——"
"기다렸소. 곧 사다리와 칸델라를 내려 보내죠."
이윽고 갑판 위에는 사람들이 뛰어다니기 시작했다. 덜컹거리는 소리와 함께 줄사다리가 내려온다.
료마는 그것을 끌어다가 오른발을 올려 디뎠다.
"사카모토님."
사쿠타로가 매달렸다.
"사쿠타로, 이것 좀 놓게."
"사과하려는 겁니다. 제가 너무 폭언을 했던 것 같습니다."

젊은 사쿠타로는 단신 교토의 풍운 속에 돌을 던지러 떠나는 수령의 모습에서 극적인 감동을 느낀 듯했다. 매달린 채 울고 있는 것이다.

"우리는 모두 대장님 명령대로 움직일 것입니다. 죽으라면 언제든지 죽을 각오가 되어 있습니다. 교토에 가시거든 부디 몸조심하십시오."

"사쿠타로, 그만해."

료마는 호걸처럼 너털웃음을 터뜨렸다.

"자, 가네."

료마는 손을 뻗어 사다리를 움켜쥐자 잽싸게 올라갔다.

그때, 기다린 듯이 불쑥 태양이 솟아올랐다. 보트에서 올려다보고 있던 자들이 "앗!" 하고 모두 숨을 삼켰을 만큼, 그것은 극적인 효과가 있었다. 아침 햇빛을 받으며 료마는 올라간다. 대원들은 감동하여 아무도 입을 열지 못했다.

료마는 갑판 위에 뛰어 올랐다.

"여어, 사카모토!"

고토가 달려왔다.

"고맙네. 안 오나 했어."

"조금 늦었네."

료마는 갑판 위를 걸어가면서, 도사 번 상급 무사 출신인 선장 유히 게이사부로(由比畦三郎)의 인사를 받았다. 그 무렵 해군의 선구자로서 료마의 명성은 온 번 내에 알려지고 있었던 것이다.


"한잠 자고 싶네."

료마는 고토에게 말하고 선실로 들어갔다.

먼저 와 있던 해원대 문관, 나카오카 겐키치와 무쓰 요노스케 두 사람이 그 방에 들어왔다.

"이제부터 말하는 것을 잘 들어라."

료마는 침대 위에 책상다리를 하고 앉아 예의 대정봉환책을 자세히 얘기하기 시작했다.

나카오카, 무쓰 두 사람은, 평소부터 료마와 여러 가지 얘기를 해온 터라 이해가 빨랐다.

"딴은, 현재의 어지러운 교토를 구하는 길은 그것밖에 없겠군요."

"잘만 하면 일거에 혁명의 대업을 이룩할 수 있다."

"그렇습니다."

나카오카는 그 요령을 연필로 메모하면서 끄덕였다. 그러나 제대로 될까, 하는 불안은 있었다.

"일에는 시기라는 것이 있다. 이 안을 몇 달 전에 내놓았다면 세상의 웃음을 샀을 뿐이고, 몇 달 뒤에 내놓는다면 이미 포연에 휩싸인 뒤여서 아무 소용도 없게 된다. 지금이 바로 이 안을 빛낼 수 있는 때다."

"그렇습니다. 묘안인 만큼 썩기도 쉽습니다. 그런데 이 안은 사카모토님의 독창인가요?"

"아니야."

사실은 3년 전에, 일본의 최대 평론가라고 할 수 있는 두 인물을 통해서 들은 안이었다. 그때는 료마도 실현 불가능한 일이라고 생각했다.

'어떻게 그런 일을……'

장군이 자발적으로 정권을 반환한다는 것은 생각조차 할 수 없는 일이 아닌가.

안(案)이란 관념상의 일이다. 그것을 실행할 수 있는 시기를 찾아내는 것이 행동가의 직감이라고 할 수 있으리라. 료마는 삼 년 후인 지금에야 기억의 서랍 속에서 그때의 이야기를 끄집어 낸 것이다.

"어느 분의 뛰어난 의견입니까?"

"가씨와 오씨다."

가쓰 가이슈와 오쿠보 이치오(大久保一翁)를 말하는 것이었다. 양쪽 다 막부의 신하라는 점이 재미있다.

가쓰와 오쿠보의 천재적인 두뇌는 분큐 당시에 이미 '도쿠가와 막부는 오래가지 않는다'는 것을 꿰뚫어보고 있었다. 막부 기관으로서는 이미 천하를 이끌어 갈 수 없음을 그들 자신이 막부 관료였으니만큼 피부로 느낄 수 있었던 것이다.

"장차, 이 모순이 확대되면 마침내 막부 자체가 와해되고 도쿠가와는 멸망하게 된다. 도쿠가와는 역적이 되고 장군은 피살될 것이며, 자손들까지 뿌리를 뽑히게 된다. 막부가 무너져도 장군을 구하고 도쿠가와의 안전을 꾀할 수 있는 길은 하나밖에 없다. 도쿠가와가 가지고 있는 정권을 내던지고 자진해서 막부를 허물어 버리는 길뿐이다."

가쓰와 오쿠보는, 그들이 가장 사랑한 위험 사상가 료마에게 그런 말을 한 적이 있었다. 료마는 그저 농담 정도로 그 말을 들었다.

그 한 마디의 농담이 이제 때를 얻어, 거대한 생명력을 띠고 역사를 움직일 수 있는 단계에 이른 것이다.

"고토에게 자네들 두 사람이 이 안을 잘 설명해 주게. 나는 저녁 때까지 좀 잘 테니까. 고토와는 자고 나서 만나겠다."

배는 아침 햇빛에 물들며 출항하기 시작했다.


료마가 눈을 떴을 때, 선창에는 저녁놀이 비치고 있었다.

'안만 산(安滿岳)이구나……'

선창에 비친 산 모습으로 배가 지금 히라도 섬(平戶島) 동쪽 기슭 근처를 통과하고 있다는 것을 알았다.

바람이 있었다. 순풍인 듯했다. 그 바람을 이용하지 않고 계속 엔진 소리를 울리고 있는 것을 보면, 어지간히 교토 도착을 서두르고 있는 것이리라.

머리맡에 포도주 병이 놓여 있었다.

——잠에서 깨거든 기분 좋게 우선 한 잔.

보나마나 그런 고토의 배려였을 것이다.

'겁이 날 만큼 후대하고 있는 걸.'

일개 향사에게 번 전체가 이토록 호의를 보인 일은 또 없으리라. 호의라기보다도 아첨에 가까운 것이었다.

료마는 그 붉은 술을 잔에 따라 높이 쳐들며, 멀리 고향에 있는 누님을 위해 건배했다.

"오토메 누님! 오줌싸개 료마가 마침내 이만한 인물이 됐어요. 이것도 모두 누님의 가르침 덕분이오."

"쯧!"

오토메가 그 자리에 있었다면 료마의 잘난 척에 혀를 찼을 것이다. 그러나 료마의 가정교사로서는 기쁜 일이 아닐 수 없다.

몇 잔을 더 들이키고 침대에서 내려와 허리에 차고 있던 애검 무쓰노카미 요시유키를 뽑아 들었다.

그때 고토가 보낸 사람이 들어왔다. 잠이 깨셨으면 와 주셨으면 하는 전갈이었다.

료마는 방에서 나왔다.

"무쓰, 나카오카 있나?"

옆방에 대고 소리치자, 그들이 곧 달려왔다.

"무슨 낮잠을 그렇게 주무십니까?"

료마가 잠에서 깨기를 옆방에서 기다렸다는 뜻이다.

고토도 선장실에서 기다리고 있다는 말이었다.

"미안하게 됐는걸."

료마는 똑똑거리는 소리를 내며 목운동을 하고 말했다.

"워낙 좀 피로했던 참이라……피로하면 생각이 돌지 않지만 푹 자고 나면 자신이 솟구치거든. 덕분에 그 안을 반드시 성공시켜 보이겠다는 자신이 생겼어."

"반드시 성공할 것입니다."

무쓰 요노스케 무네미쓰, 뒷날 불세출의 외무대신이 되는 이 젊은이가 확신을 가지고 조용히 맞장구쳤다.

료마는 고토의 방으로 들어갔다. 그 방에만 파르스름한 새 다다미가 깔려 있었다.

고토는 료마를 보자마자 무릎을 쳤다.

"들었네, 천하의 대사는 이루어진 것이나 다름없군. 덕분에 도사 번도 구출된다, 도쿠가와도 구출된다. 그뿐 아니라 새 정부를 아울러 수립할 수 있으니, 정말 기막힌 묘책이야."

"아직 기뻐할 단계는 아닐세."

"그렇지. 모든 것은 교토에 도착했을 때의 일이니까."

고토는 술 준비를 시키려고 했으나 료마는 그것을 제지했다. 아직 논의할 일이 있었다.


"장군이 대정을 봉환하고 교토의 조정이 그것을 받고……그것만 가지곤 아무 소용없어."

"흐음."

교토의 조정은, 다소 과장된 표현을 하면 겐페이(源平) 시대 이래 한 번도 정권을 담당해 본 일이 없는 것이다.

남북조 당시에 고다이고 천황(後醍醐天皇)이 일시적으로 정권을 회복한 적이 있었지만 역시 물거품처럼 사라지고 말았다.

그 후에는 아시카가(足利)가 정권을 잡고, 이어서 오다 도요토미 시대로 들어와 지금의 도쿠가와 시대에 이른 것이다.

"천황은 학문과 가도(歌道)에만 전념할 것."

이것이 이에야스가 교토 조정에 과한 가장 엄격한 제약이었다.

그런 상태로 오늘날에 이른 것이다. 공경이라는 자들이 2백수십 명 있기는 하지만 그들 역시 현실적으로 정치를 해 본 경험은 없다.

기구 또한 마련되어 있지 않다. 조정은 의례(儀禮)만을 다룬 기구이며 정치기관은 아니었기 때문이다.

"내일부터 정권을 조정에 넘깁니다."

이런 말을 해 봤자 놀라는 것은 오히려 조정일 것이다.

"그 방법을 마련하지 않으면 안 된다."

대정봉환이란 안(案)만을 천하에 내던진다는 것은 불친절한 행동이라고 할 수 있다.

"자넨 정말 꼼꼼하군."

고토는 탄복했다. 료마라면 어딘가 성격적으로 거친 인상을 주고 있었기 때문에 고토는 뜻밖이었던 모양이다.

"당연하지 않나?"

료마는 탁상 위에 놓인 회중시계를 가리켰다.

"남에게 시계를 선물한다 해도 그 사용법을 가르쳐 주지 않으면 아무 소용도 없어."

"옳은 말이야."

"여덟 가지 방책이 있네."

료마는 말했다.

해원대 문관인 나카오카 겐키치가 큼직한 종이를 펼쳐 놓고 받아 쓸 준비를 했다.

"됐나?"

료마는 나카오카에게 눈짓을 하고, 그 눈을 선창으로 돌렸다.

"제1책, 천하의 정권을 조정에 봉환케 하고 모든 정령(政令)은 조정을 통해서 내리게 할 것."

제1항은 료마가 역사 위에 써놓은 가장 큰 문자라 할 수 있을 것이다.

"제2책, 상하 의정국(議政局)을 설치하고 의원을 두어 천황의 정무를 참찬(參贊)케 하며, 정무는 반드시 의논하여 결의할 것."

이것은 새로운 일본을 민주 정체로 한다는 것을 단호히 규정한 것이라고 할 수 있다.

여담이지만 유신 정부는 계속 혁명 직후의 독재 정체대로 계속되다가, 메이지 23년에 이르러서야 겨우 귀족원(貴族院), 중의원(衆議院)으로 이루어진 제국의회가 개원되었다.

"제3책, 유능한 공경, 제후 및 천하의 인재들을 고문으로 두고 관작을 내리며, 종래의 유명무실한 관작을 철폐할 것."

"제4책, 외국과의 관계에 대해서는 널리 공론을 참작하여 새로이 타당한 규약(새 조약)을 만들 것."

"제5책, 고래의 법령을 절충하여 새로이 무궁한 대법을 제정할 것."

"제6책, 해군을 확장할 것."

"제7책, 친병(親兵)을 두어 수도를 수호케 할 것."

"제8책, 금은 물가는 반드시 외국과의 평형을 유지토록 하는 법을 제정할 것."

고토는 경탄을 금치 못했다.

"료마, 자네 어디서 이 지혜를 얻어 왔나?"

"지혜라……."

사상이라는 뜻이다.

료마는 웃었다. 고토와 같은 시골 참정에게 말해 봤자, 지난 수년간의 료마의 고심은 이해할 수 없으리라.

"여러 곳에서."

고토가 놀란 것도 당연했다. 가에이(嘉永) 이래, 천하에는 구름과 같은 지사들이 출현했다. 그 거의 전부가 신국사상(神國思想)에 의한 양이론자들이며, 서양이라면 무조건 배척했다.

그 가운데 사쓰마가 영국과 싸우고 조슈가 4개국 함대와 싸운 후, 재빨리 군대를 서양으로 바꿔서 사쓰마 조슈 양 번이 맨 먼저 단순한 양이사상을 버렸다.

그들은 막부를 타도하려고 했다. 그러나 막부를 타도한 후 국가의 통치 형태를 어떻게 하느냐 하는 것에 대해서는 별로 생각하지 않고 있었다.

"교토의 조정을 받는다"는 바탕은 물론 있었다.

"받들면서 모리(毛利) 장군을 만든다."

한때는 그런 사상을 가지고 있는 자마저 있었던 모양이다. 모리는 조슈 번을 말했다.

당장 사쓰마의 사이고만 해도 분큐 3년에서 다음해인 겐지 원년 사이의 조슈 번의 동향을 살펴보고 "틀림없이 그렇다"는 단정을 내리고 있었다.

남의 뱃속을 그렇게 짐작한 이상, 사쓰마의 사이고 뱃속에도 '시마쓰(島津) 장군'이란 환상이 없었다고 단언할 수 없다.

분큐 겐지 당시의 조슈 번의 도량을 보고 다음과 같은 의미의 편지를 본국에 보낸 것에서도 알 수 있다.

"이러다간 우리 사쓰마 번이 조슈한테 당하고 만다. 우선 조슈를 군사적으로 짓눌러 버리지 않으면 안 된다."

도쿠가와 장군으로서는 외국의 수모를 받을 뿐이므로, 대신 교토의 조정을 옹립하고 일어서는 '시마쓰 장군'이 나타나면 내외직으로 깅력해 질수 있다는 자신에 입각한 것이었다.

그러나 결과적으로는 사쓰마가 정권을 탈취한다는 것과 다름없었다.

그 증거로 사쓰마 번의 시마쓰 히사미쓰는 유신 후 "나는 언제 장군이 되는 거냐?" 하고 측근에게 물었다고 한다. 측근들이 히사미쓰에게, 적어도 그와 비슷한 말을 해왔기 때문일 것이다.

이런 판국이었으니, 막부 타도 운동의 거두인 사이고도 "막부를 쓰러뜨린 후에는 어떤 통치형태를 만드는가?" 하는 문제에 대해서는 별로 생각하지 않고 있었다. 사이고에게는 혁명 후의 구상이 없었기 때문에 유신 후 그는 정부에 불만을 품고 사쓰마로 돌아가 사족주의(士族主義)를 내세워 반란을 일으켰다. 그런데 이 반란군조차 명쾌하게 정체를 주장하지 못했다.

사이고마저도 그런 형편이었다.

다른 도막 지사들에게도 혁명 후의 명확한 새 일본의 모습이 있었으리라고는 생각되지 않는다.

이점, 료마만이 뛰어나게 이례적이었다고 할 수 있으리라.

"천황을 받드는 민주 정체를 취한다"는 것이 선중팔책(船中八策)의 바탕이다.

"자네, 어디서 이런 지혜를 얻어 왔나?"

고토가 놀란 것도 무리는 아니었다.

그 대답으로서, 료마는 "여러 곳에서"라는 말을 할 수밖에 없었다.

처음에 료마는 단순한 양이론자였으나, 가쓰 가이슈에 의해 개화론자가 되었다.

그러나 근왕운동의 동지들은 대부분 신국 주의자여서, 료마는 "모르는 녀석들에게는 말할 필요도 없다"면서 자신의 속마음을 털어놓지 않았다. 만약 털어놓았다면 "양놈 냄새를 풍기는 녀석……"이라고 동지들에게 살해됐을지도 모른다.

어쨌든 료마는 가쓰를 알고 난 후부터 외국의 헌법이라는 것에 많은 흥미를 느꼈다. 에도에서 검술 수업을 마치고 귀국했을 무렵 난학당(蘭學堂)을 들여다본 일이 있었다.

선생은 네덜란드 정체에 관한 책을 번역하고 있었다.

료마는 네덜란드 어라고는 알지도 못하면서 선생의 오역을 지적했다.

"선생님, 지금 그 대목은 잘못 새기시는 것 같은데, 다시 한번 봐 주십시오."

료마는 네덜란드 헌법에 대해서는 가쓰를 통해 들은 말이 있었기 때문이다.

그토록 각국 헌법에 흥미를 가지고, 가쓰의 친구인 막신 오쿠보 이치오나 요코이 쇼난을 찾아다니며 귀찮게 여길 만큼 따져 묻곤 했다.

특히 나가사키에 상주하게 된 후로는 각국 영사나 상인들에게 "너희 나라는 어떠냐?" 하고 만날 때마다 유심히 물어 보곤 했다.

그 중에서도 료마를 크게 매혹시킨 것은 상원과 하원이란 의회 제도였다.

"의회 제도만 확립시키면 사쓰마 조슈 정권의 위험에서 피할 수 있다."

료마가 두려워하고 있는 것은 사쓰마 조슈 사람들이 '사쓰마 조슈 연립 막부를 수립하지는 않을까' 하는 것이었다.

그렇게 되면 여러 번의 지사들이 오랜 세월을 두고 피를 흘려온 참뜻을 잃게 된다.


지금 필자의 책상 위에는 한 권의 책이 있다.

《사카모토 료마와 메이지 유신》이라는 책이다. 저자는 프린스턴 대학의 일본사 교수, 말리어스. B. 쟌센이다.

쟌센은 이 선중팔책에 대해서 설명하고 있다.

"사카모토의 초안에는 이후, 20년간에 걸쳐 일본을 풍미하는 근대적인 여러 관념이 남김없이 포함되어 있다. 낡고 잘못된 여러 제도의 폐지, 통치형태와 상업조직의 합리적인 재편성, 국방군의 창설 등이다. (중략) 그것은 무력을 빌지 않고 막부 전복을 가능케 하려는 방책이었다. 메이지 유신의 강령이 거의 그대로, 이 사카모토의 강령 중에 들어 있다. 그 어휘는 1868년의 〈서문(誓文)〉에 고스란히 반영됐으며, 그 공약은 1874년 이다가키, 고토 등이 민선의회 설립운동을 시작할 때 청원의 기초가 되었다."

……

이야기를 다시 유가오마루로 돌린다.

10일, 배는 시모노세키 해협을 지났다.

다음 날인 11일 새벽, 이와미 섬(岩見島)을 통과하고 있을 때, 왼쪽 뱃전 쪽에서 충격이 있었다.

'좌초——'

료마는 벌떡 일어나 어둠 속을 더듬으며 갑판으로 나갔다.

배는 그대로 달리고 있었다.

선장 유히도 갑판으로 달려 나와 배의 점검을 명했지만, 침수되는 곳은 없는 것 같았다.

"고래와 부딪친 것이 아닌가?"

그런 결론이 내려졌다.

날이 샌 후, 기관을 멈추고 조사해 보니, 뱃전 중간쯤에 큼직한 상처가 있었다.

"암초에 걸렸던 거야."

료마가 선장에게 말했다.

"고래가 아니었던 모양인데요?"

"너무 섬에 접근했던 거요."

도사 번의 해군 기술은 아직 초보적인 단계여서, 육지를 바라보며 항해하는 원시적인 연안 항해법을 취하고 있었다. 그 때문에 밤이 되면 육지가 보이지 않아 크게 곤란을 겪는 것이다.

"정면으로 부딪쳤다면 침몰할 뻔했는데요."

"침몰이라면 말만 들어도 지긋지긋하오."

료마는 이미 배를 두 척이나 빠뜨려 버렸다. 그 때문에 이케 구라타 같은 아까운 동지도 잃고 말았다.

"계기로 배를 움직이면 되지 않소?"

"그런데 그것이……."

선장은 해도를 내보였다.

료마는 그 엉성한 지도에 그만 웃음을 터뜨리고 말았다.

"이런 해도로는 아무리 계기가 있어도 소용없지 않소."

"그렇소."

선장도 웃을 수밖에 없었다.

"해원대의 해도를 드리리다. 영국 측량선이 만든 거니까 약간은 더 정밀할 거요."

유가오마루는 계속 동쪽으로 달려, 12일에 무사히 효고 항에 도착했다.

료마는 효고에 상륙하여 육로를 통해 오사카로 갔다.


료마 일행은 오사카에 도착하자 니시나가보리의 도사 번저에 숙소를 정했다.

"진객이 나타났는걸."

번저에 있는 사람들은, 하인에 이르기까지 료마의 출현을 신기하게 생각했다.

과연 진객이기는 했다. 원래 료마는 오사카에 왔을 때는 사쓰마 번저나 사쓰마 번의 일을 맡아 보는 사쓰마야에서만 묵었고 도사 번저는 피해 왔던 것이다.

"료마, 마치 신기한 동물이라도 나타난 것처럼 모두들 자네 얘기만 하고 있어."

고토는 놀려 댔다.

"어째서 지금까지 번저를 이용하지 않았나?"

"내게도 약간의 자존심은 있을 게 아닌가?"

도사 번에서는 과거에 한번도 료마를 제대로 대접해 본 적이 없었다. 그뿐 아니라 도사 번은 한때 료마를 요시다 도요의 살해범으로서, 또는 탈번죄를 묻기 위해 포졸에게 미행하도록 시킨 일마저 있는 것이다.

그러나 지금은 사정이 달라졌다.

도사 번의 참정인 고토가, 료마를 마치 스승이라도 대하듯 하고 있는 것이다.

그것은 어쨌든——

고토와 료마 일행은 비책을 가지고 교토의 요도를 찾아가려다가 번저의 관원에게서 뜻밖의 말을 들었다.

"노공께서는 본국으로 돌아가셨습니다."

"그래?"

고토는 맥이 빠지는 듯한 얼굴이었다.

——급히 상경하여라.

요도의 긴급명령이 내렸기 때문에 이렇게 달려온 것이 아닌가?

"사현후 회의는 어떻게 됐나? 노공께서는 이번에야말로 히가시 산의 흙이 되신다면서 상경하셨다는 소식이었는데?"

"그런 결의로 떠나셨지만 교토 체제중 지병이 도지셔서……."

"화라도 나실 일이 있었던가."

또 그 화병이냐——

그렇게까지 묻고 싶은 듯한 고토의 말투였다.

"아닙니다. 치통입니다."

내막을 들어 보니 병도 병이지만, 그대로 교토에 머무르다가는 사쓰마의 전술에 말려들 것 같은 염려가 있어 그랬던 것 같다.

"재빨리 본국으로 도망쳤단 말인가."

그날 밤, 번저의 한 방에서 의논했다.

"고토군, 자네는 곧 도사로 돌아가게. 돌아가서 가쓰공을 설복시키는 거야. 나는 이대로 교토에 가서 사쓰마 번 친구들을 설복시켜 대정봉환에 찬성하도록 바탕을 만들어 둘 테니까."

"손을 나누어서 움직이자는 말이지."

"요도공을 설복해서 번론을 통일시켜 단결된 힘으로 풍운 속에 뛰어든다면 사쓰마 조슈라고 할지라도 무시하지는 못할 거다."


고토 쇼지로는 오사카 덴포 산 앞바다에 정박하고 있던 번선 우쓰세미마루(空蟬丸)에 탔다.

곧 닻을 올려 24시간을 달린 후 7월 8일 정오가 지난 무렵, 고치 성 밑 거리 우라도(浦戶)에 입항했다.

우라도에서부터는 말에 올랐다.

"자, 서둘러야 한다."

수행원들에게도 말을 재촉케 했다. 고치 성 천수각이 보이자 채찍을 더해 말을 몰았다.

"달려라!"

이윽고 성 밑 거리에 이르렀다. 이미 날은 저물어 집집마다 불이 켜져 있었다.

이날 요도는 산덴(散田) 저택에 나가 있었다.

어지간히 무더운 날이었다.

요도는 저물녘이 되자 뜰로 나가 마당에 모전을 깔게 하고, 바람을 쐬면서 저녁상을 받고 있었다.

시녀가 둘, 요도의 등 뒤에서 부채질을 하며 모기를 쫓고 있다.

'다이스케란 놈, 열심히 움직이고 있는 모양인데……'

요도는 아까부터 그 생각을 하고 있었다. 이누이 다이스케는 귀국 후, 한때 다케치 한페이타가 취했던 것과 같은 사상적인 입장이 되어 은근히 하급 번사들을 규합하고 있는 눈치라는 것은 요도도 이미 들어서 알고 있었다.

'다이스케는 아마 사쓰마측과 어떤 줄을 대고 있을 것이다.'

골치 아픈 일이라고는 생각했으나, 그렇다고 요도는 한페이타의 경우처럼 탄압을 가할 생각은 없었다. 시대의 추세도 바뀌었을 뿐만 아니라, 다이스케는 무엇보다도 요도의 총신의 하나인 것이다.

그때 담 밖에서 말발굽 소리가 들려 왔다. 곧 신하 하나가 달려오더니 말했다.

"고토님이 지금 귀국하였습니다. 곧 뵙고 싶다는 말씀이신데요."

"이리 들라고 해라."

곧 석등에 불을 넣게 했다.

이윽고 고토는 예복 차림으로 나타나더니, 자갈 위에 꿇어 엎드렸다.

"그 자리 위로 앉아라."

고토는 앞으로 나아가 대정봉환에 대하여 설명했다. 요도는 고개를 쳐들고 무릎을 치더니 소리치듯 말했다.

"쇼지로, 과연 명안이다."

뜻하지 않은 방책이었다. 요도는 크게 몸을 움직이면서 말했다.

"오늘날 천하를 건질 수 있는 길은 그 방법밖에는 없다. 그것을 번론으로 삼으련다."

고토는 면목을 세운 셈이었다. 그러나 그는 굉장한 안을 누가 세웠는지에 대해서는 끝내 요도에게 밝히지 않았다. 요도는 유신 후에야 그것을 알았다.

요도는 그야말로 미칠 듯이 기뻐했다.

박식한 그는 서양 전설에 있는 '스핑크스의 수수께끼'라는 것을 잘 알고 있었다.

"고토는 스핑크스의 수수께끼를 멋지게 푼 셈이다."

그는 가까이 있는 신하들에게 말했다.

스핑크스란 그리스신화에 등장하는 여성 괴상한 마귀를 말한다. 가슴부터 상반신은 여자이고, 하반신은 날개가 달린 사자 모양을 하고 있다.

이 괴상한 짐승은 테베 시 교외의 바위에 웅크리고 있다가 나그네에게 수수께끼를 내어 그것을 풀지 못할 때는 가차없이 죽여 버리곤 했다.

어느 날, 영웅 오이디푸스가 나타났다.

"나그네여."

스핑크스는 수수께끼를 던졌다.

"아침에는 네 발, 낮에는 두 발, 저녁에는 세 발인 괴물은 무엇인가?"

이 수수께끼는 아무도 풀지 못했다. 나그네들은 이 하찮은 수수께끼를 풀지 못하고 절망한 채, 이 괴수의 밥이 되곤 했던 것이다.

오이디푸스는 말이 떨어지자마자 대답했다.

"그건 사람이다."

그 순간, 스핑크스는 벌떡 바위에서 몸을 일으키더니, 스스로 바다에 뛰어들어 죽고 말았다.

"그것과 비슷한 일이다."

요도는 가까운 신하들에게 그렇게 가르쳤다.

"듣고 보면 아무것도 아니지. 그러나 그것은 보통 사람으로서는 좀처럼 알 수 없는 거다. 고토와 같은 사나이쯤 되어야만 비로소 풀 수 있다. 고토 쇼지로는 그리스의 영웅 오이디푸스를 능가하는 영웅이라고 할 수 있다."

요도는 자신이 발탁한 이 젊은 재상의 뛰어난 재능에 크게 만족하였다.

“쇼지로가 아니면 못할 착상이다. 내가 쇼지로를 기용했을 때 번의 원로들
은 뭐라고 했던가. 오비야 거리(帶屋町)의 개구쟁이에 불과하다고 하지
않았느냐 말이다.”

사실 요도가 발탁한 고토 쇼지로와 이누이 다이스케는 둘 다 어렸을 때는
동네에서도 이름난 개구쟁이여서 모두 고개를 내저었다.

그 두 사람을 “쓸 만하다”고 하여 맨 먼저 등용한 것은 근왕파 지사들에
의해 암살된 참정 요시다 도요였고, 다시 중직에 기용한 것이 요도였다.

그 점, 요도는 부하들의 재능을 발견하는 천재라고 해도 좋았다. 스스로도
그것을 자랑으로 여기고 있어, “오다 노부나가(織田信長)에 못지않다”고 평
소에도 말하고 있었다. 노부나가는 사람의 기량을 발견하는 점에서는 드물
게 보는 천재여서, 이를테면 하졸 가운데서 히데요시를 발견하여 계속 발탁,
기용했었다.

요도는 ‘노부나가의 환생’임을 자처하고 있었다. 다만 요도는 노부나가에
게 미치지 못하는 점이 있었다. 노부나가는 출신 계급 같은 것에는 아랑곳하
지 않고, 이를테면 신발 당번이었던 도키치로 히데요시를 발탁하여 군단의
사령관으로 삼았지만, 요도는 료마의 존재를 무시했다.

만약 고토가 “실은 이 안은 향사 사카모토 곤페이의 아우, 료마라는 자가
입안한 것입니다”라고 솔직히 말했다 하더라도, 요도는 무시했을 것이다.
요도의 감각으로는, 향사 따위가 정치를 논한다는 것은 유쾌한 일이 아니었
던 것이다.

# 석월야

료마는 배를 타고 요도 강을 올라갔다. 배 안에서 무쓰가 그런 말을 했다.

"결국은 고토가 명성을 얻게 되겠군요?"

무쓰가 보기에 고토는 자신의 착상처럼 시치미를 떼고 요도에게 진언할 것이 뻔했다.

도사의 상급 무사 기질로 보아, 하급 무사 료마의 이름은 절대로 입 밖에 내지 않으리라는 것이었다.

"틀림없이 그럴 겁니다."

무쓰에게는 그런 데가 있었다.

집요하고 극성스럽고, 그 때문에 도량이 좁다는 인상을 면치 못하는 것이다. 료마는 무쓰의 그런 결점을 잘 알고 있었다.

"당연하지 않나? 그는 참정이고 요도공의 신임도 있다. 이 공로로 더욱 번내에서 출세하게 된다면 잘된 일이 아닌가?"

"사카모토님은 어떻게 되는 겁니까?"

"바보 같은 소리!"

강물에 물결이 일어날 정도로 큰 소리를 질렀다.

"내가 그 따위 조그만 도사 번에서 하찮은 지위를 얻고 싶어 한다고 자네는 생각하나?"

"그야 그렇지만……."

"이 료마는 요도공 자체도 아예 안중에 없어. 상대조차 하지 않는 거야. 하물며 요도공의 부하에 불과한 고토 따위가 어쨌다는 거냐. 그가 이 공으로 번내에서 어떤 지위에 오르건 나하고는 상관없는 일이다."

"대단한 기염이군요."

옆에서 나카오카 겐키치가 쓴웃음을 지었다.

"나는 비록 태생은 도사 번의 미천한 신분이지만, 생각만은 도사 번 따위에 있지 않아. 일본이다. 일본에 관한 문제가 해결되면 다음에는 전 세계를 생각하는 거다."

"알아 모셔야겠군요."

나카오카가 히죽히죽 웃었다.

"그 정도의 기염을 토할 수 있으니까 매일매일을 태평한 얼굴로 보낼 수 있는 셈이군요?"

"그렇지."

료마는 강기슭의 갈대를 바라보면서 말했다.

"요도공은 24만 석의 주인이기는 하지만 그 밑에 쓸 만한 사람이라곤 고토와 이누이 정도에 지나지 않아. 나는 오갈 데 없는 무사이지만 좌우에 무쓰와 나카오카를 거느리고 있어. 무쓰는 새 시대가 열리면 일국의 외교를 주재할 수 있고, 나카오카는 능히 일국의 문화와 교육을 주관할 수 있을 거다."

배는 이윽고 후시미 데라다야 가까운 기슭에 닿았다.

그는 배에서 내려 데라다야로 들어갔다.

"료마요!"

앞서 이곳에서 습격을 받은 이후 처음이었다.

안에서 오토세가 달려 나오더니 료마의 얼굴을 바라보며 마루 끝에 쓰러지듯 앉았다.


료마를 손님으로 받는다는 것은 오토세로서는 상당한 각오가 필요한 일이었다. 일행을 이층으로 안내하자, 곧 다시 내려와 종업원들을 모아 놓고 단단히 다짐을 해 두었다.

"수상한 녀석이 살피러 오거든 곧 나한테 알려 줘야 해."

이층에서는 무쓰가 천정, 도코노마, 옆방 같은 곳을 두루 둘러보며, 싱글 싱글 웃으며 말한다.

"대장님, 여기가 바로 그 싸움터이군요. 오료님은 어디로 뛰어들어 왔죠?"

"뒤쪽 층계야."

"층계로 올라와서?"

"그렇지. 층계를 거쳐 저쪽 복도를 지나 방안으로 뛰어 들어온 거야. 다음에는 거의 기억이 없네."

"발가벗은 채였다면서요?"

고지식한 나카오카가 약간 목소리를 낮추며 말했다.

그때 오토세가 올라왔다. 앞치마에 무언가 싸 가지고 있었다.

"뭔가?"

"편지."

"아아, 고맙군."

료마는 고향에, 자신에게 보낼 편지는 데라다야 앞으로 띄워 달라는 말을 해 두었던 것이다.

유지에 싼 봉함 편지가 있었다. 모두 오토메 누님이 보낸 것이었다.

"애인쯤이나 되는 것 같군요?"

무쓰는 이죽거리면서 나카오카와 함께 옆방으로 자리를 피해 주었다.

어느 편지나 여느 때처럼 두서없는 넋두리가 많았다.

집에서 빈둥거리고 있자니 답답해서 죽어버리고 싶다든가, 차라리 집을 뛰쳐나와 교토에라도 가고 싶다든가, 나가사키에서 네 활개를 펴고 살아보고 싶다든가, 그런 종류의 말들이다. 요컨대 료마 옆에서 같이 살고 싶다는 것이리라.

'딱한 일이야.'

료마도 오토메의 심정을 모르는 것은 아니었다. 오토메는 남편을 마다하고 친정인 사카모토 집안으로 되돌아왔다. 여자로서는 불행하다고 할 수 있을지 모르지만, 사실 료마가 보는 바로는 그렇지도 않았다.

오토메의 불행은, 그녀가 여자로서 지녀야 할 재능 외에도 너무 많은 재능을 지니고 태어났다는 사실에 있으리라.

'잘못 태어난 거야.'

료마는 생각했다. 여자가 많은 재능을 지니고 태어나는 것처럼 불행한 일은 또 없으리라. 그 재능을 표현할 무대가 이 세상에는 마련되어 있지 않은 것이다.


'골치 아픈걸.'

료마는 편지를 내던지고 벌렁 누웠다.

……어떻게 해 줄 도리가 없다.

어렸을 때 료마는 그녀처럼 훌륭한 여자는 또 없으리라고 생각했다.

자라서도 료마는 누님이 자랑거리였다. 료마는 동지들과 술을 마시면서 곧잘 이 오토메 누님 이야기를 했다. 그 때문에 "료마보다 세다"는 소문이 떠돌고 있다는 것을, 료마는 농담 삼아 써 보낸 일이 있었다.

'정말이지, 그 무렵 오토메 누님은 발랄한 영기를 지니고 있었지.'

료마는 그렇게 생각했다. 그랬던 오토메가 지난 1, 2년 사이에 많이 달라진 것 같았다.

'시들고 말았어.'

이렇게 생각할 뿐이었다. 자신의 정열을 만족시킬 무대가 없기 때문에 그 정열이 스스로 중독을 일으키기 시작했다고 해도 좋으리라.

그 전에도 오토메가 그러한 자포자기적인 심정을 편지로 알려 올 때마다 료마는 농담 섞인 충고를 담은 답장을 써 보낸 일이 있었다.

'또 써야 하나.'

료마는 일어나서 하녀를 불러 붓과 종이를 가져오게 했다.

"누님도 딱하다."

그런 취지의 편지였다.

"몸이 좋아지는 대로 누님도 고향을 떠나겠다는 말씀인데……."

료마는 이렇게 써 내려갔다.

"그 점에 대해서는 나로서는 이의가 있습니다."

다시 말해서 오토메가 집을 뛰쳐나온다는 것에는 반대한다는 뜻을 밝힌 것이다.

"지금 나오시면, 이미 료마라는 이름은 어디에 가도 모르는 사람이 없으므로, 그 누님 되는 사람이 집을 뛰쳐나왔다면 남 보기에 부끄러운 일입니다. 3, 4년 전만 해도 저는 하찮은 존재여서 아무 상관없었지만 지금은 그렇지가 못합니다.”

료마는 써 내려가며 제풀에 웃다가, 이래서는 너무 가엾다는 생각이 들었다. 그래서 차라리 나가사키로 데려오리라 생각하여, 단을 내려 처음 쓴 것과는 딴판인 내용을 썼다.

“좋습니다. 제가 돌봐 드리죠. 나가사키에는 아내 혼자 있어서 나도 마음이 놓이지 않으니, 와서 같이 계시도록 해 주십시오. 머지않아 내가 직접 누님을 증기선으로 모시러 가겠습니다.”

또 오토메가 권총이 있었으면, 하는 말을 해 온 데 대해서는 “나가사키의 집에 가면 있기는 있다”고 료마는 말하고, “길이는 여섯 치 정도이고 오연발이며 단도보다도 작지만, 오십 간의 거리를 두고도 사람을 쏘아 죽일 수 있습니다. 그러나 누님에게는 드릴 수 없습니다.”

그 이유는 천하의 대사가 권총 한 자루로 해결되는 것은 아니며, 그런 생각을 하고 있으니까 집을 나온다는 것에 대해 찬성할 수 없는 것이다, 라고 다시 처음과 같은 문맥으로 되돌아가 있었다. 요컨대 누님과 동생과의 두서없는 실랑이었다.


다음 날, 료마는 교토에 도착했다.

교토에서 숙소는 역시 번저가 아니었다.

‘스시야(鮓屋)’라는 옥호의 상가였다. 도사 번저에 드나드는 재목상인데, 료마는 그곳을 해원대 교토 본부로 삼았다. 장소는 가와라 거리(河原町) 산조(三條)에 가까운 한길 근처였다.

다음 날, 해원대 효고 주재원인 노무라 다쓰타로(野村辰太郎)와 시라미네 슌메도 교토로 달려와 합류했다.

료마의 활약이 시작되었다.

도사 번저의 간부들과도 만나고 사쓰마 번의 사이고도 만나서 승낙을 얻었다.

사이고는 놀랐다.

“그런 일이 가능할까요?”

장군으로 하여금 정권을 반환하게 한다는 일이 무력에 의하지 않고 가능할 까닭이 없다는 것이 사이고의 관측이었다.

'절대로 불가능하다.'

사이고는 그렇게 믿고 있었다. 사이고는 어디까지나 막부 무력타도주의였다.

단순한 주의만은 아니다.

이미 사쓰마 조슈 양 번에 의한 무장봉기 계획은 익어 가고 있는 중이며, 내일 당장이라도 일어설 수 있게 되어 있었다.

"그러니, 그 일은 잠시 기다려 주기 바라오."

그 일이란 막부와의 전쟁을 시작하려는 비밀계획을 말한다.

'난처한 말을 하는걸.'

사이고는 그렇게 생각했다.

그러나 이 몸집 큰 사내는 그런 빛을 내색도 하지 않고 말했다.

"좋은 동지를 하나 소개하죠."

나카무라 한지로를 불러 명했다.

"시나가와님을 불러오게."

이윽고 한 젊은이가 나타났다. 료마도 안면이 있다. 조슈 번의 시나가와 야지로(品川彌二郎)였다.

"여어, 사카모토 선생, 시나가와입니다."

시나가와 야지로는 조슈 번에서 쇼카 서원파(松下書院派)의 한 사람으로서, 다카스기나 가쓰라에 비하면 훨씬 격은 떨어졌지만 능변과 빈틈이 없기로 동지들 사이에서는 정평이 있었다. 다른 번과의 절충이나 외교에는 그가 가장 적격인 것이다.

'어째서 시나가와 야지로가 이 사쓰마 번저에?'

잠복해 있는 것이다.

원래 교토에는 겐지 원년 여름의 하마구리 궁문 변란 이후 조슈인은 한 사람도 없는 터였다. 어쩌다가 잠입한다 해도 발견되기만 하면 가차 없이 처단되었다.

'어째서 시나가와가?'

료마는 그 점을 생각해 봤다. 사이고가 시나가와를 이 자리에 부른 것도 료마에게 그 '어째서'를 자문자답케 하고 싶었던 것이 틀림없다.

"머지않아 시나가와님은 본국으로 돌아가게 될 거요."

사이고가 그렇게 말했을 때, 료마는 비로소 모든 것을 알았다.

시나가와는 조슈의 비밀 연락관인 것이다. 드디어 궐기할 날이 결정되면 조슈군을 교토로 끌어들이지 않으면 안 된다.

'시나가와가 머지않아 귀국한다는 것은 전쟁 준비가 이미 끝났음을 말하는 거다. 사이고는 넌지시 나한테 그런 말을 비침으로써, 평화 수단에 의한 해결안 같은 것은 들고 나오지 말라는 말을 하고 싶었던 거다.'


료마가 입경한 다음 날 나카오카 신타로는 교토로 돌아왔다.

나카오카는 곧 니혼마쓰의 사쓰마 번저로 찾아가 사이고와 밀의했다.

"료마가 와 있네."

사이고는 현 시국 아래에서 가장 중대한 일부터 꺼냈다.

"대정봉환?"

나카오카는 놀랐다. 당장에는 료마의 진의를 이해할 수 없었다.

곁에 있던 사쓰마의 오쿠보 도시미치가 대들 듯이 물었다.

"나카오카군, 그런 일이 가능할까. 막부가 승낙할까. 안될 테지?"

"가능할 테지."

"어째서?"

"료마가 하는 일이기 때문이지. 그 친구는 지금까지 탁상공론을 외치고 다닌 일이 없어. 가능하다고 봤기 때문에 그런 안을 제시한 것일 거야."

"실현된다면 우리 계획은 차질을 가져오게 돼. 난처하지 않은가?"

사쓰마의 요시이 고스케가 말했다. 사쓰마 조슈의 군사 쿠데타 방안이 무너져 버리고 마는 것이다.

결국 료마와 동향인 나카오카가 책임지고 료마와 충분한 의견을 나누어 보기로 결정했다.

나카오카는 사쓰마 번저에서 나왔다.

"료마 녀석, 도대체 무슨 생각을 하고 있는 걸까?"

돌아오는 도중 내내 화가 치밀었다. 모처럼 고심참담 끝에 쌓아올린 계획이 료마의 출현으로 와해될 판이 아닌가?

'도대체 그 친구, 어쩌자는 걸까?'

그토록 격렬한 막부 타도주의자였던 사나이가 설마 이제 와서 막부를 옹호하려는 생각이 든 것은 아니겠지 하면서 나카오카는 뙤약볕이 내리쬐는 길을 걸어갔다.

가와라 거리를 동쪽으로 꺾어 넓은 한길로 들어섰다. 그 북쪽에 재목점이 있었다.

'여기가 해원대의 비밀 본부인가?'

나카오카는 가게 앞에 섰다. 처마 밑에 오래된 통나무가 잔뜩 쌓여 있었다.

"나는 도사 번의 이시카와(石川)다."

이시카와란 나카오카의 가명이었다.

"사이다니 있나?"

이것도 료마의 가명이었다. 그렇게 말하자, 점원이 안으로 들어갔다.

이윽고 눈이 부실 만큼 아름다운 아가씨가 나타났다.

"사이다니 님은 안 계시는데요."

처녀는 경계하듯 말했다.

"당신은?"

"이집 딸 지요입니다."

"그럼, 기다리지."

"안 됩니다."

만만치 않은 처녀인 듯했다.

"이러면 곤란한데. 난 사이다니와는 친형제 이상 되는 사이야. 나를 그냥 돌려보냈다면 사이다니는 화를 낼 텐데?"

겨우 봉당에서 기다려도 좋다는 승낙이 떨어졌다.


밤이 되었다.

나카오카는 봉당에 놓인 목재 위에 걸터앉은 채 계속 기다리고 있었다.

'이상한 아가씨로군.'

지요가 봉당 입구에 줄곧 앉아 있는 것이다. 간혹 안으로 들어가기도 하지만, 일을 끝내면 허둥지둥 다시 나온다.

'나를 감시하는 거겠지.'

틀림없이 그렇다고 나카오카는 생각했다. 그녀로서는 만일 나카오카가 막부측 자객이라면, 그를 집안에 넣은 책임이 커지는 것이다.

'료마 녀석, 기묘한 여자를 또 손에 넣었는걸……'

날이 저물고 얼마 되지 않아서 료마가 돌아왔다. 쪽문을 열고 들어서자 지요가 촛불을 들고 료마의 발밑을 비쳐 주었다.

"수상한 사람이……."

지요는 발돋움을 하며 속삭였다.

"저 사람이어요. 바로 저기 있어요."

'기분 나쁜 소리를 하는 걸.'

나카오카는 그냥 앉아 있었다.

"난 또 누군가 했더니, 신타로 아닌가?"

이윽고 료마가 다가오더니 나카오카의 어깨를 두드리며 말했다.

"어째서 이런 데 앉아 있나?"

"기분 나쁜 집인걸. '스시야'라기에 음식점인가 했더니 재목점인데다, 이상한 처녀가 줄곧 지켜보고 있단 말이야."

"아, 그 여자는 지요라는 이 집 딸이야. 늘 할 일이 없던 참에 자네가 신기했던 게지."

"할 일이 없다고? 처녀란 무척 바쁜 법일 텐데. 바느질도 익혀야 하고 부엌일도 도와야 하고……어느 집 처녀건 손님 망이나 보고 있을 겨를은 없을 거란 말이야."

"저 아가씨는 그런 게 질색이지."

"모두 닮았군. 자네하고 인연이 있는 여자들은 오토메 누님을 비롯해서 지바 도장의 사나코, 데라다야의 오료, 그리고 스시야의 지요, 모두 어딘가 닮은 데가 있어."

"이봐. 말조심 해. 저 여자는 혼기를 앞둔 처녀야."

료마는 약간 당황했다. 지요가 또 다가왔기 때문이다.

"지요 아가씨, 술을 좀 준비해 줘."

료마는 그렇게 말하고 앞장서서 봉당을 지나 나카오카를 깊숙한 안방으로 안내했다.

"사카모토, 들었나? 막부의 자객들이 자네가 상경했다는 냄새를 맡고 줄곧 노리고 있는 모양이야."

"녀석들은 그게 생업이니까. 생업에 충실한 것을 탓할 수는 없지 않나?"

"태평이군. 막부는 지금 너나없이 초긴장 상태야. 아이즈 번, 구와나 번, 신센조, 순찰대 등을 총동원해서 밤낮으로 교토 거리를 누비고 있단 말이야."
"그런데 오늘은 무슨 일로 찾아왔지?"
"자네 뱃속을 좀 들여다보려고."

나카오카는 칼을 떼어 방바닥에 내던지며 따지듯 물었다.
"도대체 료마, 어쩌자고 그런 터무니없는 일을 시작했나?"
"아아, 그 대정봉환 건 말인가?"
"그래. 역사의 수레바퀴 앞에 통나무를 괴어 넣는 격이 아닌가? 그따위 짓은 그만 두게. 이미 거병 시기는 눈앞에 다다랐어. 모처럼 여기까지 굴러온 수레바퀴가 자네의 그 안 때문에 뒤집히든가 아니면 방향이 바뀌게 된단 말일세."
"어떻게 하라는 건가?"
"그 안을 철회하는 거야."
"나카오카, 좀더 차근차근 생각해 보게. 거병, 거병 하지만, 자네나 사이고나, 막부군에게 이길 수 있다고 보는가?"
"물론이지."
"교토에 사쓰마 조슈군은 얼마나 있나?"
조슈는 하나도 없다.
사쓰마병은 1천 명 미만이다. 그 정도의 병력으로는 천황을 옹립하는 쿠데타는 불가능했다.
한편 막부측은 교토에 교토 수호직인 아이즈 번의 군사만도 1천 명 이상이나 있다. 그리고 구와나 번 군사 5백에다, 오사카에는 장군 요시노부가 자랑하는 막부 보병이 만 명이나 된다. 거기에다 신센조 등 다른 막부파 각 번의 병력을 합하면, 교토 오사카에서 막부가 움직일 수 있는 병력은 일만 2, 3천은 되는 것이다.
그에 반해 쿠데타군이 될 수 있는 병력은 현재로서는 사쓰마의 교토 주둔병 천 명에 불과한 것이다.
"그 정도로 이길 수 있단 말인가?"
"이기지. 여차하면 도사에서 이누이 다이스케가 천 명 이상의 의병을 끌고 달려온다."
"무슨 소리! 도사에서 교토까지 오자면 시간이 걸린다. 그 동안에 교토의 사쓰마군은 막부군에 의해 포위 섬멸될 거다.”

“자네가 모르는 게 있어. 사이고는 교토의 사쓰마 군을 증강시키기 위해 본국에서 천 명 이상의 병력을 끌어 들일 계획을 가지고 있다.”

“사쓰마의 본국 수구파가 그 출병을 반대하고 있다면서?”

“사이고도 오쿠보도 문제없다는 장담을 하고 있네.”

“하긴, 그들이라면 해낼지도 모른다. 그런데 조슈병을 무슨 명목으로 교토에 끌어 들이지?”

조슈 번은 아직 법적으로 막부의 적이었다. 그들은 번 밖으로 병력을 출동시킬 수는 없는 것이다.

“그에 대해서는 계획이 따로 있다.”

마침 일이 잘 풀리려는지 막부가 조슈 정벌의 뒤처리를 위해, 이와구니 성주인 기쓰가와 겐모쓰(吉川監物)와 중신 한 명을 오사카에 보내라는 명령을 조슈 번에 내리고 있는 것이다. 이것을 기화로 하여 그 사절 호위관이라는 명목 아래 2천 명 정도의 무장 병력을 딸려 보낼 작정이었다. 사이고, 오쿠보, 나카오카 등이 그 계획을 꾸몄고, 조슈 번도 그 계획에 따라 준비하고 있다는 것이다.

“이래도 지겠나?”

“믿음직하지 않은걸.”

료마의 말은 병력이 문제가 아니었다. 그 병력이 일제히 집결되지 않으면 전투능력이 떨어진다는 점을 말하고 있는 것이었다.


“료마, 내 칼에 맹세하고 자네에게 묻겠네만……”

나카오카는 정색을 했다.

“왜 이리 야단인가?”

료마는 짓궂게 웃었다. 나카오카의 이 외곬으로만 달리는 성격이 믿음직스럽기도 하고 우스꽝스럽기도 했던 것이다.

“뭐가 우습다는 건가?”

“자네의 얼굴이. 사람이란 그렇게 얼굴을 실룩거리며 말하는 게 아니야.”

“고약한 녀석. 금방 농으로 돌려 버린단 말이야.”

“농이 아니다. 나는 일찍이 어떤 일이든 농으로 돌려 버리거나 남을 놀리거나 하지 않았어. 그것만이 나에게서 배울 만한 점일 거야.”

"료마, 똑똑히 들어라. 자넨 진심으로 막부를 쓰러뜨릴 생각이 있는 건가?"

"그 때문에 목숨을 내던져 온 나다. 대답할 필요도 없지 않나?"

"그렇다면 어째서 대정봉환이라는 유화책을 꺼냈나? 가능성도 없는 희미한 안을 말이다. ……료마, 분명히 말해 두지만, 막부는 포연 속에서 쓰러뜨리는 방법밖에는 없는 거야."

"그 방법밖에 없다는 말은 세상에 있을 수 없어. 남보다 한 자쯤 더 올라서서 사물을 보면 길은 여러 갈래가 있는 법이다."

"대정봉환이 그거란 말인가?"

"그 하나지. 그리고 나카오카, 대정봉환이야 말로 무력으로 막부를 타도하는 데 있어서 필승의 길이라는 걸 알아야 한다."

"그래?"

나카오카는 숨을 삼켰다. 단순히 회의장에서만 통용될, 아녀자에 대한 속임수 같은 평화해결안인 줄만 알고 있었던 것이다.

"어째서?"

"이런 까닭이 있다."

다시 말하면, 대정봉환을 도사 번 공론으로 하여 사쓰마 번에 제시한다. 그리고 찬동을 얻는다.

——그렇게 되면 양 번의 동의(動議)로서 교토에 있는 장군 요시노부에게 제의할 수 있다. 그리고 그 동의 제의라는 명목 아래 병력을 출동시킬 수 있는 것이다.

"흐음, 번병을 상경시키는 구실이 된단 말이지?"

"물론이지. 장군 요시노부가 그것을 받아들이지 않을 때는 즉각 토벌한다는 복선이, 이 안에도 포함되어 있는 거다. 힘의 과시가 없으면 안은 받아들여지지 않는다."

"흐음."

나카오카는 그 동의를 구실로 하여 양 번의 번병을 대거 상경시킬 수 있다는 것에 무한한 매력을 느끼는 듯했다. 이렇게 되면 이누이 다이스케도 그가 자랑하는 서양식 육군을 거느리고 버젓이 상경할 수 있고, 사쓰마 번도 찔끔찔끔 병력을 투입하는 고지식한 방법을 쓰지 않아도 되는 것이다.

"거의 같은 시기에 교토에 대군을 집결시킬 수 있다. 한편에서는 조슈군도 상경해 온다. 유신 혁명의 전쟁은 이래야만 비로소 승리가 가능하게 되는 거다."

"흐음."

나카오카는 크게 끄덕였다.

"다만 도쿠가와가 평화리에 정권을 반환한다면 전쟁은 멀리 사라진다. 그것은 그것대로 일본을 위해서는 경하할 일이 아닌가? 그뿐 아니라 나카오카!"

"음?"

"이 동의안은 도사 번에서 내놓는 것이다. 그러니까, 지금까지 사쓰마나 조슈 측에 끌려 다니기만 했던 도사인들도 크게 면목을 세울 수 있는 거야. 일석이조가 아닌가?"

나카오카도 이해가 갔다.

"흐음, 과연 자세히 들어보니……."

그는 탄복한 듯 고개를 끄덕였다. 세상에 드문 명안이라는 것이다.

"그렇게 생각해 주는 건가?"

료마는 한 걸음 다가앉았다.

원래 료마의 대정봉환안은 일종의 마술성을 지니고 있었다. 막부타도파에게도 좌막파에게도 적당히 이해될 수 있는 것이다. 이를테면 고토 쇼지로는 '도쿠가와에게도 불리하지 않으며 조정을 위해서도 이롭다'는 모순 통일(矛盾統一)의 방안으로 이해했다. 그런 점이 근왕이냐 좌막이냐의 틈 사이에서 고민하고 있던 야마노우치 요도로서는 더 이상 고마울 수 없었던 것이다.

한편 나카오카 등 급진적인 막부 타도파로서도 대정봉환이란 기구를 띄움으로써 합법적으로 막부를 칠 병력을 교토에 집결시킬 수 있었다.

요컨대 정치라는 것이 지니고 있는 마술성을 이토록 교묘하게 살린 안은 또 없을 것이다.

한 봉지의 약에 비유하면, 한쪽 환자에게는 설사제라는 명목 아래 약을 주고, 다른 한쪽에는 지사제(止瀉劑)로서 준 셈이었다. 그뿐 아니라 그 약을 처방한 의사 료마는 '양쪽 다 병이 낫는다'는 예상을 가지고 있었다. 그야말로 나카오카가 말한 것처럼 세상에 드문 명약임에 틀림없었다.

특히 나카오카가 흥분한 것은, 그 안의 제의에 의해 도사 번이 일약 시대의 주류로 행세할 수 있게 된다는 사실이었다.

나카오카는, 도사인으로서의 의식이 료마보다 훨씬 강했다. 료마가 번 같은 것에 대해 아무 관심도 없을 무렵부터 나카오카는 탈번한 몸이면서도 번 내에 동지를 구하고 접근하여 그들을 교육했으며, 논문을 써서 회람시켜, 그 고루한 번을 막부 타도의 길로 이끌기 위해 꾸준한 노력을 계속해 왔다.

나카오카로서는 이 안을 시류(時流) 속에 내던짐으로써 '도사 번의 면목이 선다'는 것에 흥분한 것이었다.

그는 탈번한 이래, 조슈와 사쓰마를 도모하여 그 양번을 제휴시킴으로서 마치 양 번의 총참모 같은 입장에서 동분서주해 오긴 했지만, 때로는 자신만이 느끼는 굴욕감 같은 것이 있었을 것이었다.

"료마, 과거의 사쓰마 조슈 연합 때처럼 우리 서로 손잡고 이 안을 실현시키세."

"고맙네. 신타로, 정말 고마워."

료마는 두 손을 치켜들었다. 나카오카가 협력해 준다면 천군만마를 얻은 격이 된다.

"나는 사이고와 오쿠보를 설복시키겠네. 자신도 있어. 그런데, 또 한 사람 설복시켜야 할 사람이 있네."

그는 이와쿠라 도모미였다.


나카오카의 활약이 시작되었다.

"승리는 이 길밖에 없다."

그는 사이고와 오쿠보에게 역설했다.

사이고 등도 솔깃해졌다. 막부 타도를 주장하고는 있지만 현재의 병력으로 궁성을 점령하고 막부 세력을 교토에서 몰아낼 수 있는지에 대해서는 상당한 의문이 있었다.

그 점에 사이고의 고민이 있었다. 그런데 이 료마의 안을 따르면 충분한 승산이 있는 것이다.

"좋다. 료마의 안을 채택하기로 하자."

그렇게 방침을 정했으나, 문제는 조슈 번이었다.

"받아들이지 않을 거다."

오쿠보 도시미치는 말하는 것이다.

조슈는 지금 전쟁이 시작되기를 초조하게 기다리고 있다. 사쓰마에 대해서도 독촉이 성화같았다. 그 때문에 연락관으로서 시나가와 야지로가 사쓰마 번저에 잠복해 있으며, 또 최근에는 조슈에서 시나가와 말고도 두 사람이 일부러 상경해 있는 것이다.

야마가타 교스케와 이토 슌스케 두 사람이었다. 그들 조슈인으로서는 교토에 들어온다는 그 자체가 결사적인 행동이었다. 시중에서 발각되면 그것으로 모든 것이 끝이다.

그토록 큰 위험을 무릅쓰고 밀사가 잠입해 오는 것은 사쓰마의 궁둥이에 채찍질을 가하기 위해서다.

"조슈측에 대해서는 나도 설복시켜 보지. 하지만 그들은 원래 사쓰마인들은 뱃속이 시커멓다고 생각하고 있으니까 순순히 들어주지 않을 거야. 나카오카군, 자네도 협력해 주겠나?"

오쿠보가 말렸다.

"물론 협력하지."

나카오카는 곧 사쓰마 번의 중신 고마쓰 다데와키의 집에 잠복해 있는 조슈인들을 찾아갔다.

모두가 구면이다.

나카오카는 차근차근 설명했다.

조슈인들은 좀처럼 움직이지 않았다.

"머리로는 알 수 있는데 마음으로는 알 수 없군."

이렇게 말한 것은, 세 조슈인 중에서 가장 나이가 적은 이토 슌스케였다.

"나카오카님, 잠깐 실례하겠습니다."

이토는 허리춤에 손을 집어넣더니, 옷띠의 솔기를 뜯고 빨간 약봉지를 꺼냈다.

"조슈 사람들은 한 걸음 번 밖으로 나갈 때는 늘 이런 것을 가지고 다닙니다."

나가사키에서 구한 모르핀이었다. 만약 막부 관리에게 붙들렸을 때 칼을 쓸 겨를마저 없으면 그것을 먹고 죽으려는 것이다.

"그러나 사쓰마 사람들은 유유히 교토에서 정상적인 활동을 할 수 있소. 생각이 느리니까요. 그러나 우리는 그렇지 못합니다."

조슈 번은 비록 전투는 중지했지만 법적으로는 아직 막부와 교전 상태에 있는 것이다. 조정으로부터는 역적 취급을 받고 있다. 그러므로 활로를 찾기 위해 운명을 건 단판 승부로 대막부전쟁을 일으키고 싶은 것이다.

나카오카는 그 점을 타일렀다.

도박이란 이겨야 하는 것이라고 주장했다. 마침내 그들도 나카오카의 설득에 복종했다.


며칠이 지났다.

그동안의 경과는 사실상 나카오카 신타로의 공로로 돌아가야 할 일이리라. 나카오카는 사쓰마와 조슈를 설복시켰으며, 나아가서 도사 번 재경 관리들의 사상을 통일시키려고 애썼다. 그리고 그것은 거의 성공 단계에까지 이르러 있었다.

료마도 교토 각처에 출몰했다. 이 두 사람이 어깨를 나란히 하고 교토 북방 이와쿠라 마을을 찾아간 것은 비가 오는 어느 무더운 날이었다.

"이와쿠라경을 설득하지 않으면 안 되네."

현재 막부 타도를 위한 계획은 사이고, 오쿠보, 그리고 이와쿠라 도모미 등 세 사람의 두뇌를 중심으로 진행되고 있다고 나카오카는 말했다.

"보기 드문 모사야."

'어떤 사람일까?'

료마는 흥미가 일었다.

료마와 나카오카는 사쓰마 번저에서 얻은 삿갓과 도롱이로 몸을 감싸고 북쪽을 향해 걸었다.

교토 북쪽 교외인 다나카 마을(田中村)을 지날 무렵에 비는 그쳤으나 대신 안개가 끼기 시작했다.

길은 논두렁이나 다름없었다.

"들풀은 교토나 도사나 마찬가지야. 료마, 고향 생각이 나지 않나?"

나카오카는 그런 실없는 소리를 하면서 안개 속을 걸어갔다. 오래간만에 료마와 함께 걷고 있는 것이 무척 즐거운 듯했다.

"이와쿠라경 집에 가면 예의를 갖추고 대하도록 해……이와쿠라경은 전 중장님이시다. 관위로 보면 도사의 노공보다도 위란 말이야, 료마."

"아, 그래?"

료마는 관위 같은 것에 대해서는 관심이 없었다. 그런 것은 태평시대의 장식물이다.

"이와쿠라경은 말일세."

나카오카는 료마가 버릇없이 굴까봐 무척 걱정이 되는 모양이었다.

"그 분은 귀족답지 않은 호쾌한 인물이어서 얼핏 보면 해적 두목 같은 인상이야. 아주 소탈하여 농사꾼들 상대로 장기를 두기도 한다네. 그렇다고 가볍게 보면 안 돼. 근본은 귀족 출신이라 무척 예의에 까다로운 데가 있거든."

"걱정하지 말게."

료마는 삿갓 밑에서 소리 없이 웃었다.

그런데 막상 은둔처로 가서 이와쿠라와 대좌하게 되니, 이와쿠라가 먼저 책상다리를 하고 앉으며 불숙 말을 던졌다.

"사카모토라고? 이름은 진작부터 듣고 있었다."

깎은 머리가 자라기 시작한 것을 보이고 싶지 않아서인지 검은 두건을 쓰고 있었다.

"해원대인가 하는 해적단 같은 것을 만들어서 세도 내해를 휩쓸고 다닌다면서?"

이와쿠라는 적지 않게 료마에 대해 흥미를 느꼈던지, 그 경력, 일의 내용, 포부 같은 것을 꼬치꼬치 캐물었다.

처음에는 무뚝뚝한 표정으로 앉아 있기만 하던 료마도 차차 상대방이 재미있어지기 시작하자 여러 가지 얘기를 늘어놓기 시작했다.

그 화법에는 독특한 유머가 있어서 이와쿠라는 몇 번이고 크게 입을 벌리며 웃음을 터뜨렸다.

이 이와쿠라 역시 회담이 끝날 무렵에는 료마의 대정봉환에 적극적으로 찬성하고 나섰다.


"대정봉환."

이것은 위기일발의 막부 말기 정세 아래에서 연출된 최대의 사극이라 할 수 있다. 지금 막 막이 열린 여기에, 중요한 조연 한 사람을 등장시키지 않으면 안 된다.

사사키 산시로(佐佐木三四郎)라는 도사 번의 총감찰관이다.

총감찰관이란 사법상 최고 관례로 참정 다음가는 고관이라고 할 수 있다.

료마는 아직 만난 일이 없었다. 나가사키에 있을 때 본국의 정보를 제공해 주는 자가 한 말 가운데 "사사키 산시로가 요즘 근왕파로 기울어지고 있다" 하는 말이 있었다.

료마는 그 보고를 들으며 문득 우스워져서 크게 웃은 일이 있었다.

"산시로란 어디서 굴러 온 말뼉다귀냐?"

그러나 조금도 웃을 일은 아니었다.

"정세가 조금 호전되니까, 그 고루한 도사 번 상급 무사 사이에서도 갑자기 근왕파가 나타나는구나."

료마는 그것이 우스웠던 것이다. 참담했던 탄압시대엔 상급 무사들은 모두 막부파였다. 그들은 근왕파의 향사나 하급 무사들을 도둑처럼 다루었던 것이다.

"추세에 민감한 그런 자들은 소중히 대접하도록 해라. 그것이 바로 승리하는 길이다."

료마는 그렇게도 말했다.

사사키 산시로가 과연 민감하게 '추세를 따르는 자'였는지 아닌지는 모른다.

산시로의 집안내력은 꽤 흥미롭다.

전국시대에 도쿠가와를 섬긴 겐바(玄蕃)가 바로 그의 조상이다. 아네가와 (姉川) 전투에서의 공을 인정받아, 이에야스로부터 하사받은 칠기 장식의 창은 집안의 가보로 전해져 오고 있다.

겐바가 죽고 그의 아들 주베는 생모의 고향인 이가에서 닌자 수행을 했다고 전해진다. 성인이 되어서는 연고가 닿아 엔슈 가케가와의 6만석 성주인 야마우치 가즈토요(山內一豊)를 섬기게 된다. 도요토미 집권 말기의 일이다.

"5백석에 고용하겠노라."

이 이야기를 신뢰할 수 없는 것이, 겨우 6만석의 다이묘가 닌자(忍者)라는 이유만으로 이름도 없는 떠돌이에게 5백석이라는 고액의 녹봉을 지불할 리가 없기 때문이다.

그러나 세키가라하 전투 이후, 가즈토요는 일약 도사 번 최고의 자리에 올라 20만석 다이묘가 된다. 그 때, 주베는 뒤늦게 도사에 도착하였는데, 어떤 착오로 인해 50석으로 강등된다. 그에 불만을 품은 사사키 집안에서는 백 년 동안이나 번에 항의했다고 한다.

"사사키 집안은 5백석 대우를 받아야 마땅합니다."

그 결과, 사사키 집안 8대 당주가 간조부교(금전과 곡식의 관리를 담당하는 직책)를 맡게 되었다. 3대째 간조부교를 맡고 있는 것이 바로 산시로다.

사사키는 검술과 국학을 했다. 검술은 시골 검술이기는 했으나 번의 상급 무사 중에서는 센 편이었다.

별다른 특징이 없는 인물이지만 눈치가 빠르고 다소 뼈대가 꼿꼿한 데다 변재가 있어서 계속 발탁되어 온 것이었다.


그가 갑자기 근왕파 관료로서 나타나게 된 것은 단순히 시대적인 역학에 민감했기 때문만은 아니었다.

어렸을 때 고치 성 북쪽 후쿠이 마을(福井村)에 사는 국학자 가모치 마사즈미(鹿持雅澄)에게 사사했던 것이 다소 그 사상의 원천이 되었으리라고 생각된다.

사사키 산시로는 그 가모치 밑에서 학문을 익힌 것이다.

그러나 산시로에게는 이 국학이 별로 성격에 맞지 않았던 모양이다.

'가모치 선생의 제자'라는 학력은 나중에 근왕파가 된 그에게는 적지 않은 이익을 갖다 주었다.

주위에서는 그를 믿어 주었다. 단순히 시대의 추세를 관망하고 잽싸게 손을 쓴 것이라는 식으로는 해석하지 않았다.

사사키는 번의 요직을 담당하게 되었다. 그 이유의 하나로, 당시 도사 번 상급 무사 계급 가운데는 이상하게 쓸 만한 인물이 없었다.

그렇듯 인물 기근에 허덕이던 때라 산시로는 자기 실력 이상의 빛을 발휘했다.

운이 좋은 사람이라고 할 수밖에 없다.

글을 쓰면서 깨달은 것인데, 아마도 필자는 사사키 산시로의 인품에 일종의 악의를 느끼고 있는 듯하다.

그러나, 이 사내는 남에게 악의를 품게 할 인물은 아니다. 사사키 산시로는 그런 성격 때문에 입신출세에 능한 관료 기질의 소유자라 불리는 것이다.

이 장편 소설은 비뚤어진 성격의 여러 인물들을 다룸으로써 오늘날에 이르렀다. 모가 나고 비뚤어진, 어딘가 치명적인 결함을 지닌 인물이 수없이 등장한다. 등장인물 전체가 그런 특성을 지녔다 해도 과언이 아니다. 등장인물들의 불안정한 내면세계가 자신의 추태를 노정(露呈)시키고 있는 것인지, 아니면 자신의 추태가 들통 났기 때문에 불안정한 내면세계를 지니게 된 것인지, 그 상관관계를 파악하기란 어렵다.

단, 안세이(安政)시기 이후, 역사상 최대의 혼란기를 살아온 사내들은 그들의 내적 결함과 감추지 못한 추태로 인해 비운의 죽음을 맞게 된다.

그러나 사사키 산시로라는 인물만은 예외였다.

그는 유리한 조건을 모두 갖추고 있었다. 최소한의 배짱도 있었다. 그것은 자신의 재능을 타인에게 인정받기 위한 향신료와도 같은 것이다. 자신의 뜻을 전부 드러내면 투사가 되지만, "신진기예의 관료"라는 평가를 얻기 위한 목적이라면 자기주장이 도를 지나쳐서는 안 된다.

처세에 필요한 융통성을 지니고 있었다. 그러나 그것은 사이고에게서 발견할 수 있는 철학자적인 융통성이 아닌 극히 기술적인 것이다. 번 내의 완고한 좌막파와도 술자리를 즐겼으며, 이누이 다이스케와 같은 과격한 근왕파에도 맞장구를 칠 줄 알았다.

"형편없는 사내야."

"아니야, 수완이 좋은 거지."

그의 정치능력을 높이 사는 사람도 있었다. 그러나 목숨을 바치면서까지 정의를 관철시키는 인물은 되지 못하였다. 어떻게든 자신을 희생하지 않고 정의를 관철시키는 방법을 생각하는 인물이었으며, 시종일관 자신의 입신출세만을 생각하는 인물이었다.

유능한 관료란 이러한 사람을 말하는 것이리라.

도사의 노공 요도는 지나칠 만큼 날카로운 시인적인 직감을 가지고 있었기 때문에 사사키를 그리 좋아하지 않았다. 오히려 노골적인 반발을 하는 이누이 다이스케나 허풍선이 같은 고토 쇼지로를 좋아했지만, 그렇다고 현실적으로 쓸모가 있는 사사키를 업신여기지도 않았다. 그리 명문 출신도 아닌 사사키를 총감찰관으로 발탁한 것은 사실 요도 자신인 것이다.

어쨌든 그 사사키는──

요도가 도망치듯 교토를 떠나 번으로 돌아간 후, 교토의 정국에서 도사의 영향력이 빠져 버리지 않을까 염려하여 자진해서 교토에 주재하기로 한 것이었다.

요도는 "현지의 일은 모두 그대에게 맡긴다"고 크게 권한을 부여했다.

사사키 산시로의 상경은 사실상 그에게 있어서 생애 최대의 일이었다.

그 주 임무는 "대정봉환안으로써 교토 번저의 의견을 통일하라"는 것에 있었다.

교토 번저는 다른 대번도 마찬가지였지만 번 외교의 주무 기관이었다. 말하자면 오늘날의 대사관에 해당하는 것이다. 현대식 표현을 해 본다면, 사사키 산시로의 역할은 특명 전권대사였다.

교토 번저의 상급 무사들은 거의 전부가 막부파였다. 산시로는 그들을 설복시키지 않으면 안 되는 것이다.

노공인 요도도 산시로의 임무가 어렵다는 것을 알고 있었다. 출발에 앞서 요도는 말했다.

"그대가 상경하거든, 후쿠오카 도지를 즉각 귀국시키도록. 그 녀석을 교토에 놓아둘 수 없다."

후쿠오카는 요도가 키운 소장 관료의 한 사람이며, 요즘 제법 근왕론을 이해할 정도는 됐지만 어디까지나 그것은 어깨 너머의 사상이어서 '대정봉환'이란 말을 들으면 기겁을 하고 나자빠질지도 몰랐다. 결국 번론을 통일하는 데 오히려 방해가 된다고 요도는 본 것이었다.

더욱이 요도는 요즘 후쿠오카를 몹시 싫어하는 기색을 보였다.

"그 녀석은 친구들의 흉을 보고 다닌다."

이것이 이유였다.

후쿠오카는 고토 쇼지로와 친구이며 같은 요도공의 심복 관료이면서, 고토가 내정에 실패하여 나가사키로 피신했을 때 형편없는 욕을 뒤에서 한 적이 있다. 그것이 요도 귀에 들어간 것이다.

요도는 색다른 번주였다.

"친구들 흉을 보고 다니는 자는 믿을 수 없는 녀석이다."

이 말에는 탁월한 안목을 가진 요도의 날카로움이 드러나 있다. 동시에 그의 청년 관료 육성에 대한 방침도 이런 데에 있었으리라.

요도는 한번 싫어진 인물은 절대로 가까이할 수 없는 성격이어서, 유신 후 후쿠오카가 자작(子爵)이 된 다음에도 끝내 멀리하고 만나지 않았다.

사사키는 교토 번저로 갔다.

후쿠오카와도 만났으나 "노공께서 귀국하라고 하신다"는 말은 한 마디도 비치지 않았다. 그런 점이 사사키가 보통 관료와는 다른 점이어서, 후쿠오카의 반감을 사지 않도록 배려한 것이었다.

후쿠오카 역시 이상했다.

어느 틈에 근왕색이 아주 짙어져서, 대정봉환계획에 대해서도 호의적이었다.

"그런 말은 한두 번 향사들을 통해서 들은 일이 있는데, 아주 훌륭한 안이 아닌가?"

한두 번 향사들을 통해서 들은 일이 있다는 것은 사카모토 료마와 나카오카 신타로한테 들은 것을 말하는 것이리라. 후쿠오카도 사사키와 마찬가지로 시대의 추세를 내다보고 있었던 것이다.

다만, 데라무라 사젠(寺村左膳)이라는 문벌 출신의 관료만은 끝까지 완고해서 좌막론을 굽히지 않았다.

"막부에 대해 반항할 작정인가?"

그는 후에 도바 후시미의 싸움이 시작된 다음에도 계속 그 주의를 굽히지 않고, 출전한 대장 이하 전원을 처벌하려고 했기 때문에, 당시 화제의 인물이 되기도 했다.

어쨌든 사사키의 온건하면서도 교묘한 의견으로 통일 활동은 시작되었다.


"잘되는 거요. 모든 것이 잘되는 거요. 도쿠가와 가문을 위한 일도 되고 조정을 위한 일도 되오."

사사키는 그런 식으로 설득했다. 막부파에 대해서는 '도쿠가와 가문을 위하는 것'임을 강조하고, 근왕파 경향이 있는 사람에게는 '조정을 위한 것'임을 강조했다.

"그뿐만 아니라 다른 번에 대해 이 안을 제의함으로써 도사 번은 시대의 주역이 될 수 있는 거다."

일석삼조라고 그는 역설했다.

설득 공작을 펴는 동안에 장본인인 사사키 자신도 안의 세부적인 점에 대한 의문이 생기기 시작했다. 그 자신이 입안자가 아니었으니 당연한 일이었다.

"――교스케"

교토 번저에서 근무하는 모리 교스케(毛利恭助)를 불러들였다. 료마나 나카오카와 가까운 그를 통해 입안자인 료마를 만나려고 했던 것이다.

"틀림없이 사카모토 료마라고 했지?"

"이상하게 다짐을 하시는군요."

교스케는 멋쩍은 얼굴을 했다.

"사카모토 료마라면 천하의 지사이고, 사쓰마 조슈 양 번에서 가장 소중히 여기는 인물입니다."

"그래? 거기까지는 미처 몰랐군. 나는 향사의 이름까지 일일이 외어둘 수는 없기 때문에."

'시골뜨기 같으니라고!'

교스케는 그렇게 생각했다. 번 내에서만 일해 온 사사키 산시로는 어디까지나 번 내의 계급의식을 버리지 못하고 있는 것이었다.

"그런 태도를 보이시면 사카모토는 만나 주지 않을지도 모릅니다."

"알아, 걱정 말게. 지금까지 내가 남한테 거드름을 피운 일이 있었나?"

사사키는 교스케의 어깨를 두드리면서 "부탁하네"라고 다시 한 번 말했다.

물론 번비로 일류 요정에 초대하려는 것이다.

장소도 결정을 봤다. 히가시 산기슭에 있는 요정으로서, 옥호를 '가이가이당(會會堂)'이라고 했다. 음식이 맛있기로 이름난 곳이다.

그 뜻을 전하기 위해 교스케는 료마를 찾아갔다.

"그 사사키란 대체 어떤 사람인가?"

"번의 총감찰관이야."

그는 사사키의 약력, 현직, 번내의 인기, 사상동향, 상경목적 등을 자세히 얘기했다.

"말이 통할 수는 있는 친구지만 계급의식이 아직 남아 있네. 혹 불쾌한 일이 있을지도 모르지만, 아무튼 한번 만나 주게."

"만나지."

료마는 일을 위해서라면 어떤 사람이든 만날 작정이었다.

"사사키는 상당한 각오를 하고 상경했어. 대정봉환계획을 위해 목숨을 걸고 있는 눈치일세."

"흥, 번 관리가 목숨을 걸 턱이 있나?"

"목숨을 건다는 것은 조금 과장된 얘기지만, 어쨌든 사사키로서는 이 일이 성공하면 번 내에서 출세는 뻔하다, 그런 속셈이 있는 모양이야."

"그야 그럴 테지."

이상한 일이군 하고 료마는 생각했다. 지금까지 거들떠보지도 않던 관료들이 혁명의 막바지에 이르자 꼬리를 물고 따라오기 시작한 것이다. 출세의 기회로는 가장 알맞은 때라고 생각하는 모양이다.


히가시 산기슭 '가이가이당'으로, 료마는 나카오카와 함께 갔다.

뜰 쪽을 향한 방으로 안내되었다.

얼마 기다리지 않아서 총감찰관 사사키 산시로가 모리 교스케를 데리고 나타났다.

"여어, 두 분 선생!"

사사키는 장난인지 뭔지 분명치 않은 웃음을 보이면서 말했다.

"어서 상좌에 앉으시도록. 이건 비공식 밀회니 만큼 번 내에서의 서열과는 관계가 없소. 당신들은 천하의 지사요. 어서 상좌에 앉으시오."

'이상한 친구군.'

료마는 처음부터 윗자리에 앉아 있었던 것이다.

사실은 사사키도 들어오자마자 곧 그것을 알아챘다. 번 고관인 사사키로서는 잠자코 아랫자리에 앉기가 아니꼬워서, "어서 윗자리에!" 하고 떠들어댐으로써 자기가 자진해서 아랫자리를 택한 것으로 하고 싶은 듯했다.

'어쨌든 고약한 녀석이군.'

료마는 상대방을 유심히 관찰했다.

사사키 산시로는 얼굴도 손발도 큼직큼직한 것이 어딘가 남을 위압하는 데가 있었다. 그러면서도 웃는 얼굴에 애교가 있어서 미운 인상은 아니다.

'상당한 인물이긴 하다.'

능변의 사나이이기도 했다. 두세 가지 무해무득한 화제를 사사키는 늘어놓았다. 료마는 잠자코 듣고 있었으나 좀 실망했다.

'머리는 좋지 않다.'

사사키 애기는 거침없었지만 독창성이 전혀 없었다. 어떤 생각을 피력할 때 그 내용이나 표현에 독창성이 없으면 남자로서는 침묵을 지켜야 한다고 료마는 생각하고 있었다. 사실 자신을 그런 식으로 다스려 오기도 했다.

‘사이고나 오쿠보는 이 사사키 같지 않다.’

다소의 실망을 느꼈으나, 이누이 다이스케, 고토 쇼지로를 제외하면 거의 인재가 없다고 해도 좋을 도사 번 상급 무사 중에서는 사사키도 우수한 편에 들 것이라고 그는 생각했다.

덧붙이자면, 사사키는 뒷날 유신정부의 요직을 지내고, 최고위층 대열에 오르게 된다. 물론 료마는 이때 상상조차 하지 못했다.

‘이 친구는 단순히 겉치레로서만 근왕을 내세우는 건가? 아니면 정말 막부 타도의 뜻이 있는 건가?’

료마는 천천히 그런 점을 살펴보기 시작했다. 그것이 분명히 밝혀지지 않으면 대정봉환론은 설명할 도리가 없는 것이다. 그럴 수밖에 없는 것이, 원안은 근왕 좌막 양면으로 설명을 가할 수 있는 기묘한 계획인 것이다.

‘암만해도 태도가 분명치 않은 것 같군. 정세가 막부 타도로 기울어지면 그쪽으로 쏠릴 친구다.’

료마는 그렇게 보고 설명을 시작했다. 사사키는 독창력은 없었지만 이해력은 빨랐다.

“알겠소. 어쨌든 내 힘이 닿는 데까지 연극을 계속할 테니 우선 그 점은 안심하시도록.”

사사키가 말하자, 료마는 사사키가 우연히 내뱉은 ‘연극’이란 말에 몹시 흥미를 느낀 듯했다.

“그렇지, 연극이오. 도사 번으로서는 어찌 되든 좋으니 한바탕 연극을 벌이는 거요. 일은 그 다음부터 시작되는 거요.”


멀리 서쪽에서 천둥소리가 들려왔다.

천둥소리는 금방 가까워지며 온통 집이 흔들리도록 머리 위를 울렸다.

“비가 오려나?”

료마는 뜰로 눈을 돌렸다.

“이날 밤은 마침 요란한 천둥소리와 함께 비가 내렸다.”

사사키 산시로는 후일의 속기에서 그때의 회고담을 남기고 있다. 그야말로 분위기가 극적이었다는 것이다.

“그 뇌우(雷雨)를 연극을 위한 전조라면서 서로 축배를 나눈 다음 흉금을 터놓고 이야기했다”고, 그 속기에서 말하고 있다.

료마도 평소에 관원들을 싫어해 온 경향에 비하면 뜻밖일 정도로 사사키 산시로에 대해서는 악의를 보이지 않고 자연스럽게 이야기를 나누었다.

"사사키 님, 당신은 훌륭하오."

료마는 사사키를 연방 칭찬했다. 칭찬한 이유는 사사키의 말에 사쓰마 조슈에 대한 편견을 전혀 엿볼 수 없었기 때문이다.

그 당시 도사의 상급 무사들이 으레 하는 소리가 있었다.

"향사나 미천한 녀석들이 근왕, 근왕 하고 떠들어 대는 것은 3백년간의 울분을 터뜨리고 있는 것뿐이며, 그 울분을 사쓰마 조슈에서 이용하고 있는 거다."

그런 말이었다.

이번 료마의 대정봉환안에 대해서도 도사번의 고루파들은 순수하게 받아들이지 않고, "결국은 사쓰마의 덫일 게다" 하면서 무시하고 있었다.

그러나 사사키 산시로는 역시 그런 부류들에 비하면 훨씬 훌륭했다.

'이 녀석은 가짜일지도 모르지만, 진짜와 마찬가지로 써 먹을 수 있는 가짜다……'

료마는 그렇게 보았다.

이쯤 되면 진짜로 치는 수밖에 없다.

"사사키 님, 안세이 이래 수많은 지사들이 활약했고 또 비명에 쓰러졌소. 그들은 시대를 어지럽게 하기도 했으나 크게 밀고 나가기도 했소. 그 공과 죽음은 일본 사람들의 입에 영원히 오르내릴 거요. 그러나 앞으로의 연극에는 그런 재야 지사들보다 현직 관원들이 등장해야 하오. 관원은 번을 쥐고 있소. 번 자체가 움직이지 않는다면 본격적인 연극은 벌일 수 없는 거요."

"미약하지만……."

사사키는 그 말을 듣고 기뻐하며 말했다.

"전력을 다하겠소."

그 후 교토에 모여 있는 지사들에게로 화제가 돌아갔을 때, "어떻게 하든지 그들을 구제하지 않으면 안 된다"는 말을 한 것은 나카오카 신타로였다. 사실 료마가 말한 것처럼, 이제는 그들 재야 지사들이 활약할 단계는 지나가고 있었다. 더욱이 안세이, 분큐 당시에 비하면 그들은 아주 미미한 존재가 되어 버렸다.

"게다가 항상 위험을 면치 못하고 있소."

나카오카가 말을 이었다. 요즘 신센조나 순찰대는 그 행패가 극에 달해, 지사들은 매일같이 교토의 이 길가 저 골목에서 시체가 되어 쓰러지고 있었다.

"그들을 일괄하여 구제하고 싶다"는 것이 나카오카의 제안이었다.

구상도 있다. 그리고 그 구상을 실현시키려면 사사키 산시로의 활동이 필요한 것이다.

"실은 육원대에 관해서인데……."

나카오카는 사사키에게 말했다.

"이미 해원대는 설립되어서 활동하고 있고, 바로 그 대장이 이 자리에 앉아 있소. 그런데 아직 육원대는 실현을 못 보고 있소. 결국 그에 관한 얘기가 되는 건데……."

육원대는 해원대의 규약을 모델로 하고 있었다. 다시 말해서 그 성격은 도시 번의 번 조직에 예속하지 않고 독립성을 유지하면서 번과의 '계약'을 맺는 것이다. 그러나 일단 전쟁이 일어났을 때는 도사 번과 협력하여 싸운다는, 반관반민적인 성격을 가진 군대였다.

단순한 군대만도 아니어서 정치군의 성격도 가지고 있다. 본부는 교토에 두며, 교토에서 혁명전이 일어나면 천황을 위해 활동한다. 노골적으로 말하면 쿠데타의 예비군이라고 해도 좋으리라.

병(兵) 역시 단순한 병이 아니었다.

그 모두가 각 번의 탈번인들로 조직되는 것이다. 물론 나카오카가 도사 사람인 이상, 도사 번에서 탈번한 향사들이 대다수를 차지할 것이었다.

"육원대 안에 대해서는 귀공도 들으셨겠죠?"

나카오카는 일부러 대단치 않은 일처럼 말했다. 물론 육원대가 쿠데타 예비군 성격을 지니고 있다는 말까지는 할 수 없는 것이다.

"그런데 교토에는 적당한 건물이 없소. 근거지가 될 건물이 없다는 한 가지 사실 때문에 그 설립이 늦어지고 있소."

"없을 테지."

사사키가 말했다.

교토 시중에는 빈터가 없는 것이다. 원래 도쿠가와 막부는 제후들이 교토의 천황, 공경들과 접촉하는 것을 두려워하여, 제후들의 에도 근무 교대 때에도 오가는 도중에 교토에 들르지 못하게 했다. 더구나 번저의 관저를 두는 것은 더욱 달갑게 여기지 않았다. 다만 상업상의 이유로 꼭 필요한 영주에 한하여 소규모의 번저를 두는 것을 허락했다.

이를테면 교토 상인들에게 재목을 팔아야하는 도사 번 같은 경우는 다카세 강(高瀬川)을 등지고 있는 번저를 오래전부터 가지고 있었다. 공예품의 가가 번, 설탕이 생산되는 사쓰마 번, 종이를 생산하는 조슈 번 등도 번저를 가지고 있었다.

다른 작은 번도 셋집 정도의 번저를 두고 주재관을 파견하기도 했지만, 그런 번들은 에도나 본국에 있는 귀부인들을 위해 옷을 산다든가 하는 목적으로 두는 경우가 많았다.

그러나 막부 말기에 사정은 달라졌다.

갑자기 교토가 외교 문제를 결정하는 중심이 되자 각 번의 번주와 자제들의 내왕이 빈번해졌고, 나아가서는 번병까지 두어야 했기 때문에 번저가 크게 필요해진 것이다. 모두 택지를 사려고 야단들이었지만 마땅한 데가 없었다.

도사 번도 가와라 거리 번저만 가지고는 협소해서 시라카와(白河)에 제2번저를 지었다.

나카오카는 그 시라가와 번저를 빌리려고 사사키와 교섭을 하기 시작한 것이다.

"사사키 님, 시라가와 번저를 내주면 육원대가 실현되는 것뿐만이 아니오."

"무슨 뜻이오?"

"교토에서 막부측에 쫓겨 다니며 그림자처럼 헤매고 있는 지사들을 사라카와 번저에 수용함으로써 그들을 구제할 수 있다는 거요."

그것이 나카오카가 노리는 가장 중요한 목적의 하나였다.

"그렇게 위태로운가, 부랑배들은?"

탈번자들을 근왕파에서는 '지사'라고 부르지만, 막부나 좌막파측에서는 부랑배라고 한다. 공문서에까지 그런 어휘를 사용했다. 사사키는 관료여서 부지중에 그런 말이 입밖에 나온 것이었다.

"부랑배라……."

나카오카는 씁쓰레하게 웃었다.

"실례했소. 지사들 말이오."

"사실, 안세이 대옥(大獄) 이래 처음 보는 공기요. 한 예를 들면 그제 밤

만 해도……."

나카오카는 지금 민가가 밀집해 있는 야나기밤바(柳馬場)의 셋집에서,

——사쓰마 번사 요코야마 간조(橫山勘藏)라는 가명으로 살고 있었다. 나카오카가 보통 써 온 가명은 이시카와 세이노스케라는 이름이었지만, 그것도 이제는 너무 알려져서 집 주인에게는 그런 이름을 댄 것이었다.

옆집에는 쓰지마 번 탈번자인 다치바나(立花)라는, 소위 '부랑배'가 살고 있었다. 그제 나카오카가 밤늦게 집에 돌아가자, 다치바나가 고등정무청 관원들의 습격을 받아 격투 끝에 부상을 입고 끌려가 버리고 만 뒤였다.

나카오카는 그것을 구해 내려고, 그의 제자처럼 되어 있는 도사 번 교토 출장 번사인 모리 교스케를 찾아갔다.

——번의 입장에서 고등정무청에 교섭해 주기 바란다. 다치바나는 도사 번 육원대의 대원이라고 하면 그만이니까.

그는 이런 부탁을 하고 그 방법으로 교섭을 시키고 있는 중이었다.

"이것은 극히 하찮은 한 예에 불과하지만 비슷한 사건이 거의 매일같이 일어나고 있소. 사사키 님, 시라카와 번저만 빌려 준다면 그들을 모두 구할 수 있소."

나카오카의 말은 극히 당연한 것이었다. 도쿠가와의 막부 체제로 볼 때, 막부 관원은 각 번 번저에 함부로 침입할 수 없는 것이다. 말하자면 치외법권 같은 것이었다.

시라카와 번저는 엄연한 도사 번의 관저이며 따라서 그곳에 낭사들을 수용하면 아무리 신센조나 순찰대가 날뛴다 해도 손을 댈 길이 없어진다.

"당신은 관원이오. 관원으로서 천하를 위해 할 수 있는 일은 바로 그런 일일 거요."

사사키는 쾌히 승낙했다.

"참정 유히 이나이님이 마침 교토에 올라와 있으니 그를 움직여 보기로 하지."

다음날 사사키는 유히를 설득시켜 그 승인을 얻었으나, 유히는 역시 책임이 두려웠는지 사사키에게 이렇게 말했다.

"만일 노공께서 노여워하실 때는, 그 책임을 자네가 질 테지?"

할복을 하는 건 사사키 산시로여야 한다는 뜻이다. 사사키는 흔쾌히 응했다. 그에게도 그만한 자신은 있었던 것이다.

도사 번이 제의하는 대정봉환안은 다른 대번이 찬동하여 보조를 같이해 주지 않을 때는 막부에 대한 압력이 될 수 없었다.

그 때문에 나카오카는 동분서주했다. 때로는 료마도 나섰다.

사쓰마는 받아들였다.

그밖에 시대의 추세에 예민한 대번으로서는 아키(安藝) 히로시마(廣島)의 아사노(淺野) 집안 42만 6천 석이 있었다. 이 번에서는 중신 쓰지 쇼소(辻將曹)라는 자가 교토에 주재하고 있었다.

대단한 수완을 지닌 자였다.

그 쓰지의 양해도 얻어 도사, 사쓰마, 아키의 삼번 찬동이라는 형식으로 천하를 향해 거탄(巨彈)을 던진다는 단계에까지 이르렀다.

그 사이, 도사의 참정 유히 이나이와 총감찰관 사사키 산시로도 사이고, 오쿠보, 쓰지 쇼소 등과 번 대표로서 만난 바 있다.

사사키 산시로는 상사(上司)인 유히 이나이에게 감상을 말했다.

"아키의 쓰지는, 취지에는 찬성하지만 지엽적인 자구(字句)에 다소 이의가 있다고 했습니다. 이것은 오히려 안심할 수 있으나, 사쓰마의 사이고나 오쿠보는 겁이 납니다."

사쓰마의 사이고와 오쿠보는 방문한 유히와 사사키에게 말했다.

"그 안에 대해서는 사카모토, 나카오카 두 사람으로부터 자세히 들은 바 있습니다. 그야말로 훌륭한 취지여서, 사쓰마 번으로서는 전적으로 찬성입니다."

그들은 일체의 이론이나 질의 없이 무조건 찬동한 것이다. 사사키로서는 바로 그 점이 겁이 난다는 것이었다. 전적으로 찬동함으로써 주창자인 도사 번에게 정국에 대한 중책을 짊어지게 하려는 속셈인 듯했다. 지금까지는 자칫하면 꽁무니를 빼려고 했던 도사 번을, 이 동의(動議)를 계기로 해서 시류의 와중에 끌어들여 꼼짝 못하게 하고 아울러 사쓰마 조슈의 계획인 군사 봉기에까지 협력하게 하려는 속셈이리라.

"아키의 쓰지 쇼소보다 훨씬 수가 높습니다."

"맞았어."

아직 좌막색이 완전히 가시지 않은 참정 유히도 사쓰마를 경계하고 있었다.

어쨌든 사쓰마의 찬동은 도사로서는 큰 힘이 되는 것이기 때문에 우호관계를 위한 연회석을 마련하기로 했다.

료마, 나카오카, 사사키 등이 천둥이 울리는 날 밤 가이가이 당에서 회합한 지 사흘 후의 일이었다.

"장소는 산본기(三本木)의 가시와 정(柏亭)이오. 와 주겠지요?"

사사키가 일부러 료마의 하숙을 찾아왔으나 료마는 거절했다.

"그런 자리에 참석할 필요는 없지 않소?"

나카오카도 역시 참석하지 않았다.

사사키는 사쓰마 번의 재경 요인들을 모두 초대했다. 사이고도 당연히 초대됐으나 감기 때문에 불참했다.

사쓰마측에서는 고마쓰 다데와키, 오쿠보 도시미치, 그리고 요시이 고스케, 우치다 나카노스케(內田仲之助) 등이 참석했다.

도사측에서는 미침 상경해 있던 고토 쇼지로, 유히 이나이, 후쿠오카 도지, 데라무라 사젠, 사사키 산지로 등이 참석했으며, 놀이를 좋아하는 고토가 재치를 보여 어린 기생을 하나 불렀다. 이 기생은 형편없이 서툴러서, 그것이 오히려 애교가 되어 근엄한 사쓰마의 오쿠보까지 얼굴을 숙이고 웃음을 터뜨렸다.


이것은 숨을 돌리기 위한 여담이지만, 기온(祇園)에는 오카요(加代)라는 기녀가 있었다.

'삵쾡이'라는 예명을 쓰고 있었다. 자기가 손수 영업을 하고 있어서 다소 도도하기는 했지만 몸맵시가 좋고 노래와 춤도 능했으며, 교토 여자의 전형처럼 단정한 용모의 미인이었다.

이 오카요에게 도사 번의 후쿠오카가 반했다.

정신을 못 차릴 만큼 빠져 버려서 거의 매일 밤마다 요정 가이가이 당에 오카요를 불러다 놓고는, 술도 안 마시고 노래도 부르지 않고, 오카요의 손만을 쥐고 있었다.

'무슨 사내가 이럴까?'

오카요는 생각했으나 상대방이 워낙 대번의 고관이라 함부로 대할 수도 없었다.

후쿠오카는 도사 번의 상급 무사 의식이 기온에서도 통하는 줄만 알고 있는 사나이여서, 오카요가 다른 좌석에 나가 있으면 도끼눈을 뜨고 여주인을 불러 호통을 쳤다. 그러면서도 아주 인색해서 접객부나 하인들에게 행하(行下)도 제대로 주지 않기 때문에, 가이가이 당에서는 "후쿠오카님이 오셨다"고 하면 모두 얼굴을 찌푸릴 정도였다.

그런데 오카요가 좋아하는 남자는 따로 있었던 것이다. 사쓰마 번의 젊은 중신 시마쓰 이세(島津伊勢)였다.

그 시마쓰 이세에게 오카요는 후쿠오카가 얼마나 징그러운 사내인가를 자세히 애기하고 있는 듯했다. 시마쓰 이세는 처음 한동안은 그냥 웃어넘기곤 했으나 나중에는 어지간히 화가 났다.

"도사 녀석들은 그렇게 구질구질한가?"

그는 부하인 사이고나 오쿠보에게도 이런 말을 하기에 이르렀다.

"도사와 제휴하는 것도 좋지만, 술집에 가서 기녀의 미움이나 받고 다니는 사람이라면 사나이로서의 믿음성도 없을 게 아닌가?"

오쿠보도 이 말에는 난처해서 나카오카에게 그 문제를 의논했다.

"큰일을 앞두고 있는 지금이다. 하찮은 일로 모처럼 이룬 사쓰마 도사 제휴가 무너지면 큰일 아닌가?"

나카오카는 얼굴이 뜨거워졌다.

'결국 도사의 상급 무사들은 분수도 모르고 교토에까지 와서 망신을 당하는구나!'

나카오카는 꾀를 내어, 후쿠오카를 만나자 차근차근 말했다.

"그 여자에겐 마음에 둔 사람이 따로 있네. 시마쓰 이세가 바로 그 사람인데, 자네는 사쓰마 번 중신의 소실을 가로채려는 참이야. 그래도 좋다고 생각하나?"

이 사실이 요도공의 귀에 들어가면 출세길이 막히지 않겠느냐는 뜻을 은근히 비친 것이었다.

후쿠오카는 파랗게 질리더니 말했다.

"몰랐어. 당장 발을 끊을 테니 지금까지의 일은 비밀에 붙여 주게."

나카오카는 속으로 실소(失笑)를 금치 못했으나, 사쓰마 도사의 제휴를 마무리 짓기 위해서는 이런 시시한 일에까지 참견을 하지 않으면 안 됐던 것이다.

지은이
시바 료타로(司馬遼太郎)

그린이
전성보(全聖輔)

옮긴이
박재희 창춘사도대학일문학전공 김문운 니혼대학일문학전공
김영수 와세다대학일문학전공 문호 게이오대학일문학전공
유정 조지대학일문학전공 추영현 서울대학교사회학전공
허문순 경남대학불교학전공 김인영 숙명여대미술학전공

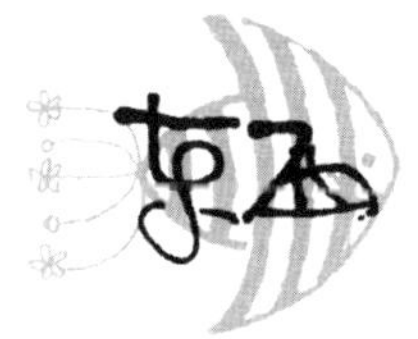

# 대망 27 료마 3

지은이 시바 료타로/책임편집 박재희 추영현 김인영
1판  1쇄/1979. 12. 1
2판  1쇄/2005.  8. 8
2판 10쇄/2024.  6. 1
발행인 고윤주/발행처 동서문화사
창업 1956. 12. 12. 등록 16-3799
서울 중구 마른내로 144(쌍림동)
☎ 546-0331~3 (FAX) 545-0331
www.dongsuhbook.com

✳



✳

사업자등록번호 211-87-75330
ISBN 978-89-497-0367-1  04830
ISBN 978-89-497-0364-0 (3세트)